D0630387

Jean Renoir

Pierre-Auguste Renoir, mon père

Gallimard

Né en 1894 à Paris, Jean Renoir est le second fils du peintre Pierre-Auguste Renoir. Après avoir fait ses études au Collège Sainte-Croix de Neuilly et à l'Université d'Aix-en-Provence, il a été successivement céramiste, officier de cavalerie, auteur de films depuis 1924, auteur dramatique depuis 1955 (*Orvet*, 1955 ; *Carola*, 1960 ; une adaptation d'une pièce de Clifford Odets, *Le Grand Couteau*, 1957). Il a réalisé plus de trente-cinq films, dont les plus connus sont *La Chienne* (1931), *Boudu sauvé des eaux* (1932), *Madame Bovary* (1934), *Les Bas-Fonds* (1936), *La Partie de campagne* (1936), *La Grande Illusion* (1937), *La Règle du jeu* (1939), *L'Homme du Sud* (1945), *Le Fleuve* (1950), *Le Carrosse d'or* (1953), *French Cancan* (1954), *Le Caporal épinglé* (1962), *Le Petit Théâtre de Jean Renoir* (1969).

Jean Renoir a obtenu le Prix Louis Delluc en 1936, le Prix international de la Biennale de Venise (en 1937, en 1946, en 1951), le Grand Prix de l'Académie du Cinéma en 1956 et le Prix Charles-Blanc en 1963 pour son livre *Pierre-Auguste Renoir, mon père*. Il est mort dans sa résidence de Beverly Hills (Californie), en 1979.

LE LECTEUR. — Ça n'est pas Renoir que vous nous présentez, c'est votre propre conception de Renoir.

L'AUTEUR. — Bien sûr. L'histoire est un genre essentiellement subjectif.

I

En avril 1915, un bon tireur bavarois me gratifia d'une balle dans une jambe. Je lui en suis reconnaissant. Cette blessure me permit finalement d'être hospitalisé à Paris où mon père s'était fait transporter pour être plus près de moi. La mort de ma mère l'avait complètement démoli et son état physique était pire que jamais. Ce voyage de Nice à Paris l'avait fatigué au point qu'il hésitait à me rendre visite à l'hôpital. J'obtins facilement la permission d'aller passer mes journées chez nous, quand mes pansements n'avaient pas à être renouvelés.

C'est « la Boulangère », un de ses modèles, qui m'ouvrit la porte. Elle poussa un cri en voyant mes béquilles. La « grand-Louise », notre cuisinière, parut à son tour, venant de l'atelier dont la porte ouvrait sur le même palier que celle de l'appartement. Les deux femmes m'embrassèrent et me dirent que « le patron » était en train de peindre des roses que la Boulangère était descendue acheter sur le terre-plein du boulevard Rochechouart. En descendant du taxi j'avais remarqué la marchande de fleurs appuyée à la roue de sa petite voiture. C'était la même qu'avant la guerre. Extérieurement, rien n'avait changé, sauf qu'on pouvait entendre le canon quand le vent venait du nord.

Mon père m'attendait dans son fauteuil roulant. Il y avait déjà plusieurs années qu'il ne marchait plus. Je le trouvai beaucoup plus recroquevillé qu'à mon départ pour le front. Par contre, son expression était d'une vivacité extrême. Il m'avait entendu sur le palier et rayonnait de malice heureuse. Ses yeux semblaient dire : « Cette fois, ils t'ont bien raté ! » Il tendit sa palette à la grand-Louise d'un mouvement presque désinvolte et dit : « Attention de ne pas glisser ! La concierge, pour te recevoir dignement, a ciré le plancher, et c'est mortel ! » Il se tourna vers les deux femmes : « Vous laverez ça à grande eau. Jean pourrait glisser ! » J'embrassai mon père. Sa barbe était humide. Il réclama une cigarette que j'allumai. Nous ne trouvions rien à nous dire. Je m'assis sur le fauteuil de ma mère, un petit fauteuil en velours rose. Le silence fut rompu par les sanglots de la grand-Louise. Elle pleurait en reniflant beaucoup comme le font les femmes d'Essoyes, le village de ma mère, où la grand-Louise était née. Cela nous fit rire et elle sortit vexée. Ses crises de larmes étaient un sujet de plaisanteries familiales. On leur attribuait les excès de sel dans la soupe. Renoir se remit à son étude de roses, « pour passer le temps », et je fis un tour de l'appartement. Il était bien abandonné. Les rires des modèles et des servantes s'étaient tus. Les tableaux avaient été expédiés à Cagnes [1], les murs et les casiers étaient vides, la chambre de ma mère sentait la naphtaline.

Au bout de quelques jours, notre vie s'organisa. Je passais mes journées à regarder peindre Renoir. Quand il s'interrompait, nous parlions de la stupidité de cette guerre qu'il haïssait. A l'heure des repas, il se faisait pousser dans la salle à manger ; il n'avait aucun

1. Village des environs de Nice où Renoir avait une propriété.

10

appétit, mais il croyait à l'importance des rites. Mon frère Pierre, marié à l'actrice Vera Sergine, avait eu le bras fracassé par une balle et était réformé. Il venait souvent déjeuner avec sa femme et son fils Claude âgé de deux ans. Il essayait malgré sa blessure de reprendre son métier d'acteur. Lorsque le jour tombait, Renoir cessait de peindre : il se méfiait de la lumière électrique. Nous le roulions dans l'appartement et je restais à peu près seul avec lui pendant les quelques heures précédant et suivant le dîner. La guerre avait changé les habitudes des Parisiens et les visites étaient rares. C'était la première fois que je me trouvais en face de mon père ayant conscience que j'étais passé de l'état d'enfant à l'état d'homme. Ma blessure me confirmait dans cette sensation d'égalité. Je ne pouvais me déplacer qu'avec des béquilles. Nous étions deux estropiés plus ou moins confinés dans leur fauteuil. Renoir n'aimait pas jouer aux dames : les cartes l'ennuyaient. Les échecs lui plaisaient, mais j'y étais assez lamentable, et il me battait trop facilement pour que cela l'amuse. Il lisait peu, voulant conserver pour son métier ses yeux restés aussi précis qu'à vingt ans. Restait la conversation. Il aimait mes histoires de guerre, du moins celles qui mettaient en valeur le côté grotesque de cette tragique affaire. En voici une qui l'amusa particulièrement : Pendant la retraite, du côté d'Arras, j'avais été envoyé en patrouille avec une demi-douzaine d'autres dragons. Du haut d'une colline nous aperçûmes une demi-douzaine de uhlans également en patrouille. Nous nous déployâmes en ordre de bataille à intervalles d'une vingtaine de mètres et ajustâmes solidement nos lances sous le bras, tandis que les Allemands sur la colline d'en face en faisaient autant. Nous partîmes au pas, bien alignés, puis au trot, au galop, et à une centaine de mètres de l'ennemi au galop de charge, chacun de nous bien déterminé à embrocher le cavalier d'en face. Nous nous croyions revenus au temps de François Ier et de la charge de Marignan. La distance diminuait. Nous pouvions distinguer l'expression des visages crispés sous les chapskas, comme les nôtres devaient l'être sous nos casques. En quelques secondes l'affaire fut réglée. Peu désireux de se faire transpercer, nos chevaux malgré le mors et les éperons s'écartèrent hors de la portée des lances. Les deux patrouilles se croisèrent en un galop furieux offrant à quelques moutons qui paissaient une démonstration cavalière brillante mais inoffensive. Nous regagnâmes nos lignes, un peu penauds, tandis que les Allemands regagnaient les leurs.

En échange de mes histoires de guerre, Renoir me racontait des souvenirs de sa jeunesse. L'homme que je croyais être devenu découvrait un Renoir inconnu. Le père saisissait cette occasion de se rapprocher du fils. Je pense maintenant qu'il simplifiait sa pensée pour se mettre à ma portée. Il y réussissait et au cours de ces conversations l'enfant, le jeune homme, puis l'homme mûr me devenaient clairs. Vous voyez que j'ai raison d'être reconnaissant au soldat bavarois dont j'ai parlé plus haut d'avoir rendu ces réunions possibles.

Je me suis souvent reproché de ne pas avoir tout de suite après la mort de Renoir publié ses propos. Maintenant, je ne le regrette plus. Les années et mes propres expériences me permettent de le mieux comprendre. Il y a en tout cas un aspect de lui que je n'entrevoyais même pas à cette époque, c'est celui ayant trait à son génie. J'admirais sa peinture, intensément, mais c'était une admiration aveugle. A dire vrai, j'ignorais complètement ce qu'est la peinture. Je devinais à peine ce que peut être l'art en général. Du monde, je ne voyais que les apparences. La jeunesse est matérialiste. Maintenant je sais que les grands hommes n'ont pas d'autres fonctions que de nous aider à voir au-delà des apparences, à laisser tomber un peu de notre fardeau de matière, à nous « débarrasser », comme diraient les Hindous.

Je présente au lecteur cet amas de souvenirs et d'impressions personnelles comme une réponse partielle à une question qui m'est souvent posée : « Votre père, quel genre d'homme était-ce ? »

De son enfance, mon père avait gardé un souvenir excellent. Pourtant mes grands-parents étaient pauvres. Je suis convaincu que Renoir n'arrangeait pas les choses et qu'il avait vraiment été heureux étant petit. Il détestait ce genre de radotage qui, surtout chez les vieillards, consiste à embellir ce qui n'est plus. Il avait adoré ce qui restait de la manière de vivre des Français du XVIIIe siècle, tout en sachant parfaitement à quoi s'en tenir sur la fragilité de l'édifice et sur l'étrange fureur de ses compatriotes du XIXe siècle à gaspiller leur héritage. Leurs actions lui apparaissaient comme les phases successives d'un suicide joyeux, mais certain, bien que lent, car le patient était solide. La saignée de 1914, dans son esprit, était l'un des derniers actes de notre histoire nationale. Faute d'acteurs, la représentation approcherait bientôt de sa fin. Et, ne pouvant résister à la tentation d'un paradoxe, il ajoutait qu'il n'en voulait nullement à la guerre de son essai d'abaisser le chiffre de la population. « Nous sommes trop nombreux pour ne pas être une foule. A Athènes, ils étaient quelques milliers... d'individus. » Il prononçait le mot « individus » en clignant de l'œil. Ce qu'il reprochait à la guerre c'était d'opérer une sélection à rebours. De tuer les « nobles » et de laisser vivre les « malins ». « Les nobles ont la manie de se faire tuer, pas par patriotisme ni même par courage, simplement parce qu'ils n'aiment pas devoir leur vie à un remplaçant inconnu Résultat : ce sont les malins qui font l'histoire... et quelle histoire ! » Bien entendu, dans l'esprit de Renoir, l'idée de noblesse n'était nullement liée à celle de naissance. Je reviendrai sur cette question à propos de ses origines. J'ajoute, concernant son opinion de la force destructive de la guerre de 14, qu'il ne prétendait nullement jouer au prophète. Ses craintes s'exprimaient sur un mode léger. Elles étaient une forme de son amour de la vie. Toute destruction, que ce soit d'hommes, d'animaux, d'arbres ou d'objets, le choquait. Il ne pardonnait pas à Napoléon cette phrase que certains historiens lui attribuent après l'holocauste d'Eylau : « Une nuit de Paris réparera cela. »

Pierre-Auguste Renoir naquit à Limoges en 1841. François Renoir, son grand-père, mort à Limoges en 1845, affirmait être de naissance noble, précisant que le nom de Renoir lui avait été donné par un sabotier qui l'avait recueilli lorsqu'il était bébé. Il paraîtrait même que François, au retour du roi en 1815, après la chute de Napoléon, aurait été à Paris exposer son cas devant la commission chargée d'examiner les dossiers des aristocrates spoliés par la Révolution. On l'avait envoyé promener. Il avait essayé d'en appeler au roi Louis XVIII ; les gardes de Sa Majesté l'avaient gentiment mis à la porte. Cette histoire était diversement commentée dans la famille. A Saintes, chez les beaux-parents de mon grand-père Léonard, on y croyait. Lui-même faisait peu de cas des titres de noblesse. Il se serait intéressé à la question s'il y avait eu quelque espoir de récupérer de bonnes terres. Mais il était convaincu que ceux qui les tenaient ne les lâcheraient pas sans lutte. Et pour lutter il faut de l'argent. Plus tard, quand j'étais déjà né et que nous allions à Louveciennes voir mes grands-parents retirés dans leur petite maison, la question revenait parfois sur le tapis. Charles Leray, mari de ma tante Lisa, croyait taquiner mon père en l'appelant Monsieur le Marquis. Renoir ne l'entendait même pas. La lumière et les arbres de l'Ile-de-France le préoccupaient plus que les plaisanteries familiales. Il avait reçu du Ciel le don précieux de surdité opportune. Beaucoup prenaient cela pour de la distraction. C'était plutôt la faculté de choisir les impressions et de couper le contact avec ce qui lui paraissait inutile. Il était le contraire d'un rêveur éveillé ; disons que ses rêves étaient basés sur l'observation aiguë de la vie et que, pour mieux percevoir cette réalité, il limitait cette observation à quelques points précis.

Un écrivain de Limoges, Henri Hugon, a publié dans *La Vie limousine* du 25 février 1935, jour anniversaire de la naissance de Renoir, une très intéressante étude sur les rapports du peintre et de sa ville natale, ces rapports se bornant d'ailleurs presque exclusivement au fait d'y être né. J'extrais de son ouvrage quelques renseignements qui aideront à éclairer la généalogie de ma famille. M. Hugon, qui connaît à fond Limoges et le Limousin, s'est livré à une enquête approfondie. Je le cite : « Arrivons d'emblée à l'avant-dernier terme de mes recherches, c'est-à-dire au mariage qui unit le 24 frimaire an IV (1796) à Limoges le citoyen François Renoir, majeur... sabotier de profession..., demeurant à Limoges au lieu du Colombier, section de l'Égalité — d'une part — et la citoyenne Anna Régnier, fille mineure et légitime de feu Joseph Régnier, menuisier... Le premier témoin était un ami ; les trois autres étaient parents de la mariée. »

M. Hugon avait retrouvé facilement l'acte de baptême d'Anne Régnier dans la paroisse de Saint-Michel-des-Lions et beaucoup de renseignements sur sa famille. Il eut plus de mal à établir François Renoir. L'acte de mariage en question ne mentionne pas les parents du conjoint. Il avait interrogé en vain tous les registres de toutes les paroisses de Limoges et des environs quand son attention fut attirée par le nom d'un prêtre qui, avant la Révolution, avait été attaché à l'hôpital général. Ce nom est Lenoir. Je comprends parfaitement que cette similitude de nom, cette consonance presque identique, le seul fait que Lenoir et Renoir riment trop parfaitement, aient éveillé la curiosité du chercheur. D'autant plus qu'il était déjà tombé sur un Lenoir en la personne du magistrat qui avait uni les époux Renoir en 1796. Il est permis d'imaginer des milliers de méthodes différentes pour classifier les éléments qui composent notre univers. Pourquoi certaines de ces méthodes ne s'appuieraient-elles pas sur les sons plutôt que sur les idées ? Mon père, qui se méfiait de l'intellect, eût approuvé. M. Hugon se trouva récompensé de son impulsion anticartésienne et trouva dans le registre de catholicité de l'hôpital où avait officié l'abbé Lenoir la mention suivante : « L'an de grâce 1773 et le 8 du mois de janvier, a été baptisé par moi un garçon exposé, nouvellement né. On lui a donné le nom de François... », etc. M. Hugon conclut en ces termes les constatations dérivant de ses découvertes : « Suivant la coutume, l'enfant exposé sans papiers d'identité ne recevait qu'un prénom auquel il ajoutait plus tard le surnom emprunté souvent à un père nourricier. » Le nom Renouard avait des porteurs à Limoges. Il devait échoir à l'enfant trouvé, pour quelles raisons, on l'ignore.

Nous savons que vingt-trois ans plus tard, en 1796, François épousa une certaine Anne Régnier. Le scribe des mariages accepta le nom du conjoint sur simple déclaration verbale et l'inscrivit sous la forme Renoir. Les époux ne remarquèrent pas ce changement d'orthographe. Ils étaient illettrés. C'est donc la fantaisie d'un scribe qui inventa légalement le nom de notre famille.

Voici maintenant ce que dit Vollard au début du deuxième chapitre de son livre : *La Vie et l'Œuvre de Pierre-Auguste Renoir.* C'est Renoir qui est censé parler. « ... Ma mère m'a souvent raconté comment mon grand-père, dont la noble famille avait péri sous la Terreur, fut recueilli tout enfant et adopté par un sabotier qui s'appelait Renoir. » J'admire énormément le livre de Vollard. Mais il ne faut pas le prendre comme parole d'évangile. D'abord parce que Renoir aimait parfois « faire marcher » les marchands de tableaux ; et surtout parce que Vollard, grand commerçant visionnaire, vivait enfermé dans un rêve. Mon père disait de son livre : « Très bien ce livre sur Vollard par Vollard. » Un livre sur lui-même lui semblait d'ailleurs un jeu puéril. « Si cela l'amuse je n'y vois aucun inconvénient. » Et il ajoutait : « D'autant moins que personne ne le lira. » Là, il se trompait.

Certains propos de Renoir sur l'hérédité me reviennent à la mémoire : « Ce sont les parents qui font les enfants, mais après la naissance. Avant, ce sont des centaines d'influences dont il est impossible de retrouver la trace. Le génie de Mozart vient peut-être d'un berger grec qui, avant l'ère chrétienne, était ému par le bruit du vent dans les roseaux. Bien sûr, je veux dire la part d'héritage qui en vaut la peine. En ce qui concerne les rhumatismes ou les oreilles en chou-fleur, on peut toujours trouver un grand-père responsable. » Et encore : « En quelques générations on fabrique un cheval de course. La recette pour fabriquer Delacroix est moins connue. » Autre réflexion : « La fonction des parents est de rassembler des forces mystérieuses, pas seulement la force des êtres, mais celle des forêts, de la mer, de la vie dure ou facile. » Et pour conclure : « Un noyau de prune ne peut pas donner naissance à une pomme. » Cette affirmation étant aussitôt balancée par cette autre que voici : « La plupart des défauts et qualités de l'enfant viennent de ceux qui l'ont élevé. Le fils du roi enlevé par des Bohémiens volera des poules comme les autres Bohémiens... peut-être cependant y aura-t-il quelque chose de royal dans sa façon de voler les poules. »

Si les titres de son grand-père préoccupaient peu Renoir, en revanche, il se réjouissait de l'adoption de celui-ci par un sabotier : « Quand je pense que j'aurais pu naître chez des intellectuels ! Il m'aurait fallu des années pour me débarrasser de toutes leurs idées et voir les choses telles qu'elles sont, et j'aurais peut-être été maladroit de mes mains. »

Il parlait constamment de « la main ». C'est sur les mains qu'il faut juger les nouveaux venus : « Tu as vu ce bonhomme... la façon dont il a ouvert son paquet de cigarettes... un mufle... et cette femme, comme elle a relevé ses cheveux d'un mouvement de l'index... bonne fille. »

Il disait aussi : des mains bêtes, des mains spirituel-les, des mains de bourgeois, des mains de putain. D'habitude on regarde quelqu'un dans les yeux pour savoir s'il est sincère. Renoir regardait les mains. Nous verrons peu à peu qu'il acceptait difficilement les valeurs reconnues. La notion de la supériorité du cerveau sur les sens n'était pas pour lui un article de foi. Si on lui avait demandé de citer les différentes parties du corps humain par ordre de valeur, il aurait certainement commencé par la main. Chez moi, dans le tiroir d'un vieux bureau, je conserve une paire de gants lui ayant appartenu, des gants gris pâle, taillés dans une peau très fine; et quant à la taille, on reste rêveur. « Des mains incroyablement petites pour un homme et si joliment allongées », disait Gabrielle [1]. Si quelque ancêtre doit être tenu responsable des mains de Renoir, avant de penser à la rude poigne du sabotier, je ne puis m'empêcher d'évoquer les menottes de quelque dame de condition, plus habituée au clavecin qu'à la lessive. Je reviens aux renseignements de M. Hugon :

Après son mariage François s'établit à Limoges comme sabotier. Les jeunes époux eurent neuf enfants. L'aîné, Léonard, le 18 messidor, an VII (1799), adopta la profession de tailleur, et voyagea. Il se maria le 17 novembre 1828 à Saintes avec Marguerite Merlet, ouvrière en robes. Il revint s'établir à Limoges et eut sept enfants. Les deux premiers moururent jeunes. Ensuite vinrent Henri, Lisa, Victor, Pierre-Auguste, mon père, et Edmond né à Paris.

Voici le texte de l'acte de naissance de Renoir : « Aujourd'hui 25 février 1841 à trois heures du soir, par-devant nous adjoint de Monsieur le Maire de la ville de Limoges, a comparu Léonard Renoir, tailleur, âgé de 41 ans, demeurant boulevard Sainte-Catherine, lequel nous a présenté un enfant du sexe masculin, né chez lui ce matin à six heures, de lui comparant et de

1. 1879-1959, cousine de Mme Auguste Renoir et modèle du peintre.

19

Marguerite Merlet, son épouse, âgée de 33 ans, auquel ils ont donné les prénoms de Pierre-Auguste... »

Mon arrière-grand-père François mourut en 1845 et mon grand-père Léonard vint s'établir à Paris. Mon père avait quatre ans. C'est dans la capitale qu'il grandit et se forma. Les souvenirs de sa prime enfance limousine s'effacèrent vite. Renoir se considérait comme un Parisien. A cette époque l'esplanade du Louvre, au lieu de s'ouvrir sur les jardins des Tuileries, était fermée sur le palais du même nom qui devait être incendié sous la Commune. Aujourd'hui cet espace est garni de fleurs variant avec les saisons. Étrangement, en 1845, il était garni de maisons, et la rue d'Argenteuil le traversait jusqu'au quai. Ces maisons avaient été construites au XVIᵉ siècle par les Valois pour abriter les familles des gentilshommes de leur garde. Les chapiteaux écornés, les colonnes fêlées et les restes d'armoiries témoignaient de l'élégance de leurs origines. Les nobles propriétaires du début avaient depuis longtemps cédé la place à des successeurs moins fortunés. C'est dans une de ces maisons que mon grand-père trouva un appartement à louer et s'installa avec sa famille.

On se demande comment les rois pouvaient tolérer cet humble voisinage, presque sous leur nez. C'était tout un quartier avec des ruelles s'entrecroisant suivant la fantaisie la plus absolue. Le linge séchait aux fenêtres et les odeurs s'échappant des cuisines révélaient l'origine des habitants. Il nous est encore facile d'imaginer cette dernière caractéristique. Le progrès n'a pas réussi à standardiser les repas français. A Paris, les fumées qui s'échappent des casseroles indiquent encore au passant que quelque Bourguignon fait

mijoter ses haricots rouges au lard ou qu'une Provençale est en train de préparer son aïoli.

Mon père voyait dans cette indifférence de la famille
royale à l'égard de ces bruits et de ces odeurs
populaires une survivance des mœurs « d'avant la
bourgeoisie ». « La démocratie a supprimé les titres de
noblesse pour les remplacer par des distinctions tout
aussi puériles. » Il haïssait cette division des villes
modernes en bas quartiers, quartiers habités bourgeoi-
sement, quartiers ouvriers, etc. « Ils ont rendu les
beaux quartiers sinistres. » Et soudain furieux : « J'ai-
merais mieux crever que d'habiter Passy. » Passy était
pour lui une sorte de bouc émissaire. « D'abord ce
n'est pas Paris, c'est un grand cimetière construit aux
portes de Paris. » Parlant d'une dame qui était venue
lui demander de faire son portrait et qu'il avait
éconduite parce qu'elle lui semblait prétentieuse :
« Elle doit être de Passy. »

Louis-Philippe, le « roi bourgeois », ne l'était donc
pas au point d'être gêné par le voisinage des habitants
des vieilles maisons. De leur côté les Renoir trouvaient
tout naturel d'être les voisins des descendants du
roi Henri. Les galopins du quartier eurent vite fait
d'adopter le jeune Limousin et de l'admettre à leurs
jeux dont le plus populaire était « les gendarmes et les
voleurs ». Ces jeux dans la cour du Louvre ne se
déroulaient pas sans cris ni bousculades. Un essaim de
gosses venait se cogner dans les jambes des gardes du
palais. Ceux-ci priaient les parents de veiller sur leur
progéniture. Les mères intervenaient et l'aventure se
terminait par quelques distributions de claques au
hasard et de nouvelles explosions de cris. Une fenêtre
des Tuileries s'ouvrait et une dame très digne faisait
signe aux galopins de se calmer. Ils se rassemblaient
bien vite sous la fenêtre comme des moineaux avides.

Alors une autre dame faisait son apparition et distribuait des bonbons à la troupe. C'était la reine de France qui essayait en vain d'acheter un peu de tranquillité. La distribution terminée, la dame d'honneur fermait la fenêtre, la reine Marie-Amélie retournait à ses devoirs domestiques, et les gamins à leurs jeux.

Bien entendu Léonard Renoir, sa femme et ses enfants étaient venus à Paris en diligence. De Limoges à Paris le voyage durait un peu plus de deux semaines. Mon père n'en avait gardé aucun souvenir, mais mon oncle Henri m'en parla plusieurs fois. Il se souvenait surtout de l'insupportable chaleur qui régnait à l'intérieur de cette boîte roulante où l'air ne pénétrait que par un tout petit carreau. Avant de partir les Renoir avaient tiré quelques sous de tout ce qui n'était pas absolument nécessaire. Ils avaient emporté sur eux leurs plus beaux habits. C'étaient des habits que le père avait coupés lui-même dans du bon gros drap capable de résister aux hivers limousins. Un jour où le soleil tapait plus que d'habitude, la petite Lisa s'était évanouie. Le postillon l'avait prise dehors à côté de lui et, en arrivant au prochain relais, lui avait fait boire un verre de marc. Ma grand-mère était arrivée trop tard pour préserver sa fille de ce remède énergique.

Au relais tous se rassemblaient autour de la table d'hôte. Un commis voyageur racontait tous les soirs la même anecdote : l'attaque d'une diligence à laquelle il prétendait avoir assisté. Les bandits avaient fait descendre les voyageurs, avaient pris leur argent, leurs bagages et leurs vêtements. Lui-même avait échappé au sort commun parce que, étant ivre, il gisait endormi sur le plancher de la voiture, passant ainsi inaperçu. Il s'était réveillé une heure plus tard, alors que la diligence avait repris son chemin, et avait été tout surpris de se trouver entouré de compagnons en costume d'Adam. Après le dîner, ma grand-mère et Lisa allaient se coucher dans une chambre du relais. Léonard Renoir et les garçons dormaient sur la paille de l'écurie. Il existe encore en France quelques-uns de ces relais. J'en connais un magnifique un peu au nord de Saint-Étienne. Il se dresse à la croisée de deux grandes routes. Extérieurement c'est un grand bâtiment aux murs grisâtres, couvert d'ardoises, formant un angle droit et percé régulièrement de fenêtres assez petites. S'ouvrant sur un carrefour comme une énorme bouche, un porche majestueux coupe la pointe de l'angle. Chaque fois que je pénètre à l'intérieur je suis saisi par la beauté de la charpente. Les maîtresses poutres s'élancent vers la pointe du toit dans une sorte d'envolée. Les solives s'entrecroisent comme une dentelle. Je suis transporté à l'intérieur de la quille d'un grand navire qu'on aurait retourné. Les remises et les écuries occupent une surface considérable, ouvrant toutes sur un énorme espace couvert qui constitue le pivot de toute l'entreprise. C'est comme le hall d'une gare de chemin de fer. Les chevaux se trouvaient devant leur râtelier, et les hommes dans la salle commune autour d'un pichet de vin du pays. La dernière fois que j'ai couché dans cette auberge, l'endroit n'avait rien perdu de son activité passée. Les diligences avaient tout naturellement été remplacées par des camions. Les routiers, ces derniers poètes de la grand-route, ont eu la bonne idée d'adopter l'endroit. Sans doute, comme moi, ils imaginent les lourds coches aux grosses roues cerclées de fer surgissant dans un fracas glorieux, les six percherons frappant le pavé de leurs sabots ferrés dans un feu d'artifice d'étincelles, les servantes accourant dans leurs jupons fraîchement repassés et le postillon vidant le gobelet de vin blanc que l'aubergiste tenait au frais, tribut indiscuté au héros du moment, à celui qui apportait aux villageois endormis la fugitive impression des villes qu'ils ne connaîtraient jamais.

De nos jours, le lourd camion surgit dans son auréole de boue et de fumée. La servante paraît à la porte de l'auberge. Par cette ouverture un monde de douceur provisoire se révèle au routier. Le chat s'étire, sort ses griffes et se remet en boule sur le calorifère. L'homme s'assied, les oreilles encore bourdonnantes du bruit de son moteur. Je pense au destin qui plaça Renoir à cheval sur deux phases absolument différentes de l'histoire du monde. Évidemment, les chemins de fer existaient, mais ils couvraient seulement de courtes distances, et beaucoup de gens s'en méfiaient. On parlait beaucoup de la terrible catastrophe de la ligne Paris-Versailles qui avait fait tant de victimes, parmi lesquelles le fameux Dumont-d'Urville. On considérait comme un avertissement le fait que ce navigateur avait pu sans dommage parcourir en bateau les océans les plus lointains, découvrir des terres inconnues, vivre avec des anthropophages et qu'il lui avait suffi de commettre l'imprudence de monter dans un train pour périr carbonisé. On accusait la fumée des locomotives de nuire à certaines cultures et même d'empêcher les pommes de terre de pousser.

Les grandes découvertes, celles qui devaient transformer le monde, étaient faites ; on fondait le métal dans les hauts fourneaux, on extrayait le charbon de mines souterraines, on tissait les étoffes mécaniquement ; mais sauf en Angleterre, où les choses étaient plus avancées, la révolution industrielle n'avait pas encore transformé le monde. Le paysan des environs de Limoges, à part quelques détails de costume et d'outillage, travaillait sa terre à peu près de la même manière que son ancêtre du temps de Vercingétorix. Paris avait 1 200 000 habitants ; on s'éclairait avec des lampes à huile ; pour boire ou se laver on comptait sur le porteur d'eau ; les pauvres allaient à la fontaine. Le télégraphe électrique venait d'être adopté , mais était encore limité à un usage presque expérimental. On se chauffait en allumant des feux de bois dans les cheminées. Ces cheminées étaient ramonées par des petits Savoyards qui grimpaient directement dans le conduit, portaient un vieux chapeau haut de forme et élevaient une marmotte. On cassait le sucre vendu en pains, en cognant dessus avec un poinçon et un marteau. De là l'expression « casser du sucre ». On éteignait (quelquefois) les incendies en faisant la chaîne et en se passant les seaux d'eau. Il n'y avait pas de « tout-à-l'égout » pour la bonne raison qu'il n'y avait pas d'égout ; le pot de chambre était roi. Les riches commençaient à peine et à regret à abandonner la chaise percée. Les légumes poussaient dans les petits jardins derrière les maisons ou chez le maraîcher voisin. Le vin se servait dans des cruches ; les bouteilles étaient un luxe ; elles étaient soufflées directement au bout de longs tubes par de jeunes garçons dans les verreries ; beaucoup de ces jeunes ouvriers mouraient poitrinaires et aucune de ces bouteilles n'avait la même contenance. Les bouchers tuaient leurs bêtes dans leur arrière-boutique ou dans leur cour ; les ménagères qui venaient acheter une côtelette se trouvaient en face d'un sacrificateur au tablier et aux mains souillés de sang. Il était impossible d'ignorer que les plaisirs et les forces tirés de la viande des bêtes devaient se payer par de la souffrance et de la mort. L'anesthésie était inconnue ; les microbes et l'antisepsie étaient également inconnus ; les femmes accouchaient dans la douleur comme l'ordonna le Créateur. Les femmes pauvres nourrissaient leur bébé au sein; les femmes riches louaient le sein d'une nourrice dont la tête était ornée de magnifiques rubans multicolores; souvent les nourrices avantageaient leur véritable enfant et négligeaient le petit riche, le dotant ainsi d'un teint pâle, ce qui passait pour suprêmement distingué. Les dames de la société étaient poitrinaires et crachaient le sang; un joli teint et une poitrine avantageuse étaient considérés comme de mauvais goût; seules les paysannes pouvaient se permettre ces avantages. Les sports populaires étaient inconnus. Les pauvres jouaient à la balle et troussaient les filles; les riches montaient à cheval. Les fumeurs roulaient leurs cigarettes à la main. On forgeait à la main les serrures, les ressorts des berlines, les outils, les rampes d'escaliers. Les artisans habitaient au-dessus de leur boutique; ils ignoraient les longs transports en métro pour se rendre à l'usine. Les moulins à cylindres n'existaient pas; la farine conservait les vitamines du blé, le pain était grossier et nourrissant. Les ouvriers travaillaient douze heures par jour et touchaient 1 franc 50. La douzaine d'œufs coûtait un sou et comportait treize œufs. Un sou était une grosse somme; pour faire un sou il fallait quatre liards; pour un liard on avait une demi-brioche; au sortir de la messe, les dames « bien » donnaient un liard à leur pauvre. Celle qui aurait donné un sou aurait suscité des doutes sur son honorabilité. On l'aurait soupçonnée de vouloir s'approprier le bien d'autrui, un pauvre étant une parure personnelle, comme l'était un éventail, une ombrelle en soie, ou une paire de gants. Il n'y avait pas de phonographes; les gens riches qui aimaient la musique étaient obligés d'aller au concert; ils pouvaient aussi apprendre le piano; les pauvres jouaient de la flûte à un sou ; ils chantaient les chansons de Béranger. L'été aux portes de Paris, dans les guinguettes, le peuple dansait sous les charmilles ; il devait se contenter d'un orchestre en chair et en os ; le cancan était la danse des faubourgs ; les riches venaient de découvrir la valse à deux temps ; l'Église regardait cette nouveauté d'un mauvais œil. La moyenne de vie en France était de trente-cinq ans ; malgré les massacres napoléoniens, la France dépassait en population les autres nations occidentales. Alger avait été pris quinze ans avant ; le duc d'Aumale était adoré des Arabes. Alexandre Dumas remportait un triomphe à la Porte-Saint-Martin avec son *Napoléon ;* ce théâtre occupait, en plus de l'emplacement actuel, celui de la Renaissance et pouvait contenir quatre mille spectateurs ; la représentation de *Napoléon* durait trois soirées de suite. Le cinéma n'existait pas ; la radio et la télévision non plus. La photographie n'existait pas. Le bourgeois qui voulait son portrait s'adressait à un peintre et aussi le boutiquier qui désirait orner son salon d'une représentation de sa boutique.

Tel était l'état du monde lorsque en 1845 mon père débarqua de la diligence de Limoges.

Il mourut en 1919. Quatre ans auparavant j'avais passé mon brevet de pilote dans l'aviation. Nous avions connu les canonnades de la grosse Bertha, les bombardements aériens, les gaz asphyxiants. La campagne avait commencé à se vider au profit des villes ; les faubourgs de Paris étaient déjà devenus l'horreur que nous connaissons. Les ouvriers travaillaient en usine. Les légumes consommés à Paris venaient du Midi, voire d'Algérie. Nous avions une automobile ; mon père trouvait très normal de s'en servir pour aller de Nice à Paris ; ce voyage durait deux jours. Renoir avait le téléphone. Il avait été opéré et anesthésié. Les

Français étaient passionnés de football. Les guinguettes étaient remplacées par des « dancings ». La révolution communiste avait eu lieu. L'antisémitisme existait. Nous avions un phonographe ; nous avions aussi un appareil de projection et mon jeune frère projetait des films à mon père. Nous avions une radio à galène. Les journaux s'inquiétaient du développement des drogues parmi la jeunesse. Le divorce existait. On parlait du droit des peuples à disposer d'eux-mêmes. Le problème du pétrole dominait le monde. La psychologie était à la mode. On parlait beaucoup d'un certain Freud. La pédérastie commençait à se démocratiser. Les femmes se coupaient les cheveux. Les ménagères utilisaient volontiers des boîtes de conserve ; on disait : « Les petits pois en boîte sont meilleurs que les frais. » L'impôt sur le revenu existait. Les passeports étaient devenus obligatoires. Le service militaire était obligatoire. L'instruction était obligatoire. Des messieurs âgés faisaient des conférences sur le problème de la jeunesse. On fumait des cigarettes toutes faites. Des garçons et des filles d'une quinzaine d'années attaquaient les passants attardés. Les routes étaient goudronnées. Notre maison avait le chauffage central, l'eau froide et l'eau chaude, le gaz, l'électricité, des salles de bains.

Il y avait loin du jeune Renoir savourant les bonbons de la reine Amélie dans la cour du Louvre à son fils parcourant les routes du Midi au volant de sa voiture. Quand mon père mourut, la révolution industrielle était un fait accompli. L'homme commençait à penser qu'il pourrait mener à bien cette première tentative sérieuse d'échapper à la malédiction divine. Les enfants d'Adam allaient forcer les portes du Paradis terrestre, et leur science allait leur permettre de gagner leur pain sans répandre la sueur de leur front.

Parfois, mon père et moi essayions de déterminer quel avait été le moment symbolique du passage de la civilisation de la main à celle du cerveau. Renoir admettait que le progrès avait procédé par évolution, de la première arme de silex à l'utilisation des ondes hertziennes, mais insistait sur le fait que l'accélération foudroyante dont nous sommes les témoins avait commencé avec l'invention du tube.

Le tube nous amène l'eau, tous les liquides, le gaz. Il a permis de faire des alambics, de distiller le vin ou l'orge. Avant le tube nous en étions réduits à nous enivrer avec du vin naturel. Le tube nous a donné des locomotives et des salles de bains. Il a permis de bâtir Montmartre. Quand Renoir était un jeune homme, le tube commençait seulement sa conquête du monde. L'industrie ne le débitait pas au mètre comme on débite du macaroni. Montmartre était un village, seulement un village, délicieux, perdu dans des buissons d'églantines. Montmartre ne pouvait pas être plus qu'un village parce qu'il n'y avait que cinq puits, ce qui limitait le nombre de buveurs d'eau. Avec « le tube » on a amené l'eau en haut de la colline, et Montmartre est devenu très laid, couvert de grandes maisons grises, prisons pour fourmis satisfaites. Moi-même étant venu au monde trop tard pour saluer l'apparition de l'eau courante, du gaz d'éclairage et du cognac trois étoiles, j'attribuais le grand changement à cette guerre de 1914 que nous étions en train de subir. Pour appuyer mon raisonnement je racontai à mon père une anecdote liée à la blessure qui me maintenait près de lui. Cette anecdote le frappa :

Je venais d'être blessé et j'étais soigné dans un hôpital de la zone des armées. Par ouï-dire je savais que la vie avait changé. Mais dans la grande salle qui constituait tout mon univers je ne pouvais rien voir du monde. Les cinquante camarades blessés qui m'entouraient se trouvaient dans le même cas que moi. Un jour on m'annonça la visite de ma belle-sœur Vera Sergine. Il fallait un cas très grave pour qu'un civil soit autorisé à se rendre dans la zone de guerre. Sergine était une des grandes vedettes de l'époque, et vous imaginez la commotion. Le commandant de l'hôpital, très ému, la reçut dans son bureau, tandis que les infirmiers et les blessés les moins invalides s'empressaient de mettre de l'ordre dans notre dortoir. On était au mois de juin et une bonne sœur apporta même un petit bouquet de fleurs des champs, en nous prévenant qu'après la visite elle le rendrait à sa destination qui était la chapelle. Enfin, Sergine fit son entrée. Elle avait les cheveux coupés court et une robe s'arrêtant à la hauteur des genoux. Cette tenue nous semblait d'autant plus étrange que celle qui l'arborait était en deuil. Elle venait m'annoncer la mort de ma mère. La vue de cet être nouveau était tellement choquante qu'il me fallut plusieurs secondes pour enregistrer son sinistre message. Nous avions quitté des filles aux cheveux longs. Pour nous l'idée de la volupté féminine était liée à ces chevelures et brusquement nous nous trouvions devant l'Ève nouvelle. En quelques mois elle avait rejeté les signes de sa servitude. Notre esclave, notre moitié était devenue notre égale, notre camarade. Une mode, quelques coups de ciseaux et surtout la découverte qu'elle pouvait s'attaquer aux travaux jusqu'ici réservés au seigneur et maître avaient détruit sans espoir de retour l'édifice social patiemment édifié par les mâles depuis des milliers d'années.

Après son départ, les commentaires allaient bon train : « Ça lui va parce que c'est une actrice... faut s'y faire... ça va bien à Paris, mais je suis sûr que chez moi, à Castelnaudary, ma mère ni ma sœur... »

Mon voisin de lit, un cultivateur vendéen, déclara pensivement : « Si en rentrant je trouve ma femme comme ça je lui fous mon pied dans le c... ! » J'ai utilisé cette anecdote dans mon film *La Grande Illusion*.

Mon père se souvenait très bien de l'appartement de son enfance, « un mouchoir de poche ». Il se réfugiait dans la rue. « Dans les rues de Paris j'étais chez moi. Il n'y avait pas encore d'automobiles et on pouvait y flâner... »

La naissance du jeune frère Edmond, et tout ce que cela comportait de lessives, visites de voisines, réduisit encore l'espace réservé aux frères et sœurs. Heureusement Henri, l'aîné, fut accepté comme apprenti par un orfèvre ami de mes grands-parents. Au bout de quelques semaines son habileté lui valut un salaire suffisant pour qu'il pût se louer une chambre. Mon père hérita de son lit dans la petite pièce que son aîné avait partagée jusqu'alors avec Victor, le second frère. Avant, Renoir avait dû se contenter du « banc » de tailleur que le père avait installé dans le « salon » où il recevait les clients. A cette époque tous les tailleurs travaillaient accroupis à l'orientale sur une petite plate-forme de bois d'environ 1,40 m de long sur 80 centimètres de large, reposant sur des pieds à 40 centimètres du sol. Renoir avait encore présent à l'esprit la vision de son père, les jambes croisées comme un Hindou, entouré de rouleaux d'étoffes, d'échantillons, ciseaux, pelotes de fil et de petits coussins de velours rouge maintenus sur son avant-bras par un ruban noir sur lesquels il piquait ses aiguilles et ses épingles. Il ne se levait que pour recevoir les clients, et pour les repas et autres nécessités de la vie. Mais son attitude de Bouddha semblait si naturelle aux enfants que, lorsqu'il les rejoignait à la table de famille, ils étaient presque étonnés de le voir marcher comme une simple créature humaine. Après le travail Léonard Renoir rangeait soigneusement tout ce qui recouvrait « le banc ». Mon père apportait un matelas et des couvertures reléguées au-dessus d'une armoire et faisait son lit. Le matelas n'était pas épais et les planches du banc se faisaient sentir durement. Il ne s'en souciait guère. Les sommiers faisaient partie des accessoires réservés aux grands de ce monde. Ce qui le gênait, c'étaient les épingles perdues sur le plancher et qui lui rentraient dans les pieds quand il oubliait de passer ses chaussures en se levant. Mon grand-père Léonard, homme grave et silencieux, considérait que la seule chose importante dans sa vie était de donner à ses enfants une éducation et une instruction dignes de la légende de leurs origines. Il travaillait toute la journée, mais, comme c'était un homme modeste et que ses prix étaient bas, ce travail ne lui apportait pas la richesse. Si les impressions d'enfant de mon père sont exactes, il lui apportait le bonheur.

La salle à manger était minuscule. La table ronde une fois agrandie de sa rallonge en touchait presque les murs. Quand la famille était réunie pour le souper, il n'était plus question de bouger. Marguerite Merlet, ma grand-mère, se réservait la chaise près de la porte de la cuisine. Cette cuisine donnait sur une cour. Mon père haïssait cette cuisine surtout à la saison des petits pois. Au printemps ce légume affluait dans les voitures des marchands de quatre saisons et se vendait presque pour rien. Les deux aînés étant en apprentissage, Lisa à l'école, c'était Renoir qui devait les écosser. Soixante-dix ans plus tard il sentait encore dans les doigts l'ennui de toutes ces cosses à ouvrir.

La chambre des parents donnait sur la rue d'Argenteuil, principale artère de ce quartier disparu. Mon père se souvenait d'un détail : à l'encontre de toutes les chambres à coucher des familles que les Renoir fréquentaient, les fenêtres de celle-ci n'étaient pas garnies de doubles rideaux. Ma grand-mère aimait la lumière et l'air.

L'appartement était, je pense, au premier étage. L'escalier était en pierre, la rampe en fer forgé. La porte d'entrée de la maison était un peu étroite, encadrée de deux colonnes en vis de pressoir. Une niche avait dû contenir une statue de saint, brisée pendant la Révolution. Les autres habitants de ces lieux ne prêtaient guère attention à ces splendeurs démodées. Renoir se félicitait d'avoir grandi au milieu d'un tel luxe. Pour lui, le luxe ce n'étaient pas des équipages, des repas somptueux ou des maîtresses couvertes de bijoux. C'était essentiellement la possibilité de reposer ses yeux sur des objets de qualité. Un objet était de qualité s'il exprimait la personnalité de celui qui l'avait fait. Ce pouvait être une sculpture, un tableau, une assiette ou une chaise. Ce pouvait être l'ustensile de cuisine le plus humble ou la couronne de Charlemagne. L'essentiel était de pouvoir retrouver derrière la pierre, le bois ou l'étoffe, l'être humain qui avait conçu et exécuté l'œuvre. Renoir allait jusqu'à prétendre que les défauts l'intéressaient autant que les qualités, les petitesses autant que les grandeurs.

Plus tard, ses affaires s'améliorant, mon grand-père loua une boutique rue de la Bibliothèque, à quelques pas de la rue d'Argenteuil, et ma grand-mère put récupérer le salon.

Je voudrais, avant de continuer plus avant avec un certain gamin de Paris nommé Renoir, vous donner une idée du même Renoir tel qu'il m'apparaissait à la fin de sa vie.

Dans mon jardin de Californie, près de la porte de la cuisine, il y a un oranger. Je le regarde et je le respire. Il est couvert de fleurs. Je ne puis voir un oranger en fleur sans penser à Cagnes. La pensée de Cagnes évoque immédiatement en moi l'image de mon père. C'est là qu'il a passé le plus clair de ses dernières années ; c'est là qu'il est mort. Chez lui, aux Collettes, le parfum des orangers est toujours le même et les vieux oliviers n'ont pas bougé. L'herbe surtout nous rapproche de lui. C'est une herbe pauvre mais haute et drue, grise sauf en plein hiver, composée des espèces les plus variées et entremêlée des plus jolies petites fleurs sauvages dont vous puissiez rêver. C'est quelque chose de sec et d'abondant, de gris et coloré à la fois comme le sont souvent les choses du Midi de la France. Son parfum ne vous saute pas violemment aux narines comme dans les garrigues des environs d'Aix-en-Provence. Il est d'une qualité plus subtile mais inoubliable. Si l'on me menait aux Collettes les yeux bandés, je crois que je les reconnaîtrais tout de suite rien qu'à l'odeur.

L'ombre des oliviers est souvent mauve. Elle est toujours mouvante, lumineuse, pleine de gaieté et de vie. En se laissant aller il vous semble que Renoir est encore là et que brusquement on va l'entendre chantonner en clignant de l'œil à sa toile. Il fait partie du paysage. Pas besoin de beaucoup d'imagination pour le voir, son chapeau de toile blanche drôlement posé sur son crâne très haut. Son visage émacié a une expression de blague affectueuse. Sauf pendant les semaines qui précédèrent sa mort, son corps si maigre et tout paralysé ne nous impressionnait pas du tout, pas plus Gabrielle que moi, ou que mes frères, ou que tous ceux qui vivaient dans son rayon. Nous y étions habitués et lui aussi. A présent, avec le recul, je le vois mieux encore. Des comparaisons faciles m'assaillent. A Alger les Européens traitaient les vieux Arabes de « troncs de figuier ». En France, les littérateurs faussement paysans utilisent volontiers l'expression « cep de vigne » pour décrire un villageois sec et tordu. Ces images sont basées sur des analogies toutes physiques. A propos de Renoir on peut pousser la comparaison plus loin et évoquer les fruits généreux et magnifiques que le figuier et la vigne tirent d'un sol caillouteux.

Mon père avait quelque chose d'un vieil Arabe et beaucoup d'un villageois français, avec la différence que sa peau, constamment protégée du soleil par la nécessité de maintenir sa toile en dehors des reflets qui « vous fichent dedans », était restée claire comme celle d'un adolescent.

Ce qui frappait les gens du dehors mis en sa présence pour la première fois, c'étaient ses yeux et ses mains. Ses yeux étaient marron clair, tirant sur le jaune. Sa vue était perçante. Souvent il nous montrait à l'horizon un oiseau de proie survolant la vallée de la Cagne, ou une bête à bon Dieu gravissant un brin d'herbe perdu parmi les autres brins d'herbe. Avec nos yeux de vingt ans, nous devions chercher, nous concentrer, l'interroger. Lui tombait pile sur tout ce qui l'intéressait, proche ou lointain. Voilà pour le physique de ses yeux. Pour l'expression, figurez-vous un mélange d'ironie et de tendresse, de blague et de volupté. Ils avaient toujours l'air de rire, de percevoir d'abord le côté cocasse. Mais ce rire était un rire tendre, un rire d'amour. Peut-être était-il aussi un masque. Car Renoir était extrêmement pudique et n'aimait pas révéler l'émotion qui le bouleversait tandis qu'il regardait les fleurs, les femmes, les nuages du ciel, comme d'autres hommes touchent et caressent.

Ses mains étaient affreusement déformées. Les rhumatismes avaient fait craquer les articulations, repliant le pouce vers la paume et les autres doigts vers le poignet. Les visiteurs non habitués ne pouvaient détacher leurs yeux de cette mutilation. Leur réaction qu'ils n'osaient pas formuler était : « Ça n'est pas possible. Avec ces mains-là, il ne peut pas peindre ces tableaux. Il y a un mystère ! » Le mystère c'était Renoir lui-même, mystère passionnant que j'essaie non pas d'expliquer, mais de commenter dans cet ouvrage. Je pourrais écrire dix livres, cent livres sur le mystère Renoir et je ne serais pas au bout de la question.

Puisque nous sommes sur le chapitre du physique de Renoir, laissez-moi le compléter rapidement. Avant qu'il ne soit paralysé sa taille était d'environ un mètre soixante-seize. A la fin, en admettant qu'on ait pu le redresser pour le mesurer, il eût sans doute été un peu plus petit, sa colonne vertébrale s'étant légèrement tassée. Ses cheveux, autrefois châtain clair, étaient blancs, assez abondants derrière la tête. Le dessus de son crâne était complètement dégarni. Mais on ne le voyait pas, car il avait pris l'habitude de rester constamment couvert, même à l'intérieur de la maison. Son nez était aquilin et énergique. Sa barbe blanche était très belle, taillée en pointe par les soins de l'un de nous. Un curieux mouvement l'emportait vers le côté gauche, venant de ce qu'il aimait dormir la nuit avec les couvertures relevées très haut sous le menton.

Son vêtement se composait ordinairement d'un veston à col fermé et d'un pantalon long flottant sur ses jambes, ces deux articles en drap gris rayé. Sa cravate lavallière, bleu roi à petits pois blancs, était soigneusement nouée autour du col de sa chemise de flanelle. Ma mère achetait ces cravates dans un magasin anglais, les Français ayant peu à peu laissé tourner leur bleu à l'ardoise, « une couleur triste, et personne ne s'en aperçoit parce que les gens n'ont pas d'yeux ; le marchand leur dit : « C'est du bleu », et ils le croient ». Le soir, sauf en plein été, on lui ajoutait une petite pèlerine sur les épaules. Il portait de larges chaussons montants de feutre, à carreaux gris, ou bien marron uni, à fermeture métallique. Dehors il s'abritait du soleil par un léger chapeau de toile blanche. A l'intérieur il portait de préférence une casquette de toile, à côtés rabattables, de ce type démodé que les catalogues des magasins de nouveautés présentaient au début du siècle sous le nom de « casquette de chauffeur ». Il n'avait pas l'air d'un homme de notre temps ; il nous faisait penser à un moine de la Renaissance italienne.

Cézanne un jour se plaignait à mon père de l'outrecuidance d'un grand bourgeois d'Aix-en-Provence : non seulement cet individu avait adorné son salon d'une toile de Besnard [1], « ce pompier qui prend feu », mais il se permettait de chanter à vêpres à côté de Cézanne et de chanter faux. Renoir amusé rappela à son ami que tous les chrétiens sont frères. « Votre frère a le droit d'aimer Besnard, voire de chanter faux à vêpres. Ne le retrouverez-vous pas au ciel ? — Non », rétorqua Cézanne. Et, mi-sérieux, mi-blagueur, il ajouta : « Au ciel, ils savent fort bien que je suis Cézanne ! » Il ne se croyait pas supérieur au bourgeois d'Aix. Il se savait différent, « comme le lièvre est différent du lapin... » ! Et Cézanne ajoutait : « Je ne

1. Besnard (1849-1934). Peintre français. Prix de Rome.

suis pas même capable d'exprimer convenablement les volumes... Je ne suis rien...! » Ce mélange d'orgueil grandiose et d'humilité non moins grandiose s'expliquait chez Cézanne. A soixante ans il n'avait jamais connu le grand succès commercial. Il n'avait jamais été reçu au salon de « Monsieur Bouguereau[1] ». Renoir, à la fin de sa vie, bien que critiqué, vilipendé, souvent insulté, avait fini par s'imposer. Les marchands se disputaient ses œuvres ; les grands musées du monde lui avaient ouvert leurs portes, des jeunes gens de tous les pays, de toutes les races, faisaient le voyage de Cagnes dans l'espoir d'approcher le maître pendant quelques secondes. Il acceptait ces hommages sans se « monter le cou ». Lorsque la conversation tournait à son éloge, Renoir avait vite fait de remettre les choses en place. « Moi, du génie ? Quelle blague ! Je ne prends pas de drogues, n'ai jamais eu la syphilis et ne suis pas pédéraste ! Alors ?... »

Renoir, me parlant de son enfance, sautait sans transition de la description enthousiaste des beautés architecturales de son quartier à l'éloge non moins chaleureux du jeu de billes. Il aimait en toute circonstance l'économie des moyens. Un jeu ne nécessitant comme accessoires que quelques boules de verre fondu lui semblait supérieur à la chasse à courre « ... qui demande des chevaux, des équipages, des gens du monde, des costumes ridicules... même un malheureux renard. Tout cela pour ne pas s'amuser plus qu'avec quelques billes... ». Je crois surtout que Renoir voyait dans le jeu de billes un moyen de « communiquer », de s'intégrer aux autres gamins du quartier du Louvre, en

---

1. Bouguereau (1825-1905). Peintre français. Prix de Rome. Membre de l'Institut.

un mot : satisfaire son insatiable passion pour ses semblables. Entendons-nous bien, la position d'observateur de l'humanité paraissait à Renoir prétentieuse et stérile. Il pensait que ce désir de l'artiste de boire aux sources mêmes de la vie doit être inconscient. Pour lui, le problème n'était pas tellement de comprendre les hommes, mais de s'y mêler, de faire partie de la foule comme l'arbre fait partie de la forêt. Tout grand créateur lance une sorte de message. Mais du moment où il sait qu'il le lance, par un phénomène étrange, ce message devient creux et perd sa valeur. Les prophètes et les saints ont pu formuler des vérités éternelles parce qu'ils étaient convaincus que ces vérités n'étaient pas les leurs et qu'ils ne faisaient que transmettre la parole divine. Autrement dit, le Ciel n'accorde ses révélations qu'aux humbles. Renoir allait jusqu'à proscrire de son vocabulaire le mot « artiste ». Il se présentait comme un ouvrier de la peinture. Pour la commodité de mes arguments je me permettrai d'utiliser ce mot détesté. J'en demande pardon à mon père, mais il est devenu d'un usage tellement courant qu'il m'est difficile de l'éviter et lui-même avait fini par se soumettre. Nous verrons plus tard qu'il se méfiait de l'imagination. Il la considérait comme une forme de l'orgueil. « Il faut une sacrée dose de vanité pour croire que ce qui sort de notre seul cerveau vaut mieux que ce que nous voyons autour de nous. Avec l'imagination on ne va pas loin tandis que le monde est si vaste. On peut marcher toute une vie et on n'en voit pas la fin. »

J'avoue que les récits de Renoir et les images qu'ils évoquaient en moi étaient curieusement influencés par notre passion commune pour les romans d'Alexandre Dumas. Dès que j'avais su lire il me les avait conseillés. Un de ses amis lui avait fait observer que ces ouvrages n'étaient pas pour les enfants, étant bourrés d'aventures amoureuses, d'adultères, d'enlèvements, etc. Mais Renoir considérait ces entorses à la morale comme la simple expression de l'admirable santé du père Dumas. « Ce qui est sain ne peut rendre malade. » Quoi qu'il en soit, il m'était impossible de l'entendre évoquer la cour du Louvre sans y voir d'Artagnan et les mousquetaires et surtout nos grands favoris, les personnages de *La Dame de Monsoreau* et des *Quarante-Cinq*. De là à imaginer que la maison des Renoir avait été construite pour l'un des gentilshommes gascons de la garde du roi il n'y avait qu'un pas. Chicot et Bussy d'Amboise avaient foulé de leurs pieds les dalles noires et blanches du vestibule. Dans la cuisine où Renoir écossait les petits pois, les valets avaient aiguisé les épées qui devaient transpercer le duc de Guise. A cette même fenêtre où la reine Amélie tricotait, Henri III était apparu pâle et mince, maquillé comme une femme. Il balançait négligemment son bilboquet de la main droite. Derrière lui, Chicot jouait avec un petit chien. Dans la cour, les Quarante-Cinq, au garde-à-vous sur leurs chevaux, avaient la gorge serrée d'émotion. Ce fantôme pâle de toutes les tragédies qui hâtaient la fin de sa race était bien le roi, le roi du sol. Une mystérieuse grandeur émanait de ce dégénéré. Les Gascons l'acclamèrent dans un grand mouvement d'enthousiasme. Les cris de : « Vive le roi ! » se répercutèrent sous les voûtes du palais, le long des grands vestibules où deux siècles plus tard les gardes suisses devaient se faire massacrer pour un autre roi. Tandis qu'ils tombaient sous les coups des Marseillais, Louis XVI fuyait par les jardins des Tuileries, emportant avec lui les vestiges de la religion royale sur laquelle la vieille Europe avait posé ses assises. Une feuille morte tomba aux pieds du roi. Il s'arrêta pour la considérer et avec lui s'arrêtèrent la reine, les enfants royaux et tout le cortège. Mon père joua peut-être aux billes sous cet arbre qui certainement existait encore lorsqu'il arriva à Paris. C'est dans ce cadre, lourd d'histoire et de légende, que Renoir avait grandi. Mais chez mes grands-parents on avait les pieds sur la terre.

La première règle était de ne pas déranger le père. Le tapage des enfants l'énervait. Une distraction pouvait provoquer un coup de ciseaux de travers et ruiner une pièce de drap d'Alençon. Vous imaginez le drame. Et puis il y avait les clients. Quand on va chez son tailleur on aime y trouver une atmosphère de dignité et de recueillement. A cette époque la fabrication d'un habit était chose d'importance. Un vêtement masculin pouvait coûter jusqu'à cent francs. Si l'on pense que le salaire normal d'un ouvrier était de vingt francs par mois on se rend compte de la dépense. Un peu plus tard, quand les magasins de confection vinrent offrir leur marchandise toute faite, on put se procurer un complet pour vingt francs. Heureusement pour mon grand-père, en 1845, le vêtement à un louis n'existait pas encore. Si l'habit était cher, par contre il durait toute la vie, et même on le retaillait pour en vêtir plusieurs générations.

A force d'officier, le mètre et la craie en main, mon grand-père avait acquis, même dans sa vie privée, l'habitude de ne jamais se départir d'une certaine solennité. Étant apprenti il avait fait le tour de France. Sous la Restauration cette coutume, qui devait être conservée plus longtemps chez les charpentiers, menuisiers, tonneliers, ouvriers du bois, était encore commune à tous les métiers. Le futur compagnon partait à pied, vêtu du costume de sa profession ; dans un balluchon passé en bandoulière, il emportait un peu de linge de rechange. Son premier soin en sortant de Paris était de se tailler un bâton de coudrier qui scandait sa marche et lui donnait fière allure. Quand il faisait halte près d'une fontaine, de la pointe de son couteau il enjolivait son morceau de bois de sculptures symboliques. Le soir à l'étape, de préférence dans une ville, il s'informait de la « mère »; c'était la femme d'un ouvrier de la profession retiré avec quelques sous d'économies et l'estime de ses collègues. L'ancien avait vite fait de trouver du travail à l'apprenti et contre une modeste rétribution la « mère » fournissait à celui-ci le vivre, le couvert et une atmosphère familiale.

Jusqu'à la fin du XIXe siècle la France était un pays d'une diversité incroyable. Les chemins de fer n'avaient pas encore opéré le brassage que les autobus, la radio, le cinéma, la télévision sont en train d'achever. De village en village les mœurs, les opinions, l'accent, quelquefois même le langage changeaient. Le grand-père en avait long à raconter.

Le soir après le dîner quelques voisins se réunissaient dans l'atelier du tailleur, rendu à sa fonction primitive de salon. On buvait force cafés. L'un des visiteurs les plus assidus avait été l'aide principal du célèbre bourreau Sanson au moment de la Terreur. La première fois où mon père me parla de ce personnage, j'eus du mal à le croire. Ce rapprochement me semblait invraisemblable. Mais en faisant le calcul on se rend compte que la chose est parfaitement possible. En admettant que cet aide ait eu trente ans en 1793, en 1845 il avait donc quatre-vingt-deux ans. Comme disait Renoir, il y a des métiers qui conservent. Cette rencontre de mon père et de ce survivant d'un autre âge me fait encore rêver. Elle donne une idée de l'impitoyable marche du temps. Cet homme avait connu la France avant la Révolution. Il avait donc appartenu à un monde de perruques et de culottes

42

courtes. Les gentilshommes qu'il avait exécutés portaient encore l'épée au côté. Il avait connu la lettre de cachet, la monarchie absolue et les belles dames coiffées « à la frégate ». Il avait pu croiser dans la rue Voltaire et Franklin, entendre Mozart jouer du clavecin et assister aux représentations des pièces de M. de Beaumarchais. Il avait lui-même dansé la gavotte, le menuet et le rigodon. Il avait vu rouler dans la sciure la tête étonnée de son roi, puis celle de Marie-Antoinette si émouvante, telle que David l'a dessinée quelques minutes avant l'exécution. Dans notre salle à manger du boulevard Rochechouart, mon père essayait de me représenter ce témoin de tant de bouleversements sirotant paisiblement sa tasse de café. Un grand vieillard aux cheveux blancs encore abondants coupés assez long. Il devait regretter la poudre et le catogan. Il était rasé de près, soigné dans son langage comme dans sa personne. Il s'entendait très bien avec Léonard Renoir. C'étaient deux bons ouvriers : l'un taillait dans le drap, l'autre avait tranché les têtes avec la même conscience. On fait son métier, voilà tout. Pour que l'habit soit bien coupé il faut que les ciseaux soient bien aiguisés. Même chose pour le fil du couperet de la guillotine. D'ailleurs, suivant en cela l'opinion de son patron, notre voisin désapprouvait l'invention du docteur Guillotin. Elle avait ruiné le métier en le rendant trop facile. La facilité ouvre la porte aux amateurs. Avant, pour décoller une tête d'un coup de hache, il fallait du métier, sans parler des dons naturels : le coup d'œil et la main qui ne tremble pas. Quel mérite y a-t-il à actionner une mécanique qui se charge entièrement de l'ouvrage ? Mon grand-père de son côté disait sa crainte de voir le vêtement en série envahir la France. En Angleterre l'offensive avait déjà été déclenchée. Les réflexions des deux hommes étaient certainement empreintes du meilleur bon sens. Toute considération sentimentale en était exclue. Il n'y a que les mauvais ouvriers qui font du sentiment, les mauvais tailleurs, les mauvais écrivains, les mauvais peintres, les mauvais bourreaux. Mon père était bien d'accord là-dessus.

Tout en écoutant Renoir je préparais ma demande de passage dans l'aviation. Ma blessure m'interdisait l'infanterie, la cavalerie ou l'artillerie. Je risquais d'être envoyé dans un dépôt et relégué aux écritures. Déjà à cette époque j'éprouvais une terreur panique à l'idée de besognes ennuyeuses ; cette aversion m'a fait faire bien des bêtises. Mon père n'approuvait pas mon idée d'aviation. Sa théorie était qu'on ne doit pas forcer la destinée : « Un bouchon, disait-il : il faut se laisser aller dans la vie comme un bouchon dans le courant d'un ruisseau. » Mais revenons au passé.

Les souvenirs les plus insignifiants prenaient dans l'esprit de Renoir autant d'importance que l'exposé de ses croyances profondes. Je tâche de respecter ce désordre. Il se souvenait même de la manière dont ma grand-mère confectionnait son excellent café. Elle employait un moulin très fin. Ensuite elle faisait bouillir de l'eau dans une petite casserole, jetait la poudre de café dedans et la retirait bien vite du feu. Pour servir on avait recours à une passoire. Cela demandait beaucoup de café, n'étant qu'une sorte d'infusion. Mais toute l'amertume et l'excès de caféine restaient dans le marc. Renoir était très sérieux quand il donnait cette recette. Il ne croyait pas aux procédés tendant à obtenir des éléments tout ce qu'ils peuvent donner. La beauté d'un athlète lui semblait à son apogée lorsque celui-ci ne soulevait qu'un poids insignifiant. Il n'aimait pas le tour de force. Il déclarait que l'harmonie était en général le produit de la facilité. Bien entendu ses théories étaient pour les autres. Il ne se rendait pas compte de l'énorme somme de travail que lui-même fournissait sans jamais s'arrêter.

L'idée de « but dans la vie », de réussite ou d'échec, de récompense ou de punition était étrangère à Renoir. Je parle évidemment de but matériel. L'acceptation totale de la condition humaine lui faisait considérer la vie comme un tout, le monde entier comme un seul objet. « ... Cet imbécile de Galilée a eu beau inventer que la terre est ronde, et n'est qu'une partie d'un vaste système, tout le monde en convient mais personne n'agit en conséquence. Le retraité du Vésinet croit que son jardin est un royaume exceptionnel et que ses rosiers n'ont aucun rapport avec les rosiers du voisin. Chacun se croit nanti d'une destinée à part, un oiseau unique dans son petit monde à lui. D'ailleurs les théories et les découvertes ne changent le monde qu'à coups de catastrophes. L'homme ne croit au pouvoir de déflagration de la poudre que lorsqu'il reçoit une bombe sur la tête... et puis, lorsque la terre était plate cela n'empêchait pas les Égyptiens de sculpter le Scribe accroupi et les Grecs cette Vénus d'Arles si bonne fille... On a envie de lui taper sur les fesses ! La révélation de la fermeté de la poitrine d'une Cléopâtre peut tout chambarder, aussi bien que la révélation de la rotondité de la terre. » Pour Renoir il n'y avait pas de petits ou de grands événements, pas de petits ou de grands artistes, pas de petite ou de grande découverte. Il y avait les animaux, les hommes, les pierres ou les arbres qui accomplissaient leur fonction et ceux qui sont « à côté ». Pour un être humain la principale fonction est de vivre, le premier devoir est de respecter la vie. Ces réflexions ne prétendaient pas formuler une philosophie. Elles faisaient plutôt partie des recommandations pratiques d'un père à son fils. Elles s'exprimaient surtout par des exemples personnels : « Je devais écosser des petits pois et j'avais horreur de cela. Mais je savais que cela faisait partie de ma vie. Si je n'avais pas écossé les petits pois, peut-être mon père les aurait écossés, et le costume du client n'aurait pas été livré à temps... et la terre aurait cessé de tourner à la grande honte de Galilée... »

Cette idée que la vie est un état et non pas une entreprise me semble essentielle dans l'explication du caractère, donc de l'art de Renoir. J'ajoute que pour lui cet état était un état joyeux, dont chaque étape se marquait par des découvertes émerveillées. Chaque regard sur ce monde lui procurait un étonnement sincère, une surprise qu'il ne cherchait pas à dissimuler. J'ai vu mon père souffrir le martyre. Je ne l'ai jamais vu s'ennuyer.

Le lecteur qui voudra bien me suivre à travers le désordre de mes souvenirs tirera peut-être des réflexions de mon père la conclusion qu'il avait pris définitivement position contre la science. C'est plutôt contre la maladroite application des découvertes scientifiques que Renoir déblatérait. Le plus grand reproche qu'il faisait au « progrès » était d'avoir substitué la fabrication en série à la fabrication individuelle. Je répéterai souvent qu'un objet, même d'usage courant, ne l'intéressait que s'il était l'expression de l'ouvrier qui l'avait fait. A partir du moment où cet ouvrier devenait une foule, dont chaque membre était spécialisé dans une opération, cet objet aux yeux de Renoir devenait anonyme. « Ça n'est pas naturel. Un enfant ne peut pas avoir plusieurs pères. Tu vois d'ici un gosse dont les oreilles seraient dues à la fécondation de l'un, les pieds à un autre germe, son esprit venant d'un intellectuel et ses muscles d'un lutteur. Même si chaque partie était parfaite ce ne serait pas un homme mais une société anonyme, autant dire un monstre. » Il pensait que la science avait failli à sa mission en ne luttant pas pour l'expression de l'individu mais au contraire en se mettant au service d'intérêts mercantiles et en favorisant la production en série. L'idée de perfection du produit fini, cet idéal de l'industrie moderne, ne l'effleurait pas. Il aimait répéter cette affirmation de Pascal : « Il n'y a qu'une chose qui intéresse l'homme, c'est l'homme. »

Une caractéristique de la maison de mes grands-parents, c'est que les bibelots y étaient inconnus. Ma grand-mère détestait tous ces petits accessoires ou ornements qui semblent être en général l'apanage des femmes. Ses vêtements étaient stricts et ses meubles pas encombrés. Un ruban à son corsage lui semblait superflu. Elle aimait que les objets aient une fonction et que cette fonction ne soit pas masquée. On avait bien ri dans la famille après une visite chez une dame du voisinage dont le soufflet était orné de rubans roses.

Marguerite Merlet, même au temps de sa jeunesse à Saintes, n'avait jamais utilisé ni poudre, ni crème, ni rouge à lèvres. Elle croyait au savon de Marseille. A grands coups de brosse de chiendent, la mousse abondante de cet ingrédient décrassait aussi bien la peau des Renoir que leur plancher. Bien entendu il n'y avait pas de salle de bains. On se lavait dans une sorte de bassine à l'aide d'une grosse éponge. Les eaux sales se vidaient sur le palier dans un orifice destiné à cet usage. Le nom de l'ensemble de ce système d'évacuation, représentant alors la dernière expression du confort, était « les plombs », sans doute parce que toute la tuyauterie que l'on pouvait voir grimper le long de la cage de l'escalier était en plomb. Les cabinets d'aisance faisaient partie de ces « plombs ».

La brosse à dents était encore un article de luxe. On se rinçait la bouche matin et soir avec de l'eau salée, et on se nettoyait les dents avec un petit morceau de bois que l'on jetait ensuite. Lorsqu'un membre de la famille en avait vraiment besoin on faisait venir un bain. Ce n'était pas une petite affaire. Deux Auvergnats devaient monter une baignoire de cuivre et l'installer au milieu d'une chambre. Puis ils revenaient un quart d'heure après porteurs de quatre grands seaux d'eau chaude, qu'ils vidaient dans la baignoire. L'heureux bénéficiaire de l'opération ayant fini de se laver et les petits frères en ayant profité pour se tremper les piods dans l'eau encore tiède, les Auvergnats revenaient et évacuaient le tout sous l'œil réprobateur des voisins qui blâmaient cette ostentation.

Quand un enfant était malade, tout s'arrêtait dans la maison. Mon grand-père n'hésitait pas à remettre les commandes. La vie normale ne reprenait qu'avec le retour de la santé. Il faut dire qu'avant de proclamer l'état de maladie, il fallait que ma grand-mère soit convaincue de la gravité du cas.

De mes grands-parents je dirai encore qu'ils n'avaient pas de dettes, qu'ils évitaient de fréquenter des gens plus riches qu'eux de peur de se laisser entraîner aux dépenses. Ils étaient religieux avec modération. Mon grand-père n'allait pas à la messe mais exigeait que ses enfants y aillent. Sa femme faisait ses Pâques mais se méfiait des prêtres qu'elle considérait comme des intrigants. Chaque dimanche elle emmenait sa petite famille dans une église différente, choisissant l'heure de la grand-messe à cause de la musique. Parfois c'était Saint-Roch; devant cette église, soixante ans avant, Bonaparte avait canonné les royalistes et sauvé la République pour mieux la dévorer ensuite. Les Renoir fréquentaient aussi Saint-

Germain-l'Auxerrois. La grand-mère n'a certainement pas manqué de montrer aux enfants la fenêtre du Louvre de laquelle Charles IX, dans la nuit de la Saint-Barthélemy, abattit à coups d'arquebuse plusieurs protestants qui cherchaient à se réfugier dans la maison du Seigneur.

Au printemps, quand les arbres des quais commençaient à se couvrir de feuilles, on poussait jusqu'à Notre-Dame. La promenade le long de la Seine était délicieuse. Le jeune Renoir respirait Paris de tout son souffle, de tous les pores de sa peau ; il s'en pénétrait. L'air était chargé des émanations de la ville, des odeurs des marchés, de la senteur forte des poireaux alliée à celle timide mais entêtée des lilas ; tout cela balayé par cette petite brise acide qui est à vraiment parler l'air de Paris. Ce n'est pas le bain de vapeur de la Normandie, quand le soleil tape sur l'herbe gonflée et que les mouches deviennent folles ; non plus la senteur enivrante à force de sécheresse des garrigues du Midi, chassée brusquement d'un coup de poing du mistral ; non plus le souffle vivifiant des pays de l'Est, aiguisé comme un rasoir, générateur de désordres du cerveau et de courants de folie collective. L'air de Paris, avant que l'échappement des automobiles ne vînt le polluer, était comme tout ce qui caractérise cette ville fait de mesure et d'équilibre.

Il est superflu, quand on connaît l'œuvre de Renoir, de rappeler la douceur des horizons que découvraient ses yeux d'enfant. Rien n'est brutal dans le paysage de l'Ile-de-France. Les hommes d'aujourd'hui essaient de détruire son harmonie avec leurs couleurs sans subtilité convenant aux pays nordiques. Les lumières froides peuvent s'accommoder de verts agressifs et de jaunes aveuglants ; pas Paris. Heureusement son climat en défend la beauté. Bien vite les affiches criardes ternissent sous les brumes des matinées d'automne ; les murs sans grâce s'effritent sous l'action de la petite pluie persistante. Cette ville a fabriqué François Villon, Molière, Couperin et Renoir. Elle continue à fabriquer les peintres du monde entier.

Les enfants Renoir ignoraient complètement l'usage du mot « s'endimancher ». Ma grand-mère tenait à ce qu'ils soient présentables dans toutes les circonstances de la vie. Pour aider à la cuisine ou pour courir dans la rue, elle mettait à mon père un vieux pantalon ; mais en dehors de ces circonstances dangereuses il portait toujours le même costume. Le dimanche, à la sortie de la messe, elle regardait avec pitié les commères qui éclataient dans leur corset, traînant des gosses engoncés dans leurs beaux habits et boitant dans leurs souliers trop étroits.

Le temps vint pour mon père d'aller à l'école. On lui acheta un tablier noir et un sac de cuir qu'il bouclait sur son dos à la manière d'un sac de soldat. Cette école, installée dans les dépendances d'un vieux couvent et située à quelques centaines de mètres de la maison, était tenue par des frères des Écoles chrétiennes. Un décret de Robespierre, publié sous la Terreur, en 1793, avait institué un système d'écoles gratuites et tous les jeunes Français étaient tenus d'apprendre à lire, à écrire, à compter et aussi quelques éléments de solfège. La présence dans ces écoles publiques n'était pas obligatoire si les parents pouvaient prouver que l'enfant recevait une instruction égale par des moyens privés ou différents. Le décret était toujours en vigueur. Les rois avaient conservé cet héritage de leur ennemi. Ils avaient simplement, parallèlement aux écoles communales, favorisé et subventionné les écoles tenues par des religieux. Chez les frères, mon père retrouva quelques-uns des petits camarades de son quartier et avec le sérieux qu'il mettait en toute chose il apprit à lire, à écrire et à compter. Les classes se tenaient dans des salles voûtées, très sombres. Mon père se rappelait avoir été puni plusieurs fois simplement parce qu'il ne pouvait lire les lettres de son livre mal éclairé. La punition consistait à être mis au coin, ce qui, je crois, existe encore dans certaines écoles enfantines. Les élèves dissipés étaient coiffés du bonnet d'âne, un couvre-chef en papier orné de deux longues oreilles, et devaient s'agenouiller face au mur. Le maître n'abandonnait jamais une longue règle de bois. Les fonctions de cet accessoire étaient multiples. Il servait à désigner la lettre à épeler sur le gros alphabet accroché au mur ; d'un petit martèlement sec sur un pupitre il rétablissait le silence. L'élève dissipé pris sur le fait devait présenter l'extrémité de ses doigts bien joints au maître qui les frappait sans pitié de sa règle. Le souvenir de cette pratique indignait Renoir. Non pas qu'il fût contre les châtiments corporels. Il les considérait comme moins pénibles et en tout cas moins avilissants que les raisonnements. Le maître qui réussit à convaincre un élève qu'il a eu tort de ne pas étudier sa leçon fait de la fausse démocratie. Il appuie ses arguments de l'autorité de sa fonction. Sa victoire signifie pour l'enfant quelque chose comme une reddition. Si Renoir réprouvait les coups de règle sur le bout des doigts, c'est parce qu'ils risquaient d'abîmer les ongles. Souvent je reviendrai à sa croyance dans l'importance des cinq sens. Le principal siège du sens du toucher est l'extrémité des doigts et l'une des fonctions des ongles est de préserver ce délicat centre nerveux. Quand j'étais enfant j'aimais me couper les ongles très court. Ainsi je risquais moins de me faire mal en grimpant aux arbres. Mon père me disait que j'avais tort : « Il faut te protéger le bout de tes doigts ;

en l'exposant tu risques de diminuer ton sens du toucher et de te priver de grands plaisirs dans la vie. »

L'hiver, dans la classe, malgré un poêle à bois bien ronflant, on crevait de froid. Les malins s'étaient assuré les places contre ce poêle et avaient trop chaud. Mon père ne devait jamais être un malin, et il en était satisfait. Pour lui, être malin était la pire des calamités.

Plusieurs biographes ont écrit qu'il n'arrêtait pas de dessiner dans les marges de ses cahiers. Cela semble plausible, mais Renoir ne m'en a jamais rien dit. Apparemment sa grande découverte d'enfant fut le chant. A cette époque on chantait beaucoup dans les écoles françaises. Ce n'était que le reflet d'une habitude nationale aujourd'hui malheureusement disparue. Les Français du XIXe siècle adoraient encore les chansons. On connaît la vogue immense de Béranger ; c'était le plein moment de son succès. Les souvenirs de l'épopée napoléonienne, ravivée par le retour des cendres, s'exhalaient en couplets attendris.

Quelquefois, à la saison, le jeune Renoir alors âgé d'une dizaine d'années accompagnait un certain voisin à la chasse. Ce dimanche-là il se levait à la nuit et sortait de la maison sur la pointe de ses chaussettes, ses souliers à la main, pour ne pas réveiller les autres. Il avait le droit de porter le carnier et de regarder. Le terrain de chasse favori du voisin était les champs de blé qui s'étendaient entre la rue de Penthièvre et le village des Batignolles. Depuis, ces champs de blé ont été remplacés par la gare Saint-Lazare et tout le quartier dit « de l'Europe ». Ce terrain était, paraît-il, fort giboyeux. Les lièvres surtout y abondaient. Quand la chasse avait été bonne, le voisin donnait à son jeune acolyte quelque belle pièce qui venait renforcer l'ordinaire de la famille. Mon père ne manquait jamais, après ces évocations cynégétiques, de mettre la conversation sur le chapitre de Haussmann qui avait si fâcheusement transformé Paris. Ce n'est pourtant pas la place qui manquait. Qu'est-ce qui empêchait d'étendre la ville sur les champs monotones de la banlieue et de laisser les arbres et les jardins ? Il accusait l'esprit de lucre d'avoir tout sacrifié au désir de faire monter le prix des terrains. Il détestait ce monde d'industriels, de banquiers, de spéculateurs qui faisait la loi depuis le Second Empire. « Qu'est-ce qu'ils ont fait de mon pauvre Paris ! Et encore ! Ce qu'ils construisent à leur usage, c'est laid, mais c'est confortable. On y manque d'air, mais ils s'en fichent puisqu'ils ont des propriétés à la campagne. Mais la banlieue... Les endroits où ils osent loger leurs ouvriers... Quelle honte ! Et tous ces gosses qui vont devenir tuberculeux à force de respirer la fumée des usines ! Ça va faire une jolie génération ! » Et on passait à Garnier qui a construit l'Opéra : « Dire que les Allemands l'ont raté avec leurs Berthas. » Quant à Viollet-le-Duc, je vais vous donner une idée des sentiments de mon père à son égard. En 1912 nous venions d'emménager dans cet appartement du boulevard Rochechouart où se situent nos entretiens. Le bail était déjà signé, les meubles transportés, lorsqu'il s'avisa que l'immeuble dont l'entrée était boulevard Rochechouart faisait le coin de la rue Viollet-le-Duc. Malgré l'avantage du logement de plain-pied avec l'atelier, mon père voulait s'en aller tout de suite, se déclarant incapable de supporter le voisinage de ce nom. Ce n'était qu'une boutade, mais le fond en était sérieux. Viollet-le-Duc était l'architecte qu'il haïssait le plus. Et Dieu sait s'il haïssait les architectes ! Il ne lui pardonnait pas d'avoir éreinté Notre-Dame de Paris et la cathédrale de Rouen. « J'adore les décors de théâtre, mais au théâtre. » Il prétendait que Viollet-le-

Duc avait été plus destructif pour les monuments français que les bombardements allemands et que toutes les révolutions et guerres passées ou futures.

Le 22 février 1848, au moment où Renoir se rendait à l'école, il vit arriver une compagnie de gardes municipaux qui s'installa devant le palais des Tuileries. Les hommes formèrent les faisceaux, s'appuyèrent machinalement contre le mur et commencèrent à rouler des cigarettes. Une voisine demanda à un soldat ce qui se passait. Celui-ci répondit en rigolant : « C'est la révolution. » La voisine le répéta à ma grand-mère qui retourna à ses occupations, et mon père s'en fut à l'école. A midi il mangea sa tartine de saindoux et, à quatre heures, rentra chez lui sans remarquer autre chose qu'un accroissement de soldats autour des Tuileries. Au dîner, Henri et Lisa racontèrent qu'ils avaient vu rue de Rivoli un groupe d'ouvriers dont l'un portait un drapeau tricolore. Ce drapeau était déjà celui de la monarchie de Juillet et n'avait rien de subversif. Ces ouvriers chantaient l'air des Girondins que la pièce d'Alexandre Dumas père venait de mettre à la mode. Le lendemain matin les soldats étaient plus nombreux. La reine Amélie n'avait pas paru à sa fenêtre, mais cela n'avait rien d'étonnant, car on était en hiver, et il faisait froid. Cependant, Renoir eut l'impression qu'Henri, Lisa et même son père étaient nerveux et qu'ils prononçaient des mots inhabituels dans le vocabulaire de la famille : peuple, liberté, suffrage universel. Tout le monde était d'accord pour traîner plus bas que terre le maréchal Bugeaud. L'inventeur du képi et héros de la fameuse chanson *L'as-tu vue, la casquette, la casquette* était haï. Mon père se demandait plus tard comment la légende avait pu s'emparer de ce personnage et lui donner un rôle sympathique. En effet, au moment de nos conversations, Bugeaud était devenu dans l'esprit du peuple français une sorte de Bayard bon vivant. Je dois avoir encore dans quelque coin de ma bibliothèque des images d'Épinal que Gabrielle me lisait pour me faire tenir tranquille lorsque j'avais quatre ou cinq ans. Bugeaud y est représenté dans les circonstances les plus glorieuses, chargeant à la baïonnette avec ses fantassins, recevant la reddition de chefs arabes, goûtant la soupe des soldats et toujours acclamé, auréolé de chapeaux agités, porté en triomphe, embrassé par d'accortes citoyennes. Renoir attribuait cette popularité posthume au réveil de l'esprit cocardier qui plus tard devait suivre notre défaite de 70. En 1848 on était encore très près des victoires de Napoléon, et la plupart des Français se méfiaient des gloires militaires.

Les Trois Glorieuses, c'est ainsi que l'on désigne les trois journées de révolution, commencèrent avec des chansons. La fusillade des grands boulevards qui fit tant de victimes transforma cette protestation presque amicale en une sanglante affaire. Les soldats du roi avaient tiré sur le peuple ! Le peuple répondit en chassant le roi qui, plus heureux que Louis XVI, put fuir en Angleterre. Un beau matin les Renoir s'aperçurent que leurs voisins avaient abandonné la partie et que le palais était vide. Ils regrettèrent la bonne reine Amélie mais saluèrent avec joie l'avènement de la République. Ils n'avaient rien vu de cette révolution qui devait ébranler le monde et s'était déroulée à cinquante mètres de chez eux. Des messieurs en redingote remplacèrent la famille royale. Le Louvre et les Tuileries furent baptisés palais du Peuple. Le prix de la vie augmenta et mon grand-père dut augmenter en conséquence le prix de ses costumes. Les gardes du

Palais restèrent les mêmes. L'écusson des Orléans disparut et fut remplacé par les mots « Liberté, Égalité, Fraternité ».

Les journaux rapportaient que l'Europe entière avait suivi l'exemple de Paris. On s'était battu dans les rues des villes allemandes, italiennes, espagnoles. La répression dans beaucoup d'États allemands s'annonçait sanglante. Des milliers de républicains fuyaient ces répressions. Beaucoup émigrèrent en Amérique. L'apport de leurs connaissances et de leur habileté professionnelle furent parmi les causes de la prospérité industrielle de ce nouveau pays. Tout ce mouvement était parti de Paris qui une fois de plus se trouvait le centre du monde. Les Parisiens n'en étaient pas peu fiers, et les Renoir partageaient ce sentiment.

Un beau jour, leur propriétaire, qu'ils voyaient rarement, vint leur rendre visite. Il leur annonçait que sa maison allait être démolie ainsi que toutes les maisons qui encombraient l'intérieur de la cour du Louvre. La République tenait à réaliser un vieux rêve des rois et de Napoléon qui était de réunir le Louvre aux Tuileries. Bien des plans avaient été proposés. Les divers gouvernements avaient toujours reculé devant la dépense et aussi devant la difficulté d'exproprier tant de petits propriétaires. Quatre jours après la révolution de 1848 un décret du gouvernement provisoire, inspiré par le général de Cavaignac, ordonna l'exécution d'un plan de M. Visconti, architecte, relatif aux travaux. Le plan était grandiose. Une fois le terrain déblayé, des bâtiments bien plus vastes et bien plus riches que l'ancien Louvre devaient être érigés et, suivant la rue de Rivoli et la Seine, se joindre aux Tuileries et fermer le quadrilatère.

Il y avait trois ans que mon grand-père était installé dans le quartier. Il commençait à se faire une clientèle ;

il avait trouvé de nouveaux amis et envisageait l'avenir avec confiance. L'idée d'avoir à déménager le terrorisa. Henri, Lisa et Victor n'étaient pas moins frappés. C'était comme si on les avait menacés de l'exil. Renoir, au contraire, espérait un nouveau voyage en diligence. Ma grand-mère ne fut nullement troublée par l'annonce de la catastrophe. Elle fit remarquer que depuis la grande révolution de 1789 il y avait eu au moins vingt projets de transformation du Louvre. Le nouveau plan irait rejoindre les précédents sur les étagères poussiéreuses de quelque ministère. Dans le cas de décision formelle la machine administrative serait longue à démarrer, et les Renoir auraient le temps de se retourner. Marguerite Merlet, comme toujours, avait raison.

Le coup du 2 décembre 1851 assassina la République et le Louvre fut provisoirement oublié. Le Prince-Président devint Napoléon III. Hélas ! en 1854 il fit commencer les travaux et mes grands-parents durent vider les lieux. Ils avaient tout de même gagné six ans. Si le coup du 2 Décembre les avait indignés, la décision de l'empereur d'agrandir son Louvre fut interprétée par eux comme un acte de despotisme. Lisa ne désignait jamais Napoléon III que sous le nom de Badinguet. C'était le nom d'un ouvrier peintre en bâtiment dont il avait emprunté l'identité au moment où il complotait son retour au pouvoir et où la police du roi le recherchait.

Les Renoir s'installèrent rue des Gravilliers dans le quartier du Marais. Gabrielle me parla plusieurs fois de la maison qu'elle a connue. Elle était allée porter un cadeau de la part de ma mère à ma tante Lisa, qui resta dans l'appartement familial avec son mari le graveur Leray lorsque mon grand-père et ma grand-mère se retirèrent à Louveciennes. C'était une vieille maison comme presque toutes celles de ce quartier qui avait été à la mode sous Louis XIII. Elle comportait trois étages. La façade était très simple, percée de hautes fenêtres à petits carreaux. Une porte sculptée ouvrait sur un porche conduisant à une cour intérieure. Cette cour était remarquable par un marronnier immense. Autour d'elle s'alignaient d'anciennes écuries. En 1854 elle se prolongeait encore par un petit potager que ma tante Lisa se mit à cultiver avec amour. Les écuries étaient occupées par les chevaux d'un entrepreneur de déménagements. Au milieu du porche une arcade donnait accès à un magnifique escalier. C'est surtout de cet escalier que Gabrielle se souvenait : des marches en pierre de taille très larges et très basses, tellement usées qu'elles étaient devenues une sorte de pente, et une rampe en fer forgé avec des sculptures entrelacées, « une dentelle »! L'appartement de mes grands-parents était au deuxième étage. Il était assez vaste pour que le grand-père pût abandonner la boutique de la rue de la Bibliothèque, un peu loin de la rue des Gravilliers pour ses jambes ankylosées, et réinstaller son banc de tailleur dans son propre domicile. Le bel escalier s'arrêtait malheureusement au premier. Pour monter plus haut on devait emprunter un escalier en bois assez raide. Mon grand-père déclara que les clients seraient tellement impressionnés par la première partie de l'ascension que la deuxième étape passerait sans qu'ils s'en aperçoivent. Les enfants avaient même un étage à eux sous le toit, et c'est de là que la vue était la plus belle. Ce logement avait été indiqué par des amis et fournisseurs fabricants de boutons dont l'atelier était installé au premier étage. Le fabricant de boutons était le filleul du propriétaire.

Au moment de l'installation rue des Gravilliers,

voici quels étaient les âges de la famille : mon grand-père Léonard cinquante-cinq ans, ma grand-mère quarante-quatre, Henri vingt-quatre, Victor dix-huit, Edmond sept ans et Renoir treize ans. Il était temps de le mettre en apprentissage. Les Renoir gagnaient honorablement leur vie, mais à la condition que chacun y mette du sien. Henri travaillait chez David, un orfèvre de la rue des Petits-Champs. M. et Mme David l'aimaient beaucoup à cause de son goût et son adresse. De son côté mon oncle n'était pas insensible aux charmes de Mlle Blanche David. On parlait mariage. La différence de religion (les David étaient juifs) n'était pas un obstacle. Dans les milieux de petits bourgeois parisiens le fanatisme religieux avait depuis longtemps disparu, et le racisme n'avait pas encore montré le bout de l'oreille.

Lisa n'avait pas de métier stable. En principe elle avait appris du père celui de couturière. Mais sa grande affaire était la défense de l'humanité opprimée. Elle s'enflammait pour les causes les plus désespérées ; il lui arriva de ramener dans sa chambre un enfant abandonné. Elle n'eut de cesse que lorsqu'elle eut retrouvé la mère, jamais indigne dans l'esprit de Lisa, mais victime d'un état social monstrueux. Quand elle ne trouvait pas de bébé à sauver, elle se rabattait sur un chien ou un chat. Sa chambre était pleine d'animaux plus ou moins estropiés et galeux. Elle admirait Saint-Simon, Blanqui et Fourier. Elle ne manquait pas les réunions du groupe révolutionnaire du quartier des Gravilliers. Et quand son patron agissait d'une façon injuste à l'égard de quelque pauvre ouvrière sans défense, Lisa ne lui cachait pas sa façon de penser. Cette générosité ne favorisait guère ses rapports avec ses employeurs mais lui valut des amitiés chaleureuses. Un de ses amis politiques, Charles Leray, devint un habitué de la maison. Il était le fils d'un chirurgien des armées de Napoléon qui, après la chute de l'Empire, avait continué à exercer avec succès dans les hôpitaux de Paris et avait sa statue sur la place de la mairie de sa ville natale, quelque part en Vendée. Cette statue paternelle conférait au fils une sorte d'auréole à laquelle Lisa n'était pas insensible. Leray était graveur de son métier, avait illustré plusieurs livres et travaillait pour les journaux de mode. Cela plaisait à mon grand-père. Les visites du jeune artiste étaient les bienvenues, et ses fréquentes sorties avec Lisa — ils adoraient le bal — admises avec des commentaires favorables. Lorsque le jeune homme demanda à Lisa de lui accorder sa main elle le rabroua. « Se marier comme des bourgeois ! » Cela ne cadrait pas avec les enseignements de Fourier : la propriété, c'est le vol ; ni de Saint-Simon : tout doit être mis en commun... il n'y a aucune raison pour qu'une femme appartienne à un seul homme... Mon grand-père laissait dire. Sous la Terreur, son ami l'aide-bourreau avait vu couronner la déesse Raison dans Notre-Dame. L'ouragan passé, cette même déesse Raison, sans doute fille de quelque commerçant patriote, avait dû oublier cette minute de gloire sacrilège et épouser un jeune boutiquier bien établi. Ses enfants avaient fait leur première communion, et ses petits-enfants récitaient le catéchisme. Marguerite Merlet demanda froidement à sa fille pourquoi elle ne rejoignait pas son héros en Amérique. Saint-Simon avait fondé un phalanstère aux États-Unis, sur les bords du Mississippi. Dans ce paradis terrestre on partageait tout, les récoltes, les femmes, les enfants. Le fainéant recevait autant que le travailleur. Charles Leray, en dépit de ses idées révolutionnaires, n'osait pas franchir le fossé des conventions. Mon père pensait même que Lisa n'avait pas été sa maîtresse.

60

« Chez elle c'était l'imagination qui galopait... » Un jour Leray cessa ses visites et se montra ostensiblement avec une cousine de M\ᵉˡˡᵉ David. Lisa proclama qu'elle était bien débarrassée, puis alla l'attendre à la sortie du théâtre du Château-d'Eau où il avait emmené sa rivale voir *La Campagne d'Italie*. Devant plusieurs milliers de spectateurs encore tout émus des malheurs de Joséphine de Beauharnais, elle administra à son galant une bonne paire de claques. Leray avait gagné. Un mois plus tard il épousait Lisa religieusement. En revêtant sa robe blanche, Lisa avait déclaré : « Je suis pour Jésus-Christ... ce sont les curés qui ont tout gâté. — Il en a de la chance, fit remarquer Léonard. — Qui cela ? — Jésus-Christ. » Lisa était dépourvue de ce que nous appelons aujourd'hui le sens de l'humour.

Victor travaillait chez un tailleur des grands boulevards. Il réussissait parfaitement. Son élégance lui valait de nombreuses conquêtes. Lisa disait de lui, avec mépris : « Victor est un coureur ; il est né pour devenir bourgeois ! »

Henri et Leray insistaient pour que mon père apprenne soit la gravure, soit le dessin de mode. Après sa première communion Renoir s'était mis à dessiner furieusement. Le papier étant rare, il dessinait à la craie sur le plancher. Mon grand-père voyait avec ennui ses morceaux de craie de tailleur disparaître. Mais il trouvait « bien venues » les figures dont son fils couvrait le sol de l'appartement. Marguerite Merlet partageait ce sentiment. Elle fit cadeau à Renoir de cahiers et de crayons. « Auguste fera quelque chose. Il a l'œil ! » Elle n'appelait jamais mon père de son premier prénom, Pierre, trouvant que mis en tête de « Renoir » cela faisait trop de *r*. Auguste aimait surtout faire des portraits. Ses parents, ses frères et sœur, les voisins, leurs chiens et leurs chats, tous y passaient, comme cela devait se faire durant le reste de sa vie. Il considérait déjà le monde et ses habitants comme un réservoir de « motifs » créés à son intention.

Aucun de ses modèles bénévoles des débuts ne supposait que ce passe-temps deviendrait un métier, et Renoir encore moins. Ses « ressemblances » lui donnaient seulement l'espoir de pouvoir aspirer à une carrière d'ouvrier d'art, comme son frère Henri, peut-être dans le dessin de mode, comme le suggérait Leray, ou la porcelaine. C'est cette dernière activité qui tentait le plus mon grand-père. Il était fier de la renommée de sa ville natale, Limoges, et aurait été heureux de voir son fils rejoindre cette grande tradition. Renoir, fidèle à sa théorie encore informulée du « bouchon », laissait à la destinée le soin de décider et continuait à noircir ses cahiers.

Il était très fort en solfège et avait une belle voix de baryton léger. Ses maîtres ne voulaient pas laisser en friche un tel don du Ciel. Ils le firent même accepter dans la célèbre chorale de l'église Saint-Eustache, dont le maître de chapelle était un jeune compositeur inconnu du nom de Charles Gounod. Cette chorale était composée uniquement de jeunes garçons, à la manière de nos modernes Petits Chanteurs à la Croix de Bois. Beaucoup de ces enfants étaient des fils de dames de la Halle. C'est dire que les mères ne manquaient pas d'argent et étaient, comme on disait à l'époque, fortes en gueule. Pour ces riches commerçantes, avoir un fils chantant à Saint-Eustache était un honneur. C'était l'art pur mettant un blason aux éventaires de choux-fleurs et de volailles. Les renvois de candidats chanteurs ne s'opéraient pas sans force protestations et apostrophes en langage coloré. Ces dames aux bijoux authentiques et aux robes de soie éclatante terrorisaient Gounod. Pour l'aider dans ces circonstances on lui avait adjoint un vieux prêtre qui, ayant toujours exercé ses fonctions dans le quartier des Halles, en connaissait le langage et le pratiquait.

Gounod se prit d'une sorte de passion pour mon père. Il lui donna des leçons particulières, lui enseigna les éléments de composition musicale, lui fit chanter des solos. Quand Renoir m'expliquait cette période de sa vie, je le sentais parti en imagination sous la voûte de la vieille église. Sa voix frêle était le lien entre tous ces fidèles qu'il ne pouvait voir. Il les devinait, transportés par ses notes aiguës, navrés d'un raclement de ses cordes vocales. Il découvrait cette communion entre l'artiste et son public qui est l'essence même du pouvoir spirituel, et cela sans avoir à forcer son horreur de l'exhibition personnelle. « J'étais caché derrière les grandes orgues. J'y étais seul tout en étant avec eux. »

Les répétitions avaient lieu le matin très tôt. Avant de se mettre au travail, les garçons assistaient à une messe encore nocturne. L'église n'était éclairée que par les cierges qui brûlaient nombreux devant les statues de la Vierge et des saints. Ces petites flammèches bougeaient au moindre courant d'air. « Quelle richesse ! Quand je pense que les curés ont remplacé cette lumière vivante par la lumière morte de l'électricité. » Il disait en parlant de ce dernier mode d'éclairage : « De la lumière en bocal, de la conserve bonne à éclairer des cadavres ! » Dans cette féerie ondoyante se révélaient les fidèles de cette première messe : forts de la Halle tenant à la main leurs immenses chapeaux, bouchers des abattoirs aux tabliers pleins de sang, écaillères d'huîtres en sabots et cotillons courts, crémières vêtues de blanc. Leur foi était bouleversante, et aussi la beauté du tableau. « Des visages d'hommes dont le métier est de tuer, des corps habitués à supporter des fardeaux, des hommes et des femmes qui connaissent la vie et qui ne viennent pas à la messe pour montrer leurs habits du dimanche ni pour des raisons sentimentales. C'est là, dans le froid d'une matinée d'hiver, que j'ai compris Rembrandt ! »

Gounod donna à mon père des places pour l'Opéra, une loge pour toute la famille. Ce n'était pas encore le grand Opéra de Garnier... « cette brioche non comestible »... mais un charmant bâtiment à l'italienne dont on peut se faire une idée en allant visiter la Fenice à Venise, « tout en bois et tout en loges, un écrin pour présenter les jolies filles de Paris. Aujourd'hui le théâtre est un « exercice culturel ». Les architectes ont étudié l'acoustique, bon prétexte pour des plafonds géométriques. Les Italiens connaissaient d'instinct les lois du son, sans savoir les formuler. Dans leurs théâtres on entendait tout. Un soupir de la prima donna vous bouleversait. Et les rouges et les ors, et les Vénus, les Cupidons, les Muses de bois peint !... On en trouve encore d'assez jolis sur les manèges de chevaux de bois !... et les bijoux sur les poitrines opulentes ! J'adore les bijoux, à la condition qu'ils reposent sur un téton. Bien entendu je préfère les bijoux faux. L'idée que ça vaut de l'argent enlève un peu du plaisir... »

On donnait *Lucie de Lammermoor*. Les chanteurs ignoraient encore le style « réaliste » et se tenaient face au public. Même pour déclarer sa flamme au soprano, le ténor s'agenouillait en lui tournant le dos et tendait les bras vers les fauteuils d'orchestre. Les Renoir étaient ravis, mon père aux anges. Cependant Lisa déclara que ce n'était pas « vrai ». « Dans la vie on ne chante pas, on parle. » Cela fit réfléchir Renoir sans le convaincre. Plus tard il devait m'exposer en quelques mots ses idées sur le théâtre : « Mme Charpentier avait beaucoup insisté pour que j'aille voir une pièce d'Alexandre Dumas fils. Je m'y étais résigné, bien pour lui faire plaisir. Je n'aimais pas le fils Dumas à cause de son attitude vis-à-vis de son père qu'on méprisait à cette époque. On le traitait d'amuseur, comme si c'était facile d'amuser les gens. Les raseurs ont beau jeu. Plus ils sont emmerdants, plus on les admire... Donc j'étais allé voir cette pièce du fils Dumas. Le rideau se lève sur un salon avec une vraie cheminée, du vrai feu et un vrai piano. Je venais d'épouser ta mère et comme elle aimait la musique, je lui avais fait cadeau d'un piano. Tous les soirs en rentrant de mon atelier, la première chose que je voyais chez nous était ce piano. Pourquoi perdre une soirée à contempler, mal assis dans un théâtre, ce que je peux regarder chez moi en pantoufles et en fumant une bonne pipe ?... Je partis sans assister à la fin de la pièce. »

J'ouvre ici une parenthèse, une de plus, à propos de l'adjectif énergique utilisé plus haut par Renoir pour désigner les raseurs. Habituellement mon père s'exprimait dans un langage soigné et toujours grammatical. Il n'aimait pas le parler grasseyant des faubourgs qu'il jugeait affecté ; pas plus que le parler snob imité de l'anglais y compris le léger bégaiement. Les erreurs de complément l'agaçaient. Lui-même n'avait pas d'accent. Par contre il aimait les vrais accents locaux, résultat d'une tradition, et en général les expressions paysannes. Il évitait autant que possible les gros mots, les réservant à la qualification d'un nombre limité d'ennemis personnels dont les littérateurs et en particulier les peintres littéraires.

Gounod envoya son vieil ami, l'abbé des dames de la Halle, en ambassadeur chez mes grands-parents. Il offrait de donner à son élève une éducation musicale complète. Pour lui permettre de vivre, il l'aurait fait entrer dans les chœurs de l'Opéra. Il ne doutait pas que le jeune Renoir ne devienne un grand chanteur. C'était tentant. Renoir aimait le chant, mais j'ai déjà dit son horreur de se mettre en avant. Ce n'était pas de la timidité, mais la conscience que « ça ne lui allait pas ». Il devinait aussi que sous la façade de facilité du métier d'acteur sont cachées de grandes forces destructives, que le fait de cesser d'être soi-même pour devenir Don Juan ou Figaro est une gymnastique spirituelle pour laquelle il n'était pas fait. Si la proposition de Gounod avait été la seule, fidèle à sa politique du « bouchon », il aurait accepté, et ses parents auraient ratifié sa décision. Un ami des David, M. Lévy, propriétaire d'un atelier de porcelaine, rue Vieille-du-Temple, offrait de le prendre en apprentissage. La porcelaine, Limoges, le rêve de Léonard ! Mon père décida pour la porcelaine. Il fit à son maître des adieux émus. Gounod lui dit : « Savez-vous que le ténor que vous avez entendu dans *Lucie* gagne dix mille francs par an... » Mais l'argent était déjà sans grand attrait pour Auguste Renoir.

Renoir ne pouvait pas faire ce qui lui déplaisait. C'était physique. Par exemple il n'a jamais pu enseigner. Il était une merveilleuse machine à absorber la vie. Il voyait tout, comprenait tout et le faisait sien. L'idée que chacun de ses coups de pinceau restituait ces richesses au centuple ne lui vint que très tard. Et encore ! Quand il peignait il oubliait et devait toujours oublier que son œuvre pût avoir la moindre importance. La fonction de professeur qui consiste à « donner » lui semblait invraisemblable, à lui qui voulait « tout prendre ». Sa générosité lui était inconnue. Il en était de même dans sa vie matérielle. Tout jeune il était déjà très économe. « Je marchais sur la terre du milieu de la rue pour éviter d'user mes semelles sur la pierre du trottoir. » Cependant il n'hésitait pas à dépenser son salaire d'un mois pour acheter un col de dentelle à Lisa ou une canne à pommeau d'or à son père. Il n'osait pas faire de cadeaux à sa mère. Marguerite Merlet, on le sait, n'aimait pas les colifichets. Elle aimait les beaux meubles, les tapis, les tentures chatoyantes. Plus tard, mon père lui offrit une commode Louis XIV signée à l'intérieur d'un tiroir. Renoir avait oublié le nom, « ... pas Boulle... mieux à mon avis ! Boulle tombait quelquefois dans le maniérisme. Et s'il avait exécuté toutes les commodes qu'on lui attribue, il aurait dû vivre trois siècles ! ». Mon père ajoutait : « Le Second Empire aurait pu être le paradis des collectionneurs. Victor Hugo avait tourné les têtes, et les gens ne savaient plus voir. Ils payaient un prix fou de mauvaises imitations du Moyen Age, des fauteuils avec des sculptures en toc qui vous rentraient dans les reins... ils construisaient les faux châteaux forts que tu connais, la plaine Monceau en est bourrée : fenêtres en ogives, verres de couleur, pas de lumière, des escaliers à se casser le cou. La tourelle à mâchicoulis abrite en général les cabinets. Et là-dedans les bourgeoises se prenaient pour Isabeau de Bavière, et leurs maris marchands de ferraille pour François Villon. Pendant ce temps-là on faisait du feu avec les merveilleux meubles paysans et bourgeois du XVIIIᵉ siècle. »

Renoir se lança dans sa carrière de peintre sur porcelaine avec l'enthousiasme raisonné qu'il mettait à toute chose. Au fond de lui-même il doutait que les produits de son patron pussent jamais représenter l'idéal de la beauté plastique. C'étaient des imitations de Sèvres ou de Limoges, vases agrémentés de délicates guirlandes, assiettes rehaussées de fines arabesques et toujours un motif central : bergers Louis XV contant fleurette à des bergères, aigles impériales, portraits historiques. « Ça ne cassait rien mais c'était honnête. Et puis il y a dans les objets décorés à la main un je ne sais quoi. Le plus abruti des ouvriers trouve le moyen d'y mettre un peu de lui-même. Un coup de pinceau maladroit peut nous révéler son rêve intérieur. Et j'aime mieux un abruti qu'une machine... »

Renoir débuta en peignant les encadrements faciles. Son habileté le fit bientôt passer aux portraits historiques. Lisa, qui continuait après son mariage à prendre en main les intérêts des autres, s'aperçut que son frère fournissait le travail d'un ouvrier décorateur aux conditions d'un apprenti... Elle alla voir le porcelainier, le traita d'exploiteur, et le menaça d'emmener « Auguste » chez le concurrent d'en face. Le brave homme tenait à sa nouvelle recrue, « un garçon poli et qui ne fait pas de bruit ». Mais il ne pouvait décemment payer un gamin le prix d'un homme, « ... un homme avec une femme et des enfants... ». Il avait constamment à la bouche le mot « convenable » et, sans doute par timidité, ponctuait ses sentences de reniflements discrets. Mon père le décrivait avec précision : un petit homme très myope portant une « impériale[1] » énorme, ce qui lui donnait un faux air d'énergie. Finalement il offrit de payer Renoir aux pièces. « Je vais le mettre aux assiettes à dessert, deux sous par assiette, trois sous pour le profil de Marie-Antoinette. » « Ce profil de Marie-Antoinette !... cette gourde qui se croyait maligne en jouant à la bergère... » Mon père la peignit des centaines de fois. A la fin il aurait pu l'exécuter en fermant les yeux. Il allait

1. Coupe de barbe imitée de Napoléon III.

si vite que les trois sous s'accumulaient dans sa poche. Le patron reniflait et tortillait son impériale... : « Un gamin... gagner tant d'argent !... ce n'est pas convenable ! » Il proposa à Renoir de l'engager à l'année au salaire exorbitant de cent vingt francs par mois. Renoir, qui rêvait de cette sécurité qu'il n'atteignit jamais, aurait accepté. Mais Lisa refusa et il resta « aux pièces ». Il profita de son succès avec Marie-Antoinette pour convaincre son patron de le laisser essayer de nouveaux motifs décoratifs. Le brave homme fut terrifié. Mais la porcelainière, qui aimait passer sa main dans la chevelure châtain clair du jeune artisan, réussit à convaincre son mari. Renoir s'essaya à copier des nus d'après un livre que sa mère lui avait donné : *Les dieux de l'Olympe vus par les grands peintres.* Ce livre était illustré de gravures d'après les Italiens de la Renaissance. J'ai eu longtemps chez moi un vase orné d'une Vénus sur fond de nuages. C'était déjà un Renoir. Malgré la banalité de l'objet et le désir évident de faire « commercial » on y devinait la patte d'un grand bonhomme. Ce vase a disparu de chez moi pendant la dernière guerre. Puisse son nouveau propriétaire en jouir complètement.

Mme Lévy était une grande brune. Au début elle terrifiait Renoir. Il n'avait jamais pris une femme dans ses bras. « ... Autant que je m'en souvienne elle était assez bien, mais osseuse, de grandes jambes, de grands bras, une jolie poitrine... » Elle descendait souvent à l'atelier, l'appartement du patron était au premier étage, et regardait travailler mon père en soupirant : « Je suis si seule... je m'ennuie. » Renoir concluait : « Elle avait dû lire *Madame Bovary,* cette poufiasse sentimentale !... Moi je me méfiais. J'avais autre chose à faire ! Dans le fond elle était bonne fille et ne demandait qu'à me rendre service. »

Le côté matériel de son métier fascinait Renoir. Malgré les protestations de M. Lévy qui aurait voulu le voir accumuler les Marie-Antoinette qui se vendaient de mieux en mieux (« ... on devait cela à la guillotine... les bourgeois adorent les martyrs... surtout après un bon repas arrosé de liqueurs... ») mon père apprit à mouler les vases et à les tourner. Le vieil ouvrier qui s'occupait des fours le prit en amitié et lui enseigna le secret des cuissons. Elles se faisaient encore au bois. Renoir sut bientôt régler l'intensité des brasiers et juger de la température intérieure par la couleur de l'émail en fusion. Une petite ouverture dans la paroi permettait de surveiller. Tout en sirotant sa piquette, le vieux chauffeur multipliait les recommandations : « Il faut boire... et pas du vin pur. Si tu ne bois pas, avec la chaleur des brasiers tu vas te dessécher. J'en ai connu un, il était si sec qu'il n'avait plus de viande du tout... la peau et les os... le cœur, les poumons ne pouvaient plus fonctionner... trop serrés... il est mort ! Il ne faut pas que les vases passent trop vite du rouge sombre au rouge cerise. Et après, il ne faut pas laisser tomber le feu. Tu aurais de la casse. » La cuisson durait douze heures. Les repas des cuiseurs leur étaient apportés par la patronne : « Mangez, mon petit... je vous ai fait un bon pot-au-feu... » Mais Renoir était trop intéressé par le passage des pièces du rouge à l'orangé et la patronne en était pour ses frais. Le vieil ouvrier s'amusait beaucoup : « T'es trop jeune et moi je suis trop vieux. Elle n'a pas de veine ! »

Mon père me déballait ses souvenirs en vrac. J'arrive à peu près à rassembler les faits concordant avec son séjour chez le porcelainier, mais sans précision chronologique. Je crois que cette période dura environ cinq ans. Ces évocations peuvent donc s'appliquer aussi bien à un gamin de treize ans qu'à un homme de dix-huit ans. Pendant ces cinq ans Renoir devait apprendre l'essentiel de la vie, l'art et l'amour. Concernant cette seconde entité je devrais dire plutôt « les femmes ». J'ajoute qu'à part quelques inévitables exceptions, on peut affirmer que chez Renoir elles représentaient avant tout une matérialisation de l'art.

Renoir se défendait avec raison d'être un intellectuel. « Ce qui se passe dans mon crâne ne m'intéresse pas. Je veux toucher... au moins voir...! » Pour lui l'expression « art », qu'il lui fallut finalement bien accepter, « ... on parle le langage de son temps », passa de l'abstrait au concret un jour où sa flânerie l'amena devant la Fontaine des Innocents. Ce n'était pas la première fois qu'il la voyait. On en parlait beaucoup à cette époque. A grands frais le gouvernement avait décidé de redonner à ce monument un cadre digne de lui. Napoléon III avait en tête d'embellir et d'assainir Paris, et, comme on devait le constater avec la mise en œuvre du plan Haussmann, il n'hésitait pas à tailler dans le vif. Renoir enfant approuvait ces bouleversements. Il était sans doute influencé par Lisa qui était pour le progrès. Plus tard, son regret des vieux quartiers disparus revenait souvent dans nos entretiens. J'en ai déjà parlé et en parlerai encore. « Tu ne peux pas savoir comme Paris était beau et amusant!... Et quelle que soit l'opinion des Haussmann et autres démolisseurs, beaucoup plus sain que maintenant. Les rues étaient étroites; leur ruisseau central ne sentait pas toujours très bon; mais derrière chaque immeuble il y avait un jardin. Des tas de gens connaissaient encore le plaisir d'une laitue qu'on va cueillir au moment de la manger. »

La Fontaine des Innocents datait du roi Charles IX. Elle avait été érigée au milieu du vieux cimetière des Innocents, célèbre jadis par ses quatre charniers; on désignait ainsi les fosses communes dans lesquelles on jetait les cadavres plus ou moins anonymes. Les travaux avaient précédé de peu le massacre de la Saint-Barthélemy. Les artisans fignolaient les délicats ornements de la fontaine tandis qu'on empilait les corps des protestants dans les trous. La Révolution décida de supprimer le cimetière des Innocents, vestige de temps révolus, et de le remplacer par un marché réservé aux maraîchers et cultivateurs des villages de Charonne, Montreuil et en général la banlieue nord-est. Le vent n'était plus aux destructions inutiles. La République avec les victoires de ses armées était devenue plus tolérante. Ce relâchement est un phénomène commun à toutes les révolutions, « y compris la révolution chrétienne », disait Renoir. Quoi qu'il en soit, la fontaine fut pieusement transportée dans un coin du terrain, pierre par pierre, et sauvée de la pioche égalitaire. Ceux qui voulaient admirer ses bas-reliefs pouvaient y accéder en se frayant un chemin au milieu des baraques en bois, charrettes à bras, animaux divers, accumulés par les marchands. En 1855 cette bruyante population fut dispersée, classée, cataloguée dans l'organisation des nouvelles Halles qui naissaient, et où l'attribution des places devait se faire par catégorie de marchandises. On nettoya le terrain de l'ancien cimetière, on retransporta la fontaine au milieu de cet espace libre. Sur les squelettes empilés, au lieu des baraques branlantes du marché, on vit s'élever les beaux arbres d'un square. Renoir poussait l'esprit de contradiction jusqu'à regretter le fouillis de l'ancien marché. « Je n'aime pas qu'une œuvre d'art soit présentée sur un plateau. Ils ont fait la même chose avec Notre-Dame qui pendant des siècles avait fort bien vécu entourée de vieilles bicoques. Puisque art il y a, je dis, moi, qu'il n'y a pas d'art sans la vie. Et si on tue la vie... Et puis zut ! Tout ça c'est à cause de notre manie moderne de faire « distingué ». Les bourgeoises ne veulent plus respirer les odeurs de poisson. »

Donc, un matin, le jeune Renoir eut l'idée de s'arrêter devant la Fontaine des Innocents. Il pensa que les bas-reliefs pourraient lui fournir d'excellents motifs pour ses porcelaines. Le lendemain il revint avec un carnet et un crayon. Il eut bien vite distingué le travail de Jean Goujon des autres sculptures. Il s'informa auprès de son beau-frère Leray qui lui conta l'histoire de la fontaine. Une question d'une importance primordiale se présenta à l'esprit de mon père. « Ces femmes sont à peu près les mêmes. Des belles filles avec un corps agréable ; sans doute la femme ou la petite amie du sculpteur. Pourquoi celles de Jean Goujon sont-elles plus excitantes que celles de Lescot ?... Pourquoi est-ce que je peux rester des heures à contempler les premières alors que les autres m'ennuient au bout d'un instant ? » Renoir concluait : « Si on connaissait la réponse, ça serait trop commode. »

Je suis bien prétentieux mais je crois la connaître la réponse. C'est parce que Renoir inconsciemment se sentait de la même essence que Jean Goujon. « Nous sommes du même sang, vous et moi », disait Mowgli dans ce *Livre de la Jungle* que mon père relisait souvent. Entre gens du même sang la conversation se trouve facilitée. C'est toute la question de la diffusion des œuvres d'art que je pose ici. Seuls ceux qui se haussent au niveau de l'artiste peuvent participer à la conversation. Leur nombre est forcément limité. Alors pourquoi les musées largement ouverts à la foule ignorante ? A cette question Renoir répondait que la bonne façon d'apprendre une langue étrangère est d'aller dans le pays et de l'entendre parler. Le seul espoir d'accéder à la compréhension de la peinture, c'est de regarder de la peinture. « Et si dans un million de passants il n'y en a qu'un à qui cela fait quelque chose, c'est assez pour justifier les musées. »

A l'époque où Renoir me parlait de la Fontaine des Innocents, j'étais loin de saisir l'importance de ces déclarations. Le jour tombait dans l'atelier. Le récit de mon père était entrecoupé de regards en coin à sa toile inachevée, des fleurs, comme la veille et le lendemain. Il lui fallait laisser fuir le temps avant que le désarroi causé par la disparition de ma mère ne se fonde en une sorte de résignation. Pour l'instant, il n'avait pas encore le courage d'entreprendre une grande figure, ou de sortir pour un paysage. Enfoncé dans son fauteuil il attendait que la nuit tombe. Je crois que ça lui faisait du bien de me parler de son enfance.

« Tu devrais aller revoir la Fontaine. Moi pas ! C'est une telle histoire de me bouger !... Passe-moi une cigarette ! Quand je pense que je ne suis même plus fichu de rouler une cigarette ! » Et il regardait ses mains déformées par les rhumatismes. « Des cigarettes toutes faites... comme une femme entretenue ! » Cette comparaison l'amusait et il l'utilisait souvent. Elle m'avait frappé lorsque quelques années auparavant ma mère lui avait acheté une automobile. « Me voilà en voiture maintenant, comme une poule de luxe ! » Et il sautait au passé. « Ces femmes de Jean Goujon ont un peu de la chatte. Les chattes sont les seules femmes qui comptent, les plus amusantes à peindre. Cependant je me rappelle une grande bique, une fille superbe ! J'ai aussi eu bien du plaisir avec des pékinois. Quand elles font la moue, elles peuvent être exquises ! » Il aimait assimiler les êtres humains à des animaux. « Darwin n'y connaît rien. Pourquoi seulement les singes ? Un tel (il me nommait un grand marchand de tableaux) descend du singe. Mais Victor Hugo comptait certainement un étalon parmi ses ancêtres. Et que de femmes ressemblent à des oies ! Ça ne les empêche pas d'être charmantes. C'est très gentil une oie !... »

Pensant plaire à mon père, j'achetai au musée du Louvre des moulages réduits des bas-reliefs de Jean Goujon. Il les regarda à peine. Par contre, une reproduction d'une Vierge du XIIe siècle l'enchanta. Je l'avais prise sans réfléchir. Son corps trop long, son visage maladroitement formé et surtout un invraisemblable Enfant Jésus, trop petit, raide, le regard fixe d'une poupée à bon marché, m'avaient attiré. Le commentaire de Renoir m'ouvrit des horizons : « Quelle grâce dans cette bourgeoise française et quelle pudeur ! Ils avaient de la chance. Je parle des tailleurs de pierre des cathédrales. Savoir que toute sa vie on fera le même motif : Vierge à l'Enfant, les Apôtres, les quatre Évangélistes. Et je ne serais pas surpris que certains se soient limités à un seul et même motif. Quelle liberté ! Ne plus avoir à se préoccuper d'une histoire puisqu'on l'a déjà racontée des centaines de fois. C'est cela qui est important, échapper au motif, éviter d'être littéraire et pour cela choisir quelque chose que tout le monde connaît ; encore mieux pas d'histoire du tout ! » Tout en parlant, il regardait son tableau. « Il fait trop noir, je vais abandonner ces roses. Appelle la grand-Louise. » Mon père était extrêmement méticuleux dans tout ce qui touchait à son métier. Sa palette, ses pinceaux étaient toujours d'une propreté extrême. Il n'en confiait le soin qu'à peu de gens. Ma mère et Gabrielle avaient mérité cette confiance. Maintenant c'était la grand-Louise. Son inévitable cigarette étant allumée : « ... Pense que nous n'avons là qu'une reproduction en plâtre. Ça n'est pas vilain le plâtre, mais ça manque de noblesse. Jean Goujon a bien du talent, mais pour résister à une reproduction, il faut être très fort. »

J'entendis un jour mon père dire à un groupe d'amis, parmi lesquels Vollard, le marchand de tableaux, et Gangnat le collectionneur : « Depuis les cathédrales nous avons eu un sculpteur », et il ajoutait : « C'est dur, la sculpture ! Des peintres ça se trouve encore quelquefois ; des littérateurs et des musiciens, il y en a à la pelle. Mais pour être un sculpteur, il faut être un saint. Avoir la force d'échapper au piège de l'habileté et de l'autre côté ne pas tomber dans le piège du faux rustique. » Et il répétait songeur : « Depuis Chartres, je ne vois qu'un sculpteur... c'est Degas. » Cette surprenante déclaration n'étonnait qu'à moitié les auditeurs de Renoir. C'étaient des hommes qui avaient franchi quelques-unes des barrières qui maintiennent la foule dans le cercle des illusions admises. Renoir concluait : « Ceux des cathédrales ont réussi à donner l'idée d'éternité. C'était la grande préoccupation de leur temps. Degas trouve le moyen d'exprimer la maladie de nos contemporains, je veux dire le mouvement. Nous avons la bougeotte et les bonshommes, les chevaux de Degas bougent. Avant lui, il n'y avait guère que les Chinois qui avaient trouvé le secret du mouvement. C'est la grandeur de Degas : le mouvement dans un style français. »

Il donnait comme preuve de l'incapacité de Garnier le fait d'avoir confié à Carpeaux l'exécution du groupe de la Danse à l'Opéra, au lieu d'en avoir chargé Degas, oubliant qu'à l'époque Degas était un très jeune homme.

Cet éloge du mouvement me semblait en contradiction avec certaines opinions précédemment exprimées par mon père. Je lui rappelai ses commentaires sur les sculptures exposées au musée du Luxembourg : « ... Ces hommes et ces femmes, tellement tendus que c'en est éreintant. Ils sont en équilibre sur un pied, ou bien brandissent une épée de toute la force de leurs muscles. De pareils efforts ne peuvent être soutenus pour toute une éternité. La sculpture, étant faite de pierre ou de bronze, de matériaux indestructibles, doit être aussi éternelle que ces matériaux. On a envie de dire à ces soldats mourants ou à ces mères hurlant leur douleur : Je vous en prie, un peu de calme, prenez une chaise et asseyez-vous. »

Renoir amusé me répondit : « Le mouvement peut être aussi éternel que l'immobilité s'il correspond à l'équilibre de la nature, s'il est l'expression de la fonction éternelle d'un être. Le vol d'une hirondelle est aussi éternel que la tranquillité du Scribe accroupi. Les statues du Luxembourg s'agitent pour des raisons intellectuelles, des raisons de littérateur. L'hirondelle fend l'air pour attraper un moucheron et satisfaire son appétit et pas pour proclamer des principes. » Cette négation de la valeur des motifs non physiques était fréquente chez Renoir. Il est intéressant de rappeler que l'auteur de pareils propos préférait crever de faim que de renoncer à ses propres principes.

A part la Fontaine des Innocents et quelques autres découvertes dont je vous entretiendrai dans un instant, Renoir parlait rarement de sa formation de peintre. Il semble que ça lui était venu tout naturellement et qu'il n'aurait pas pu faire autre chose. Les différentes étapes qui devaient l'amener là n'étaient pas le fait d'un hasard heureux ou malheureux. Elles étaient le chemin normal et obligatoire qu'il avait à parcourir. Même avant qu'il ne le sût lui-même, sa main était faite pour peindre, comme notre langue est faite pour parler. Ça n'est pas une grande découverte que de s'apercevoir que le but final des jambes est de nous permettre de marcher. Le bébé se traîne, et puis un beau jour il marche. Renoir va à l'école, chante, décore de la porcelaine ; un beau jour il peint et voilà tout !

Mon père connaissait le musée du Louvre. Mon grand-père et surtout ma grand-mère l'y avaient mené plusieurs fois. C'étaient des gens de goût, « comme il y en a quelquefois en France ». Mais le sens profond de la peinture ne devait apparaître à Renoir que bien plus tard. « Cette idée de Rousseau que les hommes naissent en sachant tout est une idée de littérateur. Nous naissons en ne sachant rien. Nous avons en nous des tas de possibilités. Mais quel travail pour les découvrir ! Moi, il m'a fallu vingt ans pour découvrir la peinture. Vingt ans à regarder la nature, et surtout à aller au Louvre. Et quand je dis découvrir ! J'en suis encore au début et je passe ma vie à me fiche dedans. Prenez un paysan d'Essoyes et faites-lui entendre le chef-d'œuvre des chefs-d'œuvre, le *Don Juan* de Mozart, il s'ennuiera à crever et préférera un air de café-concert — et cela malgré cet hypocrite de Jean-Jacques Rousseau. Alors c'est bien simple, il faut commencer par le café-concert, mais le choisir bon. » Renoir commença par mieux que le café-concert. Ses premiers enthousiasmes allèrent à Watteau et à Boucher. « Je rêvais de les copier sur mes porcelaines. Mais le patron craignait que ces motifs compliqués ne me prissent trop de temps et que le rendement ne fût mauvais. J'avais beau lui faire remarquer qu'il n'y perdrait rien puisqu'il me payait à la pièce. J'étais très demandé et il fallait satisfaire la demande. Je n'en étais pas peu fier. » Renoir prétendait même que son succès comme ouvrier peintre sur porcelaine lui avait causé plus de plaisir que les compliments et honneurs que ses admirateurs devaient plus tard lui prodiguer. « Un gamin à qui le patron dit qu'il a besoin de lui ! C'est enivrant ! Je marchais dans la rue en me figurant que les passants me reconnaissaient : « C'est le jeune Renoir, celui qui a peint « notre Marie-Antoinette. » Maintenant je sais bien que ça ne veut rien dire. Le public marche indifféremment pour ce qui est bien comme pour ce qui est mal. Et après cent ans de romantisme pleurnichard, les Français sont devenus sentimentaux. » Il faisait allusion à une toile qui vient de se vendre une fortune à Londres à la vente Sotheby. « Ces bougres de marchands de tableaux savent bien que le public est sentimental. Et ils ont foutu un titre dégoûtant à ma pauvre fille qui n'y peut rien, ni moi non plus. Ils l'ont appelée *La Pensée*. » Sa figure se renfrognait à ce souvenir. Puis son œil brillait de malice en regardant ses interlocuteurs : « ... Mes modèles à moi ne pensent pas. »

Renoir prit l'habitude, à midi, au lieu de déjeuner avec les copains dans la crémerie du coin, d'aller au Louvre. « A Watteau et Boucher j'ajoutai Fragonard, surtout les portraits de femmes. Ces bourgeoises de Fragonard !... distinguées sans cesser d'être bonnes filles. On les entend parler le français de nos pères, ce langage si vert et pourtant si vraiment digne. Les barbiers n'étaient pas encore des coiffeurs, et le mot garce était simplement le féminin de garçon. On savait à la fois lâcher un pet en société et accorder les participes. Aujourd'hui, les Français ne pètent plus mais parlent comme des illettrés prétentieux. »

Les patrons de mon oncle Henri, les David, ayant vendu leur commerce, celui-ci entra chez Odiot, le célèbre orfèvre de la place de la Madeleine. Cette position devait hâter son mariage avec Mlle David et aussi le mettre en rapport avec une clientèle plus élégante. Odiot était fournisseur de Sa Majesté l'empereur. La mode était aux Chinois. Le gouvernement impérial songeait à créer un établissement français sur la côte de l'Indochine, et toute la cour découvrait l'Extrême-Orient. Henri emmena mon père à une exposition de laques et de porcelaines ramenées par une mission mi-diplomatique mi-commerciale. Renoir admira poliment les vases aux formes compliquées, les statuettes au sourire mystérieux. « Je trouvais tout cela très joli, très adroit, mais cela ne me touchait pas. Trop malin ! J'étais trop jeune pour comprendre que ces imbéciles avaient choisi des objets représentant la décadence d'une immense civilisation. Soudain je découvris dans un coin de merveilleuses poteries, des formes si simples que j'en étais tout ému, et là-dessus de larges touches d'oxyde de cuivre, ce vert qui fait penser à des vagues, enfin de la porcelaine traitée sans respect, comme de la faïence, de la porcelaine épaisse et qu'on peut tripoter sans risquer la casse. Mon frère ne comprenait pas mon enthousiasme. Il était déjà pris par la mode. Et, pourtant, c'était un merveilleux graveur. Mais la mode, ça ne pardonne pas. Ça empêche de voir ce qui est éternel. » Ces poteries chinoises augmentèrent les doutes de Renoir sur la valeur des objets manufacturés par son patron porcelainier. Mais la profession d'artiste peintre lui semblait encore au-dessus de lui, confinée dans une sorte d'Éden hors de sa portée. « Et puis je gagnais bien ma vie dans la porcelaine. J'avais pu aider mes parents à acheter leur maison de Louveciennes. J'aurais pu même vivre de mon côté. A quinze ans ça n'est pas si mal. Mais ça me faisait plaisir de bavarder avec ma mère, le soir. C'était une femme très bien. Elle croyait que je pourrais faire de la peinture, mais me conseillait avant de me lancer de mettre de côté de quoi vivre un an. »

L'école de Fontainebleau triomphait. Mon père suivant en cela le goût du public proclamait son admiration pour ces peintres de la nature. « Rousseau[1] m'épatait et aussi Daubigny[2]. J'ai tout de suite compris que le grand bonhomme c'était Corot. Celui-là ne passera jamais. Il échappe à la mode comme Vermeer de Delft. Je détestais Millet. Ses paysans sentimentaux me faisaient penser à des acteurs déguisés en paysans. Mon amour allait à Diaz[3]. Il restait à ma portée. Je me disais que si j'étais peintre, j'aurais voulu peindre comme lui et que peut-être j'aurais pu le faire. Et puis j'aime bien lorsque dans un paysage de forêt on dirait qu'il y a de l'eau. Et chez Diaz souvent on sent le champignon, la feuille pourrie et la mousse. Ses tableaux me rappelaient mes balades avec ma mère, dans les bois de Louveciennes et dans la forêt de Marly. »

Renoir devait plus tard faire la connaissance de Diaz. Quand il me racontait cet épisode, il en était encore tout ému. Il redevenait le jeune homme fervent, tout embarrassé de se trouver en présence du maître. Voici comment s'opéra la rencontre. Renoir avait un peu moins de vingt ans. Il avait lâché la porcelaine dans des circonstances que je vous préciserai plus tard mais continuait à gagner sa vie dans la décoration. Quand il pouvait se le permettre il allait à la campagne et peignait sur nature. Un jour, dans la forêt de

1. Rousseau (1812-1867), peintre paysagiste français de l'école de Fontainebleau.
2. Daubigny (1817-1878), peintre français, de l'école de Fontainebleau.
3. Diaz (1808-1876), peintre français, de l'école de Fontainebleau.

Fontainebleau, alors qu'il était sur le « motif », il fut entouré par une bande de Parisiens « malins », calicots et grisettes en goguette qui se moquèrent de sa blouse d'ouvrier. « Au grand désespoir de ton grand-père, la confection prenait le dessus et les gens commençaient à ressembler à des mannequins. Vois-tu, ce qui est grave dans la confection, c'est que ça met l'élégance à portée de toutes les bourses, une élégance de commis voyageur. C'est l'ouvrier déguisé en monsieur et cela pour 25 francs 50. Quand j'étais gosse les ouvriers étaient fiers de leur profession. Les charpentiers, même le dimanche, portaient le large pantalon de velours et la ceinture de flanelle bleue ou rouge, les peintres en bâtiment le béret et la cravate lavallière. Ils ont troqué l'orgueil de leur métier contre la vanité imbécile de ressembler à des bourgeois. Résultat, les rues de Paris semblent peuplées par les figurants d'une pièce de Dumas fils. » Et il concluait : « Tout ça, c'est la faute des Anglais ! »

Pour en revenir à l'épisode de la forêt de Fontainebleau, Renoir feignit d'ignorer les réflexions des plaisantins et continua de peindre. L'un d'eux, irrité par ce silence, s'approcha de lui et fit sauter sa palette d'un coup de pied. Vous jugez des rires de ses compagnons. Renoir se précipita sur lui. Il fut aussitôt terrassé par une demi-douzaine de jeunes gaillards. Les filles lui donnaient des coups d'ombrelle ; « ... dans la figure, avec le bout ferré, elles auraient pu me crever un œil ! ». Soudain, émergeant des buissons, parut un homme d'une cinquantaine d'années, grand et fort, lui-même chargé d'un attirail de peintre. Il avait une jambe de bois et tenait à la main une lourde canne. Le nouveau venu se débarrassa de son fourniment et bondit au secours de son jeune confrère. A grands coups de canne et de pilon il eut vite fait de disperser les assaillants. Mon père avait pu se relever et se joindre à la lutte. Les filles poussaient des cris de volaille et se pendaient à leurs hommes. Bien vite les deux peintres restèrent maîtres du terrain. L'unijambiste sans écouter les remerciements de son protégé ramassait la toile et la regardait attentivement. « Pas mal du tout. Vous êtes doué, très doué. Mais pourquoi peignez-vous si noir ? » Renoir répondit que beaucoup des maîtres qu'il admirait peignaient noir. « Même les ombres des feuillages ont de la lumière, répondit l'inconnu, regardez donc ce tronc de hêtre ! Le bitume est une convention. Ça ne durera pas. Comment vous appelez-vous ? » Les deux hommes s'assirent sur l'herbe, et Renoir raconta sa vie et ses modestes ambitions. L'inconnu se présenta à son tour. C'était Diaz. « Venez me voir à Paris. Nous bavarderons. » Renoir, malgré son admiration, ne répondit jamais à cette aimable invitation. « On aurait parlé, échangé des idées. J'étais jeune, mais je savais déjà que quelques traits de crayon valent mieux que les plus grandes théories. Du moins pour moi ! Je n'ai jamais laissé passer un seul jour sans griffonner quelque chose, serait-ce une pomme sur un carnet de notes. C'est si vite fait de perdre la main. » Ces bonnes raisons de mon père ne me satisfont pas. Je penche plutôt pour la voix de l'instinct, pas complètement étouffée par son admiration, qui le prévenait que Diaz et lui n'étaient pas tout à fait du même sang.

C'est le progrès qui força Renoir à abandonner son métier de peintre sur porcelaine. Cela se passa en 1858. Il avait dix-sept ans. L'imprimerie sur faïence et porcelaine venait d'être mise au point. Le portrait de Marie-Antoinette, exécuté une fois pour toutes, pouvait être reproduit mécaniquement des milliers de fois. C'était la fin d'un beau métier. Le patron réfléchit longuement derrière sa grosse impériale. L'achat de machines à imprimer demandait beaucoup d'argent. Et il sentait vaguement que le temps des petits entrepreneurs comme lui était révolu. La faïence et la porcelaine se fabriqueraient désormais dans des usines, avec de grandes cheminées, des roues qui tournent, des bureaux avec des secrétaires en faux cols. L'ouvrier-patron, avec sa blouse blanche et son appartement séparé de l'atelier par un escalier en colimaçon, allait être relégué dans le passé avec les perruques de l'Ancien Régime et les chandelles. Il décida de vendre ses locaux et de se retirer à la campagne. Il s'intéressait particulièrement à la culture des melons. Son épouse, la belle brune, regrettait cette décision. Elle avait peur de s'embêter à la campagne. La vie de l'atelier lui était devenue indispensable. Elle aimait essayer l'effet d'une nouvelle robe sur les ouvriers goguenards, précisant qu'avec ces chaleurs elle ne portait pas de corset. Le jeune Renoir ne se gênait plus pour jeter un regard d'appréciation sur l'échancrure du corsage quand Mme Lévy se penchait sur son travail. « Ma moustache commençait à pousser. Ça la faisait rire », et il ajoutait : « ... Méfie-toi de ceux qui ne sont pas émus par une jolie poitrine... » Elle prit son parti quand, d'accord avec ses compagnons, il présenta à M. Lévy une proposition invraisemblable. A dix-sept ans il se passait autour de lui ce qui devait se passer jusqu'à sa mort : ses confrères le considéraient comme un maître. D'un commun accord ils remirent leur sort entre les mains de « Monsieur Rubens », tel était le surnom affectueux dont ils avaient affublé mon père. Celui-ci proposa de créer une coopérative. La location du local serait payée au patron sur les bénéfices. Les ouvriers se partageraient le reste en parts égales. L'idée de Renoir était de lutter de vitesse avec les machines qui venaient leur enlever leur gagne-pain. Mme Lévy supplia son mari d'accepter. Il se laissa convaincre et remit à plus tard la culture des melons. Ne fallait-il pas aider la nouvelle coopérative dans les questions commerciales? On se mit au travail. Avec une rapidité incroyable, Renoir s'employa à couvrir vases et assiettes de Vénus aux seins fermes. Il s'agissait de battre « le progrès » sur son propre terrain, de prouver que « la main » d'un artisan parisien valait mieux que des roues et des pistons luisants de cambouis. Aidé de M. Lévy, il alla proposer sa marchandise aux grossistes de la rue Paradis. Son prix de revient était plus bas que celui des produits décorés à la mécanique. Hélas! ces commerçants ne montrèrent qu'un médiocre intérêt. Ce qui leur plaisait dans les assiettes faites en série, c'est que chaque pièce était semblable aux autres. « Je me trouvais battu par cet amour de la monotonie si fort chez les hommes de notre temps. Je dus abandonner. » Renoir avait à peu près dix-huit ans. La fin de l'atelier de porcelaine l'ennuya plus qu'elle ne le frappa. « On peut toujours gagner sa vie. Mais j'ai horreur de prendre des décisions. Le bouchon... tu sais... » J'ai déjà fait allusion à cette théorie du bouchon : « Tu suis le courant... ceux qui veulent le remonter sont des fous ou des orgueilleux, ou pire, des destructeurs. De temps en temps tu donnes un coup de barre à gauche ou à droite, mais toujours dans le sens du courant. » Je n'étais pas convaincu et rappelais à mon père que son nom était lié à celui de la révolution impressionniste, et qu'il passait pour avoir changé les conceptions mêmes de l'art moderne. Il me regarda en souriant ironiquement. Je voudrais vous donner une idée de sa figure lorsque quelque chose l'amusait, ce qui arrivait souvent. On eût dit que chaque pore de sa peau respirait la gaieté. Sa barbe elle-même semblait se recroqueviller sous l'effet du rire intérieur. Ses yeux marron clair, déjà si vifs à l'ordinaire, pétillaient littéralement. Cette expression a été galvaudée, mais dans le cas de Renoir elle se justifiait. Ses yeux lançaient des parcelles de lumière.

« Depuis Victor Hugo les Français ne savent plus parler simplement. Il paraît que je suis un révolutionnaire. Qu'est-ce que ça veut dire ? » Sa théorie, que je comprends maintenant, était que tous les hommes qui ont fait quelque chose de valable ont agi non pas en inventeurs, mais en catalyseurs de forces existantes et encore inconnues du commun des mortels. Les grands hommes sont simplement ceux qui savent regarder et comprendre. Il citait Saint-Just. Son idée d'imposer le système métrique n'était pas une idée révolutionnaire. C'était simplement la perception d'une nécessité du monde moderne qui allait devenir un monde de techniciens, et pour cela devait prétendre à une certaine universalité, l'universalité de la physique, de la chimie et des sciences naturelles. De là le besoin d'un système de poids et mesures simplifié afin d'être accessible à tous. Les destructeurs sont ceux qui, ne reconnaissant pas la marche du temps, veulent appliquer des solutions anciennes à des problèmes nouveaux. « Par exemple, moi, je crois fermement qu'un peintre aurait avantage à broyer ses couleurs ou les faire broyer par un apprenti. Mais, comme il n'y a plus d'apprentis et que j'aime mieux peindre que de broyer des couleurs, je les achète chez mon vieil ami Mullard, le marchand de couleurs en bas de la rue Pigalle, qui les broie pour moi. En perdant mon temps à broyer mes couleurs, je serais aussi fou que si pour peindre je me déguisais en Andrea del Sarto. J'oublierais l'essentiel qui est que del Sarto vivait à une époque où on avait le temps et qu'il avait des apprentis qu'il ne payait pas, ce qui rendait le broyage des couleurs très économique. Donc j'accepte les couleurs en tubes ; toujours le bouchon ! Et je suis récompensé de ma passivité. Ce sont les couleurs en tubes facilement transportables qui nous ont permis de peindre complètement sur nature. Sans les couleurs en tubes, pas de Cézanne, pas de Monet, pas de Sisley ni de Pissarro, pas de ce que les journalistes devaient appeler l'impressionnisme. Ça ne m'empêche pas de regretter les apprentis et de détester le système métrique, qui a substitué une création de l'esprit à des mesures basées sur l'être humain, le pouce, le pied, la coudée et la lieue d'invention gauloise et qui correspond si bien à ce qu'un marcheur ordinaire, pas un phénomène, peut faire en une heure sans trop se fatiguer.

« Si j'ai peint clair, c'est parce qu'il fallait peindre clair. Ce n'était pas le résultat d'une théorie, mais d'un besoin, un besoin qui était en l'air, chez tout le monde, inconsciemment, pas seulement chez moi. En peignant clair je n'étais pas un révolutionnaire, j'étais le bouchon. Et les peintres officiels avec leur bitume étaient fous. Il faut être fou pour vouloir arrêter la marche du temps. D'ailleurs ce sont ceux qui prétendent respecter les traditions qui les détruisent. Ne va pas me dire que M. Bouguereau est le successeur de Chardin !... » Quoi qu'il en soit, « le bouchon » était bien obligé de se choisir un métier, puisque la porcelaine l'avait abandonné.

La famille, à ce moment, était assez prospère. Le grand-père ne travaillait plus beaucoup, mais avait conservé une clientèle de vieux habitués. Les enfants se débrouillaient. Henri et son épouse Blanche David étaient heureux dans leur sécurité. Henri avait horreur des aventures. Il savait que la maison Odiot lui assurerait une vie honorable jusqu'à la fin de ses jours, et il n'en demandait pas plus. Les Henri Renoir n'eurent jamais d'enfants et purent toute leur vie se livrer à deux passions : les animaux et le café-concert. J'ai personnellement connu chez eux, quand j'étais tout petit, un fox-terrier nommé Le Roi et qui était vraiment le roi de la maison, et un canari nommé Mayol en l'honneur du chanteur. Ma tante Blanche avait la passion des ventes publiques et des occasions. Un jour elle rentra chez elle suivie d'un porteur chargé de cinquante parapluies. C'était une occasion, deux sous le parapluie. Elle n'avait pas pu résister.

Victor réussissait très bien comme coupeur chez un tailleur des grands boulevards. Il s'habillait avec beaucoup de goût, et surtout était très drôle. Les filles ne résistaient pas à ses mots d'esprit, et il collectionnait les aventures. Mon grand-père n'approuvait pas. Pour lui la vie n'avait pas été une aventure, mais un chemin très lent, souvent très agréable, parcouru en toute confiance avec une compagne qui ne lui avait jamais manqué. Il insistait sur « la confiance » dans les rapports entre mâles et femelles. Et la confiance on ne peut l'avoir qu'avec une seule personne, puisqu'elle doit être réciproque. Sans la confiance ça devient une lutte et en général c'est l'homme qui est perdant, car les femmes sont « rudement fortes ». Ma grand-mère Marguerite était plutôt fière des succès de Victor, mais son préféré restait mon père.

Lisa et son mari habitaient chez les parents. Ils amenaient souvent des camarades pour dîner. Ma grand-mère avait établi une tradition que mon père et ma mère devaient continuer. Tous les samedis elle faisait un énorme pot-au-feu et les amis étaient les bienvenus. Ils n'avaient pas besoin de prévenir. Si personne ne paraissait, on en était réduit à manger du bœuf bouilli froid pendant le reste de la semaine. Cette solution réjouissait mon père à cause des cornichons. A la saison ma grand-mère mobilisait tous les enfants et au besoin leurs amis pour l'aider à la préparation de ce condiment. Parmi les convives de ces dîners du samedi, il en est un dont je connais l'identité grâce à Gabrielle. C'était un peintre du nom de Oullevé. Je reproduis le récit de Gabrielle : « Tu étais petit et posais dans l'atelier. J'essayais de te faire tenir à peu près tranquille. Soudain le patron interrompit la séance et m'appela : « Dans ma poche, prenez de l'argent. » Il avait toujours quelques billets dans sa poche, en cas de besoin. Pour lui-même, acheter une boîte d'allumettes était toute une histoire. Mais pour les autres... il vous sortait mille francs comme un rien. La patronne le savait bien mais faisait semblant d'ignorer. Et pourtant vous n'étiez pas riches. Il y avait tout ce qu'il faut et du meilleur, mais vous n'étiez pas riches. Moi j'ai pris les billets et je les ai portés à M. Oullevé, rue Blomet. Le patron m'avait dit : « Pourvu qu'il accepte ! C'est un homme très bien, un bon peintre, et il m'a beaucoup conseillé quand j'étais gamin. Il m'a encouragé et recommandé de copier les antiques. » Je suis allée rue Blomet et j'ai vu un très vieux monsieur qui ne comprenait pas comment Renoir savait qu'il était presque aveugle et qu'il avait du mal à payer son terme. Il pleurait en pensant au jeune Renoir. « Je savais qu'il serait un grand « peintre, et si vif, du vif-argent. » Il me donna une soupière ancienne pour le patron, une soupière blanche en vieille faïence de Paris. »

Je reprends la parole à Gabrielle. J'ai eu la soupière devant les yeux jusqu'à la guerre de 1939. Quand je suis revenu dans mon appartement, elle avait disparu. Voilà pour Oullevé, l'un des invités de ma grand-mère. Un autre amateur de pot-au-feu était le peintre Laporte. J'ignore comment il était devenu un commensal de mes grands-parents. Lui aussi trouvait que le jeune Auguste était doué, bien que trop enclin à négliger l'expression. Son tempérament et sa manière de peindre le plaçaient à l'opposé de mon père, et cependant il ne lui ménageait pas les encouragements. Son attitude influença grandement mes grands-parents lorsqu'ils durent admettre que leur fils était prêt à « franchir le Rubicon ». C'est probablement à Laporte que mon père présenta son premier grand tableau, une Ève tentée par un serpent enroulé autour d'une branche d'arbre. Toute la famille attendait le verdict du maître qui resta longtemps à contempler le tableau. Finalement il déclara que le jeune Auguste était un peintre et n'avait pas le droit de rester sourd à l'appel de sa vocation. Plus tard, alors qu'il était déjà célèbre, Renoir revit Laporte qui lui dit : « Jeune homme, si vous étiez resté fidèle au bitume, vous seriez devenu Rembrandt. » Mon père était tout ému de ce compliment sincère, mais cette émotion n'alla pas jusqu'à le convertir au bitume. Revenons-en à la rue des Gravilliers.

Lisa continuait à attendre le Grand Soir. Les grands-parents et Renoir se moquaient un peu d'elle. Son mari, que ses journaux payaient bien, commençait à mettre de l'eau dans son vin. Edmond poursuivait ses études. Il apprenait avec une grande facilité tout ce qui avait trait à l'histoire et à la littérature. Il s'entendait fort bien politiquement avec Lisa. Il écrivait de courtes histoires réalistes et tout le monde dans la famille et parmi les amis s'accordait à admirer son style. Il avait même eu quelques poèmes publiés dans un journal d'étudiants. Plus encore que Victor, il avait de l'esprit. Tandis que Victor se contentait de plaisanteries susceptibles d'amuser les filles, Edmond savait percevoir le ridicule et le souligner d'un trait aigu. Mon père disait de lui qu'il était « caustique ». Lui-même se méfiait de l'esprit. « Pour un bon mot on démolit une amitié. C'est très dangereux les mots. Ils vous entraînent dans de fausses directions et surtout ils cachent l'essentiel. »

Les mois passaient, et l'argent mis de côté du temps de l'atelier de porcelaine diminuait d'une façon inquiétante. Renoir, pour rien au monde, n'aurait voulu emprunter à ses parents. Il me déclarait avec fierté que jamais il n'avait fait un sou de dettes. « Et je ne suis jamais mort de faim. »

Un jour, il remarqua un petit écriteau cloué à la devanture d'une boutique. On demandait un peintre spécialisé dans la décoration des stores en toile imperméable. Il se présenta au patron. Celui-ci aurait pu être un frère du porcelainier. Il était grand au lieu d'être petit et portait des favoris à la Louis-Philippe au lieu de l'impériale. Mais il était revêtu de la même blouse et utilisait le même langage mesuré des artisans parisiens qui tiennent par leur attitude à marquer la distance qui les sépare du petit peuple. Renoir lui affirma qu'il connaissait à fond la technique de la peinture sur stores et fut engagé sur le fait. Le patron lui donna rendez-vous pour le lendemain et disparut dans les profondeurs de son atelier. Mon père en profita pour inviter un ouvrier à boire un verre dans le « troquet » voisin — on ne disait pas encore bistrot —, et lui avoua son ignorance du métier. Cet ouvrier, un jeune homme à la physionomie ouverte, répondit qu'il était le beau-frère du patron, ce qui donna à Renoir des inquiétudes quant à son avenir dans l'industrie des stores. Mais le beau-frère était un brave homme. « Venez chez moi après le travail. Je vous montrerai.

C'est tout ce qu'il y a de plus simple. » En me racontant cette histoire, mon père ne pouvait se défendre d'un mouvement de vanité naïve. Dans l'esprit de cet homme qui avait passé sa vie à se laisser rouler, ce mensonge innocent l'apparentait à Machiavel. Il me dit le nom de ce beau-frère, mais je l'ai oublié. Ils devinrent très amis. Sa femme était une petite blonde pâle dévorée de la passion du ménage. Son appartement sentait constamment la lessive, et l'on se mouillait dans les caleçons séchant sur les cordes. Ils avaient une petite fille dont Renoir fit plusieurs portraits, perdus maintenant. Ils admiraient mon père et le poussaient à devenir un « vrai artiste ». Mais il tenait bon, effrayé de tout ce qu'il avait à apprendre et hésitant à lâcher la sécurité d'un métier sans problème. Les meilleurs clients de la maison étaient des missionnaires opérant en Extrême-Orient. Les sujets étaient tirés de l'Histoire sainte et peints sur du papier translucide. Ces stores devaient faire office de vitraux dans les chapelles rudimentaires que les bons pères construisaient en Indochine. Le patron comprit bien vite son avantage à laisser le nouvel ouvrier libre de se livrer à son inspiration, « pourvu qu'elle restât dans un cadre édifiant ». Mon père s'en donnait à cœur joie. « J'avais trouvé un truc, je multipliais les nuages (et il clignait de l'œil) ; tu comprends, un nuage, ça s'escamote en quelques coups de pinceau ! » Le fabricant de stores aux favoris Louis-Philippe se faisait du souci. Il avait les mêmes principes que le porcelainier. « Cette habileté n'est pas naturelle. Gagner tant sans se donner de mal, ça vous jouera un mauvais tour. »

Mon père était extrêmement pudique. Moi-même, lorsque je lui racontais mes expériences féminines, me sentais arrêté par une grande timidité. Il nous arriva parfois de franchir cette barrière, surtout de mon côté, lorsque je sentais que mon récit l'amusait. Il nous arriva même de nous conter des histoires franchement graveleuses, et cela dans un langage assez cru. Mais en général ces histoires concernaient des inconnus. Nous les considérions comme un moyen de nous amuser et non pas comme des récits réels. Cependant, à la suite d'un bon repas arrosé de quelques verres de vin d'Essoyes, il lui arriva d'entrouvrir la porte sur ce qui avait pu être sa vie sentimentale. Si j'ajoute à ces demi-confidences les conseils déguisés qu'il m'offrait en glissant, sous forme de souvenirs ou d'anecdotes (« Comment oser conseiller les autres quand soi-même on se fout dedans ?... ») je peux me faire une vague idée de ses premiers rapports avec les filles.

A l'occasion d'un dîner chez le beau-frère du patron du magasin de stores, Renoir rencontra une certaine Berthe, une blonde, avec une santé superbe, « ... une de ces filles toujours décoiffées, qui passent leur temps à relever leur chignon... ». Elle était venue à Paris de sa Picardie natale pour aider une parente à tenir sa maison. Elle avait bien vite lâché la parente pour un vieux monsieur qui l'avait mise dans ses meubles. Le beau-frère et sa femme admiraient sans l'envier cette splendide réussite. « Elle a de la chance mais elle le mérite... chez elle pas un grain de poussière. » Son ami cacochyme lui laissait pas mal de temps libre, et elle aimait s'amuser. Elle emmena Renoir au bal. Il l'emmena dans les bois de Meudon. Fut-elle sa première maîtresse ? Mon père me parla d'elle deux ou trois fois mais ne précisa rien et je n'osai insister. Je sais qu'il cita le nom de Berthe au cours d'une conversation avec son ami Lestringuez sur la jalousie. Faisait-il allusion à sa propre expérience en plaisantant les jeunes gens qui ne savent pas apprécier la volupté d'être enfermé dans un placard pendant la visite de l'amant en titre ?

Pendant plusieurs mois, Renoir dédia à la réalité de Berthe un temps qu'il volait à ses essais de peinture. Les stores lui rapportaient gros, et il pouvait se payer cette fantaisie.

Dans nos réunions, boulevard Rochechouart, ou plus tard aux Collettes, ses idées relatives à l'éducation des jeunes gens surprenaient ses interlocuteurs. « Les bêtises ça se fait quand on est jeune. Ça n'a pas d'importance puisqu'on n'a pas encore de responsabilités. Plus tard on serait fou d'aller s'ennuyer avec des pouffiasses au lieu de s'amuser à peindre. Évidemment, il y a la syphilis, mais avec le 606 !... » Ses conseils de se « conduire mal » avant le mariage s'appliquaient aussi aux filles. « Avant, on fait tout ce qu'on veut. On ne doit rien à personne et on ne nuit qu'à soi-même. Après, quand on a donné sa parole à un compagnon, ça devient de la trahison. Et ça finit toujours mal... » Il était convaincu que le fameux 606 allait « ficher par terre le plaisir de faire la noce ». Qu'aurait-il dit de la pénicilline ? « Ça n'est pas tellement drôle de passer la nuit avec une grenouille. Le meilleur c'est avant. Après ça devient sinistre. Seulement voilà, il y a le risque. C'est le risque qui donne du piment à l'aventure ! »

Berthe probablement s'intéressa à un autre amant et rendit sa liberté à mon père. Je fais cette supposition parce qu'il me conseilla plusieurs fois de ne jamais rompre. « Comment peux-tu savoir que tu n'as pas tort ? On se monte, on n'y voit plus. Et après on regrette. On se sent coupable. Toutes les femmes ont leurs moments pas supportables... nous aussi... »

Un autre de ses conseils était : « Sépare-toi de ta

femme, souvent mais pas longtemps. Après une courte absence tu la retrouves avec plaisir. Après une longue absence tu risques de la trouver laide, et elle de te trouver laid. Quand on vieillit ensemble on ne se voit plus. Les rides et l'embonpoint disparaissent. L'amour c'est beaucoup de choses et je ne suis pas assez malin pour les expliquer, mais c'est aussi l'habitude. »

Je crois pouvoir situer, après le départ de Berthe, un événement très important dans la vie de Renoir. Il « se paya » sa première boîte de couleurs complète avec palette, grattoirs, godets et son premier chevalet, un petit chevalet pliant. C'est Charles Leray qui le guida dans cet achat. Jusqu'alors il avait utilisé une vieille assiette en guise de palette et avait mélangé l'huile de lin et l'essence de térébenthine dans une petite tasse. De cette époque datent quelques toiles qui existent encore : un portrait de ma grand-mère, un de mon grand-père et plusieurs têtes de jeunes filles.

« Je ne savais pas encore marcher que j'aimais déjà les femmes. » Et pour la centième fois il me parlait de sa mère. Pas question ici de « complexe d'Œdipe ». Renoir était le plus normal des enfants comme il devait être le plus normal des hommes. Sachons aussi que dans son langage les mots gardaient leur sens propre. « Je me méfiais de Victor Hugo. » Quand Renoir disait : « J'aime les femmes », cette affirmation était entièrement dégagée des sous-entendus polissons dont les hommes du XIXe siècle ont accablé le mot amour. « Elles ne doutent de rien. Avec elles le monde devient quelque chose de très simple. Elles ramènent tout à une juste valeur et savent fort bien que leur lessive a autant d'importance que la constitution de l'empire allemand. Auprès d'elles on se sent rassuré ! » Il n'avait pas de mal à me faire comprendre la douceur du nid bien chaud de son enfance ; j'avais grandi moi-même dans une semblable douceur.

Notre maison était une maison de femmes. Ma mère, Gabrielle, toutes les filles, les servantes, les modèles qui circulaient dans la maison lui donnaient un ton définitivement antimasculin. Les accessoires de couture traînaient sur les tables. « Le petit Germain m'a recommandé un valet de chambre. Un homme chez moi... qui ferait mon lit et oublierait ses mégots sur le coin de la cheminée ! » Le Germain en question, fils d'un grand financier, fut un excellent ami de mon père vers le début du siècle. Le moins qu'on puisse dire de cette amitié est qu'elle était inattendue, chose fréquente avec Renoir qui était le démenti vivant au proverbe « Qui se ressemble s'assemble ». Germain était précieux, d'une coquetterie maladive, parfumé. Il parlait avec un léger accent d'Oxford et était tellement efféminé que ça avait l'air d'une blague. Mon père vantait sa manière de considérer le monde et de classer chacun et chaque chose à une place inattendue mais qui s'avérait logique après réflexion. Par exemple, parlant de Saint-Pierre de Rome, il disait : « Une parfaite réussite industrielle, une usine à débiter la religion en série. » Des bribes de conversation dans l'atelier après la séance — mon père fit de lui un portrait — me reviennent à la mémoire. « Monsieur Renoir, qu'aimiez-vous comme jeu, quand vous étiez petit ? — J'aimais les billes. — Moi, j'aimais les fleurs ! »

A sa suggestion d'un valet de chambre, Renoir répondait évasivement, essayant de ne pas vexer Germain. Une fois seul, il répétait : « Chez moi je ne peux souffrir que les femmes. » Elles lui rendaient bien cette affection. Au collège j'avais un camarade dont la grand-mère avait connu mon père. Un jour elle m'arrêta dans la cour et me regarda longuement. « Vous ne lui ressemblez pas. Vous devez tenir de votre mère. » Ses rencontres avec Renoir dataient des environs de la guerre de 1870. « Si vous saviez comme on l'aimait », me dit-elle. Et cette vieille dame plissait les paupières dans une sorte de sourire. J'avais une dizaine d'années et n'avais jamais vu tant de rides. Je ne pouvais concevoir que cette centenaire eût été une jeune fille aux joues roses. « ... On l'aimait parce qu'il se croyait indigne de notre attention. » Elle ajouta qu' elle ne voulait pas revoir mon père parce que « ça ne sert à rien ; il vaut mieux vivre sur les souvenirs ! ». Mon père ; lui, ne vivait pas sur les souvenirs. Il était bien trop occupé à saisir le présent et à lui donner une valeur d'éternité. Et il est indéniable que le présent qui l'intéressait était un présent en jupons. Renoir a connu de merveilleuses amitiés masculines mais plus encore de ces amitiés féminines si rares et si fragiles, toujours sur le bord de se transformer en un autre sentiment.

Il ne faut cependant pas croire que son admiration ait été aveugle. D'ailleurs ce n'était pas de l'admiration. C'était plutôt la constatation d'un état de choses favorable. Certains se trouvent à leur aise dans les pays chauds ; d'autres aiment la vie mondaine. Renoir s'épanouissait complètement, au physique comme au moral, dans la compagnie des femmes. Les voix masculines le fatiguaient. Les voix de femmes le reposaient. Il exigeait que ses servantes chantent, rient, fassent du bruit autour de son travail. Et plus les chansons étaient naïves, voire stupides, plus cela le ravissait. Que de fois je lui ai entendu demander : « La Boulangère ne chante pas ? Elle doit être malade. Ou bien cette idiote s'est disputée avec son amant ! » Par une de ces étranges contradictions qui rendaient sa pensée si difficile à saisir, il ponctuait ses affirmations de la supériorité des femmes de sarcasmes relatifs à leur nouveau désir d'indépendance et d'instruction. On lui parla devant moi d'une femme avocat. Il secoua la tête. « Je ne me vois pas partageant le lit d'un avocat. » Il disait aussi : « Je les aime quand elles ne savent pas lire et nettoient elles-mêmes le derrière de leurs poupons. » Ce n'était pas chez Renoir un écho de ce bon sens bourgeois si clairement exprimé par Molière dans *Les Précieuses* ou *Les Femmes savantes*. C'était une fois de plus une révolte contre les valeurs admises. Le XIXᵉ siècle croyait aux « élites » et basait sa foi sur les connaissances de ces élites. Renoir croyait à la découverte sans cesse renouvelée du monde par un contact direct avec les éléments de ce monde. Et plus les éléments sont à notre portée, plus cette découverte est importante. « C'est très gentil la découverte par Newton de la loi de la chute des corps. Mais ça n'empêche pas que la découverte par une maman de la façon de tenir un bébé existe aussi. » Quand on lui disait que Napoléon avait du génie, il répondait que la fermière qui faisait de bons fromages en avait autant. « Pourquoi apprendre aux femmes ces besognes ennuyeuses dont les hommes se chargent si bien : avocats, médecins, savants, journalistes, alors qu'elles sont tellement douées pour un métier que les hommes ne peuvent même pas rêver d'aborder : rendre la vie supportable. » A son ami Lestringuez, il disait : « Ce qu'on gagne d'un côté on le perd de l'autre. Nous ne sommes pas des génies universels. Alors, ce que les femmes gagnent en instruction, elles le perdent peut-être ailleurs. J'ai peur que les nouvelles générations ne fassent très mal l'amour. Ce serait grave parce que pour ceux qui n'ont pas la peinture...! » Son inquiétude volontairement égrillarde n'était d'ailleurs pas simulée. Il prétendait que le manque d'exercice physique, « et le meilleur pour une femme c'est de se baisser pour nettoyer le plancher, allumer le feu ou faire la lessive, leur ventre a besoin de ces mouvements », allait nous donner des filles incapables de jouir à fond du plaisir de l'accouplement. « Tu trouveras de moins en moins de ces belles garces qui perdent la tête en se donnant complètement. L'amour, même normal, risque de devenir une sorte de masturbation. » Ces propos étaient rares chez Renoir qui détestait l'aspect physiologique de cette question... tout en se défendant comme la peste de l'approche romantique ou intellectuelle. « Les choses sont ce qu'elles sont. L'analyse du sang ne m'aide pas à donner avec mon pinceau l'idée de la circulation. » Peut-être craignait-il les précisions physiologiques par suite de sa croyance dans la nécessité de s'éloigner, de « prendre du champ » pour saisir l'essence même d'un motif.

Il était fermement convaincu que les victoires de principe ne sont qu'apparentes et même provoquent un contrecoup immédiat. « Quand les femmes étaient esclaves, elles étaient vraiment les maîtresses. Maintenant qu'elles commencent à avoir des droits, elles perdent de leur importance. Quand elles seront les égales des hommes, elles connaîtront le véritable esclavage. » Il croyait à la force des faibles et à la destruction par le succès. « Les bourgeois se croient malins parce qu'ils ont proclamé leur triomphe avec le boulevard Haussmann, l'Opéra et l'Exposition universelle. Ils ne savent pas qu'ils creusent leurs tombes. Ce sont les ouvriers qui gagneront. Pour la seule raison qu'ils vivent dans des taudis et travaillent sous la terre. » La condition des mineurs lui semblait inacceptable. « Nous paierons cela », disait-il.

Pour en revenir aux femmes, Renoir connaissait aussi leurs défauts. Une chose qui l'irritait était leur soumission à la mode. Le début du culte de la taille fine coïncida avec les débuts de mon père dans la vie. Certainement Berthe lui demandait de l'aider à lacer son corset. Pour arriver à un bon résultat il fallait lever un genou à la hauteur des fesses de la victime qui ainsi calée pouvait résister à la traction des lacets tirés à deux mains, de toutes les forces du mari ou de l'amant. Renoir s'insurgeait contre ce supplice. « Leurs côtes se resserraient et peu à peu se déformaient. Et quand elles étaient enceintes... ! Je plains le pauvre gosse... ! Quand il s'agit de la mode elles n'ont plus de cervelle. Et tout ça pour enrichir les fabricants de corsets qu'on devrait mettre en prison ! » Les chaussures trop étroites et les hauts talons l'agaçaient aussi. Les pantalons à dentelles dits pantalettes et l'accumulation de jupons l'amusaient. Il comparait le déshabillage d'une femme à ces numéros de clowns qui retirent solennellement une demi-douzaine de gilets. « Elles se couvrent les fesses comme si l'on était au pôle Nord, et en haut elles se décollettent jusqu'au nombril. »

La faiblesse féminine qui irritait le plus Renoir était la coiffure. « Au lieu de laisser leurs cheveux tranquilles, elles les tordent, les martyrisent, les brûlent, se frisent en mouton ou se déguisent en saule pleureur ! » Il avait cessé de voir une jeune fille parce qu'elle passait des journées à ajuster une frisure au-dessus du front. Il s'agissait d'arriver à un pli dont la qualité se mesurait au millimètre. Dès qu'elle remuait la tête, le millimètre n'y était plus et elle recommençait à tripoter la mèche. « Je l'aurais tuée ! »

Il concluait : « C'est le revers de la médaille. Pourquoi leur demander cette logique qui rend les hommes odieux ! »

Nous parlions quelquefois des « putains ». Renoir ne partageait pas l'enthousiasme romantique des « littérateurs » pour ces « filles maudites ». D'abord, pour lui, personne n'était maudit, pas plus que béni. Chacun avait son rôle à jouer et voilà tout. Le rôle des prostituées dans un système basé sur l'héritage lui semblait évident. « Question de gros sous. Le seigneur ne voulait pas que sa femme le trompe parce que son château aurait pu aller à un bâtard. De là les ceintures de chasteté !... Et de là les putains parce que si on s'amuse à fabriquer les enfants du voisin, il n'y a pas de raison pour qu'il ne vienne pas fabriquer les vôtres. » Il plaisantait la vanité des hommes dans cette question des enfants, le père se rengorgeant à la naissance d'un mâle : « Il me ressemble. » « Et il faut voir la touche du père !... Pendant quelques instants ce mal fichu se croit le duc de Bourgogne venant de donner un héritier au duché. » Il ajoutait : « D'ailleurs on ne sait jamais. Les femmes qui sont si fortes ont soudain des moments de faiblesse inexplicables. Et il suffit qu'un beau maquereau passe par là !... » Il préconisait sérieusement la transmission du nom de famille par les femmes. « Comme cela on serait sûr. » Un ami voyageur lui avait parlé de la coutume du matriarcat dans le sud des Indes. Il approuvait complètement. « Les impôts vont régler tout cela. Bientôt il n'y aura plus d'héritage, les femmes légitimes coucheront à droite et à gauche, et le métier de « grenouille » disparaîtra, tué par la concurrence. C'est dommage ! »

A l'époque du fabricant de stores, une prostituée des Halles avait fait à mon père des avances non déguisées. « Elles étaient superbes ces filles des Halles, et prospères, couvertes de bijoux. Avec Haussmann l'alimentation rendait bien, et les forts de la Halle se faisaient jusqu'à dix francs par jour. » Ces filles étaient en retard sur la mode. Beaucoup étaient habillées comme la reine Amélie de la jeunesse de Renoir, en plus décolleté. Elles n'avaient pas encore sacrifié à la vague de pudeur qui déferlait d'Angleterre et conservaient cette charmante coutume du XVIIIe siècle de laisser les seins sortir du corsage. « Il faut dire que celles des rues Montmartre et de la Réale où je passais tous les jours pour me rendre à mon travail étaient très jeunes. En prenant de la bouteille elles gagnaient sur la rue Saint-Denis. Les vieilles se réfugiaient dans les petites rues qui débouchaient sur les quais, pour finir sous les ponts. Les filles des Halles faisaient partie du paysage. Leurs robes de soie de couleurs vives se mariaient très bien avec les étals de bouchers et les piles de gros potirons. Elles auraient été déplacées dans un salon du faubourg Saint-Germain. Le tout c'est de respecter les rapports. Et puis, dans le fouillis des Halles, je m'amusais, tandis que faubourg Saint-Germain je me serais probablement ennuyé. »

La fille qui s'intéressait à Renoir était une « gaillarde dans le genre espagnol ». Elle terrorisait plus ou moins ses compagnes de trottoir, accaparant à elle seule la meilleure place, tout près du brasero du marchand de marrons. Les maquereaux de ces dames la respectaient. Le sien avait été tué dans une rixe, « tombé au champ d'honneur ». Un jour elle avait interpellé Renoir qui l'avait suivie, « elle avait de l'allure, et puis je ne tenais pas à avoir d'histoires ». En sortant de chez la fille il alla voir un médecin ami de Lisa. Ce médecin lui expliqua que la seule maladie vénérienne vraiment dangereuse était la syphilis. « Votre sœur vous considère comme un grand peintre. Beaucoup de génies étaient des syphilitiques. Peut-être devrais-je vous souhaiter d'avoir attrapé cette maladie. » Mon père remercia, très inquiet. Cependant il retourna voir sa conquête. « J'avais peur de la vexer en

102

n'allant pas à ses rendez-vous. » Les manières discrètes et polies de ce jeune homme, si différentes de celles de ses clients habituels, la frappaient tellement qu'elle lui proposa de l'entretenir. « Au lieu d'aller peindre tes stores, tu ferais mon portrait. » Renoir était très embêté. « Non pas que je méprise le métier de maquereau. Bien au contraire. Je l'envie. Mais ça prend du temps et il faut être doué. »

Renoir a dû inventer cette anecdote un soir de pluie où la Boulangère avait oublié d'allumer la lampe dans l'appartement du boulevard Rochechouart. Du moins a-t-il dû fortement l'enjoliver. Concernant les femmes, une de ses réflexions me revient à l'esprit. « Je plains les hommes à femmes. Quel métier ! Jour et nuit sur la brèche, pas un instant de répit ! J'ai connu des peintres qui n'ont rien fait de bon parce qu'au lieu de les peindre, ils les séduisaient. »

Mon père souvent me parlait de la « myopie » des gens. « Leur sentimentalité les empêche de voir les femmes. » On vantait beaucoup la beauté d'une cousine de Blanche David, la femme d'Henri. Cette dame s'habillait de voiles noirs, se poudrait comme un pierrot. Sa sombre chevelure et ses yeux énormes complétaient le déguisement. « Des yeux d'Espagnole », disait Charles Leray. L'Espagne était à la mode. « Des yeux de veau », disait Renoir. Elle s'intéressait au jeune artiste. Elle aurait voulu qu'il la peignît nue, au clair de lune, sur un rocher dominant l'océan. « A travers ses voiles je voyais bien que ses seins tombaient. Je me retranchais derrière le manque de rocher et d'océan. » Elle lui apportait des livres. Il n'avait guère lu que les classiques français. Il savait Ronsard par cœur et ignorait Victor Hugo. Ses grandes amours étaient Rabelais et François Villon. La dame aux voiles l'initia aux romantiques. De tout le fatras qu'il absorba, « heureusement je lisais très vite, sinon j'aurais perdu trop de temps... », il retint deux noms : Théophile Gautier et Alfred de Musset. « Ceux-là me plaisent complètement. Ils sont de bonne compagnie et parlent un langage que je comprends. » Le souvenir de cette candidate égérie l'amenait à formuler ses opinions sur la lecture en général : « Ça peut devenir un vice, pire que l'alcool ou la morphine. Il ne faut pas se matelasser, ou alors il ne faut lire que les chefs-d'œuvre. Les grands bonshommes nous rapprochent de la nature. Les romantiques nous en éloignent. L'idéal serait de ne lire qu'un livre pendant toute sa vie. C'est le truc des Juifs avec la Bible ou des Arabes avec le Coran. Moi, je prendrais Rabelais ! » A cette même dame mon père était redevable d'avoir été assez souvent au théâtre. « Il fallait bien que je la sorte et mon jeune frère Edmond, je ne sais par quel mystère, me procurait des billets. »

Presque tous les établissements de spectacle étaient rassemblés sur les grands boulevards, entre l'actuel *Cirque d'Hiver* et *Les Variétés* qui étaient considérées comme l'avant-garde de la marche vers l'Ouest. La place de la République n'existait pas. Le boulevard Beaumarchais rejoignait *L'Ambigu* qui était à cette époque un des théâtres les plus modernes et les plus luxueux de Paris. C'est la construction de l'Opéra et la percée de l'avenue du même nom qui, quelques années plus tard, déplaça le centre des plaisirs. Ces boulevards où le théâtre, le cirque, la musique régnaient en maîtres étaient surnommés le boulevard du Crime à cause des mélodrames sanglants qui s'y perpétraient tous les soirs, disaient les uns, à cause de l'attentat de Fieschi [1], disaient les autres. Quoi qu'en pense mon

1. Auteur d'un attentat contre le roi Louis-Philippe.

vieil ami Rivière[1], Renoir n'aimait pas le mélodrame. « Le bourgeois du quartier y pleure sur les malheurs de la pauvre orpheline. Il rentre chez lui encore tout secoué de gros sanglots et fiche la bonne à la porte parce qu'elle est enceinte. » Il ne tolérait qu'Alexandre Dumas père, « ce vrai poète qui a inventé l'Histoire de France ». Il affirmait sans rire que « ce raseur de Michelet avait tout simplement copié le père Dumas en le rendant ennuyeux. Quand tu les fais bâiller, les gens te prennent au sérieux ».

Ce que Renoir aimait le plus sur le boulevard du Crime, c'étaient les parades au-dehors. Celles du cirque qui précéda le Cirque d'Hiver étaient célèbres. Il y avait des marchands de lotions pour les cheveux et de produits contre les cors aux pieds. Les dentistes arrachant les dents en public et les médecins administrant la panacée universelle avaient disparu. Les flammèches de gaz ondulant sous les courants d'air répandaient une lueur changeante sur les écuyères, acrobates et danseuses en tutu, « des filles trapues, un peu épaisses, bien plantées sur des jambes de lutteur, fièrement cambrées sur des reins assouplis par le double léotard, appuyant sur la hanche une petite main entraînée à ne pas rater la barre du trapèze... et aussi à éplucher les carottes et les poireaux pour la soupe ». Renoir savait-il qu'un jour il fixerait sur la toile ces impressions fugitives ? Pour l'instant il accumulait de toute la force de ses sens. Ce jeune homme si convenable, dont la tenue se distinguait à peine de celle des autres artisans de Paris, était déjà lancé dans la course qui devait l'amener à peindre les grandes *Baigneuses* du Louvre, ou ses dernières anémones. La

---

1. 1855-1943, fonctionnaire aux Finances, ami et historiographe de Renoir.

vie de Renoir me fait penser au vol des oiseaux migrateurs, cette incompréhensible réussite qui bat de loin les plus subtiles inventions humaines. Il n'y a pas de boussole, de radar, de téléguidage qui puisse dépasser la précision de l'instinct et l'entêtement d'un canard sauvage. Mon jardin au printemps est plein de petits oiseaux gris, proches parents des moineaux. Ma femme et moi les appelons les joueurs de cricket à cause de leur casquette rayée de bandes noires et blanches. A la date précise, venant d'autres latitudes, ils atterrissent sous mon olivier. Ils piquent droit sur l'assiette de graines qui les attend. Sans hésiter ils se perchent pour dormir sur la branche qu'ils avaient visée en partant d'un point situé à des milliers de kilomètres de chez moi. Cette précision maintenue sur de telles distances, comme si un aimant attirait ces oiseaux vers le but que la nature leur a assigné, peut nous aider à comprendre les actions de Renoir. Il serait faux de dire que sa volonté ne jouait pas. Sous ses apparences d'abandon, le bouchon luttait férocement pour maintenir sa direction. La vérité est que son instinct était assez fort pour que son intellect n'intervienne que dans une direction conforme à sa destinée. Il pouvait faire des détours, s'arrêter, quelquefois même malgré sa théorie tenter de remonter le courant ; mais il revenait toujours à la route qui le menait à sa découverte du monde. J'emploie à dessein le possessif, la révélation étant toujours marquée de la personnalité de l'être choisi par les dieux comme intermédiaire. Et je suis bien convaincu que cette direction, au départ, était aussi informulée de Renoir que celle de mon jardin doit l'être des moineaux. Je crois également que si Renoir n'avait pas pu peindre, s'il avait été, disons, manchot ou aveugle, il aurait cependant suivi la même route. Il nous aurait dit ce qu'il devait nous dire d'une autre façon. Au lieu de couleurs et de formes il eût utilisé des mots, ou des sons. Les littérateurs, comme disait mon père en parlant des artistes qui permettent à leur imagination de les éloigner de la vie, ont inventé des tas de raisons pour expliquer la formation du talent. On veut que Toulouse-Lautrec n'ait peint que pour trouver un exutoire à sa douleur d'être physiquement déformé. Son accident de jeunesse ayant fait de lui un nabot, les femmes du monde se détournant de ce monstre, il se réfugiait chez les putains et dans la peinture. Il y a du vrai là-dedans, les obstacles aident, mais ils ne suffisent pas. Ou peut-être suffisent-ils dans des activités inférieures, comme les affaires et la politique. Rockefeller serait un produit de son mauvais estomac et Franklin D. Roosevelt de sa paralysie. Là aussi j'ai des doutes. Rockefeller devait être né avec le génie de l'argent et Roosevelt avec une vision de l'histoire. Un terrain propice et des soins appropriés peuvent faire d'un arbre chétif un chêne magnifique. Mais au commencement il y avait le gland. On ne fabrique pas des roses avec des plants de choux. A propos de Toulouse-Lautrec, j'ai vu de ses dessins d'enfant exécutés avant l'accident. Toulouse-Lautrec est déjà là.

Gabrielle le connaissait bien. Quand j'étais petit et qu'elle me portait, nous allions tous deux faire les commissions dans les boutiques proches de la maison de mes parents, sur la butte Montmartre. Toulouse-Lautrec trônait à la fenêtre du café du coin de la rue Tholozé et de la rue Lepic. J'étais trop petit pour me souvenir, et je le vois à travers les récits de Gabrielle. Il nous appelait et nous faisait asseoir entre ses deux amies du moment, deux Montmartroises déguisées en Algériennes et affublées de noms exotiques. Elles dansaient la danse du ventre au Moulin-Rouge. Souvent j'ai demandé à Gabrielle : « Toi qui le voyais souvent, as-tu l'impression que son infirmité le gênait ? — Pas du tout. Il rigolait tout le temps. Il n'arrêtait pas de demander des nouvelles du patron, et ses yeux brillaient de tendresse. Sûr, il aimait bien le patron ! »

Revenons-en au jeune homme qui n'avait pas encore osé s'affubler du titre d'artiste peintre. Renoir, un jour, s'étant arrêté pour manger un croissant dans un café des Halles, entendit malgré lui une discussion entre le propriétaire et un entrepreneur de peinture. Il était question de redécorer l'établissement, mais le prix semblait exagéré au « troquet ». Quand l'autre fut parti, Renoir s'approcha et proposa de faire le travail. Le cafetier avait du mal à croire que ce gamin fût capable de décorer son café. « Et si vous m'abîmez les murs ? » Renoir le convainquit en lui proposant de n'être payé qu'à la livraison de la commande. « Tu ne peux pas savoir ce que c'est que de couvrir une grande surface. C'est enivrant. » Renoir eut bien vite compris que la grande difficulté de la décoration murale réside dans le manque de recul. « Tu as le nez sur ton motif. Dans la peinture sur chevalet tu peux reculer. Mais là tu es coincé sur ton échelle. » Aussi bondissait-il de l'échafaudage, courant sans cesse à l'autre bout du café pour juger des proportions. Toute la famille du cafetier était venue assister à ce spectacle acrobatique. « Un écureuil », disait le bonhomme, que son embonpoint confinait dans une dignité lente. Il se déclara enchanté du travail. Mon père avait exécuté en deux jours ce qu'un entrepreneur régulier aurait fait en une semaine. « J'avais choisi comme motif Vénus sortant des eaux. Je peux t'assurer que je n'avais ménagé ni le vert Véronèse ni le bleu de cobalt. » Les clients vinrent nombreux admirer la Vénus tout en vidant des bocks, et Renoir eut d'autres commandes. « J'ai peint une vingtaine de cafés dans Paris, me disait mon père en se rengorgeant. Je voudrais bien refaire de la décoration, comme Boucher, transformer des murs entiers en Olympe, quel rêve !... ou plutôt quel radotage ! puisque je ne peux même pas quitter ce fauteuil. »

De tous ces murs décorés par Renoir aucun n'est resté. Je ne sais pas si c'est à cette époque que l'architecte qui construisait les Folies-Bergère proposa à mon père d'en assumer la décoration. Renoir ne put accepter, faute de l'argent nécessaire pour la location des échafaudages, le salaire des aides, et tous les énormes frais qu'aurait entraînés une pareille entreprise. « Je ne le regrette pas. J'aurais dû laisser exécuter les fonds par des compagnons et j'avais déjà la manie de tout faire moi-même. » C'est égal, les Folies-Bergère décorées par Renoir, ça ne serait pas désagréable d'avoir cela à Paris !

De tous ces propos que j'essaie de retrouver et desquels je crois donner, à défaut de transcription littérale, une idée assez exacte, certains sembleront assez naïfs. Je rappelle que mon but n'est autre que de présenter au lecteur un homme que celui-ci admire déjà pour ses réalisations. L'essentiel de Bach est dans sa musique. L'essentiel de Socrate dans ses dialogues recueillis par Platon. L'essentiel de Renoir, le plus profond de lui-même, est évidemment dans sa peinture. N'empêche que si, à côté du choix de Platon, quelque autre témoin nous avait transmis la réaction de Socrate saisi d'une rage de dents, nous en serions fort satisfaits.

Renoir, tout en couvrant les troquets de Paris de divinités et de symboles, mûrissait son projet. L'idée grandissait, se précisait et se renforçait avec chaque commande venant arrondir son petit pécule. C'était de prendre des leçons de vraie peinture dans une véritable école. Autrement dit Renoir franchissait le Rubicon et décidait de devenir un « artiste peintre ». Il avait un peu moins de vingt ans.

Par un phénomène commun aux hommes d'un certain âge, Renoir aimait à s'étendre sur sa jeunesse et glissait sur ses souvenirs ultérieurs. Je n'essaierai pas de combler les lacunes de mon récit en me référant à d'autres ouvrages. Je ne veux pas altérer l'image que je me suis faite de mon père au profit d'une vérité qui n'a aucune raison d'être plus vraie que la mienne. Je continuerai donc à m'appuyer seulement sur mes conversations avec Renoir ou avec des témoins ayant fait partie du monde de Renoir.

A vingt ans mon père était un homme mûr. Il avait dû gagner sa vie, avait eu des amitiés, peut-être même des amours. Il lui restait à connaître la misère, qu'il avait ignorée grâce à la tendre attention de ses parents et aussi grâce à sa stupéfiante habileté. Ses différents métiers et les séances de peinture qu'il s'accordait à côté, ses relations avec garçons et filles, son intérêt pour les siens lui avaient fait traverser une période agitée de l'Histoire de France sans qu'il s'en préoccupât. La proclamation de la République en 1848 avait été suivie de troubles affreux. Il y avait eu des batailles de rues, des barricades. Les gardes royaux devenus gardes républicains avaient continué à décharger leurs fusils sur le peuple comme par le passé. La France avait connu l'immense espoir des ateliers nationaux — du pain pour tous — et le désespoir d'un échec sanglant. Le Prince-Président, au nom de la liberté et de la démocratie, avait rétabli l'Empire, ressuscité la cour, rhabillé les troupes avec de brillants uniformes avant de les envoyer se faire tuer sur des champs de bataille lointains. Les Français, après quelques années de sacrifice à la cause de la fraternité universelle, étaient devenus patriotards et cocardiers. L'ordre était assuré. Les bourgeois, après avoir consciencieusement liquidé les nobles, s'installaient dans les châteaux et entendaient bien ne pas s'en laisser déloger. Ils découvraient la vie facile. Ils étaient prêts pour Offenbach. Quelques-uns d'entre eux allaient aussi se montrer prêts pour Renoir ; des exceptions bien sûr, un petit sacrifice à ce qui pourrait devenir le grand art du lendemain, quelque chose comme la prière du matin que n'oublient pas certains débauchés, rien de comparable avec le succès étourdissant des courtisanes à la mode, des grands couturiers et des courses de chevaux. Renoir, à l'encontre de ses amis, approuvait cette folie qui entraînait les nouveaux maîtres dans ce tourbillon de plaisirs. « Ça les forme. Ils commencent par une « grenouille », et puis la grenouille veut un hôtel particulier avec un Watteau. Il suffit qu'elle ait un maquereau un peu artiste. Et qui sait ? après le Watteau elle voudra peut-être un Manet ! » Sa conviction était que la destruction des valeurs de ce XVIIIe siècle qu'il adorait était inévitable. « Il fallait bien que les remplaçants s'enrichissent. Un bon moyen était de construire des usines à la place des jardins. Avant eux, l'Ile-de-France était une roseraie. S'ils n'avaient construit que leurs usines ! Au moins, une usine ça n'a pas de prétentions architecturales. Mais il y a l'Opéra et la place de la République, pour finir par le boulevard Raspail et le Grand Palais !... » L'idée de Renoir était que de cette explosion inévitable de mauvais goût sortirait certainement quelque chose de bien. « En tout cas, ce ne sont pas les descendants des Croisés qui allaient nous acheter des tableaux. Il y avait longtemps qu'ils n'y voyaient plus. Nous étions trop contents de pouvoir nous rabattre sur les bourgeois. C'était notre seule chance. » Une fois de plus le bouchon avait raison. Dans le courant qu'entraînait la nouvelle société il allait trouver ample matière à peindre, et aussi, malgré des moments matériellement pénibles, le moyen de ne jamais tout à fait mourir de faim. « D'ailleurs ce goût qui éclate dans les œuvres du XVIIIᵉ siècle était probablement inconscient. Les réussites humaines sont toujours inconscientes !... » Et il citait l'histoire, qui le terrifiait, de la Du Barry, pour une fois soutenue par la reine Marie Leckzinska et toute la cour, qui avait entrepris de faire retoucher la Vénus d'Arles qu'elle jugeait trop grasse. « Retoucher la Vénus d'Arles ! Les Jacobins ont bien fait de guillotiner cette idiote. Elle le méritait cent fois ! »

Concernant le luxe insolent de la société parisienne d'après la Commune, il disait : « J'aime les belles étoffes, les soies chatoyantes, les diamants qui jettent des feux... J'aurais horreur de m'en affubler moi-même. Alors, je suis reconnaissant à ceux qui le font... à la condition qu'ils me les laissent peindre ! » Par une de ces virevoltes si fréquentes chez lui, il ajoutait : « D'ailleurs j'aime autant peindre de la verroterie et des cotonnades à deux sous le mètre. C'est le peintre qui fait le modèle. » Il réfléchissait : « ... Oui et non... J'avais besoin de sentir le grouillement autour de moi — et j'en aurai toujours besoin. »

Renoir ayant déclaré son intention de suivre les cours d'une école de peinture, ses amis « artistes », Oullevé, Laporte, et son beau-frère Leray, lui conseillèrent unanimement l'atelier Gleyre, l'un des plus cotés de la capitale.

Ce que Renoir voulait d'abord apprendre c'était à dessiner des figures. « Mon dessin était précis, mais sec. » Je lui demandai s'il considérait que l'école lui avait appris quelque chose. « ... Beaucoup, et cela malgré les professeurs. Le fait de devoir copier dix fois le même écorché est excellent. C'est ennuyeux, et, si tu ne payais pas pour cela, tu ne le ferais pas. Mais pour vraiment apprendre, il n'y a encore que le Louvre. Et pour moi, au moment de Gleyre, le Louvre c'était Delacroix. »

Deux faits importants me semblent ressortir des allusions de Renoir à cette période. Le tirage d'un bon numéro, et la rencontre de Bazille[1]. Sans le premier, Renoir aurait dû aller servir sept ans dans l'armée française. En effet le système de recrutement militaire était basé sur le « tirage au sort ». Les gagnants de cette loterie étaient exempts de service, les perdants devaient passer sept ans sous les drapeaux. J'interrompis le récit de mon père pour le féliciter de sa chance d'avoir évité cette épreuve. « On ne sait jamais. Je serais peut-être devenu peintre militaire. Ce doit être amusant de peindre des sièges de villes avec des tentes multicolores et des petits nuages de fumée. »

La rencontre de Bazille marque l'entrée de Renoir dans un monde nouveau, le passage de la province à Paris. « Combien de Parisiens sont des provinciaux et ne le savent pas. » Je demandai à Renoir s'il faisait allusion aux fréquentations de quartier. « Au contraire, dans ton quartier tu peux aller au fond des choses. C'est la meilleure façon d'échapper à la province. La province c'est de ne pas discerner, c'est de dire : Bouguereau et Cézanne sont deux peintres, comme s'ils avaient quelque chose de commun ! A Paris, on choisit, on discerne, on ne croit pas au verbe arriver et on se groupe parce qu'on croit à la même chose et qu'on préfère crever de faim que d'en démordre ! »

1. 1841-1870, peintre impressionniste français, intime de Renoir.

« Ah, si tu avais connu Bazille ! » Un sourire attendri accompagnait cette évocation. Renoir se revoyait à vingt ans franchissant la porte de l'atelier Gleyre, une grande pièce nue bourrée de jeunes gens penchés sur leurs chevalets. Une baie vitrée, située au nord suivant les règles, déversait une lumière grise sur un modèle nu — un homme. « Le père Gleyre lui faisait mettre un caleçon pour ne pas décourager la clientèle féminine. » Il y avait trois filles dans la classe dont une Anglaise petite, boulotte, couverte de taches de rousseur. Chaque fois elle demandait que le modèle enlevât « la petite caleçon ». Gleyre, un Suisse puissant, barbu et myope, s'y refusait. L'Anglaise demanda à lui parler en particulier. Les autres élèves prétendaient savoir ce qu'elle lui avait dit : « Mister Gleyre, je connais la chose, j'ai oune amant. » Et Gleyre aurait répondu : « Mais moi che diens à gonzerfer la glientèle du faupourg Saint-Germain ! » Renoir, nous le savons, portait pour travailler sa longue blouse blanche d'ouvrier peintre. Comme plus tard, avec Diaz et les calicots, ce vêtement suscitait les moqueries des autres élèves, en général fils de familles aisées et jouant à l'« artiste » ! Il y en avait même quelques-uns qui arboraient le veston de fin velours noir et le béret. Renoir ne se sentait pas à l'aise dans ce milieu si différent de celui des artisans parisiens qui jusqu'alors avait été le sien. Mais les quolibets ne le touchaient guère. Il était là pour apprendre à dessiner des figures. Il couvrait son papier de traits de fusain et, bien vite, le modelé d'un mollet ou la courbe d'une main l'absorbaient complètement. Il fréquentait l'école depuis environ une semaine quand un soir, à la sortie, un élève s'approcha de lui. « Tu vas dans la direction de l'Observatoire, j'habite rue Campagne-Première. » L'atelier Gleyre étant rive gauche, mon père avait loué une chambre dans le quartier. Il avait déjà remarqué son interlocuteur, un beau jeune homme « vraiment élégant, de l'élégance des gens qui font user leurs chaussures neuves par leur valet de chambre ». Ils marchèrent ensemble et traversèrent le jardin du Luxembourg. Un rayon de soleil d'automne animait le paysage. Il y avait des enfants, des mamans, des jeunes filles, des soldats, beaucoup de couleurs tranchant sur le gris des parterres et l'or des feuillages. Bazille dit que c'était cela qu'il voudrait arriver à rendre. « Les grandes compositions classiques, c'est fini. Le spectacle de la vie quotidienne est plus passionnant. » Renoir ne répondit pas. Son attention était entièrement concentrée sur un bébé qui hurlait, oublié dans sa voiture. Sa nourrice, à quelques pas de là, se laissait conter fleurette par un trompette de hussards. « Cet enfant va s'étouffer. » N'y tenant plus, Renoir s'approcha et timidement secoua la voiture. L'enfant cessa de pleurer. Ce silence inattendu ramena la nourrice au sens du devoir. Voyant cet inconnu penché sur son nourrisson, elle se mit à pousser des cris. Le hussard prit Renoir à partie. Des mamans s'avançaient menaçantes. « Un voleur d'enfants ! » Un gardien du Luxembourg intervint. Le nouvel ami de Renoir expliqua l'affaire, sortit sa carte, le prit de très haut. Le gardien ébloui par l'apparence cossue du jeune homme le salua bien bas et dit à mon père : « Que je ne vous y reprenne pas ! » Les deux amis ne purent s'empêcher de rire. « Allons prendre un bock », dit Bazille. Ils s'assirent à la Closerie des Lilas. « Qu'est-ce qui t'a donné l'idée de me parler ? » demanda Renoir. « La façon dont tu dessines, répondit Bazille, je crois que tu es quelqu'un. »

J'interromps le récit de cette rencontre pour revenir sur un certain aspect de l'incident du bébé. Mon père me parla souvent de sa terreur de la foule et de l'hostilité de cette foule vis-à-vis de lui. Il me cita de nombreux exemples de ce malentendu. Nous connaissons l'incident de Diaz et des calicots. Comment expliquer cette hostilité d'inconnus en contradiction avec l'affection passionnée que lui prodiguaient ceux qui le connaissaient ? Une fois de plus je dois revenir à l'étrangeté involontaire de Renoir. Sa tenue effacée n'arrivait pas à dissimuler cette anomalie, monstrueuse aux yeux non habitués, le génie. On se fait à tout. On se faisait très vite à Renoir. Mais le premier choc était surprenant. Sa personne était aussi peu conventionnelle que sa peinture. C'est l'éternelle histoire du vilain petit canard. Voici un autre exemple des rapports de Renoir et de la foule. A peu près à la même époque, un jour qu'il déambulait dans un quartier en construction, il se sentit pris d'un invincible besoin de s'isoler. Autour de lui il n'y avait personne. La barricade se prolongeait à perte de vue. Il décida de profiter d'une fente entre deux planches pour se soulager. Il se déboutonna et se colla contre cette ouverture. Soudain il sentit une présence derrière lui. Il se retourna et vit un passant d'aspect inoffensif. A peine celui-ci eut-il vu le visage de Renoir qu'il poussa de hauts cris : « Un satyre !... arrêtez le satyre ! » Il grimpa sur la barricade et s'adressa à un groupe de mamans et d'enfants que mon père n'avait pas vus et qui jouaient de l'autre côté dans le chantier momentanément abandonné. Le passant n'eut pas de mal à les persuader que cet « ignoble individu » se livrait à un acte d'exhibitionnisme délibéré. Mon père n'eut que le temps de se reboutonner et de fuir à toutes jambes. Une troupe de citoyens indignés, « ... ils semblaient être sortis de terre », lui donnait la chasse. Heureusement il avait de bonnes jambes. Il courut

116

ainsi un interminable kilomètre, et les autres étaient toujours derrière lui. Il aperçut la lanterne d'un poste de police. Il s'y engouffra et se mit sous la protection des agents. Le commissaire lui fit un sermon et le garda jusqu'à ce que ses adversaires lassés aient renoncé à le lyncher et se soient dispersés.

Mais revenons à Bazille. Ce nouveau venu dans la vie de mon père était d'une famille riche, vieille bourgeoisie parisienne. Ses parents connaissaient Édouard Manet. Il avait été reçu plusieurs fois par le maître dans son atelier. « Tu comprends, Manet est aussi important pour nous que Cimabué et Giotto pour les Italiens du Quattrocento. Parce que c'est la Renaissance qui est en train de venir. Et il faut que nous en soyons. Tu connais Courbet ? »

Bazille et Renoir rêvaient de créer un « groupe » qui pousserait encore plus loin les recherches de ces maîtres. Ils entrevoyaient l'impressionnisme. Leur conversion au culte de la nature était en chemin. Ils n'hésitaient déjà plus à voler aux musées le temps qu'ils passaient à contempler la féerie des feuillages d'automne. Quand ils entendaient parler de quelque jeune peintre qui « marchait dans les idées nouvelles », ils couraient aux informations. Chaque fois ils étaient déçus et tombaient sur des « littérateurs », des peintres qui se figurent encore que la peinture c'est fait pour raconter une histoire. « Quand on veut raconter une histoire, on prend une plume et on l'écrit. Ou bien on se plante devant une cheminée, dans un salon, et on la raconte ! » J'avais du mal à arracher à mon père quelques bribes relatives à sa grande amitié avec Bazille, à leurs rêves, à leur travail. « Pourquoi parler des rêves de deux jeunes exaltés ? Ce qui compte chez un peintre c'est ce qu'il met sur sa toile. Et ça n'a rien à voir avec les rêves. C'est de la bonne couleur avec de

117

la bonne huile de lin et un peu d'essence de térébenthine. » D'autres fois il me disait : « Il faut flâner et rêver. C'est quand tu ne fais rien que tu travailles le plus. Avant de faire ronfler le poêle, il faut accumuler du bois. » Allez donc vous y reconnaître !... « L'important, ajoutait-il, c'est que Bazille avait beaucoup de talent... et du courage. Il en faut, quand on a de l'argent, pour ne pas devenir un homme du monde ! Notre découverte de la nature nous tournait la tête. » Par contre il aimait s'étendre sur des anecdotes qui me semblaient insignifiantes. L'une d'elles était la visite de l'ambassadeur de Hollande à l'atelier Gleyre. Ce diplomate avait une fille qui voulait apprendre la peinture. Gleyre était très ému. Sa puissante personne se trémoussait en petits saluts, en gestes respectueusement amicaux. « Une élèfe du bays de Remprandt et de Rupens, guel honneur bour l'adelier ! » Les élèves avaient oublié, comme par hasard, bien visibles contre les murs, des portraits du modèle mâle, dont ils avaient volontairement retranché le petit caleçon. Ils avaient même gratifié ce brave homme d'avantages à rendre jaloux Karagueuze. Et Gleyre tout rougissant s'empressait de retourner les toiles, entraînant les visiteurs vers son bureau personnel qu'il croyait à l'abri des plaisanteries de mauvais goût. Ce bureau était de l'autre côté d'un petit jardin. On y accédait par un perron précédé de trois marches de pierre. Un élève farceur avait pris l'habitude de déposer sur la dernière marche un de ces objets de faïence vernissée imitant à la perfection un excrément humain. Gleyre n'y faisait même plus attention, se contentant de le repousser du pied. L'ambassadeur, sa femme et sa fille, n'étant pas au courant de cette coutume, s'arrêtèrent interloqués devant cet objet insolite, trônant glorieux sur ce perron, et qui semblait vouloir leur barrer le passage. « Ne vaides bas adention, dit Gleyre, une simble varce. » Et il prit l'objet dans sa main pour prouver à l'ambassadrice qu'il s'agissait d'une imitation. Or, ce jour-là, par un mystère qui ne devait jamais être éclairci, c'en était *une vraie* !

Renoir m'a confirmé l'histoire bien connue de Gleyre, s'arrêtant perplexe derrière lui et considérant longuement son ébauche. Finalement : « Cheune homme, fous êdes drès atroit, drès toué, mais on tirait que fous beignez bour fous amuser. — C'est évident, répondit mon père, si ça ne m'amusait pas, je ne peindrais pas ! » Cette réponse a été considérée à juste titre par plusieurs auteurs d'ouvrages sur Renoir comme une déclaration de principe.

La joie que Renoir éprouvait à peindre ne l'empêchait pas d'être un excellent élève. Il passa brillamment les concours d'anatomie, de perspective, de dessin, de ressemblance. Il se classa parmi les premiers dans les examens finals. Fantin-Latour, alors au comble de la gloire et qui visitait parfois l'atelier Gleyre, proclamait hautement son admiration pour cet élève « dont la virtuosité nous ramenait à la Renaissance italienne ». Il l'invita chez lui et joignit sa voix à celle de Gleyre pour le mettre en garde contre « le culte immodéré de la couleur ». Renoir, toujours poli, approuvait. Pour faire plaisir à Gleyre, « un marchand de soupe mais un brave homme », il lui peignit un nu tout à fait dans les règles, « chair en caramel émergeant d'un bitume noir comme la nuit, contre-jour caressant l'épaule, l'expression torturée qui accompagne les crampes d'estomac ». Gleyre fut ébloui d'abord, puis choqué par contrecoup. Son élève venait de prouver qu'il pouvait peindre « dramatique » et cependant persistait à représenter des gens « comme ils sont tous les jours de la vie ». « Fous fous moguez du monde ! »

Bazille amena à l'atelier Gleyre un jeune peintre aussi déterminé que lui à « mettre le feu aux pompiers ». C'était Sisley. Son père était un commerçant anglais qui avait épousé une Française et s'était établi à Paris. Après chaque séance, les trois amis allaient prendre un bock à la Closerie et discutaient ferme. Renoir était le plus jeune, Sisley et Bazille avaient deux ans de plus que lui. Monet enfin vint renforcer la cohorte. Son âge le plaçait entre mon père et les autres. Mais son assurance en fit bientôt le chef de groupe. Frank Lamy [1] et quelques autres élèves dont les noms ne me sont pas parvenus vinrent grossir les rangs des jeunes « intransigeants ». Pissarro ne travailla jamais à l'atelier Gleyre. Bazille le rencontra chez Manet et l'amena aux réunions de la Closerie. Le père Gleyre sentait un vent de révolte gronder sous les poutres de son école. Il surprit la jeune Anglaise aux taches de rousseur en train d'appliquer une touche de vermillon pur sur la pointe des seins de sa « figure » ; Gleyre en rougit. « C'est intécent ! » La jeune enfant rétorqua : « Moi, je souis pour l'amour libre et M. Courbet ! » Pissarro et Monet étaient les plus fanatiques. Les premiers ils en vinrent à proscrire entièrement l'étude des maîtres et à tirer leurs enseignements de la seule nature. Corot, Manet, Courbet et l'école de Fontainebleau travaillaient déjà sur nature. Mais ils traduisaient, suivant en cela l'enseignement des anciens. Les « intransigeants » aspiraient à fixer sur la toile leurs perceptions directes, sans aucune transposition. Ils considéraient toute explication picturale comme une

1. Frank Lamy, peintre français compagnon de Renoir à l'époque du moulin de la Galette.

abdication. Renoir suivait, mais avec quelques restrictions. Il ne pouvait oublier les bourgeoises de Fragonard. La question pour lui était de savoir si Fragonard avait, dans ses portraits, peint « ce qu'il voyait », ou bien s'il avait appliqué les recettes léguées par ses prédécesseurs. Mais le courant était irrésistible. Et, après une courte période d'hésitation, le « bouchon » plongea avec enthousiasme dans ce bain d'impressions naturelles qui constituait le *credo* de la nouvelle peinture. Avant même d'avoir quitté l'école, Renoir se trouvait confronté au dilemme de toute son existence. Les données des deux propositions contraires devaient évoluer mais elles étaient bien là, l'empêchant déjà de dormir. Au moment de l'atelier Gleyre, il s'agissait de choisir entre l'ivresse de la perception directe et l'extase austère de l'enseignement des maîtres. Très vite, le dilemme allait devenir plus technique et se situer entre le travail sur nature avec tous les dérèglements, les pièges de la lumière du soleil et le travail en atelier avec la froide précision d'une lumière disciplinée. La vraie question, celle que l'on peut considérer comme le thème central de l'histoire de sa vie, la question du subjectivisme contre l'objectivisme, Renoir devait toujours refuser de se la poser. Peut-être les réflexions et souvenirs accumulés dans ce livre aideront-ils le lecteur à y répondre pour lui.

Tout le portait à suivre les « intransigeants », son amour de la vie, son besoin de jouir de toutes les perceptions de ses sens toujours en éveil, et aussi le talent de ses compagnons. L'école officielle, imitation de l'imitation des maîtres, était morte. Renoir et ses compagnons étaient bien vivants. C'est à eux que devait échoir la tâche de revivifier la peinture française.

Les réunions des « intransigeants » étaient passionnées. Ils brûlaient du désir de communiquer au public leur découverte de la vérité. Les idées fusaient, s'entre-croisaient, les déclarations pleuvaient. L'un d'eux proposa très sérieusement de brûler le Louvre. Mon père suggéra de le garder pour abriter les enfants les jours de pluie. Leurs convictions n'empêchaient pas Monet, Sisley, Bazille et Renoir d'être très assidus aux cours du père Gleyre. Le culte de la nature n'est pas incompatible avec l'étude du dessin. Monet « épa-tait » le brave homme. Il épatait d'ailleurs tout le monde, non seulement par sa virtuosité, mais aussi par ses manières. A son arrivée dans l'atelier, les élèves jaloux de son apparence superbe le surnommèrent le « dandy ». Mon père lui-même, si effacé dans sa tenue, était ravi de l'élégance somptuaire de son nouvel ami. « Il n'avait pas le sou et portait des chemises à poignets de dentelle. » Il commença par refuser le tabouret qui lui fut attribué à son entrée, « ... bon pour traire les vaches ! ». En général les élèves peignaient debout, mais ils avaient droit à un tabouret. Jusqu'alors personne n'avait eu l'idée de discuter ces tabourets. Le brave Gleyre pour faire ses recomman-dations aux élèves avait l'habitude de monter sur le prolongement de la petite estrade sur laquelle posait le modèle. Un jour il trouva Monet installé à sa place. « J'ai besoin de me rapprocher pour saisir le grain de la peau. » En dehors des amis du « groupe », Monet considérait les autres élèves comme une masse ano-nyme. « Des épiciers. » A une élève, assez jolie fille, mais vulgaire, qui lui faisait des avances, il dit : « Excusez-moi, mais je ne couche qu'avec des duches-ses... ou bien des bonnes. Le juste milieu me donne la nausée. L'idéal serait une bonne de duchesse. » Pis-sarro était très différent. Il avait dix ans de plus que Renoir. Né aux Antilles il s'exprimait lentement, avec un accent légèrement chantant. Sa tenue était négligée, mais ses propos soigneusement choisis. Il devait devenir le théoricien de la nouvelle école.

Renoir dut quitter l'atelier Gleyre et retourner à ses travaux de décoration. Il n'avait plus le sou. Il n'en abandonnait pas pour cela « la grande peinture » et restait un membre fidèle et actif du groupe. Sa famille se désolait de lui voir prendre une direction aussi risquée. « C'est un artiste, mais il mourra de faim », disait mon grand-père. Lisa elle-même conseillait à mon père d'être prudent et de faire du portrait. « C'est exactement ce que je faisais. Le seul ennui est que mes modèles étaient des amis et que les portraits étaient à l'œil. » Au sein même de la famille un défenseur inattendu se présenta. C'était Edmond, le plus jeune frère. Il n'avait pas abandonné son rêve de devenir écrivain. En fait il l'était déjà. A dix-huit ans il collaborait à des journaux. Il écrivit le premier article sur son frère, décrivant les réunions de la Closerie et annonçant un nouveau mouvement parmi certains jeunes peintres.

Avant de quitter ce chapitre de la vie de Renoir, qu'on me permette de donner quelques extraits des chansons que les élèves de Gleyre lançaient dans la rue pour bien affirmer leur qualité d'artistes.

> *La peinture à l'huile*
> *C'est plus difficile*
> *Mais c'est bien plus beau*
> *Que la peinture à l'eau.*

Ou bien sur l'air de *Prends ton fusil, Grégoire* :

> *Prends ton pinceau Gérôme*
> *N'rate pas le train pour Rôme*

N'oublie pas l'jaune de chrôme
Ces messieurs sont partis
A la chasse au grand prix.

Gérôme avait une quarantaine d'années, suivait glorieusement la trace des « pompiers » et venait d'être reçu grand prix de Rome. C'est Georges Rivière qui rappela devant moi ces naïvetés à Renoir. Mon père haussa les épaules : « Ça ne ferait pas de mal à une mouche ! »

Lorsque Renoir lâcha complètement la décoration, il alla vivre avec Monet. L'exécution des portraits de petits commerçants que Monet avait le génie de décrocher leur permettait de tenir le coup. Un portrait leur était payé cinquante francs. Il leur arrivait de passer des mois sans trouver de commande. Ça n'empêchait pas Monet de continuer avec ses chemises de dentelle et d'avoir le meilleur tailleur de Paris. Il ne le payait jamais, répondant à ses factures avec la hauteur condescendante de Don Juan recevant M. Dimanche. « Monsieur, si vous insistez, je vous retire ma clientèle. » Et le tailleur n'insistait pas, éperdu de fierté d'habiller un monsieur avec de telles manières. « Il était né grand seigneur ! » Tout l'argent des deux amis passait dans le loyer de leur atelier, le salaire d'un modèle et le charbon du poêle. Pour la nourriture ils procédaient de la façon suivante : puisque le poêle était nécessaire à la fille qui posait nue, autant valait l'utiliser aussi pour cuire les repas. Ceux-ci étaient d'une simplicité spartiate. Un de leurs clients à portraits était épicier et les payait en nature. Un sac de haricots durait environ un mois. Le sac une fois vidé, pour changer, ils passaient aux lentilles. Et ainsi de suite, s'en tenant aux féculents qui se cuisent tout seuls sans qu'on ait besoin de les surveiller. Je demandai à mon père si ces haricots à tous les repas n'étaient pas un peu durs à digérer. « Je n'ai jamais été aussi heureux de ma vie. Il faut dire que de temps en temps Monet dégotait une invitation à dîner et nous nous empiffrions de dinde truffée arrosée de chambertin ! »

De cette époque quelques toiles demeurent, miraculeusement sauvées des déménagements, destructions par l'auteur, oublis dans les greniers et autres causes de disparition. Renoir a tellement peint que son œuvre résiste aux holocaustes naturels ou d'origine humaine. Quand on considère aujourd'hui ces rescapés : le portrait de ma grand-mère, celui de mon grand-père, de Mlle Lacaux, la femme endormie, la Diane chasseresse, on comprend que les Français d'il y a cent ans aient remis à plus tard leurs critiques insultantes. C'est de la bonne peinture dans la bonne tradition française. Je m'étonne seulement qu'ils n'aient pas discerné dans ces tableaux le petit quelque chose de plus qui est à proprement parler la marque du génie. Comment n'ont-ils pas été frappés par la sérénité des modèles qui les apparente aux modèles de Corot ou de Raphaël !

Un critique, me dit mon père, crut discerner dans la Diane chasseresse un peu de cette découverte de la nature qui devait faire hurler les Parisiens dix ans plus tard. Il parla de la vérité des tons et employa même l'expression « amour de la chair ». Cela flatta beaucoup le jeune Renoir. « Je me prenais pour Courbet. » Le Renoir âgé qui me contait l'histoire prenait la chose autrement. « J'ai horreur de ce mot « chair » qui est devenu prétentieux. Pourquoi pas viande, pendant qu'ils y sont. Ce que j'aime c'est la peau, une peau de jeune fille, rosée et laissant deviner une heureuse circulation. Ce que j'aime surtout, c'est la sérénité. » Il revenait constamment sur « cette faculté des femmes

125

de ne vivre que le moment présent. Je parle des femmes qui font le ménage, travaillent. Les oisives roulent trop d'idées dans leur tête. Elles deviennent des intellectuelles, perdent leur sens de l'éternité et ne sont plus bonnes à peindre ». Il insistait : « ... et leurs mains deviennent stupides, inutiles, comme ce fameux appendice que les chirurgiens modernes ont la manie de nous enlever ! » En 1863 Renoir présenta une Esmeralda dansant, au Salon. Le tableau fut reçu, et cet événement considérable fut accueilli comme un triomphe par toute la famille. Edmond Renoir écrivit à ce sujet un article dont il ne reste aucune trace. Renoir se méfiait. « C'est très gentil d'être reçu au Salon. Mais je l'étais par suite d'un malentendu. Je devinais déjà que les officiels se retourneraient contre nous. A ce moment-là je bénéficiais encore du doute. »

Avant la guerre de 1870 se situent la connaissance de Arsène Houssaye et de Théophile Gautier qui aidèrent mon père très efficacement à « placer » quelques paysages, et les premières visites à la famille Charpentier, comme en témoigne le portrait de Mme Charpentier mère, peint en 1869. Cette présentation au grand éditeur s'était faite par l'entremise de Théophile Gautier. Enfin vint la rencontre avec Cézanne. « Du premier coup, même avant d'avoir vu sa peinture, j'avais compris qu'il avait du génie. » L'amitié entre les deux hommes devait durer toute leur vie. Elle se prolonge chez les descendants. Paul Cézanne fils fut mieux que mon ami ; il ne me serait pas venu à l'idée de le considérer autrement qu'un frère. Il mourut après avoir connu l'occupation nazie. Nos deux familles encore maintenant ne font qu'une, avec les querelles et affections qui n'existent qu'au-delà des limites d'une certaine intimité. Pourtant quelle différence entre les deux hommes ! Cézanne n'avait que deux ans de plus que Renoir mais paraissait beaucoup plus âgé. « Il ressemblait à un hérisson ! » Ses mouvements semblaient limités par une invisible carcasse extérieure ; sa voix également. Les mots sortaient prudemment de sa bouche, marqués d'un invraisemblable accent aixois, un accent qui n'allait pas du tout avec les manières contrôlées, exagérément polies, du jeune provincial. Ce contrôle craquait parfois. Alors il proférait ses deux injures favorites : « châtré » et « jean-foutre ». La constante préoccupation de Cézanne était de ne pas « se laisser mettre le grappin dessus ». Il était méfiant. Renoir était tout juste le contraire. Non pas qu'il fût un « jobard ». Il était loin de croire à l'universelle bienveillance. Mais il considérait que la méfiance prend du temps. « Le jeu n'en vaut pas la chandelle ! Qu'aurait-on pu me prendre ? Je n'avais rien ! » Plusieurs fois il m'affirma même qu'il faut savoir laisser les gens vous piller. « En ne te défendant pas, tu les désarmes. Et ils deviennent gentils. Les gens adorent être gentils. Seulement il faut leur en laisser l'occasion. »

Cézanne ne fut jamais un membre très actif du groupe d'amis qui de plus en plus se ralliaient autour de Monet et de Pissarro. « C'était un solitaire ! » Mais il partageait leurs idées et leurs espoirs. Il croyait « en le jugement du peuple ». Le tout était d'obtenir d'être exposé, de forcer les portes du « Salon de Monsieur Bouguereau », et alors le mérite de la jeune peinture éclaterait de lui-même. Napoléon III « qui après tout était un bon bougre », comme disait Cézanne, décida de la création d'un Salon des Refusés. Ce Salon ne répondit pas aux espoirs des novateurs. Le public ne s'y intéressa pas, et les journaux en parlèrent comme d'une initiative amusante de Sa Majesté l'empereur. Cézanne en arrivant à Paris avait beaucoup compté sur son ami Zola pour l'aider à « percer ». Ces deux Aixois avaient été au collège ensemble. Ensemble, couchés dans l'herbe sous les grands pins du Tholonet, ils avaient rêvé de Paris ; ensemble ils avaient crayonné leurs premiers paysages et aligné leurs premières rimes. Zola était reçu chez les Charpentier. Cézanne, trop sauvage pour aller dans le monde, préférait la compagnie des peintres et surtout la solitude de son atelier. « Je peins des natures mortes. Les modèles femmes me font peur. Les bougresses sont là à guetter un moment de faiblesse. Il faut tout le temps rester sur la défensive et le motif vous échappe ! » Il espérait que son compagnon de jeunesse « parlerait pour lui ». Mais Zola considérait que son protégé n'était « pas au point ». Il était tout à fait pour la peinture officielle, celle qui veut dire quelque chose. Quand Cézanne lui confiait ses préoccupations de « trouver les volumes », il essayait de lui démontrer la vanité d'une telle recherche. « Tu es doué. Si tu voulais seulement soigner l'expression. Tes personnages n'expriment rien ! » Un jour Cézanne se fâcha. « Et mes fesses, est-ce qu'elles expriment quelque chose ? » Ce ne fut pas la brouille, mais un refroidissement dont Zola fut ravi, car il avait un peu honte de son ami. Sa peinture était celle d'un fou, et son accent le rendait insortable. Cézanne, privé de la protection de Zola, avait peu à peu abandonné l'espoir d'intéresser les amateurs. Il continuait à peindre en comptant sur « la postérité qui, elle, ne peut pas se tromper ! ». Un jour il arriva rayonnant dans l'atelier que Renoir partageait avec Monet. « J'ai un amateur ! » Il l'avait trouvé dans la rue de La Rochefoucauld. Cézanne revenait à pied de la gare Saint-Lazare, ayant été « au motif » à Saint-Nom-la-Bretèche, et portait son paysage sous le bras. Un jeune homme l'avait arrêté et lui

128

avait demandé de voir le tableau. Cézanne avait disposé la toile contre le mur d'une maison, bien à l'ombre pour éviter les reflets. L'inconnu s'était extasié, surtout devant le vert des arbres : « On sent leur fraîcheur ! » Cézanne aussitôt : « Si mes arbres vous plaisent, prenez-les. — Je ne peux pas les payer. » Cézanne avait insisté et l'amateur était parti avec la toile sous le bras, laissant le peintre aussi heureux que lui. C'était un musicien nommé Cabaner. Il jouait du piano dans les cafés et n'avait pas un sou vaillant. Sa manie d'exécuter ses propres œuvres le faisait chaque fois mettre à la porte. Mon père lui trouvait beaucoup de talent. « Son tort était d'arriver cinquante ans trop tôt. » Rivière m'en parla également comme d'un être prodigieusement doué, « prématurément abstrait ». A une époque où l'on se pâmait devant Meyerbeer, il ne reconnaissait que deux grands compositeurs : Bach et lui-même. Quant à son aspect extérieur, mon père disait de lui : « On l'aurait pris pour un notaire de province. » Au contraire Rivière me le décrivit comme un bohème extravagant dans ses habitudes et dans sa tenue. Il faut dire que Rivière lui-même était plus « notaire » que nature. Je m'étends sur Cabaner parce que son nom revenait souvent dans les récits de Renoir. Bientôt il ne quitta plus le groupe des jeunes peintres. Voici quelques mots de lui à Charles Cros, le poète inventeur qui lui demandait pour l'embarrasser s'il était possible d'exprimer le silence en musique : « A moi ce serait facile, mais pour cela il me faudrait le concours de trois orchestres militaires. » C'est aussi lui qui disait : « Mon père était un type dans le genre de Napoléon, mais moins c... » Plus tard, pendant le siège de Paris, il se promenait avec le peintre Gœneutte[1] le long des fortifications qui s'élevaient à la place de l'actuel boulevard Exelmans. Quelques obus tombèrent à une centaine de mètres des deux flâneurs. « Qu'est cela ? demanda Cabaner — Des obus, répondit Gœneutte. — Qui donc les envoie ? — Les Prussiens ! Qui voulez-vous que ce soit ? » Et Cabaner eut cette admirable réponse accompagnée d'un grand geste vague : « Que sais-je, moi, d'autres peuples ! »

Bazille, qui n'avait pas complètement coupé ses attaches mondaines, amenait de temps en temps un de ses amis aux réunions du café des peintres. C'était le jeune prince Bibesco. Ses parents étaient intimes de l'empereur et de l'impératrice. Le nouveau venu manifestait une grande sympathie pour Renoir. Il lui acheta quelques toiles, lui en fit vendre et surtout « il me sortit un peu. Il arrive un moment où il faut se décrasser ». Mon père ne croyait pas au peintre homme du monde qui à six heures du soir abandonne le veston de velours pour l'habit noir, fréquente les loges des danseuses, fait la cour aux duchesses, le matin monte à cheval au Bois ou fait des armes chez Gastyne Reynette. « Il peint entre deux duels, quand il en a le temps. » Il ne croyait pas non plus à l'artiste bourru, dont le gros velours à côtes est un reproche au satin des habits, et dont l'accent volontairement paysan proclame hautement ses attaches avec le « terroir ». Encore une expression que Renoir fuyait comme la peste. « Ça me fait penser à Millet ! » Qu'on ne prenne pas cette pointe contre « les ours volontairement mal léchés » pour une allusion à Cézanne. La rudesse de ce dernier avait toute l'approbation de mon

1. 1854-1894, peintre et graveur français, ami et modèle de Renoir.

père : « Lui, au moins, il est vrai et ses manières expriment bien toute la finesse du Midi ! »

Mais Renoir resta reconnaissant à Bibesco de lui avoir fait voir « des épaules nues », comme il le resta à Cézanne de lui avoir révélé la rigueur de la pensée méditerranéenne, à Monet l'ivresse généreuse des Nordiques, à Pissarro la mise en théorie de ses propres recherches. Chacun de ses amis contribuait à enrichir un trésor commun dont Renoir, peut-être plus ouvert que les autres, profitait certainement plus que les autres. Il savait déjà se laisser influencer tout en restant lui-même. Le cadeau de Sisley était la douceur. « C'était un être délicieux. » Les femmes étaient particulièrement sensibles à son désir sincère de leur découvrir des chemins sans épines. Le chemin de Sisley devait aboutir à un calvaire. Sa douceur devait lui jouer des tours. Un regard de reconnaissance, une pression de main le bouleversaient. « Il ne savait pas résister à un jupon. Nous marchions dans la rue, parlant de la pluie et du beau temps. Soudain, plus de Sisley. Je le découvrais en train de faire le doux cœur. » Disons qu'il choisissait bien. Mon père se souvenait d'une servante d'auberge dans la banlieue de Paris, à l'orée d'un bois. « Une fille superbe ; moi je la peignais ; elle posait comme un ange. Sisley ne se contentait pas de la peindre. Elle était folle de lui. Je ne sais pas comment ça s'est terminé. Je suis rentré à Paris avant lui. Je traversais une crise. » Nous savons de quelle crise Renoir voulait parler. Elle devait le mener aux audaces de l'exposition de 1874, aux insultes des critiques et du public et à l'affirmation de son génie.

Il existe au musée de Cologne un portrait du ménage Sisley par Renoir qui donne une idée de l'attitude exquise de Sisley vis-à-vis non seulement de sa femme, mais de toutes les femmes. L'expression du visage et même de tout le corps de Mme Sisley dit mieux que mes explications la confiance heureuse qui répondait aux attentions de ce galant homme. Mme Sisley était un modèle qui avait posé pour mon père et aussi pour son futur mari. Mon père avait pour elle beaucoup de respect. « Une grande délicatesse, très bien élevée. Elle posait parce que sa famille s'était ruinée dans je ne sais plus quoi. » Elle tomba malade, d'une maladie qui ne pardonnait pas. Sisley se montra admirable de dévouement, multipliant les attentions, passant toutes ses journées auprès du fauteuil où elle essayait de reposer. « Et l'argent filait ! » Elle mourut dans d'atroces souffrances, d'un cancer de la langue. « Sa jolie frimousse était toute déformée. Il en faut peu !... »

Certaines réflexions teintées d'admiration et de mélancolie me portent à supposer que quelque chose se passa entre mon père et Judith Gautier, la fille de l'écrivain. Il me décrivait avec enthousiasme cette « amazone », son allure, sa voix, sa manière de se vêtir et de se meubler. « Elle me recevait dans une pièce décorée à l'arabe, dont le sol était jonché de peaux de lion. Et dans ce décor elle trouvait moyen de n'être pas ridicule. C'était la reine de Saba... ! » Mélancoliquement il admettait qu'une femme trop brillante n'est pas faite pour un peintre. « Notre métier est fait de patience, de régularité, ça ne marche pas avec les grands éclats du romantisme. » D'après ce que je sais de Renoir je devine le malentendu, je devrais dire le fossé : de son côté l'admiration éperdue pour l'authenticité de cette vraie fille de son père. Du côté de Judith la découverte du génie, un génie d'autant plus passionnant que bien caché sous des apparences effacées. Mais Renoir, le sage, comprit qu'une telle femme

132

devait être « suivie », était née pour dominer. Lui-même ne voulait pas dominer ; il avait même horreur de cela. Mais il savait bien que sa seule chance d'arriver à un but encore indéfini, mais vers lequel le portait tout son être, était de ne pas être dominé.

En 1866, Renoir peignit *Le Cabaret de la Mère Anthony* à Marlotte. Il m'avait tellement parlé de ce village et des séjours qu'il y fit avec Sisley, Bazille, Monet, Frank Lamy et parfois Pissarro, qu'après sa mort j'y achetai une maison. Paul Cézanne fils m'y rejoignit et s'installa dans une propriété qui avait appartenu à Jean Nicot, le vulgarisateur du tabac en France, à la fin du XVIe siècle. Nos promenades dans les sous-bois et les clairières où les intransigeants avaient fait leurs premières armes me permettent de situer précisément l'un des décors importants de la naissance de l'impressionnisme.

Théodore Rousseau, Millet, Diaz, Daubigny, Corot avaient beaucoup travaillé autour de Fontainebleau. Millet habitait toute l'année à Barbizon, à la lisière nord de la forêt, là où commencent les cultures en terrain plat au milieu desquelles il plantait ces paysans sentimentaux qui agaçaient Renoir. « L'Angélus a plus fait contre la religion que tous les discours des Communards », et, se contredisant aussitôt : « Je suis bête, j'oublie que les gens adorent les cartes postales. La Légende dorée leur ferait peur ! »

Diaz aussi avait peint à Barbizon, et c'est sans doute près de ce village, déjà fréquenté par les Parisiens, que s'était produit l'incident relaté plus haut et qui avait mis Renoir en sa présence. Monet et mon père, qui exploraient la région en quête de « motifs », avaient en plus reçu des autres la mission de découvrir une « gargote » agréable, avec quelques chambres. Sisley avait ajouté : « N'oubliez pas de regarder la servante ! » Les deux avant-gardes décidèrent d'abandonner Barbizon où « on se cognait dans des Millet à chaque coin de rue ». Les habitants, fiers de leur grand homme, prenaient l'allure des personnages de ses tableaux, « comme les Parisiennes en vacances en Bretagne qui se croient obligées de s'affubler d'un bonnet de dentelle, pour faire couleur locale ». Encore une ennemie intime de mon père cette fameuse couleur locale, « toujours inventée par des étrangers au pays ». Il voulait que les gens aient l'air de ce qu'ils sont et critiquait autant la fille de Douarnenez qui, à peine débarquée gare Montparnasse, se déguise en Parisienne. Les noces campagnardes, encore souvent en costumes régionaux avant la guerre de 70, le remplissaient d'allégresse. Le crin-crin des violoneux de village l'émouvait délicieusement. Mais il voulait que ce soit authentique. Sa crainte du déguisement s'étendait à l'architecture. Les manoirs normands et les villas italiennes des environs de Paris, loin de la Normandie et de l'Italie, l'agaçaient. Je lui objectais que Versailles qu'il admettait était une imitation de palais italien. Sans hésiter il me donna l'excuse de cette entorse à la tradition géographique et de toutes les entorses du même genre depuis le Louvre jusqu'à Potsdam. C'est que pendant des siècles tous les perfectionnements nous vinrent d'Italie. Les Italiens avaient inventé les plafonds, les planchers parquetés, les serrures, les crémones, les fenêtres vitrées, les chaises, les fourchettes, les cheminées tirant proprement, les soies imitées de Chine, les mousselines à la manière de Mossoul, la musique, le théâtre, l'opéra, toutes les formes possibles de vie en société. Il était normal que Louis XIV se bâtissant un château se conformât à la mode du pays le plus avancé techniquement. Ce qui est grave, c'est quand l'architecte d'un pays avancé techniquement, tout en conservant l'avantage de cette technique, se met à copier l'apparence extérieure de styles moins évolués. Les styles étant au départ basés sur l'utilité, les ornements n'étant d'abord que la présentation heureuse d'accessoires indispensables, l'architecte en question se trouve prisonnier d'accessoires devenus laids de par leur inutilité. D'ailleurs Renoir aimait Versailles avec des restrictions. « Ce n'est pas le Parthénon. » Pour lui, la grande architecture française c'était Chartres, Vézelay, surtout la Maison des Hommes à Caen et l'église de Tournus. « Des bâtiments qui savent être universels tout en restant français. » Je n'ai pas besoin d'ajouter que ces divagations architecturales étaient une belle occasion de clouer une fois de plus au pilori ce Viollet-le-Duc, plus dangereux que Victor Hugo. « Les gargouilles qu'il a refaites sont d'une bêlante sentimentalité ! »

La fin de la vie de Renoir coïncida avec la floraison du style « hostellerie ». Il avait du mal à me croire, quand je lui décrivais ce triomphe du déguisement. Albert André [1], mon frère Claude et moi le transportâmes dans un de ces temples de la gastronomie, « encore un mot qui ne me sort pas de la bouche ». Il riait d'amusement ironique devant la naïveté du décor, les fausses poutres du plafond, creuses derrière leurs minces planches de contre-plaqué, les murs ornés de fausses solives, d'un faux crépi faussement craquelé, laissant par places entrevoir de fausses briques. Le sommelier mit le comble à sa joie. Sa blouse bleue de vrai vigneron et son bonnet de coton étaient un chef-d'œuvre. Il nous casa avec autorité un Vosne-Romanée qui coûta une fortune. Renoir aurait préféré un petit vin blanc. Mais l'abandon de l'habit noir n'avait en rien diminué l'autorité du personnage et nous fûmes heureux de nous en tirer à si bon compte.

Cette sortie me ramène à Barbizon. Monet me raconta un repas qu'il fit dans ce village avec mon

---

1. 1869-1954, peintre français ; le plus fervent des jeunes amis de Renoir.

père. L'endroit était d'apparence modeste, mais un écriteau flambant neuf en proclamait la fonction en superbes lettres rouges : Restaurant des Artistes. « Nous aurions dû nous méfier. Le mot artiste cache toujours quelque chose de louche ! » Une vieille femme les reçut. « Je suis toute seule. Les enfants sont allés à Melun. » Le petit chemin de fer Melun-Barbizon existait déjà et expliquait l'affluence des touristes dans cette partie de la forêt. « Pouvez-vous nous faire une omelette », demanda Monet. La vieille commença à farfouiller dans la cuisine. Elle marchait péniblement, et ça n'en finissait pas. Enfin elle découvrit quelques œufs. « Je ne suis pas sûre que ce soient les bons. Les enfants en gardent pour faire couver. » Elle ouvrit un placard crasseux où s'entassaient pêle-mêle des verres non lavés, du linge douteux, des pots de confitures entamés et en sortit un reste de lard. Les deux peintres, après un coup d'œil inquiet à ce morceau dont la couleur paraissait bizarre, l'aidèrent à allumer le feu. Mise en confiance, la vieille commença à raconter ses malheurs. Ils consistaient en une accumulation de fausses couches et d'enfants mort-nés. Sa fille aussi était une spécialiste du même accident. C'est pour cela qu'elle était allée à Melun voir le médecin d'hôpital. Peu à peu, Monet et Renoir se sentaient submergés de tristesse. La vieille dut s'asseoir, et ils terminèrent eux-mêmes l'omelette. Et le récit continuait, accumulant catastrophe sur catastrophe, décès sur décès. Tandis qu'ils attaquaient l'omelette, elle passa aux vivants, une petite fille muette, une nièce idiote, un garçon victime d'un accident de chemin de fer. Les œufs n'étaient pas frais et le lard plus dur qu'un morceau de cuir. Monet et Renoir étaient tentés de repousser leur assiette. Mais un nouveau désastre les en empêchait. Du regard ils se disaient l'impossibilité d'ajouter cette vexation à un tel amoncellement de malheurs. Héroïquement ils mangèrent l'omelette au lard jusqu'au bout, payèrent, chargèrent leur matériel de peintre sur leur dos et partirent pour Marlotte. Les peintres de cette époque avaient de solides estomacs et de bonnes jambes. Le nombre de kilomètres parcourus à pied par Renoir et ses amis est invraisemblable. Bien souvent mon père allait de Paris à Fontainebleau à pied. Cela fait tout de même soixante kilomètres. Il mettait deux jours, s'arrêtant pour coucher dans une auberge à Essonnes.

Monet et Renoir trouvèrent à Marlotte, chez Mme Mallet, une cuisine qui devait leur faire oublier le repas de la pauvre vieille. Ils y trouvèrent aussi de bons lits, des motifs « à la pelle et à portée de la main » et une servante dont la fraîcheur devait charmer les yeux de leur ami Sisley. Celui-ci les rejoignit bien vite, accompagné de Pissarro. Bazille suivit. Même Cézanne, le sauvage, vint aussi peindre « ces sentiers sylvestres où ne manquaient que les nymphes ». Il était très intéressé par l'histoire du « Sylvain Collinet », vétéran de la Grande Armée, qui, inconsolable de la défaite de l'Empereur, s'était retiré à Fontainebleau pendant la Restauration. Peu à peu, il était passé du culte de Napoléon à celui de la forêt ; des rêveries dans la cour des Adieux aux longues marches dans ces bois connus alors seulement des braconniers. C'est lui qui avec quelques compagnons avait tracé les sentiers que nous suivons encore et avait donné aux sites de la forêt ces noms romantiques qui ravissaient Cézanne : vallée de l'Enfer, grotte de Kosciuszko, table du Roy, mare aux Fées.

Je situe également à Marlotte un autre cabaret, celui de la mère Anthony. Georges Rivière, qui venait souvent chez son gendre Paul Cézanne fils, était convaincu de l'exactitude de cette attribution, mais ne pouvait rien affirmer, n'ayant connu Renoir qu'en 1874. Cabrielle était venue trop tard chez nous pour le savoir. J'ai oublié de le demander à Monet. Les témoins de la vie de Renoir se raréfient.

Marlotte se composait de quelques maisons de paysans jetées autour du carrefour des routes de Fontainebleau et de Montigny à Bourron. Les bois viennent mourir sur les premières maisons, celles du nord. Celles du sud devinent la vallée du Loing, cette rivière délicieuse, au cours juste assez rapide pour ne pas être monotone, aux rives ombragées d'arbres majestueux. Corot a immortalisé les bords du Loing. Renoir et ses compagnons devaient y peindre beaucoup. A Marlotte ils renforcèrent encore si possible leur sens de la réalité poétique et leur volonté de ne jamais travailler que sur nature. Mais aucun d'entre eux ne devait encore franchir le pas qui les mènerait à l'impressionnisme. Entre cette nature et eux, encore bien des souvenirs, bien des traditions venaient s'interposer. Ce n'est qu'après la guerre qu'ils devaient, suivant l'expression de Monet, « capter la lumière et la jeter directement sur la toile ». Dans le tableau peint chez la mère Anthony, on reconnaît Sisley debout et Pissarro de dos. Le personnage rasé est Frank Lamy ; dans le fond, de dos, on distingue Mme Anthony, au premier plan à gauche, la servante Nana. Le caniche bâtard couché sur le plancher s'appelait Toto. Il avait perdu une patte de derrière dans un accident de voiture. Mon père avait essayé de lui fabriquer une patte de bois. Mais ce pilon ne lui convenait pas. Toto s'en tirait fort bien avec trois pattes.

Marlotte est maintenant souillé par des villas prétentieuses, forteresses de pierre meulière qui ont poussé comme des champignons dans toute la banlieue parisienne grande ou petite. Cependant il reste assez de vieilles maisons paysannes pour justifier un pèlerinage. Les grands porches de fermes que Renoir admirait sont encore là, et les belles cours recouvertes des pavés que les paysans étaient allés voler au « pavé du roi » pendant la Révolution. Non contents d'en paver leurs cours, ils en avaient construit des annexes à leurs maisons. C'est du grès, pierre gélive qui claque facilement dans les grands froids. C'est pourquoi les maisons de Marlotte sont crépies. Renoir aimait ces crépis, quelquefois teintés de rose ou de bleu, « avant que ces couleurs ne soient devenues « distinguées » pour épater le voisin ». L'actuel hôtel Mallet, établissement important, n'est pas celui où vivaient les peintres. Mais le bâtiment de l'époque existe encore. Quand j'habitais Marlotte, la maison appartenait à M. Guillot, le loueur de chevaux et voitures. Elle est intacte avec sa cour intérieure au coin d'une petite rue qui se perd dans les champs. A part les pots de géraniums du nouvel hôtel et les réclames d'apéritifs, on pourrait se croire transporté au temps de la jeunesse de Renoir. Souvent je me suis laissé aller à ce jeu d'imagination, m'attendant à le voir surgir au coin de la rue, revêtu de sa blouse de peintre, portant sa boîte, son chevalet et sa toile, marchant d'un bon pas, tortillant du geste nerveux que je lui connaissais bien sa légère barbiche châtain clair, encore tout illuminé de la présence des fées qui lui avaient tenu compagnie dans la pénombre des sous-bois.

Pourquoi chez les peintres du XIXe siècle cette passion pour la forêt de Fontainebleau ? Chez les romantiques ce fut la suite de cette redécouverte littéraire de la nature commencée au XVIIIe siècle. Ils avaient encore besoin d'une nature dramatique. Renoir et ses amis étaient en train de constater que le monde sous son aspect le plus banal est une féerie constante. « Donne-moi un pommier dans un jardin de banlieue ; ça me suffit très bien ! Je n'ai nullement besoin des chutes du Niagara ! » Cependant mon père admettait que le côté théâtral de cette forêt les exaltait comme il exaltait tous leurs contemporains. Mais pour les « intransigeants » ce théâtre n'était qu'un tremplin qui devait leur permettre d'approcher de la structure même des choses. Derrière l'effet facile des rayons de lumière perçant le feuillage, ils découvraient l'essence même de cette lumière. De leur représentation des bois, ils coupaient tout effet sentimental, tout appel mélodramatique, tout racontage d'histoire, comme ils le coupaient de leur représentation des êtres humains. Les arbres de Renoir ne pensent pas plus que ses modèles. Cette rigueur n'empêchait pas Renoir et ses compagnons d'admirer « les troncs si droits des grands hêtres et la lumière bleue filtrant du feuillage qui les recouvre comme une voûte. On se croirait au fond de la mer au milieu des mâts de navires naufragés. » J'ai employé presque textuellement ces expressions de mon père dans une pièce de théâtre que j'ai intitulée *Orvet*.

Derrière cette littérature, Renoir découvrait ce qui devait le mener à l'essentiel. C'était le mouvement d'une branche, la couleur d'un feuillage, observés avec la même sollicitude égoïste que s'il eût considéré ces phénomènes de l'intérieur de l'arbre. Je crois que voilà une des possibles explications de son génie. Il ne peignait pas ses modèles vus de l'extérieur, mais s'identifiait à eux et procédait comme s'il avait peint son propre portrait. Par modèles j'entends aussi bien une rose que l'un de ses enfants. Dès ses débuts, Renoir commença cette longue histoire de son absorption par le modèle qui devait s'achever dans l'apothéose de ses dernières œuvres. « Crois-moi, tout se peint. Bien sûr il vaut mieux peindre une jolie fille ou un paysage agréable. Mais tout se peint. »

Renoir aimait les contes de fées. Mais il n'avait pas besoin de *Peau d'Ane* pour revêtir ses modèles de robes couleur de jour. Pour lui la vie quotidienne était un conte de fées. « Donne-moi un pommier dans un jardin de banlieue !... »

Quand Renoir peignait, il était tellement pris par son sujet qu'il ne voyait plus ni n'entendait ce qui se passait autour de lui. Un jour Monet à court de cigarettes lui demanda de quoi fumer. N'obtenant pas de réponse, il fouilla dans la poche où il savait que son ami enfouissait son paquet de tabac. En se penchant, sa barbe chatouilla la joue de mon père qui regarda vaguement ce visage à quelques centimètres du sien, et ne s'en étonna nullement. « Ah ! c'est toi », et il continua le mouvement de son pinceau, à peine interrompu.

Dans la forêt de Fontainebleau, ça se passait avec les bêtes. « Les cerfs et les biches sont curieux comme des hommes ! » Ils s'étaient habitués à ce visiteur silencieux, presque immobile devant son chevalet et dont les mouvements semblaient caresser la surface de la toile. Longtemps Renoir ne se douta pas de leur présence. Quand il prenait du champ pour juger d'un effet, c'était une débandade. C'est le froissement des sabots sur la mousse, accompagnant l'une de ces retraites, qui découvrit leur jeu. Renoir commit l'imprudence de leur apporter du pain. « Ils étaient constamment sur mon dos, me poussant du museau, me soufflant dans le cou. Parfois, j'étais obligé de me fâcher... Allez-vous me laisser peindre, oui ou non ? »

Un matin qu'il installait son chevalet dans une clairière, inquiet d'un nuage qui venait « changer ma lumière », il s'étonna de l'absence de ses compagnons habituels. Peut-être avaient-ils été dispersés par une de ces horribles chasses à courre : « Ces imbéciles avec leurs habits rouges, j'ai envie de leur tirer dessus. S'il y a un enfer, je connais leur châtiment : ils seront poursuivis par des cerfs jusqu'à épuisement ! » Quand le chapitre était sur la souffrance physique, les victimes fussent-elles animales ou humaines, son imagination lui rendait la conversation presque insupportable.

Au bout d'un instant Renoir connut la raison qui éloignait les bêtes. Un bruissement de feuillage dans les buissons lui révéla un voisinage insolite. Se sentant découvert, un personnage à l'aspect peu engageant fit son apparition. Ses vêtements étaient fripés et souillés de boue, ses yeux hagards, ses gestes saccadés. Mon père crut à un fou échappé. Il se saisit de sa canne comme d'une arme, décidé à se défendre. Le récit de cet incident était accompagné de conseils pratiques concernant le maniement de la canne en cas d'attaque. « Ne lève jamais ta canne au-dessus de ta tête. Tu te découvres et l'autre peut en profiter pour te donner un coup de couteau dans l'estomac. Sers-t'en comme d'une épée, à coups de pointe. Un coup de pointe dans le ventre lui coupe la respiration et pendant ce temps tu peux filer. » Quand Renoir sortait de son monde de lumière et de formes, le seul vrai, son approche des problèmes vulgaires pouvait paraître d'une naïveté extrême à ceux qui se soumettent aux habitudes du moment. Il y a des modes en tout. Aussi bien pour nouer une cravate, passer ses vacances, que pour se défendre contre une attaque à main armée. On aurait bien épaté les contemporains de mon père qui ne croyaient qu'à la boxe française ou « savate » en leur disant que cinquante ans plus tard on terrasserait un adversaire avec un tour de judo. Pensez-y, le coup de pointe de canne n'est pas si innocent qu'il en a l'air.

144

Retournons à la forêt de Fontainebleau. L'inconnu s'arrêta à quelques pas de mon père et lui dit d'une voix tremblante : « Je vous en supplie, monsieur, je meurs de faim ! » C'était un journaliste républicain poursuivi par la police de l'Empire. Il avait échappé aux agents qui venaient l'arrêter en enjambant le balcon de l'appartement contigu au sien et en fuyant par l'escalier de l'immeuble voisin. Au hasard il était monté dans le premier train en partance gare de Lyon et était descendu à Moret-sur-Loing. Depuis deux jours il errait dans la forêt, sans nourriture. Épuisé il préférait se rendre que de continuer. Renoir courut au village et en rapporta une blouse de peintre et une boîte de couleurs. « On vous prendra pour l'un des nôtres. Ici personne n'aura l'idée de vous poser de questions. Les paysans nous voient aller et venir et ne s'en étonnent plus. » Raoul Rigaud passa plusieurs semaines à Marlotte avec les peintres. Pissarro put faire prévenir des amis du fugitif à Paris. Ceux-ci s'arrangèrent pour le faire passer en Angleterre où il attendit la chute du Second Empire.

Ceci est la première partie de l'histoire. Voici sa conclusion : quelques années passèrent. Ce fut la guerre, la défaite, la fuite de Napoléon III. Je dirai plus loin quelle fut l'existence de Renoir pendant ces événements. Il regagna Paris avant la fin de la Commune. Le triomphe de Courbet devenu grand homme politique et la démolition de la colonne Vendôme, considérée par le peintre comme l'aboutissement de sa destinée, ne tournaient pas la tête de son jeune confrère. Commune, empereur ou république, cela ne dissipait pas le brouillard qui s'étend entre la nature et les yeux de l'homme. Aussi Renoir continuait-il à travailler à la seule tâche qui lui importait : dissiper ce brouillard. Il peignait. Un beau jour qu'il avait installé son chevalet sur les bords de la Seine, quelques gardes nationaux s'approchèrent de lui. Il n'y prêta pas attention. Le temps était superbe. Un joli petit soleil d'hiver, jaune doré, révélait dans l'eau de la rivière des couleurs jusqu'alors secrètes. Le bruit lointain des obus versaillais tombant sur le fort de la Muette troublait à peine le murmure de l'eau contre le quai. Soudain un garde national fut pris d'un soupçon. Ce peintre qui couvrait sa toile de signes mystérieux ne pouvait pas être un vrai peintre. C'était un espion versaillais ! Et son tableau était un plan des quais de la Seine destiné à la préparation d'un débarquement des forces ennemies. Il fit part de son doute à un autre garde. La nouvelle se répandit comme une traînée de poudre. Des passants sortis du pavé entourèrent Renoir. L'un d'eux insistait pour qu'on le jette dans la rivière. « Ce bain froid ne me disait rien. Mais j'avais beau protester ! Ça n'a pas de cervelle, une foule ! » Le garde national proposa d'emmener l'espion à la mairie du VIe arrondissement où on le fusillerait. « Il a peut-être des révélations à faire. » Une vieille dame en tenait pour la noyade. « On noie bien les petits chats. Ils en ont fait moins que lui. » Heureusement le garde national gagna, et mon père fut traîné à la mairie du VIe arrondissement. Un peloton d'exécution était de service en permanence. Renoir était déjà en route pour le lieu de la fusillade quand il vit passer son protégé de Marlotte, superbe, le ventre ceint d'une écharpe tricolore et suivi d'un état-major revêtu d'uniformes magnifiques. Il réussit à attirer son attention. Raoul Rigaud se précipita vers lui et le serra dans ses bras. L'attitude de la foule changea aussitôt. C'est au milieu d'une haie de gardes nationaux présentant les armes que mon père suivit son sauveur jusqu'à un balcon dominant la place bourrée de curieux venus pour assister à l'exécution de l'espion. Raoul Rigaud le présenta à la foule. « *La Marseillaise* pour le citoyen Renoir. » Je vois d'ici la tête de mon père s'inclinant gauchement et répondant par de petits gestes gênés aux acclamations qui montaient vers lui.

Il en profita pour demander un laissez-passer à son ami et put ainsi aller voir sa famille qui s'était réfugiée à Louveciennes dans la maison campagnarde du grand-père. Rigaud avant de le quitter lui avait fait une recommandation. « Ce laissez-passer, si vous êtes pris par les Versaillais, évitez de le montrer. Ils vous fusilleraient sur-le-champ. » L'autre ami de Renoir, le prince Bibesco, avait une grande influence dans le camp adverse. Il apprit par hasard que mon père était à Louveciennes, vint le voir et lui fit remettre un laissez-passer versaillais. Renoir choisit un arbre creux dans un jardin abandonné au bout de la rue de Vaugirard, là où finissaient les lignes réactionnaires et où commençaient les révolutionnaires. Avant de franchir la frontière, il y cachait le papier compromettant et le remplaçait par le bon, quitte à opérer l'échange contraire au retour. En me racontant cette histoire, mon père ne manquait jamais de citer les vers de La Fontaine : « Le sage dit, suivant les gens : Vive le roi, vive la Ligue ! »

Les canonnades continuaient. Mais la peinture était plus forte que la prudence. Renoir avait commencé un tableau avec un modèle à Paris et plusieurs paysages à Louveciennes. « Le diable, c'est que la lumière change si vite ! »

L'épisode Raoul Rigaud m'a mené jusqu'à la Commune en sautant par-dessus la guerre de 1870. La défaite n'influença nullement la destinée de Renoir. A dire vrai, elle n'influença la destinée de personne, sauf bien entendu de l'empereur et des quelques politiciens qui lui devaient leur situation. Elle ne faisait que consolider le culte du veau d'or, ce dieu inavoué du XIXᵉ siècle. Les hommes de ce temps l'appelaient prospérité. L'âge d'or des intermédiaires, des vendeurs, des malins commençait. Les marchands de tableaux allaient bientôt quitter leurs boutiques pour s'établir dans des « galeries ». L'aristocratie des industriels, qui elle-même avait remplacé la noblesse du sang, allait céder le pas à la fleur de ceux qui savent présenter la marchandise. Le sort de ceux qui la font ne devait pas changer sensiblement. Mon père trouvait cela tout naturel : « Nous avons le plaisir de peindre les tableaux. Si en plus on nous couvrait d'or, notre sort serait trop beau ! »

Renoir ne me parlait de la guerre de 70 que pour me démontrer une fois de plus l'excellence de la politique du « bouchon ». Son récit était loin d'être triomphant, mais au contraire teinté d'une grande mélancolie. Les souvenirs de cette période lui rappelaient chaque fois une grande perte que je vous dirai dans un instant.

Bien que n'ayant pas fait de service militaire, il avait dû se présenter au bureau de recrutement de l'hôtel des Invalides. Là, il fut déclaré bon pour le service. Le prince Bibesco, mis au courant de cette situation, insista vivement pour qu'il acceptât d'être affecté à l'état-major du général du Barrail dont lui-même était l'officier d'ordonnance : « Vous emmènerez votre boîte de couleurs et ferez de la peinture. Les Allemandes avec leurs cheveux blonds et leurs joues rouges seront pour vous d'excellents modèles. Évidemment, Berlin n'est pas une ville bien amusante mais peut-être tiendrons-nous garnison à Munich. Nous nous promènerons sur les lacs et boirons de la bonne bière. » Mon père fut très ferme. L'obligation d'aller se battre ne lui disait rien du tout. « J'ai très peur des détonations ! Mais je ne pouvais supporter l'idée qu'un autre irait prendre ma place au combat tandis que je ferais de la peinture avec le général du Barrail. Si cet autre avait été tué j'en aurais perdu le sommeil pendant le reste de ma vie. Je déclarai à Bibesco que je tenais absolument à être affecté là où le sort déciderait. » Bazille accepta la proposition de Bibesco, non pas avec l'idée de s'amuser à peindre, tandis que les autres chargeraient à la baïonnette, mais enivré à la perspective de galoper sur un beau cheval, de bondir dans le claquement des balles, fier de porter le message qui déciderait du sort de la bataille. Renoir craignait que ça ne se passât pas comme cela : « Ils ont rossé les Autrichiens et, si j'en juge par les Autrichiens que j'ai connus, nous leur ressemblons beaucoup. »

Le courant dirigea d'abord « le bouchon » sur un régiment de cuirassiers. Mais l'état-major français venait de décider d'augmenter l'importance de la cavalerie. « Comme cela nous serions plus vite à Berlin ! » Il fallait donc dresser des chevaux. Avec l'admirable logique de l'armée, mon père, qui n'avait « jamais mis le derrière sur un cheval », fut affecté au dépôt de remonte de Bordeaux. Il passa toute la guerre dans cette ville, puis à Tarbes, loin de ces détonations qui le faisaient sursauter.

En arrivant à l'escadron il avoua franchement au maréchal des logis qu'il ne savait pas monter à cheval, « au risque de me faire envoyer dans l'infanterie, mais je tenais à être honnête ». Le sous-off' l'envoya au lieutenant, qui l'envoya au capitaine. Celui-ci ne s'en étonna nullement. « Quel est votre métier ? — Artiste peintre. — Encore heureux qu'ils n'aient pas fait de vous un artilleur. » C'était un brave homme, cavalier professionnel, adorant les chevaux et navré à l'idée

qu'il devrait s'en séparer bientôt pour les envoyer à
« cette boucherie inutile ». Sa fille était passionnée de
peinture. « Vous lui donnerez des leçons. — Je
pourrais peut-être aussi apprendre à monter à cheval.
— Tiens, c'est une idée ! » Il se trouva que Renoir était
doué pour l'équitation. En quelques mois il devint un
cavalier accompli. Le capitaine lui réservait les chevaux les plus nerveux. « Renoir s'en tire très bien avec
eux. Il leur laisse faire ce qu'ils veulent. Et finalement
ce sont eux qui font ce qu'il veut. » Le jeune cavalier
appliquait à ses bêtes la même indulgente méthode
qu'à ses modèles. « J'étais parfaitement heureux. Le
capitaine me recevait comme l'enfant de la maison. Je
regardais peindre la petite et en même temps je faisais
son portrait. Elle avait une peau admirable. Je lui
parlais de mes amis de Paris. Bientôt elle fut plus
révolutionnaire que moi. Elle parlait de brûler les
tableaux de M. Winterhalter [1]. »

Le capitaine fut nommé à Tarbes et y emmena mon
père que son nouveau métier passionnait de plus en
plus. « Il faut connaître les Tarbais ; pour moi ce sont
les meilleurs chevaux, robustes et juste assez de sang
arabe pour leur donner de la noblesse. Il n'y en a
qu'un avec qui j'ai eu du fil à retordre. Il avait trouvé
un truc. Il s'appuyait de tout son poids sur la paroi de
bois du manège, essayant de me broyer la jambe.
J'essayai de la cravache, des caresses, du sucre — rien
à faire. Pas étonnant, il avait le front de Victor
Hugo ! »

Aussitôt démobilisé Renoir regagna Paris, juste à
temps pour la Commune. Il se mit en quête de ses
amis. Presque tous avaient quitté la capitale assiégée

1. Peintre attitré de la cour de Napoléon III.

par d'autres Français, sauf je crois Pissarro, Gœneutte, et bien entendu le musicien Cabaner qui, vivant au jour le jour, ne pouvait se payer le luxe d'un voyage. L'un d'eux apprit à mon père la mort de Bazille. Il avait été tué trop tard, alors que la défaite était évidente, non pas en galopant sur un champ de bataille à la Delacroix, mais tout bêtement à coups de canon, à Beaune-la-Rolande, sur un chemin boueux que les Allemands couvraient d'obus pour augmenter la confusion parmi les fuyards. Bibesco, heureusement blessé quelques jours avant, s'en était tiré. Des paysans l'avaient caché dans une grange et soigné.

Renoir comptait de nombreuses relations parmi les révolutionnaires. Nous connaissons son admiration pour Courbet. Cependant il refusa toute position officielle. Le « bouchon » ! Et surtout la conviction que la fonction d'un peintre est de peindre ! « Je suis plusieurs fois allé voir Courbet. Il ne pensait qu'à la colonne Vendôme. Le bonheur de l'humanité dépendait de la chute de cette colonne. » Il essayait de me donner une idée de son illustre aîné en imitant son accent légèrement zézayant : « Elle nous zembête zette colonne ! »

Renoir préférait ne pas s'étendre sur cette période. Le souvenir de Bazille, « si pur, un chevalier, l'ami de ma jeunesse ! » et aussi parce que pendant la Commune, et surtout après, « on avait exagéré les fusillades ». Il aimait trop la vie pour ne pas craindre le spectacle de la mort. « Des braves gens, pleins de bonnes intentions, mais on ne recommence pas Robespierre. Ils avaient quatre-vingts ans de retard. Et pourquoi brûler les Tuileries. Ça ne cassait rien, mais c'était moins toc que ce qui nous attendait. »

A Louveciennes Lisa faisait l'apologie de Louise Michel et des pétroleuses. Sans vouloir faire d'ironie, mon père, un jour qu'il rentrait à Paris, lui proposa de l'emmener : « Clemenceau te présentera ! » Mais Leray poussa de beaux cris : « La place de l'épouse est à son foyer. » Pendant longtemps dans la famille on devait plaisanter Lisa et la traiter de « révolutionnaire en chambre » !

La Commune fut vaincue. Les Versaillais entrèrent à Paris. Les exécutions réactionnaires vinrent remplacer les exécutions des tribunaux du peuple. « La seule exécution que j'admette est celle de Maximilien dans le tableau de Manet. La beauté des Noirs fait excuser la brutalité du sujet. » On arrêta Courbet et il fut fortement question de le fusiller. Est-ce l'intervention de Bibesco, alerté par ses amis peintres, qui le sauva ? C'est possible. Avant de quitter la Commune, je cite encore une réflexion de Renoir : « C'étaient des fous, mais ils avaient cette petite flamme qui ne s'éteint pas. » Il ne devait pas vivre assez longtemps pour voir la petite flamme devenir une grande lueur.

Le nom du café Guerbois où les jeunes peintres, après 70, se réunissaient autour de Manet était rarement mentionné dans nos conversations. Par contre celui de *La Nouvelle Athènes* revenait souvent. Paul Cézanne fils m'y emmena prendre une « romaine » avant la guerre de 14. Les maquereaux et les filles de la place Pigalle avaient remplacé Manet, Cézanne et Pissarro. J'essayais d'imaginer Van Gogh, amené par son frère et s'asseyant à la table où Gauguin et Frank Lamy discutaient de la peinture au couteau. C'était difficile de substituer les figures barbues et ardentes des jeunes peintres du siècle dernier aux figures rasées, solennelles et soucieuses des nouveaux clients. Maintenant c'est la décadence complète, la chute irrémédiable. *La Nouvelle Athènes,* heureusement sous un autre nom et entièrement redécorée, est devenue une boîte de pédérastes. Et même cela n'assure pas la vie de ces murs hantés d'ombres illustres. La dernière tentative de sauvetage se présente aujourd'hui sous la forme d'un « monoprix » du strip-tease. Vingt nus pour le prix d'une place de cinéma. Les pauvres filles défilent, exhibant leurs charmes fatigués, dans le lieu de réunion de cette école française qui avait purifié le nu, l'avait libéré de toute pensée libertine. Quelquefois je me dis : « Tout de même, si mon père voyait cela ! » L'évocation de Renoir me ramène vite à une juste appréciation des choses. Je sais bien ce qu'il aurait dit : « L'endroit est plein de courants d'air. Ces braves filles vont s'enrhumer. »

Plus que les discussions passionnées de *La Nouvelle Athènes* ce sont les réunions chez les Charpentier qui furent la grande affaire de Renoir dans la période qui précéda son mariage. Il connaissait déjà les Charpentier puisqu'il avait peint le portrait de la mère en 1869. Mais sa crainte de « se pousser et passer pour un arriviste » l'avait empêché de renouveler ses visites. La reprise des relations était due à une exposition organisée quelques années après la guerre à l'Hôtel Drouot par mon père, Berthe Morisot et Sisley. Berthe Morisot était la belle-sœur de Manet, qui lui-même était un grand ami de Charpentier. Ce dernier vint visiter l'exposition et acheta à Renoir un « bord de rivière avec un pêcheur », pour la somme de cent quatre-vingts francs. En emportant le tableau il insista pour que mon père vienne aux réunions qui avaient rendu le « salon » de Mme Charpentier célèbre. Cette réputation n'était pas usurpée. Cette véritable grande dame avait réussi le miracle de ressusciter l'esprit des salons de l'Ancien Régime. Tout ce que la littérature comptait de noms se pressait à ses vendredis. Son mari publiait les ouvrages des meilleurs auteurs de la jeune école. Il protégeait les naturalistes comme il avait protégé les néo-romantiques. Maupassant, Zola, les Goncourt, Daudet étaient les commensaux fidèles de la maison. Victor Hugo lui-même y paraissait quelquefois. En peinture, Charpentier penchait résolument vers les « intransigeants », avant même qu'ils ne deviennent les « impressionnistes ». En politique ses invités étaient Gambetta, Clemenceau, Geffroy ; tous ceux qui avaient été les adversaires de l'Empire et de Mac-Mahon. Il fonda un journal, *La Vie moderne,* dont mon oncle Edmond assura la direction, la rédaction et l'édition, et dont le but principal était de défendre la jeune peinture. Il aida à l'ouverture d'une galerie dans laquelle les œuvres des impressionnistes pourraient être exposées. Cette dernière entreprise s'avéra trop déficitaire. Il fallut fermer la galerie.

Les relations de Renoir et des Charpentier sont clairement exprimées par les tableaux qu'il peignit dans le sein de cette famille. Non seulement ces grands bourgeois étaient de fréquentation agréable, mais délicieux à peindre. « Mme Charpentier me rappelait mes amours d'adolescent, les modèles de Fragonard. Les petites filles avaient des cous garnis d'adorables fossettes. On me faisait des compliments. J'oubliais les injures des journalistes et j'avais des modèles gratuits et pleins de bonne volonté. » C'est chez les Charpentier que Renoir connut Bérard, qui devint un ami dévoué. Mon père passa de longues périodes dans le château des Bérard en pays de Caux. Là aussi il trouva une abondance de modèles bénévoles. Il n'arrêtait pas de peindre. Quand il n'avait plus de toile ou de papier, il peignait les portes et les murs, au grand ennui de la bonne Mme Bérard qui ne partageait pas l'admiration « aveugle » de son mari pour la peinture de leur invité.

Les séjours et les travaux de Renoir chez les Charpentier et chez les Bérard ont été mieux décrits que je ne le puis par des héritiers de ces deux familles : « Renoir à Wargemont » pour les relations Bérard, et « Renoir-Enfants » pour les débuts chez Charpentier. Qu'on me permette de sortir des faits généraux et une fois de plus de passer à l'anecdote. Je tiens celle-ci de ma mère qui la tenait de Bérard. Mon père, peignant dans la forêt de Marly, s'était soudain rappelé qu'il était invité à un grand dîner chez Charpentier. Il devait y rencontrer Gambetta, alors tout-puissant. Charpentier voulait convaincre le Premier ministre de confier à Renoir la décoration d'un grand panneau du nouvel Hôtel de Ville. Mon père avait vite rassemblé ses affaires, les avait déposées chez les grands-parents à Louveciennes, et avait couru comme il savait le faire à la station de Marly où il était arrivé juste à temps pour assister au départ du train pour Paris. Le chef de gare qui le connaissait lui permit de sauter dans un train de marchandises qui passait tout de suite après. Ce train l'avait déposé à la gare de triage des Batignolles. Il avait pu en sortir sans encombre et avait couru comme un fou dans ce quartier qui était alors une lointaine banlieue. Enfin un fiacre maraudeur l'avait recueilli et déposé chez lui où il s'était habillé en un tour de main. Cette cérémonie de l'habillage en vue de soirées l'agaçait, et, pour gagner du temps, au lieu de changer de chemise il se contentait de passer en hâte une étrange combinaison de faux col et de plastron qui « faisait la farce ». Cette habitude vestimentaire était d'ailleurs assez répandue. Arrivé chez Charpentier, il remit solennellement son chapeau haut de forme, son cache-col, ses gants, au valet de chambre. Puis il retira son pardessus et entra dans le salon avant que l'homme éberlué n'ait eu le temps de l'arrêter. Un immense éclat de rire accueillit son apparition. Dans sa hâte il avait oublié de passer son habit et était en bras de chemise. Charpentier, amusé, retira lui-même son habit. Tous les hommes en firent autant. Gambetta déclara que c'était tout à fait « démocratique ». Et le dîner continua avec la gaieté coutumière.

Charpentier exposa franchement à Gambetta son idée de décoration. « Ce jeune artiste peut renouveler l'art de la fresque. Quelle gloire pour votre République. » Le tribun prit Renoir à part. « Nous ne pouvons pas vous donner de commandes. Pas plus à vous qu'à vos amis. Le gouvernement risquerait de tomber. — Vous n'aimez pas notre peinture ? — Au contraire, c'est la seule peinture qui compte et ceux à qui nous donnons les commandes ne valent rien. Mais voilà ! — Voilà quoi ? — Vous êtes des révolutionnaires ! » Mon père n'en revenait pas. Il ne put s'empêcher de rétorquer : « Ben, et vous ? Qu'êtes-vous donc ? — Justement, répondit Gambetta, il faut nous faire pardonner nos origines, et nos opinions, et faire passer nos lois démocratiques en lâchant du lest avec ce qui n'a pas d'importance. Il vaut mieux voir la République vivre avec de la mauvaise peinture que de la voir mourir avec du grand art. »

Mon père me parlait souvent de l'attraction que les jolies femmes éprouvaient pour Gambetta, « quand il était au pouvoir ». C'était une lutte entre elles à qui viendrait s'asseoir sur un tabouret à ses pieds. On ne le voyait qu'émergeant d'une corolle d'épaules nues. Il était sensible à cette exhibition. Ce Méridional robuste et velu s'enflammait facilement. « Elles le savaient, les bougresses, et chaque soir les décolletés devenaient plus provocants. » Et puis ce fut la chute. Malgré les gages donnés aux peintres pompiers, le ministère fut mis en minorité. Mon père rencontra Gambetta chez

Charpentier quelques jours après : « C'était effrayant ! Plus un nichon ! »

Encore un incident bien innocent, mais qui avait beaucoup amusé Renoir et donne une idée du caractère « bon enfant » des soirées Charpentier. Un des habitués du salon était Charles Cros, « un individu extraordinaire ». Ses amis prétendaient qu'il avait inventé le téléphone deux ans avant Graham Bell, mais que les banquiers français avaient été trop timides pour s'intéresser à cette invention. Lui-même d'ailleurs se considérait comme un poète égaré par curiosité dans la chimie et la physique. Il venait de publier chez Charpentier un volume de vers intitulé *Le Coffret de Santal*. Il adorait Cabaner qui mettait ses poésies en musique. Il l'amena à une réunion musicale chez l'éditeur. Cabaner devait y interpréter quelques-unes de ses compositions sur des paroles de Cros. Il était très bon pianiste. Sa voix était suffisante pour donner une idée de la mélodie, ou plutôt du manque de mélodie puisqu'il avait rompu avec cette « fille publique ». Tout alla bien jusqu'à un certain morceau décrivant le vol d'un merle. Or Cabaner avait un petit défaut de langue qui lui rendait difficile la prononciation de la lettre *l*. Dans sa bouche elle devenait un *d*. Vous voyez ce que ça donne avec le mot merle. Les auditeurs stupéfaits se regardaient, croyant à une audace du poète. Cros était très malheureux. A la fin du morceau il dit : « Il ne s'agit pas de ce que vous croyez, mais de cet oiseau si commun dans nos campagnes et nommé vulgairement le merle. — Dommage, répondit Villiers de l'Isle-Adam, qui ce soir-là avait décidé de promener son visage tourmenté dans le grand monde, votre mise au point enlève à votre œuvre tout son sens ésotérique ! »

J'ai chez moi un médaillon de bronze représentant

157

un profil de jeune femme. Il a été moulé sur le motif central d'un cadre de miroir que Renoir avait sculpté pour l'hôtel Charpentier. Pour cet essai décoratif il avait utilisé une invention anglaise qu'un employé de la galerie Durand-Ruel croyait pouvoir lancer à Paris, le ciment Mac Leash. C'était un mélange de plâtre et de colle forte prétendant remplacer le marbre. Le cadre a été détruit voici quelques années à la démolition de l'hôtel Charpentier. Le médaillon a pu être préservé. Il me rappelle l'activité inlassable de mon père toujours prêt à « essayer n'importe quoi », quitte à revenir ensuite à la sécurité de sa palette et de ses pinceaux. Le ciment Mac Leash dut céder le pas devant les « stuccos italiens », plus souples d'emploi et moins chers.

Dans mon évocation des années qui précédèrent et suivirent la guerre de 1870, j'ai passé sous silence l'intimité de Renoir avec deux personnages qui jouèrent un rôle dans sa formation, le peintre Lecœur et Lise, une charmante jeune femme qui posa pour lui et pour plusieurs autres peintres. Je manque de renseignements directs sur les relations du trio. Tout ce que je sais est que Renoir et Lecœur allèrent habiter pendant quelques mois chez les parents de Lise, à Ville-d'Avray.

Une des raisons pour lesquelles les descriptions du langage, du comportement de Renoir varient suivant les auteurs est que lui-même variait, du moins en apparence, suivant les gens à qui il avait affaire. Semblable en cela aux personnages de Shakespeare, son langage et son comportement s'adaptaient à son interlocuteur. Hamlet ne s'exprime pas de la même manière suivant qu'il s'adresse au roi, aux acteurs ou au fossoyeur. Et pourtant quoi de plus consistant que ce personnage hanté d'une seule idée. Renoir, aussi consistant que Hamlet, que Goya ou que Pascal, jugeait inutile de dépenser son énergie à se braquer sur des opinions qui ne touchaient pas à ce qui pour lui était le principal. Cet homme « pas entêté pour un sou », comme il disait de lui-même, suivait son chemin avec la constance d'un pèlerin se rendant à Jérusalem. Rien ne pouvait le détourner de son but réel. Étrangement, si certaines questions lui semblaient négligeables, par exemple tout ce qui touchait à la politique et à ses intérêts privés, des détails prenaient dans son esprit une importance qui surprenait même ses familiers.

Le monde de Renoir n'était pas divisé de la même manière que celui des autres. Cela explique qu'il ait pu traverser la Commune et bien des événements considérables sans être tenté de prendre parti. Il reconnaissait l'existence des étiquettes, voire des formes diverses des récipients, mais il ne pensait pas que cette présentation puisse influencer beaucoup la qualité du contenu. Il admettait qu'il y a un accent allemand, un accent marseillais, une hypocrisie protestante, une bigoterie catholique, une grandiloquence républicaine, un aveuglement monarchiste, un puritanisme socialiste, mais ce vêtement extérieur revêtait des individus qu'il classait tout différemment. Je devine quelques-uns de ses classements. Je sais par exemple que l'internationale des filles « dont la peau ne repousse pas la lumière » constituait une catégorie du monde de Renoir plus importante que la catégorie allemande ou française, que les divisions politiques ou religieuses. La grande frontière était pour lui entre ceux qui perçoivent et ceux qui raisonnent. Il se méfiait de « la folle du logis » et s'alliait délibérément au monde de l'instinct en opposition au monde de l'intelligence.

Sans comprendre un mot de sa langue, il se serait senti en famille avec un potier chinois du IIe siècle. Il se sentait étranger à bien des Français.

En matière de religion, il était d'une tolérance absolue. Il lui semblait difficile à admettre qu'un quart de milliard d'Hindous puissent avoir tort depuis quatre mille ans. Pourquoi détiendrions-nous la vérité et pas eux ? Comment Dieu aurait-il pu prendre la décision arbitraire de se révéler aux riverains de la Seine et de se cacher des riverains du Gange ? « Et puis, si j'ai envie d'adorer un lapin doré, je ne vois pas pourquoi on m'en empêcherait. » Il souriait amusé. « D'ailleurs, la religion du lapin doré en vaudrait une autre. Je vois d'ici les grands prêtres coiffés de longues oreilles. » Il tenait ferme pour l'usage du latin chez les catholiques « non pas seulement parce que c'est un langage universel, mais surtout parce que les fidèles ne le comprennent pas. C'est très important de devoir s'adresser à Dieu dans un langage qui reste secret, un langage différent de celui avec lequel on achète deux sous de pommes de terre frites. » Il défendait aussi la confession : « Une nécessité, une soupape de sûreté semblable à ce gros champignon qu'on voit sur les locomotives. Pouvoir se raconter à un inconnu, quelqu'un dont le visage est caché et qui n'ira pas répéter vos confidences à sa bourgeoise sur le coin de l'oreiller ! Ça peut empêcher des crimes ! »

Renoir mettait rarement, pour ainsi dire jamais, les pieds dans une église, mais l'explication matérialiste de l'univers ne le convainquait pas. Pour lui, cet univers, malgré les analyses et les microscopes, demeurait peuplé de forces mystérieuses. « On nous raconte qu'un arbre n'est qu'une combinaison chimique. J'aime mieux croire que Dieu l'a créé et qu'il est habité par une nymphe. » Ça le rendait triste d'avoir à considérer l'eau verte qui bat les rochers d'Antibes comme un cocktail d'oxygène, d'hydrogène et de chlorure de sodium. « Ils essaient de supprimer Neptune et Vénus. En vain. Elle est là pour l'éternité ! telle que l'a peinte Botticelli. » Une autre position très ferme de Renoir était celle concernant la virginité de Marie. Pour lui, cette croyance était le parfait symbole de l'économie des moyens, principe de la conduite des actions de Renoir, aussi bien dans sa peinture que dans sa vie. En jargon scientifique ça n'est pas autre chose que la théorie du rendement.

Certains cuisiniers obtiennent de merveilleux résultats grâce à une grande dépense, des kilos de beurre dans les ragoûts, des litres de cognac dans les sauces. C'est bon, mais c'est lourd, et ça envoie le client rapidement à l'hôpital. Chez mes parents on faisait des tartes merveilleuses avec une « noix de beurre » dans la pâte. C'était bien meilleur et léger à digérer. Ma mère tenait ce style de cuisine de Marie Corot. Celle-ci n'était pas parente du grand peintre, mais avait été sa cuisinière de son vivant. « Elle cuisinait comme Corot peignait. » La montagne qui accouche d'une souris était pour Renoir le parfait symbole des méthodes de production modernes. Ses préférences allaient nettement à la taupinière qui eût accouché d'un éléphant. On déboise les montagnes, on détruit les forêts pour arriver à donner aux hommes un journal du matin dont souvent pas une ligne ne mérite d'être lue. Il y en a des pages et des pages, représentant la mort des superbes pins du Canada ou de l'Oregon, et tout cela pour d'enfantines réclames vantant la qualité d'un cosmétique ou d'un produit à détruire les cors aux pieds. Montaigne, en quelques volumes, représentant le seul sacrifice de quelques vieux chiffons, en disait plus que vingt de ces journaux. Certains peintres accumulent les couleurs sur leurs palettes. Chaque nuance du tableau est obtenue par l'utilisation d'une couleur sortie d'un tube différent. Ces couleurs, grâce à la chimie moderne, sont d'un brillant, d'une richesse inconnue des anciens. Et pourtant le résultat de toute cette dépense, de toute cette science reste terne. Renoir peignait avec au plus une dizaine de couleurs. Elles se présentaient en petits tas bien réguliers sur une palette bien propre. De cette pauvreté de moyens sortaient ses soies chatoyantes et ses chairs lumineuses. Pour lui, l'histoire de cette jeune Juive de Galilée, qui, sans être souillée, sans perdre rien de sa fraîcheur, avait cependant donné naissance à un Dieu constituait un message dont il comptait bien faire son profit. La grande division du monde de Renoir était peut-être entre le respect des moyens que la nature met à la disposition de l'homme et le gâchage de ces richesses, entre le désir de ne pas changer l'œuvre du Créateur et la tentative orgueilleuse de bouleverser cet équilibre.

Puisque nous sommes sur le chapitre de la religion, laissez-moi ajouter quelques mots concernant Renoir et l'athéisme. Beaucoup de ses amis, quelques-uns très chers et très intimes, étaient des athées. Ils étaient convaincus que Renoir était des leurs. Il leur semblait impossible de faire à la fois une peinture aussi révolutionnaire et de croire en Dieu. Par contre d'autres amis, fervents catholiques, ne doutaient pas de l'orthodoxie de mon père. Il avait tellement peur de faire de la peine aux gens qu'il évitait de les contredire et ainsi chacun adoptait le Renoir de son choix, ne se doutant pas que le Renoir intérieur considérait leur querelle comme un vain bavardage. Cependant, un jour, après avoir subi une démonstration trop longue à son gré de l'inexistence de Dieu, il dit à l'orateur : « Je crois que si j'avais à choisir entre vous et les curés, je choisirais les curés. » L'autre se récria pensant que mon père se moquait. Mais Renoir continua : « Les curés ont un costume. C'est plus honnête ! Comme cela, quand j'en vois un, je fiche le camp. Si vous voulez prêcher, vous devriez porter un costume. On serait prévenu ! »

Il fallait que Renoir ait été poussé à bout pour se permettre une telle boutade. Ou bien il fallait que la victime eût été un ami très cher. Ce n'est que lorsqu'il se sentait en absolue confiance qu'il se laissait aller à des explosions. Il était certainement dans cet état de grâce devant ses enfants. C'est ce qui me donne une chance de le comprendre mieux que les écrivains qui jusqu'ici ont tenté de le représenter. Je songe à la description de Michel Georges-Michel dans son livre *De Renoir à Picasso*. Renoir y devient une sorte de caractère rabelaisien. L'auteur, sans doute impressionné par la robustesse des nus du peintre, avait dû l'aborder dans le genre « gaulois ». Et mon père, pour ne pas le désappointer, avait répondu dans le même sens. Résultat pour le lecteur : un étonnant Renoir ne parlant que de fesses et de nichons, sorte de Silène paysan vivant dans une perpétuelle kermesse de Jordaens imaginaires. Même Rivière, le compagnon fidèle des années du Moulin de la Galette, s'est bâti un Renoir plus ou moins à son image, l'opposé de Michel Georges-Michel, un Renoir bien sage, animé de la seule préoccupation de ne pas sortir du cadre de la tradition nationale et de ne pas se laisser influencer par les métèques et autres étrangers qui ont juré de détruire la civilisation française. Vollard, lorsqu'il écrivait son livre, cherchait honnêtement à se documenter aux sources mêmes. Les renseignements qu'il glana et ses contacts personnels donnèrent finalement le monument tendancieux que nous connaissons, et

163

cela avec les meilleures intentions et le plus grand talent. Un jour, ses recherches l'amenèrent à la découverte d'un vieil ouvrier peintre en bâtiment qui pendant assez longtemps avait pris ses repas dans la même crémerie que mon père. Il se souvenait très bien de lui, « un jeune homme convenable, toujours bien habillé, toujours pressé, maigre et adroit comme un chat de gouttière. Je le prenais pour un ouvrier du quartier ». Mais ce qui semblait avoir surtout frappé le brave homme c'est que, « quand il y avait le pot-au-feu, Renoir prétendait toujours que c'était son tour pour l'os à moelle ». Vollard, devant moi, raconta l'anecdote à mon père, s'en servant pour renforcer sa théorie que les gens du peuple sont incapables de reconnaître « ceux qui ne font pas d'épate ». Il était convaincu de l'immense stupidité de la masse, cela d'ailleurs très gentiment, sans haine, avec seulement le désir de les voir rester à leur place. « Ils ne comprennent que la réclame. Pour eux Sarah Bernhardt est une grande actrice parce qu'on en parle dans les journaux. » Plus tard, mon père me raconta l'histoire de l'os à moelle à sa façon qui doit être la vraie : pour les Parisiens, l'os à moelle est un « régal des dieux ». Plusieurs fois, le vieil ouvrier dont il se souvenait très bien, « un brave homme préoccupé seulement de faire plaisir », avait déposé le précieux os à moelle dans l'assiette de son voisin, s'en privant lui-même et croyant lui faire un immense cadeau. Celui-ci, distrait, avait mangé la moelle sans penser à s'extasier. « D'ailleurs, dans le fond, je n'aime pas beaucoup cela ! » Le vieil ouvrier en était tout triste. Pour effacer ce faux pas, mon père de temps en temps faisait semblant d'arracher ledit os du plat, rétablissant ainsi un équilibre de valeurs basé sur une vieille croyance : ce qui est rare doit être bon. L'os à moelle est bon parce qu'il n'y en a qu'un dans un plat de pot-au-feu. Le vieil ouvrier était rassuré, heureux. Il pouvait de nouveau, en clignant de l'œil, déposer le « morceau de roi » dans l'assiette de son jeune ami : « Aujourd'hui il est bien plein... — Mais vous me l'avez déjà donné hier... — Croyez-vous ? Eh bien, tant mieux ! Vous êtes jeune, vous avez besoin de forces, et la moelle contient du fer. »

A la même époque, Renoir faisait le portrait de la maîtresse d'un baron R... que Bérard lui avait présenté : « Bonne fille, tout Paris était passé dans son lit. Maintenant elle ne trompait son « miché » qu'avec son maquereau. » Le premier ne lui demandait qu'une chose, d'agir avec lui comme s'il eût été l'amant de cœur. Lorsque le maquereau sonnait à la porte, elle cachait le miché dans un placard. L'intrus, jouant son rôle, faisait une scène terrible, injuriant l'infidèle, faisant semblant de la battre. L'amant en titre buvait du petit lait. Et quelle joie après le départ du brutal personnage de pouvoir consoler la belle éplorée ! Or il arriva que le maquereau, prenant son rôle au sérieux, ne put se retenir d'administrer une vraie gifle à son amie. Celle-ci répondit. La lutte simulée dégénéra en une véritable bataille. Le maquereau eut le dessous. Écœurée de cette faiblesse, la belle le mit à la porte, sortit son entreteneur du placard et lui déclara qu'elle « avait assez ri ». Désormais elle entendait se « ranger des voitures ». Renoir arriva sur ces entrefaites. Il avait rencontré le vaincu sur le palier, et celui-ci s'était accroché à lui. Le monsieur sérieux, de son côté, suppliait mon père de donner son avis. Ces gens l'assimilaient à leur vie, le croyaient des leurs, comme les clients de la crémerie. Partout Renoir était chez lui. Il proposa de commencer la séance de pose, comme si de rien n'était. Le désordre de la toilette de la dame lui donna même l'idée d'un deuxième tableau qu'il se mit à esquisser. Les autres le regardaient peindre, et bientôt leur esprit s'évadant de leur querelle se mit à suivre les mouvements du pinceau sur la toile. Quand Renoir s'arrêta, « parce que la lumière avait tourné et le salon était devenu sinistre », ils étaient réconciliés.

Cette fille, tout en posant, « racontait sa vie ». Elle avait commencé très jeune. « A quinze ans j'ai lâché l'atelier. » Elle avouait franchement avoir fait le trottoir. Au moment du portrait elle avait vingt-huit ans et était d'une fraîcheur délicieuse. A quinze ans elle avait dû être adorable. Renoir le lui dit. Elle sourit. « Personne ne voulait de moi. J'étais trop heureuse quand je trouvais un miteux qui me donnait quarante sous. » Le jour où elle fut entretenue par un ami riche, tout Paris courut après elle.

Mon père concluait : « Tu comprends, Jean, c'est comme l'os à moelle. Les hommes ne jugent pas avec leur sens. C'est l'histoire des moutons de Panurge. Rabelais est très fort ! » Cette conversation avait lieu à l'heure du déjeuner. La grand-Louise vint prévenir que c'était servi. Je roulai mon père jusqu'à la salle à manger. Nous avions des côtelettes et de la purée de pommes de terre. « Mes dents », dit Renoir. Je lui apportai l'accessoire en question, qu'il cala dans sa bouche. « As-tu faim ? » Je lui répondis que j'avais très faim. « Moi pas, dit-il. Je mange parce que ça se fait ! » Je lui coupai sa viande. Il continua : « Nous sommes des moutons de Panurge. Surtout les peintres. Le difficile c'est d'étudier les maîtres sans les copier. Et pourtant, il faut bien les copier pour les comprendre. Et puis zut ! Voilà que je me mets à faire des théories. Je ne sais pas ce que je dis, cette viande est dure, et je perds mon râtelier. »

La dame en question possédait deux bassets que

Renoir aimait beaucoup. Le mâle s'appelait Peter et la femelle Daisy. Un matin, Renoir trouva son modèle avec un visage fatigué, « des poches sous les yeux, la peau verte ». Il la renvoya se coucher. Elle lui demanda de sortir Peter et Daisy. « Je ne peux pas les confier à ma femme de chambre, elle est trop distraite et Daisy est en chasse. » Elle tenait beaucoup à la vertu de Daisy, une bête qu'elle avait payée une fortune. Elle expliqua que les chiennes qui se conduisent mal restent marquées pour toujours. Un sourire de mon père la fit rire aux éclats, « une bonne fille ». Pour souligner l'allusion elle ajouta : « Heureusement pour nous, les hommes sont plus tolérants que les chiens. Peter est d'une jalousie féroce. Si un autre chien s'approchait de Daisy, il le dévorerait ! » Renoir partit tenant les bassets en laisse, une belle laisse de cuir rouge qui se divisait en deux. Il y eut quelques rencontres difficiles. Un caniche faillit échapper à son maître et se précipiter sur Daisy. Peter en étouffait de rage toutes dents dehors, s'étranglant dans son collier. Mon père arriva au bois de Boulogne et s'engagea dans une allée solitaire. Il faisait beau. Les deux chiens étaient calmés. Peter avait cessé de gémir et de bousculer sa compagne. Un banc invitait à la méditation. Renoir s'y assit et s'enfonça dans une de ses rêveries coutumières. Il en fut arraché par un bruit insolite. Un beau bâtard était en train de couvrir Daisy, et Peter, tout heureux, contemplait le spectacle en remuant la queue.

Ce qui me surprenait dans les récits de mon père, c'est le nombre de gens qu'il avait connus intimement. Des gens du monde, comme Caillebotte[1], peintre lui-même et qui devait ouvrir les portes du Louvre à la

---

1. 1848-1894, peintre français.

jeune peinture en léguant sa collection à l'État. Le docteur de Bellio, un Roumain homéopathe ami de Bibesco, qui lui-même semble avoir disparu de la vie de mon père à cette époque. Les Darras que je lie dans mon esprit au capitaine de Bordeaux, les Cahen d'Anvers, riches banquiers, les Catulle-Mendès, l'extraordinaire M. Choquet[1] et le marchand Durand-Ruel, « le père Durand ». Des actrices comme l'adorable Jeanne Samary, Ellen André, Mme Henriot et sa fille. Renoir me citait tant de noms qu'ils se brouillent dans ma mémoire. Et tous les modèles : les Nini et les Margot, Suzanne Valadon, les ouvrières qu'il arrêtait dans la rue. Avec lui, les rencontres se transformaient en chaude amitié. Je le dis et le redirai, on l'aimait. Les témoins de sa jeunesse que j'ai connus étaient bouleversés d'émotion quand ils me parlaient de lui. Mme Henriot me raconta la mort de sa fille, actrice à la Comédie-Française, dont Renoir fit plusieurs portraits. Un soir, Edmond, son frère, fit irruption dans l'atelier où il était en train de se mettre au lit. « Il y a le feu à la Comédie-Française ! Une explosion de gaz ! » Mon père enfila un veston et dégringola la rue Saint-Georges. Il arriva sur les lieux du sinistre alors que les flammes avaient déjà envahi une grande partie du bâtiment. Un groupe d'amis le repéra et le mena à Mme Henriot. Sa fille était remontée dans sa loge pour chercher son petit chien, et elle ne reparaissait pas. La partie du bâtiment dans lequel était située cette loge semblait avoir échappé à l'incendie. Renoir se précipita. Malgré la fumée il trouva le bas d'un escalier et monta en tenant son mouchoir devant sa bouche. Au bout de quelques pas, il suffoqua et dut se cramponner à la rampe. Un pompier le sortit de là. Quelques

1. Fonctionnaire des douanes, collectionneur français.

minutes après, les flammes gagnaient cet escalier. Quand Renoir me racontait cet incident — il y revint plusieurs fois —, j'étais frappé par le contraste entre le mépris du danger montré en cette occasion et son habituelle prudence. Après quarante ans, la perte de la « petite Henriot » lui faisait encore monter l'émotion à la gorge. « Cette idiote !... pour un chien !... un horrible pékinois qu'elle appelait Toto, à cause du caniche du cabaret de la mère Anthony dont je lui avais parlé. Elle était mince et cependant tout était rond chez elle. Un de ces êtres privilégiés que les dieux ont préservés de l'horreur des angles aigus ! Elle posait comme un ange ! » Dans sa crainte d'être « sentimental », il passait brusquement à un conseil formulé d'une voix enrouée : « Si tu es pris par le feu, c'est la fumée qu'il faut craindre. Trempe un mouchoir dans l'eau et respire à travers. Surtout ne cours pas. Chaque geste doit être raisonné. Si tu perds la boule tu es fichu. »

Dans nos conversations le nom de Paul Durand-Ruel revenait constamment. Le « père Durand » est courageux ; le père Durand est un grand voyageur ; le père Durand est un bigot. Renoir approuvait cette caractéristique. « Il nous fallait un réactionnaire, pour défendre notre peinture que les salonnards disaient révolutionnaire. Lui au moins ne risquait pas de se faire fusiller comme communard ! » Mais le jugement qu'il formulait le plus souvent était : « Le père Durand est un brave homme ! » Vollard devait entrer ensuite dans sa vie, et les Bernheim, et Cassirer de Berlin et bien d'autres grands marchands, plus préoccupés de divulguer une forme de peinture à laquelle ils croyaient qu'à gagner de l'argent. Paul Durand-Ruel fut le premier. « Sans lui, nous n'aurions pas survécu. » Renoir en me disant cela ne pensait pas à la survivance de l'art mais à celle du corps. « C'est très gentil les enthousiasmes, mais ça ne remplit pas l'estomac ! » Je poussais mon père dans ses retranchements : « Tu veux dire que sans Durand-Ruel tu aurais cessé de peindre ? — Je ne dis pas cela » était la réponse agacée ; « je prétends seulement que sans lui les ortolans auraient été encore plus rares. » A l'époque de ces entretiens j'étais trop jeune pour avoir le sens de l'humour. Maintenant, à la seule idée que Renoir eût pu abandonner la peinture, je ne puis m'empêcher de rire. Il insistait, sortant entièrement de la question pour mieux prouver son dire. « A l'Exposition universelle de 1855, Durand-Ruel n'avait pas vingt-cinq ans et défendait les Delacroix contre l'empereur qui n'aimait que les Winterhalter. » Mon père s'interrompait une seconde, amusé par une idée : « Il faut dire que Durand est un vieux Chouan et qu'il était tout dévoué au comte de Chambord qu'il allait voir en Hollande ! »

Durand-Ruel avait suivi les « Intransigeants » depuis leurs débuts. « Il était assez malin pour flairer qu'il y avait quelque chose à faire de ce côté. Et je crois qu'il aimait sincèrement notre peinture, surtout Monet. » Il organisa plusieurs expositions des œuvres de la nouvelle école dans sa galerie de la rue Le Peletier. Mon père m'expliquait que, à la suite d'une de ces tentatives sans résultats (« Pas le bout du nez d'un client ! »), Monet, Sisley, Berthe Morisot et lui avaient décidé de tenter une vente aux enchères publiques à la salle Drouot. Le public manifesta. Un monsieur traita Berthe Morisot de « gourgandine ». Pissarro donna un coup de poing à l'insolent. Une bagarre s'ensuivit. La police intervint. Pas un tableau ne fut vendu. Renoir se souvenait d'un article particulièrement méchant de Pierre Wolf dans *Le Figaro* à propos d'une des expositions chez Durand-Ruel. Une de mes amies me l'a retrouvé. J'en transcris l'essentiel.

La rue Le Peletier a eu du malheur. Après l'incendie de l'Opéra, voici un nouveau désastre qui s'abat sur le quartier. On vient d'ouvrir chez Durand-Ruel une exposition, qu'on dit être de peinture. Le passant inoffensif, attiré par les drapeaux qui décorent la façade, entre, et à ses yeux épouvantés s'offre un spectacle cruel. Cinq ou six aliénés, dont une femme, un groupe de malheureux atteints de la folie de l'ambition, s'y sont donné rendez-vous pour exposer leurs œuvres.

Il y a des gens qui pouffent de rire devant ces choses. Moi, j'en ai le cœur serré. Ces soi-disant artistes s'intitulent les Intransigeants ; ils prennent des toiles, de la couleur et des brosses, jettent au hasard quelques tons et signent le tout. C'est ainsi qu'à l'hospice de Ville-Évrard des esprits égarés ramassent les cailloux sur leur chemin et se figurent qu'ils ont trouvé des diamants. Effroyable spectacle de la vanité humaine s'égarant jusqu'à la démence. Faites donc comprendre à M. Pissarro que les arbres ne sont pas violets, que le ciel n'est pas d'un ton beurre frais, que dans aucun pays on ne voit les choses qu'il peint et qu'aucune intelligence ne peut adopter de pareils égarements ! Autant perdre votre temps à vouloir faire comprendre à un pensionnaire du docteur Blanche[1], se croyant le pape, qu'il habite les Batignolles et non le Vatican. Essayez donc de faire entendre raison à M. Degas ; dites-lui qu'il y a en art quelques qualités ayant nom : le dessin, la couleur, l'exécution, la volonté : il vous rira au nez et vous traitera de réactionnaire. Essayez donc d'expliquer à M. Renoir que le torse d'une femme n'est pas un amas de chairs en décomposition avec des taches vertes violacées qui dénotent l'état de complète putréfaction dans un cadavre ! Il y a aussi une femme dans le groupe, comme dans toutes les bandes fameuses, d'ailleurs ; elle s'appelle Berthe Morisot et est curieuse à observer. Chez elle la grâce féminine se maintient au milieu des débordements d'un esprit en délire.

Et c'est cet amas de choses grossières qu'on expose en public sans songer aux conséquences fatales qu'elles peuvent entraîner. Hier, on

1. Célèbre médecin aliéniste français, mort en 1852.

a arrêté rue Le Peletier un pauvre homme qui, en sortant de cette exposition, mordait les passants.

Je demandai à mon père si cet article l'avait découragé. « Au contraire. Nous n'avions qu'une idée : exposer, montrer nos toiles partout, jusqu'à ce que nous ayons trouvé le vrai public, celui qui n'était pas abruti par l'art officiel et qui devait bien exister quelque part. » Les injures prodiguées à Berthe Morisot, « cette vraie grande dame », les indignaient. Elle en riait. Monet trouvait toute naturelle l'incompréhension des critiques. « Depuis Diderot qui a inventé la critique, expliquait-il, ils se sont tous trompés. Ils ont vilipendé Delacroix, Goya et Corot. S'ils nous couvraient d'éloges, ce serait inquiétant ! »

Pissarro convainquit ses camarades de la nécessité d'une exposition organisée par les peintres eux-mêmes. Cézanne se joignit à eux. « Les critiques sont des châtrés et des jean-foutre ! » Degas lui-même, si réservé, s'était rapproché du groupe. Un nouveau venu, Guillaumin, vint grossir les rangs. Pissarro et Monet voulaient limiter les exposants aux combattants du début. Ils se méfiaient de Degas — ce bourgeois. Renoir répondait : « Il en fait plus pour démolir M. Gérôme qu'aucun de nous ! » Degas accepta à une condition : c'est que le caractère de l'exposition ne fût pas « révolutionnaire » et qu'on s'abritât derrière un grand nom. Édouard Manet commençait à être admis par les officiels et les journalistes. On le pressentit. Il se récusa. « Pourquoi irais-je avec vous, les jeunes, puisque je suis reçu au Salon officiel qui est le meilleur terrain de combat ? Au Salon, mes pires adversaires sont obligés de défiler devant mes toiles. » Il y avait du vrai. On n'insista pas. D'autres artistes, semi-officiels mais assez libres pour reconnaître que « chez ces

Intransigeants il y avait tout de même quelque chose », proposèrent de se joindre à l'exposition. Mon père insista pour qu'on les accepte. Leur adhésion diminuait la quote-part de chacun dans le règlement des frais. Parmi eux je cite un aîné qu'il respectait, Boudin. On loua le local du photographe Nadar, boulevard des Capucines, ce qui donna à Degas l'idée de proposer « La Capucine » comme titre à leur groupement. On refusa.

L'ouverture de l'exposition eut lieu quelques jours avant celle du Salon. On connaît le résultat. Un nouveau désastre ! « La seule chose que nous ayons retiré de cette exposition est cette étiquette « impressionnisme » que je déteste ! » Un petit tableau de Claude Monet, représentant un paysage brumeux sous un soleil d'hiver, était le coupable. Sans penser à mal, le peintre l'avait intitulé *Impression*. Un certain Leroy, critique au *Charivari,* releva ce titre dans son article et l'accola ironiquement à l'ensemble des exposants. Il devait leur rester. Le public se montra à la hauteur des journaux. Les quolibets, plaisanteries, insultes pleuvaient. On allait à l'exposition pour « rigoler ». Devant les personnages de Degas, de Cézanne, voire devant les délicieuses filles de Renoir, les gens retenaient difficilement leur colère. *La Loge* était particulièrement visée. « Quelles gueules ! Où a-t-il été pêcher ses modèles ? » C'étaient mon oncle Edmond et la charmante Nini ! Paul Cézanne fils prétendait qu'un visiteur indigné avait craché sur le *Garçon au gilet rouge* de son père, cette même toile qui vient d'atteindre un prix astronomique dans une vente à Londres et que les journaux du monde entier ont reproduite avec enthousiasme. Il y a loin de 1874 à 1959 ! Tandis que Renoir et ses compagnons devaient courber la tête sous ce vent de défaite, une *Charge de Cuirassiers* de Meissonier [1] était payée trois cent mille francs par un Américain, c'est-à-dire l'équivalent de plus de cent mille dollars actuels.

J'ai devant moi quelques coupures de journaux de l'année 1874. C'est navrant.

La Presse. Mercredi 29 avril.

Avant le Salon. Exposition des Révoltés.

... Cette école supprime deux choses : la ligne sans laquelle il est impossible de reproduire la forme d'un être animé ou d'une chose, et la couleur qui donne à la forme l'apparence de la réalité.

Salissez de blanc et de noir les trois quarts d'une toile, frottez le reste de jaune, piquez au hasard des taches rouges et bleues, vous aurez une *impression* du printemps devant laquelle les adeptes tomberont en extase.

Barbouillez de gris un panneau, flanquez au hasard et de travers quelques barres noires ou jaunes et les illuminés les voyant vous diront : « Hein ! comme ça donne bien l'impression du bois de Meudon. »

Quand il s'agit d'une figure humaine, c'est bien autre chose, le but n'est pas d'en rendre la forme, le modelé, l'expression, il suffit de rendre l'*impression* sans ligne arrêtée, sans couleur, sans ombre ni lumière. Pour réaliser une théorie aussi extravagante, on tombe dans un gâchis insensé, fou, grotesque, sans précédents heureusement dans l'art, car c'est tout simplement la négation des règles les plus élémentaires du dessin et de la peinture. Les charbonnages d'un enfant ont une naïveté, une sincérité qui font sourire, les débauches de cette école écœurent ou révoltent.

Le fameux Salon des Refusés qu'on ne peut se rappeler sans rire, ce Salon où l'on voyait des femmes couleur tabac d'Espagne sur des chevaux jaunes au milieu de forêts aux arbres bleus, ce Salon était un Louvre en comparaison de l'exposition du boulevard des Capucines.

En examinant les œuvres exposées (je recommande particulièrement aux visiteurs les numéros 54, 42, 60, 43, 97, 164), on se

1. 1815-1891, peintre français de genre et de bataille.

demande s'il n'y a pas là une mystification inconvenante pour le public, ou le résultat d'une aliénation mentale qu'on ne pourrait alors que déplorer. Dans ce second cas, cette exposition ne serait plus du ressort de la critique mais du docteur Blanche.

J'ouvre une parenthèse pour préciser ce qu'étaient les numéros en question : 54, *Examen de danse,* par Degas ; 42, *La Maison du Pendu* à Auvers-sur-Oise, par Cézanne ; 60, *Répétition de ballet sur la scène,* par Degas ; 43, *Une Moderne Olympia,* par Cézanne ; 97, *Boulevard des Capucines,* par Monet ; 164, *Un Verger,* par Sisley. Renoir n'avait même pas eu l'honneur d'attirer les foudres de l'écrivain.

Eh bien, non ! Tout cela est sérieux, sérieusement fait, sérieusement discuté, conseillé comme une rénovation de l'art. Velasquez, Greuze, Ingres, Delacroix, Th. Rousseau sont des poncifs, qui n'ont jamais rien compris à la nature, des routiniers qui ont fait leur temps et dont les conservateurs de nos musées devraient reléguer les œuvres au grenier.

Et qu'on ne nous taxe pas d'exagération, nous les avons entendus raisonner ces peintres, eux et leurs admirateurs, à l'Hôtel Drouot où leurs tableaux ne se vendent point, chez les marchands de la rue Laffitte qui empilent leurs ébauches en espérant toujours une chance favorable qui certainement n'arrivera jamais, nous les avons entendus développer leur théorie tout en regardant d'un air de pitié superbe les œuvres que nous sommes habitués à admirer, méprisant tout ce que l'étude nous a appris à aimer, nous répétant avec un orgueil incommensurable : « Si vous compreniez quelque chose aux élans du génie, vous admireriez Manet et nous qui sommes ses disciples ! »

Émile GARDON.

Voici maintenant un article favorable :

... Il y a quelques années le bruit se répandit dans les ateliers qu'une nouvelle école de peinture venait de naître. Quels étaient son objet, sa méthode, son champ d'observation ? En quoi ses produits se distinguaient-ils de ceux des écoles précédentes et quelles forces apportaient-ils à l'actif de l'art contemporain ? Il fut tout d'abord difficile de s'en rendre compte. Les membres du jury, avec leur intelligence accoutumée, prétendaient barrer le chemin aux nouveaux venus. Ils leur fermaient la porte du Salon, leur interdisaient l'entrée de la publicité, et, par toutes les sottes voix dont l'égoïsme, l'imbécillité ou l'envie disposent en ce monde, ils s'efforçaient de les livrer à la risée.

Persécutés, chassés, honnis, mis au ban de l'art officiel, les prétendus anarchistes se groupèrent. Durand-Ruel, que les préjugés administratifs ne troublent pas, mit une de ses salles à leur disposition et, pour la première fois, le public peut apprécier les tendances de ceux qu'on appelait, je ne sais pourquoi, les « Japonais » de la peinture. Depuis lors le temps a marché. Forts d'un certain nombre d'adhésions nouvelles, encouragés par d'importants suffrages, les peintres dont nous parlons se sont constitués en Société coopérative, ont loué l'ancien local de l'atelier Nadar, au boulevard des Capucines ; et c'est là, dans un domicile à eux et arrangée par leurs mains, qu'ils viennent d'organiser leur première exposition, celle-là même dont nous voulons entretenir nos lecteurs.

[...] Voyons donc un peu ce que nous annoncent de si monstrueux, de si subversif de l'ordre social, ces véritables révolutionnaires.

Sur les cendres de Cabanel et de Gérôme, je le jure, il y a ici du talent et beaucoup de talent. Cette jeunesse a une façon de comprendre la nature qui n'a rien d'ennuyeux ni de banal. C'est vif, c'est preste, c'est léger ; c'est ravissant. Quelle intelligence rapide de l'objet et quelle facture amusante ! C'est sommaire, il est vrai, mais combien les indications sont justes !

[...] Maintenant que vaut cette nouveauté ? Constitue-t-elle une révolution ? Non, parce que le fond et dans une grande mesure la forme de l'art demeurent les mêmes. Prépare-t-elle l'avènement d'une école ? Non, parce qu'une école vit d'idées et non de moyens matériels, se distingue par ses doctrines et non par ses procédés d'exécution. Si elle ne constitue pas une révolution et si elle ne constitue pas le germe d'une école, qu'est-elle donc ? Une manière et rien de plus. Le non fini, après Courbet, après Daubigny, après Corot, on ne peut pas dire que les *impressionnistes* l'aient inventé. Ils le vantent, ils l'exaltent, ils l'érigent en système, ils en font la clef de voûte de l'art. Ils le mettent sur un piédestal et ils l'adorent ; voilà tout. Cette exagération c'est une manière, et les manières en art, quel est leur sort ? C'est de demeurer le propre de l'homme qui les invente ou de la petite chapelle qui les accueille, c'est de se circonscrire au lieu de s'étendre ; c'est de s'immobiliser sans se reproduire et de périr bientôt sur place. Avant peu d'années les artistes aujourd'hui groupés au boulevard des Capucines seront divisés. Les plus forts, ceux qui ont de la race et du sang, auront reconnu que s'il est des sujets qui s'accommodent de l'état d'impression, se contentent des dehors de l'ébauche, il en est d'autres et en bien plus grand nombre qui réclament une expression nette, demandent une exécution précise ; que la supériorité du peintre consiste précisément à traiter chaque sujet suivant le mode qui lui convient, par conséquent à n'être point systématique et à choisir hardiment la forme qui doit donner tout son relief à l'idée. Ceux-là qui, chemin faisant, ont perfectionné leur dessin, laisseront là l'*impressionnisme,* devenu pour eux un art véritablement trop superficiel. Quant aux autres qui, négligeant de réfléchir et d'apprendre, auront poursuivi l'impression à outrance, l'exemple de M. Cézanne (*Une Moderne Olympia*) peut leur montrer dès à présent le sort qui les attend. D'idéalisation en idéalisation, ils aboutiront à ce degré de romantisme sans frein, où la nature n'est plus qu'un prétexte à rêverie, et où l'imagination devient impuissante à formuler autre chose que des fantaisies personnelles, subjectives, sans écho dans la raison générale, parce qu'elles sont sans contrôle et sans vérification possible dans la réalité.

CASTAGNARY.

On comprend que cette bonne volonté désarmante ait navré les exposants. Renoir, commentant cet article au cours de nos entretiens, me disait combien son indignation de néophyte lui paraissait maintenant puérile. « Oser attaquer l'impressionnisme, quelle noirceur ! J'étais comme Polyeucte voulant renverser les idoles. Après quarante ans, je suis d'accord avec Castagnary, en ce qui concerne l'impressionnisme. Mais je rage encore à l'idée qu'il n'a pas compris qu'*Une Moderne Olympia* de Cézanne était un chef-d'œuvre classique, plus près de Giorgione que de Claude Monet et qu'il avait devant les yeux l'exemple parfait d'un peintre déjà sorti de l'impressionnisme. Et cette manie des littérateurs qui ne comprendront jamais que la peinture est un métier, et que ce sont les moyens matériels qui viennent d'abord. Les idées suivent bien après, quand le tableau est fini ! Comment croire après cela qu'il y a de la place pour la peinture en France ? » Mais son optimisme reprenait vite le dessus. « Les Français font la peinture mais ne l'aiment pas. » Il disait aussi : « Nous ne travaillons pas pour les critiques, ni pour les marchands, ni même pour les amateurs en général, mais pour la demi-douzaine de peintres qui peuvent juger de nos efforts parce qu'ils peignent eux-mêmes. » Cette affirmation lui semblant trop restrictive, il corrigeait : « On peint aussi pour M. Choquet, pour Gangnat et pour le passant inconnu qui s'arrête à la vitrine d'un marchand et éprouve deux minutes de plaisir en regardant l'un de nos tableaux ! »

Je continue avec un extrait de la « chronique » de *La Patrie* du 21 avril 1874.

Moi qui ai l'honneur de vous parler, j'ai une furieuse envie d'ouvrir une exposition de sculpture en plein boulevard des Italiens. J'ai chez moi quelques statuettes...

[...] N'ai-je pas d'ailleurs un précédent ? J'ai voulu visiter hier, boulevard des Capucines, une exposition de peinture ; une centaine de tableaux et dessins espacés sur les parois de trois ou quatre salles. Dans le nombre il y en a bien une dizaine que le jury du Salon aurait acceptées ; encore, pour quelques-uns aurait-il fallu se montrer par trop indulgent...

Mais les autres toiles !... Non, ceux qui ne les ont pas vues ne peuvent jamais croire à quel point le visiteur est mystifié.

Vous souvenez-vous du Salon des Refusés, du premier, de celui où l'on voyait des femmes nues couleur Bismarck indisposé, des chevaux jonquille, des arbres bleu Marie-Louise. Eh bien ! ce salon est le Louvre, est le palais Pitti, la Tribune des Uffizzi, comparé aux salles de l'exposition du boulevard des Capucines.

Aux premières ébauches (c'est débauches que je devrais écrire) on hausse les épaules ; aux secondes on éclate de rire, aux dernières on finit par se fâcher, et l'on regrette qu'on n'ait pas donné à un pauvre les vingt sous qu'on a dû payer pour passer le tourniquet de rigueur.

On se demande si c'est là une mystification d'autant plus inconvenante que le mystificateur en tire son profit, ou bien une spéculation d'une délicatesse problématique. On ne peut même pas réclamer ; on vous montrerait les rares toiles, plus ou moins bonnes, plus ou moins sages, — qui font exception —, et on vous dirait : « Vous voyez qu'il y a aussi des œuvres sérieuses ; s'il s'en trouve qui ne sont pas de votre goût, ce n'est pas de la faute de la société exposante, l'art est libre, et d'ailleurs, êtes-vous sûr de ne pas avoir sous les yeux des essais de génies incompris, de hardis novateurs, de pionniers de la peinture de l'avenir ? » Remarquez que j'ai mis « on vous dirait ». On ne vous le dit pas. Bien effronté celui qui s'aviserait de tenir ce langage.

Toujours est-il que j'étais là hier matin, avec une quinzaine de visiteurs, hommes et femmes, et que de tous ces *comystifiés* qui ne se connaissaient pas entre eux, les uns avaient pris le parti de rire (un peu jaune) en s'écriant : « Bien joué ! », les autres se perdaient en suppositions les unes plus étranges et plus gratuites que les autres.

J'en reproduis ici quelques-unes.

« C'est la direction des Beaux-Arts qui a organisé cette exposition pour justifier le jury d'admission. Le public en voyant toutes ces choses-là se dira que le jury a bien raison de refuser de pareilles horreurs.

— Pardon, vous vous trompez ; ces choses-là n'ont pu être refusées par le jury, n'ayant pas été soumises à son examen ; c'est une exposition libre.

179

— Alors c'est donc quelque mauvais plaisant qui s'est amusé à tremper ses pinceaux dans la couleur, à barbouiller pas mal de mètres de toile et à signer de noms différents.

— Encore une fois, pauvre madame, vous êtes dans l'erreur. Ces noms ne sont nullement inventés.

— Il faut croire en ce cas que ce sont des élèves de M. Manet.

— Vous brûlez ; ce sont probablement les élèves de Manet, oui ; mais les refusés de ce maître.

— Miséricorde ! Des refusés de Manet ! Qu'est-ce que cela doit être !

— Regardez autour de vous, vous le voyez.

— Mais M. Manet n'est-il pas lui-même au nombre des refusés de cette année ?

— Parfaitement. Ça n'empêche pas qu'il a droit de refuser à son tour les œuvres de ceux de ses élèves qui poussent trop au réalisme. Tenez, voyez le numéro 42 (*La Maison du Pendu*, de Cézanne).

— Ne croyez-vous pas, monsieur, que c'est plutôt une critique du genre Manet ? Elle serait fort spirituelle.

— Je ne le pense pas. Interrogez les auteurs de ces barbouillages, ils vous répondront d'un air de pitié superbe et vous diront : « Vous ne comprenez rien aux élans du génie, à la rénovation de l'art ; vieux encroûtés vous pourrirez dans la routine et dans le poncif avec vos Raphaël et vos Murillo. La vieille école a fait son temps, on n'en veut plus. Place au réalisme, place aux *jeunes* ! Vive Manet, et à bas le Louvre ! A bas les rococos de la Renaissance ! »

Ils sont de bonne foi, pourtant ! Ce qui ne les empêche pas de peindre de façon que l'œuvre la plus lâchée de Manet soit un Corrège, un Greuze, en comparaison de ce qu'ils font.

A. L. T.

Je continue avec cette note bien parisienne !

La Patrie. Jeudi 14 mai 1874.

CHRONIQUE (extrait).

[Parlant des diverses expositions en cours.]

[...] Il y a l'exposition des Intransigeants au boulevard des Capucines, on pourrait dire des *fous* : celle-là, je vous en ai parlé. Si vous voulez bien vous amuser et que vous ayez un quart d'heure à perdre, n'hésitez pas à y aller.

A. L. T.

Et pour conclure, l'article de Leroy.

Le Charivari. 25 avril 1874.

L'EXPOSITION IMPRESSIONNISTE, par Louis Leroy.

Oh! ce fut une rude journée où je me risquai à la première exposition du boulevard des Capucines, en compagnie de M. Joseph Vincent, paysagiste, élève de Bertin, médaillé et décoré sous plusieurs gouvernements.

L'imprudent était venu là sans arrière-pensée, il croyait voir de la peinture comme on en voit partout, bonne et mauvaise, plutôt mauvaise que bonne, mais non pas attentatoire aux bonnes mœurs artistiques, au culte de la forme, et au respect des maîtres. Ah! la forme. Ah! les maîtres. Il n'en faut plus, mon pauvre vieux! Nous avons changé tout cela.

En entrant dans la première salle, Joseph Vincent reçut un premier coup devant la danseuse de M. Degas.

« Quel dommage, me dit-il, que le peintre, avec une certaine entente de la couleur, ne dessine pas mieux! Les jambes de sa danseuse sont aussi floches que la gaze des jupons.

— Je vous trouve dur pour lui, répliquai-je. Ce dessin-là est très serré, au contraire. »

L'élève de Bertin, croyant que je faisais de l'ironie, se contentait de hausser les épaules, sans prendre le temps de me répondre.

Tout doucement, alors, de mon air le plus naïf, je le conduisis devant le *Champ labouré* de M. Pissarro.

A la vue de ce paysage formidable, le bonhomme crut que le verre de ses lunettes s'était troublé. Il les essuya avec soin, puis les reposa sur son nez.

« Par Michalon, s'écria-t-il, qu'est-ce que c'est que ça?

— Vous voyez, une gelée blanche sur des sillons profondément creusés.

— Ça des sillons? Ça de la gelée? Mais ce sont des gratures de palette posées uniformément sur une toile sale. Ça n'a ni queue ni tête, ni haut ni bas, ni devant ni derrière.

181

— Peut-être, mais l'impression y est.

— Eh bien, elle est drôle, l'impression !... Oh !... et ça ?

— Un verger de M. Sisley. Je vous recommande le petit arbre de droite, il est gai, mais l'impression...

— Laissez-moi donc tranquille avec votre impression... Ça n'est ni fait ni à faire. Mais voici une *Vue de Melun* de M. Rouart où il y a quelque chose dans les eaux. Par exemple, l'ombre du premier plan est bien cocasse.

— C'est la vibration du ton qui vous étonne.

— Dites le torchonné du ton, et je comprendrai mieux. Ah ! Corot, Corot, que de crimes on commet en ton nom ! C'est toi qui as mis à la mode cette facture lâchée, ces frottis, ces éclaboussures devant lesquels l'amateur s'est cabré pendant trente ans, et qu'il n'a acceptés que contraint et forcé par ton tranquille entêtement. Encore une fois la goutte a percé le rocher. »

Le pauvre homme déraisonnait ainsi paisiblement et rien ne pouvait me faire prévoir l'accident fâcheux qui devait résulter de sa visite à cette exposition à tous crins.

Il supporta même sans avanie majeure la vue des *Bateaux de pêche sortant du port* de M. Monet, peut-être parce que je l'arrachai à cette contemplation dangereuse avant que les petites figures délétères du premier plan eussent produit leur effet. Malheureusement, j'eus l'imprudence de le laisser trop longtemps devant le *Boulevard des Capucines* du même peintre.

« Ah ! ah ! ricana-t-il, est-il assez réussi, celui-là ! En voilà, de l'impression, ou je ne m'y connais pas. Seulement veuillez me dire ce que représentent ces innombrables lichettes noires dans le bas du tableau ?

— Mais, répondis-je, ce sont des promeneurs.

— Alors je ressemble à ça quand je me promène sur le boulevard des Capucines ? Sang et tonnerre ! Vous vous moquez de moi à la fin ?

— Je vous assure, monsieur Vincent...

— Mais ces taches ont été obtenues par le procédé qu'on emploie pour le badigeonnage des granits de fontaine. Pif... paf... v'li... v'lan... Va comme je te pousse. C'est inouï, effroyable. J'en aurai un coup de sang, bien sûr... »

J'essayai de le calmer en lui montrant *Le Canal Saint-Denis,* de

M. Lepine, et *La Butte Montmartre,* de M. Ottin, tous les deux assez fins de ton ; *Les Choux,* de M. Pissarro, l'arrêtèrent au passage, et, de rouge, il devint écarlate.

« Ce sont des choux, lui dis-je d'une voix doucement persuasive.

— Ah ! les malheureux, sont-ils assez caricaturés ! Je ne veux plus en manger de ma vie.

— Pourtant ce n'est pas faute si le peintre...

— Taisez-vous ou je fais un malheur. »

Tout à coup il poussa un cri en apercevant *La Maison du Pendu,* de M. Paul Cézanne. Les empâtements prodigieux de ce petit bijou achevèrent l'œuvre commencée par *Le Boulevard des Capucines* : le père Vincent délirait.

D'abord sa folie fut assez douce. Se mettant au point de vue des impressionnistes, il abondait dans leur sens.

« Boudin a du talent, me dit-il, devant *Une Plage* de cet artiste, mais pourquoi pignoche-t-il aussi ses marines ?

— Ah ! vous trouvez sa peinture trop faite ?

— Sans contredit. Parlez-moi de Mlle Berthe Morisot. Cette jeune personne ne s'amuse pas à reproduire une foule de détails oiseux. Lorsqu'elle a une main à peindre (*La Lecture*), elle donne autant de coups de brosse en long qu'il y a de doigts et l'affaire est faite. Les niais qui cherchent la petite bête dans une main n'entendent rien à l'art impressionniste, et le grand Manet les chasserait de sa république.

— Alors M. Renoir suit la bonne voie, il n'y a rien de trop dans ses *Moissonneurs.* J'oserais même dire que ses figures...

— Sont encore trop étudiées.

— Ah ! Monsieur Vincent, mais voyez donc ces trois touches de couleur qui sont censées représenter un homme dans les blés.

— Il y en a deux de trop, une seule suffirait. »

Je jetai un coup d'œil sur l'élève de Bertin, son visage tournait au rouge sombre. Une catastrophe me parut imminente, et il était réservé à M. Monet de lui donner le dernier coup.

« Ah ! le voilà ! Ah ! le voilà ! s'écria-t-il devant le n° 98. Que représente cette toile ? Voyez au livret.

— *Impression, soleil levant.*

— Impression, j'en étais sûr. Il doit y avoir de l'impression, là-dedans. Et quelle liberté, quelle aisance dans la facture! Le papier peint à l'état embryonnaire est encore plus fait que cette peinture-là.

— Cependant qu'auraient dit Bidault, Boisselin, Bertin, devant cette toile impressionnante.

— Ne me parlez pas de ces hideux croûtons », hurla le père Vincent.

Le malheureux reniait ses dieux.

En vain, je cherchais à ranimer sa raison expirante en lui montrant *Une Levée d'étang,* de M. Rouart, à laquelle il manque peu de chose pour être tout à fait bien, une *Étude de Château à Sannois,* de M. Ottin, très lumineuse et très fine, mais l'horrible l'attirait. *La Blanchisseuse* si mal blanchie de M. Degas lui faisait pousser des cris d'admiration.

Sisley lui-même lui paraissait mièvre et précieux. Pour flatter sa manie et de peur de l'irriter, je cherchais ce qu'il y avait de passable dans les tableaux à l'impression et je reconnaissais sans trop de peine que le pain, les raisins et la chaise du *Déjeuner* de M. Monet étaient de bons morceaux de peinture. Mais il repoussait ces concessions.

« Non, non, s'écriait-il, Monet faiblit là. Il sacrifie aux faux dieux de Meissonier. Trop fait, trop fait, trop fait. Parlez-moi de la *Moderne Olympia,* à la bonne heure. Hélas! allez la voir, celle-là. Une femme pliée en deux à qui une Négresse enlève le dernier voile pour l'offrir dans toute sa laideur aux regards charmés d'un fantoche brun. Vous vous souvenez de l'*Olympia* de M. Manet? Eh bien, c'était un chef-d'œuvre de dessin, de correction, de fini, comparé à celle de M. Cézanne. »

Enfin le vase déborda. Le cerveau classique du père Vincent, attaqué de trop de côtés à la fois, se détraqua complètement. Il s'arrêta devant le gardien de Paris qui veille sur tous ces trésors et, le prenant pour un portrait, se mit à m'en faire une critique très accentuée.

« Est-il assez mauvais, fit-il en haussant les épaules. De face il a deux yeux et un nez et une bouche. Ce ne sont pas les impressionnistes qui auraient ainsi sacrifié au détail. Avec ce que le peintre a dépensé d'inutilités dans cette figure, Monet eût fait une vingtaine de gardiens de Paris.

— Si vous circuliez un peu, lui dit le portrait.

— Vous l'entendez ! Il ne lui manque même pas la parole. Faut-il que le cuistre qui l'a pignoché ait passé de temps à le faire ! » Et, pour donner à son esthétique tout le sérieux convenable, le père Vincent se mit à danser la danse du scalp devant le gardien, en criant d'une voix étranglée : « Hugh ! Je suis dans l'impression qui marche, le couteau à palette vengeur, *Boulevard des Capucines* de Monet, *La Maison du Pendu* et *Une Moderne Olympia* de M. Cézanne ! Hugh ! Hugh ! Hugh ! »

Il me fallut quelque temps pour comprendre que cet article voulait être ironique. Au début, je prenais les provocations de l'auteur à son ami peintre officiel pour des éloges sincères. C'était ce qu'on appelait l'esprit du boulevard qui est allé rejoindre le théâtre du même nom, les corsets et les meubles imitation Henri II. Renoir disait : « L'humour anglais est aussi superficiel que l'esprit parisien, mais au moins, de l'autre côté de la Manche, ils se lavent de temps en temps les pieds. » Je ne cite pas les articles élogieux. Ils furent écrits par des amis comme Rivière ou Edmond Renoir.

Celui des exposants qui s'en tirait le plus mal était mon père, ayant été le moins insulté. On le jugeait trop insignifiant pour l'attaquer. « On m'ignorait. C'est très inquiétant d'être ignoré ! »

Après l'exposition, les commandes de portraits dont vivaient les impressionnistes se raréfièrent. Qui aurait osé exhiber dans son salon les œuvres d'artistes critiqués si sévèrement par les bons esprits du temps ? Et les partisans fidèles, les Choquet, les Charpentier, les Caillebotte, les Bérard et les Gachet avaient leurs murs déjà couverts des œuvres de la jeune école. Une autre vente publique de quelques-unes des meilleures toiles de Renoir, Sisley et Pissarro rapporta trois cents francs. Cependant les peintres officiels vendaient fort cher leurs tableaux, étaient couverts d'honneurs et de décorations et habitaient de somptueux hôtels particuliers imitation Renaissánce. « Qu'on ne vienne pas me dire que ça venait seulement de l'État, des Beaux-Arts et de l'Institut. Le public se régalait de cette lavasse. » Un instant mon père pensa retourner à la décoration de murs de cafés. Mais cette fois le « bouchon » se rebiffa. « J'avais goûté du fruit défendu. Je ne pouvais plus abandonner. »

Heureusement qu'il y avait Monet. Celui-ci réagit d'une façon stupéfiante. Son refus de l'échec et des autres échecs qui suivirent impitoyablement se concrétisa par une action tellement inattendue que quarante ans après mon père en riait encore. Son paysage *Impression* avait surtout été démoli parce qu' « on n'y voyait goutte ». Monet, hautainement, haussait les épaules : « Pauvres aveugles qui veulent tout préciser à travers la brume ! » Un critique lui avait déclaré que la brume n'était pas un sujet de tableau. « Pourquoi pas un combat de Nègres dans un tunnel ? » Cette incompréhension avait donné à Monet l'envie irrésistible de peindre quelque chose d'encore plus brumeux. Un beau matin il réveilla Renoir d'un cri triomphal : « J'ai trouvé... la gare Saint-Lazare ! Au moment des départs, les fumées des locomotives y sont tellement épaisses qu'on n'y distingue à peu près rien. C'est un enchantement, une véritable féerie. » Il n'entendait pas peindre la gare Saint-Lazare de mémoire, mais saisir sur le fait le jeu du soleil sur les échappements de vapeur. « Il faudra qu'ils retardent le train de Rouen. La lumière est meilleure une demi-heure après son départ. — Tu es fou ! »

Les « impressionnistes » n'avaient vraiment pas de quoi manger. Ils vivaient de quelques invitations à dîner. Mon père n'allait même plus à sa crémerie habituelle dont la gentille propriétaire, Mme Camille, lui aurait fait crédit. Il avait peur de ne pouvoir jamais la payer. Son frère Edmond avait dû remettre à plus tard deux importants projets, son mariage et la publication de *L'Impressionniste,* revue entièrement consacrée à la nouvelle peinture. Cézanne était retourné à Aix. Degas se terrait dans son confortable appartement de la rue Victor-Massé. Monet était au-dessus de ces contingences. Il revêtit ses plus beaux habits, fit bouffer la dentelle de ses poignets, et jouant négligemment d'un jonc à pommeau d'or fit passer sa carte au directeur des Chemins de fer de l'Ouest à la gare Saint-Lazare. L'huissier, médusé, l'introduisit aussitôt. Le haut personnage fit asseoir le visiteur qui se présenta en toute simplicité. « Je suis le peintre Claude Monet. » Le directeur en question ignorait tout de la peinture mais n'osait l'avouer. Monet le laissa patauger quelques instants puis daigna lui annoncer la grande nouvelle. « J'ai décidé de peindre votre gare. J'ai longtemps hésité entre la gare du Nord et la vôtre, mais je crois finalement que la vôtre a plus de caractère. » Il obtint tout ce qu'il voulut. On arrêta les trains, on évacua les quais, on bourra les locomotives de charbon pour leur faire cracher la fumée qui convenait à Monet. Celui-ci s'installa dans cette gare en tyran, y peignit au milieu du recueillement général pendant des journées entières et finalement partit avec une bonne demi-douzaine de tableaux, salué bien bas par tout le personnel, directeur en tête. Renoir concluait : « Et moi qui n'aurais pas osé m'installer à la devanture de l'épicier du coin ! »

Paul Durand-Ruel prit les « gares Saint-Lazare » et s'arrangea pour faire quelques avances à ses protégés. Cette preuve de vitalité de la nouvelle école fut profitable à tous.

Il n'y avait pas que Monet qui avait confiance en lui-même et en ses amis. Même à l'École des Beaux-Arts, les jeunes étaient pour les impressionnistes. A l'occasion de la réérection de la colonne Vendôme, ils avaient perfectionné la chanson que nous connaissons :

> *Monsieur Courbet a dit à Cabanel* (bis)
> *Cabanel*
> *Pourquoi peins-tu avec du caramel*
> *Que penses-tu Gérôme*
> *De la colonne Vendôme*
> *Ça n'vaut pas l'jaune de chrôme*
> *Faudra la démolir*
> *Pour em... l'empire*

Tous les jours, quelque jeune peintre venait voir Renoir. « Monsieur Renoir, on voudrait faire comme vous, mais on ne peut pas ! — Ça n'est pourtant pas bien malin ; il suffit de regarder. » Un autre : « Monsieur Renoir, jusqu'à présent, je croyais que la peinture c'était Delacroix. Maintenant, je crois que c'est vous ! » Mon père commentait : « Comme s'il n'y avait pas assez de place pour Delacroix... et des centaines d'autres, dont votre serviteur... dans un petit coin ! » Et il ajoutait : « Comme on est enthousiaste à vingt ans ! Pourquoi faut-il qu'on change et qu'on devienne des messieurs à chapeau haut de forme et des dames à corset ! » Une délégation vint le trouver. Ils étaient une demi-douzaine. « Monsieur Renoir, nous avons jeté tous nos tubes de noir dans la Seine. » Mon père fut consterné. « Le noir est une couleur très importante. Peut-être la plus importante. » Il leur démontra la présence du noir dans la nature. L'erreur des « pompiers » était de n'y voir que du noir et de le voir pur. Or la nature déteste la pureté. Pendant son expérience de dresseur de chevaux à Bordeaux et à Tarbes, mon père avait appris que, pour un vrai cavalier, il n'y a ni chevaux noirs ni chevaux blancs. Ce sont les fantassins qui emploient ces expressions. Les chevaux qui leur paraissent noirs sont des « bai brun » et ceux qu'ils voient blancs sont simplement « gris clair ». Les poils de leur robe sont mélangés. C'est un ensemble de tons qui donne l'impression de noir à la robe du cheval. Et parmi ces poils, même les noirs doivent être composés de pigments divers. « Aussi nous faut-il employer le noir, mais le mélanger comme dans la nature ! » Plus tard Renoir devait d'ailleurs employer des noirs purs, prudemment, « en sachant ce qu'il faisait, ou presque, car on apprend tous les jours ».

Monet, au cours des années difficiles, ne fit pas qu'encourager ses compagnons et en particulier mon père. Il leur découvrit les principes commerciaux qui allaient devenir les bases mêmes de l'existence de la peinture à notre époque. J'essaie de transcrire l'essence de son raisonnement tel que mon père me l'exposait : nous admettons que les chemins de fer ont remplacé les voitures particulières. Personne n'aurait l'idée de se rendre à Lyon dans un carrosse. D'abord parce qu'il n'y a plus de carrosses. Alors pourquoi les peintres cherchent-ils à vivre en faisant leur cour à des mécènes alors qu'il n'y a plus de mécènes ? Que tirons-nous de nos protecteurs ? Un misérable portrait de temps à autre, qui nous fait vivre huit jours, et nous recommençons à tirer le diable par la queue. De même que nous voyageons dans des chemins de fer dont les coussins rembourrés et les gares monumentales sont payés par des centaines de voyageurs, de même nous devons vendre à des marchands dont les installations somptueuses seront payées par des centaines de clients. Le temps du petit commerce individuel, du troc, est révolu. Nous sommes en plein dans l'ère du grand commerce. Et, pendant que nos marchands s'occuperont des amateurs, nous ferons de la peinture, loin de Paris, partout, en Chine ou en Afrique, là où nous trouverons des motifs qui nous excitent.

Les impressionnistes savaient bien que le seul grand commerçant capable d'imposer leur peinture était Paul Durand-Ruel. Mon père, pratique, ajoutait qu'il était probablement le seul à s'intéresser à eux. Le dilemme se posait en quelques mots. Ou bien une sorte de monopole accordé à leur défenseur. Ou bien continuer à courir le cachet avec toutes les déceptions attachées au métier de démarcheur. Renoir prévoyait que la première solution, d'ailleurs inévitable, était la porte ouverte à la spéculation. Un marchand aussi audacieux que Durand-Ruel était, à cause même de son courage, un spéculateur. Dix ans plus tôt n'avait-il pas tenté d'accaparer tous les Théodore Rousseau ? Avec le nouveau système, les marchands monopolisant la marchandise pourraient en faire monter ou descendre la valeur. Pour influencer le marché, ils n'auraient qu'à fermer ou bien à ouvrir les vannes. Et, qui sait ? les amateurs se mettraient peut-être à acheter des tableaux pour faire des affaires et non plus simplement pour les accrocher dans leur salle à manger et avoir du plaisir en les regardant. « Et après !... rétorquait Monet. L'essentiel n'est-il pas de poursuivre nos recherches ? » D'ailleurs, les arguments pour ou contre étaient de la salive perdue. Le système était en marche et Paul Durand-Ruel allait le douer d'une force créatrice insoupçonnée. Il fut l'inventeur d'une profession nouvelle. Son génie commercial vint s'ajouter au génie créateur des peintres pour donner à Paris un lustre artistique inégalé depuis l'Italie de la Renaissance.

Les impressionnistes attachaient de l'importance au développement que prenait la photographie dans la vie de leur temps. Leur ami Charles Cros y voyait un moyen d'étudier les problèmes de décomposition de la lumière et de pousser plus loin l'expérience de l'impressionnisme. Seurat, que mon père connut assez peu, croyait à l'étude du mouvement par la photographie. Le fusil photographique de Marey l'intéressait. Renoir considérait la photographie comme un grand bien et aussi comme un grand mal. « Comme c'est le cas de toute invention depuis que le monde est monde. » Il était reconnaissant à Niepce et à Daguerre d'avoir « libéré la peinture d'un tas de besognes assommantes, à commencer par le portrait de famille. Maintenant, le brave commerçant qui veut son portrait va tout bonnement chez son voisin le photographe. C'est tant pis pour nous, mais c'est tant mieux pour la peinture ». Par contre la photographie, dans l'esprit de mon père, risquait de compromettre l'existence des peintres amateurs. « Toutes ces jeunes filles qui peignent des aquarelles à pleurer de bêtise acquièrent cependant une vague idée de ce qu'est la peinture. Pour apprécier Mozart, il est bon de jouer un peu de piano. Pour apprécier le père Corot, ça aide d'avoir tâté soi-même du paysage. La photographie va tuer le peintre amateur, et par contrecoup, l'amateur tout court, et peut-être même elle tuera le peintre puisque celui-ci vit de l'amateur. » Là, mon père « se fourrait le doigt dans l'œil », comme il dirait lui-même s'il était là pour constater l'invraisemblable floraison de chevaliers du pinceau.

Terminons ces réflexions photographiques par un mauvais jeu de mots que Renoir attribuait à Degas.

Cette plaisanterie devait être la conclusion d'une conversation entre le célèbre photographe mondain Nadar et le peintre, le premier démontrant au second la supériorité de la photographie sur la peinture quant à la ressemblance. Nadar, croyant pulvériser son adversaire, avait ajouté : « D'ailleurs, moi aussi je suis peintre. » Et Degas, prenant volontairement un accent voyou qui contrastait comiquement avec son aspect de bourgeois, conservateur, aurait lancé : « Va donc, eh, faux artiste, faux peintre, faux... tographe ! »

L'exposition de 1874 ne fut pas la seule. Dans nos entretiens Renoir ne faisait allusion à ces tentatives que pour situer les rencontres d'amis qu'il avait aimés. Beaucoup d'entre eux étaient fonctionnaires. Il semble que les administrations publiques françaises aient été un terrain particulièrement fertile pour le développement du goût artistique et littéraire. Le nom de Lestringuez revenait souvent. Cela m'intéressait, car je l'avais bien connu quand j'étais petit. Sa fille Marie est restée une amie très chère, et son fils Pierre a été mon compagnon de lutte dans plusieurs de mes aventures cinématographiques. Quand j'étais enfant nous allions souvent déjeuner chez les Lestringuez, à Neuilly. Une belle maison, bien ordonnée, sentant bon la cire et le cuir. Ces odeurs, dans mon imagination de petit garçon, étaient le symbole de l'élégance absolue. Quel contraste avec notre appartement où mon père interdisait de cirer les planchers de peur que « les enfants ne se fendent un genou » et dont l'odeur principale était l'essence de térébenthine ! M. Lestringuez m'impressionnait par sa barbe rousse, ses yeux singulièrement spirituels et une légère déformation de la colonne vertébrale ; mais surtout parce que ses enfants lui disaient « vous » et ne parlaient pas pendant les repas. Mme Lestringuez ne coupait jamais la parole à son

mari. Sa manie de déformer les noms nous ravissait.
« Puis-je vous présenter M. Goujon... — Excusez-moi,
madame, mon nom est Véron... — M. Merlan revient
d'un grand voyage... » Bien entendu elle le faisait
exprès. Ces plaisanteries étaient émises de ce ton
détaché qui est l'apanage des Parisiens bien élevés.
Tout dans la maison de Neuilly justifiait le commentaire de Gabrielle : « Ce sont des gens chic. » Je les
trouvais gentils mais un peu guindés. Aussi ma
surprise fut grande lorsque, plus tard, mon père me
parla de Lestringuez jeune comme d'un être extravagant. Sa grande passion, au temps des impressionnistes, avait été les sciences occultes. Ses connaissances
dans ce domaine étaient immenses. Avec Villiers de
l'Isle-Adam, il se livrait à des expériences dangereuses.
Renoir avait toujours refusé d'y participer. L'au-delà
ne l'intéressait que peu. « Après, on verra. La qualité
de mort me donnera peut-être le moyen de jouir de la
mort. En attendant, en qualité de vivant, je me
contente de jouir de la vie. » Par contre les démonstrations d'hypnotisme de son ami l'amusaient follement.
« Il était capable de vous endormir d'un coup d'œil.
Un soir il hypnotisa Frank Lamy, lui ordonna de se
déshabiller et l'envoya se promener en caleçon dans la
rue. » Il était employé au ministère de l'Intérieur et
prétendait pouvoir renverser la République en hypno-
tisant tous les chefs de service de son administration.
« Je me retiens, disait-il, parce que je n'ai personne
pour remplacer Mac-Mahon. Le seul roi qui m'intéresse est Charles IX et il est mort. » Sa prédilection
pour Charles IX venait de la Saint-Barthélemy, « une
tentative vraiment sérieuse pour enrayer l'augmenta-
tion de la population, le second des grands périls qui
menacent notre pauvre humanité ». Le premier de ces
périls, selon Lestringuez, était la peinture au bitume.

Lestringuez amenait souvent son ami Chabrier, le compositeur. Ma mère m'en parla plusieurs fois parce qu'il était responsable de sa décision de ne plus jouer de piano. Bien sûr, j'anticipe. Les premières visites de Chabrier eurent lieu avant que mon père ne connût ma mère. Mais il m'est difficile de pêcher dans le désordre de mes souvenirs et de conserver un ordre rigoureusement chronologique. Je préfère suivre ce fil mystérieux qu'on appelle l'association des idées. Donc, ma mère jouait du piano, comme beaucoup de jeunes filles. « On me faisait des compliments. Renoir me faisait déchiffrer des mélodies de Schumann. Il avait bien connu Mme Schumann avant la guerre de 70. Et puis Chabrier est venu, et pour me faire plaisir il joua son *España*. On aurait dit un ouragan déchaîné. Il tapait, tapait, sur le clavier. C'était l'été. La fenêtre était ouverte. J'eus l'idée de regarder dans la rue. Elle était pleine de monde. Ils écoutaient, ravis. Quand Chabrier plaqua les derniers accords, je jurai de ne plus toucher un piano. C'est ridicule, un amateur. C'est comme les gens qui connaissent Renoir et qui veulent faire de la peinture. Comment peuvent-ils ? » Elle ajouta : « D'ailleurs Chabrier avait cassé plusieurs cordes, et le piano était hors de service. »

Renoir admirait Chabrier, surtout dans la vie. « Gentil, généreux, et beau !... beau ! C'est ce qui l'a perdu. Il aimait trop ces dames de l'Opéra. Et pas seulement pour leur voix ! » Plus tard il le revit à l'occasion de la reprise d'un de ses oratorios. Les deux hommes étaient du même âge. Mon père mince comme un fil, plus alerte que jamais, continuait à grimper les escaliers quatre à quatre. Chabrier, grossi, vieilli, avançait péniblement en s'aidant d'une canne. « Il me reconnut et pleura de joie. Mais il ne reconnut pas sa musique. Même il demanda : « De qui est-ce ? »

Et Renoir concluait : « Les bougresses ! Il vaut mieux les peindre ! »

Revenons aux réunions autour de Renoir encore célibataire. Elles se tenaient dans son atelier 35, rue Saint-Georges, où il s'installa en 1873, au dernier étage, au-dessus de l'appartement de mon oncle Edmond, devenu champion attitré de l'impression-nisme. Malgré la méfiance générale, Edmond réussis-sait à caser ses papiers. « Un diamant d'esprit et une autorité stupéfiante », disait de lui Renoir, qui me raconta l'histoire suivante illustrant bien la différence entre les deux frères. Cela se passait sur la Promenade des Anglais, à Nice, sans doute après 1900. Le Casino de la jetée était en train de brûler et de nombreux badauds se pressaient pour voir le spectacle. Mon père sortait d'un des hôtels du quartier où il était allé voir son ami Camondo[1]. Il cherchait à sortir de la foule (« C'est bête une foule ! Ça peut vous étouffer, vous marcher dessus avec des yeux ronds et vides ! ») quand son attention fut attirée par une voix qui, dominant les bruits divers, émettait des ordres précis et logiques. « Je connais cette voix », se disait mon père que ses voisins bousculaient sans pitié. Cependant, la voix continuait. Dociles, les gens obéissaient, se rangeant sur les trottoirs pour laisser passer les pompiers, dégageant les issues du bâtiment en feu dont les occupants sortaient en bon ordre. C'était en effet mon oncle Edmond. Perché sur le toit d'une voiture, il dirigeait bénévolement les opérations. Tout naturelle-ment le chef des pompiers, le préfet, les sergents de ville, le maire, venaient prendre ses ordres, et tout naturellement il les leur donnait. Renoir eut un instant l'idée de le rejoindre. Mais au commandement de ce

1. Isaac de Camondo, célèbre collectionneur.

chef improvisé le groupe de curieux recula pour laisser la voie libre aux ambulances. Et mon père, balayé par le remous, fut entraîné hors de portée !

Georges Rivière fut certainement l'un des amis les plus assidus de Renoir entre 1874 et 1890. Ses fonctions au ministère des Finances lui laissaient des loisirs qu'il consacrait entièrement à mon père. Plus tard, il fut promu chef de bureau, puis chef de cabinet du ministre, se maria, eut des enfants. Ces différents devoirs l'entraînèrent loin du Montmartre de sa jeunesse. Il devait reparaître plus tard comme nous le verrons. Dans son livre *Renoir et ses Amis,* il a reproduit un tableau représentant quelques habitués de l'atelier de la rue Saint-Georges en 1876. On y voit Lestringuez, Cabaner, Rivière lui-même, Pissarro et Corday, un peintre qui fut l'un des compagnons les plus fidèles de la jeunesse de Renoir. Je crois même que ce dernier était passé par l'atelier Gleyre et qu'il avait connu Bazille. Mon père l'admirait parce qu'il « peignait bien », et aussi parce qu'il travaillait avec une parfaite régularité. Cordey comparait volontiers la peinture à la gymnastique. « Les peintres comme les gymnastes doivent se maintenir en forme. Ils doivent garder leur vue claire et leurs gestes précis ; et de bonnes jambes pour aller au paysage... »

Pissarro, qui demeurait « le cerveau de la jeune peinture », avait tiré quelques conclusions de l'exposition de 1874. D'abord qu'il est inutile de faire des concessions. *La Loge* de Renoir, peinte comme par un classique, avait été méprisée au point d'en être presque ignorée. Deuxième leçon : le public auquel les impressionnistes croyaient dur comme fer avant l'exposition n'était pas le juge infaillible qu'ils avaient espéré. Troisième leçon : doit s'assembler qui se ressemble. Le

mélange des intransigeants avec les tièdes n'avait pas
amené un client de plus.

Renoir était tout à fait d'accord avec Pissarro dont il
admirait complètement « le jugement parfait ». Cela
ne l'empêchait pas de faire le point pour lui-même. Il y
a les vérités générales, et il y a aussi l'adaptation de
l'individu aux circonstances. « Surtout la juste appréciation de ce que l'on peut faire ou ne pas faire. Il ne
faut jamais se « monter le cou ». Ici il y a un peu du
« bouchon ». Je le faisais remarquer à Renoir qui
répliquait par un « Pourquoi pas ? » ironique : « Les
coups de pied dans le derrière ne font jamais de mal.
Le plus drôle c'est qu'ils ne vous sont jamais appliqués
pour le bon motif. Mais ils vous réveillent, et c'est cela
l'essentiel. » Les critiques de *La Loge* étaient injustes,
et Renoir le savait. « C'est peut-être de la vanité, je
trouvais que c'était bien peint ! » Mais la secousse
amena Renoir à réexaminer l'éternel dilemme entre la
nature et l'atelier. « Après tout, un tableau est fait
pour être regardé dans une maison fermée, avec des
fenêtres qui souvent donnent un faux jour. Il faut donc
ajouter au travail sur nature un peu de travail en
atelier. Il faut s'éloigner de l'enivrement de la vraie
lumière et digérer ses impressions dans la grisaille d'un
appartement. Puis on retourne prendre un bon coup
de soleil. On va, on vient et ça finit par ressembler à
quelque chose ! » Conclusion des échecs des expositions du début : Renoir retourna dans les musées, plus
tard visita l'Italie, l'Espagne, les Flandres, poussant
aussi loin que possible la reprise de son intimité avec
les maîtres du passé.

Un autre compagnon des soirées de la rue Saint-
Georges était Lhote. Il était employé à l'agence Havas
et vint voir Renoir parce qu'il aimait la peinture. Il ne
pouvait d'ailleurs pas se permettre d'en acheter ; il

n'aurait pas su où l'accrocher. C'était un nomade. Il avait parcouru toute l'Europe à pied. Il avait aussi été officier de marine marchande et avait bourlingué en Amérique du Sud et en Asie. Il pouvait décrire avec précision à Renoir, qui n'avait jamais encore quitté la France, les Vélasquez du Prado ou les Giotto de Florence. A défaut de tableaux, il collectionnait les aventures féminines. Mon père se prit d'une vive amitié pour cet homme si différent de lui. Lhote le payait de retour par un grand dévouement. Ils firent plusieurs voyages ensemble dont un dans l'île de Jersey où ils restèrent plusieurs semaines l'un à peindre, l'autre à le regarder et à jeter des jalons sur les quelques jupons qui agrémentaient la petite ville. Ils logeaient chez un pasteur anglais. Lhote était extrêmement myope. Un jour qu'il lutinait la fille du pasteur, une gentille blonde âgée de dix-huit ans, elle le repoussa si violemment que ses lunettes tombèrent et il ne put les retrouver. En tâtonnant il passa dans la pièce voisine, un petit salon, pour demander secours à mon père qui prenait le café avec le pasteur. Cette pièce était sombre, et Lhote n'y voyait plus rien du tout. Le pasteur se leva pour l'aider. Lhote se cogna dans lui et crut que c'était la fille. Il l'étreignit langoureusement et se mit à l'embrasser. Le brave homme étonné ne pouvait que répéter : « *Please, mister Lhote*. En Angleterre nous ne baisons pas entre hommes. » Le lendemain, la fille du pasteur entraîna Lhote dans un coin du jardin et lui plaqua un baiser sur la bouche. « Ne trouvez-vous pas que c'est plus agréable qu'avec mon père ? » Quelques jours plus tard, Renoir, se rendant au motif dans les rochers, surprit les amoureux dans une position non équivoque. Gêné il s'éloigna sans faire de bruit. Ils ne remarquèrent pas sa présence et continuèrent tranquillement leur petite affaire. Il put entendre la jeune fille pâmée qui murmurait : « Oh ! Mr. Lhote ! Que dirait mon père s'il savait que vous me faites la cour ! »

« Tu comprends, c'est très joli de s'attendrir sur le passé. Bien sûr je regrette les assiettes faites à la main, les meubles du menuisier de village, le temps où chaque ouvrier pouvait se laisser aller à son imagination et marquer de sa personnalité le moindre objet d'usage courant. Aujourd'hui, pour avoir ce plaisir, il faut être un artiste, et signer, ce que je déteste. Mais d'un autre côté, sous Louis XV, j'aurais été obligé de peindre des sujets. Et ce qui me semble le plus important dans notre mouvement, c'est que nous avons libéré la peinture du sujet. Je peux peindre des fleurs et les appeler tout simplement « fleurs », sans qu'elles aient une histoire. » Il aimait Bach parce que sa musique ne racontait pas une histoire. C'était de la musique pure, comme la peinture qu'il voulait faire. « Et puis on ne se change pas. Je suis né à mon époque et j'ai les réactions d'un homme de mon époque. Tu sais à quoi je vois cela ? Aux lieux ! » C'est ainsi que mon père et les Français de mon enfance désignaient les « lieux d'aisance », autrement dit ce que nous dissimulons aujourd'hui pudiquement sous l'expression étrangère *water-closet*. Bien qu'habitué aux comparaisons inattendues de mon père, l'emploi de celle-ci pour symboliser la marche du temps ne laissa pas de me surprendre. Cependant elle s'appuie sur une observation exacte du changement de mœurs qui suivit l'ouverture de l'âge de l'industrie. Renoir avait beau jeu. Les exemples fourmillent : Louis XIV recevant ses courtisans assis sur sa chaise percée, nullement gêné de faire ses besoins devant une foule. Ce qui frappait le plus mon père dans la façon ancienne de traiter cette fonction naturelle était l'absence totale de dégoût. Encore au XVIIIᵉ siècle, dans toutes les auberges d'Europe, l'endroit en question était un simple trou surmonté de quelques planches sur lesquelles le client devait se tenir en équilibre. Le papier bien soyeux était remplacé par une corde pendant du plafond et commune à tous les usagers. « Rien que cela, disait Renoir, compense la hideur de l'Opéra de Garnier !... Et l'odeur ? Que se passait-il avec l'odeur ? Avaient-ils un nez plus bouché que le nôtre ? » Cette explication ne le satisfaisait pas. Il croyait au contraire que les facilités du progrès nous font perdre l'usage de nos sens, comme l'automobile nous fait perdre celui de nos jambes. « D'ailleurs, nous vivons dans des odeurs abominables et nous en accommodons fort bien. La puanteur des autos nous empoisonne (qu'aurait-il dit maintenant !), ça sent le gaz dans tous les escaliers de Paris et encore cela n'est rien. Nous avons le patchouli ! » Ce nom exotique recouvrait un parfum à la mode dont les femmes de la fin du siècle raffolaient et que Renoir détestait. « Une blonde qui ne se lave pas, c'est déjà grave, mais la même avec patchouli, il y a de quoi tourner de l'œil !... Jean, ouvre les fenêtres, ça sent le graillon. » Je ne sentais rien du tout, ouvrais les fenêtres et allais voir à la cuisine où je trouvais en effet la Boulangère en train de faire revenir des lardons pour les haricots rouges. Le nez de Renoir inquiet, comme ses yeux, comme tous ses sens, attrapait tout. La sensibilité de cette machine à enregistrer me donnait des complexes.

Pour conclure l'histoire des « lieux », Renoir émettait une proposition : c'est que ce confort, cette propreté, cet usage intensif de l'eau risquaient de prendre la place d'un élément de vie qu'il jugeait indispensable : le luxe. « J'ai une salle de bains dont je ne saurais plus me passer. Le problème est de la garder sans perdre mon goût pour un cadre Louis XV, sculpté au ciseau et doré à la feuille. Le jour où je me contenterai d'un cadre moulé en plâtre, doré au pinceau avec une couleur synthétique, j'aurai peut-être payé trop cher ma salle de bains ! »

Un autre nom accolé aux souvenirs de la période de la rue Saint-Georges est celui de Lascou, « un juge d'instruction qui s'était mis dans la tête de me faire aimer Wagner. Il faut dire qu'il y réussit au début ! » Le fait que contre Wagner un faux sentiment national jouât rendait mon père d'autant plus enthousiaste. Lui, si calme d'ordinaire, échangea des injures, même quelques coups de canne, avec les adversaires du maître allemand. « C'était idiot, mais sain. Ça fait du bien de se passionner de temps en temps pour autre chose que son propre dada. » Je ne sais pas dans quel théâtre de Paris ça se passait, mais Renoir avait dû bien s'amuser. « Le haut-de-forme, cet instrument grotesque, s'avère une protection parfaite contre les coups de canne. Les couloirs en étaient jonchés. »

Lascou devait plus tard présenter mon père à Wagner. Le résultat fut le portrait que nous connaissons, et deux ou trois esquisses, le tout exécuté en trois quarts d'heure de pose. C'est tout le temps que Renoir put obtenir du compositeur. Ça se passa, je crois, à Palerme, donc à la fin de la période de la rue Saint-Georges. Pendant ces courts instants, Wagner trouva moyen d'émettre sur la peinture des jugements qui « me rebroussaient le poil ! A la fin de la séance, je lui trouvais beaucoup moins de talent. De plus, Wagner détestait les Français pour leur hostilité à sa musique. Pendant cette séance il répéta plusieurs fois : les Français n'aiment que la musique de Juifs... la musique de Juifs allemands ! » Renoir, agacé, tout en peignant fit l'éloge d'Offenbach, « que j'adorais ! et Wagner commençait à m'embêter ! ». A la grande surprise de mon père, Wagner eut un hochement d'approbation. « C'est de la « bedide » musique mais pas mal. S'il n'était pas juif, Offenbach serait un Mozart. Quand je parle de Juifs allemands, je veux dire votre Meyerbeer ! »

Plus tard, Renoir assista à une représentation de la *Walkyrie* à Bayreuth. « On n'a pas le droit d'enfermer les gens dans le noir pendant trois heures. C'est un abus de confiance. » Il était contre les salles de théâtre non éclairées. « On est forcé de regarder le seul point lumineux, la scène. C'est de la tyrannie ! Je peux avoir envie de regarder une jolie femme dans une loge. Et puis soyons francs. Cette musique de Wagner est très embêtante ! » Ce revirement ne l'empêcha pas de continuer à voir Lascou. « Il m'épatait ! Pense, un juge d'instruction qui voyage dans toute l'Europe avec son propre piano dans le fourgon à bagages, comme d'autres avec leur linge ! »

Mon père revint souvent sur cette question des théâtres dans le noir. « Pour moi, le spectacle est autant dans la salle. Le public est aussi important que les acteurs. » Il me disait qu'en Italie, au XVIIIe siècle, où les balcons étaient entièrement en loges, les gens considéraient le théâtre comme un lieu de réunion. On n'allait pas seulement voir une pièce, on allait aussi se voir. La loge, souvent précédée d'un minuscule boudoir, était une prolongation du salon du « palazzo ». On y prenait le thé, on y fumait, on y bavardait. Quand le ténor ou le contralto se lançaient dans un duo brillant, on se taisait et écoutait religieusement. Mais aucun truc d'éclairage ne vous y forçait. « Ce qui m'embête avec le théâtre moderne, c'est qu'il est devenu solennel. On se croirait à la messe. Quand j'ai

envie d'aller à la messe, je vais dans une église ! »
J'avoue, en tant qu'auteur de pièces et de films, ne pas
partager l'enthousiasme de mon père pour les spectateurs qui bavardent pendant le spectacle. Quand la
projection d'un de mes films est ponctuée du crisse-
ment de gosses mâchant des cacahuètes, je suis très
malheureux. C'est sans doute parce que les raisons qui
m'attachent au théâtre ne sont pas les mêmes que
celles de mon père. Étant jeune il n'avait pas raté une
seule opérette d'Offenbach. Il suivait aussi Hervé.
Mais ce qui le réjouissait, c'était de se sentir dans un
certain état de grâce qui commençait la porte de la
salle franchie. Le côté « fête » était très important
pour lui. Nous allons au théâtre pour suivre une
intrigue, ou des exposés de caractères, dont mon père
se fichait complètement. Il allait au théâtre comme on
va se promener à la campagne le dimanche, pour jouir
du bon air, des fleurs et surtout de la joie des autres
promeneurs. Et il possédait le don de se concentrer sur
une impression, au milieu de dix impressions différentes.

L'actrice qu'il préférait était Jeanne Granier. « Un
filet de voix, mais si net, si précis, si spirituel. » Le
prince de Galles, futur Édouard VII d'Angleterre, ne
ratait pas une représentation de Jeanne Granier aux
Variétés quand il était à Paris. Le public était
convaincu que son admiration pour l'étoile ne se
cantonnait pas au domaine artistique. Lorsque, à la fin
d'un air, les applaudissements éclataient, ils s'adressaient aussi bien au prince qu'à la chanteuse. Toute la
salle se tournait vers lui comme pour le féliciter de son
goût. Et le futur roi d'Angleterre, bon enfant, saluait la
foule, nullement gêné de l'allusion, savourant cette
intimité qui était parmi bien d'autres choses la marque
de Paris.

Offenbach habitait un bel hôtel particulier en bas de la rue de La Rochefoucauld. De temps en temps mon père descendait les pentes de la Butte et venait fumer une cigarette après sa séance, à la fin de l'après-midi. Il trouvait la maison à peine éveillée. Pour les Offenbach c'était l'aube. Le compositeur avalait une tasse de café au lait accompagné d'un croissant, son véritable repas étant le souper de minuit. Parfois Renoir l'accompagnait aux *Variétés*. « Le plus beau théâtre de Paris. On y est heureux avant même le lever du rideau. D'ailleurs un théâtre qui n'est pas blanc, rouge et or n'est pas un vrai théâtre ! Hortense Schneider était la reine de l'endroit... Bonne fille ! »

Un jour que dans sa loge Zola et mon oncle Edmond discutaient du « thème en peinture », Renoir que les théories ennuyaient se tourna vers Hortense Schneider qui de son côté dissimulait difficilement ses bâillements. « Tout cela, c'est très joli, dit-il, mais parlons de choses sérieuses. Votre poitrine se tient-elle bien ? — Quelle question ! » répondit la diva en riant. Et elle ouvrit son corsage donnant ainsi une preuve éclatante de la fermeté de ses appas. Mon père, son frère et Offenbach éclatèrent de rire. Zola devint « rouge comme une pivoine », balbutia quelque chose d'incompréhensible et s'enfuit à toutes jambes. « Il était bien de sa province. » Renoir l'admirait mais lui pardonnait difficilement son incompréhension à l'égard de Cézanne. « Et puis quelle drôle d'idée de vouloir absolument que les ouvriers disent merde ! »

Parlons de Jeanne Samary. J'ai devant les yeux une reproduction de son grand portrait. Quel regret de ne pas la connaître ! Elle est tout le théâtre ; on sent chez elle ce mélange de noble autorité et d'humilité devant le public. On la devine aussi faisant son marché le matin, rue Lepic, son cabas rempli de poireaux. Elle devait tâter discrètement les melons pour s'assurer de leur maturité et évaluer d'un œil critique la fraîcheur des merlans. Le soir dans sa belle robe blanche, sous son maquillage de scène, elle était une reine, une reine gentiment potelée, dont le corps incitait à la caresse. Avant tout elle était un Renoir. Elle appartient à cette immense famille qui va de ma mère à Nini, en passant par les petites Bérard, Gabrielle, Suzanne Valadon, et nous autres les enfants Renoir. Nous nous ressemblons tous. Je regarde le portrait de Jeanne Samary comme je regarderais le portrait d'une sœur morte.

Renoir l'avait rencontrée chez les Charpentier, mais c'étaient ses parents qui étaient venus le trouver. « Si vous avez besoin d'un modèle... Jeanne vous admire tant. » Comment résister, surtout quand les marchands eux-mêmes doutent de vous ? L'un d'eux ne venait-il pas de proposer à Renoir de faire de faux Rousseau ! « Avec votre habileté, les gens n'y verront que du feu ! » Cet « honnête » homme avait été impressionné par quelques paysages d'avant 70 fortement influencés par Diaz et l'école de Fontainebleau. A ce sujet j'ouvre une parenthèse — une de plus. Alors qu'il commençait à devenir « commercial », mon père visita la collection d'un amateur londonien. L'Anglais, tout fier, le mena dans un petit salon où un superbe Rousseau bénéficiait d'un éclairage spécial. « Vous voyez maintenant le chef-d'œuvre de ma collection, un Rousseau très peu connu. — Je le connais très bien », répondit Renoir qui se trouvait devant un de ses paysages de jeunesse dont on avait changé la signature. Il se garda bien de gâter le plaisir du collectionneur. « Il en aurait fait une maladie ! » Renoir ne détrompait jamais les propriétaires de faux. « De deux choses l'une, ou bien ils achètent de la peinture pour spéculer, dans ce cas tant pis pour eux, ou bien ils aiment le tableau. Et alors pourquoi leur donner des doutes ? »

Les Samary habitaient rue Frochot. Au moment où j'écris ces lignes, j'habite moi-même dans le quartier. De mon appartement je peux voir le derrière de leur immeuble. A quel étage étaient-ils ? Au second ? où je devine maintenant un jeune couple qui prépare le dîner du soir. Il aiguise un couteau, elle met le couvert. Savent-ils qu'une des plus charmantes femmes du siècle dernier s'est penchée avant eux à cette fenêtre où ils font pousser un géranium ? Ou peut-être tout en haut, au quatrième, là où un vieux monsieur fume sa pipe en regardant les pigeons. Lui devrait savoir ! Sa solitude lui donne le temps de certaines curiosités.

Ce Montmartre qui était le royaume de mon père et de ses amis a bien changé. L'industrie du plaisir l'a rendu triste. Mais certains fantômes, comme celui de Jeanne Samary, écartent de lui ce manteau de fausse dignité qui étouffe les quartiers de l'ouest de Paris. Dans la rue, on rencontre encore, sortant de leurs cours de diction, des jeunes filles qui se murmurent des vers de Molière et deviendront peut-être d'autres Samary.

Pour aller la voir, Renoir grimpait la rue Henri-Monnier, traversait la rue Victor-Massé et, après un bonjour à la concierge, avalait les étages et sonnait. L'acteur Dorival tenait de Mounet-Sully, qui le tenait de Samary, que Renoir était tellement pressé de peindre qu'il ne disait même pas bonjour. La lumière n'était bonne que d'une heure à trois heures. L'appartement ouvrait à l'ouest et à l'est. Mais les chambres de ce dernier côté étaient minuscules. Le salon par contre devenait impossible après trois heures parce que les rayons du soleil couchant venaient l'éclairer directement. Pourquoi s'entêtait-il à peindre dans de si mauvaises conditions? Sans doute une phase de sa lutte entre la nature et l'atelier, un besoin de saisir son modèle dans le désordre de son intimité comme il aimait l'observer dans l'artifice de son métier. Aussi fréquentait-il la Comédie-Française. « Il fallait que j'aie envie de la voir. S'il y a un endroit où l'on ne rigole pas!... Heureusement, elle jouait assez souvent Musset! » Renoir fit plusieurs esquisses de Samary chez ses parents. Il y peignit probablement le petit portrait de la collection de la Comédie-Française. Pour le grand portrait qui est en Russie, il la fit venir dans l'atelier de la rue Saint-Georges. « Chez eux on me soignait trop bien. Sa mère avait la manie des petits gâteaux et après la séance je me bourrais tout en écoutant Jeanne qui avait le don du bavardage agréable. C'est si joli une voix de femme, quand elle n'est pas prétentieuse. » Il ne fut jamais question de mariage. « Renoir n'est pas fait pour le mariage, disait Samary, il épouse toutes les femmes qu'il peint... avec son pinceau. »

Un grand ami de mon père à l'époque de la rue Saint-Georges fut « le père Choquet ». Renoir l'appelait « le plus grand collectionneur français depuis les rois, peut-être du monde depuis les papes! ». Je précise que pour mon père, les papes, c'était Jules II, « qui savait faire peindre Michel-Ange et Raphaël en leur fichant la paix ».

M. Choquet était fonctionnaire à la direction des douanes. Son salaire était minuscule. Tout jeune il économisait sur ses repas et ses vêtements pour acheter des objets d'art, surtout du XVIIIᵉ siècle français. Il habitait une mansarde, était vêtu de haillons mais possédait des pendules de Boulle. Plusieurs fois il faillit se faire mettre à la porte de son administration parce que la dignité d'un employé de l'État était incompatible avec des manches trouées. Mais il avait un protecteur, dont mon père ne me précisa jamais l'identité, qui intervenait à chaque fois. « Heureusement qu'il y a des protecteurs, sinon la vie serait trop injuste ! » Choquet fit un petit héritage, consentit à porter des vêtements convenables et installa ses richesses dans un bel appartement. Il fut l'un des premiers à comprendre que Renoir, Cézanne et leurs compagnons étaient les héritiers directs de cet art français que Gérôme et les officiels trahissaient sous prétexte de le continuer. « C'est comme en politique. On garde les étiquettes et on falsifie la marchandise », disait Choquet. Il comparait la peinture des grands pontifes à ces gouvernements républicains qui fusillent les ouvriers sous prétexte de défendre la cause du peuple. M. Choquet était une « mauvaise tête », et il fallait que son protecteur ait eu le bras long pour que la Douane, qui ne badine pas avec les convenances, ait conservé cet indésirable personnage.

Bientôt, dans Paris, on commença à s'intéresser à M. Choquet. Renoir attribuait cette popularité à la montée des prix des Watteau. Choquet possédait plusieurs tableaux de ce maître. Il les avait payés quelques centaines de francs au moment où personne n'en voulait. On parlait aussi de ses commodes, trumeaux, lustres des époques Louis XV et Louis XVI. Les antiquaires prenaient de l'importance dans le monde. Les snobs, fatigués du gothique à la Victor Hugo, avaient envie de « jouer à Trianon ». Et surtout les prix « grimpaient... grimpaient ! ». Si le père Choquet avait voulu vendre, il aurait réalisé une fortune. Le fonctionnaire méprisé devenait un sage dont on recherchait la compagnie. C'était un honneur d'être reçu chez lui. Il profitait de cette curiosité pour exposer bien en vue ses Renoir et ses Cézanne,

« dans des cadres Louis XV authentiques ». Bien que pour Cézanne il considérât que le Louis XIV mettait mieux les volumes en valeur.

Mon père m'a plusieurs fois raconté l'anecdote connue sur Choquet et Dumas fils. Ce dernier, très préoccupé de se « tenir au courant », voulut visiter la collection Choquet. C'était au moment de son triomphe de *La Dame aux Camélias*. Certain que sa jeune gloire lui ouvrait toutes les portes, il se présenta sans rendez-vous préalable chez Choquet. La petite bonne bretonne le fit asseoir dans le vestibule, prit sa carte et la porta à son patron. Or celui-ci avait bien connu l'autre Dumas, « le vrai », celui des *Trois Mousquetaires,* et en voulait au fils d'avoir à la mort de son père refusé l'héritage pour ne pas avoir à payer les dettes, d'ailleurs assez lourdes. Choquet aurait dit : « C'est le père qui était un enfant et le fils un vieillard. La seule excuse de *La Dame aux Camélias* eût été de payer les dettes de *La Dame de Monsoreau.* » Il parut devant Dumas fils, le visage soucieux, tripotant la carte entre ses doigts. « Je lis sur cette carte le nom de mon vieil ami, Alexandre Dumas. Il est mort. Vous êtes un imposteur. — Mais... je suis son fils ! — Ah !... Il a donc un fils ?... »

Renoir tenait de Choquet une autre histoire sur les Dumas. Le fils, alors très jeune et avant ses succès, entra un jour à l'improviste dans le salon de son père et le trouva très occupé à embrasser sur la bouche une jeune femme assise sur ses genoux, entièrement nue. « Mon père, dit le fils, c'est indigne ! — Mon fils, répondit le père en lui montrant la porte d'un geste noble, respecte mes cheveux blancs ! » Cette scène se passa peut-être dans ma maison de l'avenue Frochot. Certains amateurs de la petite histoire du vieux Paris prétendent qu'elle fut construite par Alexandre Dumas père, au temps de ses premiers succès. Les murs des fortifications de Paris séparaient ce groupe de maisons, sorte de colonie d'artistes, de l'actuelle place Pigalle, alors une place de village. Dumas et ses amis avaient obtenu des autorités militaires l'autorisation de faire percer une poterne dans cette muraille. C'était pour aller chasser dans les boqueteaux de la colline de Montmartre. Si cette supposition est vraie, Dumas devait avoir son cabinet de travail à l'étage que mon frère Pierre occupait au moment de sa mort.

Renoir regrettait de ne pas avoir mieux connu le vieux Dumas. « Quelle vie que la sienne ! Et être le fils d'un homme à la fois général de Napoléon et Nègre, ça ouvre l'imagination ! » Il admirait la prestance de la race noire. « Ils ont de la veine, ils savent encore marcher. Ce sont les seuls qui savent porter l'uniforme avec majesté. Othello devait être magnifique ! Quant au père Dumas, quel brave homme ! Il paraît qu'il a pleuré le jour où il se trouva forcé de tuer Porthos ! »

Mon père me parla une ou deux fois d'un rez-de-chaussée qu'il habita rue Moncey. Était-ce avant la rue Saint-Georges ou pendant ? Je penche pour la seconde version. A cette époque un logement modeste se louait pour une somme infime. Quand un motif le passionnait, il aimait vivre « le nez dessus ». C'est ainsi qu'il devait aller rue Cortot pour peindre le Moulin de la Galette et plusieurs de ses toiles de la Butte. Son mobilier consistait en un matelas à même le sol, une table, une chaise, une commode en bois blanc et un poêle pour le modèle. Quand il changeait d'adresse il abandonnait ces quelques meubles. L'atelier de la rue Saint-Georges était permanent et lui servait de resserre pour ses tableaux qui s'accumulaient. Il est possible qu'il ait été rue Moncey parce que mon oncle Edmond, dont l'activité journalistique était grande, lui amenait trop de visiteurs. Renoir n'aimait pas être dérangé avant « après la séance ». Peut-être aussi traversait-il une de ces crises où « je ne pouvais plus voir un plastron... la vue d'un larbin me rendait malade ». La fuite, la disparition étaient des méthodes très pratiquées par lui pour ne pas « se laisser boulotter ».

Les environs de la rue Moncey avaient une mauvaise réputation. La barrière de Clichy était un rendez-vous d'apaches. Là où aujourd'hui se situe la fourche des avenues de Clichy et de Saint-Ouen s'étendait une zone de petites baraques habitées principalement par des chiffonniers mais aussi par des commensaux moins recommandables. Les souteneurs y portaient encore la casquette à pont, les pantalons collants, les savates et les rouflaquettes. Les filles se promenaient en jupes courtes de soie brillante bien collantes et cachaient leur argent dans leurs bas. « On se serait cru dans une chanson de Bruant. » Son modèle Angèle lui avait parlé d'un petit logement pas cher avec un jardin dans lequel il pourrait peindre. Renoir avait été voir. Un vieux pommier duquel pendait une balançoire d'enfant l'avait conquis, et il avait loué sans se préoccuper du voisinage. Un soir qu'il rentrait chez lui, il fut attaqué par des rôdeurs. Il essaya de fuir, mais malgré ses bonnes jambes fut rattrapé et acculé contre une barrière. Soudain l'un des mauvais garçons le reconnut. « C'est M. Renoir ! » Mon père se rengorgeait, tout fier d'être aussi célèbre. L'autre proposa : « Je vous ai vu avec Angèle. On ne va pas faire le coup du père François à un ami d'Angèle... », il ajouta : « Le quartier n'est pas sûr. On va vous accompagner chez vous ! » Angèle, le délicieux modèle de la femme au chat (« Elle posait comme une déesse ») était tout à fait du milieu. Elle manifestait à Renoir un dévouement touchant. Le sentant gêné au moment du terme, elle lui proposa « d'aller faire un tour sur le boulevard extérieur ». Mon père eut beaucoup de mal à refuser ce secours inattendu. Pendant *Le Déjeuner des Canotiers,* elle « leva » un jeune homme de bonne famille qui l'épousa. Quelques années plus tard elle vint rendre visite au « patron ». Son mari l'accompagnait : le vrai couple de bourgeois provinciaux, vêtus de sombre, guindés, le langage châtié. Au bout d'un moment elle se dégela. « Armand sait que je posais nue et (rougissante)... il sait aussi que j'avais de mauvaises fréquentations ! » Tandis qu'Armand se perdait dans la contemplation d'un tableau elle se pencha à l'oreille de Renoir : « Mais il ne sait pas que je disais merde ! »

Pendant toute la durée de l'exécution du *Moulin de la Galette* Renoir s'installa dans une vieille bicoque de la rue Cortot. « Je donnais à fond dans le dada du croquis sur nature, comme Zola se promenant en victoria dans les champs de blé de la Beauce avant d'écrire *La Terre* ! » J'ignore à quel point Zola poussa son intimité avec les paysans beaucerons, mais je sais que mon père, comme partout ailleurs, se laissa entièrement absorber par le village de Montmartre, « qui n'était pas encore tombé dans le pittoresque ». La population se composait de petits bourgeois attirés par le bon air et la modicité des loyers, de quelques cultivateurs, et surtout de familles ouvrières dont les filles et les garçons dégringolaient tous les matins les pentes nord de la colline pour aller « se ruiner les poumons » dans les nouvelles usines de Saint-Ouen. Il y avait déjà des bistrots et surtout le Moulin de la Galette, où venaient danser le samedi soir et le dimanche les midinettes et les calicots des quartiers nord de Paris. Les bâtiments actuels du Moulin n'existaient pas. C'était un simple hangar construit à la hâte autour de deux moulins à vent qui venaient à peine de terminer leur longue carrière de distributeurs de farine. Les grandes cheminées peu à peu remplaçaient les champs de blé de la plaine Saint-Denis, et les meules montmartroises n'avaient plus rien à moudre. Il est heureux que la limonade soit venue sauver de la démolition ce charmant vestige du passé. Renoir adorait cet endroit typiquement représentatif du côté « bon enfant » du peuple parisien dans sa façon de s'amuser. « Cette liberté jamais crapuleuse... cet abandon jamais canaille ! »

Au début, les gamins regardèrent avec curiosité ce monsieur toujours pressé, parcourant à grandes enjambées les ruelles mal pavées et s'arrêtant brusquement, perdu dans la contemplation d'une vigne vierge accrochée à un vieux mur ou d'une jeune ouvrière qui prenait tout de suite cette attitude, faussement indifférente, des femmes qui se savent observées. La première qu'il arrêta lui répondit par la phrase classique : « Monsieur, je ne mange pas de ce pain-là. » La fille était gracieuse. « Des mains adorables, le bout des doigts un peu gonflé par les piqûres d'aiguille. » Pour entrer en matière, Renoir lui demanda : « Vous êtes couturière ? — Oui, mais j'habite chez ma mère et je rentre tous les soirs à la maison. » Renoir plaisait apparemment à la jeune Montmartroise qui le regardait en dessous, avec des yeux faussement candides. Il était très embêté. « Comment lui faire comprendre que j'avais envie de la peindre et pas autre chose. » Il eut une inspiration. « Présentez-moi à votre mère. » Il venait de découvrir la méthode qui devait lui amener tant de modèles « sans passer pour un satyre ». La maman de Jeanne fut flattée de la visite de ce jeune homme « très bien ». Le prix qu'il offrait pour la faire poser « mettrait du beurre sur les épinards ». Elle proposa aussi sa fille Estelle, une petite brune avec de jolies oreilles. « Je passais mon temps à lui dire de relever ses cheveux. » La maman était blanchisseuse, « un dur métier qui ne rapporte pas gros ». Les filles travaillaient dans la couture, mais pas régulièrement. Le père était maçon, mais une bienheureuse hernie le confinait dans les limites du bistrot du coin de la rue des Saules. Quelques verres de piccolo (c'est ainsi qu'on désignait encore le petit vin aigre des coteaux parisiens) confirmèrent l'accord.

Bien vite les Montmartrois adoptèrent ce personnage « vif comme du vif-argent », suivant l'expression d'un de ses modèles. Ses vêtements gris rayé, sa cravate lavallière bleue à pois blancs et son petit chapeau de feutre rond devinrent des traits caractéristiques du quartier. Les mères affluaient, vantant les qualités de leurs filles. L'une d'elles croyant impressionner Renoir lui dit : « Hortense a eu un prix de calcul à l'âge de dix ans. » La savante était devenue une grande bringue de dix-huit ans, plate comme une punaise, et louchant ! Renoir aimablement admira sa démonstration interminable d'opérations diverses. Il fit semblant de se passionner pour une multiplication compliquée suivie d'une preuve par neuf. Il promit de présenter la malheureuse, « à qui un succès scolaire risquait de gâter toute la vie », à Lhote qui lui trouverait peut-être une place de secrétaire à l'agence Havas. Or il arriva que Lhote, « myope comme une taupe », s'emballa sur le laideron. Il la fit engager et en fit sa maîtresse. La donzelle, éperdue d'orgueil d'avoir séduit un monsieur si bien, prit de l'assurance et se mit à jouer les femmes fatales. Bientôt toute l'agence Havas y passa. Lhote disait d'elle : « Un véritable paillasson. » Plusieurs années plus tard la mère vint trouver Renoir qui la reçut un peu inquiet. C'était pour le remercier. « Ma fille est avec un poète symboliste. Elle ne fréquente que des intellectuels. Quand je pense que sans vous elle sortirait encore avec des garçons qui font des fautes d'orthographe ! »

Grâce aux mères, Renoir put rassembler les modèles qui lui étaient nécessaires pour son *Moulin de la Galette*. Les danseurs mâles étaient ses compagnons habituels, mon oncle Edmond, Rivière, Lhote, Lestringuez, Lamy, Cordey.

La maison de la rue Cortot était délabrée, ce qui ne gênait nullement Renoir, mais par contre elle offrait l'avantage d'un grand jardin qui s'étendait derrière, dominant une vue magnifique sur la plaine Saint-Denis. « Un jardin mystérieux et noble, comme le paradou de Zola, les restes d'une demeure de qualité. » Dans cette oasis il peignit de nombreux tableaux, car il ne travaillait jamais à un seul sujet. « Il faut savoir mettre une toile de côté et la laisser reposer. » Il répétait souvent : « Il faut savoir flâner. » Par flâner il entendait cet arrêt pendant lequel des aspects essentiels d'un problème émergent de l'arrière-plan pour prendre leur importance. Cette vie que Renoir observait avec tant de passion se présentait à lui comme se présentait l'exécution de ses tableaux aux yeux des curieux qui le regardaient peindre : un ensemble dont le sens ne se dégageait que lentement. « Trop heureux si on peut deviner ce qui sortira de là. » Il disait aussi : « Pour voir à l'avance il faudrait être Dieu le père. Y aller par petits bouts n'avance à rien. Même un petit bout est composé d'éléments innombrables. » Renoir eût été ravi d'apprendre que l'atome peut se diviser, et il eût affirmé sa croyance dans la possible division de chaque particule née de cette rupture. Quant à l'importance relative de ces divisions, son sens de l'égalité lui suggérait d'amusantes réflexions. Il imaginait les microbes de son rhume de cerveau considérant leur système solaire, à savoir l'intérieur de son nez, comme le centre du monde. Et il suggérait que nous-mêmes étions sans doute les microbes de quelque immense corps dont la substance nous échappait. Il concluait en se félicitant d'être un simple humain. « Ça ne m'amuserait pas de peindre une femelle microbe. » Sa lenteur à percevoir l'irritait parfois. « Au début je vois le motif comme dans un brouillard. Je sais que tout ce que je verrai plus tard y est, mais ça ne ressort qu'avec du temps. Quelquefois ce sont les choses importantes qui surgissent les dernières. » D'autres fois il pensait que cette lenteur était à son avantage. Je rappelle au lecteur que la lenteur de Renoir était plus que relative et qu'il travaillait à une vitesse incroyable. Il me conseillait de ne jamais me précipiter, quel que soit le métier que j'adopterais quand cette « guerre idiote » serait terminée et que je serais guéri de ma blessure. Il me mettait en garde contre les décisions hâtives, prises avant que les éléments ne se balancent. Il suffisait de le regarder peindre pour avoir la démonstration de sa manière d'observer et de pénétrer le sujet. Certains peintres, comme Vallotton, commençaient leur tableau par un côté de la toile, progressant avec tous les détails, toutes les valeurs équilibrées du premier coup. Quand ils arrivaient de l'autre côté, le tableau était fini. « J'envie Vallotton, disait mon père : comment peut-il avoir l'esprit aussi net ? » Avec Renoir le tableau commençait en effet par d'incompréhensibles touches sur le fond blanc, pas même des formes. Parfois le liquide, huile de lin et essence de térébenthine, était si abondant par rapport à la couleur qu'il coulait sur la toile. Renoir appelait cela « le jus ». Grâce à ce jus, il pouvait en quelques coups de pinceau établir un essai de tonalité générale. Cela couvrait à peu près toute la surface de la toile, plutôt toute la surface du futur tableau, car souvent Renoir laissait une partie du fond blanc non couverte. Ces taches constituaient pour lui des valeurs indispensables. Il fallait que ce fond soit très pur et très lisse. J'ai souvent préparé les toiles de mon père avec du blanc d'argent et un mélange d'un tiers d'huile de lin et deux tiers d'essence de térébenthine. Ensuite on laissait sécher plusieurs jours. Revenons à l'exécution du tableau. Peu à peu des traits roses ou bleus, puis terre de Sienne, s'entremêlaient en parfait équilibre. D'habitude, le jaune de Naples et la laque de garance n'intervenaient que plus tard. Le noir d'ivoire tout à fait à la fin. Il ne procédait jamais par angles ou traits. Son écriture était ronde, comme s'il eût suivi le contour d'une jeune poitrine. « La ligne droite n'existe pas dans la nature. » A aucun moment de l'exécution le tableau ne montrait le moindre signe de déséquilibre. Dès les premiers coups de pinceau on avait une toile complète, bien balancée. Le problème était peut-être pour Renoir de pénétrer le sujet sans perdre la fraîcheur du premier étonnement. Enfin du brouillard surgissait le corps du modèle ou le paysage, un peu à la façon dont il aurait surgi d'une plaque photographique baignée dans le révélateur. Des points absolument négligés au début prenaient une importance.

La possession complète du motif ne s'achevait d'ailleurs pas sans lutte. L'action de Renoir pendant qu'il peignait faisait par moments penser à une sorte de duel. Il semblait que le peintre, suspendu aux mouvements de l'adversaire, guettât la moindre faiblesse dans sa défense. Il ne cessait pas de harceler le motif, comme un amoureux harcèle la fille qui se défend avant de céder. Il y avait aussi dans son comportement quelque chose de la chasse. La rapidité anxieuse de ses coups de pinceau, prolongements immédiats, précis, fulgurants de son regard aigu, me faisait penser aux zigzags d'une hirondelle attrapant des moucherons. J'emprunte à dessein ma comparaison à l'ornithologie. Le pinceau de Renoir était lié à ses perceptions visuelles aussi directement que le bec de l'hirondelle à l'œil de cet oiseau. Mon essai de description ne serait pas complet si j'omettais chez Renoir peignant un certain côté sauvage qui m'avait plusieurs fois impressionné lorsque j'étais petit.

Quelquefois les formes et couleurs ne s'étaient pas encore précisées à la fin de la première séance. Ce n'était que le lendemain que l'on devinait ce qui allait venir. L'impression bouleversante qui ressortait était que le motif, vaincu, disparaissait et que le tableau sortait de l'intérieur de Renoir. A la fin de sa vie il éliminait plus vite « les broutilles », allait plus directement à l'essentiel. Mais jusqu'à sa mort il continua de « caresser et battre le motif » comme on caresse et bat une femme pour la mettre en état d'exprimer tout son amour. Car c'est de cela que Renoir avait besoin, de cet abandon du modèle lui permettant de toucher le fond de la nature humaine dégagée des préoccupations, des préjugés du moment. Renoir peignait des corps sans vêtements et des paysages sans pittoresque. L'esprit des filles et des garçons, des enfants, des arbres qui peuplent le monde qu'il a créé, est aussi purement nu que le corps de Gabrielle. Et c'est finalement dans cette nudité qu'il se débusquait lui-même.

Le matin, aidé de quelque compagnon fidèle, mon père transportait la grande toile du *Moulin de la Galette*, et il peignait. Quand ses modèles ne pouvaient pas venir il peignait autre chose. Cela arrivait souvent. Il y avait aussi les moments de « flâneries » dont je vous ai parlé. Les toiles exécutées pendant cette période de Montmartre sont nombreuses.

Je suis allé quelquefois m'asseoir dans le restaurant du haut de la rue des Saules où mon père exécuta *La Balançoire*. Hélas ! le beau jardin est remplacé par une terrasse vitrée. Montmartre paie très cher la gloire d'avoir hébergé quelques-uns de ceux qui ont influencé le mouvement artistique de la fin du dernier siècle. Les touristes, même ignorants de Renoir ou de Toulouse-Lautrec, se pressent volontiers autour des lieux idéalisés par le passage du génie. Leurs costumes voyants, la mitraillade de leurs appareils photographiques rendent le quartier assez imbuvable. Cependant leur troupe bruyante n'a pas encore réussi à chasser les fantômes des Angèle, des Jeanne et des Estelle. On peut rencontrer leurs arrière-petites-filles sur les escaliers de la Butte, un peu plus maquillées que leurs ancêtres du fameux tableau, un peu moins confiantes dans la venue d'un prince charmant, résignées à la discipline d'un bureau et aux longues stations dans le métro. Elles ont perdu la folle insouciance de leurs ancêtres pourtant si misérables. Avec un peu plus de confort, les temps modernes leur ont apporté le souci du lendemain. Cependant leur sourire et l'éclat malicieux de leur regard feraient encore battre le cœur d'un Renoir si notre chance voulait qu'il en revienne un sur la Butte.

Renoir découvrait et redécouvrait le monde, à chaque minute de son existence, à chaque aspiration d'air frais par ses poumons. Il pouvait peindre cent fois la même fille, la même grappe de raisin, chaque tentative était pour lui une révélation émerveillée. La plupart des adultes ne découvrent plus le monde. Ils croient le connaître et s'en tiennent aux apparences. Or, les apparences sont vite explorées. De là cette plaie des sociétés modernes, l'ennui. Les enfants, eux, vivent d'étonnements renouvelés. Une expression imprévue sur le visage de leur mère leur suggère l'existence d'un infini de pensées mystérieuses, de sensations inexplicables. C'est parce qu'il partageait avec les enfants cette faculté de curiosité passionnée que Renoir les aimait tant. Son émotion devant le corps féminin était peut-être liée à l'idée de maternité. C'était une émotion très pure. Je ne crois pas cependant qu'il pensât à l'allaitement devant une jolie poitrine ou à l'accouchement devant un ventre bien rond. Il laissait ce naturalisme aux « intellectuels ». Je pense qu'il avait reçu le don d'exprimer toutes ses émotions par le truchement de la peinture. Sa « volupté d'homme devenait une volupté de peintre. A la fin de sa vie je l'ai entendu faire la réponse suivante à un journaliste qui s'étonnait de la déformation de ses mains. « Avec de pareilles mains, comment faites-vous pour peindre ? — Avec ma q... », répondit Renoir pour une fois grossier. Ça se passait dans la salle à manger des Collettes. Une demi-douzaine de visiteurs l'entouraient. Personne ne rit de la boutade. Car cette réponse était la saisissante expression de la vérité, un des rares témoignages, si rarement formulé dans l'histoire du monde, du miracle de la transformation de la matière en esprit.

Les jeunes filles de Montmartre qui posaient pour Renoir n'étaient pas toutes des modèles de vertu. Les mœurs du quartier étaient loin d'être sévères, et les gosses nés de pères inconnus y pullulaient. Quand les mères travaillaient, « ou autre chose ! », les grand-mères se chargeaient de la marmaille. Mais souvent elles aussi devaient s'absenter pour faire des ménages, ou aller au lavoir municipal. Les enfants traînaient dans la rue, morveux, mal soignés, quelquefois sans nourriture. Mon père passait son temps à distribuer du lait, des biscuits, « et surtout des mouchoirs qui, invariablement, finissaient dans la poche du père. Le lendemain je retrouvais le gamin avec une belle chandelle ! ». C'étaient surtout les tout-petits laissés seuls dans un berceau qui l'inquiétaient. « S'il y avait eu le feu ! » Il était terrorisé à l'idée qu'un chat pouvait se coucher sur un bébé et l'étouffer. Le quartier fourmillait de chats. Il se mit dans la tête de fonder une institution où des femmes sans travail garderaient les poupons que les mères devaient abandonner momentanément. On appellerait l'endroit « Le Pouponat ». Il se mit en campagne et obtint du propriétaire du Moulin de la Galette de donner un grand bal costumé au bénéfice de l'œuvre nouvelle. M. Debray était un homme d'une grande bonté, « pas exigeant pour les consommations, le sandwich facile pour les petites qui crevaient de faim ». La soirée devait être agrémentée de numéros. Des chanteurs apportèrent leur concours. On distribua aux danseuses des chapeaux de paille garnis d'un ruban rouge en velours. C'était la marque du bal. Aidé de toutes les filles du quartier, mon père avait passé plusieurs jours à fabriquer ces chapeaux. Ce fut un grand succès. Le Moulin de la Galette n'arrivait pas à contenir tous les danseurs. Les orchestres bénévoles faisaient merveille, les numéros étaient acclamés. Cela se prolongea toute la nuit. Le lendemain, il fit les comptes avec Rivière, Lhote et les autres inséparables. L'argent récolté put tout juste payer les soins à une brave fille qui avait attrapé une phlébite à la suite d'une fausse couche. Ils se cotisèrent pour acheter quelques langes et couvertures à des nouveau-nés particulièrement démunis. Le fait était que la foule enthousiaste du bal se composait surtout de jeunes gens de condition modeste. A l'entrée ils avaient su attendrir les amis chargés de vendre les tickets. Renoir dut renoncer momentanément au Pouponat. Il en parla plus tard à Mme Charpentier qui réunit les fonds nécessaires et créa réellement une pouponnière à Montmartre, là où mon père avait rêvé de le faire. Je crois que ce fut pendant son premier voyage en Italie. Il en reçut la nouvelle et en fut ravi. « Ce qu'il y a avec les poupons, c'est qu'ils font pipi dans leurs langes. Si on ne les change pas ils peuvent attraper une pneumonie — comme toi. Et pourtant, Dieu sait si ta mère et Gabrielle te tenaient propre ! »

Au même degré que Montmartre, les bords de la Seine entre Chatou et Bougival se montrèrent propices à l'inspiration de Renoir, surtout dans les années précédant son mariage. Le grand *Déjeuner des Canotiers* qui est à Washington couronne une longue suite de tableaux, d'études, de dessins exécutés à la Grenouillère. C'est le chemin de fer de Saint-Germain qui détermina le succès de l'endroit. La gare du pont de Chatou était à vingt minutes de Paris, et l'établissement situé dans l'île de Chatou à quelques minutes de marche de la gare. Dès avant la guerre, Bibesco y avait amené mon père. Les amoureux avaient découvert l'endroit et aimaient se perdre sous les grands peupliers. Il y avait aussi le sport qui commençait à entrer dans les mœurs. Un hôtelier de Bougival, M. Fournaise, eut l'idée d'agrandir une bicoque qu'il possédait dans l'île et dans laquelle il vendait de la limonade aux promeneurs du dimanche. Il y ajouta un embarcadère. Lui-même était amateur de canotage et il sut bien choisir les bateaux qu'il louait aux Parisiens. On y trouvait même des yoles, fines comme des aiguilles à tricoter, capables de vitesses impressionnantes, et qu'il ne confiait qu'à des amateurs entraînés. Bientôt, le restaurant Fournaise devint une sorte de club nautique. La courbe de la Seine en amont et en aval du restaurant est harmonieuse. Renoir y peignit dès 1868. Le nom de la Grenouillère ne venait pas des nombreux batraciens qui peuplaient les prés environnants, mais s'appliquait à des grenouilles d'une espèce bien différente. C'est ainsi qu'on désignait les femmes de petite vertu ; pas exactement des prostituées, mais plutôt cette catégorie de filles libres, caractéristiques des mœurs parisiennes du temps, changeant d'amant facilement, se passant une fantaisie quand cela leur disait, sautant sans s'étonner d'un hôtel particulier aux Champs-Élysées à une mansarde aux Batignolles. Elles jouèrent un grand rôle dans les années qui précédèrent et suivirent la chute de l'Empire. Nous leur devons le souvenir d'un Paris brillant, spirituel, amusant. Renoir leur doit de nombreux modèles bénévoles. Les « grenouilles », d'après lui, étaient souvent de « bonnes filles ». Avec ce goût du mélange qui fut toujours un des traits de la société française, des actrices, des femmes du monde, des bourgeoises sérieuses fréquentaient aussi le restaurant Fournaise. Le ton était donné par les jeunes sportifs en maillots rayés. Chacun s'évertuait à tirer sur les rames, à battre des records, à devenir un expert en canotage. Lorsque Bibesco emmena Renoir à la Grenouillère pour la première fois, il était accompagné d'un camarade de régiment, le capitaine baron Barbier. C'était un homme charmant, ignorant tout de la peinture et s'intéressant uniquement aux chevaux, aux femmes et aux bateaux. Il se prit d'une véritable amitié pour mon père.

En dehors de la beauté de l'endroit et de son abondance en modèles, un avantage pratique attirait Renoir à la Grenouillère, et c'était la proximité de

Louveciennes. Son activité inlassable ne lui faisait pas oublier sa mère. Il l'aimait et l'admirait de plus en plus. « En vieillissant elle devenait solide comme de l'acier. » La population de Louveciennes se composait d'horticulteurs cossus. Les poires de Louveciennes sont encore fameuses et font l'ornement des tables des gourmets de Paris. A côté de ces richards végétait une population de clochards vivant de travaux irréguliers dans les vergers et surtout de charité. Leurs bicoques s'alignaient le long de la lisière de la forêt de Marly, non loin de chez mes grands-parents. Marguerite Merlet, s'appuyant sur une canne, partait tous les jours à la visite de ces baraques, distribuant avec une brusquerie agressive ici un morceau de lard, là un reste de gâteau. En échange, elle forçait les marmots à se laver. Ils n'aimaient pas cela, mais la vieille dame leur faisait peur. Elle ne partait qu'après avoir inspecté les oreilles et les ongles. Cette manie de la propreté était sa façon de manifester cet amour pour les gosses qu'elle avait sans doute transmis à son fils. « Tu te feras assassiner », lui disait mon grand-père. En effet, un jour un habitant des baraques se fâcha. Il ne voulait pas que ses enfants se lavent. Lui-même vivait dans la crasse et s'en trouvait bien. Il répétait : « Quand on est pauvre et qu'on n'a pas de pardessus, ça tient chaud ! » Il s'avança menaçant vers ma grand-mère, la main levée. Mais celle-ci brandit son bâton ; l'homme recula. Bien sagement les gosses se déshabillèrent et se trempèrent dans le baquet à lessive.

Marguerite Merlet avait cessé de suivre la carrière de son fils. Au début, avant « les impressionnistes », ses tableaux l'enchantaient. Mais depuis « qu'il mettait du bleu partout », ça la dépassait. « Il faudra cinquante ans pour que les gens te comprennent. Et tu seras mort. Ça te fera une belle jambe ! » Elle ajoutait :

« Les gens ne sont pas plus malins que moi et je n'y comprends rien. » Elle disait aussi : « Je suis de l'autre siècle, toi tu es de celui qui vient. J'en reste à Watteau et à tes assiettes de Marie-Antoinette ! » Mais elle l'approuvait de continuer. « Quand ça vous démange, il faut se gratter. Et après tout, si tu veux crever de faim, ça te regarde ! »

De Louveciennes, Renoir était en moins d'une heure à la Grenouillère. Les Fournaise étaient devenus des amis. Mme et Mlle Fournaise figurent dans plusieurs tableaux. Il fit un portrait de M. Fournaise. Ils présentaient rarement l'addition à Renoir. « Vous nous avez laissé ce paysage... » Mon père insistait sur la non-valeur de sa peinture. « Je vous préviens, personne n'en veut. — Qu'est-ce que ça peut me faire, puisque c'est beau. Et il faut bien qu'on mette quelque chose sur le mur pour cacher les taches d'humidité. » Mon père souriait en pensant à ces cabaretiers charmants et me disait : « Si tous les amateurs étaient comme cela ! » Il leur avait laissé plusieurs tableaux qui, plus tard, prirent de la valeur. Les Fournaise ne sont pas les seuls dans ce cas. Je pourrais citer bien des familles importantes qui ont dû aux tableaux oubliés chez eux par Renoir la possibilité de sortir d'un mauvais pas, voire d'éviter une ruine. « J'en ai, de la chance, disait-il : je rends service à mes amis et ça ne me coûte rien ! »

Chez Fournaise, mon père rencontrait parfois Maupassant. Les deux hommes sympathisaient mais admettaient qu'ils n'avaient rien en commun. Renoir disait de l'écrivain : « Il voit tout en noir ! » Et ce dernier disait du peintre : « Il voit tout en rose ! » Ils s'accordaient sur un point. « Maupassant est fou ! » disait Renoir. « Renoir est fou ! » disait Maupassant.

Un jour qu'il peignait une jeune femme assise dans

un bateau, quelqu'un s'approcha de mon père à pas de loup et lui mit les mains sur les yeux en guise de plaisanterie. C'était le baron Barbier tout juste revenu d'Indochine, « nettoyé jusqu'au trognon », suivant son expression. Le gouvernement de la République l'avait bombardé maire de Saigon. La consigne était de plaire aux mandarins. Or les mandarins adorent le champagne, et le consul anglais les en inondait. Le prestige de la France était en jeu. Toute la fortune de Barbier y était passée. A la dernière bouteille de champagne, il avait donné sa démission et était revenu vivre en France, heureusement muni d'une pension que lui valaient ses blessures reçues en Algérie, à Reichshoffen et en Crimée. Mon père fut ravi de le voir et lui dit son projet de peindre un grand tableau représentant un déjeuner de canotiers sur la terrasse du restaurant Fournaise. Barbier s'offrit à être le régisseur de l'entreprise, à faire passer des bateaux dans le fond, à rassembler les modèles. « Je n'entends rien à la peinture, et encore moins à la vôtre, mais j'aime à vous faire plaisir. » Il fallut à Renoir plusieurs années pour « mûrir » le projet. Il avait plusieurs tableaux en train, et ses esquisses du sujet ne le satisfaisaient pas. L'été de 1881, il se décida. « Je vais me mettre au déjeuner », dit-il à Barbier qui rassembla aussitôt les fidèles de Renoir. Je ne suis pas sûr de l'identité de tous les modèles. Il y a certainement Lhote, au fond en chapeau haut de forme, Lestringuez penché sur un ami qui est peut-être Rivière. La jeune femme accoudée à la balustrade est Alphonsine Fournaise, la belle Alphonsine comme l'appelaient les habitués du restaurant de ses parents. Elle mourut en 1935 à l'âge de quatre-vingt-douze ans, entièrement ruinée pour avoir placé tout son argent en fonds russes. Celle qui boit est la petite Henriot, celle qui regarde

Lestringuez doit être Ellen André. Celle qui, au premier plan à gauche, caresse un petit chien est ma mère. Je suis allé visiter ces lieux l'année dernière. Quelle tristesse ! Des usines, des tas de charbon, des murs noircis, de l'eau sale. La lèpre de l'industrie moderne a rongé les bosquets et l'herbe verte. Des ouvriers nord-africains, courbés sous la misère de leur destinée, déchargent tristement des barils métalliques d'une péniche noire de cambouis. Le baron Barbier, les canotiers, les belles filles insouciantes ont quitté ce bord de Seine. Elles vivent maintenant, et pour l'éternité, dans l'imagination des amateurs de peinture qui vont rêver des temps révolus devant *Le Déjeuner des Canotiers* au musée de Washington.

Nous savons que Renoir jusqu'à cette époque avait réussi à réduire au minimum les nécessités de la vie matérielle. « Il faut toujours être prêt à partir pour le motif. Pas de bagages. Une brosse à dents et un morceau de savon. » Il portait la barbe non par goût, mais pour éviter la perte de temps du rasage matinal. Ses vêtements étaient faits sur mesure, en bon drap anglais, mais peu nombreux. En principe, il en conservait trois. Deux presque toujours gris à raies droites et régulières, le plus vieux lui servant pour aller au motif, et un habit de soirée. Il ne porta jamais le smoking, ni la redingote « bonne pour les enterrements », ni la jaquette « qui fait un peu employé de banque », sautant sans transition de sa tenue de travail à l'habit. Même au temps de sa pauvreté extrême, il ne porta jamais de chemises de coton. « J'aime mieux une chemise de lin en lambeaux que du coton neuf ! » Pour sa nourriture, je vous ai raconté l'histoire des haricots avec Monet. En général il prenait ses repas dans une crémerie. Quand il peignait en dehors de Paris , il vivait dans ces petites auberges, genre mère Anthony, qui encore à cette époque étaient délicieuses en France. A Paris, il faisait son lit, allumait son feu et balayait son atelier. Quand « ça faisait trop crasseux », il mobilisait un modèle, ou plus souvent une mère de modèle, quittait l'atelier pour quarante-huit heures, la laissant avec la consigne d'opérer un « récurage complet ». Il ne gardait aucune vieille chose. Quand son vêtement gris numéro deux montrait la trame ou quand ses chaussures devenaient trop éculées, il les donnait à un pauvre. Comme je l'ai déjà expliqué il en usait de même pour les meubles. Il parcourait la vie avec la sensation délicieuse de ne rien posséder. « Les deux mains dans mes poches. » Même ses tableaux, il les semait. Et il allumait son feu avec ses aquarelles et dessins. Plus tard nous reviendrons là-dessus avec Gabrielle. Or, pendant l'hiver 81, il lui arriva de douter des avantages absolus de cette liberté. « C'est très gentil, pas de lien, mais ça n'existe pas. Mon lien c'était les dîners dans le monde. C'est maigre, mais quand tu es seul, les soirées sont mortelles. »

La crémerie que mon père fréquentait le plus assidûment était située en face de son atelier rue Saint-Georges. Mais je dois peut-être expliquer ce que l'on entendait par crémerie. Ces petites boutiques, en général tenues par une femme, ne se limitaient pas à la vente de crème, lait, beurre et œufs. Une pièce attenante abritait trois ou quatre tables sur lesquelles les clients pouvaient se faire servir un « plat du jour ». Dans un coin, sur un petit fourneau qui chauffait en même temps l'établissement, mijotaient le veau en casserole, le ragoût de mouton ou le pot-au-feu. Ce dernier plat était le plus courant, demandant peu de surveillance. Le dessert était bien entendu un morceau de fromage. Les clients allaient acheter leur bouteille de vin chez le débitant voisin. C'étaient presque toujours des habitués qui se retrouvaient à l'heure des repas comme on se retrouve en famille. Leur condition était aussi modeste que le prix des repas. La propriétaire de la crémerie de la rue Saint-Georges était une veuve d'une cinquantaine d'années. Ses deux filles travaillaient l'une dans la couture, l'autre dans un magasin de chaussures. Le rêve de Mme Camille était de marier l'une d'elles à Renoir. Aussi était-elle aux petits soins, lui réservant le brie le mieux fait, « pas trop coulant, juste à point ». Il adorait le brie, « le roi des fromages, mais on ne peut le manger qu'à Paris. Passé la barrière, il ne vaut plus rien! ». Les filles, fières à juste titre de leurs talents ménagers, lui glissaient dans les poches des friandises qu'elles avaient amoureusement cuisinées, et lui reprisaient ses mouchoirs. La maman dans ses projets matrimoniaux pensait peut-être plus à mon père qu'à ses filles. « Un homme si convenable, incapable de se défendre! Et si maigre qu'il en fait pitié. On ne peut pas le laisser tout seul dans la vie. Il lui faut une femme! » Elle ne se doutait pas qu'il l'avait déjà trouvée, à même sa crémerie dont elle était une fidèle commensale. S'il ne se déclarait pas, c'est parce qu'il doutait de sa possibilité d'assurer une vie convenable à sa compagne et à des gosses. L'idée d'une épouse « travaillant au-dehors », peu admise à l'époque, était odieuse à Renoir. Il me le répétait : « Si tu te maries, garde ta femme à la maison. Son vrai métier, c'est toi et tes enfants si tu en as! »

Mme Camille venait de la partie de l'Aube située aux confins de la Champagne et de la Bourgogne. Les habitants de cette région se distinguent par un fort accent bourguignon. Ils ont une façon de rouler les *r* qui ne trompe pas. Aussi juge-t-on de sa joie le jour où elle avait découvert, vivant rue Saint-Georges à deux pas de chez elle, une voisine dont les *r* étaient aussi sonores que les siens. Mme Charigot, de son nom de baptême Mélanie, avait été abandonnée par son mari et vivait de travaux de couture. Elle avait une fille également couturière prénommée Aline. Je suis très ému en racontant cela, car il s'agit de ma mère.

C'est elle qui s'apprête à monter dans la barque, dans un petit tableau peint bien avant *Le Déjeuner*. Renoir la connaissait donc depuis plusieurs années. Elle posait pour lui quand elle avait le temps et presque toujours en extérieur, sans doute pendant ses vacances. Ouvrière assidue, elle gagnait largement sa vie chez une couturière du bas de la Butte. Cette dame avait installé son atelier dans un petit entresol, employait trois ouvrières et copiait les robes de la rue de la Paix pour les commerçantes du quartier Notre-Dame-de-Lorette. Elle habillait aussi quelques irrégulières du quartier Pigalle, mais sans enthousiasme : « Elles éloignent la clientèle distinguée. » Elle était de Dijon et avait autant d'accent que ma mère à qui elle prédisait un brillant avenir. « Si tu continues, tu iras loin. Quand j'ai débarqué à Paris j'étais aussi démunie que toi. » Mais, dans l'esprit de la brave dame, le mariage était la condition de la réussite. Son mari, un représentant en soieries, l'avait aidée à s'installer. « Prends-le riche, et pas trop jeune ! Avec ta frimousse ça ne sera pas difficile ! » Mais Aline Charigot n'avait en tête que ce peintre de la rue Saint-Georges, pas jeune évidemment et sans le sou. « Et quand il en avait, il les donnait ! » Il avait quarante ans, elle en avait dix-neuf. Elle aurait voulu qu'il la fasse poser tout le temps. « Je n'y comprenais rien, mais ça m'enchantait de le voir peindre. » Mme Camille et ses filles finirent par deviner ce qui se passait. Très

gentiment elles abandonnèrent leurs espoirs et essayè-
rent de favoriser cet amour naissant. Les Parisiens ont
la passion des intrigues amoureuses. J'entends en tant
que témoins, et surtout de confidents. Et quand ces
aventures sont illégitimes, cela devient un vrai régal.
Ces dames n'arrêtaient pas d'interroger leur jeune
amie et de la conseiller. « Il t'a parlé ? Fais-toi inviter
au théâtre. Tu devrais repriser ses chaussettes, faire
son ménage et sa cuisine. Il faut l'engraisser, lui
démontrer qu'il ne peut plus vivre comme un bohème ;
à son âge il faut se marier, après il sera trop tard. Et
surtout ne dis rien à ta mère, elle gâterait tout. » Ma
grand-mère maternelle était en effet insupportable.
Fortement retranchée derrière son honorabilité et ses
qualités ménagères, elle ne ratait pas la moindre
faiblesse chez les autres. « Elle avait un sourire
entendu qui donnait envie de la tuer ! » Un jour que
par exception elle avait pénétré dans l'atelier de
Renoir, accompagnant sa fille pour une « mise au
point » d'un tableau peint au bord de la Seine, elle
s'était plantée devant la toile, hochant la tête d'un air
ironique. « C'est avec cela que vous gagnez votre vie ?
Eh bien, vous avez de la chance ! » Aline n'était pas
fille à se laisser démonter. Elle donna à sa mère l'ordre
de sortir, la menaçant si elle n'obéissait pas de garder
pour elle tout l'argent de sa paie. Mme Charigot,
courbant la tête, céda devant cette menace certaine et
quitta l'atelier en répétant cette plainte familière aux
vieilles femmes bourguignonnes : « Eh là, mon Dieu,
j'ons-t-y des maux ! »

Mon père me disait : « Chez ta mère, il n'y avait
rien de mufle. Elle n'était jamais sentimentale. » Il
retrouvait en elle cette dignité qu'il admirait chez sa
mère, « avec la différence que ta mère à toi était
gourmande ! ». Cette faiblesse le ravissait. Cet homme

sobre haïssait les régimes, considérant ces sacrifices volontaires comme des marques d'égoïsme. Les privations lui étaient indifférentes, mais il savait apprécier les bonnes choses. Il aimait surtout se sentir entouré de gens bien repus. Une fois par semaine la crémière réunissait ses amis autour d'un plat de haricots rouges au lard, ce régal des Bourguignons. Elle se faisait expédier ces féculents de Dijon, de vrais haricots de vigne, poussés dans les cailloux, pas de ces haricots qui viennent dans les champs comme du blé ou de la luzerne. « C'était un plaisir de voir manger ta mère. Quelle différence avec ces femmes à la mode qui se donnent des rétrécissements d'estomac pour rester minces et pâles ! »

Mes plus anciens souvenirs de ma mère me la représentent déjà rondelette. Je peux me l'imaginer à l'âge de vingt ans, bien potelée mais avec une « taille de guêpe ». Les tableaux où elle figure m'aident à préciser cette image. J'ai déjà dit l'attraction de Renoir pour le type « chatte ». Aline Charigot atteignait la perfection dans le genre. « On avait envie de la gratter dans le cou ! » Les pudiques allusions de mon père à cette époque de sa vie me font imaginer un grand amour réciproque. D'après Rivière, « il en arrivait à poser sa palette et à la regarder au lieu de peindre, se disant « Pourquoi se fatiguer ? » puisque ce qu'il voulait réaliser existait déjà ! ». Mais cette « petite crise littéraire » passait vite. Aussi voit-on ma mère dans des quantités de tableaux.

Il semble que les amoureux aient presque entièrement vécu au bord de la Seine. Le restaurant Fournaise était leur lieu de rendez-vous. Il leur était d'accès facile. On descend la rue Saint-Georges, et par la rue Saint-Lazare on est à cinq minutes de la gare. Il y avait un train omnibus pour Saint-Germain toutes les demi-heures avec arrêt au pont de Chatou. Chez Fournaise ils retrouvaient une bande d'habitués qui semblaient veiller sur leur idylle avec un intérêt attendri. Caillebotte le peintre couvait Aline Charigot comme il l'eût fait d'une jeune sœur. Ellen Andrée et Mlle Henriot l'avaient adoptée et s'étaient mis en tête de « dégrossir cette délicieuse paysanne ». Elle écoutait, touchée de ces marques d'amitié, mais n'en faisait qu'à son idée. « Je ne voulais pas perdre mon accent et devenir une fausse Parisienne. »

L'endroit était merveilleux ! Une fête perpétuelle. Elle adorait ramer et était constamment sur l'eau. Renoir admirait son adresse. « Elle avait des mains qui savent faire quelque chose. » Il lui apprit à nager, d'abord en se cramponnant à une bouée. Toujours prudent il restait à portée, tenant l'extrémité d'une corde à l'autre bout de laquelle il l'avait attachée. « On ne sait jamais. En cas de congestion, j'aurais tiré ! » Bientôt on oublia la corde. « Elle nageait comme un poisson. »

Le soir il se trouvait toujours un volontaire pour tenir le piano et faire danser les amis. On poussait les tables de la terrasse dans un coin. Le piano était dans un petit salon et le son se déversait par la fenêtre ouverte. « Ta mère valsait divinement. Moi je lui marchais sur les pieds. Le grand danseur était Barbier. Quand il tournoyait avec ta mère, tout le monde s'arrêtait pour les regarder. » Parfois, Lhote, accompagné par Mlle Fournaise, poussait son refrain favori : la chanson de l'héroïque soldat de *Mam'zelle Nitouche* d'Hervé « Parc' qu'il était — parc' qu'il était — parce qu'il était en plomb. » Et tout le monde reprenait en chœur.

Je vais essayer de donner une idée des proportions physiques que Renoir considérait comme idéales dans un visage : les yeux à mi-distance entre le haut du crâne et le bas du menton. Un déséquilibre en faveur de la moitié surplombant cette ligne médiane était pour lui la marque d'un cerveau hypertrophié, « un cerveau de mégalomane, ou plus simplement d'intellectuel, sans parler des hydrocéphales ». Un haut de figure trop petit signifiait une bonne et honnête sottise. Un bas de figure exagéré signifiait l'entêtement. « N'épouse jamais une femme avec un grand menton. Elle se fera hacher plutôt que d'admettre l'évidence ! » Il aimait que les femmes aient tendance à engraisser, à l'encontre des hommes qu'il préférait maigres. Il mettait les petits nez au-dessus des grands et ne cachait pas sa préférence pour les bouches assez larges, les lèvres charnues sans être « lippues », les dents petites, les teints clairs, les cheveux blonds. « Les bouches en cul de poule signifient la prétention, les lèvres minces la méfiance ! » Ayant formulé toutes ces règles, insistant surtout sur la ligne médiane de séparation à hauteur des yeux, mon père ajoutait : « Ceci dit, il faut suivre son instinct. Avec les règles on se fout dedans. J'ai connu des filles exquises qui avaient le menton en galoche, et d'insupportables garces dont les traits étaient un chef-d'œuvre d'équilibre ! » Il se trouva qu'Aline Charigot n'était pas une insupportable garce ; que les proportions de ses traits et de son corps correspondaient aux canons de Renoir ; que ses yeux légèrement en amande savaient transmettre leurs impressions à un cerveau bien équilibré ; que sa démarche était légère (« Elle foulait l'herbe sans lui faire de mal ») ; qu'elle gardait la vigueur du petit vent d'est qui balaie les coteaux de son pays natal et qu'elle savait relever une boucle de sa chevelure, rassemblée à la diable en un chignon sans prétention, d'un geste que Renoir aimait suivre parce qu'il était « vraiment rond ». En se laissant emporter par ses souvenirs, mon vieux père, tordu par ses rhumatismes, regardait le petit fauteuil en velours rouge où la disparue aimait s'asseoir tandis qu'il peignait. Ce fauteuil existe encore. Il est chez moi à côté du canapé qui ornait le salon de nos différents appartements, depuis le château des Brouillards jusqu'au boulevard Rochechouart. Avec les gants de mon père, son bilboquet, quelques mouchoirs, il est l'un de mes tapis volants vers ces années que j'essaie de revivre !

Maintenant j'arrive au point le plus important de la rencontre de ces deux êtres, au mystère, inexplicable aux esprits purement scientifiques, clair comme le jour pour ceux avantagés d'une teinte de mysticisme. C'est que, depuis le moment où il avait tenu un pinceau, peut-être même avant, dans ses rêves de gamin, trente ans avant de la connaître, Renoir faisait le portrait d'Aline Charigot. La Vénus qui figure sur le vase qui a disparu de chez moi pendant l'occupation nazie est ma mère, matérialisée dix ans avant sa naissance. Et le fameux profil de Marie-Antoinette que mon père peignit tant de fois dans son atelier de porcelaine avait le nez court ! Son patron lui disait : « Méfiez-vous ! Les clients ne vont pas reconnaître leur idole. Vous devriez allonger le nez. » Évidemment Renoir a fait des portraits représentant des femmes d'un physique différent. Son intérêt pour tout être humain le poussait à faire ses portraits ressemblants ; mais, dès qu'il peignait des sujets de son choix, il retombait dans les caractéristiques physiques qui étaient essentiellement celles de sa future femme. Choisissait-il des modèles de ce type, ou bien son imagination guidait-elle sa main ? Oscar Wilde, qu'il devait rencontrer plus tard, eût fourni une explication bien plus simple, répétant sa saisissante boutade à propos de Turner : « Avant lui, il n'y avait pas de brouillard à Londres. » Cette théorie des artistes créant le monde trouve en Renoir une démonstration encore plus évidente. Car ce n'est pas seulement ma mère qui devait naître modelée sur les tableaux de Renoir, mais nous, les enfants ! Il avait fait notre portrait avant que nous ne soyons au monde, avant notre conception physique ; et cela des centaines de fois ; et aussi le portrait de tous les enfants, de toutes les filles dont il devait inconsciemment peupler un univers qui allait devenir le sien. Car l'avènement du monde de Renoir ne fait plus aucun doute. Constamment je suis arrêté par des parents qui me présentent leur enfant en disant : « Vous ne trouvez pas que c'est un petit Renoir ? » Et le plus extraordinaire, c'est que c'est vrai ! Cette planète qui avant lui était peuplée de figures allongées et pâles, depuis mon père est bourrée de petits êtres rondelets, aux belles joues rouges. Et la ressemblance est complétée par le goût des couleurs dans le vêtement. Cela aussi vient de lui. Ses contemporains ont assez déblatéré « les oripeaux criards dont il affublait les cuisinières qui lui servaient de modèles ». Cette critique d'un journaliste oublié me fut répétée par mon père lui-même. Il laissait dire. Quand on fabrique un monde de santé et de couleur, on est au-dessus des critiques. « Je laisse aux littérateurs cette passion pour l'anémie et les pertes blanches. » Et pour préciser sa pensée : « On me paierait pour coucher avec la Dame aux Camélias ! » Là où il aurait protesté, c'est si on lui avait révélé la nature exacte de la besogne qu'il accomplissait si humblement. Créer même un tout petit bout d'univers, c'était la besogne de Dieu le père, pas celle de ce bon artisan en porcelaine devenu bon ouvrier de la peinture. Il était au contraire convaincu que c'était le monde qui le créait et qu'il ne faisait que reproduire cette vie qui le

236

ravissait comme les mesures d'une grande symphonie. « Le bouchon dans le courant. » Son seul désir était d'être le fidèle intermédiaire entre les merveilles qu'il distinguait clairement et ces hommes qui, pour les deviner, avaient besoin d'un petit renseignement. Il aurait été furieux si on lui avait dit que cette vie qu'il prodiguait généreusement sur la toile sortait de lui. Il se serait senti aussi péniblement insulté que si on l'avait traité d'intellectuel. Il ne cherchait qu'à être une machine à prendre et à rendre, et pour y réussir il veillait à ne pas galvauder ses forces, à se garder le regard précis et la main ferme. « Si ça venait de moi, ce serait une création de mon cerveau. Et c'est si vilain, un cerveau tout nu ! Ça ne vaut que par ce qu'on met dedans. » Autres réflexions sur le même sujet : « L'artiste pour bien s'exprimer doit se cacher. Regarde les acteurs de l'ancienne Grèce avec leurs masques. » Ou encore : « L'auteur anonyme de cette Vierge du XIIᵉ qui est à Cluny n'a pas signé. N'empêche que je le connais mieux que s'il me parlait. » Un jour je m'évertuais à déchiffrer au piano une sonate de Mozart. Comme tout mauvais pianiste, mon exécution était alourdie de « sentiment ». Mon père m'interrompit, inquiet. « De qui est-ce ? — Mozart. — Tu me rassures. Ça me plaît et j'ai eu un instant peur que ce ne soit de cet imbécile de Beethoven ! » Comme je m'étonnais : « Beethoven se raconte avec indécence. Il ne nous épargne ni ses peines de cœur ni ses digestions difficiles. Et j'ai envie de lui dire : Que voulez-vous que ça me fasse que vous soyez sourd ! D'ailleurs c'est excellent pour un musicien d'être sourd. Ça aide, comme tout obstacle. Degas a peint ses meilleures choses quand il n'y voyait plus ! Mozart, qui était bien plus misérable que Beethoven, a la pudeur de cacher son souci. Il essaie de m'amuser ou de m'attendrir avec des notes qu'il croit détachées de lui. Et il m'en dit plus sur lui-même que Beethoven avec ses sanglots bruyants. J'ai envie de prendre Mozart dans mes bras et de le consoler. Après quelques minutes de sa musique, il devient mon meilleur ami et la conversation prend un caractère intime. » Renoir était convaincu de l'existence d'une heureuse et constante contradiction venant rétablir l'équilibre détruit par la sottise des orgueilleux. « L'artiste qui cherche à se mettre tout nu devant son public, finalement ne raconte qu'un personnage conventionnel qui n'est pas même lui. C'est le romantisme avec ses confessions, pleurs, agonies, « en réalité des exercices de cabotin » ! Par contre il arrive parfois qu'un Raphaël qui n'a cherché qu'à peindre des braves filles avec des petits enfants, qu'il décorait du nom de « vierge », se révèle à nous avec une poignante intimité. »

Renoir, au moment de nos entretiens, pouvait exprimer ces principes essentiels avec une certaine confiance. Pour dépister l'éternel mensonge qui nous dissimule l'essence des choses, il s'appuyait sur une longue vie d'essais de toutes sortes. Il avait d'ailleurs soin de me prévenir que sa vérité était loin de la vérité pure. « Je passe ma vie à me foutre le doigt dans l'œil. L'avantage de vieillir est qu'on s'aperçoit des gaffes un peu plus vite. » Il me disait aussi : « Il n'existe personne, pas de paysage, pas de motif qui n'ait son petit intérêt... quelquefois bien caché. Quand un peintre découvre ce trésor, bien vite les autres proclament la beauté du motif. Le père Corot nous a révélé les bords du Loing, une rivière comme les autres rivières, et je suis sûr que les paysages japonais ne sont pas plus beaux que les autres. Seulement voilà, les peintres japonais ont su dévoiler leur trésor caché. » Cette réflexion me fait penser à l'Ouest américain que tant de bons esprits trouvent « carte postale », laissant aux touristes vulgaires l'admiration facile des séquoias majestueux et du Grand Canyon. Je trouve l'Ouest américain très beau. Il ne lui manque qu'un groupe de peintres de la valeur des Italiens du Quattrocento ou des impressionnistes français pour découvrir, derrière la carte postale, les éléments d'éternité.

Quoi de plus triste que la banlieue moderne de Paris ? Depuis Utrillo et les bons peintres du dimanche, nous savons que de ces rues sans grâce se dégage une indéniable poésie. Évidemment il y a peu de place pour la méditation dans l'organisation actuelle de la vie américaine, et cela peut retarder l'éclosion d'un groupe de jeunes assez libres pour se consacrer à l'étude non scientifique de la nature.

Au moment de sa rencontre avec ma mère, Renoir traversait une crise : « Je ne savais plus où j'en étais ; je me noyais ! » Après dix années de lutte, d'essais contradictoires, il doutait de plus en plus de l'impressionnisme. Aline Charigot considérait les choses plus simplement. Avec son bon sens de paysanne elle savait que Renoir était fait pour peindre comme une vigne pour donner du vin. Il fallait donc qu'il peigne, bien ou mal, avec ou sans succès, mais surtout qu'il n'arrête pas. Quoi de plus navrant qu'une vigne en friche et que de sueur pour la remettre en état ! Pourquoi n'iraient-ils pas habiter à Essoyes, son village. La vie y était pour rien. Renoir pourrait s'y livrer à tous ses essais sans être troublé par les vignerons qui avaient autre chose à faire que de décider de l'avenir de la peinture. Cette proposition rencontra deux ennemis : Mme Charigot qui interdit à sa fille de se lier pour toujours à son « crève-la-faim de joli cœur », et Renoir lui-même qui avait encore besoin d'une atmosphère de combat. « Pour s'isoler il faut être rudement fort ! »

239

Aline Charigot, désespérée, retourna chez sa patronne et évita Renoir autant qu'elle le pouvait. Mon père partit pour l'Algérie où il découvrit un monde prodigieux. Il passa l'été chez les Bérard à Wargemont. Mais ni la splendeur de l'Orient ni les pommiers de Normandie ne lui firent oublier ma mère qu'il revit en septembre.

Quand j'interrogeais celle-ci sur cette période de sa vie, ses réponses étaient plus que vagues. Non pas qu'elle voulût rien me cacher. Mais comme tous les êtres vraiment forts, elle vivait dans le présent. Le choix d'un engrais pour les orangers des Collettes l'intéressait plus que les souvenirs. Après sa mort, la solitude de mon père le porta à un certain abandon. C'est à travers ses propos que je puis à peu près reconstituer ce qui s'est passé. Aline Charigot n'envisageait le mariage qu'à la condition d'avoir des enfants, de s'en occuper complètement. Cela signifiait des cris, des soucis, des langes qui sèchent, des nuits blanches. Tout cela ne cadrait guère avec les exigences d'un monsieur qui faisait de la peinture avec la fureur d'un moine stylite faisant son salut en haut de sa colonne. Ils décidèrent de rester « bons amis ». Elle s'était mis en tête de l'oublier et le poussait à voyager encore. De son côté, il sentait le besoin impérieux de voir les tableaux des grands maîtres du passé dans leur propre pays. Vélasquez à Madrid et Titien à Venise. Il ne démordait pas de l'opinion que les tableaux « ça ne se trimbale pas » et qu'il faut les voir sous les cieux qui ont abrité leurs auteurs. En 1881 commença pour Renoir une période de voyages passionnés dont l'aboutissement consista en grandes décisions aussi bien dans sa vie privée que dans son métier de peintre.

III

Renoir voyageait en troisième classe par nécessité. Même s'il en avait eu les moyens, il eût évité la dépense d'une première. Le confort des fesses ne vaut pas la différence de prix. A la fin de sa vie, il se trouva forcé par son état de santé à voyager en places de luxe. Cela lui déplaisait. Ou plutôt c'étaient les voyageurs de ces places qui lui déplaisaient. « A peine installés, ils ouvrent un journal financier. Et le petit regard en coin pour peser le voisin, savoir dans quelle catégorie on doit le ranger ! Les plus prétentieux sont ceux qui voyagent à l'œil. » Il rigolait intérieurement aux efforts de certains d'entre eux pour paraître plus qu'ils ne sont, à leur contenance grave et légèrement ennuyée, à leur attitude de millionnaires accablés des soucis que donne la gestion d'une trop grande fortune, ou bien, dans le genre diplomate, l'accès à des secrets redoutables. « En première classe, avec ma boîte de couleurs et ma grande ombrelle, je me sentais un intrus, un peu comme un charbonnier qui par erreur se serait glissé dans un défilé de mannequins de mode. » Les secondes classes semblaient pires à Renoir, le « quant à soi » de leurs usagers s'augmentant du fait qu'ils ne pouvaient pas se payer les premières. « Aussi quelle distinction ! » Et quand par hasard quelque voyageur « artiste », remarquant son attirail, mettait la conversation sur la peinture, alors, ça devait être gentil. Mon père, si aimable, si « causant », savait très bien se déguiser en ours. Quand il était irrité, son esprit devenait caustique. Pendant un voyage, un voisin de compartiment l'assommait avec ses commentaires sur Meissonier. Ma mère était enceinte de Pierre et, à cause de cela, ils avaient pris des premières classes. L'amateur de peinture militaire insistait, citant des prix payés par des Américains. Agacé, Renoir lui répondit qu'il ignorait la grande peinture étant spécialisé lui-même dans la peinture pornographique. Il travaillait pour les bordels et son succès venait de son habileté à représenter les membres sexuels masculins. Ma mère était très gênée. Elle n'appréciait pas beaucoup ce genre de plaisanterie.

Renoir voyageait presque toujours par petites étapes. Il ne comprenait pas la hâte de ses contemporains. « Depuis qu'on gagne du temps, il me semble qu'on produit moins vite. On me parle de tel écrivain qui avec sa machine à écrire a pondu un livre en trois ans. Molière ou Shakespeare, avec une plume d'oie, vous sortaient une pièce en huit jours, et c'était un chef-d'œuvre. »

Les trains omnibus avaient aussi pour Renoir l'avantage de le plonger dans des manifestations de vie plus authentiques. « La fermière qui va vendre ses fromages au chef-lieu voisin reste elle-même. Quand elle prend l'express pour un long voyage, elle perd son identité, elle devient cet animal anonyme qu'on appelle un voyageur. » Il parlait rarement de ce champignon des lieux immortels qu'on appelle un touriste. Ils étaient encore rares et heureusement presque toujours de nationalité anglaise, c'est-à-dire assez discrets.

242

Renoir ne partait pas seul. Je sais que Lhote l'accompagna pendant un de ses voyages en Italie. Ils s'arrêtèrent à Dijon, y passèrent plusieurs jours, flânant dans les vieilles rues. « Ce que j'aime en Bourgogne, ce sont les toits. Ils ont quelque chose de chinois, légèrement relevés aux extrémités. » Il aimait Charles le Téméraire. « Les anges de ses églises sont un peu maniérés, mais c'est un maniérisme dont je me contenterais très bien. » Il regrettait cette civilisation intermédiaire entre la France et l'Allemagne, qui devait se prolonger chez les Flamands. « Dommage que ça ait raté. Les Suisses nous ont joué un drôle de tour[1]. » Il s'arrêtait pour des raisons imprévues : des voisins encombrants, l'envie de voir de près une église de village dont le clocher semblait l'appeler. Ses découvertes visuelles se doublaient de découvertes culinaires. Les habitués des troisièmes classes sont souvent généreux. C'était à qui offrirait à Renoir de partager « le panier » que chacun apportait avec soi. Une commère lui disait, regardant avec commisération le sandwich qu'il avait tiré de sa poche : « C'est tout votre déjeuner ? Pas étonnant que vous soyez si maigre ! » Certains partaient munis comme pour faire le tour du monde. Avec les kilomètres qui défilaient, mon père passait de la gougère bourguignonne à la daube provençale, des petits vins nouveaux de la Côte d'Or aux rosés généreux des bords du Rhône, le tout accompagné de considérations sur la récolte, les ennuis de famille, les impôts, la guerre du Tonkin et le supplice du corset « quand on n'a pas l'habitude » ! Après les premières bouchées, il arrivait qu'une plantureuse fermière n'y tenant plus s'excusât, déboutonnât son corsage et demandât à sa voisine de la délacer

1. Allusion à la victoire des Suisses sur les Bourguignons en 1476.

dans le dos. Les chairs ainsi libérées pouvaient s'étaler à leur aise, et le pâté de lièvre prenait enfin toute sa saveur.

Les accents changeaient avec les régions. Le parler traînant des « gones » de Lyon remplaçait le bourguignon roulant des vignerons, pour disparaître lui-même devant le provençal éclatant des maraîchers de la Durance. La glace était vite rompue, et ce Parisien aimable qui voyageait avec un drôle d'attirail était vite adopté. Les histoires allaient bon train. Mon père essayait d'en retrouver des bribes. Il se souvenait d'un dragon, embarrassé de son sabre, de son casque et d'un énorme carton contenant une robe de mariée, cadeau de la femme de son capitaine à sa fiancée. Ce colis le gênait d'autant plus qu'à cette époque il était interdit à un cavalier en tenue de sortie de porter des paquets. Le capitaine lui avait fait promettre de l'expédier, mais le dragon, paysan économe, avait préféré risquer une punition et garder pour lui l'argent de l'expédition. « Si un sous-off met son nez à la portière, vous direz que c'est à vous », dit-il à une jeune femme qui allaitait un bébé. Il se rendait à Blaisy-Bas, un village non loin de Dijon. Il prononçait le nom de cette localité avec un accent invraisemblable, liant toutes les syllabes et exagérant la gravité du « bas ». Cela devenait quelque chose dans le genre de « Bzibâââh ». Finalement un autre Bourguignon eut l'idée de demander si ce Blaisy-Bas n'était pas à côté de Blaisy-Haut. La réponse affirmative du dragon dissipa le mystère géographique. Les dames voulurent alors voir la robe de mariée. Mais notre homme se refusa à défaire le paquet. « C'est le plus beau, répétait-il, c'est l'paquet qu'est l'plus bôôh ! » Pour consoler les voyageuses de leur déception, il leur raconta une histoire, incompréhensible à mon père, mais certainement très drôle, car tout le compartiment était tordu de rires convulsifs. Renoir riait autant qu'eux, de joie de les voir rire et aussi parce que le rire est contagieux. C'était une histoire de noce, une de ces noces bourguignonnes qui se prolongent des jours et des nuits. J'ai moi-même été invité à ces magnifiques ripailles : trois jours et trois nuits autour d'une table ; on ne se lève que quand on n'y tient plus, et on s'arrête quand la bonne chère et le bon vin vous ferment les yeux. Quelques heures de délicieuse inconscience sur la paille du grenier, et on remet ça. La noce que racontait le dragon était celle de sa sœur. Sa mère qui était « sur ses sous » avait essayé de profiter de la circonstance pour glisser un vieux coq immangeable parmi les volailles du festin. Ce coq dur, prononcé « côôhdurr », ne trompait aucun des convives qui se le renvoyaient avec des allusions aux activités amoureuses de cet ancêtre. Finalement, c'est la mère qui avait dû se dévouer et manger le « côôhdurr » ! Mon père adorait ce genre d'histoire.

Autre histoire de voyage : En compagnie de Lhote il venait de visiter la cathédrale de Brou à Bourg-en-Bresse. « Déjà la décadence, mais avec quelle grâce ! Comment ne pas tomber amoureux de cette Marguerite d'Autriche ? Sa devise « Fortune-Infortune » répétée autour de l'église comme un leitmotiv nous emmène loin de notre siècle d'épiciers ! » Le train était bondé. Ils durent renoncer à leurs chères troisièmes classes et s'installer dans un compartiment de seconde déjà occupé par une demi-douzaine de messieurs tous lisant le journal. L'attirail de peintre casé tant bien que mal dans le filet, les deux amis s'insinuèrent sur la banquette. Leurs voisins, plongés dans leur lecture, affectaient d'ignorer les nouveaux venus qui échangeaient des regards signifiant : « On ne va pas rigoler ! » Lhote eut l'idée de répéter une plaisanterie commencée au buffet de la gare où Renoir distrait avait mangé la dernière tranche de pain brioché, ne laissant rien à Lhote occupé à converser avec la caissière. A cette époque on traitait de « Suisse » les gens qui buvaient seuls, s'amusaient seuls, bref ne partageaient pas. Sans doute une allusion à la neutralité de la nation helvétique. Lhote, frustré de son petit déjeuner, avait traité Renoir de « sale Suisse ». Dans l'espoir de dérider ses sévères voisins il lança un nouveau : « Va donc, eh sale Suisse ! » L'effet ne répondit pas aux espoirs du joyeux plaisantin. Des regards froids comme glace émergèrent de derrière les journaux, disséquant le pauvre Lhote comme s'il eût été un insecte. Mon père remarqua soudain que le journal que lisaient ces messieurs était *La Gazette de Lausanne*. Pour prévenir son ami que sa myopie empêchait de discerner ce détail, il lui donna un discret coup de pied dans le tibia. Lhote prit ce geste pour une continuation du jeu et reprit joyeusement : « Va donc, eh sale Suisse ! » l'accompagnant de grimaces d'autant plus éloquentes que les coups de pied avertisseurs devenaient plus violents. Finalement, l'un des messieurs s'adressa à Renoir. « Ne vous inquiétez pas, nous ne sommes pas suisses ! » C'étaient des fabricants de montres de la région de Besançon. « C'est peut-être l'horlogerie qui nous donne un petit air genevois », ajouta son voisin. La conversation devint générale, roulant sur les montres plates, et les épaisses, les rubis, les échappements ; à la fin de la journée mon père n'ignorait plus rien de l'horlogerie. « Des gens charmants, de vrais bourgeois du XVIIIe siècle. »

Souvent Renoir interrompait brusquement son récit et restait un instant silencieux. L'ombre gagnait l'atelier du boulevard Rochechouart, favorisant son voyage dans le passé. Je profitais de cette pause pour le lever en le soutenant, tandis que la grand-Louise regonflait son « rond » de caoutchouc. Puis, avec d'infinies précautions, on le rasseyait en essayant de trouver la bonne position. « Le caoutchouc, quelle sale matière !... Donne-moi une cigarette. » Il en tirait quelques bouffées et la laissait s'éteindre. Ce n'était pas un vrai fumeur. Il n'avalait pas la fumée et n'aimait pas les cigarettes de luxe qui « brûlent toutes seules. Tu la laisses tomber, tu l'oublies et tu brûles un tapis de Boukhara ». Je suppose que si le tapis imaginaire avait été de la moquette au mètre, Renoir aurait été moins frappé par l'accident. Bien que son respect des choses, même laides, égalât son respect pour les humains et les animaux, « même mal fichus ».

Un soir, il regardait rêveusement une boîte de biscuits sur laquelle l'usine où on les fabriquait était représentée. « Bien sûr les bourgeois sont responsables de la laideur des villes modernes. Leur âpreté au gain détruit tout. Nous leur devons un monde de cheminées et de taudis. Mais c'est peut-être l'homme lui-même et pas seulement une classe qui traverse une sale période. Après tout, des quantités de bourgeois sont des parvenus. S'ils n'avaient pas été plus malins que les autres ils seraient restés pauvres. C'est donc l'argent qui pousse à construire l'Opéra et à acheter des Jean-Paul Laurens [1]. » Il me cita une conversation tenue pendant un déjeuner avec Clemenceau, Geffroy et quelques « littérateurs ». Tous tapaient sur les bourgeois. Mon père leur dit : « Nous ne sommes pas des aristocrates puisque nous ne portons pas un titre

1. Peintre d'histoire (1838-1921). Ses tableaux sont d'un style résolument académique.

héréditaire. Nous ne sommes pas des ouvriers, puisque nous ne travaillons pas de nos mains. Que sommes-nous donc, sinon des bourgeois ? » Geffroy répondit : « Nous sommes des intellectuels ! » Renoir fut choqué. Ce terme proclamant cyniquement la supériorité de l'*homo sapiens* sur l'*homo faber* rendait un son insupportable à ses oreilles. « J'aime encore mieux être un bourgeois », dit-il à la consternation des autres convives. « Mais, ajouta-t-il, après tout je travaille de mes mains. Je suis donc un ouvrier. Un ouvrier de la peinture. »

Sa cigarette lui rappela une plaisanterie qui le ravissait et qui rentre mieux dans le cadre de ses voyages : « J'étais en Espagne, encore tout guilleret de ma visite aux Vélasquez. J'entrai dans une boutique pour acheter des cigarettes. Un superbe hidalgo était en train de choisir un cigare. Ne parlant pas l'espagnol, je ne pouvais saisir que deux mots de sa conversation. Ces deux mots revenaient constamment et étaient *colorado* et *claro*. Ce fut pour moi une révélation. Coloré et clair, j'avais trouvé le secret de Vélasquez ! »

J'essayai de pousser la conversation sur le terrain de l'art. Je ne devais visiter moi-même l'Italie que bien plus tard, mais j'en avais une certaine connaissance par les reproductions. Mon père restait sourd à mes insinuations : « La peinture, ça ne se raconte pas, ça se regarde. Ça te fera une belle jambe quand je t'aurai dit que les courtisanes de Titien donnent envie de les caresser. Un jour tu iras toi-même voir les Titien et, si ça ne te fait aucun effet, c'est que tu ne comprends rien à la peinture. Et ça, ce n'est pas moi qui le changerai ! » Il disait aussi, apparente contradiction avec la déclaration précédente : « La peinture ça ne se regarde pas. On vit avec. Tu as un petit tableau chez toi. Tu ne le regardes que rarement, et surtout jamais en l'analysant. Et il devient une partie de ta vie. Il agit à la manière d'un talisman. Les musées ne sont qu'un pis-aller. Comment veux-tu t'exciter sur un tableau au milieu de vingt visiteurs qui susurrent des âneries ? En allant très tôt le matin, on a une petite chance ! »

Rarement son humeur le portait à formuler un jugement. Quand cela lui arrivait, c'était en termes plus que clairs : « Léonard de Vinci m'embête. Il aurait dû se cantonner à ses machines volantes. Ses apôtres et son Christ sont sentimentaux. Je suis bien tranquille que ces braves pêcheurs juifs savaient risquer leur peau pour leur foi sans se croire obligés de faire des yeux de merlan frit ! » Par contre à Franz Jourdain, l'architecte de la Samaritaine, qui lui demandait s'il aimait mieux Rembrandt que Rubens, il répondit : « Je ne décerne pas de palmes. »

De nombreux ouvrages ont été écrits sur les voyages de Renoir en Italie. Certains très documentés. L'impression que je retire de nos entretiens est que son enthousiasme du départ pour l'art italien de la Renaissance alla en déclinant, tandis que son admiration pour le peuple italien contemporain augmenta au fur et à mesure qu'il le connaissait mieux. « La noblesse dans la misère, des gens qui savent labourer un champ avec des gestes d'empereur ! » Et, par le truchement de ces empereurs, il pénétrait intimement l'art qui les exprime le plus complètement, celui des primitifs, « une fresque dans une église de village, d'un inconnu, annonciateur de Cimabué ou de Giotto, une colonnade du XIIe siècle, le toit modeste d'un couvent ayant abrité quelque disciple de saint François. Pour moi, l'Italie, ce sont les *Fioretti*, et pas les exagérations théâtrales ! Non plus ces stupides empereurs romains ! ».

Il aima particulièrement les gens du Sud. « Peut-être parce qu'en arrivant à Naples, je commençais à saisir quelques mots. » Dans cette ville il eut la révélation artistique « qui justifiait tout le voyage ». Ce furent les peintures de Pompéi exposées au musée de Naples. « J'étais fatigué de l'habileté des Michel-Ange et des Bernin ; trop de drapés, trop de plis, trop de muscles ! Ce que j'aime en peinture, c'est quand ça a l'air éternel... mais sans le dire ; une éternité de tous les jours saisie au coin de la prochaine rue ; la servante s'interrompant un instant de récurer les casseroles et devenant Junon dans son Olympe ! » Dans les personnages des fresques miraculeusement préservées, il retrouvait les pêcheurs et les marchands de poisson de Sorrente. « Les Italiens n'ont eu aucun mérite à faire de la grande peinture. Ils n'avaient qu'à regarder autour d'eux. Les rues italiennes sont bourrées de dieux païens et de personnages de la Bible. Chaque femme qui allaite un enfant est une Vierge de Raphaël ! » Il revenait souvent sur cette dernière impression, s'attendrissant sur la rondeur d'un sein brun et sur la petite main potelée qui le tripotait. Les peintures de Pompéi le frappaient pour bien d'autres raisons. « Ils ne s'embarrassaient pas de théories. Pas de recherches de volumes, et les volumes y sont. Et ils savaient faire riche avec si peu ! » La simplicité de la palette de ces peintres l'émerveillait. Des terres, des couleurs végétales, assez ternes, employées isolément, mais brillantes par contraste. « Et on sent qu'il ne s'agissait pas de pondre le chef-d'œuvre. Un commerçant ou une courtisane faisait décorer sa maison ; le peintre essayait honnêtement de mettre un peu de gaieté sur un mur nu — et voilà tout ! Pas de génie ! Pas d'états d'âme ! »

Nous savons que Renoir, en avançant en âge et en

connaissance, devait simplifier sa palette. C'est probablement à Naples, devant les peintures de Pompéi, que
ce mouvement commença.

« L'inconvénient de l'Italie, me dit-il un jour, c'est
que c'est trop beau. Pourquoi peindre quand on a tant
de plaisir à regarder ? » Il réfléchissait : « Dommage
que je sois vieux et malade. Maintenant, je pourrais
peindre en Italie, ou en Grèce, ou à Alger. J'en sais
assez pour cela. Pour résister à ce qui est trop beau, ne
pas se laisser boulotter, il faut connaître son métier. »
Je suivais sa pensée sur son visage émacié, drôlement
penché de côté, ce qui donnait un pli à la barbe. Dans
ses yeux, on sentait son amusement à bâtir et démolir
les déclarations : « D'ailleurs, une pomme sur ce coin
de table suffit très bien. Cézanne a fait des chefs-
d'œuvre avec une pomme et avec des modèles dont je
ne voudrais pas pour nettoyer la cour ! » Le jeu
continuait dans son esprit. « Pourtant, on a peint en
Italie mieux qu'ailleurs et, maintenant, on peint à
Paris mieux qu'ailleurs. C'est peut-être dans l'air ! » Il
balayait cette idée d'un geste de sa main déformée.
« Non ! ce sont les amateurs qui font la peinture. La
peinture française est l'œuvre de M. Choquet. Et la
peinture italienne est l'œuvre de quelques Borgia,
Médicis et autres tyrans que Dieu avait gratifiés du
goût de la couleur ! »

Renoir, à Naples, habitait une petite auberge fré-
quentée surtout par des ecclésiastiques. « A table,
autour du plat de spaghetti à la tomate, j'étais le seul à
ne pas être en noir. » Il avait de grandes discussions
théologiques avec son voisin, un curé maigre au nez
énorme. Mon père, suivant la tradition française de
Pascal et des jansénistes, défendait l'idée de la grâce
absolue. « Pour peindre *Les Noces de Cana,* il faut la
grâce, aussi bien que pour peindre ces fresques préser-

vées sous la cendre par la bienveillance divine. » Le prêtre répondait que les auteurs des fresques de Pompéi ne pouvaient pas avoir la grâce puisqu'ils étaient païens. Pour prouver à mon père que la grâce était l'œuvre de l'homme, cet Italien spirituel et paradoxal lui raconta l'histoire de saint Janvier et du général Championnet. La voici en deux mots. Saint Janvier est non seulement le patron et protecteur de Naples, mais il donne clairement son avis sur les grands événements qui intéressent les destinées de la ville, et cela deux fois par an, en mai et en septembre. Un peu de sang recueilli après sa décapitation est conservé dans deux ampoules déposées dans une chapelle de la cathédrale. Ce sang se liquéfie si saint Janvier est d'accord et reste figé s'il désapprouve.

Le général Championnet avait conquis Naples en 1799, quelques jours avant le temps du miracle. Il soupçonnait fort le clergé napolitain de vouloir mobiliser le saint contre les Français révolutionnaires et mécréants. En effet, au jour dit, un peuple immense était rassemblé dans la cathédrale et le sang du martyr restait coagulé. Des cris hostiles, des menaces de mort commençaient à se faire entendre. Un soulèvement populaire était imminent. Championnet fit dire à l'évêque que, si le miracle ne se produisait pas, il aurait le regret de le faire fusiller. Aussitôt le sang se liquéfia et les Napolitains acclamèrent les Français.

Le prêtre en question était calabrais et ses descriptions de son pays donnèrent à Renoir l'envie de le visiter. Il partit, muni d'une lettre de recommandation de l'évêque que lui avait procurée son ami. A cette époque les chemins de fer et routes étaient rares en Calabre. Mon père fit le voyage en partie sur une barque de pêcheurs, de petit port à petit port, en partie à pied. La lettre de l'évêque lui ouvrait tous les presbytères. Souvent, le curé qui n'avait qu'un grabat le lui cédait et allait coucher sur la paille avec son âne. La pauvreté de la région était impressionnante. Mais c'était à qui recevrait le voyageur. Les repas étaient plus que simples. Dans certains villages les gens vivaient uniquement de haricots, ignorant même les pâtes, ce plat que les étrangers croient si abondant dans l'Italie du Sud. Il arriva plusieurs fois à Renoir de se trouver devant des cours d'eau gonflés par les pluies et que l'absence de pont rendait difficilement franchissables. Un jour, une paysanne, voyant son embarras, appela d'autres femmes qui travaillaient dans les champs. Elles accoururent en riant, une vingtaine, entourant Renoir, lui expliquant en un calabrais volubile des choses qu'il ne comprenait pas. Finalement, elles entrèrent dans la rivière, se saisirent de mon père et de son bagage, et se le renvoyant de l'une à l'autre à la façon d'un ballon de rugby, le passèrent sur l'autre rive. Il faisait de son mieux pour répondre à ces générosités. Il n'avait pas beaucoup d'argent, mais pour ces villageois qui vivaient presque uniquement d'échanges la moindre pièce de monnaie était une rareté. Ce qu'ils aimaient le mieux, c'était qu'il fasse le portait du *bambino*. Dans un village montagnard, Renoir refit les fresques de l'église détruites par l'humidité. « Je ne connaissais pas grand-chose à la fresque. Chez le maçon du village je trouvai quelques poudres de couleur. Je me demande si ça a tenu ! » Je voulais savoir s'il n'avait pas rencontré quelques-uns des célèbres bandits calabrais. « Je les ai ratés », me dit-il. Il se refusait à croire que ces hors-la-loi aient pu être féroces. « Tous les Calabrais que j'ai rencontrés étaient généreux, et si gais dans leur misère. C'est à se demander si ça vaut la peine de gagner de l'argent ! »

« En Algérie, j'ai découvert le blanc. » Mon père

réussissait admirablement à me faire comprendre cette ivresse des yeux que je devais éprouver moi-même plus tard au cours de mes séjours en Afrique du Nord. « Tout est blanc, les burnous, les murs, les minarets, la route. Là-dessus le vert des orangers et le gris des figuiers. » Il s'extasiait sur la démarche et le vêtement des femmes, « assez malignes pour savoir la valeur du mystère. Dans un visage voilé, un œil entrevu devient admirable ». Je comprenais peu à peu que la constante aspiration de Renoir était vers un monde d'aristocrates et que cette aristocratie, il la trouvait de moins en moins chez ses compatriotes d'Occident. « La démarche d'une femme arabe portant une cruche sur la tête ! C'est Ruth se rendant à la fontaine. » Il peignit peu en Algérie, plus préoccupé de regarder un monde que les soi-disant civilisés s'employaient à détruire. « S'il n'y avait que les usines, les tramways et les bureaux, ça irait à la rigueur. Il reste des bergers dans la montagne qui ont encore l'allure de princes des Mille et Une Nuits. Le pire c'est qu'on leur apprend l'art arabe, on leur envoie des spécialistes du tapis, des théoriciens de la céramique ! » Renoir rêvait d'un monde dans lequel les animaux et les plantes n'eussent pas été déformés pour les besoins de l'homme, et l'homme pas diminué par des besognes ou des habitudes avilissantes. « Être mendiant n'est pas dégradant ; vendre ou acheter des actions de Suez l'est ! » Pour lui, le comble de la bassesse était l'accoutrement des Occidentaux. Le faux col, surtout, provoquait ses sarcasmes. L'idée invraisemblable de s'enfermer le cou dans un cylindre rigide était pour lui le symbole parfait de la vanité des « gens comme il faut ». Il rattachait cette mode au « sens destructif de la sécurité des sociétés modernes. On se monte le cou, et ça va avec les assurances. » Par assurances, il entendait réellement les compagnies

254

d'assurances, champignons monstrueux de la société moderne. Il se demandait si la noblesse des Arabes ne venait pas de leur insouciance du lendemain. Un autre facteur de cette allure résidait dans le sens de l'égalité qu'ont les Musulmans, une égalité difficile à expliquer puisqu'elle ne réside pas dans l'équilibre des situations ni des fortunes. Elle tient plutôt à la satisfaction d'appartenir à une religion privilégiée. Il avait plusieurs fois été le témoin de conversations entre un Musulman fortuné et un loqueteux. « Haroun-al-Rachid s'entretenant avec un mendiant; il sait bien qu'au regard d'Allah, il ne vaut pas plus ! » Plus tard, je devais vérifier l'exactitude de ces impressions. Ce qui ressortait de nos conversations était, une fois de plus, la conviction que nos étiquettes ne recouvrent pas forcément la vraie marchandise. Notre égalité cache des inégalités flagrantes, et l'inégalité des Arabes recouvre parfois un sens réel de fraternité.

Je ne sais pas où était Renoir lorsque la pensée d'Aline Charigot recommença à le « turlupiner ». Chaque matin lui apportait la conviction que le monde sans elle n'était pas complet. Il lui écrivit et rentra. Elle l'attendait à la gare. Ils ne devaient plus jamais se quitter.

Ma mère apporta beaucoup à mon père : la paix de l'esprit, des enfants qu'il pouvait peindre, et un bon prétexte pour ne plus sortir le soir. « Elle me permettait de réfléchir. Elle savait maintenir autour de moi une activité qui allait avec mes préoccupations. » Ces préoccupations étaient grandes. C'était tout l'impressionnisme mis en question. C'étaient les essais de contours précis au crayon fin, définissant les formes, « comme Monsieur Ingres », alternant avec les épaisses applications de couleur, l'emploi du couteau, puis, subitement, peut-être le même jour, un délicat lavis couvrant à peine la toile à la façon d'une aquarelle !

Au début, le ménage s'installa dans l'atelier de la rue Saint-Georges. Mme Charigot s'offrit à tenir la maison. Ma mère accepta craignant de ne pas être à la hauteur. Son métier de couturière ne lui avait guère laissé le temps d'apprendre à faire la cuisine. Au contraire, ma grand-mère était experte dans la confection de « petits plats ». Au début tout alla bien. Renoir se régalait des soufflés, blanquettes de veau, crèmes renversées de sa belle-mère. Il eût préféré une nourriture plus « paysanne », mais était sensible aux raffinements de la bonne dame. Malheureusement, en même temps que ses talents culinaires, elle ne pouvait s'empêcher de prodiguer les marques de son caractère insupportable. « Vous ne reprenez pas de blanquette de veau ? Vous voudriez peut-être du foie gras ! » Les allusions aux difficultés financières de son gendre pleuvaient. « Ça crève de faim et ça veut du foie gras ! » Parfois préoccupé, il se levait de table et allait noter quelque chose d'un trait de fusain : « Et ça se dit bien élevé ! » Ma mère se contentait de montrer la porte de la cuisine d'un air menaçant. La vieille dame prenait son assiette et allait manger toute seule près du fourneau. Renoir n'avait rien vu de la scène, et Aline Charigot en était quitte pour acheter des marrons glacés à ma grand-mère qui en était folle. C'est d'ailleurs cette dernière qui m'a raconté l'histoire, ajoutant : « Si j'avais été malhonnête, j'aurais eu des marrons glacés tous les jours. »

Mon père voulait faire partager à sa femme son enthousiasme pour l'Italie. Ils visitèrent la Sicile. Renoir perdit son portefeuille. En attendant que Durand-Ruel pût les ravitailler ils vécurent chez des paysans aux environs d'Agrigente. Ma mère aidait

256

leurs hôtes aux travaux des champs. Quand l'argent arriva elle essaya de leur faire accepter une rémunération. Ils s'en offensèrent. Renoir et sa femme n'étaient pas doués pour les langues et tout se passait par gestes. Finalement ma mère eut l'idée de donner à la bonne fermière une médaille de la Vierge qu'elle portait au cou. On se sépara dans « des torrents de larmes » !

Un peu avant la naissance de mon frère Pierre, ma mère conseilla à Renoir de prendre un appartement séparé de son atelier. « Comme cela, le nouveau-né pourrait piailler tout à son aise. » Elle trouva quatre pièces et une grande cuisine rue Houdon, un atelier rue de l'Élysée-des-Beaux-Arts, et un petit logement pour sa mère sur la Butte, « à bonne distance de marche ». C'est la fille aînée de Mme Camille, la crémière de la rue Saint-Georges, qui l'avait aidée à « dégotter » ce logement. Pour se consoler de ne pas avoir gagné Renoir elle avait jeté son dévolu sur un marchand de chaussures du haut de la rue Lepic et trônait dans une belle boutique. Sa sœur avait épousé un horloger dont je me souviens très bien, M. Mahon, installé dans une rue près de l'Élysée. Je vois nettement ce patient amoureux des montres penché sur un établi, sa loupe fixée sous l'arcade sourcilière comme un appendice. Pendant des années nos montres furent signées Mahon.

Ma mère ne voulait pas que Mme Charigot joue « à pouponner et rende le petit gâteux ». Elle craignait surtout la manie de secouer un bébé dès qu'il pleure. Elle considérait que la faiblesse vis-à-vis des enfants est un crime ; en tout cas un mauvais service à leur rendre. « C'est bien agréable de céder à un caprice, mais que de déceptions on leur prépare dans la vie. » Renoir, lui, regrettait de ne pas pouvoir installer le gosse dans un enclos comme un petit cheval et le

257

laisser grandir tout seul. Il reconnaissait bien vite le côté utopique de cette proposition. « Avec notre hérédité de rhumatismes, bronchites, anémies et constipations, on mourrait dans la nature. Il nous faut des couvertures de laine et la tétée à heures réguliè-res. » Il pensait à une pneumonie dont il avait failli mourir en 1882 et dont l'avaient tiré le docteur Gachet, le collectionneur d'Auvers-sur-Oise, et surtout les soins affectueux de sa future femme assistée de la bonne crémière et de ses deux filles.

Voici quelques extraits de notes trouvées dans ses papiers. Elles expriment avec force sa foi inébranlable dans la nécessité de « l'observation amoureuse de la nature ». Elles sont aussi peut-être son dernier hom-mage à l'impressionnisme. Elles étaient destinées à la préparation d'une *Grammaire à l'usage de jeunes architec-tes*. Nous savons que Renoir considérait la laideur des bâtiments de la fin du XIXᵉ siècle, la vulgarité des objets d'usage courant, comme un danger plus grand que les guerres. « On s'y habitue, on ne voit plus que c'est laid. Quand on y sera tout à fait habitués, ce sera la fin d'une civilisation qui nous avait donné le Parthénon et la cathédrale de Rouen. Les hommes se suicideront d'ennui ou s'entre-tueront pour le plaisir ! »

Notes d'Auguste Renoir

— Tout ce que j'appelle grammaire ou premières notions de l'art se résume en un seul mot : irrégularité.

— La terre n'est pas ronde. Une orange n'est pas ronde. Aucun de ses quartiers n'a ni la même forme ni le même poids. Ouvrez ces quartiers, ils n'auront pas la même quantité de pépins, et ces pépins ne se ressembleront pas.

— Une feuille d'arbre... prenez-en cent mille autres de la même espèce, du même arbre, pas une ne se ressemblera.

— Voici une colonne... que je la régularise au compas... elle aura perdu le principe vital.

— Expliquer l'irrégularité dans la régularité... la valeur de la régularité de l'œil... la non-valeur de la régularité du compas.

— Il est convenu de s'aplatir devant les beautés (évidentes) de l'art grec. Le reste ne vaut rien. Quelle farce ! C'est comme si vous me disiez qu'une brune est plus jolie qu'une blonde et vice versa.

— Ne pas restaurer mais refaire les parties abîmées.

— Ne pas croire qu'on peut refaire une autre époque.

— L'artiste qui usera le moins de ce que l'on nomme l'imagination sera le plus grand.

— Pour être un artiste il faut apprendre à connaître les lois de la nature.

— La seule récompense que l'on devrait offrir à un artiste, c'est de lui acheter ses œuvres.

— Un artiste doit manger peu et renoncer à la vie des autres.

— Delacroix n'a jamais eu de prix !

— Comment se fait-il qu'aux époques dites barbares l'art ait été compris et qu'à notre époque de progrès ce soit le contraire ?

— L'art est-il devenu une chose inutile ?... n'est-ce pas la mort prochaine ?... un peuple ne perd pas seulement un côté ou une parcelle de sa valeur. Tout finit en même temps.

— ... Si l'art est superflu, pourquoi en faire la charge ou le semblant... je ne veux que le confortable. Alors je me fais faire des meubles en bois brut, une maison sans ornement... le strict nécessaire... Si je pouvais arriver à ce résultat, je serais un homme de goût. Mais ce rêve de simplicité est presque irréalisable.

— La raison de cette décadence est que l'œil a perdu l'habitude de voir.

— Les artistes existent. On ne sait pas les trouver. Un artiste ne peut rien si celui qui le fait produire est un aveugle... C'est l'œil du jouisseur que je veux ouvrir.

— N'est pas jouisseur qui veut.

— Il y en a qui ne deviennent jamais jouisseurs malgré tout le mal qu'ils se donnent.

— On avait donné un tableau de maître à un de mes amis,

enchanté d'avoir ce tableau incontesté dans son salon, le faisant admirer à tout venant. Un jour il accourt chez moi... il était au comble de la joie. Il m'avoua naïvement que ce matin-là seulement il avait compris pourquoi le tableau était beau ; que jusqu'à présent il n'avait fait que suivre la foule en admirant la signature. Mon ami venait de devenir jouisseur.

— ... Il est impossible de faire à une époque ce que l'on a fait à une autre. Les vues ne sont pas les mêmes, les idées, les outils, les besoins, la touche des peintres...

— Un monsieur, riche depuis peu, veut avoir un château. Il s'informe du style le plus à la mode. C'est le Louis XIII. Allons-y ! Naturellement, il trouve un architecte pour lui faire du faux Louis XIII. Qui est à blâmer ?

— Pour avoir un beau palais il faut en être digne.

— C'est l'amateur qu'il faut instruire. C'est à lui qu'il faut donner des médailles... et non à l'artiste qui s'en moque.

— Les peintres sur porcelaine ne travaillent que d'après des ouvrages... pas un ne pensera à regarder le serin qu'il a dans sa cage, pour voir comment ses pattes sont faites.

— On devrait créer des auberges bon marché, dans des endroits luxuriants, pour les décorateurs. Je dis auberges. Si vous voulez, écoles, mais sans professeur. Je ne veux pas qu'on nettoie mon élève plus que je ne le veux pour mon jardin.

— Il faut que les jeunes gens s'habituent à voir par eux-mêmes et sans demander avis.

— Regardez la manière dont les Japonais ont peint les oiseaux et les poissons... Le système est bien simple. Ils se sont assis dans la campagne et ont regardé longtemps voler les oiseaux. A force de les regarder ils ont fini par en comprendre les mouvements ; de même des poissons.

— Regardez sans crainte les grands maîtres des belles époques. Ils ont créé l'irrégularité dans la régularité... Saint-Marc : régulier dans son ensemble ; pas un détail pareil.

— Un artiste, sous peine de néant, doit avoir confiance en lui-même et n'écouter que son vrai maître, la nature.

— Plus vous prendrez de bons outils, plus votre sculpture sera ennuyeuse...

— Les Japonais ont encore cette simplicité d'existence qui leur donne le temps de sortir, de contempler. Ils regardent encore avec passion un brin d'herbe, le vol des oiseaux, les mouvements merveilleux des poissons, et ils rentrent chez eux pleins de jolies idées qu'ils mettent sans peine sur l'objet qu'ils ont à décorer.

— Pour se faire une idée de la décadence, vous n'avez qu'à aller prendre un bock sur le boulevard et regarder les gens qui passent. Rien de plus comique. Et les magistrats à favoris ! Peut-on regarder un monsieur tatoué de la sorte sans crever de rire.

— Les catholiques, qui, comme tous les autres, sont tombés dans le ruolz et dans les statues de la rue Bonaparte... vous répéterons que hors la religion catholique il n'y a pas de salut. N'en croyez pas un mot. La religion est partout. Elle est dans l'esprit, dans le cœur et dans l'amour que vous mettez dans ce que vous faites.

— Ne pensez pas à faire fortune, par exemple ! Quand vous auriez cette fortune vous vous ennuieriez à mort !

— Je crois être plus près de Dieu en m'humiliant devant cette splendeur (de la nature), en acceptant le rôle qu'il m'a été donné de jouer, en honorant cette majesté sans aucun intérêt et surtout sans rien demander, persuadé que le créateur de tout n'a rien oublié.

— Je crois donc sans vouloir comprendre. Je ne veux donner aucun nom et surtout pas le nom de Dieu à des statues ou à des peintures, car il est au-dessus de tout ce qui est connu. Tout ce qui se fait dans ce sens est à mon humble avis : *un faux*.

— ... Les malades et les infirmes devraient être nourris sans avoir à mendier dans un pays comme la France.

— Allez voir les productions des autres, mais ne jamais copier que sur nature. Vous voudriez entrer dans un tempérament qui n'est pas le vôtre et rien de ce que vous feriez n'aurait de caractère.

— Le plus grand ennemi de l'ouvrier et de l'artiste industriel est certainement la machine.

— L'architecte moderne est en général le plus grand ennemi de l'art.

— Nous jouissons de la renommée de nos anciens maîtres, de la quantité innombrable d'œuvres d'art qu'a produites ce merveilleux pays... mais il ne faut pas faire comme ces nobles qui ne sont quelque chose que par leurs ancêtres et dépensent leurs derniers sous à se faire appeler monsieur le baron par les garçons de café, ce qui leur coûte vingt francs chaque fois !

— Puisque vous aimez la République, pourquoi est-ce que je ne vois pas des républiques aussi belles que les Minerves des Grecs? Vous l'aimez donc moins que les anciens leurs dieux?

— Il y a des gens qui croient qu'on fait impunément du Moyen Age, de la Renaissance... On ne sait que copier, voilà le mot d'ordre. Et quand cette petite fête a assez duré, allez donc voir la source. Vous verrez comme on en est loin!

— Dieu, le roi des artistes, était un maladroit.

— Non seulement je ne veux pas qu'un chapiteau ressemble à un autre chapiteau, mais je veux que ce chapiteau ne se ressemble pas à lui-même, ne soit pas d'ensemble, comme ne le sont pas les têtes, les pieds et les mains que Dieu a créés. Je ne veux pas qu'une colonne soit plus ronde qu'un arbre n'est rond.

— Je suis donc obligé de dire aux jeunes gens : brisez vos compas, sans cela pas d'art.

— Regardez les grands maîtres des époques passées... Ils savaient qu'il y a deux régularités : celle de l'œil et celle du compas. Ils ont rejeté celle du compas.

— Je propose la création d'une société... Cette société prendra le titre de Société des Irréguliers... L'irrégulier doit savoir qu'un rond ne doit jamais être rond.

Les principes posés dans ces notes portent la marque indéniable de l'éternité et sont exprimés avec une simple logique qui les met à la portée de tout le monde. Le dilemme est dans l'application de ces principes. Plus tard Renoir devait me dire qu'en politique comme en art, souvent les pires adversaires sont d'accord sur les théories. Là où la guerre éclate, c'est quand on passe à la pratique. Ici, Renoir prône l'enseignement des maîtres, mais recommande de ne pas les copier. Seule la nature doit être copiée. C'est l'impressionnisme. Bientôt il reviendra à la modeste attitude de sa jeunesse, à savoir que pour bien absorber l'enseignement des maîtres il faut les copier. Perception directe contre tradition, question de méthode et non pas de principe, sur laquelle vient se greffer la question du travail sur nature contre le travail en atelier. Finalement on en arrive à la grande question, la plus grave, celle de la présence de l'artiste dans l'œuvre d'art. Je m'excuse de me répéter, mais ce sont les problèmes qui tourmentaient mon père comme ils tourmentent, ont tourmenté et tourmenteront la plupart des créateurs. Ce tourment chez Renoir cessait d'ailleurs dès qu'il était devant son chevalet.

Monet le comparait à un duelliste timide, qui sent toutes ses craintes s'évanouir dès le moment où il se trouve l'épée à la main en face de son adversaire. A propos de copier les maîtres j'ai devant les yeux un petit paysage de Corot... par Renoir. Cette copie est une œuvre délicieuse et qui ouvre des horizons infinis sur la question de l'imitation des maîtres. Ce que nous y discernons à travers les arbres gris et le ciel léger est assez précisément un portrait de Corot par son humble admirateur. Mon père dans cet exercice sans prétention affirme la grande vérité que sa modestie se refuse à reconnaître dans ses notes : à savoir que l'œuvre d'art est l'expression candide et souvent inconsciente de la personnalité de son auteur. A la fin de sa vie, lorsque mon jeune frère et moi faisions de la céramique sous sa direction, il nous parlait des erreurs de l'art moderne qui cherchait à copier la nature sans la digérer. Il nous citait la maladresse des entrées du métro parisien, inspirées directement de lianes ou de fleurs, en opposition aux tapis persans, magnifiques de stylisation, aux assiettes de Delft imitées des Chinois. Il nous rappelait que Cézanne avait peint ses bouquets d'après des fleurs artificielles. Il était bien obligé d'admettre que le génie existe. « Il y a des peuples, des groupes, des individus qui ont la petite étincelle. Ils nous en communiquent la chaleur, peu importe le prétexte. » Il restait songeur en considérant un plat d'Urbino accroché au mur. « L'ennui c'est que si l'artiste sait qu'il a du génie, il est foutu ! Le salut c'est de travailler comme un ouvrier et ne pas se monter le cou. »

Je pourrais citer à l'infini des déclarations de Renoir tendant à affirmer, soit sa soumission aux impressions directes, soit son respect des règles classiques et du travail en atelier. Si l'on en croyait ses déclarations, on le prendrait tantôt pour un impressionniste impénitent, décidé à suivre la même ligne que son ami Claude Monet, tantôt pour un classique intransigeant, disciple entêté de M. Ingres. Le projet de fondation de la Société des Irréguliers, sur lequel il revint plusieurs fois, pose avec grandeur les éléments éternels du credo de Renoir. Dans le détail de l'application il représente la première tendance, celle de l'impressionnisme. La préface du livre de Mottez sur Cennino Cennini, écrite à la fin de la vie de mon père, représente moins sincèrement la seconde, celle du classicisme. Après son retour d'Italie, son mariage et son entrée dans la vie de famille, cette seconde tendance semble gagner dans ses propos et dans ses œuvres. Une chose certaine, c'est que dans ses périodes les plus diverses le monde extérieur et aussi les moyens techniques vers lesquels son inlassable curiosité l'attirait jouèrent un rôle immense dans son procédé de création.

Renoir reconnaissait la nécessité dans le monde moderne de la répartition du travail entre spécialistes, mais il ne l'acceptait pas pour lui. On a mal aux pieds, on appelle un pédicure ; mal aux dents, on voit le dentiste ; le cafard ? on se déboutonne chez un psychanalyste. Dans les usines un ouvrier visse des boulons, un autre règle des carburateurs, tel fermier fait pousser des pommes, rien que des pommes, et un autre fait pousser du blé. Le rendement est magnifique. Des millions de carburateurs, de quintaux de blé. Les pommes sont grosses comme des melons. On supplée aux qualités nutritives, parties avec le gigantisme, par l'absorption de vitamines appropriées. Et ça marche très bien. Les hommes mangent plus, vont plus au cinéma, se saoulent plus souvent. La durée de la vie humaine augmente et les femmes accouchent sans douleur. Toute l'œuvre de Renoir, chargée de vitamines naturelles, est un cri de protestation contre ce système et sa vie l'était aussi.

Le monde de Renoir est un tout. Le rouge des coquelicots détermine l'attitude de la jeune femme à l'ombrelle. Le bleu du ciel s'appuie fraternellement sur la peau de mouton du jeune berger. Ses tableaux sont des démonstrations d'égalité. Les fonds ont autant d'importance que les avant-plans. Ce ne sont pas des fleurs, des visages, des montagnes placés les uns à côté des autres. C'est un ensemble d'éléments qui ne font qu'un, amalgamés par un amour plus fort que leurs différences. Quand on évoque Renoir on en revient toujours là. Dans son monde l'esprit se dégage de la matière, non pas en l'ignorant mais en la pénétrant. La fleur de tilleul et l'abeille qui s'en enivre suivent le même courant que le sang qui circule sous la peau de la jeune fille assise dans l'herbe. C'est le courant que suit aussi le fameux « bouchon » que nous connaissons bien. Le monde est un. Ce tilleul, ces abeilles, cette jeune fille, cette lumière et Renoir en font partie au même titre. Et avec eux les océans, les villes, l'aigle sur la montagne, le mineur dans la mine, Aline Charigot allaitant le petit Pierre. Dans cet ensemble compact, chacun de nos gestes, chacune de nos pensées a sa répercussion. L'incendie de la forêt amènera l'inondation. L'arbre transformé en papier, puis en mots, précipitera les hommes vers une guerre, ou vers la connaissance de ce qui est beau et grand. Renoir croyait au mandarin chinois que l'on tue à distance en faisant à Paris le geste inconsciemment meurtrier. Juste avant la guerre de 1914, dans un bistrot de Montparnasse, deux émigrés russes échangent des idées. En 1960 tout le système social, qui semblait pourtant solide, est ébranlé par les conversations de ces deux hommes. Sous les César, bien loin de Rome, un agitateur galiléen est condamné à être crucifié. Et c'est la chute de l'Empire romain, c'est la révolution universelle, c'est le chant grégorien et la cathédrale de Chartres. Comment croire que dans un monde aussi uni que l'intérieur d'un œuf, Renoir ait pu refuser à être témoin, plus, à participer ; qu'il ait pu songer à fermer ses volets, à se planter devant un mur nu et pondre tout seul des tableaux dans lesquels chaque touche de couleur est précisément une affirmation de cette dépendance ? La vérité est que son estomac valait celui de l'autruche. Il digérait tout, le motif, la température, la pression atmosphérique, son rhume de cerveau, sa crampe dans une jambe, ses muscles, ses viscères et ses os, sa faim et, plus tard, ses douleurs. Tout en lui et en dehors de lui, y compris l'enseignement des maîtres, contribuait à donner une forme à son secret et à le partager avec ceux qui veulent bien se donner la peine de regarder sa peinture. Même son intelligence était de la fête, bien qu'il s'en méfiât et la plaçât au-dessous des sens. Quant à la mémoire, il la considérait comme une faculté destructive.

Si nous admettons qu'il existe un absolu englobant tout ce qui est, il nous faut bien croire que la qualité première de cette entité est l'équilibre. Il y a équilibre entre la rotation d'un satellite autour d'une planète inconnue et le soupir de satisfaction amoureuse d'une jeune fille, entre l'holocauste des abattoirs et quelques notes de Mozart, entre la migration des cigognes et une opération de mathématique pure, entre la fission de l'atome et l'extase de saint François d'Assise. Quelques grands hommes ont frôlé l'état d'équilibre entre la matière et l'esprit et approché du point où la connaissance aiguë de la matière permet d'échapper à la matière. Pas tout à fait, sinon nous sortirions de l'humain. Nous rééditerions l'aventure de Lucifer. C'est ce qu'ont essayé pas mal d'intellectuels qui se sont cassé la figure pour avoir oublié que nous sommes faits d'un peu de boue. Renoir disait qu'il y a des gens qui préfèrent la masturbation à l'accouplement. Chez lui tous les prétextes extérieurs se combinaient pour donner le départ au mécanisme de la création, et parmi ces prétextes il faut admettre les préoccupations techniques. J'en reviens à la question de ses théories dont je me suis écarté par des digressions que je ne regrette pas. Ces théories lui servaient aussi de tremplin, et aussi ses constants essais techniques. Cherchait-il à obtenir par des contrastes une certaine qualité de rouge ? Ou bien, ayant momentanément déclaré la guerre au noir d'ivoire, indiquait-il ses ombres avec du bleu de cobalt ? Cette ombre bleue déterminait la composition de son tableau, voire le motif. Il choisissait tel coin de campagne parce que l'ombre y était bleue, et le message qui finalement se dégage pour nous de ce tableau n'a pas été le moteur initial de l'œuvre, mais bien ce bleu de cobalt.

Pour ajouter à notre connaissance du procédé de création chez Renoir, je cite un de ses mots : « Je ne suis pas Dieu le père. C'est lui qui a créé ce monde que je me contente de copier. » Et pour bien préciser qu'il ne s'agissait pas en réalité de copie au sens strict du mot, il nous racontait l'anecdote d'Apelle. Dans un concours sur l'Acropole, un artiste rival du maître athénien avait présenté un tableau qui semblait devoir surpasser toutes les autres œuvres exposées. Ce tableau représentait des raisins. Et ces raisins étaient si bien imités que les oiseaux du ciel venaient les becqueter, les croyant vrais. Apelle, avec un clin d'œil signifiant : « Vous allez voir ce que vous allez voir », présenta son chef-d'œuvre. « Il est caché derrière cette draperie. » Les juges voulurent soulever la draperie. En vain. C'était elle-même qui était le sujet du tableau.

Je regrette de ne pouvoir reproduire le rire de Renoir à la conclusion de cette histoire. Celle du cordonnier l'amusait moins. Apelle en est aussi le héros. La voici : Pendant les expositions le maître se cachait derrière son tableau pour entendre les critiques. Un cordonnier ayant remarqué que la sandale d'un de ses personnages n'était pas exacte, Apelle se montra, remercia le cordonnier et corrigea le défaut. Le lendemain le même cordonnier trouva la jambe trop maigre. « Cordonnier, lui dit Apelle, tiens-t'en à ta chaussure ! » Renoir ajoutait qu'il était probable que les Grecs ne connaissaient que la peinture murale et la peinture des statues, et que le bon côté de ces histoires est qu'elles étaient de pures inventions de « littérateurs ». Il disait aussi que le jour où les peintres réussiraient à donner l'illusion d'un sous-bois, y compris l'odeur de mousse et le murmure du ruisseau, il n'y aurait plus de peinture. L'amateur au lieu d'acheter le tableau irait se promener dans un vrai sous-bois.

Un peu plus haut j'ai fait allusion à deux réfugiés politiques russes qui devaient faire parler d'eux. Il s'agit de Lénine et de Trotsky. Mon père ne les a pas connus. C'est Gabrielle qui m'en parla souvent. Au début de l'année 1914 elle venait d'épouser Conrad

Slade[1]. Tous deux prenaient leurs repas chez Rosalie, à Montparnasse, que fréquentaient aussi Apollinaire, Modigliani, Picasso, Braque, Jean Marchand, Léger, et bien d'autres. Souvent, les Slade partagèrent la table des deux Russes. « Ils ne parlaient pas beaucoup, leurs vêtements étaient râpés, ils mangeaient peu et ne buvaient pas. Mais on voyait que c'étaient des gens « chic ». Surtout le blond. » Le blond était Lénine.

Mon affirmation de l'importance des circonstances extérieures dans la peinture de Renoir s'étend à tous les grands artistes y compris Picasso, Braque ou Klee. Elle semble contredire ce que j'ai dit de Toulouse-Lautrec. Je ne le crois pas et maintiens que son accident de jeunesse n'a joué qu'un rôle secondaire, sinon pas de rôle du tout dans l'expression de ce peintre. Son tremplin fut avant tout l'étonnante personnalité de ses modèles. A cette personnalité il ajoutait bien sûr la sienne, à un degré fantastique, puis repartait sur ses observations, fermant le cycle et affirmant indirectement que ce monde n'est pas un immeuble bourgeois où les locataires des différents appartements affectent de s'ignorer. Même sans son accident, il aurait trouvé les modèles nécessaires à son inspiration. C'eût été dans les cafés de Toulouse ou au Moulin-Rouge même, où sa destinée, « la grâce », semblait devoir le conduire plus que sa difformité. Ce que je veux dire c'est que, privé de leurs visages pathétiques, il aurait eu plus de mal à se trouver lui-même.

Plus important que les théories fut à mon avis le passage de Renoir de l'état de célibataire à celui d'homme marié. Cet agité, incapable de rester en

1. Peintre américain.

place, sautant dans un train, dans l'espoir vague de jouir de la lumière tamisée de Guernesey, ou de se perdre dans les reflets roses de Blida, avait oublié depuis son départ de la rue des Gravilliers le sens du mot foyer. Et voilà qu'il se trouvait soudain dans un appartement avec une femme ; des repas à heure fixe, un lit soigneusement fait et des chaussettes reprisées. Et à tous ces avantages allait s'ajouter bientôt celui d'un enfant. L'arrivée de mon frère Pierre devait être la grande révolution dans la vie de Renoir. Les théories de la « Nouvelle Athènes » se trouvaient dépassées par une fossette à l'articulation d'une cuisse de nouveau-né. Tout en dessinant furieusement son fils et, pour rester fidèle à lui-même, partant de la préoccupation extérieure de traduire le velouté de cette chair à peine formée, Renoir rebâtissait son monde intérieur.

Renoir tirait quelques bouffées de sa cigarette, cherchait une position moins inconfortable pour ses reins douloureux et, l'ayant à peu près trouvée, se perdait dans une songerie que je n'osais interrompre. Soudain et sans transition, il déclarait : « Durand-Ruel était un missionnaire. C'est une chance pour nous que sa religion ait été la peinture. » Craignant l'absolu conventionnel d'une telle déclaration, il corrigeait aussitôt : « Ça lui arrivait aussi de flancher. Chaque fois que j'essayais quelque chose de nouveau, il regrettait l'ancienne manière, plus sûre, déjà adoptée par les amateurs. Mets-toi à sa place. En 85, il a bien failli y rester — et nous autres avec. » D'après Renoir, le seul défaut de Durand-Ruel était son désir de monopoliser. « Il aurait voulu avoir toute la peinture nouvelle dans sa main. Les doux sont comme cela. » De Paul Durand-Ruel, Renoir disait encore : « Ce bourgeois rangé, bon époux, bon père, monarchiste fidèle, chrétien pratiquant, était un joueur. Seulement il jouait pour le bon motif. Son nom restera ! Dommage qu'on n'ait pas des politiciens comme lui. Il ferait un parfait président de la République ! Et pourquoi pas un roi de France ? Bien qu'avec sa sévérité de vie, la cour risquerait d'être assez ennuyeuse. » Il le comparait à Clemenceau « qui est très fort, mais qui reste un politicien. Il croit aux mots ». Un ami lui avait raconté l'histoire de Roland Garros, remarquable pilote, inventeur du tir à travers l'hélice, qui, descendu par les Allemands et fait prisonnier, avait réussi à s'évader. Cet officier était surtout connu pour ses qualités d'entraîneur de jeunes pilotes. « En Allemagne, on l'aurait mis à la tête d'une école pour former des nouveaux aviateurs dont les armées modernes ont tant besoin. Le « Tigre » n'avait pas résisté au désir de faire un mot historique et avait dit à Garros éperdu d'orgueil et de reconnaissance : « Vous êtes un héros. Je vous permets de retourner au front. » Notre héros fut bel et bien descendu et enterré avec les honneurs militaires au grand avantage des journalistes spécialisés en patriotisme. « Le père Durand n'aurait jamais dit cela à Monet ou à moi. Il aimait mieux nous voir faire des tableaux que de lire notre panégyrique dans les journaux. Même si notre mort avait fait monter le prix de ceux que nous lui avions déjà vendus. »

Les grandes époques artistiques réunissent non seulement les grands artistes, mais aussi les grands amateurs, et depuis que les commerçants ont damé le pion aux guerriers, les grands marchands. Cette fin du XIXᵉ siècle français qui égale la Renaissance italienne doit en partie son extraordinaire production au voisinage d'un Cézanne et d'un Choquet, d'un Renoir et d'un Caillebotte, et à la miraculeuse clairvoyance d'un Durand-Ruel, auquel il va falloir bientôt ajouter

Vollard et les Bernheim. De Durand-Ruel je dois aussi rappeler l'extrême mobilité battue seulement par celle de Renoir. Pour un rien il sautait à Londres, à Bruxelles, en Allemagne — partout où il espérait provoquer un mouvement d'intérêt pour cette peinture qu'il aimait et au succès de laquelle il avait consacré son argent et sa vie.

Mon père me parlait souvent du voyage de Durand-Ruel à New York. L'exposition de leurs œuvres dans cette ville marqua un important tournant dans la vie des impressionnistes. « C'est peut-être aux Américains que nous devons de ne pas être morts de faim. » La même année, en 1885 (mon père disait parfois 1886), eurent lieu deux expositions, l'une à la galerie Georges-Petit, à Paris, et l'autre à New York. Les deux expositions réunissaient des tableaux des mêmes peintres, à savoir : Manet, Monet, Renoir, Pissarro, Sisley, Mary Cassatt, Berthe Morisot et Seurat. Lionello Venturi cite comme salle d'exposition à New York celle de l'American Art Association. Renoir était convaincu que ça s'était passé au Madison Square Garden, le vieux, celui qui était vraiment sur Madison Square. Cela le ravissait. « Les gens venaient regarder mes tableaux entre deux combats de boxe. » Il disait encore : « Nous les Français, nous sommes ou bien une élite, ou bien une masse inerte, effrayée de la moindre nouveauté. Le public américain n'est probablement pas plus malin que le public français, mais il ne se croit pas obligé de ricaner quand il ne comprend pas. » Il essayait d'imaginer de belles jeunes filles très blondes, avec des joues roses et des jambes bien plantées sur des chaussures qui ne leur déforment pas les pieds, « des filles comme j'aime les peindre », regardant les tableaux avec de petits cris que Renoir essayait d'imiter avec l'accent : « Aôh, le joli petite rouge !... Aôh, le charming petite vert !... » Il pensait que l'idée de l'exposition revenait à Mary Cassatt. Il l'aimait bien, et pourtant il se méfiait des femmes qui font de la peinture. « ... A part Berthe Morisot, la plus féminine des femmes, à rendre jalouse la Vierge au lapin ! » Il s'était trouvé à peindre avec Mary Cassatt en Bretagne. « Elle portait son chevalet comme un homme. » Un jour elle lui dit : « J'adore le brun de vos ombres. Dites-moi votre secret... — Quand vous prononcerez les *r* », fut la réponse. Cette question des *r* anglais revenait souvent dans nos conversations. « Ça doit être une question de rayons solaires. En Italie et à Toulouse, on roule les *r* comme sur un tambour. A Paris ça s'atténue. Tu traverses la Manche et grelottes dans le brouillard de Turner et du coup les *r* disparaissent. » Je lui citais les Incroyables[1] qui, affectant l'accent nègre, ne prononçaient plus du tout cette lettre. Comme on chante dans *Madame Angot* : « Il faut avoi' pé'uque blonde et collet noi' ! » « Preuve de plus que toutes les théories sont fausses », répondait Renoir.

Le soir à l'auberge, Mary Cassatt et lui discutaient les mélanges de couleurs devant un pichet de cidre. Soudain elle lui dit : « Vous avez une chose contre vous. Votre technique est trop simple. Le public n'aime pas cela. » Cette réflexion le flatta. Je le devine reniflant, se frottant le nez et tripotant nerveusement son coin de veston tout en souriant malicieusement à Mary Cassatt. « Rassurez-vous, répondit-il amusé : les théories compliquées, on peut toujours les inventer *après* ! »

Un incident, peut-être imaginaire, qui ravissait

1. Nom donné sous le Directoire à de jeunes conspirateurs d'une élégance affectée.

Renoir est la façon dont « le père Durand » avait apaisé les méfiances de la douane américaine au débarquement. Il craignait que certains fonctionnaires ne renâclent devant les nus de Renoir et cherchait en vain un argument susceptible de les convaincre que la représentation de ces jeunes personnes sans voiles était de l'art et non pas de la pornographie. Cela n'était pas commode, car comment tracer la ligne de démarcation entre ces deux catégories ? Mon père aurait dit que ce qui est beau est pur, et que ce qui est laid est immoral. Que la Vénus de Botticelli est morale et que les portraits de Winterhalter, malgré les robes recouvrant les corps des femmes avec la rigidité d'armures du Moyen Age, sont pornographiques. Et que ce qui est propre ou souillé, avilissant ou exaltant, c'est l'esprit qui anime ces corps. Mais Renoir n'était pas à New York pour aider Durand-Ruel à plaider leur cause. Ce dernier eut une inspiration. Ayant découvert que le chef du service de qui dépendait cette entrée était catholique, il s'arrangea pour aller le voir un dimanche matin, assista à la messe en même temps que lui et donna ostensiblement un gros billet à la quête. Le lendemain les tableaux lui étaient livrés.

L'exposition de Paris, chez Georges Petit, fut un nouvel échec. Les haines qui semblaient apaisées se réveillèrent. Renoir expliquait cet accueil par une renaissance du mouvement revanchard. On était en plein boulangisme. Mlle Amiati, étoile de la Scala et de l'Eldorado, triomphait en chantant « Boulanger, maître d'école en Alsace », drapée dans un péplum tricolore. Mounet-Sully déclamait devant des foules vibrantes *Le Rêve du Général*. Déroulède était considéré comme le barde national :

L'air est pur, la route est large
Le clairon sonne la charge
Les zouaves vont chantant
Et là-haut sur la colline
Dans la forêt qui domine
Le Prussien les attend.

Paulus, chanteur de café-concert, connaissait une gloire dépassant de loin les succès actuels d'un Chevalier ou d'un Sinatra. Dans le seul espoir de toucher le bord de sa redingote, des jeunes filles se jetaient à la tête du cheval de son fiacre, au risque de se faire fouler aux pieds. Quand on le reconnaissait dans la rue, cela provoquait une manifestation. Les autographes d'artistes n'étaient pas encore entrés dans les mœurs. Heureusement pour Paulus. Il eût vécu avec une crampe perpétuelle. Ils étaient remplacés par des baisers. Les femmes se précipitaient sur lui et l'embrassaient. Ces récits terrifiaient Renoir. Il avait horreur des sentiments de place publique. « Pauvre Paulus. Tranquille que les « tocs » sont au premier rang pour l'embrasser. » Le délire devait atteindre son point culminant lorsque la vedette lança *Gais et contents, nous allons à Longchamp,* le fameux *En revenant de la revue.* L'Alcazar où il chantait devint une sorte de temple de la religion boulangiste. Ce culte ne se limitait pas à des chansons. On retrouvait l'effigie du général partout. Imprimée sur les mouchoirs, sculptée sur les pommeaux des cannes, en savonnettes, en pain d'épice, en sucre d'orge, peinte sur des assiettes, des vases. Des bouteilles le représentaient soit en buste, soit en pied, le bicorne de général servant de bouchon. Sa barbiche régnait sur les enseignes, sur les journaux, les pipes, les porte-monnaie, les presse-papiers. Au moindre soupçon d'accent allemand, de courageux citoyens se précipitaient sur l'étranger présumé en brandissant leurs cannes. Mon père me cita le cas d'un Catalan français dont le parler étrange était aggravé du fait qu'il commandait un bock de bière brune à la terrasse d'un café des boulevards. Pris à partie par les autres consommateurs, il y serait resté si sa présence d'esprit ne lui avait soufflé une idée extraordinaire. « Je suis alsAcien, cria-t-il à ses adversaires. Vive l'Alsace française ! » La rage se transforma en enthousiasme. On le porta en triomphe et on lui offrit le champagne aux cris de « A bas Bismarck ! » Mon père me résumait le climat de l'époque en me fredonnant un refrain de la rue dont je n'ai pas oublié le début :

> *As-tu vu Bismarck*
> *à la port' de Châtillon*
> *qui battait sa femme*
> *à grands coups de bâton !*

Par un enchaînement d'idées explicable, tout ce qui n'était pas apparemment dans la tradition patriotique française était sujet à caution. Et ces impressionnistes qui peignaient autrement que les artistes du Salon, qui affectaient de représenter des fleurs, des rivières et des jeunes filles reposées, au lieu d'exhiber des charges de cuirassiers ou des dames en tuniques grecques au visage crispé et brandissant des drapeaux, étaient certainement des agents de l'étranger... peut-être même des Allemands déguisés. L'antisémitisme n'avait pas encore gagné la foule, sinon la présence de Pissarro dans le groupe et le fait que Renoir fréquentait et peignait les Cahen d'Auvers, était l'ami de Catulle Mendès, eussent ajouté aux arguments. « Le plus drôle est que ces peintures héroïques du Salon n'avaient rien à voir avec la tradition française. Quel rapport y a-t-il entre Meissonier et Clouet, entre Cormon [1] et Watteau ? »

Au point de vue politique, les amis de Renoir avaient peut-être des tendances, d'ailleurs différentes, mais ils étaient bien trop occupés à peindre pour y attacher de l'importance. Manet était le type parfait du grand bourgeois libéral. Pissarro était pour la Commune. Degas eût été monarchiste s'il en avait trouvé le temps. Renoir aimait trop les êtres humains pour ne pas les approuver tous en bloc. Il aimait la Commune à cause de Courbet et l'Église à cause du pape Jules II et de Raphaël.

Puisque nous sommes dans la politique et pour en finir avec cette question très secondaire aux yeux de Renoir, je saute tout de suite à l'affaire Dreyfus. Nous savons que l'injuste condamnation pour espionnage d'un capitaine d'artillerie de religion juive divisa une fois de plus la France en deux camps. « Les mêmes éternels camps, disait Renoir, avec des noms différents suivant les siècles. Protestants contre catholiques, républicains contre monarchistes, communards contre versaillais. Maintenant la vieille querelle se réveille. On est dreyfusard ou antidreyfusard. Moi, je voudrais bien essayer d'être tout simplement français. C'est pour cela que je suis pour Watteau contre Monsieur Bouguereau ! » Aujourd'hui cette querelle est à l'échelle mondiale et est en train de se vider. L'un des deux médecins va imposer sa méthode. Pourvu que ce ne soit pas au prix de la vie du malade. Renoir savait que la question était grave, mais il savait aussi que lorsqu'elle serait posée la réponse ne tarderait pas. Et il craignait que cette réponse ne soit un mouvement

1. 1845-1924, peintre officiel français. Grande médaille d'honneur.

antisémite petit-bourgeois. Il imaginait des armées d'épiciers revêtus de cagoules et traitant les Juifs comme le Ku Klux Klan traitait les Nègres. Son avis était qu'il fallait rester tranquille et attendre que cela se passe. « Cet imbécile de Déroulède a fait beaucoup de mal ! » Pissarro était pour l'action et Degas également, mais dans un sens tout à fait opposé. Renoir les admirait tous deux. Il estimait Degas et son affection pour Pissarro était très vive. Il s'arrangea pour ne se brouiller ni avec l'un ni avec l'autre, bien qu'avec Degas « ça ne tenait qu'à un cheveu ! ». « Comment pouvez-vous continuer à fréquenter ce Juif ? » s'étonnait ce dernier.

Passant par l'atelier de Renoir il lui avait fait des compliments d'un petit paysage de la Machine de Marly [1]. Mon père, ravi, lui avait demandé de l'accepter. En échange Degas lui avait offert un pastel avec des chevaux. A la même époque Pissarro demanda à mon père d'exposer avec lui, Guillaumin et Gauguin. « Vous n'allez pas faire cela ? » demanda Degas sincèrement inquiet. « Moi exposer avec Pissarro, Guillaumin [2] et Gauguin, une bande de Juifs et de socialistes, vous êtes fou ! J'ai bien trop peur de me compromettre ! » répondit Renoir qui se trouvait en humeur de « faire marcher Degas ». Celui-ci le prit très mal. Le lendemain matin, un messager rapporta à Renoir son petit paysage. Renoir donna un bon pourboire à l'homme et le renvoya chez Degas avec « les chevaux ». D'ailleurs finalement il ne participa pas à l'exposition en question. La vraie raison en fut

1. Système bâti sous Louis XIV pour monter l'eau puisée dans des nappes souterraines de Croissy-sur-Seine à Versailles.
2. 1841-1927, peintre français influencé par les impressionnistes.

que « je ne pouvais pas supporter la peinture de Gauguin. Ses Bretonnes ont l'air anémique ».

Je continue avec la politique. Renoir reprochait aux Occidentaux leur hypocrisie. Ou bien on admet le système des castes dont les Hindous font leur affaire depuis quatre mille ans. Chacun peut y satisfaire sa petite vanité, puisqu'il y a toujours une caste au-dessous de la sienne, et les faibles sont protégés par toutes les règles qui limitent la pratique d'un métier. C'est du syndicalisme héréditaire et cela se défend. Ou bien on prétend être chrétien et démocrate. Tous les hommes sont nés égaux. Dans ce cas il ne faut pas envoyer le Nègre charger les chaudières à fond de cale tandis que le Blanc se prélasse dans les fauteuils capitonnés des cabines de luxe.

La question de l'impôt sur le revenu le préoccupait. Georges Rivière avait aidé le ministre Caillaux à en établir le projet. Il essayait de prouver à mon père qu'il était plus juste de payer suivant ses salaires ou revenus que suivant le nombre de portes et fenêtres de votre maison. « Celui qui aime l'air et a de grandes fenêtres est lésé », disait Rivière. « J'aime mieux être lésé qu'espionné », répondait Renoir. Une autre de ses terreurs était les fiches. De penser qu'une police secrète garde trace de ce que l'on fait l'indignait. « C'est la fin de la liberté, l'impossibilité pour l'assas-sin de cesser d'être un assassin, puisqu'on lui colle au front l'étiquette assassin ! » Il voulait que la punition efface la faute, « parce que nous ne savons pas ce qu'est une faute ». Il croyait à une justice naturelle et au châtiment « par retour de bâton ». Il affirmait que « l'enfer commence sur cette terre, bien avant ce que nous appelons la mort ». Il était contre la peine de mort et partisan déclaré du fouet. La phrase célèbre « Supprimer la peine de mort ? que messieurs les assassins commencent ! » lui paraissait idiote. « La guillotine ne ressuscitera pas le rentier assassiné. Tandis qu'une bonne volée de coups de fouet !... Ça ne tue pas et ça fait réfléchir. »

Pendant la guerre de 1914 il avait des solutions d'une égale simplicité pour résoudre le conflit : « Supprimer les armes à feu et les remplacer par des sachets de poivre. On se lance le poivre dans les yeux, ça fait du mal, c'est sans danger et ça coûte moins cher aux contribuables que l'artillerie lourde. La bataille est forcée de se terminer, les combattants étant trop occupés à se frotter les yeux. » Il proposait de remplacer les avions par des montgolfières, qui, étant ignifugées, deviendraient d'un usage absolument sûr.

On ne savait jamais s'il était sérieux ou s'il plaisantait. Probablement les deux. Renoir n'était pas plus spécialisé dans ses sentiments que dans sa peinture.

Un peu avant sa mort, mon père me fit la déclaration suivante : « Ce qui vous viendra de moi, vous pouvez l'accepter sans arrière-pensée. Je n'ai jamais gagné un sou sur le dos de personne. Je n'ai pas d'actions d'usines. Je n'ai jamais, même indirectement, envoyé un mineur périr d'un coup de grisou à cent mètres sous terre. »

La Bourse lui semblait une monstruosité. Au Moyen Age l'Église excommuniait ceux qui prêtaient de l'argent à intérêt, aussi bien que ceux qui empruntaient contre intérêt. « Les banquiers allaient en enfer ; maintenant ils vont au ciel avec de jolies petites ailes et une auréole. » Il pensait qu'en ouvrant la porte à l'idée de revenu l'Église avait précipité le monde vers la vulgarité. « C'est le passage de l'art roman au gothique puis au flamboyant, délicieux mais tout de même un peu putain ! »

Pour en revenir aux détails matériels de notre sujet,

280

l'insuccès de l'exposition chez Georges Petit fut dur à digérer par Renoir et ses amis. Ils n'étaient plus jeunes. Les coups s'oublient facilement quand on débute. Mais quand après vingt ans d'efforts et de privations on s'aperçoit qu'on n'a pas convaincu ce public auquel on croyait comme en un juge suprême, on est en droit de se demander si l'on ne ferait pas mieux de renoncer. « Seulement, voilà, qu'est-ce que j'aurais fait ? Je ne sais faire qu'une chose, c'est de peindre. » Ce découragement n'éloigna pas Renoir de son chevalet. « Je ne suis jamais resté un jour sans peindre, tout au moins sans dessiner. Il faut garder la main. » Les désespoirs romantiques, les retraites loin d'un monde incapable de comprendre le « grand art » n'étaient pas son fait. « Je continuais mon petit bonhomme de chemin. D'ailleurs dans la vie il n'y a rien d'autre à faire. Et une force invincible me poussait. Tu te rappelles le bouchon ?... Seulement, voilà ! En vieillissant on connaît trop de choses et la direction du courant est moins facile à saisir ! Ta mère m'y aidait... sans rien dire. Les théories ne l'intéressaient pas. » Cette blonde délicieuse, à la peau plus délicate que celle d'une duchesse, avec sa soif bourguignonne pour les bons vins et son appétit pour la cuisine de bon aloi, savait vivre d'un croûton de pain et trouvait le moyen de tenir propre l'appartement « entre deux séances de pose, sans que je m'en aperçoive ». Elle connaissait la haine de son mari pour « le ménage ». Les planchers se balayaient, les lits se faisaient derrière son dos. Dès qu'il avait tourné le coin de la place Pigalle, se rendant chez Durand-Ruel pour savoir si les affaires s'arrangeaient un peu, les fenêtres de l'appartement s'ouvraient. Comme par un coup de baguette magique, les draps pendaient aux fenêtres, et les caleçons et les serviettes s'alignaient sur une corde dans la cuisine. Quand Renoir rentrait il trouvait sa femme en train d'éplucher des carottes. Cela, il l'admettait. Nourrir les êtres humains est noble ! Pousser de la poussière avec un balai est mauvais pour les poumons. Il s'asseyait à côté d'elle, prenait un couteau et commençait à râper une carotte. Heureuse, elle chantait, d'une voix assez fausse me dit-elle plus tard. Il posait son couteau, sortait son carnet et crayonnait son portrait.

Pour conclure ces renseignements, hélas ! bien succincts, sur la période qui précède mon arrivée dans cette aventure, je reviens à l'exposition de New York. Les Américains en achetant quelques œuvres de Renoir, dont *Le Déjeuner des Canotiers* qui est maintenant à Washington, lui firent un cadeau dépassant de beaucoup le prix des tableaux. Ils restaurèrent sa confiance en lui-même, qui commençait à s'effriter. « Ils me donnèrent la sensation que je dépassais les frontières. » Il n'avait pas besoin de cela pour continuer. Mais ce succès lui rendit l'exercice de sa fonction plus agréable. Il lui dégagea l'esprit. « Je ne peux pas peindre si ça ne m'amuse pas et comment veux-tu t'amuser quand tu penses que ton jeu fait grincer les dents des autres ? » Ce succès devait aussi permettre à ma mère de consolider autour de son mari cette atmosphère de sérénité qu'elle s'était fixée comme but principal de sa vie.

Quelque enthousiastes que fussent les amitiés qui l'entouraient et insistantes les sollicitations, elle ne se laissa jamais entraîner à devenir une mondaine. Elle y avait grand mérite. Sa jeunesse exubérante lui donnait le goût du spectacle et nous l'avons vue danser avec bonheur sur la terrasse des canotiers. Mais elle savait que son mari avait besoin de sommeil et que la lumière du matin l'enchantait.

Qu'on ne prenne pas ma mère pour une de ces femmes horriblement organisatrices qui mettent tout en œuvre pour augmenter le rendement d'un époux. Elle eût été très heureuse de voir Renoir ne rien faire du tout; probablement même plus heureuse puisqu'elle l'aurait eu pour elle toute seule. Le bonheur de l'homme qu'elle aimait étant de peindre, elle s'arrangeait pour qu'il puisse peindre en paix. Et à force de la regarder elle aimait et comprenait la peinture de Renoir. Elle disait son sentiment sur un tableau en quelques mots très simples. Elle évitait avec soin de faire « femme d'artiste ». Elle tenait à rester ce qu'elle était, une fille de vignerons sachant saigner un poulet, torcher un enfant et tailler la vigne. Quand mes frères et moi étions petits, elle nous emmenait souvent faire les vendanges à Essoyes, son pays natal. Nous avions notre petite hotte que nous portions sur le dos comme les hommes, remplie des grappes de raisin que nous avions nous-mêmes coupées avec une vraie « serpotte ». Nous versions notre chargement dans la « baignoire » et suivions les opérations jusqu'à la fermentation dans les grandes cuves, en passant par le pressoir et la dégustation du vin doux. Ce laxatif puissant nous envoyait vite derrière un buisson pour le plus grand bénéfice de notre santé. La famille Charigot n'avait plus de vignes. Aussi faisions-nous les vendanges chez quelque cousin. C'est avec ces idées-là et sa figure de chatte qu'elle avait plu à Renoir. C'est avec son corps maigre, sa nervosité affectueuse, et sa peinture qu'il avait plu à Aline Charigot. C'était un excellent mariage.

Je vous ai raconté l'histoire de ma mère cessant de jouer du piano après avoir entendu Chabrier. Les dîners intimes avec de brillants causeurs, comme Lestringuez, Mallarmé, Théodore de Wizeva, Zola,

Alphonse Daudet, Catulle Mendès, Odilon Redon, Claude Monet, Verlaine, Rimbaud, Villiers de l'Isle-Adam, Franz Jourdain, Edmond Renoir et autres compagnons permanents ou passagers de son mari, lui apprirent à se taire. Ne pouvant opposer sa connaissance de la vigne aux paradoxes brillants de ses compagnons de table, elle décida d'y répondre par la qualité de ses repas. Elle remplaça les leçons de piano par des leçons de cuisine. Ses professeurs furent d'abord sa belle-mère, Marguerite Merlet qu'elle allait voir à Louveciennes quand elle en trouvait le temps, et surtout Renoir. Plus tard, et toujours en compagnie de son mari, elle devait puiser à d'autres sources d'information. L'intérêt de mon père, qui mangeait à peine, pour « la gueulardise » était surprenant.

Bientôt, on vanta les dîners de Mme Renoir. Encore maintenant, chez les amis les plus chers de ma famille, chez les Cézanne ou chez les descendants des Manet-Morisot, on parle de sa bouillabaisse. Quand l'argent se faisait rare, le poulet sauté aux champignons devenait le pot-au-feu. Dans les moments les plus difficiles, ma mère s'arrangea toujours pour recevoir magnifiquement les amis de son mari.

En se confinant au domaine qu'elle connaissait bien, elle gagna l'admiration de tous ceux qui l'approchèrent. La pratique joyeuse des travaux domestiques l'éleva au rang de grande dame. Degas, dont l'œil féroce ne ratait pas un ridicule, la tenait en haute estime. A une ouverture d'exposition chez les Durand-Ruel, considérant la petite robe simple de ma mère et les tenues tapageuses des autres femmes, il dit à mon père : « Votre femme a l'air d'une reine visitant des saltimbanques. » Il ajouta une réflexion sur sa voix grave et posée contrastant heureusement avec les piailleries des autres. « Ce que je crains le plus au monde, c'est la tasse de thé de cinq heures dans une pâtisserie à la mode. On se croirait dans un poulailler. Pourquoi les femmes se donnent-elles tant de mal pour se rendre laides et vulgaires ? » Renoir ne répondait rien. On connaît sa préférence pour « les mains qui savent faire quelque chose ». Mais il aimait trop les femmes et les humains en général pour ne pas voir d'abord leur côté plaisant, quitte à rire ensuite des défauts et ridicules. Certains hommes sont bons parce qu'ils sont bêtes. Mon père était bon parce qu'il était clairvoyant. Degas aussi était clairvoyant. Peut-être son attitude de porc-épic dissimulait-elle une réelle bonté. Sa redingote noire, son col bien empesé et son chapeau haut de forme ne cachaient-ils pas l'artiste le plus foncièrement révolutionnaire de la jeune peinture ?

Je ne sais pas si c'est à cette même exposition que Renoir surprit la conversation suivante entre Degas et Forain[1]. Ce dernier était très fier d'être l'un des premiers à Paris à avoir le téléphone.

Degas : « Et... ça marche ? — Très bien, vous tournez une petite manivelle, une sonnette retentit à l'autre bout du fil, dans l'appartement de la personne à qui vous voulez téléphoner. Celle-ci vient, décroche un écouteur et vous parlez aussi facilement que si vous étiez dans la même pièce. » Degas réfléchit un instant puis : « Et ça marche aussi dans l'autre sens ? L'autre personne peut aussi tourner une petite manivelle, et ça sonne dans votre appartement ? — Bien sûr, répondit Forain épanoui. — Et quand cette sonnette retentit vous vous levez et vous y allez ? — Mais... oui ! — Comme un domestique », conclut Degas.

Ce qui étonnait mon père dans cette histoire était

1. Dessinateur français d'un esprit féroce.

que Forain, grand caricaturiste, homme de talent et d'esprit, ait « marché » sans deviner où Degas voulait en venir. Ceci m'amène à rappeler une caractéristique de ce milieu parisien de la fin du siècle dernier. On aimait « faire marcher ». Le « canular », comme on dit encore à l'École normale, jouait un rôle important dans la vie quotidienne. Cela allait du jeune bleu, au régiment, que les anciens envoient chercher la clef du champ de manœuvre, jusqu'à Jules Ferry prononçant un discours en l'honneur d'un héros de la campagne du Tonkin nommé Gastambide et à qui un plaisantin de secrétaire avait communiqué une note le dénommant Gaston Bide. Le ministre ponctuait son éloge de l'œuvre coloniale de la France, de compliments à l'adresse de l'héroïque sergent Bide et s'étonnait de voir l'assistance crouler de rire. Finalement avec un bel accent de Perpignan, le sergent interrompit l'orateur et lui dit : « Excusez-moi, monsieur le président, mais je m'appelle Gastambide ! » Cela n'est pas très malin, mais nos pères, et en particulier le mien, s'amusaient de peu. Il y eut aussi la blague de Charles Cros et Cabaner qui, ayant emprunté deux casquettes à des musiciens de l'orphéon de leur quartier, s'installèrent sur les grands boulevards à la hauteur des *Variétés*, tirèrent un mètre d'arpenteur de leur poche et commencèrent à mesurer la chaussée. A l'agent de service ils donnèrent l'ordre d'arrêter la circulation. Impressionné par les casquettes, notre homme obéit et alerta ses chefs. Ceux-ci envoyèrent une douzaine d'autres agents. Un barrage fut organisé. Bientôt les voitures s'amalgamèrent des deux côtés, bouchant les grands boulevards à l'est jusqu'à la porte Saint-Martin et à l'ouest jusqu'à la Chaussée d'Antin. Cependant nos deux farceurs, bien protégés par la police, suivis des yeux par une foule respectueuse, mesuraient, prenaient des notes, recommençaient des calculs imaginaires, avec la gravité qui convient à une fonction aussi mystérieuse que l'arpentage.

Qu'on me pardonne de m'attarder à ces futilités. Elles m'aident à raviver d'autres souvenirs plus importants. Je veux dire l'odeur de bois ciré mélangé de ragoût de mouton des escaliers de notre appartement, la façon dont les pinceaux de mon père s'usaient en pointe et dont leur manche se polissait à force de frotter sur la main, les exclamations, grognements, rires, soupirs qui ponctuaient la conversation de Renoir, le bruit léger qui montait de la rue. Ces impressions sont pour moi à cheval sur le temps véritable des souvenirs de Renoir, mais aussi sur le temps où dans l'appartement du boulevard Rochechouart il m'en communiqua la plus grande partie. Il y a aussi mon souvenir de la solidité des objets. Les clefs, les boutons de porte, les prises de courant électrique étaient bien plus gros que maintenant. Comment donner une idée de tout cela sinon en me laissant aller à ma rêverie sans trop de discernement.

Je vous mets au courant d'une habitude du ménage Renoir dont ma mère me fit part. Cela leur arrivait tout de même de temps en temps d'aller au théâtre. Précurseurs du *baby sitting* américain, mes parents demandaient à une jeune voisine de garder le petit Pierre. C'était une jeune fille très sérieuse en qui ils avaient entièrement confiance. Malgré cela, à chaque entracte ils sautaient dans un fiacre et venaient contempler pendant quelques minutes le sommeil du bébé. Ce n'était pas sentimental. « Il pourrait y avoir le feu ! ou je pourrais avoir oublié de fermer le gaz ! » disait Renoir. Ils devaient plus tard faire la même chose avec moi. Et pourtant, c'était notre chère Gabrielle qui me gardait !

Au cours d'une conversation évoquant le temps de la rue Houdon, mon père fit allusion à la mort de Van Gogh, « un événement pas très flatteur. Même le père Durand n'y avait rien compris ! ». Cette indifférence à l'égard d'un génie éclatant était pour lui la condamnation de « ce siècle de bavards ». Je lui demandai s'il croyait à la folie de Van Gogh. Sa réponse fut que pour faire de la peinture il faut être un peu fou. « Si Van Gogh est fou, je le suis aussi. Et quant à Cézanne c'est la camisole de force !... » Il ajouta : « Le pape Jules II aussi devait être fou. C'est pour cela qu'il comprenait si bien la peinture ! »

Le parrain de Pierre était l'un des amis les plus fidèles que Renoir ait connus dans une vie richement étayée de dévouements désintéressés. Il s'appelait Caillebotte. Il appartenait à une famille de banquiers. La tradition paternelle avait été suivie par son frère Martial. Gustave préférait la peinture. Il peignait avec autant de passion qu'aucun autre membre du groupe impressionniste. Ils avaient fait connaissance en 1874. Caillebotte exposait avec Renoir et prenait sa part des sarcasmes et des injures. Son tableau de l'exposition de 1876 chez Durand-Ruel représentait des peintres en bâtiment. Il était traité dans un style très réaliste. Renoir lui avait fait des compliments. Cet homme modeste avait rougi. Il connaissait exactement ses propres limites : « J'essaie de peindre honnêtement et de devenir digne d'être accroché dans l'antichambre du salon où seront accrochés Renoir et Cézanne ! » Sa femme Charlotte aimait la peinture autant que lui. C'est peut-être cela qui la rapprocha de ma mère à qui elle prodiguait son affection discrète. « Je sais que vous avez mieux à faire qu'à bavarder, et moi je ne peux pas vous aider à repasser les langes de Pierre. Je les brûlerais. » Elle amusait ma mère par une sorte d'esprit fatigué qui ponctuait ses échecs d'une expression de résignation comique : « Nous avions de très mauvaises places à la première de *La Puissance des Ténèbres*. Heureusement, la pièce est à mourir d'ennui. » Elle vantait à des amis la bouillabaisse des Renoir. « J'ai un chef qui a cuisiné pour le prince de Galles et qui connaît par cœur tous les traités de cuisine. Mme Renoir donne quelques vagues indications à un modèle de son mari qui surveille la cuisson entre deux séances de pose : ma bouillabaisse est immangeable, et la sienne est une merveille ! »

Caillebotte réunit la collection la plus importante du moment des œuvres de ses amis. Ces achats enthousiastes arrivèrent souvent à pic. Que de « fins de mois » furent allégées par sa généreuse clairvoyance. « Il avait sa petite idée... il était une sorte de Jeanne d'Arc de la peinture !... »

Caillebotte mourut en 1894 après avoir fait de Renoir son exécuteur testamentaire. C'était une tâche difficile, car il laissait sa collection au musée du Louvre, dans l'espoir que l'État n'oserait pas la refuser et que cette acceptation marquerait la fin de l'ostracisme officiel qui frappait encore l'école moderne française. C'était cela « la petite idée » !

Mon père se trouva devant un certain M. R..., haut fonctionnaire des Beaux-Arts. Un brave homme, bien embêté d'avoir à prendre une décision. Il marchait de long en large dans son bureau du Louvre ; Renoir regardait les portes sculptées, et finalement ne résista pas au plaisir de passer la main sur la moulure. « Belle porte. » D'une voix plaintive, M. R... lui demanda : « Pourquoi diable votre ami a-t-il décidé de nous envoyer cet éléphant blanc ? Mettez-vous à notre place. Si nous acceptons, nous avons tout l'Institut sur le dos. Si nous refusons ce sont les gens « dans le mouvement » qui nous tombent dessus. Comprenez-moi bien, monsieur Renoir, je ne suis pas contre la peinture moderne... je crois au progrès... Je suis socialiste, c'est tout vous dire !... » Renoir lui suggéra de passer de la théorie aux faits et d'aller regarder les tableaux. Les Manets et les Degas, sauf deux ou trois, semblèrent acceptables à M. R... Il admettait *Le Moulin de la Galette* parce que c'était une scène populaire. « J'aime le peuple, moi. » Mais quand il arriva devant les Cézannes il poussa de hauts cris. « Ne me dites pas que Cézanne est un peintre. Il a de l'argent, son papa était banquier et il peint pour passer le temps... Et je ne serais pas même surpris s'il peignait pour se payer notre tête ! » On connaît l'histoire. Les deux tiers de cette collection unique au monde furent refusés. Le tiers accepté ne franchit pas les portes du Louvre et fut entreposé au Luxembourg. A la mort de Charlotte Caillebotte les œuvres refusées passèrent à de vagues héritiers qui s'en défirent tout de suite. Rejetées par la France, elles furent accueillies par l'étranger. Beaucoup trouvèrent acheteur en Amérique. J'aime à citer cette histoire à mes amis qui accusent les Américains d'avoir vidé la France de ses chefs-d'œuvre à coups de dollars.

En 1889, le docteur Gachet, passant par la rue Houdon, eut l'idée de monter nous dire bonjour. Mon père était chez Cézanne à Aix, en train de peindre une *Montagne Sainte-Victoire*. Gachet trouva mon frère un peu pâlot et en accusa l'air de Paris. Il proposa à ma mère de les emmener à Auvers, où le petit Pierre se plaisait beaucoup. Elle refusa à cause de la rivière. « Si Renoir savait son fils au bord de l'Oise sans qu'il soit là pour le surveiller, il n'en dormirait plus. » Gachet se retira en renouvelant son offre amicale. Le lendemain ma mère alla rendre visite à la fille de Mme Camille dans son magasin de chaussures de la rue Lepic, un peu avant la place du Tertre. Cette amie lui avait parlé récemment d'une petite maison vacante, un coin de Montmartre resté « comme la campagne ». Renoir alerté revint à Paris, trouva l'idée excellente, et c'est ainsi que ma famille s'installa au Château des Brouillards, 13, rue Girardon.

Quelques lettres.

Toutes, sauf la troisième, dont j'ignore l'auteur et le destinataire, furent adressées à Murer, le pâtissier-peintre amateur d'art :

31 décembre 1887.

Mon cher Murer,

Je regrette doublement de ne pouvoir profiter de votre aimable invitation : notre bonne nous souhaite la bonne année en faisant une fausse couche chez nous, et nous sommes dans le plus grand embarras : impossible de l'envoyer nulle part et nous sommes cloués jusqu'à ce qu'on puisse la transporter. Je viendrai vous voir aussitôt cet ennui passé.

Pour Alger, vous devez savoir qu'il y a des aller et retour pour trois mois à presque moitié prix, mais le fort de l'hiver est passé, les jours vont grandir. C'est novembre et décembre le plus triste à passer.

Je viendrai bientôt causer avec votre aimable sœur et vous voir un peu.

Mille amitiés en attendant de tous, et plusieurs dizaines de bonnes pensées.

Amitiés.

Renoir.

2 janvier 1889.

J'ai reçu votre lettre qui me relate l'accident de votre sœur. J'espère que, comme vous me le faites penser, quand j'irai vous voir il n'y paraîtra plus. Elle a dû avoir une rude peur. Je pars à Paris demain ou après. Je suis très embêté, je crois que j'ai un abcès à l'oreille. Je souffre beaucoup. Écrire 18, rue Houdon.

Le marc est parti aujourd'hui; enfin nous avons pu remplir toutes les formalités. Ouf! Je vous recommande mon tonneau quand il sera vide. Le tenir bouché. Je ne vous le donne pas parce que c'est un vrai travail que de faire un tonneau. Il faut attendre qu'un vigneron cuise son marc pour le laver avec de la petite eau-de-vie, ensuite avec de la seconde, etc., chose que l'on ne peut faire que dans cette saison. Si on ne remplit pas toutes ces fonctions, l'eau-de-vie sent le bois et elle est perdue.

J'ai mis: Monsieur Cordier, propriétaire à Essoyes. C'était sur le congé, je n'y ai rien changé. Je vous explique ça pour que vous sachiez que c'est bien votre tonneau et non un autre qui vous arrivera; c'est du marc pur de l'année dernière. 21° je crois.

Amitiés,

RENOIR.

Arcachon, le 21 juillet 1893.

Je vous communique sous le manteau la réponse que je reçois de Renoir dans le moment. Il me paraît qu'en lui offrant 600 francs vous rendrez son âme satisfaite. Vous pourrez d'ailleurs entrer désormais en relation avec lui: c'est un homme timide, mais je n'en sais pas de plus désintéressé ni de plus sûr.

13 octobre 1888.

Mon bon,

Vous êtes bien gentil mais je suis en train de rager après le temps et après les études commencées que je ne puis faire. Je

292

passe mon temps à guetter le soleil. Si je quitte un jour je suis
sûr qu'il fera beau et que je serai très malheureux.

Aussitôt que j'aurai fini j'irai vous voir, tant pis si les fleurs
sont fanées. J'aurai toujours le plaisir de me trouver avec deux
amis, votre sœur et vous.

Toutes mes amitiés.

RENOIR.

Il n'y a pas loin de la rue Houdon à la rue Girardon.
On traverse d'abord la place des Abbesses. L'horrible
église qui défigure ce charmant triangle n'était pas
encore bâtie, Notre-Dame-des-Briques comme l'appel-
lent les gens du quartier. On tourne à droite, on monte
les escaliers de la rue Ravignan, on descend la rue
Norvins, et l'on se trouve brusquement devant *Le
Moulin de la Galette.* On tourne à droite et au bout de la
rue Girardon, avant les escaliers qui terminent cette
rue, on tombe sur le lieu dit Château des Brouillards.
Cette partie de la Butte est en pente douce, sorte de
plateau se terminant par un à-pic. Quand j'étais petit
ces escaliers n'existaient pas. Un sentier dégringolait le
talus jusqu'à la place de la Fontaine-du-But. Quand il
pleuvait on avait des chances de faire le trajet sur son
derrière. Les grandes personnes faisaient un détour
par la rue des Saules au bas de laquelle, en dessous de
l'emplacement de l'actuel *Lapin Agile,* il y avait des
marches plus ou moins praticables. Maintenant la
place de la Fontaine-du-But s'appelle place Constan-
tin-Pecqueur. « Drôle d'idée », dirait mon père.

Le Château des Brouillards était au bout de la rue
Girardon, en équilibre instable au bord du plateau
glaiseux. Au nord, en bas de cette falaise commençait
un quartier Caulaincourt encore ignoré des artistes et
des bistrots, à l'usage presque exclusif des ouvriers de

la plaine Saint-Ouen. Mais les bâtisseurs avaient l'œil dessus et n'attendaient qu'une occasion.

Une haie entourait le domaine composé de plusieurs bâtiments et d'un jardin. Dès la grille franchie, on se trouvait dans une allée trop étroite pour le passage d'une voiture. A gauche les traces des communs d'un château dont ne demeurait que le souvenir, une « folie », comme on disait au XVIIIe siècle, abritaient Mme Brébant, une vieille dame assez semblable à un personnage des contes de Perrault, et son fils qui avait fait élever une cloison en briques au milieu de la maison pour se défendre de la tyrannie de sa mère. Comme leur aile ne comprenait qu'une porte qu'elle s'était réservée, il entrait et sortait de chez lui en passant par la fenêtre. M. et Mme Guérard, les propriétaires, vivaient aussi là et jouissaient d'une entrée sur la rue Girardon. De beaux arbres, ceux de l'ancien parc, entouraient ce pavillon. La « folie » elle-même avait été démolie sous la Révolution. La végétation recouvrait son emplacement, et ses pierres avaient dû être utilisées à bâtir les bicoques du quartier. Également à gauche près de l'entrée se trouvaient la loge de la concierge et la fontaine où nous allions chercher l'eau. A droite de l'allée centrale un long rectangle de trois étages, divisé en plusieurs logements, dominait le quartier Caulaincourt. Pourquoi cette minuscule agglomération, perchée au-dessus des brumes parisiennes, s'appelle-t-elle Château des Brouillards ? Il y a trop d'explications différentes pour que je m'y retrouve. Celle qui me semble la plus convaincante est que cette appellation est ironique, ce château n'ayant rien d'un château. Quoi qu'il en soit, ses habitants réunis à l'intérieur de la haie qui encerclait le tout, bien que séparés les uns des autres par les barricades de leurs jardinets, constituaient un monde à part dissimulant sous des apparences provinciales une fantaisie illimitée. Cette « folie », dont il ne restait pas même un pan de mur, excitait leur imagination. Certains aimaient à croire que les fantômes des Roués perruqués de blanc, de leurs maîtresses aux lourdes robes de satin venaient encore hanter les bosquets qui avaient abrité leurs fêtes galantes. Ces rêves donnaient à ces bourgeois bohèmes du XIXe siècle la vague sensation de différer socialement et moralement des autres Parisiens. Comment peut-on demander à des gens qui vivent sur l'emplacement de l'Embarquement pour Cythère de suivre la même règle de vie que le crémier du coin de la rue Lepic ?

Le long de notre barricade il y avait des rosiers retournés à l'état sauvage. Au-delà, c'était le verger du père Griès, l'un des derniers cultivateurs du haut de Montmartre. J'ai encore dans la bouche le goût de ses poires, plus rondes que celles du fruitier, petites, très dures et très rêches. Elles agissaient sur la langue à la façon d'un astringent. Gabrielle et ma mère disaient que ces poiriers avaient été greffés sur des cognassiers.

Notre maison, la dernière du long rectangle, bénéficiait dans le grenier d'une fenêtre donnant à l'ouest. Par cette fenêtre on voyait le mont Valérien et les collines de Meudon, celles d'Argenteuil et de Saint-Cloud et la plaine de Gennevilliers. Par les fenêtres du nord on voyait la plaine Saint-Denis et les bois de Montmorency. Par temps clair on distinguait la basilique de Saint-Denis. On était vraiment dans le ciel. Au sud, au-delà des pavillons des propriétaires, des Brébant et des concierges, s'étendait la roseraie de M. Geoffroy, personnage mystérieux que l'on devinait à travers le feuillage, piochant, fumant et taillant. Il y avait aussi un pré avec des vaches. Gabrielle m'emmenait acheter le lait dans la petite maison qui le bordait.

J'avais très peur de ces vaches. Un peu plus loin, le Moulin de la Galette dressait ses ailes dans le ciel.

Pour les Parisiens ce petit paradis de lilas et de roses semblait le bout du monde. Les cochers refusaient d'y monter, arrêtant leur fiacre, soit à la place de la Fontaine-du-But, et alors il s'agissait de grimper le talus pour arriver à la maison, soit même rue des Abbesses, de l'autre côté de la Butte, en haut de la première partie de la rue Lepic, là où il y a encore cet amusant grouillement des marchands ambulants qui vous assaillent de leurs cris et bouchent la rue avec leurs petites voitures. Dans ce cas on coupait par la rue Tholozé, qui grimpe toute raide et finit par un escalier débouchant rue Lepic, juste en face de l'entrée du Moulin de la Galette. Cette difficulté d'accès était largement compensée par le bas prix du loyer, le bon air, les vaches, les lilas et les roses.

Au-dessous du toit de son logement, dans le grenier, mon père avait obtenu des propriétaires l'autorisation d'abattre une cloison et de faire un atelier. Pour ses grandes compositions comme *Les Baigneuses* du docteur Blanche il loua un autre atelier rue Tourlaque. Cet atelier lui avait été indiqué par un vieux camarade dont la connaissance remontait à la Nouvelle Athènes, le peintre italien Zandomeneghi. Mon père aimait beaucoup ce mousquetaire, un peu difforme, le meilleur homme du monde pourvu qu'on ne chatouillât pas son orgueil national. A la moindre provocation il se dressait sur la pointe de ses petits pieds, et disait avec un étonnant accent et d'impressionnants roulements d'*r* : « Nous voulons la prépondérance dans la Méditerranée. » Mon père, conciliant, lui répondait : « Je vous la donne. » Moyennant cette peu coûteuse concession, d'ailleurs parfaitement sincère, Zandomeneghi devenait le plus serviable des voisins.

Les deux ateliers de Renoir étaient chauffés avec des poêles Godin, les pièces de l'appartement avec des cheminées. Il fallait maintenir les feux tout l'hiver sous peine de mourir de froid. Un jour, mon père, pour s'amuser, imitant le geste d'un épéiste, pointa un coup de canne dans le mur en présence du jeune Guérard, fils du propriétaire. Les deux hommes, à leur grande surprise, virent la canne disparaître jusqu'à la poignée. Ils se penchèrent dehors. Elle avait réellement traversé et surgissait à l'extérieur à la manière d'une barre à porter quelque enseigne. « Bah ! dit le jeune homme philosophe, avec plusieurs couches de papier peint !... »

Il serait faux de croire que Renoir, après son mariage, se soit immédiatement confiné dans le cadre de la famille. La différence était que, maintenant, au lieu d'être chez lui partout et nulle part, il avait un point d'attache. C'était là où il trouvait ma mère, où qu'elle fût. Désormais, il ne devait quitter ce havre que pour des absences provisoires, comme les oiseaux quittent leur nid pour chasser les insectes, avec l'idée réconfortante d'y revenir bien vite. L'envie de tenir sa femme dans ses bras, de respirer sa peau fraîche, disons les choses par leur nom, de faire l'amour avec elle, le ramenait au logis. Nous savons que, à la fin de sa vie, il en arriva au point de pouvoir découvrir le monde dans les quelques mètres carrés qui l'entouraient. Avant ma naissance son champ d'expériences était encore vaste. Il avait comme capitale le Château des Brouillards, mais comprenait aussi la Provence de Fragonard et le comté de Nice ; la Bourgogne d'Essoyes et la Bretagne des petits ports, la Normandie des pêcheuses de moules et la Saintonge. Renoir courait peindre le port de La Rochelle parce que Corot l'avait peint. Non pas qu'il voulût imiter Corot. Mais il voulait partager le secret que les tours construites contre Richelieu avaient confié au vieux maître. Il sautait au Jas de Bouffan avec Cézanne, à Mézy avec Berthe Morisot, parcourait l'Espagne avec Gallimard, passait l'hiver à Beaulieu, l'été à Pont-Aven. Ma mère était du voyage quand elle jugeait que cela ne fatiguerait pas trop le petit Pierre. Elle refusa net de faire partie du voyage en Espagne. Cette expédition fut d'ailleurs courte. « Quand on voit les Vélasquez, on n'a plus envie de peindre. On se rend compte que tout a déjà été dit ! » Souvent ma mère, qui haïssait l'hôtel, s'arrangeait pour louer une petite maison qui immédiatement se transformait en domaine Renoir. Mes parents avaient le don d'être chez eux partout et d'annexer les logements les plus étrangers. « A condition que ce soient des maisons de paysans. » La vue de meubles en palissandre, de vitrines et bibelots aurait empêché Renoir de peindre. Les amis qui les visitaient en Bretagne, en Provence ou dans cette ferme de Normandie qu'Oscar Wilde habitait pendant l'hiver, avaient la sensation que les Renoir occupaient ces abris depuis toujours. Cela tenait à un vase de deux sous que ma mère avait su choisir au marché, au pan de calicot de couleur vive accroché à la fenêtre et surtout aux tableaux qui bien vite garnissaient les murs, sans cadres bien entendu, Renoir ne pouvant souffrir que les cadres anciens taillés au ciseau dans le bois dur, et « où l'on sent la main de l'ouvrier ». Les goûts de Renoir en cadres, comme d'ailleurs en tout, surprenaient les gens prétendant à un certain « bon goût ». Cette expression l'agaçait, et par réaction il aimait proclamer son « mauvais goût ». Maintenant les couleurs vives dans l'habillement des femmes sont admises, peut-être en partie grâce à Renoir. Mais de son temps, on les laissait aux villageoises. Les gens

« bien » s'habillaient de tons neutres. Même attitude devant les cadres et les meubles anciens dont on admirait la qualité, mais dont les couleurs et surtout les ors devaient être passés. Mon père rappelait qu'originairement ces cadres avaient été neufs, et conçus pour briller « comme de l'or ». Plusieurs fois je le vis s'offrir le luxe de faire redorer à la feuille un cadre qui lui plaisait. C'est le cas du cadre de mon portrait en chasseur, qui, redoré depuis bientôt cinquante ans, choque encore les visiteurs « de bon goût ». C'est un cadre italien de la fin du XVIIᵉ siècle. Renoir le choisit lui-même chez un antiquaire de Nice. Il pensait que cette masse était nécessaire pour bien isoler le tableau. « Surtout dans un salon du Midi, où tant d'autres tentations vous tirent l'œil. »

A propos d'Oscar Wilde, plus tard, j'étais déjà au collège, mon père me raconta que j'avais couché l'été dans le lit où l'écrivain couchait l'hiver. « Heureusement que ça ne se passait pas à la même saison ! » Je ne compris pas la plaisanterie et lui demandai de me l'expliquer. C'est ainsi que j'appris l'existence des homosexuels. Il me cita des exemples illustres : Henri III le dernier des Valois et sûrement un homme remarquable, Socrate, Jules César, Verlaine et Rimbaud. « On leur attribue à tort un goût exceptionnel ou une bassesse de caractère invraisemblable. La vérité est qu'ils sont souvent très malheureux et que l'attitude hostile du monde peut les aider à réaliser de bonnes choses en littérature ou en politique. » Il n'imaginait pas un peintre pédéraste. « Il y a dans la peinture un côté ouvrier qui ne va pas avec la pédérastie. C'est tout de même un passe-temps de bourgeois. » Lestringuez lui parla d'une rafle de police sur un bal de la Bastille où l'on avait coffré des tas de jeunes ouvriers invertis. Renoir s'étonna mais trouva vite l'explication. « C'est la faute de Pasteur. Avec son vaccin et tous les enfants sauvés de la variole, la population de la planète augmente dangereusement. Peut-être Dieu nous envoie-t-il la pédérastie pour rétablir l'équilibre ! »

Autre souvenir de voyage : Renoir peignait à Beaulieu, sous les oliviers. Il faisait beau. Ils avaient déjeuné agréablement dans une auberge et se sentaient bien, « pénétrés de bonheur », disait ma mère qui avait la digestion aimable. Le paysage venait facilement. Mon père avait la sensation de fixer sur sa toile un peu de la lumière vivante qui les envahissait. Soudain, venant de la gare voisine arriva une troupe de « Parisiens ». C'était fini ! Les chapeaux de paille ridicules, les corsages voyants, les piaillements des filles, les plaisanteries des garçons avaient tué la féerie. « L'homme moderne est vulgaire. L'homme ancien l'était aussi. Mais ça se limitait aux nobles et aux bourgeois imitant les nobles. Les autres n'en avaient pas les moyens. » Souvent je me demandais si ce genre de réflexion ne cachait pas chez Renoir une certaine misanthropie, cependant démentie par ses actes et surtout par sa peinture. Je suis maintenant certain du contraire. Il n'y avait pas la moindre parcelle de doute dans son esprit quant à la valeur de son espèce. Mais il avait la certitude que le progrès abaisse l'être humain en le libérant des besognes matérielles, plus nécessaires à l'esprit qu'au corps.

Les Parisiens entourèrent Renoir et, le prenant pour un peintre local, lui conseillèrent d'aller étudier à Paris. Mon père et ma mère étaient habitués. Ils ne répondirent pas et les autres se lassèrent. Une fille alors avisa un champ d'artichauts. « Oh ! des artichauts sauvages ! » dit-elle en désignant le champ, soigneusement cultivé par un paysan minutieux. Ce fut une ruée. Ce qu'ils n'arrachèrent pas fut piétiné. Renoir, outré de ce vandalisme, et ma mère, dont le sang paysan bouillait, voulurent intervenir. On leur répondit en les bombardant à coups d'artichaut. Ils durent prendre la fuite.

Je suis né au Château des Brouillards le 15 septembre 1894 un peu après minuit. La sage-femme me présenta à ma mère qui dit : « Dieu, qu'il est laid ! Enlevez-moi ça ! » Mon père dit : « Quelle bouche ! c'est un four ! Ce sera un goinfre. » Hélas ! cette prédiction devait se réaliser. Abel Faivre, qui était venu passer la nuit avec Renoir, déclara que j'étais un excellent modèle pour lui. C'était un caricaturiste célèbre. Il avait un culte pour mon père et essayait, à côté de ses caricatures, de peindre avec les mêmes tons clairs. Son confrère Forain l'avait surnommé « Le Renoir et les raisins ». Un autre témoin de l'événement était le cousin Eugène, fils de mon oncle Victor et sergent dans la coloniale. Le docteur Bouffe de Saint-Blaise déclara que j'aurais une santé de fer et que ma mère avait superbement supporté l'épreuve. Il avala un petit verre d'eau-de-vie de marc d'Essoyes et retourna chez lui. Gabrielle, qui suivait toutes ces opérations sans avoir le droit d'intervenir, déclara : « Eh bien moi, je le trouve beau ! » Tout le monde rit. Elle avait quinze ans, était une cousine de ma mère et était arrivée d'Essoyes quelques mois auparavant pour l'aider à l'occasion de ma naissance. Plus tard, lorsqu'elle et moi nous payions le luxe d'un petit voyage en arrière et qu'elle me répétait pour la centième fois combien j'avais été un bébé magnifique, elle ne manquait pas d'ajouter : « Dommage que tu aies changé ! » Elle disait aussi : « On n'entendait que toi. De ce côté-là tu es toujours le même. » Et se tournant vers ma femme : « Celui-là, pour lui couper le sifflet ! »

L'idée d'aller accoucher dans une clinique semblait barbare aux Français de cette époque. L'enfant devait naître entouré des sensations, des odeurs, des bruits familiaux. Son esprit encore malléable devait se former aux habitudes, voire aux défauts, aux superstitions des siens. Un gosse prenant contact avec le monde à travers les froides utilités d'une clinique risquait de devenir un être anonyme, de ne pas hériter des maux de tête de la maman ou du goût des voyages du papa. Mon père était pour l'accouchement à domicile parce qu'il trouvait les cliniques laides. « Ouvrir les yeux pour la première fois sur un mur peint au ripolin, quelle déveine ! »

En dehors de ma beauté, qu'elle était seule à admettre, Gabrielle se souvenait que le jour de ma naissance ma mère avait demandé à Mme Mathieu [1] de faire des tomates au four suivant une recette qu'elle tenait de Cézanne. « Simplement, lui avait-elle dit, soyez un peu plus généreuse en huile d'olive. » Faivre n'avait jamais goûté à ce plat. Il en fut tellement enchanté qu'il le vida entièrement, et la mère Mathieu dut lui en recuire un autre. Mon père n'avait pas faim. Il mourait d'inquiétude, pas pour son enfant, mais pour sa femme. Entre Pierre et moi elle avait eu une fausse couche. Devant Faivre et Gabrielle il s'accusait d'égoïsme. « Mettre Aline dans cet état... pour une minute de plaisir ! » Faivre, la bouche pleine, lui répondit : « Ne vous inquiétez pas, patron, vous recommencerez ! » Le cousin Eugène haussa légèrement les épaules, pas trop brusquement, car il craignait les efforts musculaires « qui fatiguent », et

---

1. Notre blanchisseuse et cuisinière.

termina ses tomates qu'il avait dégustées avec modération. Puis, s'étant rincé la bouche avec un demi-verre de vin coupé d'eau, il allongea les jambes et ferma les yeux. C'était un bel homme, plutôt grand, aux traits réguliers coupés d'une moustache militaire, la lèvre inférieure soulignée de la mouche. L'admiration de mon père pour le calme imperturbable de son neveu justifie une petite description.

Le lecteur se souvient peut-être que mon oncle Victor, de cinq ans plus âgé que mon père, avait embrassé la profession de tailleur. Un grand-duc russe, satisfait de ses jaquettes, l'emmena dans son pays où il se maria et eut un fils. Mon père prétendait que son neveu était plus russe que la Russie. Victor devint un grand tailleur de Saint-Pétersbourg, gagna de l'argent, eut une victoria attelée à deux pour l'été, un traîneau pour l'hiver et une maison de campagne. Il couvrit sa femme de bijoux. C'était une belle indolente qui ne quittait guère sa chaise longue et se nourrissait de chocolats à la liqueur. Le petit Eugène vivait avec les domestiques et un précepteur lui fit apprendre tout Eugène Sue par cœur. Pour donner une idée de cette atmosphère innocente, je transcris une histoire que le cocher racontait souvent au petit Eugène. Un prince, ami du tsar, engagea un cuisinier français du nom de Bertrand et surnommé « la sauce m'étouffe » parce que ses sauces étaient si bonnes qu'on s'en gavait jusqu'à étouffer. Cette noble famille habitait une grande maison de campagne aux environs de Saint-Pétersbourg. Une nuit la fille du prince, une délicieuse blonde de dix-huit ans, vit avec terreur le cuisinier pénétrer dans sa chambre. Elle voulut crier, mais il lui couvrit la tête avec un oreiller. Puis il écarta les draps et la violenta. Pendant l'opération, elle réussit à se dégager de l'oreiller et hurla : « La sauce m'étouffe, la sauce m'étouffe !... » Son père l'entendit de sa chambre, située dans une autre aile, et répondit dans un demi-sommeil : « Tu n'avais qu'à ne pas en manger tant ! »

Ce qui perdit mon oncle fut la vogue des costumes tailleur pour dames. Cette mode lui amena une clientèle féminine à laquelle il ne résista pas. Sa femme répondait à chaque infidélité par un peu plus de chaise longue et beaucoup plus de chocolats. Elle en mourut. Victor perdit tout son argent avec ses belles clientes, dut vendre sa maison et rentra en France avec Eugène. Il était lui-même en mauvaise santé. Le caviar et la vodka avaient fait pour lui ce que la peinture sous les giboulées de mars et les pluies d'automne devaient faire pour son jeune frère. Ma mère installa Victor à Essoyes chez des paysans où il vécut heureux pendant quelques années. Il adorait son lit et finit par ne plus le quitter. Je me souviens bien de lui, de sa ressemblance avec mon père, de son énorme édredon rouge rembourré de plumes. Je dois avouer que je me souviens aussi de l'odeur de pipi. Il n'aimait pas se lever pour aller au petit endroit et utilisait un pot de chambre dissimulé dans la table de nuit contre le lit. C'était à l'époque une habitude courante, mais mon père et ma mère ne s'y soumettaient pas. Ils prétendaient qu'il faut être bien malade pour ne pas pouvoir se lever la nuit. Cette opinion les faisait passer pour des excentriques. D'ailleurs quand je précise les souvenirs olfactifs de ma jeunesse, je suis obligé d'admettre que cette odeur agressivement âcre dominait dans les chambres à coucher des hôtels et même des luxueuses maisons particulières. Mon oncle Victor mourut sans trop souffrir, regretté par ses propriétaires qui s'étaient attachés à cet homme « qui avait fait les quatre cents coups ». Quant au cousin Eugène, ma mère s'était mis dans la tête de lui trouver un métier. Elle le plaça en apprentissage chez un marchand de toile et châssis pour peintres, fournisseur de Renoir. Au bout de huit jours ce commerçant demanda à ma mère de reprendre son neveu. Même chose chez un encadreur, chez un tailleur, finalement chez un épicier. Eugène préféra prévenir honnêtement mes parents que ce serait partout la même chose. Tout jeune, en contemplant sa mère gracieusement étendue sur sa chaise longue, il s'était juré solennellement de suivre son exemple et de ne jamais travailler. Ma mère essaya de lui faire honte. Un garçon de dix-huit ans, avec une bonne santé et de l'instruction, devait gagner sa vie. L'amour-propre ayant échoué, elle agita le spectre de la misère. Il secouait la tête, souriait avec une expression de gentil entêtement, et de sa voix traînante et légèrement nasillarde, répétait : « Ma tante, j'ai juré de ne jamais travailler et je ne travaillerai jamais. » Il ajoutait que la condition de clochard était loin de lui sembler dramatique. A bout d'arguments elle eut une idée de génie : l'armée. Sans attendre sa réponse, elle le traîna jusqu'à la caserne de la Pépinière et lui fit signer un engagement de cinq ans. Il devint rapidement sous-officier, mais refusa de suivre le cours d'élèves officiers, cette activité étant contraire à son principe de paresse organisée. Il permuta dans la coloniale et, de réengagements en réengagements, y atteignit l'âge d'une retraite modeste mais sûre. En dehors des escarmouches, batailles et débarquements qui l'amusaient, Eugène consacra la plus grande partie de ce temps à l'amélioration du réseau routier de lointaines jungles. Couché dans un hamac, nullement gêné par le bruit des pioches et les cris de ses sous-ordres, il encourageait d'un geste las les cohortes de troupiers de couleurs diverses à répandre leur sueur pour la gloire de la civilisation occidentale. Ceux-ci d'ailleurs l'adoraient parce qu'il n'élevait jamais la voix. Il ne se maria jamais, car une femme représente des frais et pour y faire face il faut travailler. Il fut tenté une fois. L'objet de sa flamme était une veuve. Elle appartenait à une tribu du Centre de l'Afrique et était d'un noir sans mélange, belle comme un morceau d'ébène. Malheureusement sa religion ne lui permettait de se remarier que cinq ans après la mort de son époux. Eugène fut envoyé en Indochine avant la fin de cette attente, et il finit par oublier sa Vénus congolaise.

Il était très courageux, et sa paresse ajoutait à son courage. Dans la cabane où il vivait, en pleine brousse indochinoise, un cobra royal s'était installé. Eugène occupait la partie inférieure du logement, le cobra le dessous du toit de feuilles de palmier. « Un camarade de chambre pas gênant, au contraire, avec lui pas de rats ! Je les entendais filer quand il rentrait le soir. Il s'installait dans les solives au-dessus de mon lit. Nous nous regardions un instant et je soufflais le photophore. Le matin il repartait à la chasse, et le bruit qu'il faisait me servait de réveil. »

Outre le russe et le français, Eugène parlait couramment le chinois mandarin, le cantonais, l'annamite et plusieurs dialectes indochinois. Quand il quitta l'armée, un de ses amis lui confia la représentation d'une grande marque de champagne pour toute la Sibérie. Il aimait bien les voyages en traîneau. « Avec de bonnes fourrures on n'a pas froid et on dort. » Mais il fallait expliquer le coup aux clients et « ça c'est du travail ». Aussi renonça-t-il à cette fortune. En 1914, à plus de cinquante ans, il se réengagea dans la coloniale et combattit sous les ordres de Mangin. Il prit part à plusieurs charges à la baïonnette et fut blessé à Verdun. J'ai encore sa médaille militaire, la plus belle

306

décoration française, en tout cas la seule qui n'ait pas été galvaudée.

On me baptisa à Saint-Pierre de Montmartre. Mon parrain était Georges Durand-Ruel, l'un des fils de Paul Durand-Ruel. Jeanne Baudot était ma marraine. Elle avait seize ans, était la fille du médecin en chef de la Compagnie des Chemins de fer de l'Ouest, et, au grand étonnement de ses parents qui avaient la sensation de poules ayant couvé un canard, elle faisait de la peinture et admirait Renoir.

Pénétrons maintenant dans notre maison du Château des Brouillards telle qu'elle était à ma naissance. Ensuite je décrirai les voisins.

La maison était le pavillon 6 du 13 de la rue Girardon. Elle avait deux étages et le grenier transformé en atelier. Le jardin était planté de rosiers et d'un arbre fruitier. Il avait environ quinze mètres de large et vingt-cinq mètres de long. Un sentier central conduisait au perron. Ce perron avait quatre ou cinq marches d'un seul côté. La rampe était en fer, peinte en noir. A l'intérieur un vestibule, se terminant sur un escalier, ouvrait à gauche sur le salon, à droite sur la salle à manger, au fond sur la cuisine et un office. L'escalier était rond comme une tour, ce qui donnait à la cuisine qui était de l'autre côté une forme bizarre. Il se rétrécissait pour descendre à la cave, mais était assez confortable dans sa partie conduisant aux étages. Mon père, comme partout où il habitait, avait fait peindre les murs des pièces communes en blanc et les portes en gris Trianon. Il était maniaque pour la composition de ce gris, exigeant que l'huile de lin fût de première qualité, que le blanc fût mélangé avec du noir animal, et non pas avec du noir de pêche. Il aimait le vrai gris issu d'un vrai blanc et d'un vrai noir d'ivoire, le meilleur. Il reprochait au noir de pêche de

« sentimentaliser le gris » en lui donnant un reflet bleuâtre.

Les pièces les plus grandes mesuraient environ quatre mètres sur cinq. Dans la salle à manger, Renoir avait peint en transparence une partie des carreaux de sujets mythologiques. Je ne sais pas ce que sont devenus ces carreaux. Les deux autres étages étaient divisés comme le rez-de-chaussée. Ma mère couchait au premier au-dessus de la salle à manger ; mon frère Pierre, quand il venait le samedi, au-dessus du salon ; Gabrielle, au-dessus de la cuisine. Il y avait un embryon de salle de bains au-dessus de l'office. C'était une simple chambre munie d'un vidoir pour les eaux sales. On se lavait la figure dans des cuvettes posées sur des tables recouvertes d'un marbre. Les bains complets se prenaient dans des « tubs » ronds en zinc d'à peu près vingt centimètres de haut. On se mouillait le corps avec d'énormes éponges. Comme vous le savez, on allait chercher l'eau à la pompe à l'entrée de l'allée principale. Renoir couchait au second où l'autre chambre était destinée aux amis de passage, et celle du fond, au-dessus de Gabrielle, à quelque servante de renfort. Passons maintenant aux voisins.

Quelques-uns sont très nets dans mon imagination. De certains autres il ne me reste qu'une intonation, un geste. Mes véritables impressions du Château des Brouillards doivent venir de nos visites après que nous l'eûmes quitté et alors que j'approchais de l'âge de raison. Je me souviens de mon ennui devant l'accueil bruyant que me réservaient nos anciennes voisines. « C'est un grand garçon maintenant ! Il ne fait plus pipi au lit ! » J'échappais à ces politesses d'adultes et me réfugiais dans le coin des enfants. J'étais persuadé que la maison était toujours la nôtre, et que nous étions en voyage rue de La Rochefoucauld. J'eus une sérieuse crise de larmes quand je vis un monsieur inconnu sortir une clef de sa poche et y entrer comme chez lui. Mme Brébant pour me consoler me donna une petite assiette en faïence imprimée. Ce cadeau me toucha parce que je savais vaguement que mon père avait peint des assiettes. Celle-ci était très laide, mais je ne crois pas que les enfants, même poussés au milieu des toiles de Renoir, soient facilement choqués par la laideur. Je me rappelle très bien Mme Brébant me donnant cette assiette. Elle devait avoir à peine passé la soixantaine. Pourtant elle me paraissait d'une vieillesse surnaturelle. Elle était habillée comme au début du Second Empire, avant les crinolines. Je vois encore un amas de « ruches » noires. Elle s'avançait lentement dans son jardin, tenant d'une main l'assiette et de l'autre une ombrelle à manche pliant. Elle était précédée de ses deux petites levrettes, Finette et Falla, qui jappaient d'une voix perçante. Mon père en les entendant déclarait approuver les Chinois qui mangent du chien. Le fils, Maurice Brébant, se tenait à quelque distance. Il me fit un signe amical et je compris qu'il viendrait me parler quand sa mère aurait vidé les lieux. Il était âgé d'une quarantaine d'années, gros, chauve et très gentil. Mme Brébant, découvrant la présence de son fils, lui fit signe d'approcher, ce qu'il fit de mauvaise grâce. Mme Brébant dit à ma mère : « Il faut donner tous les jours un lavement à votre petit Jean. Les enfants ont tendance à être constipés. C'est comme mon petit Maurice ! » Ce dernier eut un geste d'impatience et s'éloigna vers le fond du jardin. Une voisine, fille des Vari, passait. Il l'aborda et affecta de lui parler à voix basse pour bien nous prouver son indépendance. Les filles Vari habitaient avec leurs parents une des petites maisons du bas du talus, sur la place de la Fontaine-du-But. Elles étaient belles et si nombreuses qu'on renonçait à les compter. L'une d'elles avait mon âge et venait jouer avec moi. Les parents Vari et les filles étaient tous modèles. Mon père en fit poser quelques-unes. Mme Brébant souriait d'un air entendu. « Maurice n'en fait qu'à sa tête. Le voilà qui parle à une de ces filles ! Comme si ça pouvait m'impressionner ! » Plus tard je me suis souvent demandé comment Maurice avait eu le courage de faire construire la cloison en briques qui séparait son logement de celui de Mme Brébant. Ma mère était d'avis qu'il avait dû se retrancher derrière une raison apparemment affectueuse, par exemple le bruit qu'il faisait en ronflant. Tout le monde savait que Mme Brébant avait le sommeil léger.

Outre Finette et Falla, Mme Brébant avait des oiseaux. Un jour elle vint trouver Gabrielle : « Ne dites pas à Mme Renoir que mon petit Fifi est mort. Ça pourrait lui donner un tel coup ! » Fifi était un serin.

Mme Brébant était fort riche. Elle possédait tous les terrains autour de la rue Saint-Vincent. L'autre côté du Château des Brouillards appartenait au père Griès. Elle devait tout perdre en procès stupides. Sa manie de dominer lui amenait constamment des histoires qui la ravissaient, car elle aimait la procédure. Au demeurant, un cœur d'or, un des derniers spécimens d'une bourgeoisie qui avait été grande.

La concierge s'appelait la marquise de Paillepré. Son mari était le descendant authentique d'une famille de bonne noblesse. Un de ses ancêtres s'était ruiné avec M. de Beaumarchais dans l'affaire de la fourniture des armes aux insurgés américains. Ce même ancêtre s'était plus tard fortement compromis par ses idées ultra-révolutionnaires, et son amitié pour Robespierre et Marat. Il aurait même contribué à faire tomber quelques têtes de collègues aristocrates. Lui-même avait été guillotiné après la chute de la Montagne. Sa Majesté Louis XVIII, à son retour en 1815, avait jugé ces raisons suffisantes pour ne pas aider sa veuve et ses enfants qui avaient pu garder leurs terres sous Napoléon, mais ensuite durent les vendre par petits morceaux pour assurer leur subsistance. Le dernier des Paillepré était un homme charmant que mon père aimait beaucoup. Il était livreur chez Dufayel et parfaitement satisfait de son sort. Après son travail il aimait fumer une pipe en regardant Renoir peindre dans le jardin. Il ne disait rien du tableau en train mais racontait volontiers sa journée, essayant de décrire les clients auxquels il avait livré des buffets Henri II ou une de ces lanternes imitation de fer forgé et à verres de couleur, chères à Courteline. Ce genre de conversation convenait parfaitement à mon père qui se sentait à son aise pour travailler au milieu de gens suivant leur propre voie sans essayer de pénétrer dans la sienne. Son séjour au Château des Brouillards fut prolifique. Pour qu'il me l'ait dit, si l'on songe à l'énormité de sa production habituelle, cela a du être stupéfiant. L'endroit lui était favorable.

Le titre que sa naissance avait apporté à M. de Paillepré l'agaçait. Quand on y faisait allusion il haussait les épaules. « Ne parlons pas de ça ! » Au contraire, sa femme, la concierge, acceptait le défi. D'extraction modeste, elle avait le goût de la lutte. Après avoir vidé les boîtes à ordures, elle revêtait une longue robe cachant les pieds, comme c'était la mode, et se promenait lentement dans l'allée en affectant de s'éventer nonchalamment. Mme Brébant interrompant le jeu lui disait : « Madame la marquise, avec votre jupe, vous balayez les crottes de mes chiens. » Et Mme de Paillepré oubliant son personnage riait de tout son cœur.

Paul Alexis, poète et journaliste, habitait le pavillon à côté du nôtre. « Un être plein de vie, généreux, toujours gai et enthousiaste. » C'était un grand ami de Zola qui à cette époque venait assez souvent voir mon père. Renoir, qui n'avait pas oublié l'attitude de l'écrivain vis-à-vis de Cézanne, faisait de son mieux pour cacher son sentiment véritable. Il avait peur de faire de la peine à Alexis pour qui Zola était un dieu. Ses ennemis prétendaient qu'il avait trouvé sa femme dans une maison close. Renoir n'en croyait pas un mot et respectait Mme Alexis, « une femme d'une distinction rare ». Les Alexis avaient une très jolie petite fille qui posait souvent pour mon père. Les filles de M. Lefèvre, un autre voisin, flûtiste à l'Opéra, sont dans le tableau intitulé *Les Petites Filles au croquet*. Une autre jeune voisine, que mon père aimait peindre, était Marie Isembart. M. Isembart était professeur dans un lycée de Paris.

Plus haut dans la rue Girardon, au coin de la rue Norvins, habitait une famille que mes parents voyaient beaucoup, les Clovis Hugues, « des Méridionaux parfaits ». Lui, était écrivain et député de Montmartre. Mon père le trouvait « remarquable et vraiment éloquent » et prétendait que s'il avait été moins bohème il serait devenu président de la République. « Seulement voilà, en politique il faut de l'hypocrisie, pas de caractère et un ton mesuré. Il n'y a que les médiocres qui ne font pas peur. » Une dizaine d'années auparavant les Clovis Hugues avaient été mêlés à un scandale retentissant. Mme Clovis Hugues avait tiré plusieurs coups de revolver sur un maître chanteur qui la harcelait. Elle avait été jugée et acquittée au cours d'un procès célèbre. Tout cela était bien oublié. Au Château des Brouillards on n'en parlait jamais.

Clovis Hugues venait raconter à Renoir tous les

potins du quartier. Les anticléricaux s'agitaient à cause de la construction du Sacré-Cœur. Pour répondre à cette provocation ils projetaient de donner à la rue conduisant à la basilique le nom du Chevalier de La Barre, torturé et mis à mort à Abbeville vingt-cinq ans avant la Révolution, pour ne pas avoir salué une procession et avoir chanté une chanson grivoise sur Marie-Madeleine. Clovis Hugues trouvait que l'importance donnée à ce « bon jeune homme » était exagérée : « Un vaincu en face de leur gâteau de Savoie, il nous faudrait glorifier un vainqueur. Pourquoi pas Robespierre ? Lui au moins avait chassé Jésus-Christ de Notre-Dame et l'avait remplacé par une belle fille costumée en déesse Raison. Son nom fait encore trembler les curés. »

Ce qui amusait mon père dans ce récit était l'importance que prenait le nom de Robespierre dans ce gosier méditerranéen : « Un roulement de tambour. On eût dit qu'il y avait dix *r* ! » Mme Hugues faisait de la sculpture et se teignait les cheveux en roux. Mireille Hugues, âgée d'environ douze ans, est dans *Les Petites Filles au croquet* avec les petites Lefèvre. Un jour elle se présenta à ma mère avec la moitié de la tête rouge et l'autre brune. Elle avait voulu essayer la teinture de Mme Hugues, mais il ne restait qu'un fond de flacon. Bien qu'élevée à Paris elle avait conservé son accent. Elle était très exubérante, jouait comme une folle, tombait, se cognait, était couverte de bleus. Un jour en regardant passer un enterrement elle se pencha tellement à la fenêtre qu'elle tomba du deuxième étage. Elle se releva en riant, fortement courbatue mais trop fière pour l'admettre. « Un chat », disait d'elle ma mère. « Une chatte, répondait mon père, cela vaut mieux pour une fille. » Pendant la Première Guerre mondiale, Mireille eut une conduite héroïque et fut décorée. Nous voyions moins Marianne déjà presque une jeune fille. Parfois elle faisait un saut chez nous, quand ça lui chantait, pour le plaisir. Les commères regardaient avec étonnement sa robe de velours bleu ciel qui jurait avec ses bas troués. Blanchette ne songeait qu'à la musique. On la soupçonnait d'être amoureuse d'un ténor de l'Opéra-Comique. La quatrième sœur s'appelait Marguerite. Dans le quartier on critiquait les allures « artistes » des filles Hugues. Mon père les approuvait. Après de longues années, lorsque dans nos conversations il me parlait de ces gentilles voisines, il ne pouvait retenir un sourire attendri. « Elles aimaient à s'amuser, dansaient au Moulin de la Galette, mais c'étaient de braves petites filles. » Me souvenant de l'affection de mon père pour cette famille, c'est avec émotion que je revis Marianne un quart de siècle plus tard. Elle tenait le restaurant Marianne, boulevard de Clichy. Nous avions tous deux beaucoup changé.

Un matin, drame : Clovis Hugues se rendant à la Chambre des députés n'avait trouvé qu'une de ses bottines vernies et parcourait le quartier en chaussettes, la brandissant et réclamant l'autre. Les petites s'étaient disputées et lancé des objets à la tête. Quelques-uns de ces objets, dont la bottine, avaient passé par la fenêtre. On la retrouva dans le tas de feuilles mortes devant chez Mme Brébant.

Un autre habitant de la rue Girardon était l'égyptologue Feuardent. Il venait prendre l'air sous les ombrages du Château des Brouillards. On le disait calme et bienveillant. Il me tapotait la joue d'un doigt amical, ce qui me rendait furieux. Parmi les connaissances il y avait encore la marchande de journaux dont la sœur Blanchette, âgée de quarante-trois ans, était simple d'esprit et jouait à colin-maillard avec les

gamines. Le tapissier du quartier s'appelait M. Le-
bœuf. Il épousa Mlle Leveau. Le blanchisseur ne
dessaoulait pas. Il attendrissait ma mère et Gabrielle
parce que son accent de la Nièvre ressemblait à celui
d'Essoyes. Il laissait tomber le linge dans le ruisseau.
C'est cet inconvénient qui décida ma mère à s'en
séparer. Cette importante décision amena la famille
Mathieu dans la maison.

Sur la Butte, on ne se faisait pas de visites, mais on
se voyait tout le temps. Il n'y avait jamais d'invitations
à déjeuner ou à dîner. Mais on disait : « J'ai une
blanquette de veau, est-ce que ça vous chante ? » Et,
dans l'affirmative, on ajoutait un couvert. Aujourd'hui
un semblable événement se prépare très à l'avance. On
se téléphone, on réunit les gens qui vont ensemble, et
on évite les rencontres dangereuses. Cela prend les
allures d'une réunion diplomatique. Ces dames du
Château des Brouillards ne faisaient jamais salon.
Mais elles surgissaient dans la cuisine de la voisine
pour lui demander un brin de cerfeuil ou lui apporter
un échantillon du vin que le mari venait de mettre en
bouteilles. Cette communauté n'était pas soumise à la
monotone tyrannie des usages. Le coup de chapeau
des messieurs aux épouses de voisins, la révérence des
petites filles aux grandes personnes étaient plutôt une
traduction parisienne du « Nous sommes du même
sang toi et moi », de Mowgli.

Remontons au temps où ma mère était enceinte de
moi. Elle eut l'idée de faire venir une cousine d'Essoyes
pour l'aider. Gabrielle Renard avait quinze ans. Elle
n'avait jamais quitté son village natal. Les sœurs lui
avaient donné une bonne instruction. Elle savait
coudre et repasser. Elle devait le bénéfice de cette
éducation religieuse à son père qui voulait embêter

l'instituteur laïque qu'il trouvait prétentieux. L'enseignement des bonnes sœurs était largement complété par les leçons que la jeune Gabrielle recevait au sein de sa famille. A dix ans elle savait reconnaître l'année d'un vin, attraper des truites à la main sans se faire prendre par le garde champêtre, garder les vaches, aider à saigner le « gouri », aller chercher l'herbe pour les lapins et ramasser le crottin des chevaux qui revenaient des champs. Ce crottin était un trésor convoité. A peine tombait-il en brioches fumantes sur la route blanche qu'une nuée de rivaux se précipitait pelle et seau en main. Chaque gamin d'Essoyes était fier du fumier familial qui trônait au milieu de la cour et tenait à l'enrichir. De là des luttes épiques dont Gabrielle sortait en général victorieuse mais en lambeaux. Sa mère, insensible à la beauté du butin, concluait l'aventure par une paire de claques. Les mains des mères étaient lestes à Essoyes. Les gosses hurlaient et ne s'en portaient pas plus mal. Gabrielle ne mettait ses chaussures que pour entrer chez les sœurs le matin, et le soir, en sortant, les retirait aussitôt. Quand les sœurs la rencontraient dans la rue, elles lui disaient qu'une petite fille qui marche nupieds ne deviendrait jamais comme Mlle Lemercier, la fierté du village, qui portait une voilette, venait de passer son brevet et allait épouser un fonctionnaire colonial. Gabrielle répondait qu'elle ne voulait pas être comme Mlle Lemercier. En général les sœurs réussissaient à donner à leurs élèves un vernis de bonne tenue. Avec Gabrielle c'était un échec complet.

Son père était grand chasseur. L'hiver, chez les Renard, on mangeait souvent du sanglier. On se disputait la hure qui est le morceau de choix. Pour mettre tout le monde d'accord, M. Renard finissait par se l'attribuer. Un jour il rapporta un petit marcassin vivant. Cet animal devint le compagnon favori de Gabrielle. Quand il fut plus grand, elle montait dessus. Il partait au grand galop dans la rue de l'église et finissait par se débarrasser de son écuyère qui roulait dans la poussière au grand dommage de sa robe, d'où une nouvelle distribution de claques. Gabrielle s'en fichait pas mal. Les gosses d'Essoyes ont un truc. Ils reculent légèrement la tête au moment précis où la main va s'appliquer sur la joue. Cela atténue le coup. Ce mouvement doit être accompagné de hurlements de chat écorché. La mère satisfaite retourne à ses occupations dont la principale est de raconter aux voisines des histoires d'accidents et de maladies. Ce n'étaient qu'accouchements meurtriers, corps de vignerons broyés sous les roues des lourds tombereaux, enfants noyés dans les eaux noires du bief du moulin; plus c'était effroyable et plus grand était le succès de la narratrice.

Le marcassin de Gabrielle devint un énorme sanglier et manqua d'éventrer une vache qui lui déplaisait. Il fallut l'abattre et le transformer en jambons et saucisses.

Gabrielle allait le dimanche à la messe avec sa mère et, mal à son aise dans une robe empesée, distribuait le pain bénit. Cela ne l'empêchait pas de se joindre aux gamins qui suivaient le curé dans la rue en imitant le cri du corbeau. Essoyes s'enorgueillissait d'une solide et ancienne tradition anticléricale. Les femmes allaient à l'église, mais les hommes y mettaient rarement les pieds. C'était même un des derniers villages où se pratiquait encore la cérémonie qui consiste pour les hommes à se réunir le Vendredi saint sur le parvis de l'église et à y manger du saucisson. Ce geste symbolique tendait à bien montrer que l'on avait dépassé l'âge des superstitions moyenâgeuses.

Gabrielle arriva à Paris un soir de l'été 1894. Ma mère l'attendait à la gare de l'Est. Gabrielle connaissait déjà mon père qu'elle avait vu à Essoyes, mais qui était pour le moment chez Gallimard en Normandie. Quand elle arriva au Château des Brouillards, elle s'exclama : « Le beau jardin ! Il n'y a pas de fumier ! » Le lendemain matin ma mère, ne la voyant pas, cogna à sa porte. Pas de réponse. Gabrielle était dans la rue, déjà en train de jouer avec les gosses du quartier. Elle pensa que c'était de bon augure. Tout ce qu'elle comptait demander à la jeune cousine était de jouer avec moi quand je serais arrivé. Pour les soins et la nourriture de ses enfants, elle ne s'en remettait qu'à elle-même.

Quelques mois plus tard, au début de l'hiver 1895, j'attrapai une sérieuse bronchite. Il gelait à pierre fendre, et les murs du Château des Brouillards offraient une piètre défense contre les rigueurs du froid. Pendant plus d'une semaine ma mère et Gabrielle ne prirent pas un instant de sommeil. Tandis que l'une montait du bois pour alimenter la cheminée, l'autre me faisait des enveloppements chauds. Je devais être porté continuellement. Dès qu'on me posait sur un lit, je commençais à étouffer. Enfin elles se décidèrent à envoyer un télégramme à mon père. Il était en train de peindre dans le Midi, à la Couronne, près de Marseille, en compagnie de Jeanne Baudot, ma marraine, et ses parents. Il lâcha sa toile et ses pinceaux, courut à la gare sans même prendre sa valise et sauta dans le premier train pour Paris. Il arriva juste à temps pour relayer les deux femmes épuisées. A force de tendresse ces trois êtres me tirèrent de là où j'aurais dû normalement rester. Le danger passé, on n'en parla plus. Sans Gabrielle j'ignorerais tout cela.

Si j'évoque cette vieille histoire, cela n'est pas par un

intérêt exagéré pour mes maladies d'enfant. C'est parce qu'elle montre bien le genre de la maison. La grande caractéristique de mon père et de tout son entourage, c'était la pudeur. Instinctivement ils se méfiaient de tous les sentiments trop visibles. Renoir, sans hésiter, aurait donné sa vie pour ses enfants. Mais il eût trouvé indécent de faire part de ses sentiments à qui que ce fût, même peut-être à lui-même.

Il se rattrapait devant son chevalet. Alors là plus de retenue. De son pinceau aigu et tendre il s'en payait à cœur joie de caresser les fossettes du cou, les petits plis des poignets de ses gosses, et de crier à l'univers tout son amour paternel.

Cette ombrageuse discrétion ne se limitait pas à ses sentiments envers ses enfants. Tout ce qui le touchait profondément, il le gardait comme un trésor caché. Il disait, à propos du geste de Déroulède ramenant en France un petit peu de terre d'Alsace : « Je n'aime pas ça. Si notre patriotisme lui aussi prend des formes publicitaires, c'est que nous allons bien mal. »

A force de radoter avec Gabrielle sur le Château des Brouillards où s'écoulèrent mes trois premières années, je ne sais plus quelle est la part de mes souvenirs directs. Elle m'affirmait que je ne pouvais avoir oublié : « Moi je me souviens bien de la noce à Auguste Philippe à Essoyes quand il s'est marié avec Virginie Manger, et j'avais deux ans et demi. Bien sûr faut pas être trop bête. Il y en a, c'est comme les moutons, ils ne voient pas plus loin que la croupe du voisin. — Tout de même, j'ai eu cette bronchite à l'âge de six mois, tu ne crois pas que j'étais un peu jeune... — Que tu aies oublié la bronchite, je veux bien, mais le Château des Brouillards !... Tu ne te rappelles pas la cuisine qui était ronde comme une espèce de tour ? et comme tu étais méchant quand je te portais ? et la petite voisine qui t'appelait « le beau petit Dan » ? et tu lui souriais en tendant les bras... » C'était la petite Itier. Elle avait trois ans. Ses parents qui habitaient la rue Girardon étaient des gens du Nord. M. Itier travaillait dans un ministère. C'était la grande époque de la bicyclette. Les Français venaient de découvrir la « petite reine » et se précipitaient en pédalant sur les routes poudreuses. M. Itier partageait cette passion nationale et l'avait communiquée à Mme Itier. Dès que leurs loisirs le leur permettaient, ils enfourchaient leur tandem et se ruaient à la découverte d'horizons nouveaux, lui en pantalon et bas genre anglais, elle vêtue de cette culotte cycliste qui faisait fureur chez les femmes sportives. Leur petite fille était de la fête, installée dans un petit siège d'osier fixé au-dessus du guidon. Cela faisait frémir mon père qui passait sa vie à trembler pour les enfants. Un jour le tandem des Itier dérapa. Ils allèrent rouler le long d'un talus escarpé. Ils se relevèrent contusionnés. Leur petite fille avait été tuée sur le coup, le crâne fendu. Soixante ans plus tard, Gabrielle était encore tout émue de cette tragédie. « Elle était si gentille quand elle s'approchait de moi sur la pointe des pieds, de peur de te réveiller, et murmurait à mon oreille : « Montre-moi ton beau petit Dan !... »

J'étais un bébé gâté. Gabrielle, malgré les objurgations de ma mère, me portait constamment. Notre double silhouette, déambulant dans les rues de Montmartre, était si familière que Faivre en fit une caricature me représentant dans les bras de Gabrielle entourée des commères du quartier. Dans le fond, une guillotine vient juste de fonctionner et la tête d'un homme roule dans le panier de sciure. Et les femmes me disent avec des mines : « C'est un grand garçon maintenant. Il a la tête de plus que son père ! »

Après la mort de la petite Itier, je devins désagréable avec les gens qui voulaient m'approcher. Je tolérais vaguement les enfants, mais à l'approche des grandes personnes je hurlais : « A tou Dan », ce qui peut se traduire par : « Il ose essayer de toucher Dan. »

Après de vains essais pour prononcer le nom de Gabrielle, je décidai finalement, après être passé par Gabi-bon, de l'appeler plus simplement Bibon. Ce nom lui resta jusqu'à l'enfance de mon futur frère Claude qui, sept ans plus tard, devait la baptiser Ga, pour le reste de sa vie.

Pour aller du Château des Brouillards à la rue Tourlaque et retour, mon père quatre fois par jour traversait le Maquis. Ma mère, Gabrielle et moi-même, y allions chercher des escargots. L'expédition était périlleuse, le terrain étant sauvagement défendu par d'épais buissons d'aubépines. Les baraques des habitants semblaient étouffées par cette végétation. Cela commençait derrière l'enclos du père Griès et descendait jusqu'à la rue Caulaincourt. L'actuelle avenue Junot était un fouillis de roses. La survivance de ces baraques bâties par les habitants eux-mêmes sans souci des règles de sécurité ou d'hygiène, échappant aux impôts, aux règlements, était due au fait que l'instabilité du sol argileux ne permettait pas la construction de grands immeubles. Les propriétaires tiraient ainsi quelques sous de la location de terrains autrement inutilisables. Les baux étaient à long terme, sinon les occupants ne se seraient pas donné la peine de bâtir. Leurs bicoques faites de planches trouvées dans les déchets de la construction des immeubles voisins reflétaient le goût des architectes improvisés, allant depuis le genre « cottage » au toit incliné et aux fenêtres encadrées de vigne vierge, jusqu'à la cabane branlante hâtivement recouverte d'un morceau de carton bitumé. Les animaux pullulaient, chats, chiens. Un vieux monsieur, vêtu hiver comme été d'une redingote élimée et décoré des palmes académiques, préparait depuis vingt ans un numéro pour une baraque foraine, consistant en une course de chars romains dont les chevaux étaient des rats et les cochers des souris : Ben-Hur avant le cinéma ! Mais le diable lui avait soufflé la manie de la perfection, et son numéro n'était jamais au point. On le respectait parce qu'il touchait une pension du gouvernement.

La police ignorait le Maquis, ne s'y aventurant que le plus rarement possible et pour des raisons définies, par exemple quand elle voulut arrêter les faux-monnayeurs. C'étaient deux jeunes gens très bien, graveurs de leur métier et habitant l'une des maisons les plus élégantes de l'agglomération, sorte de chalet suisse, en bois bien entendu. Ils avaient semé du gazon devant la porte, planté un petit sapin et construit une rocaille en ciment. Grâce à un arrosage vigilant, ce paysage miniature restait très vert et pouvait à la rigueur évoquer une prairie helvétique. Mon père leur disait qu'il manquait une vache et ils répondaient qu'ils y songeraient. L'intérieur de la maison était décoré à la suisse, poutres peintes en marron, meubles en bois découpé et coucou surgissant de sa boîte pour marquer les heures et les demies. Ils avaient eu l'idée originale d'orner le jardin de clochettes de vaches. Elles pendaient partout, autour des portes, le long de la barricade, aux branches du sapin. Les visiteurs étaient accompagnés d'un véritable carillon. C'était très original. Ils avaient aussi un grand chien qu'ils recommandaient de ne pas caresser. Ils venaient souvent voir Renoir, admiraient sa peinture et lui racontaient qu'ils espéraient faire un héritage. La police, après avoir franchi le jardin au son argentin des clochettes, trouva la maison vide. Les jeunes gens s'étaient échappés par une fenêtre de derrière, donnant sur un sentier qui aboutissait directement rue Lepic, au-dessous du Moulin de la Galette. Le chien faillit dévorer un agent. Joséphine, notre marchande de poisson, vint calmer l'animal. Les jeunes gens le lui avaient donné quelques jours avant, prévoyant leur brusque départ. On trouva un matériel complet à fabriquer des billets de banque. On prétendit qu'ils en avaient écoulé pour plus de cinq cent mille francs et qu'ils avaient acheté un château en Suisse. Bien entendu certains les soupçonnaient d'homosexualité. Le poète Jean Lorrain, qui les avait rencontrés, trouvait cette accusation ridicule. Leur association était purement professionnelle.

Joséphine, leur voisine, était âgée d'une cinquantaine d'années. Tous les matins, avant le jour, elle partait aux Halles et en revenait avec deux grands paniers remplis de poissons. Elle était petite et maigre, rapide dans ses mouvements et annonçait son poisson d'une voix qui traversait les murs du Château des Brouillards, ce que mon père considérait comme loin d'être un exploit. Elle le connaissait bien, car il s'arrêtait quelquefois à écouter son bavardage en rentrant le soir de la rue Tourlaque. Le matin leurs horaires ne coïncidaient pas. Au moment où il descendait la pente du Maquis, elle était dans les rues de Montmartre en train d'écouler sa marchandise. Ma mère lui commandait d'avance le poisson qu'elle pensait pouvoir plaire à Renoir. Leur régal était le hareng, mais seulement quand il était extrêmement bon marché. C'était la preuve que les bancs partis de la mer du Nord pour leur migration annuelle longeaient les côtes de France. Quand les prix montaient, c'est que les harengs avaient été pêchés plus loin et avaient voyagé après la pêche. Avant de revenir à

323

Joséphine, je donne rapidement une information qui me semble d'importance : c'est que ces harengs étaient grillés sur du charbon de bois et servis avec une sauce moutarde. Je ne terminerai d'ailleurs pas cette promenade dans le passé sans noter quelques recettes de ma mère et donner une idée de notre régime alimentaire.

Joséphine habitait dans le Maquis une grande baraque assez délabrée. Des morceaux de toile cirée bouchaient les trous du toit. Son terrain était plus grand que celui des autres. Elle élevait des poules et des lapins, dont elle ajoutait le commerce à celui du poisson. Elle avait aussi des chèvres qui, à notre grande admiration, dévoraient à belles dents les buissons épineux de la colline. Ses animaux étaient très bien soignés. Gabrielle me menait souvent la voir parce que devant la maison il y avait un beau tas de fumier qui lui rappelait Essoyes. Joséphine aimait terminer tous ses travaux le matin. L'après-midi elle se reposait, jouant à la grande dame, recevant les voisins, donnant son opinion sur les événements politiques. Elle trônait à côté du fumier dans un grand fauteuil doré, cadeau d'une de ses filles. Elle ne cachait pas son mépris pour la République et ses ministres « sortis on ne sait d'où ». Elle souhaitait le retour du roi, entouré de ses courtisans en costumes brodés et perruques blanches. « Ceux-là savaient parler aux femmes ! » Elle soupirait en murmurant les noms de Diane de Poitiers, de la Pompadour et de la Du Barry. « De nos jours, les femmes de ministres font le marché et discutent le prix du merlan ! » L'intérieur de la maison de Joséphine était bourré des témoignages d'affection « des petites ». Les coffrets d'argent ciselé, les corbeilles à ouvrages recouvertes de satin voisinaient avec les chaises bancales et contrastaient avec les planches mal rabotées des cloisons. L'une des filles était danseuse à l'Opéra. Elle avait un ami âgé chirurgien connu, affectait une élégance discrète, et se spécialisait dans les cadeaux utiles : tricots de laine épaisse, fourneau perfectionné, machine à fabriquer les sorbets, etc. L'autre fille avait mal tourné. Elle arrivait chez sa mère dans une victoria à deux chevaux avec un cocher en livrée. C'est d'elle que venaient le fauteuil doré et la grosse bague qui ne quittait jamais le doigt de Joséphine. Les deux sœurs s'évitaient, mais parfois le hasard faisait coïncider leur visite. Très vite la conversation devenait aigre-douce. Celle à l'équipage insistait sur une malheureuse erreur du chirurgien qui avait oublié ses lunettes dans le ventre d'un opéré. La danseuse répliquait par des allusions à certains paillassons sur lesquels tout Paris venait se rouler. Au moment où les insultes allaient dégénérer en crêpage de chignon, Joséphine ramenait ses filles au sens des convenances à l'aide d'une bonne volée de bois vert. La badine à la main, elle les poursuivait à travers la maison, la cour, le poulailler. Les animaux ponctuaient la correction de leur vacarme. Tout le quartier était alerté. Le cocher en livrée affectait d'arranger la bride d'un de ses chevaux. Cela se terminait par des larmes et des embrassades. L'hétaïre offrait à la danseuse de la ramener chez elle. Le cocher, cérémonieusement, ouvrait aux deux filles les portes de la victoria.

C'est surtout à la fin de sa vie, en Californie, que Gabrielle aimait à évoquer le Château des Brouillards. « Tu te rappelles quand la fille de Joséphine avait marché dans un caca de chien et que son cocher faisait le dégoûté. « Madame, mon tapis ! » Elle lui avait répliqué avec hauteur : « Mon ami, si vous n'aimez pas la m... il vous faudra chercher une autre place. » Et Gabrielle insistait : « Tu te rappelles sûrement de

sa tête de beau larbin. — Je te jure que non. »
Maintenant qu'elle n'est plus là, qui se souvient de
Joséphine et de ses filles, qui peut m'ouvrir une fenêtre
sur un passé qui m'apparaît comme le jardin d'Eden
dut apparaître à Adam après qu'il eut goûté au fruit de
l'arbre de science ?

Pendant que Gabrielle ouvrait ainsi mes yeux à la
connaissance d'un monde encore relativement innocent, ma mère tricotait, cousait, reprisait. Mon père
gagnait maintenant assez d'argent pour nous permettre de vivre agréablement, mais elle se méfiait.
Constamment les marchands suppliaient Renoir de
reprendre sa première manière, qui devenait à la
mode. Cela le mettait en rage. Et sa femme était
terrorisée à l'idée que le besoin d'argent pourrait le
détourner de sa constante recherche d'un but qu'elle
ne savait pas préciser, qu'elle ne devinait peut-être
même pas, mais auquel elle croyait de toute son âme.
Les séances de couture avaient lieu dans le jardin.
Mme Lefèvre, toujours très élégante, racontait le dernier mélodrame représenté au théâtre Montmartre où
elle partageait une loge avec les Clovis Hugues. Le
vendredi, personne ne savait pourquoi, elle sortait ses
dentelles. Mme Brébant en robe à traîne et Mme Isembart se joignaient au groupe. Finette et Falla, couchées
aux pieds de leur maîtresse, gardaient les habituées du
lieu contre l'approche de tout visage nouveau.
Mme Alexis lisait des récits de voyage. La flûte de
M. Lefèvre fournissait l'accompagnement parfait à ces
séances champêtres. Le dimanche, quand mon frère
Pierre n'était pas à Sainte-Croix, il jouait « au théâtre » avec les petites Clovis Hugues. Ils s'affublaient
de vieux rideaux et imitaient les mélodrames que les
grandes personnes avaient vus au théâtre Montmartre.

« Pierre sera acteur », disait ma mère, qui ne savait pas si bien dire.

Un autre coin du Maquis où Gabrielle m'emmenait souvent était l'atelier d'un très gros peintre dont, au moment de nos conversations californiennes, elle avait oublié le nom. Sa femme était aussi grasse que lui. Ils n'arrêtaient pas de croquer du nougat. Il peignait toujours le même tableau ; des chevaliers en armure se reposant sous un chêne avec leurs chevaux. Il expliquait à Bibon que, ayant mis au point ce sujet une fois pour toutes, éliminé toutes les erreurs et incorrections, il offrait ainsi au client la garantie d'une perfection rendue seulement possible par cette rigoureuse spécialisation. « Si je changeais de sujet, tout serait à recommencer ! » Par exemple la croix que l'on voyait sur le chevalier du milieu était noire. Longtemps il l'avait peinte blanche, ce qui était une erreur chronologique. Il partait tous les mardis, à pied, son tableau sous le bras, et le proposait à des marchands différents. Quand ça ne marchait pas avec les marchands de tableaux, il se rabattait sur les tapissiers décorateurs, les cafés, maisons closes, voire les théâtres ambulants. Il était bon vendeur et presque toutes les semaines casait un tableau qu'il repeignait le lendemain matin en quelques heures.

Autre figure du Maquis restée vivante dans l'imagination de Gabrielle : Bibi la purée, un poète famélique. Il venait réciter des vers à ma mère qui en échange lui offrait une tranche de viande froide avec des cornichons. Il en vidait le bocal et aussi la bouteille de vin qui accompagnait ce casse-croûte. Mon père, qui se trouvait toujours à son atelier durant ces visites, le croisa un jour dans le Maquis. « Bonjour, monsieur Renoir. Je suis Bibi la purée, le poète. La patronne me connaît bien. — C'est vous qui videz mes bocaux de cornichons ? — Oui, et je profite de l'occasion pour vous présenter une requête. Vous devriez dire à Mme Renoir qu'ils sont trop salés. Moi je n'ose pas. Ça pourrait vexer son amour-propre d'auteur. — Merci, dit mon père, je n'y manquerai pas. »

Gabrielle revenait souvent sur le grand froid auquel j'avais dû cette pneumonie qui ramena mon père du Midi. « La fontaine près des concierges était prise par la glace. J'allais chercher l'eau à celle du coin de la rue Lepic et de la rue Tholozé. Ça me rappelait Essoyes quand j'allais au puits de la place de l'Église. » C'est comme cela qu'elle parla à Toulouse-Lautrec pour la première fois. « Je le connaissais bien de vue. Il était plusieurs fois venu voir le patron et je savais qu'il était un habitué du bougnat du coin... » Ce jour-là ses amies Koudoudja et Alida, les fausses mouquères du boulevard de Clichy, étaient recroquevillées dans un coin, demandant à des bolées de vin chaud une amélioration de leur température intérieure. Elles se refusaient à réintégrer leur logement, rue Constance, où l'eau gelait dans les brocs. Toulouse-Lautrec était très à son aise. Il sortit pour appeler Gabrielle qui entra chez le bougnat avec son seau d'eau. Il lui offrit du vin chaud qu'elle accepta et lui parla de son père, « un bohémien plus bohémien que lui ». Le vieux gentilhomme n'était-il pas venu à Paris, de son château croulant situé à 650 kilomètres de la capitale, à cheval sur sa jument, et sans un sou en poche ? La nuit il couchait sur la paille à côté de sa monture dont il buvait le lait quand elle en avait. Quand Gabrielle me racontait cette histoire, elle ajoutait : « Les gens avaient beaucoup de temps... à part le patron qui peignait sans arrêt ! » Elle me dit aussi : « Toulouse-Lautrec était poli. Il donnait toujours un grand coup de chapeau à la femme du bougnat. Il était propre.

Chemise blanche bien empesée, quelquefois sans cravate. Quand il en portait une, elle était noire. Un homme soigné, gai et agréable. Au début les gens se moquaient de lui et l'appelaient bas du cul. Il s'en foutait. Et puis on s'était habitué ! On s'habitue à tout. Le patron disait : On ne se voit pas. »

Ma tentative de donner une idée de l'entourage de Renoir à l'époque de ma naissance serait incomplète si je ne vous présentais pas la famille Mathieu. Ils ne sont pas faciles à étiqueter. Je peux dire qu'ils étaient des aristocrates du prolétariat parisien. M. Mathieu exerçait la profession de terrassier. C'était un bel homme d'une cinquantaine d'années, assez grand, plutôt corpulent, visage bien plein orné d'une magnifique moustache. Il portait superbement le costume de sa profession, large pantalon de velours et ceinture de flanelle rouge. Mme Mathieu, Yvonne de son prénom, était blanchisseuse et aidait à toutes sortes de travaux ménagers dans les familles du voisinage. Elle était aussi dans le genre bien portant. Je vois nettement son expression aiguë accentuée par un nez pointu et des yeux noirs perçants sous une chevelure brune à peine grisonnante. Ils avaient plusieurs filles et un fils. Je me souviens d'Odette quand elle se maria. Elle était très belle, mais mon père ne la fit jamais poser parce qu'elle raisonnait trop. « Au bout de deux séances elle m'aurait donné des leçons de peinture. » Vollard l'engagea pour nettoyer son intérieur « sans toucher aux tableaux ». Je me souviens aussi de Raymonde qui fit plus intimement partie de la maison. Nous voyions moins l'autre sœur, Yvonne, qui avait un emploi dans un magasin, et le fils Fernand qui était dans la marine à Toulon et venait rarement en permission. Je n'aimais pas son costume. Il me semblait que le béret et le col ouvert rabaissaient les matelots au rang de petits garçons. Plus tard je devais admirer Fernand lorsque sa sœur Odette me raconta ses exploits d'acrobate. Avant la rue Girardon ils avaient habité rue Ravignan, une des nouvelles maisons à six étages le long des escaliers. Du côté de la pente cela fait bien dix étages et leur logement était sous le toit. Fernand passait d'une fenêtre à l'autre, se promenait le long des gouttières, se pendait par les pieds, ameutant tout le quartier, jusqu'à ce qu'un sergent de ville intervienne. « Vous n'avez pas fini de faire l'acrobate ? — C'est que j'étudie. Plus tard je voudrais vraiment devenir acrobate. » L'agent ne savait que répondre, et toute la famille, qui détestait les « cognes », riait sous cape.

M. Mathieu travaillait rarement. Il n'était d'accord ni avec les patrons ni avec les syndicats. Avant d'accepter un emploi, il prenait une poignée de terre dans sa main, la tâtait, la reniflait, et souvent concluait : « Désolé, monsieur l'entrepreneur, mais je ne travaille pas dans cette terre-là ! » Quand par hasard il acceptait, Yvonne sa femme en recevait la nouvelle comme une catastrophe. Il fallait la voir, à l'heure de la pause, pliant sous le poids d'un énorme panier garni de pâtés, viandes froides, bouteilles de vin, sans oublier le flacon de fine pour la digestion. M. Mathieu ne manquait jamais d'affirmer que le devoir d'un travailleur était de se soutenir. Sa naïveté solennelle ravissait Renoir qui s'arrangeait pour écouter sans en avoir l'air les conversations qui allaient bon train à la cuisine. De la salle à manger où il peignait souvent, en laissant la porte ouverte, il n'en perdait pas un mot. Le père Mathieu brillait particulièrement dans la description indignée des orgies auxquelles se livraient les nonnes d'un certain couvent, en compagnie des frères d'un couvent voisin qui venaient les rejoindre par un souterrain. Il parlait lentement, d'un ton pompeux, et ses histoires acquéraient une sorte de comique involontaire. Il avait réponse à tout. A sa femme qui lui reprochait d'avoir percé un trou dans la cloison qui séparait leur logement de celui des Vari, et caché ce trou par une assiette qu'il décrochait quand les petites Vari se déshabillaient, il répondit majestueusement : « Madame, je me documente ! » A sa fille Odette qui prenait des leçons de piano et jouait du Wagner, il dit : « Ma fille, tiens-toi-z-en à Gounod ! » Sa plus jeune, Raymonde, petite Parisienne à l'apparence vive et gracieuse, avait hérité de ses manières solennelles. Elle devait nous suivre dans bien des déplacements. Ses remarques acides et d'ailleurs parfaitement banales, proférées d'une voix lente en détachant les mots, provoquaient le fou rire de mes parents. Elle ne comprenait pas cette réaction, persuadée que ses commentaires étaient l'expression de l'absolue sagesse. A un jeune élégant qui dans le train lui offrait une cigarette de luxe déclarant qu'il ne pouvait fumer que des Abdullah, elle répondit : « Vous feriez mieux de vous laver les pieds. » A une femme de chambre de Nice, très élégante, qui se vantait de suivre un régime : « Ça mange comme un oiseau, mais ça bouse comme un chameau. » A un chauve trop galant : « Merci, je ne joue pas au billard. » A un ivrogne qui vomissait : « N'en jetez plus, la cour est pleine. » De son père elle disait : « C'est un grand artiste, un violoniste de premier ordre ; malheureusement il n'a jamais pu tenir l'archet à cause de son doigt coupé ! » Ce doigt perdu dans son enfance conférait à M. Mathieu une grande importance. « C'est quand Voltaire devint impotent qu'il fut véritablement grand. » Il attendait avec confiance que sa main se paralyse entièrement pour égaler Voltaire. M. Mathieu était à la fois antimilitariste et antiallemand. A mon père il disait : « Votre Wagner vous jouera un mauvais tour. » Il prétendait que les Allemands étaient tous homosexuels. « Si mes filles veulent aller en Allemagne, elles auront l'autorisation paternelle, mais mon fils, Fernand, jamais ! » Il expliquait que le roi Frédéric II avait imposé la pédérastie à tous les Prussiens. En cas de guerre, M. Mathieu savait comment arrêter les « hordes teutonnes » à la frontière : « Nous leur opposerons la barrière de notre dignité. » La famille Mathieu plaisait à mon « père, sans doute parce qu'elle représentait assez bien le petit peuple de Paris si adroit à masquer la modicité d'une vie difficile sous la richesse du vocabulaire. Renoir disait : « Leur fierté n'est pas simulée. S'ils savaient courber l'échine, ils seraient peut-être riches. »

En 1895 au début de l'année, Renoir qui était allé peindre près de Cézanne dans le Midi apprit la mort de Berthe Morisot. Ce fut un grand coup pour lui. De tous ses camarades de lutte du début, c'était le peintre avec lequel il avait gardé les relations les plus étroites. On cherche des moments essentiels dans la vie des grands créateurs. Cette perte en fut un pour Renoir. « Au départ nous étions un groupe. On se serrait les coudes, on se rassurait les uns les autres. Et puis un beau jour, plus personne ! Les autres sont partis. Ça donne le vertige ! » Il n'y avait pas que la mort qui dispersait les impressionnistes. Peu à peu leurs goûts différents avaient espacé leurs rencontres. La Méditerranée attirait Renoir de plus en plus. Monet ne quittait plus la Normandie. Pissarro était souvent à Éragny dans l'Oise, où il faisait de la gravure avec son fils Lucien. Quand il venait à Paris, il était trop occupé par ses expositions pour avoir le temps de grimper au Château des Brouillards. Il y était venu une fois, avant ma naissance, et avait passé une partie de la journée avec ma mère. Il traversait une période difficile mais évitait d'en parler. Ma mère disait de lui : « Il était vraiment élégant ! » Par contre il l'entretint longuement de ses recherches techniques, de Seurat et du pointillisme. Sisley restait fidèle à la forêt de leur jeunesse et peignait à Moret, à dix kilomètres de Fontainebleau. Sa santé était précaire. Degas boudait Renoir, lui reprochant ses blagues sur son antisémitisme. Quant à Cézanne, il n'avait jamais fait complètement partie des « intransigeants » de l'époque héroïque. L'amitié profonde qui l'unissait à Renoir avait d'autres bases que j'essaierai de définir.

Quand Renoir reçut le télégramme de ma mère annonçant la mort de Berthe Morisot, il était avec Cézanne assez loin dans la campagne, tous deux travaillant sur le même motif. Mon père plia ses affaires et fila à la gare sans même repasser par le Jas de Bouffan. « J'avais l'impression d'être tout seul dans un désert. Je me repris dans le train en pensant à ta mère, à Pierre et à toi. Dans ces moments-là, c'est une bonne chose d'être marié et d'avoir des enfants. » Berthe Morisot avant de mourir avait demandé que mon père s'occupât de sa fille Julie, alors âgée de dix-sept ans, et de ses nièces Jeanie et Paule Gobillard. Cette dernière, un peu plus âgée, prit en main l'organisation de la maison Manet, c'est ainsi que mes parents désignaient l'hôtel particulier du 40, rue de Villejust. Jeanie devait épouser Paul Valéry, de là le nouveau nom de cette rue. Paule, entièrement à son rôle de grande sœur, ne devait jamais se marier. Julie, peintre elle-même, devait épouser le peintre Rouart. Ce milieu Manet, du temps de Berthe Morisot, avait été un centre d'authentique civilisation parisienne. Mon père, qui en vieillissant se méfiait comme de la peste des milieux artistiques et littéraires, aimait aller passer de temps en temps une heure rue de Villejust. Ce n'étaient pas des intellectuels que l'on rencontrait chez Berthe Morisot. C'étaient tout simplement des gens de bonne compagnie. Mallarmé était un des familiers de la maison. Berthe Morisot était un aimant d'une espèce particulière. Elle n'attirait que ce qui était de qualité. Elle avait le don d'arrondir les angles. « Auprès d'elle, même Degas devenait gracieux. » « Les petites Manet » continuèrent la tradition. L'arrivée de Rouart, puis celle de Valéry, dans la famille ne fit que la renforcer. Lorsque je vais rendre visite à mes vieilles amies, j'ai la sensation de respirer un air plus subtil, un courant attardé de la brise qui soufflait sur le salon de Manet, un reste de ce vent du Parnasse qui rafraîchissait l'Agora.

Ma mère eut l'idée de réunir les « petites Manet » et Jeanne Baudot. Ce fut le début d'une amitié éternelle. Étant donné leur foi dans une vie future, je puis me permettre d'employer cet adjectif. Paule Gobillard n'est plus là et ma marraine Jeanne mourut récemment dans la maison de Louveciennes que mon père avait fait acheter à ses parents. Jusqu'au dernier moment elle regarda un Renoir me représentant vers l'âge de six ans. Chacun de ses propres tableaux est un tendre hommage à Renoir, le seul amour de sa vie. Les relations entre mon père et ma marraine sont toujours restées sur un plan purement spirituel comme l'avaient été les relations de Renoir et de Berthe Morisot. En vieillissant, ce don d'amitié féminine lui était échu de plus en plus. Il partait en voyage avec Jeanne Baudot ; ils couchaient dans des auberges de villages, se réfugiaient dans des fermes quand il pleuvait trop ; on riait beaucoup, on peignait tout le temps ; on dévorait les nourritures campagnardes. Quand, bébé exigeant, je lui en laissais le loisir, ma mère se joignait à eux. Après la mort de Berthe Morisot, elle emmena les petites Manet à Essoyes. A Tréboul, près de Douarnenez, où nous allâmes en bande passer le second été de mon existence, elle loua une vieille petite maison bretonne dont la mare était au milieu de la cuisine, « pour les canards l'hiver ! ». Il y avait un trou dans le mur pour permettre à ces volatiles d'entrer et de sortir. On se lavait au puits dans la cour et on cuisinait dans le grand âtre à côté de la mare. « Un matin, me raconta Gabrielle, nous fûmes réveillés par un grand bruit. Les femmes de Tréboul étaient rassemblées sur le chemin dominant la mer déchaînée. Leurs voix étaient plus fortes que le fracas des vagues. Elles hurlaient des exclamations sauvages dans une langue mystérieuse, sans doute les mêmes depuis le temps des Druides. La veille, leurs hommes avaient embarqué pour Terre-Neuve, titubants, ivres morts, se traînant à peine jusqu'à leurs bateaux. » Autre récit de Gabrielle : « Les filles allaient prier devant une statue de saint Pierre portant une clef, lui demandant de leur donner un mari. S'il ne s'exécutait pas, elles revenaient et le frappaient à coups de clef. La statue était mutilée. »

Souvent Julie Rouart et Jeanie Valéry me parlent de mon père. Elles me disent combien il était gai et combien cette gaieté était communicative. Elles évoquent son ardeur à peindre, sans « complexes », sans « états d'âme » du moins apparents. Ça se passait comme cela avec Bazille, Monet, Berthe Morisot, Pissarro, Sisley et les premiers compagnons. L'un d'eux tiquait sur un motif, plantait son chevalet ; les autres suivaient et le passant s'arrêtait étonné devant un groupe de messieurs barbus qui, l'œil fixe, l'esprit tendu, à cent lieues des contingences matérielles, posaient des petites taches de couleur sur leurs toiles. Et pour accentuer l'étrangeté du spectacle, souvent une femme en toilette claire, Berthe Morisot, faisait partie de la troupe. Récemment ma marraine Jeanne m'emmena visiter une clairière de la forêt de Marly où elle avait peint avec Renoir. « Il s'arrêtait comme par hasard. S'il commençait à chantonner, c'est que le motif lui plaisait. Il dépliait son chevalet, j'en faisais autant. Au bout de quelques minutes nous peignions comme des enragés. »

Une autre caractéristique des relations de Renoir et de ses amis était une sorte de mise en commun des logements. S'il avait envie de peindre à la campagne, il trouvait tout naturel de débarquer chez Gallimard en Normandie, chez Berthe Morisot à Mézy, ou chez Cézanne au Jas de Bouffan et d'y peindre. Il laissait volontiers son atelier à Jeanne Baudot qui s'en servait pendant que nous étions en voyage. Il prêtait constamment son appartement à des amis.

Berthe Morisot fit à mon père un cadeau posthume en la personne d'Ambroise Vollard. Elle avait deviné que cet étrange personnage était un génie dans son genre et lui en avait parlé. C'était en 1895 avant le départ de mon père pour Aix. La mort de Berthe Morisot retarda la visite de son protégé qui se présenta au Château des Brouillards en automne. Voici dans quels termes il décrit cet événement dans son livre *La Vie et l'Œuvre de Pierre-Auguste Renoir* : « Je désirais savoir qui avait posé pour un tableau de Manet que je possédais. C'était le portrait d'un homme campé au milieu du bois de Boulogne... On m'avait dit : « Renoir doit savoir qui c'est. » J'allai trouver Renoir qui habitait à Montmartre une vieille bâtisse appelée le Château des Brouillards. Dans le jardin, une bonne, l'air d'une bohémienne, ne m'avait pas plus tôt prié d'attendre, m'indiquant le couloir de la maison, qu'arrivait une jeune dame, toute la rondeur et la bonhomie de certains pastels de Perroneau dans ses bourgeoises du temps de Louis XV. C'était Mme Renoir. »

Voici maintenant la même arrivée du même Vollard au Château des Brouillards racontée par Gabrielle. Vous avez deviné que c'était elle la bohémienne du récit précédent. « J'étais dans le jardin avec toi. Tu jouais à me tirer les cheveux. Un grand bonhomme maigre, avec une petite barbe, m'appela par-dessus la clôture. Il voulait parler au patron. Ses vêtements étaient plutôt râpés. Son visage très brun et le blanc de ses yeux lui donnaient l'air d'un camp-volant [1], en tout cas d'un sauvage. J'ai cru que c'était un marchand de tapis et je lui dis qu'on n'avait besoin de rien. A ce moment la patronne est venue et l'a fait entrer. Il avait dit qu'il venait de la part de Berthe Morisot. Il faisait tellement pitié que la patronne lui a offert de la tarte aux raisins et une tasse de thé. Après cela le patron est descendu. Il travaillait avec une petite Lefèvre dans l'atelier sous le toit. » Mon père fut très favorablement impressionné par un certain côté « mou » du nouveau venu. « Il avait l'allure fatiguée d'un général carthaginois. » Il le fut encore plus par son attitude devant les quelques toiles qu'il lui montra. « Les gens raisonnent, trouvent des comparaisons, font défiler dans leurs propos toute l'histoire de l'art avant de formuler un jugement. Ce jeune homme était devant la peinture comme un chien de chasse devant le gibier. » Mon père aurait bien voulu lui céder quelques toiles, même après que Vollard, avec sa fausse innocence qui allait devenir célèbre, lui eut avoué qu'il ne pouvait pas les payer. Mais il craignait que l'arrivée d'un tel rival ne fût mal prise par le père Durand.

« Vollard avait l'air de somnoler tout le temps.

1. Expression d'Essoyes signifiant « bohémien ».

Cependant ses yeux brillaient derrière les paupières à demi fermées. » Parfois il dormait vraiment, en plein milieu d'une représentation théâtrale, d'un grand dîner, d'une conversation mondaine ou esthétique. Par un mystère jamais éclairci, dès que quelque chose d'intéressant allait se passer, ou être dit, il se réveillait et ouvrait tout grands ses yeux et ses oreilles. Il avait le génie de dérouter l'adversaire avec des questions idiotes, mi-naïves, mi-fabriquées. Parfois il se trompait d'adresse et essayait la méthode sur Renoir. « Dites-moi, monsieur Renoir, à quoi sert le pantalon jupon... ? » faisant allusion à un nouvel accessoire de mode féminine qui faisait l'objet des conversations des modèles. « C'est pour les chevaux ! » répondait mon père, impatienté. Et Vollard se tenait coi pendant dix minutes. Il commençait toutes ses phrases par « dites-moi ». Il s'asseyait toujours dans le même fauteuil, évitant de regarder la toile qui lui faisait envie. Il faut dire que cette tactique était commune à tous les acheteurs de tableaux. « Dites-moi, monsieur Renoir, pourquoi la tour Eiffel est-elle en fer et non pas en pierre comme la tour de Pise ? » Renoir ne répondait pas. Vollard se rendormait et se réveillait avec une autre question. « Dites-moi, monsieur Renoir, pourquoi n'y a-t-il pas de courses de taureaux en Suisse ?... avec leurs vaches... »

Pour en revenir à cette première entrevue, mon père eut l'idée brillante de lancer Vollard sur Cézanne. Ce dernier, dégoûté de Paris, des expositions et des critiques, ne quittait presque plus Aix. « J'ai de quoi manger et je les emmerde ! » Renoir eut l'intuition que cet Othello pourrait avancer de vingt ans un triomphe inévitable. Bien entendu Vollard connaissait la peinture de Cézanne. Il est possible que ce soit Renoir qui lui en ait fait comprendre la valeur, « inégalée depuis la fin de l'art roman ». Dans ce genre de conversation il oubliait entièrement que lui-même existait aussi.

Le samedi soir, mon frère Pierre arrivait de Sainte-Croix, revêtu de son uniforme qui ne m'épatait pas encore. Il prenait à peine le temps de nous embrasser et disparaissait dans le sillon des petites Alexis, Clovis Hugues, Lefèvre ou Isembart. Parfois le dimanche nous allions à Louveciennes. Depuis la mort de mon grand-père, ma grand-mère vivait avec sa fille Lisa et son gendre Leray dans la maison de la route de Saint-Germain. Notre troupe comprenait mon père, qui s'arrêtait à chaque boutique, rêvassait devant la camelote des bazars, ou s'étonnait devant les noms des produits de beauté affichés à la devanture des coiffeurs. Les réclames faisant appel sans pudeur à la stupidité du public, dentifrices transformant les dents en perles, teintures redonnant aux cheveux l'aspect de leurs vingt ans, le plongeaient dans une douce hilarité. Il nous rattrapait en quelques enjambées et racontait à ma mère ce qu'il avait vu. Celle-ci et Bibon essayaient de profiter de la diversion pour me poser à terre. « Tu as des jambes, c'est pour t'en servir. » Mais je grognais, exagérais ma lenteur, me faisais traîner et finalement il fallait se résoudre à me porter. Pierre, ignorant ces contingences, marchait à quelques pas devant nous, commentant un vers de Racine à une jeune voisine que ma mère avait invitée. A douze ans, mon grand frère impressionnait déjà les filles avec cette gravité sincère qui fut peut-être à la base de son talent d'acteur.

Pour aller à la gare Saint-Lazare, en général nous traversions le Maquis, descendions la rue Caulaincourt et prenions la rue d'Amsterdam. Nous apportions toujours quelque fromage de chez Granger, un pâté de chez Bourbonneux, ou une anguille fumée de chez Chatriot.

A peine arrivé je demandais à la tante Lisa de me mener voir les lapins. Renoir grimpait au premier étage et se perdait dans de longues conversations avec sa mère. Il lui racontait ses voyages. Elle regrettait de ne pas connaître l'Italie, l'Espagne, l'Algérie, les pays du Sud. L'Angleterre ne lui disait rien. « Trop de charbon de terre. » Lorsqu'elle jugeait qu'elle avait assez attendu, elle rappelait l'heure du déjeuner en frappant de sa canne sur le plancher. J'entends encore ces coups réguliers que je devais plus tard identifier avec ceux qui annoncent au théâtre le lever du rideau, et il m'arrive de rêver des yeux bleu profond de Marguerite Merlet, ma grand-mère.

Le soir nous rentrions chargés de légumes et de fruits, cadeaux de Lisa qui était fière de son verger. Pour le retour nous prenions le train à Marly, parce que ça descendait. Ma mère s'essoufflait facilement. La première partie du voyage allait bien. Mais une fois à Paris, la montée de la rue d'Amsterdam devenait moins agréable. Pendant les derniers cent mètres de l'assaut de la colline de Montmartre, ma mère, Gabrielle et Pierre avaient une forte envie de jeter les présents de Lisa dans le ruisseau. Souvent Renoir me prenait des bras de Gabrielle et me calant contre son épaule filait en avant. Quand les autres arrivaient au Château des Brouillards, ils me trouvaient installé sur le banc du jardin avec une voisine. Mon père avait disparu dans son atelier et comparait une ancienne étude de Louveciennes avec ses impressions de la journée.

Par un bel après-midi de printemps, Lisa vint nous annoncer la mort de ma grand-mère, Marguerite Merlet. Mes parents étaient absents. La nouvelle me laissa froid. Je riais, heureux de voir ma tante qui répétait : « Il ne comprend pas, il est trop petit. » Ma gaieté lui brisait le cœur. Elle prononça même le mot « orphelin ». Gabrielle la calma en lui rappelant que je n'étais que le petit-fils et, compatissante, lui offrit de la tarte aux fraises qu'Yvonne Mathieu sortait justement du four. Les trois femmes s'en régalèrent et pour la faire passer Gabrielle alla chercher à la cave une bouteille de vin d'Essoyes. Lisa apportait à son frère un petit châle à fleurs qui avait appartenu à Marguerite Merlet. Il était à Bayreuth en train de se ronger les poings d'impatience devant les *Nibelungen*. « On n'a pas le droit d'assommer les gens à ce point. J'avais envie de crier : Assez de génie ! »

Ma mère était allée à Essoyes pour l'achat de la maison voisine de la nôtre. Cette addition permettrait la transformation de deux pièces du rez-de-chaussée en un atelier. Elle rêvait de retenir son mari à Essoyes pendant les mois d'été. Ça n'était pas par chauvinisme local, mais simplement parce que la nourriture des hôtels ne convenait plus à Renoir. Peut-être aussi devinait-elle que pour lui le temps des voyages était révolu. Le calme serein qui de plus en plus se dégageait de ses tableaux était un appel à une vie exempte d'agitation physique.

La seule chose que Renoir craignait à Essoyes était la présence de sa belle-mère. « Une raseuse. » Il approuvait entièrement son beau-père dont voici l'histoire en deux mots. Cela se passait vers 1865. M. Charigot était vigneron, possédant quelques-unes des meilleures vignes du pays. Il vendait bien son vin, avait une belle maison, travaillait dur et était heureux avec sa jeune femme. Elle était jolie, bonne cuisinière et tenait admirablement leur maison, un de ces beaux bâtiments avec des angles en pierre de taille et des planchers de chêne brillants comme des miroirs. Ces planchers étaient l'orgueil de Mme Charigot. Ils devaient être sa perte. Elle passait des heures à les cirer. Le soir, quand son mari revenant des vignes laissait des marques de boue sur cette surface immaculée, cela lui donnait un petit coup au cœur. Un jour elle le lui dit, doucement. Il frotta ses chaussures sur la grande dalle qui servait de seuil à la porte et alla mettre ses pantoufles. Le lendemain elle lui fit la même observation, puis le surlendemain. Cela dura quelque temps. Il patientait devant la petite Aline, encore bébé, qui souriait sans comprendre. Un jour que ses chaussures étaient plus boueuses que de coutume, il n'attendit même pas le reproche de ma grand-mère. Il prétendit avoir oublié d'acheter du tabac et s'en retourna. Il ne s'arrêta que lorsqu'il eut mis la largeur de l'océan Atlantique entre sa femme et lui. Mes cousins américains sont ses arrière-petits-enfants.

M. Charigot défricha des terres et bâtit l'une des premières fermes de la vallée de la rivière Rouge, dans le Nord Dakota. En dehors de lui et d'un père jésuite, les seuls habitants de l'endroit étaient des Indiens. Il revint se battre contre les Prussiens en 1870, fut blessé et retourna dans le pays dont il pouvait se considérer à juste titre comme l'un des pionniers. Ma grand-mère vendit la grande maison et s'en fut à Paris avec sa petite fille. Mon grand-père se remaria avec une jeune fille d'origine canadienne.

Un jour, mon cousin Eugène, qui était venu passer l'été à Essoyes, fut pris d'un accès de galanterie et proposa à ma grand-mère Mélie de lui ranger un tas de bois qu'un bûcheron venait de livrer. Lui qui de sa vie n'avait porté un paquet se mit à empiler les bûches sous l'œil critique de la vieille dame. Soudain elle lui dit : « Ce tas est très mal fait, vous mélangez les

grosses bûches avec les petites. — Vous avez raison »,
répondit Eugène calmement. Il ouvrit les bras, laissant
tomber son chargement, et s'en retourna chez lui faire
un somme. Cette courte anecdote complète l'esquisse
de la gentille mais insupportable Mme Charigot.

Voici deux lettres de ma mère à mon père. J'ai
oublié Quiqui, mais ils m'en parlèrent bien souvent.
C'était, paraît-il, un parfait bâtard de fox-terrier et un
admirable voyou, sûrement pas le joli petit pékinois du
Déjeuner des Canotiers.

Mon cher ami,

*Quiqui vient de mourir. Il a eu des convulsions. Ça a été fait
en une demi-heure. Je suis désolée. Je crois que je porte malheur
aux animaux. J'ai envie de le faire empailler. Je vais consulter
Lestringuez. Cela va me coûter 35 francs.*

Je t'embrasse,

ALINE.

Mercredi soir.

Mon cher ami,

*Le trou de ton atelier n'est pas encore fait. Les ouvriers
devaient venir lundi, mais c'était jour de noce. Mardi c'était
fête. Aujourd'hui il a plu toute la journée et maintenant ils
attendent que le temps soit remis au beau. J'espère pourtant que
ce sera fini pour quand tu reviendras. J'ai montré le dessin de
ton lit à M. Charles. Il le fera quand tu seras revenu. Il a des
observations à te faire. Tu sais qu'il a la tête dure. Je ne sais
pas ce qu'il trouve de trop haut. Vous vous entendrez tous les
deux.*

*Je ne sais pas si j'aurai assez d'argent pour attendre la fin du
mois parce qu'il faut acheter encore de la toile. Il en manque
pour faire les grands rideaux du côté du plus grand vitrage où il
vient le plus de soleil. C'est à l'ouest, je crois. M. Charles*

n'avait pas compris qu'il fallait en mettre là. N'est-ce pas ce que tu as expliqué? Les rideaux de calicot d'un côté de la poutre et ceux de toile de l'autre côté.

Je pourrai acheter juste le métrage qui manquera. J'ai trouvé un marchand qui en vend au détail. Seulement comme j'ai déjà dépensé quarante francs pour toi j'ai peur de ne pas avoir assez d'argent pour acheter la toile. Si tu ne viens pas jusqu'à la fin du mois, envoie-m'en je te prie.

Dis-moi, mon pauvre chéri, si tu n'as pas froid à Dieppe. A Paris nous gelons.

Travailles-tu beaucoup? Tes portraits sont-ils bientôt finis? Que c'est donc long un mois! Notre voyage de cet hiver m'a paru plus court que ces deux semaines que je viens de passer.

Écris-moi beaucoup et donne-moi des nouvelles de ta santé. Je t'embrasse.

ALINE.

Le « voyage de cet hiver » doit être celui à Beaulieu-sur-Mer pendant lequel eut lieu l'incident des artichauts relaté plus haut.

Renoir était opposé à toute tentative d'enseignement sur la personne des petits enfants. Il voulait qu'ils établissent eux-mêmes leurs premières relations avec ce monde. Il tolérait à la rigueur que l'on mît de l'aloès sur le pouce des bébés, et encore il n'était pas sûr que ce ne soit pas un abus de pouvoir. Il se contredisait d'ailleurs en insistant sur la qualité des couleurs et des objets qui devaient entourer l'enfant. Ces recommandations n'avaient rien de théorique. Il eût été opposé à un environnement « artistique ». Ce qu'il voulait autour de nous c'étaient de bons et honnêtes objets usuels, si possible pas fabriqués à la mécanique. De nos jours cette condition constituerait un luxe prohibitif. Il voulait que les yeux des nouveau-nés reposent sur des corsages clairs de femmes, sur des murs gais et pas monotones, sur des fleurs, des fruits, ou sur le visage d'une maman en bonne santé. Cependant il désapprouvait la coutume de certaines contrées méridionales où l'on accroche des objets brillants au bord des berceaux, pensant que ces buts trop rapprochés pouvaient faire loucher. Il était contre les à-coups, les contrastes violents, la lumière artificielle trop éclatante près des yeux, ou la nuit absolue. Nous avions des veilleuses dans nos chambres. Il craignait les bruits exagérés, les coups de feu, les accusant de diminuer la subtilité de l'ouïe. L'ennemi numéro un de Renoir était l'allaitement artificiel. « Pas seulement parce que le lait des femmes a été inventé pour leurs enfants, mais parce qu'il faut qu'un bébé fourre son nez dans le sein de sa mère, le renifle et le tripote de sa petite main. » Ces gosses élevés au biberon, selon lui, devaient faire des hommes à qui « il manque le sens de la douceur, des isolés qui auront besoin de drogues pour calmer leurs nerfs, ou pire des bêtes féroces toujours prêtes à croire qu'on veut les attaquer ». Il insistait sur le besoin pour les bébés d'une protection animale, de chaleur venant d'un matelas vivant. « En les en privant nous préparons des générations de détraqués. » Pour lui une mère qui ne nourrissait pas son enfant au sein méritait les pires châtiments. Un jour, il qualifia l'une d'elles de « plus bas qu'une putain », mais se reprit vite se souvenant qu'il avait connu des putains parfaitement honorables et vraiment dévouées à leur enfant.

Autre règle de Renoir concernant l'élevage des enfants plus avancés en âge : ne pas laisser de meubles à arêtes aiguës à la hauteur de leur tête. La première chose qu'il faisait dans une nouvelle demeure était de casser les coins des tablettes de marbre des cheminées à coups de marteau. Ensuite il arrondissait avec du papier de verre. C'était fait très proprement. Les coins de table subissaient le même sort avec la simple différence qu'il utilisait une scie. Il interdisait de cirer par terre et faisait laver le plancher à grande eau. Il haïssait les baignoires en porcelaine vernissée : « On marche comme sur une peau d'orange et on se fend le crâne. » Il choisissait lui-même nos brosses à dents, les voulant très douces pour ne pas abîmer l'émail. Pour lui, toute blessure, tout heurt infligé au corps humain était une diminution souvent rédhibitoire de la valeur de ce corps et aussi de l'esprit. Il croyait le physique et le spirituel intimement liés. Il recommandait de ne laisser entre les mains des enfants ni aiguilles, ni couteaux pointus, ni allumettes, ni verres, et de recouvrir d'une planchette les vitres du bas des portes-fenêtres. L'eau de Javel était interdite dans la maison. Pour justifier cette décision à Mme Mathieu qui pensait que c'était une mesure rétrograde, Gabrielle lui raconta une histoire qui me valut d'affreux cauchemars. A Essoyes, un ouvrier de la scierie rentrant chez lui avec quelques verres dans le nez, et désireux de s'envoyer un coup de plus, avait bu à la première bouteille venue, et ne s'était aperçu que trop tard que ce n'était pas du vin. C'était de l'eau de Javel. Il était mort dans d'horribles souffrances, « en rendant ses boyaux de tous les côtés » ! Même les plus innocents produits de nettoyage ou de pharmacie, cirage Lion Noir, coaltar saponiné Le Bœuf, sublimé corrosif, eau de cuivre dite « Brillant Belge », devaient être tenus hors de la cuisine. Pour les cuivres, Renoir conseillait la cendre de nos cheminées où l'on ne brûlait que du bois. Mme Mathieu et Gabrielle ne marchaient pas, disant que ça ne fait pas bien briller. Les ustensiles en émail étaient également proscrits de la préparation de la nourriture. Voici une histoire de mon père les concernant : Il déjeunait avec Gallimard dans un grand hôtel de Nice et avait commandé des œufs sur le plat. Soudain il sentit quelque chose de dur dans sa bouche. C'était un morceau d'émail large comme une pièce de cent sous et mince comme une lame de rasoir. Un enfant, moins prudent qu'une grande personne, aurait pu l'avaler et risquer une perforation d'intestin. Le maître d'hôtel prit délicatement entre ses doigts le corps du délit et dit : « Ça nous arrive tout le temps. L'émail de nos plats ne tient pas. Nous avons dû tomber sur une mauvaise série. »

Ce n'est que lorsque j'eus trois ans qu'il permit à Gabrielle de m'emmener à Guignol. Il déconseilla celui des Champs-Élysées dont les personnages vêtus de soie trop crue l'irritaient, et nous orienta sur le guignol des Tuileries, resté dans la bonne tradition lyonnaise. La première représentation à laquelle j'assistai fut pour moi une expérience que je n'oublierai jamais. Ce rideau, peint traditionnellement à l'imitation d'une draperie rouge et or, m'hypnotisait. Quels mystères redoutables allait-il découvrir ? L'orchestre se composait d'un accordéon dont le son aigre rendait l'attente encore plus insupportable. Quand le rideau se leva, découvrant une place publique, je ne pus y tenir et fis pipi dans mes pantalons. Avouerai-je que ce critérium me sert encore à évaluer la qualité dramatique d'une ouverture ? Je ne prétends pas que j'aille jusqu'au fait, mais un certain désir, heureusement contrôlable, est comme une petite voix intérieure qui me dit : « Attention, voilà une grande ouverture. » J'avouai cette faiblesse à mon père qui me répondit : « Moi aussi ! » Nous éprouvâmes ensemble cette sensation délicieuse à la représentation de *Petrouchka*.

Renoir aimait le Guignol lyonnais parce que fidèle à

ses origines. Nous savons qu'il ne croyait pas à la tradition qu'on enseigne dans les écoles, et qui n'a de tradition que le nom. Mais il appréciait la solidité des nourritures basées sur les ressources et les habitudes d'une région. Les décors du Guignol lyonnais représentant les quais de la Saône avec leurs maisons ternes, plates, aux fenêtres percées comme des trous, monotones, sans sculptures ni encadrements, et les personnages aux costumes gris foncé ou marron couleur du ciel de Lyon, Guignol avec son bicorne et son catogan, Gnaffron avec son bonnet de fourrure, lui semblaient constituer un spectacle digne d'un petit enfant, ce qui dans sa bouche n'était pas un mince compliment. Souvent des amis à qui je raconte mes souvenirs me font remarquer qu'une telle éducation ne saurait préparer un enfant à la lutte pour la vie. Ils ont raison, mais mon père ne tenait pas à faire de nous des lutteurs. Mes parents nous armèrent contre l'adversité en nous apprenant à nous passer de luxe matériel, voire de confort. « Le secret c'est d'avoir peu de besoins. » Mes frères et moi aurions pu vivre de soupe aux choux dans une baraque, et y aurions été parfaitement heureux. Il nous était interdit de ne pas aimer « tout ce qui se mange normalement ». L'un de nous refusait-il de toucher à un plat de haricots, qu'il était sûr d'avoir des haricots et rien d'autre à tous les repas jusqu'à ce qu'il les accepte de bon cœur. Cette sévérité n'était pas seulement motivée par le désir de nous rendre l'existence plus facile, mais aussi parce que pour Renoir l'une des caractéristiques de la mauvaise éducation était de se montrer difficile à table. Il eut probablement accepté l'idée de nous voir devenir des mendiants, mais à aucun prix des « mufles ».

Nous avions des lampes à huile qu'un gosse peut faire tomber sans risque d'incendie. Elles étaient très compliquées. Leur fonctionnement dépendait d'une petite pompe qu'il fallait tripoter tout le temps. La lumière en était très douce, ce qui satisfaisait Renoir désireux de préserver les yeux des enfants et les siens. Ce n'est que lorsque j'eus l'âge de raison que nous passâmes aux lampes à pétrole. Lorsque mon frère Claude arriva à l'âge insupportable, nous avions l'électricité. « Avec un bon abat-jour qui empêche d'avoir l'ampoule dans l'œil, c'est encore ce qu'il y a de plus sûr. » Je vous ai dit que, du temps de mon frère Pierre, mon père et ma mère venaient le voir dormir pendant les entractes des spectacles auxquels ils assistaient. A partir de la rue de La Rochefoucauld, ils simplifièrent la question en ne sortant plus du tout le soir. Ils n'abandonnèrent cette règle que lorsque je fus assez grand pour les accompagner.

Ma mère ne mettait jamais de parfum. Elle n'aimait pas cela et « ça fausse l'odorat, tout comme le charbon de terre et les fuites de gaz ». Au moindre soupçon d'odeur tout le monde se précipitait à ouvrir les fenêtres. Par contre l'eau de Cologne était non seulement tolérée mais recommandée. En France ça n'est pas un parfum, mais une friction. Le matin, après le tub, ma mère m'en frottait à me rendre tout rouge. Un autre article banni de la maison était les bougies en stéarine qui donnent une lumière « vulgaire ». Les bougies étaient de cire. Je trouverai encore dans mon récit des exemples de la prudence de Renoir. En voici un : ne jamais utiliser d'allumettes que l'on peut enflammer sur n'importe quelle surface rugueuse, la santé des ouvriers qui les fabriquent étant gravement compromise par les vapeurs qui se dégagent pendant leur fabrication. Exiger des allumettes dites amorphes, moins dangereuses à manufacturer.

Nous savons déjà que toute blessure infligée au

corps humain lui semblait sacrilège. L'usage du rasoir, qui risque de faire saigner, l'épouvantait. Il n'aurait jamais toléré que ma mère se rasât les jambes. Il acceptait difficilement le menton bien net de mon frère Pierre.

Il conseillait de ne jamais aller au soleil sans chapeau. Il ne craignait pas tellement les insolations, mais l'action de la grande lumière sur le cervelet. « Surtout maintenant, avec cette mode imbécile des cheveux courts ! » Il situait à l'arrière du crâne le siège de la perception et du discernement des nuances. En exposant cette partie délicate aux rayons ultra-violets, on risquait non pas de perdre la faculté d'accumuler des connaissances, mais bien celle plus importante de distinguer un gris d'un autre gris, ou un son d'un autre son. « Ça va bien d'aller nu-tête pour des gens qui veulent être Michelet ou Pasteur, mais, si l'on veut être Rubens, il vaut mieux mettre un chapeau. » Il était contre les lunettes à verres fumés, qui faussent l'équilibre des couleurs de la nature. Il s'indignait à l'idée que des gens puissent regarder des tableaux à travers des verres protecteurs.

Bien entendu les poêles à feu continu et lent, genre Salamandre ou Choubersky, étaient proscrits. D'autant plus que nous avions eu autour de nous deux accidents dus à ces appareils. Mme Zola et ma tante Mélanie, femme d'Edmond Renoir. « On l'avait trouvée morte et toute bleue, le matin dans son lit », racontait Gabrielle.

Je n'ai pas fini de m'étendre sur les goûts et les dégoûts de mon père. Si je ne le fais pas, qui le fera ? Et peut-être les hommes des temps futurs s'intéresseront-ils plus à ces détails qu'à des événements considérés maintenant de premier plan. Je serais rudement content si quelqu'un me détaillait le menu de l'auteur du Scribe accroupi, alors que je n'ai aucune envie de connaître la liste des victoires de Ramsès II.

L'appartement de la rue de La Rochefoucauld était au quatrième étage, au coin de la rue La Bruyère. Quand je suis à Paris je passe presque tous les jours par là. Je lève la tête et je regarde le grand balcon qui s'étend sur les deux rues et qui était mon domaine. Mon père, de peur que je ne passe par-dessus, l'avait rehaussé de treillage à poulailler. J'avais la manie de grimper. Il n'avait pas eu le temps de faire badigeonner les murs en gris clair et je garde l'impression des boiseries sombres. Au-dessus de celles-ci les tableaux se touchaient. Le visiteur avait l'impression de pénétrer dans un jardin aux couleurs éclatantes où les plantes alternaient avec les visages et les corps. Pour moi, c'était le monde normal, et c'est en visite chez les autres que j'avais la sensation d'être dans le fantastique.

Ces incursions hors de nos frontières s'opéraient sous la conduite de ma mère. Mon père était à son atelier, situé à quelques centaines de mètres de l'appartement. Gabrielle, maintenant installée à vie dans notre domaine, s'occupait des travaux de la maison. Je continuais à l'appeler Bibon. Elle ne posait pas encore nue et ne pénétrait dans l'atelier qu'avec moi, soit que nous figurions dans le même tableau, soit le soir quand nous allions chercher le patron. Nous descendions ensemble la rue de La Rochefoucauld et chaque fois je forçais mes deux compagnons à s'arrêter devant le commissariat de police. Les uniformes des agents m'impressionnaient et je rêvais d'embrasser plus tard cette profession. En arrivant à la maison, Renoir faisait un tour à la cuisine, une belle pièce ensoleillée qui donnaït au sud sur la rue La Bruyère. Il ne consentit jamais à habiter un appartement dont la cuisine ne fût pas « gaie ». Pendant la journée, les servantes ou modèles occupaient toutes les autres pièces. Ma mère dirigeait leurs travaux, furieuse de ne pouvoir faire tout elle-même. Mais elle se fatiguait vite. Plus tard, nous devions apprendre la raison de ces accès de faiblesse. C'était le diabète. L'insuline n'existait pas encore.

Mon passe-temps favori, en dehors des heures passées dans le square de la Trinité sous la surveillance de Bibon, était d'être dans les jambes de tout le monde. La cuisinière était toujours Mme Mathieu. Elle ne cessait de répéter qu'à mon âge son fils Fernand allait depuis longtemps à l'école, hélas! chez les Frères, les seuls qui consentissent à s'occuper des enfants avant l'âge de l'école communale. Lorsqu'il rentrait à la maison le soir, son père, M. Mathieu, ne manquait pas de le mettre en garde contre les mensonges des calotins. « S'ils te disent que la terre est carrée, fais comme Galilée, tais-toi et n'en pense pas moins ! » Malgré les conseils réitérés de Mme Mathieu, mon père refusait de me laisser apprendre quoi que ce soit. « Pas avant l'âge de dix ans. Il rattrapera son retard en quelques mois. » Pour une raison pratique, à savoir la naissance de mon petit frère Claude, il abaissa pour moi cet âge à sept ans. Il élargissait d'ailleurs sa théorie de l'individu aux nations, aux siècles, aux générations. Il attribuait la prospérité de l'Amérique au fait que les Américains étaient les fils d'émigrants pauvres et qu'ils avaient derrière eux des générations d'ancêtres illettrés. « Maintenant qu'ils ont des écoles et qu'on laboure cette terre vierge, le résultat est surprenant. Mais leurs petits-enfants, après deux générations de parents instruits, seront aussi abrutis que nous. »

Il ne voulait pas qu'on me coupe les cheveux.

Certains historiens de Renoir ont attribué le maintien de ma chevelure rousse à son désir de la peindre. C'est la vérité, mais à cette raison s'en ajoutait une autre aussi puissante. Les cheveux sont une protection contre les chutes ou les chocs, sans compter le danger du soleil expliqué plus haut. « Si on ne laisse pas aux enfants leurs protections naturelles, nous sommes obligés de leur demander de faire attention, ce qui est une façon de modeler leur esprit, aussi néfaste que l'instruction prématurée. » Les enfants prodiges lui faisaient pitié. « De pauvres petits monstres ! » Il n'en admettait qu'un, Mozart. « Il avait du génie, ce qui change tout. » Ma mère était entièrement d'accord avec lui sur les questions concernant la santé, comme me laisser faire pipi dès que j'en manifestais l'intention. Aussi, chez les gens les plus collet monté, je n'hésitais pas à hurler : « Maman... Bibon... pipi ! » Les dames du monde souriaient d'un air réprobateur, ce dont ma mère se moquait éperdument. Le docteur Baudot, père de ma marraine, approuvait. Par contre ma mère était moins d'accord lorsque, au coup de sonnette de Vollard, je me ruais à la porte et annonçais le visiteur aux cris de : « Maman, c'est le singe ! » ou bien : « Maman, c'est le Nègre ! » J'avais dû entendre Degas, qui haïssait les « métèques » et doutait de la pureté des origines de Vollard, le désigner de cette façon. Mon père disait à ma mère : « Si on lui défend de traiter Vollard de Nègre, Jean va croire qu'un Nègre est un être inférieur, ce qui serait idiot. » Il avait très peur que des évaluations arbitraires ne m'amènent à établir une échelle des valeurs. Ma mère pensait qu'une bonne fessée aurait éclairci une situation d'autant plus fausse que j'adorais Vollard. Je le revois un jour où je l'avais traité de singe. Il se tenait debout, accablé, devant ma mère et répétait : « Dites-moi,

madame Renoir, est-ce que je suis si laid que cela ? »
C'était la tragédie de Vollard. Cet homme extraordinaire voulait être beau. Il l'était, mais sa beauté n'était
évidente que pour un Renoir, un Cézanne. Pour les
petites gens, il était étrange. Othello en veston étonne-
rait le bourgeois. La situation finit par s'arranger toute
seule. Vollard comprit que mon affection était sincère
et que mes exclamations n'avaient rien de péjoratif.

Certaines modes terrorisaient mon père. Nous
connaissons sa crainte des corsets et des hauts talons
pour les femmes. Ses descriptions étaient si dramatiques que pendant longtemps je crus que les filles ainsi
haut perchées ne pouvaient marcher qu'au prix de
souffrances infinies. « C'est la descente de matrice
obligatoire », me disait-il, oubliant mon âge. J'avais
six ans, et l'idée de cette matrice dégringolant me
donnait des cauchemars.

Les séjours dans le Midi se prolongeaient, s'éten-
dant peu à peu sur la moitié froide de l'année. Renoir
savait maintenant qu'il avait besoin des oliviers d'argent de la Provence comme il avait eu besoin des sous-
bois bleutés de Fontainebleau trente-cinq ans plus tôt.
Ma mère organisa sans heurt ce changement d'existence. C'est ainsi que, né à Paris, je fus dès mon jeune
âge naturalisé méridional. Pierre resta pensionnaire à
Sainte-Croix de Neuilly, qu'il adorait et où ses maîtres
lui faisaient faire du théâtre.

A partir de la rue de La Rochefoucauld je peux
parler de mon père directement. L'homme qui venait
le soir m'embrasser dans mon lit est bien net dans mon
esprit. Ce qui me frappe quand je me reporte au temps
de l'éveil de ma conscience est la certitude qui m'est
restée de l'immuable solidité de Renoir. Pour moi, ses
gestes avaient un caractère inéluctable. Tous les
enfants croient que leur père est le centre du monde.

Cela, je ne le croyais pas. Mon père était trop persuadé que chacun sur cette terre a sa fonction, ni plus ni moins importante que celle du voisin, pour ne pas nous avoir influencés. Mais j'avais conscience que ce qu'il faisait était exactement ce qu'il avait à faire et que sa fonction était exactement celle pour quoi il avait été créé. Mon instinct de gamin insupportable me disait clairement que mon père ne doutait plus. Et c'était vrai. Il m'en parla plus tard. « Je ne savais pas si ce que je faisais était bon ou mauvais, mais j'avais atteint le point où je m'en fichais complètement. » Le « bouchon » avait trouvé le courant que la destinée lui avait réservé. Jusqu'alors il avait fait semblant d'accepter certains conseils, de subir des influences. Bien vite, vous le savez, il revenait à son propre langage. Je crois avoir fait comprendre que sa faiblesse n'était qu'apparente et que sous cette surface hésitante se cachait une volonté non raisonnée, j'ose dire une volonté involontaire. « Mais ça me faisait perdre du temps. » Après le Château des Brouillards il n'écoute plus personne. Il ne va même plus au musée. Malgré ses affirmations et ses déclarations contenues dans la préface de Cennino Cennini, il ne regarde plus les tableaux des maîtres anciens. Sa technique se précise et est bien à lui. Et plus il avancera en âge, plus il se coupera de tout ce qui avait été fait avant lui. Si sa peinture, surtout à la fin, rejoint celle des grands classiques, si Renoir s'ajoute à la lignée des Titien, des Rubens, des Vélasquez, c'est tout simplement parce qu'il appartient à la même famille. Renoir détesterait m'entendre parler ainsi. Assez de temps s'est écoulé depuis qu'il est mort pour que je puisse oublier l'hypocrite pudeur que l'on affecte vis-à-vis des êtres qui vous touchent de près.

Donc, le Renoir à qui je courais ouvrir la porte dès

que j'entendais son pas dans l'escalier, était un Renoir qui avait complètement repéré son chemin et y avançait d'un pied ferme. Il était en parfaite santé, la chaleur du Midi ayant effacé toute trace de bronchite. Il avait l'esprit plus clair que jamais. Il était sobre, se couchait tôt, était heureux avec sa femme, ses enfants et ses amis et pouvait consacrer une quantité incroyable d'heures à la poursuite du secret qui seul importait. Déjà bien des brumes s'étaient dissipées, bien des écrans s'étaient écartés, les révélations se succédaient le rapprochant du moment où il pourrait se dire à lui-même : « Je crois que ça y est ! » Un accident stupide allait compromettre le succès de cette exploration.

Avant d'aborder cette ultime période je veux m'étendre encore sur l'abondance spirituelle et physique des années qui la préparèrent. A nouveau j'évoquerai des opinions, des sentiments, des détails d'apparence insignifiante. J'essaierai aussi de rendre vivants les principaux visiteurs de la rue de La Rochefoucauld, du temps où Renoir était encore en pleine possession de ses moyens physiques. Je commence par Paul Durand-Ruel, ou plutôt le père Durand. Cette épithète était affectueuse, mais Bibon et moi n'osions pas l'employer en sa présence. Je le décris comme il est encore dans mon souvenir, petit comparé à Faivre qui me semblait gigantesque, plutôt grassouillet, très rose, une peau à la Renoir, soigné et sentant bon le propre ; des vêtements de « monsieur ». Pendant longtemps, quand je lisais un roman dont l'action se déroulait chez des gens « bien », je plaçais M. Durand-Ruel à la tête de la famille imaginaire. Sa petite moustache blanche était aussi délicate que ses gestes. Il souriait souvent. Je ne me souviens pas de lui avoir entendu élever la voix. Il m'intimidait assez pour que, en lui ouvrant la porte, je me retienne de hurler :

« Bibon, maman, c'est le père Durand. » Malgré mon respect j'avais confiance en lui. Je lui glissais des secrets, comme celui du garçon boucher qui, venant nous livrer un bifteck, avait chanté à Raymonde Mathieu qui était seule dans la cuisine ce refrain, paraît-il, obscène : « C'est un p'tit bou-bou — C'est un p'tit boucher — qui vend d'la bibi — qui vend d'la bidoche », et ensuite avait commencé à se déculotter. Raymonde avait interrompu l'opération en lui assenant un coup de balai. Elle nous avait demandé de ne pas ébruiter cet incident qui pouvait nuire à sa réputation. « Question d'honneur. »

Joseph Durand-Ruel, le fils, plaisait à Renoir par sa précision. Son père avait transféré le commerce des tableaux du domaine de la décoration à l'usage des riches amateurs, à celui de la spéculation. Joseph et Georges, mon parrain, devaient, avec quelques autres grands marchands, élargir le marché des œuvres d'art au point d'en faire l'équivalent de la Bourse des valeurs. Si, de nos jours, les tableaux sont cotés comme des actions, avec des hausses et des baisses, et cela en dehors des préférences du public, c'est en partie aux Durand-Ruel que nous le devons. Est-ce un bien ou un mal ? Mon père était contre cette spéculation tout en reconnaissant qu'elle devait enrichir les peintres. Sa méfiance du grand commerce n'affectait en rien son amitié sincère pour les « fils Durand ». Il considérait que les gens de valeur doivent marcher avec leur temps. C'est leur destin. Mais, tout en acceptant l'action des marchands de tableaux modernes, Renoir ne pouvait s'empêcher de regretter les Médicis. « Maintenant ce n'est plus un tableau qu'on accroche à son mur, c'est une valeur. Pourquoi ne pas exposer une action de Suez ! » Il ajoutait aussitôt : « Quand je suis en voyage et que je demande une avance au père

Durand, c'est tout de même rudement commode. » Il concluait : « Ça n'est pas gai une banque, mais le monde moderne est ainsi fait qu'on ne peut plus s'en passer. Ça va avec les chemins de fer, le tout-à-l'égout, le gaz et les opérations d'appendicite. »

Ma mère aurait voulu marier Jeanne Baudot et Georges Durand-Ruel. C'est pour les réunir qu'elle leur avait demandé d'être mon parrain et ma marraine. Revenons en arrière, jusqu'à mon baptême à Saint-Pierre de Montmartre. Ce jour-là elle avait eu un peu d'espoir. La journée était magnifique. Les toilettes claires de ma mère et de ses amies se détachaient gaiement sur le noir des jaquettes. Les ombrelles de dentelles alternaient avec les chapeaux hauts de forme. Les gilets écossais de Faivre et de Lestringuez semblaient timides à côté des chapeaux des petites Hugues, immenses corbeilles couvertes d'oiseaux empaillés et de fleurs aux pétales de soie. Le plus remarqué des invités était le cousin Eugène dans sa tunique d'infanterie coloniale, avec ses médailles évoquant des campagnes dans des pays inconnus. Joséphine, la marchande de poisson du Maquis, avait déclaré que c'était le plus beau baptême qu'elle ait vu à Montmartre. Jeanne Baudot et Georges Durand-Ruel jetèrent tellement de dragées aux gamins que ceux-ci, gavés, renoncèrent aux batailles habituelles. Mon père avait fait venir un tonneau de Frontignan, et Gabrielle servait à boire à qui voulait dans le jardin. Il avait été lui-même commander le vol-au-vent chez Bourbonneux et choisir la brioche chez Mangin — « les seules brioches de Paris ». Les convives étaient les amis habituels, tous les Caillebotte y compris le plus jeune frère qui était prêtre, Faivre, Lestringuez, le cousin Eugène, des voisins, etc. Au début, la présence de l'abbé Caillebotte intimida la compagnie. Il raconta l'histoire d'une de ses pénitentes qui était venue lui demander la permission de se déshabiller pour prendre un bain. Cela mit tout le monde à l'aise. Faivre voulait changer de vêtements avec l'abbé. Mon frère Pierre, habituellement silencieux, avait bu un peu de vin d'Essoyes et récitait la bataille du Cid aux petites voisines. Au dessert Faivre entama une histoire risquée. Mon père lui donna un grand coup de pied sous la table pour lui rappeler la présence de Jeanne Baudot. Il ne tolérait pas les « cochonneries » devant les jeunes filles. La Fontaine, Boccace et la reine de Navarre étaient parmi ses auteurs préférés. Mais il pensait que les filles de ses amis avaient le temps de découvrir cette littérature et devaient le faire toutes seules. Pour préciser sa pensée que je crois connaître, il craignait que le ton que les narrateurs se croyaient obligés d'employer en racontant une grivoiserie donnât aux jeunes auditrices l'idée stupide de l'existence du « cochon ». Il y avait aussi son immense respect des opinions et règles des autres. Puisque les parents réprouvaient ce genre d'histoires, ce n'était pas à lui de suggérer aux enfants que leur opinion était erronée. Les esprits se libéreraient un jour ou l'autre, et Renoir y aidait en peignant les nus les plus purs de toute l'histoire de l'art. Quoi qu'il en soit, son attitude respectueuse vis-à-vis des femmes me fut souvent décrite par ses amis qui la qualifiaient de chevaleresque. « Renoir, disait Rivière, aurait pu vivre au temps des cours d'amour. »

A la fin du déjeuner de baptême, les convives se répandirent sous les ombrages du Château des Brouillards. On alla admirer une chèvre que M. Griès venait d'acheter. Malgré la chaleur, il était coiffé de son habituelle casquette en peau de lapin. Au moment de prendre congé, mon parrain embrassa « sa commère », Jeanne Baudot. Ma mère le fit remarquer à mon père qui s'en réjouit. Quelques jours plus tard, Georges Durand-Ruel invita mes parents à dîner chez lui en compagnie d'une dame qu'il leur présenta comme sa compagne. C'était une Américaine qu'il avait rencontrée aux États-Unis où il séjournait souvent pour représenter les intérêts de la maison. Les Durand-Ruel devaient même construire un immeuble à usage de galerie d'exposition dans la 57ᵉ Rue. Mon père et ma mère trouvèrent l'Américaine « parfaite » et remisèrent leurs projets matrimoniaux.

Mon parrain me gâtait beaucoup. Un jour, rue de La Rochefoucauld, il m'apporta un polichinelle aussi grand que moi. Je poussai des hurlements d'horreur. Je ne sais plus pourquoi je haïssais ce personnage sous sa forme anglaise de Punch. Je ne l'aimais que sous sa forme napolitaine, avec des vêtements blancs trop grands. Ma passion était « les soltats t'l'empire ». C'était ma façon de prononcer « soldats de l'empire ». J'en eus des quantités. Mon père les aimait beaucoup aussi. Il préférait les petits, minces, en étain, fabriqués à Nuremberg. Un de ses amis lui dit que ces soldats en miniature risquaient de me rendre militariste. Il répondit : « Il faudrait aussi supprimer les jeux de construction qui risquent de faire de Jean un architecte. » Nous connaissons ses réserves à l'égard des gens de cette profession. Ce fut bien pire quand le même ami découvrit mon frère Pierre en train de jouer avec un autel en miniature garni de tous les accessoires nécessaires à dire la messe. « Qu'est-ce que tu feras quand tu seras grand ? demanda Renoir. — Je serai acteur », répondit Pierre. Mon père resta songeur, puis dit à l'ami : « Vous avez peut-être raison, acteur ou curé, c'est un peu la même chose ! »

Je dois à mon parrain Georges de grandes découvertes. Je lui dois mon premier phonographe, à rouleaux bien entendu. En tournant un bouton on remplaçait le saphir par une lame qui gravait les sons émis devant le pavillon. Le cadeau était accompagné des souhaits de bonne année du donateur, enregistrés par lui-même. Quand j'entendis sa voix sortir de cette machine, je hurlai d'enthousiasme et ameutai toute la maison. Il fallut tout de suite que Bibon enregistrât sa voix. Le cousin Eugène, témoin de l'expérience, haussa les épaules et déclara que « le nasillard » n'était pas au point. Mon père y vit le symbole d'un grand danger menaçant notre civilisation. « Ajouté aux pétarades des automobiles, cet instrument risque de détruire une grande richesse : le silence ! » Plus tard je dus à mon parrain qui avait une propriété dans le Périgord de découvrir les truffes, servies non pas en lamentables lamelles comme dans les pâtés, mais entières comme des pommes de terre. En plus de ces merveilleuses révélations, Georges Durand-Ruel me parlait de l'Amérique. Je lui faisais recommencer dix fois la description des wagons-lits Pullman. Vous pouvez juger de ma fierté lorsque je lui ouvrais la porte. C'est gonflé d'orgueil que j'annonçais à l'univers : « Bibon, maman, papa, c'est mon parrain ! »

Le docteur Baudot est inséparable du souvenir de Renoir. Il portait une redingote, garda longtemps le chapeau dit tuyau de poêle et ne l'abandonna que pour le hombourg, une sorte d'intermédiaire entre le haut-de-forme et le melon. Ce dernier lui semblait frivole. Il avait un visage couperosé et des favoris poivre et sel. Sa lèvre inférieure me paraissait assez forte et tirant sur le violet. Son lorgnon pendait à un ruban noir. Il s'en servait constamment pour examiner les gens qu'il rencontrait. Il avait un excellent diagnostic et aimait à se renseigner sur la santé de ses contemporains. Dès la porte ouverte il me hissait sur un grand coffre à bois qui servait de banquette dans le vestibule. La lumière venant de la fenêtre était excellente. Il me regardait les yeux, me tâtait le pouls, me faisait tirer la langue. Sa conclusion était invariable : « Vingt grammes de sulfate de magnésie. » Pour les adultes il allait jusqu'à trente grammes. Ce remède innocent lui valait de grandes discussions avec les employés de la Compagnie des Chemins de Fer de l'Ouest dont il surveillait la santé d'un œil paternel. Ils le suppliaient de leur ordonner des remèdes chers, avec des belles étiquettes et des noms prometteurs. Le sulfate de magnésie ne leur coûtait que deux sous. Comment voulez-vous avoir confiance dans un remède de deux sous ? Mais le docteur Baudot tenait ferme et ensuite expliquait à mon père : « Ils n'ont rien du tout. Les Français se portent en général très bien. Seulement ils mangent trop ! nourriture riche, apéritif, petit verre de cognac pour digérer. J'approuve. Pourquoi se priver quand avec un peu de sulfate de magnésie on se débarrasse de ses toxines ? » Son bureau était immense. Les fenêtres ouvraient sous la verrière de la gare Saint-Lazare, celle que Monet avait peinte trente ans plus tôt. Des messieurs en veston à boutons dorés et en casquette galonnée venaient parler respectueusement au docteur Baudot. Dans mon coin je ne pipais pas.

A Noël, quand j'avais mangé un peu trop de marrons glacés, on me faisait avaler le remède de notre ami dans un grand verre d'eau tiède. C'était infect. Ensuite, pour faire passer le sulfate de magnésie, j'avalais un verre de citronnade, également tiède. Je me croyais très malade et jurais de ne plus manger de marrons glacés. Je tenais parole pendant plusieurs semaines. Le docteur Baudot était un excellent médecin et un psychologue. Mon père se méfiait de cette théorie de « l'empiffrement corrigé par les purges ». Il était partisan de la modération sans sulfate de magnésie. Pour ne pas faire de peine au bon docteur, il faisait semblant de se purger régulièrement une fois par mois.

Un personnage dont l'arrivée mettait Renoir de bonne humeur était Gallimard. « Un vrai Français du XVIIIᵉ siècle. » Je crois avoir compris que sa fortune venait des terrains que sa famille possédait à Neuilly. Un grand-père avait été pépiniériste, ce qui évoquait dans l'imagination de mon père des champs monotones, coupés régulièrement par des lignes de châssis vitrés, « avec le soleil qui tape dessus et se reflète dans l'œil ». Aussi acceptait-il le remplacement de ce paysage détesté par des « trianons miniatures » à usage de femmes entretenues, mais avec cependant une objection : « Il n'y a que des murs. Il se passe peut-être quelque chose de l'autre côté, mais les rues sont sinistres. » Il aimait les quartiers avec des boutiques et des gens « occupés à leurs petites affaires ». Il disait aussi de Neuilly : « Très joli cimetière, mais j'aime mieux le Père-Lachaise. » Gallimard, qui avait déserté Neuilly pour les grands boulevards, amenait avec lui une merveilleuse atmosphère de « vie parisienne ». Il était auréolé de la gloire des brillantes soirées qui s'étaient déroulées dans son théâtre, *Les Variétés*. Mon père nous avait si souvent raconté des passages d'*Orphée aux Enfers,* demandant à Abel Faivre de se mettre au piano et de jouer les airs qui l'avaient enchanté, que je ne pouvais dissimuler mon admiration pour un monsieur qui vivait sur un pied d'égalité avec Jupiter, Cupidon et la Belle Hélène. Ce dernier personnage se matérialisa sous les traits de l'actrice Diéterle. Même en dehors de la scène des Variétés elle gardait le charme des déesses d'Offenbach. Elle était très blonde, « une peau de lait avec des taches de rousseur ». Elle ne demandait qu'à poser, et Renoir fit d'elle plusieurs portraits dont l'un dans sa villa de Chatou. Son père était un capitaine en retraite, très méticuleux, très à cheval sur le protocole. Gabrielle se mettait au garde-à-vous devant lui et l'appelait « mon capitaine ». Il était ravi.

Un autre familier de la maison était Murer, pâtissier célèbre et peintre amateur. C'était un grand ami du docteur Gachet, et il allait souvent à Auvers. Le nom de Gachet est lié dans ma mémoire à celui d'une petite fille que je n'ai jamais vue : Margot. Je crois que son nom de famille était Legrand. Mon père m'en parla plusieurs fois. Margot était très malade. Il demanda au docteur Gachet de la soigner, ce que celui-ci fit avec un grand dévouement, mais en vain. Les souffrances de Margot rapprochèrent les deux hommes qui ne quittaient pas son chevet. Elle devait être très belle, très touchante et très courageuse. Elle souriait malgré la douleur insupportable qui la déchirait. Paul, le fils du docteur, a publié les lettres que nos pères échangè-rent à ce sujet. Renoir y parle de boutons de variole. Gachet attrapa une courbature qui le força à garder le lit, et Renoir se trouva seul avec Margot, affolé et souhaitant que la mort vienne vite la délivrer. Il appela son vieil ami, le docteur de Bellio, qui déclara que la petite était perdue. Mais, à la demande de mon père, il lui ordonna des médicaments pour lui faire croire qu'elle pourrait guérir. Le 25 février 1879, Renoir annonça à Gachet la mort de l'enfant.

Cette mystérieuse petite morte me touche infini-ment. Qui était-elle, pour que Renoir s'y intéresse avec cette anxiété ? Qui étaient ses parents ? Où étaient-ils pendant cette maladie ? Autant d'énigmes, ignorées également de Paul Gachet, le fils, qui m'écrivit à ce sujet. Mais j'imagine les cheveux blonds sur l'oreiller, les boutons, et le sourire éperdu au grand ami qui se penchait pour l'embrasser.

Le peintre Deconchy[1], avec sa barbe carrée, ses petits yeux malins et ses chapeaux de feutre ronds, joua dans notre vie un rôle considérable. C'est en effet lui qui conseilla à Renoir d'aller peindre à Cagnes. Lui-même, de santé fragile, allait passer l'hiver dans ce village alors inconnu des touristes. Quelques Anglais frileux et calmes occupaient l'hôtel Savournin, en bas du village sur la grande rue qui était aussi à cette époque la grand-route. Deconchy tomba amoureux de Mlle Savournin, l'épousa et l'amena à mon père rue de La Rochefoucauld. Ma mère et la jeune mariée sympathisèrent, et ce sentiment aida à décider le voyage à Cagnes. C'était une décision lourde de conséquences. Ce pays devait finalement absorber Renoir et les siens comme il avait absorbé Deconchy.

Ma mère avait compris que l'existence matérielle de Renoir devait être aussi authentique que sa peinture. C'est à elle que mes frères et moi devons d'avoir grandi dans un environnement où rien de « toc » n'était toléré. Le meuble en bois blanc, je l'ai déjà dit, cadrait tout à fait avec les goûts de Renoir. Nous pratiquions aussi les meubles Thonet fabriqués dans cette partie de l'empire d'Autriche qui devait devenir la Tchécoslovaquie. Ils étaient faits de bois courbé et cannés. Nous en avions de toutes sortes y compris des fauteuils balançoires. Renoir disait que c'étaient les seuls objets manufacturés qui ne soient pas prétentieux. Ils sont une partie importante du décor de ma jeunesse, et leurs courbes de bois noir terminées en colimaçon me manquent curieusement. Quand mes parents s'écar-

1. Peintre français, ami de Renoir.

taient du bois blanc ou de Thonet, c'était pour aborder l'antiquité de bon aloi. Renoir ne pouvait souffrir les meubles de luxe contemporains, parce qu'il n'y sentait plus « la main ». Même vis-à-vis de certaines œuvres du passé, il manifestait une aversion opiniâtre. Je me souviens par exemple de ses haussements d'épaules devant les faïences de Bernard Palissy : « Il a brûlé des meubles Renaissance authentiques pour cuire ces fruits qui ont l'air d'être en savon. » J'ai dit son mépris des bibelots de Meissen ou de Sèvres. Les tapisseries des Gobelins l'agaçaient. Il n'admettait que la basse lice, « la haute lice ayant permis de copier servilement des tableaux qui ne sont pas de la tapisserie, ou, pire, d'imiter la nature » ! Au bas de l'échelle il plaçait les peignes en celluloïd, les toiles cirées en guise de nappes, les sels que l'on verse dans la carafe pour imiter l'eau de Vichy, le beurre servi en petits carrés ou en coquillettes. Ne parlons pas de la margarine. Il voulait ou se passer de beurre, ou avoir du vrai beurre, en motte, sur la table.

En contraste avec ce raffinement, Renoir trouvait prétentieux les étalages de couverts et de verreries. « Un amas de fourchettes, couteaux, verres de toutes les tailles pour finalement avaler un œuf à la coque arrosé d'un peu de piquette ! » Il faut dire que nos repas se composaient d'un seul plat principal et que nous n'avions en général dans notre cave qu'une seule qualité de vin. Ce vin nous était expédié en tonneau par le vigneron. Au Château des Brouillards le bougnat de la rue Lepic venait nous le mettre en bouteilles. Nous aurions considéré comme une déchéance d'acheter le vin chez l'épicier. Renoir se méfiait des vieux vins qui alourdissent et qu'il faut « déguster au lieu de boire. Ça devient une cérémonie. On se croirait à l'élévation ! ». Il blaguait les grimaces des « connaisseurs qui se rincent les gencives comme avec un dentifrice et lèvent les yeux au plafond, en extase. Ils n'y connaissent pas plus que moi ».

Ma mère continuait à tenir table ouverte tous les samedis soir et maintenait la tradition du pot-au-feu. Ce qui ne veut pas dire que l'ami arrivant à l'improviste un autre jour n'était pas convenablement nourri. Gabrielle courait chez le boucher et remontait un bifteck tandis que Raymonde épluchait une salade. Ma mère, étant donné le nombre de servantes qu'elle gardait à la maison parce que « leur peau ne repoussait pas la lumière » et surtout à cause de ses essoufflements, cessa assez jeune de préparer les repas elle-même. Mais elle avait reçu du Ciel le don d'autorité, et la cuisine qui s'élaborait chez nous était bel et bien la sienne. Elle avait récolté ses recettes un peu partout, surtout de Marie Corot, mais elle les avait modifiées à sa façon, ou plutôt au goût de son mari. Je vais vous répéter quelques-uns de ses conseils, transmis à ma femme par Gabrielle.

Principe général : ne jamais noyer les légumes verts. Par exemple, les petits pois étaient cuits sans une goutte d'eau. Quelques feuilles de laitue fournissaient l'humidité suffisante pour que la casserole ne se fende pas.

Autre principe : ne rien laisser « traîner », faire vite. Dans ma jeunesse les Français rôtissaient beaucoup trop longtemps le bœuf et le mouton, comme le font encore maintenant les Anglais, les Américains, les Allemands et beaucoup d'autres peuples qui croient aux sauces. Chez nous le temps de cuisson d'un morceau de bœuf ou d'un gigot de mouton était de douze minutes par livre.

Éviter si possible de rôtir au four. L'humidité qui s'échappe de la viande en fait un bouilli, ou presque.

367

Dans ce cas faites donc franchement un bon pot-au-feu. La broche donne un meilleur résultat parce que la pièce de viande est à l'air. C'est moins mou, et ça permet aux toxines de s'échapper en vapeur. Pour rôtir nous utilisions une coquille, sorte de demi-sphère en tôle, ouverte du côté de la cheminée et traversée par une broche dont la position se changeait à l'aide de crans. Le jus était recueilli dans le bas de la coquille. A Essoyes, devant la grande cheminée, nous avions un système à ressort qui faisait tourner la broche automatiquement.

Ne pas essayer d'extraire le suc des choses ; il faut savoir gâcher. Se méfier des « cocottes » scellées. Faire le café dans une casserole d'eau bouillante sans couvercle. Il faut plus de café, on perd la moitié de la caféine, mais ça n'énerve pas. Sauf pour les rôtis devant la cheminée garnie de bûches, nous cuisinions sur des potagers à charbon de bois. Les potagers étaient des grilles carrées d'environ 20 centimètres de côté disposées dans une sorte de table en carreaux de faïence. La cendre tombait au-dessous. Au-dessus il y avait une cheminée d'évacuation. L'espace où tombait la cendre était fermé d'une petite porte métallique réglable pour le tirage. On commençait le feu avec des bâtonnets dont une extrémité avait été trempée dans de la résine. On ajoutait le charbon de bois que l'on recouvrait d'un diable, sorte d'entonnoir à l'envers surmonté d'un tuyau qui activait le tirage. Quand le charbon était rouge on l'enlevait, et on fermait la porte de tirage. Nous étions à peu près les derniers Parisiens à utiliser ce mode de cuisson. Dans les autres maisons le gaz était roi. Aujourd'hui le monde redécouvre le barbecue et le Hibachi japonais et cuit ses biftecks comme le faisait ma mère.

Comment griller un bifteck ? Ne pas mettre trop de

charbon de bois. Il suffit que la grille du potager ou du Hibachi soit bien garnie. Attendre que le feu ait passé son point culminant et soit un peu calmé. Au début mettre le gril portant la viande contre les charbons ardents pendant moins d'une minute de chaque côté, puis éloigner le gril de quelques centimètres pour que la chaleur ait le temps de pénétrer jusqu'au centre. Si le morceau est très gros, le feu sera évidemment plus intense et le morceau de viande sera plus loin du feu. Le système enfantin et bien connu est de « saisir » d'abord. Ensuite on attend plus ou moins suivant que l'on aime la viande grillée à point ou bleue. Pour un bifteck destiné à deux personnes, la cuisson ne doit pas dépasser cinq minutes. Si on a du sarment de vigne on en fait un grand feu dans la cheminée, on laisse tomber la flamme et on jette les morceaux très minces à même le feu mourant. C'est un « régal des dieux ». Surtout pas de sauce béarnaise ou autre. Pour ceux qui craignent le croustillant, amollir en frottant de beurre au sortir du feu. Saler après cuisson. Du bœuf de qualité, grillé sur du charbon de bois de qualité, n'a pas besoin d'assaisonnement.

Le maire de l'Estaque donna sa recette de bouillabaisse à mon père et à Cézanne en 1895. Elle est classique : petits poissons de roche revenus dans l'huile d'olive avec des oignons et des tomates. Puis de l'eau chaude et beaucoup d'ail. L'ail ne doit jamais revenir. Des herbes. Les gros poissons et les crustacés sont mis à pocher quand « le fond » est cuit. Il faut de la rascasse. Le safran très à la fin. La soupe passée est versée sur des croûtons de pain grillé et frotté d'ail. Pas de « rouille », cette sauce qui cache le goût délicat des poissons de roche et qui est une invention de bistrot. Mon père me racontait ses expériences culinaires à l'Estaque. Un pêcheur qu'ils connaissaient vaguement arrêtait Cézanne et lui dans la rue : « Hier soir vous avez mangé la bouillabaisse chez Marius.— Oui. — Il ne sait pas la faire. Venez ce soir à la maison et vous verrez ! » Le lendemain, autre rencontre : « Hier soir, vous avez mangé la bouillabaisse chez Saturnin... il ne sait pas la faire... » Et ainsi de suite jusqu'à ce que le maire mette tout le monde d'accord en invitant les différents concurrents et « les peintres » à une bouillabaisse définitive.

Quand nous n'avions pas d'invités nous nous en tenions à des viandes grillées ou bouillies. Nous évitions autant que possible la poêle. La bouillabaisse était pour les grandes occasions ainsi que ce poulet sauté, que ma mère considérait comme son triomphe : Couper le poulet en morceaux ; le faire dorer dans très peu d'huile d'olive dans une casserole épaisse. A mesure que les morceaux sont dorés, les mettre de côté dans un plat chaud. Jeter l'huile et remettre le poulet dans la casserole avec un peu de beurre, très peu. Ajouter deux oignons hachés très fins, pas trop gros, deux tomates épluchées, un bouquet de persil, thym, une gousse d'ail, laurier, très peu d'eau chaude, sel et poivre. Remuer souvent, attention à ne pas brûler le fond. Cuire à tout petit feu. Une demi-heure avant de servir ajouter quelques champignons, des olives noires grecques, italiennes ou provençales et le foie. Un petit verre de cognac dans la casserole découverte pour qu'il s'évapore. Au moment de servir, saupoudrer de persil et ail hachés très fin.

Notre régal était des pommes de terre sous la cendre et en hiver des marrons cuits de la même façon. La cuisine de ma mère était comme elle, rapide, sans complications, nette et propre. Pas de « graillon » ; l'huile, le beurre ne servaient qu'une fois et la casserole était ensuite furieusement récurée. Elle cadrait aussi avec la grande règle de Renoir : faire riche avec peu. N'employer que le meilleur mais avec parcimonie.

Il se méfiait des gens qui ne boivent pas de vin : « Ce sont des ivrognes cachés », et de ceux qui ne fument pas : « Ils doivent avoir un vice secret ! » Ma mère était gourmande « comme une chatte ». Renoir disait que c'était sa façon d'honorer Cérès et Bacchus. Il se refusait à croire que les dieux grecs aient tout à fait abandonné la partie.

Avant de quitter la rue de La Rochefoucauld je cite un des rares exemples de sévérité de mon père à mon égard. Nous descendions parfois à pied sur les grands boulevards dont l'animation lui plaisait. Un jour qu'il faisait chaud, au cours d'une de ces promenades, ma mère exprima le désir de boire un bock. Nous nous installâmes à la terrasse d'un café. Renoir s'aperçut qu'il n'avait plus de cigarettes. Ma mère proposa de m'envoyer en acheter. Renoir se récria : « Tout seul sur les grands boulevards !... — Justement il faut qu'il s'habitue. » Je connaissais bien le bureau de tabac qui était situé au début de la rue Laffitte à côté de la boutique de Vollard. Je me montrai si fier à l'idée de marcher tout seul dans Paris, « comme mon frère Pierre », que Renoir, amusé, se laissa fléchir. Je partis et me mis à répéter les mots que j'allais adresser à la débitante de tabac. Mes fréquents séjours dans le village de ma mère m'avaient gratifié d'un retentissant accent bourguignon. Je roulais les *r* comme Colette Willy elle-même. Cela faisait rire les gens et me rendait furieux. Tout en marchant je réussissais à bâtir une phrase sans recourir à la consonne révélatrice : « Madame, donnez-moi un paquet de jaunes. » J'avais éliminé les mots Maryland et cigarette. Soudain je m'aperçus que j'avais depuis longtemps dépassé le bureau de tabac et que j'étais près de l'église Notre-

Dame-de-Lorette. Affolé à l'idée de l'inquiétude de mes parents, je refis en courant le chemin de retour et, haletant, me trouvai devant mon père pâle et défait. « Je croyais que tu t'étais fait écraser. » Par réaction il se laissa aller à un petit accès de colère. « On n'a pas idée d'être distrait comme cela. Tu ne feras rien de bon dans la vie. » Je fondis en larmes et ne pus manger ma tranche napolitaine. Mon père bouda pendant une heure. Rentré à la maison, il oublia la querelle devant des anguilles qu'il se mit à peindre malgré l'opposition de ma mère qui voulait en faire une matelote. Quand je l'entendis chantonner, j'oubliai mon chagrin et je jouai avec mes « soltats t'l'empire ». Il me dit : « Il n'y a pas que les voitures qui peuvent t'écraser. Il y a aussi les voleurs d'enfants qui peuvent t'enlever et l'Armée du Salut qui te forcerait à chanter avec l'accent anglais. »

IV

L'accident qui devait transformer la vie de mon père en un martyre fut une chute de bicyclette, à Essoyes, en 1897.

Essoyes, le pays natal de ma mère et de Gabrielle, est un village resté assez pur. Pour moi, il n'existe pas de village comparable dans le monde entier. J'y ai vécu les plus belles années de mon enfance. Venant de Paris, l'enchantement commençait quinze kilomètres avant, avec le passage abrupt de la plaine champenoise à des coteaux caillouteux couverts de vignes, à l'orée d'un hameau du nom de Bourguignons. On y voit encore la grosse borne des rois qui séparait la Champagne de la Bourgogne. Ensuite c'est la même nature que l'on retrouve dans tous les pays où le vin est bon : une rivière au fond du vallon ; ici c'est la Seine, en Ombrie c'est la rivière de Foligno, en Californie c'est la Napa River. En bas il y a des prés avec des vaches ; le long des pentes il y a des bois ou des vignes ; en haut ce sont des plateaux plus ou moins désertiques. A Essoyes nous les appelons les friches. Elles sont couvertes de pierres plates, et c'est le paradis des vipères. Avec ces pierres plates on construit les loges, cahutes aux murs épais, au toit également de pierres, si fraîches en été que les vignerons nous disaient de mettre notre veste quand nous entrions nous y reposer.

L'affluent de la Seine qui traverse le village s'appelle l'Ource. De beaux arbres ombragent ses rives. Des herbes longues et ondulantes couvrent son lit. L'Ource est une rivière irrégulière. C'est sans doute pourquoi Renoir avait tant de plaisir à la peindre. Tantôt elle s'immobilise, son eau devient verdâtre, recouvrant des profondeurs qui nous paraissaient insondables. Les Essoyens appelaient ces endroits des « trous ». Il y avait le trou des « popiers », autrement dit des peupliers, le trou de la vache, où une vache s'était noyée. Les parents défendaient aux enfants d'approcher des trous, affirmant qu'une fois pris dans le tourbillon on était comme un moucheron dans l'entonnoir quand on remplit une cruche de vin. Les endroits que Renoir préférait étaient ceux où l'Ource court sur des cailloux : « De l'argent en fusion », disait-il. On retrouve ces reflets dans beaucoup de ses tableaux. Mon père se portait bien à Essoyes, et tout en couvrant sa toile de couleurs il s'amusait de notre compagnie et de celle des villageois. Essoyes est assez à l'est pour échapper à l'influence de Paris. C'est déjà un climat continental. Sur les friches l'air y est vif comme en Lorraine. Et l'accent des habitants va avec le climat. Malheureusement avec la radio le langage des Français tend à l'uniformité. Je suis sûr que maintenant, à Essoyes, seuls quelques vieux comprennent encore le patois de mon enfance.

Gabrielle n'avait pas oublié la première apparition du « patron » à Essoyes. Ma mère l'avait précédé et avait loué une maison à la lisière du « pays », sur la route de Loches, en face de Paul Simon qui avait des champs de blé, ce qui le faisait mépriser des vignerons, et à côté de Royer le tailleur de pierre qui sculptait les pierres tombales. La porte de derrière donnait sur le chemin du Petit Clamart. Cette expression désigne un bouquet de grands arbres entourés d'un mur assez élevé et se dressant au milieu de la plaine entre la rivière et la côte de la Terre-à-Pot. Une côte à Essoyes signifie une colline. Clamart est un vieux nom pour cimetière. Dans le Petit Clamart était enterré, disait-on, un jacobin de 1792. Il avait fait guillotiner tant de curés qu'à sa mort celui d'Essoyes, se sentant protégé par le nouveau gouvernement de Napoléon, avait refusé de lui donner une sépulture chrétienne. De là ce cimetière particulier, Gabrielle, qui avait huit ans, jouait avec des petites cousines de son âge dans la cour de la maison. A Essoyes chaque maison a une cour, sur laquelle ouvrent les granges. Dans ces vastes retraites de pierre, sans fenêtres, aux portes disproportionnées, sont alignées les cuves où fermente le raisin après la vendange ; énormes cylindres de bois que je comparais aux tours d'une forteresse mérovingienne. Et quelle fraîcheur dans ces granges ! Pourtant, le soleil bourguignon de mon enfance tapait dur en été. Les voix se répercutaient contre le calcaire des murs et le bois des cuves. Cette résonance ajoutait à l'impression de mystère.

Ma mère avait trente et un ans. « Elle était déjà pleine, mais pas grasse, vive. » C'est Gabrielle qui parle. « Elle nous a donné du pain frais avec une grande barre de chocolat. Pierre était un petit garçon de deux ans, brun avec des boucles très belles. Renoir parut portant sa boîte de couleurs et son chevalet. Avec les cousines, on l'a trouvé bien maigre, le pauvre homme ! » Gabrielle revenait souvent voir le petit Pierre, et aussi à cause du chocolat. « Lui, on le voyait peu. Il s'en allait tout seul peindre dans les champs. Il essayait de vendre à Paris, disaient les gens. Ils

disaient aussi qu'il n'était pas comme tout le monde. »
En rentrant des champs il aimait se chauffer le dos
devant la grande cheminée. A cette époque, dans les
campagnes françaises, on faisait à peu près tout dans
les grandes cheminées, sauf le pain qui se cuisait dans
la chambre à four. « Drôle d'idée d'aimer le feu de bois
quand à Paris on a un beau poêle en fonte avec des
ornements nickelés. » Gabrielle, qui avait une
mémoire d'éléphant, pouvait trois quarts de siècle plus
tard me répéter les réflexions de ses compatriotes sur
ce drôle de citoyen. « C'est pas qu'il faisait peur. On
voyait que c'était pas la même chose. On le trouvait
« peu », ce qui voulait dire laid. On n'aimait que les
gros. Ta mère, qui pourtant était bien « pleine »,
passait pour chétive. Ta grand-mère Mélie était belle
parce qu'elle était comme une « ormoire ». Le plus
rigolo est qu'il n'était pas vraiment maigre. La
patronne me le disait et je le voyais bien puisque j'étais
toujours fourrée chez vous. Seulement, voilà, sa figure
ne lui faisait pas honneur. Il ne buvait pas, ce qui
faisait croire qu'il était malade. Il ne parlait pas
politique. Ses cravates n'étaient pas à la mode. Malgré
cela, les gens l'aimaient. Même la mère Bataillé qui
était sauvage lui permettait de peindre ses gosses.
Personne d'autre que lui ne se serait avisé d'aller chez
les Bataillé, des pauvres, d'y trouver quelque chose de
bien et de déclarer qu'il s'y plaisait. Une des petites
qu'il aimait peindre était la grand-mère de Félix Suriot
qui a épousé ta cousine Bellala hem hem. Le vrai nom
de Bellala est Madeleine Mugnier. La première version est due à sa prononciation de bébé et lui est
restée. »

« Ils respectaient son silence. » Cette affirmation de
Gabrielle m'émouvait. Dans un coin de la cheminée le
fricot mijotait sur de la braise, dans l'autre coin la fille

de la maison chauffait les fers à repasser. Au milieu, pendue à la crémaillère au-dessus de la flamme, la soupe cuisait dans la grande marmite en fonte noire. C'était presque toujours des « pois » rouges avec du lard. A Essoyes on ignore le mot haricot, et ces « pois » étaient de l'espèce rouge qui pousse dans les vignes. Nos cousins n'auraient jamais mangé de haricots de la plaine. On les laissait aux cultivateurs et aux cochons. Même mépris pour les pommes de terre. « Ça bon pour les gouris », et pour les grosses prunes rouges dites prunes à cochons. Renoir aimait aussi voir pétrir le pain dans le grand pétrin en chêne sculpté qui occupait tout un côté de la salle commune. Puis il allait voir chauffer le four avec des fagots de petit bois, jamais de bûches. Quand les pierres à l'intérieur sont au rouge, on pousse la braise dans un coin avec une sorte de râteau sans dents. Puis on enfourne tout ce qui se cuit : les miches de pain bis larges comme un derrière de belle femme, le râble du cochon fraîche-ment sacrifié, les énormes disques des tartes aux fruits différents selon la saison — cerises, mirabelles et reines-claudes, cassis, raisin et plus tard les petites pommes de vigne. Renoir préférait les fruits de ces arbres tordus et rabougris comme les ceps qui les entouraient aux magnifiques produits exposés à la devanture des grands fruitiers de Paris. Et, bien que peu buveur, il préférait le vin d'Essoyes à tout autre, un vin sans une trace de sucre, vif comme le vent d'est qui balaie les vignobles étagés sur les côtes, produit d'un sol où les cailloux sont abondants et la terre rare. Après les grosses pluies d'orage, les vignerons devaient remonter cette terre sur leur dos, dans les grandes hottes d'osier tressé. Ces produits d'un sol pauvre étaient l'illustration de la philosophie de Renoir : « Tâcher de créer de la richesse avec des petits moyens. » Ce vin d'Essoyes plaisait aussi à Renoir parce qu'il n'était jamais « coupé ». Aucun vigneron n'aurait eu l'idée d'améliorer un vin trop faible en alcool, produit d'une vigne mal orientée, en le remontant avec le vin d'une vigne plus favorisée. En gourmettant [1] un vin dans la coupote d'argent, n'importe quel citoyen d'Essoyes pouvait en situer l'origine. « C'est de la vigne à Colas Coute sur la Côte-aux-Biques », ou bien : « C'est du pinot [2] de la vigne à Larpin. » Cette vigne de Larpin entièrement plantée en pinot, bien exposée au sud au milieu de la côte de Mallet, était considérée comme la meilleure du pays. Ce respect de l'origine du vin existe encore en France dans les grands crus dont chaque tonneau demeure le produit de quelques centaines de mètres carrés de terre caillouteuse. Tel sol donne le goût des pierres à fusil qui le garnissent, tel autre plus argileux et mieux exposé donnera plus de corps, tel autre plus de bouquet. Renoir disait que nous devions à l'invasion des mufles le goût nouveau pour les produits améliorés par les coupages. « Toujours égaux à eux-mêmes, ce qui rend la vie ennuyeuse. » Son goût en vin était le même que son goût en art, et les mélanges de Bercy lui semblaient aussi navrants que la fabrication des meubles en série. Derrière le vin il voulait retrouver le vigneron et sa vigne, comme derrière un tableau il voulait retrouver le peintre et le coin de nature qui l'avait inspiré.

« Je me plaisais chez les vignerons parce qu'ils sont généreux. » Ils sont même imprévoyants. Ils ne sacrifient pas à la manie paysanne d'épargner. Ils travail-

---

1. Goûter le vin.
2. Plants de vigne qui donnent les grands vins : Bourgogne, Loire, Champagne, etc.

lent dur toute l'année. L'été ils sont dans leurs vignes au lever du jour, et ces vignes sont loin. La Terre-à-Pot est bien à quatre kilomètres. La Côte-aux-Biques est derrière la gendarmerie, mais elle s'étend jusqu'à Fontette, sur le plateau, le pays du bon fromage et de la fameuse Mme de Lamotte de l'affaire du Collier. Son château est toujours là. Il y a aussi « en Sarment » avec la fontaine Sarment, une source qui donne de l'eau toute l'année, et « en Charmeronde » d'où l'on peut voir tout le panorama de la vallée de la Seine, avec la grande statue de la Vierge qui domine et protège la récolte de ceux de Gyé. Le soir, en rentrant, les vignerons aimaient jouir d'un bon dîner dans leur belle maison. Quand l'argent rentrait ils le dépensaient. Ils s'achetaient des vêtements du meilleur drap et commandaient au père Royer une magnifique pierre tombale. Bien que parfaits mécréants, ils ont construit une église impressionnante, toute en pierre de taille, d'ailleurs assez laide. Renoir aimait mieux la petite église de Verpillières, à trois kilomètres. Elle est toute tassée sous son toit qui ondule comme une peau d'animal. Ses fenêtres romanes et ses murs tout nus sont d'une grande noblesse. Devant sa porte il y avait un orme immense. Il avait été planté quand Jeanne d'Arc était passée par là, se rendant de Lorraine à Chinon pour voir le roi et le convaincre de chasser les Anglais. Elle avait couché au Val-des-Dames, dans un couvent. L'orme a été coupé, et le souvenir du couvent se perd dans la nuit des temps. Mais il y a encore la « fontaine ». L'eau sort de terre dans une sorte de cave voûtée et est si pure qu'on ne la voit pas. Les étrangers qui passent et veulent se désaltérer se trouvent soudain avec les pieds dans l'eau. Du temps de mon père il y avait là trois statues de bois : la Vierge, saint Joseph et saint Genès. Les vieux racontaient que ces statues n'étaient pas toujours d'accord et leur prêtaient ce genre de conversation : « J'entends du vent, j'entends du vent, dit la Sainte Vierge. — Qui qu'a fait ça, qui qu'a fait ça? demande saint Joseph. — C'est l'un d'nous trois, c'est l'un d'nous trois », répond saint Genès.

Gabrielle me racontait encore : « Il[1] allait chez mon arrière-grand-mère, ta cousine Cendrine. Il faisait causer les autres, il écoutait, et il s'amusait. Il y en avait qui disaient qu'il ne parlait pas parce qu'il n'avait rien à dire. » Je n'ai jamais pu savoir si Cendrine était un surnom dans le genre de Cendrillon dû à sa constante présence autour de sa cheminée, à sa manie de mettre beaucoup de cendre dans la lessive, ou bien si c'était le diminutif d'Alexandrine. Elle dînait tous les soirs d'une « trempée » qui chauffait doucement : vin vieux, sucre et pain grillé. Un jour, Pierre profita de ce que l'on écoutait le cousin Lexandre, fils de Cendrine, pour se saisir de la casserole et en absorber le contenu entier. Cendrine était navrée d'avoir perdu son dîner, et ma mère croyait que Pierre allait « meuri ». A Essoyes, où l'on donne du vin aux nouveau-nés, les gens ne comprenaient pas son inquiétude. Ils pensaient qu'elle était folle et que Paris donne de drôles d'idées.

Lexandre amusait Renoir. Il avait une réputation de satyre, méritée ou non, et en était fier. Quand par hasard il allait aux vignes, les filles qui le voyaient surgir au bord de la fontaine où elles venaient remplir leur baril se sauvaient. « Sauf les vieilles », précisait quelque joyeux drille. Pour ne pas déchoir dans l'esprit de ses concitoyens, une fois ou deux Lexandre s'était

<hr>

1. Dans nos conversations, Gabrielle n'utilisait jamais les termes « Renoir » ou « ton père ». Elle disait « il » ou « le patron ».

rabattu sur ce gibier coriace. A ceux qui se moquaient de lui, il répondait : « Je m'en fous pas mal. Je leur trousse le cotillon par-dessus le museau et j'y vois ren du tout. »

Mon père, malgré son manque de conversation, était complètement adopté. Le cousin Lexandre disait : « On a bien eu un Nègre. Il s'est marié avec une fille Girelot. C'était un bon vigneron. » Les petites filles qui rencontraient Renoir dans les champs chuchotaient : « Le voilà qui peinture », tout bas pour ne pas le troubler. Il les appelait. Elles avançaient lentement en baissant la tête et en tortillant le coin de leur tablier. « Il pourrait biser une bique entre les cornes », pensaient-elles en voyant sa figure maigre.

A Essoyes, comme ailleurs, on emploie volontiers des locutions toutes faites. En plein après-midi, en se croisant dans la rue, on demande sérieusement : « Eh ma, te v'là révoyé ? » ou bien : « Te v'là levé ? » On sait bien que l'autre est réveillé ou levé, puisqu'il est dans la rue, mais après cet échange de politesses on se sent moins seul dans ce vaste monde. Renoir disait « bonjour » sans plus. Et on répétait gravement : « Il ne parle pas parce qu'il n'a rien à dire », insinuant ainsi que ses pensées étaient trop vastes pour s'exprimer en mots habituels. Mon père et ma mère ne revinrent à Essoyes que quelques années plus tard. Si elle n'avait pas émigré chez nous, à ma naissance, Gabrielle eût été vivre chez ses parents de Verpillières et n'aurait jamais revu Renoir. « Mais je n'aurais pas oublié ce drôle d'homme qui peinturait. »

J'en arrive à l'accident. Notre cousin Paul Parisot avait un magasin du côté de la porte des Ternes où il vendait, réparait et même fabriquait des bicyclettes. Quand il venait nous voir, nous admirions sa belle machine, brillante et silencieuse. Il la soulevait d'une main pour montrer combien elle était légère, de l'autre appuyait sur les pédales et lançait la roue arrière dans un tourbillon brillant. Mon père me maintenait contre lui. Il avait peur que je ne veuille toucher ce cercle magique. « Ça pourrait lui couper un doigt. »

Il y avait aussi les jeunes peintres qui venaient voir Renoir à Essoyes et qui, presque tous, circulaient à bicyclette : Albert André et sa femme Maleck, d'Espagnat, Matisse, Roussel, Abel Faivre était un cycliste passionné, M. et Mme Valtat circulaient à tandem. J'ai en tête un tableau, certainement peint à Essoyes et qui représente Valtat en culotte cycliste assis dans l'herbe auprès d'une jeune femme qui peut être Georgette Pigeot, une couturière de Paris qui posa souvent pour Renoir. Les garçons d'Essoyes eux aussi s'étaient mis au vélo. On en voyait même qui revenaient des vignes sur leur machine. Pour y aller, ils se contentaient de la pousser après avoir attaché leurs outils sur le cadre. Le pays est dans une cuvette, et les vignes sont toujours au sommet de quelque côte bien raide. Mon père finit par faire comme tout le monde et se fit envoyer une bicyclette par le cousin Parisot. Abel Faivre lui donna ses premières leçons. Renoir ne s'en servit jamais pour aller peindre, son attirail étant trop encombrant. Mais il trouvait cet instrument commode pour aller repérer des motifs qu'il notait en quelques coups de crayon sur son carnet. Nous connaissons cette habitude de Renoir.

En 1897 ma mère nous avait déjà installés dans une partie de notre maison définitive. Elle ne devait construire l'atelier dont j'ai fait mention qu'un peu plus tard, après avoir ajouté la maison voisine à la première. Ce n'est qu'en 1905 qu'elle eut l'idée d'un autre atelier, que Renoir jugea parfait, au bout du jardin, près de la scierie de M. Decesse. Il s'y livra à des essais de sculpture, « un dada qui me trottait », avec le sculpteur Morel, alors tout jeune et qui est d'Essoyes. Ce jardin était une vigne agrémentée de quelques arbres fruitiers.

Avant la construction du premier atelier, Renoir n'avait pratiquement aucune pièce où travailler. Et pourtant il s'accommodait de peu. Mais au sud, un beau marronnier, qu'il se serait fait scrupule de couper, donnait des reflets. De l'autre côté la lumière du nord, si appréciée de la plupart des peintres, l'ennuyait. Elle ne lui semblait valable qu'à Paris, où les arbres ne comptent pas. Ce manque d'atelier était commun à toutes nos installations campagnardes. Les jours de pluie il dessinait. Mais en 1897 la maison d'Essoyes était encore trop petite pour que mes parents puissent loger des modèles. Gabrielle n'avait pas encore commencé à poser.

Ce jour-là, Renoir, à l'étonnement de toute la maisonnée, ne faisait rien. La pluie avait cessé. Les lourds chariots rentraient des champs. Il eut l'idée d'aller à bicyclette jusqu'à Servigny, voir « la tête des peupliers sous les nuages d'orage ». Servigny était un de ces coins qui enchantaient Renoir. J'emploie enchanter dans son sens littéral, à savoir ensorceler. A Servigny il se répétait à lui-même le nom de Watteau et fredonnait un air de Mozart. C'était une ancienne propriété seigneuriale. Le château avait été rasé sous la Révolution, les quelques pans de murs qui demeuraient étaient noyés dans la végétation. Renoir se laissait volontiers aller à une douce émotion devant le spectacle d'une réalisation humaine retournant à la nature. Il y voyait un mariage subtil, un équilibre divin sans doute assez proche de ce que lui-même recherchait avec passion dans sa peinture. Je l'ai entendu regretter de ne pas pouvoir aller à Angkor contempler les statues des dieux émergeant des lianes. L'Ource traverse la propriété de Servigny qui commence au pont de Loches. Sous ce pont l'eau se précipite sur un lit de cailloux, se brise en un nombre infini des scintillants reflets chers à mon père. Puis le long de la prairie que traversait la majestueuse allée de peupliers, la rivière se calme. Renoir nous demandait de jouer à la balle dans cette herbe plus rose que verte. Les taches multicolores de nos vêtements complétaient l'équilibre du paysage.

Servigny devait la richesse de sa végétation aux nombreuses sources jaillissant un peu partout. Elles ont été captées par la ville de Troyes pour le mieux des habitants de cette ville. Malheureusement quelque fonctionnaire irresponsable crut devoir doubler cette bonne action d'une mauvaise et fit abattre les nobles peupliers.

Donc, ce jour de pluie de l'année 1897 Renoir alla à bicyclette à Servigny. Il dérapa dans une flaque d'eau, tomba sur un tas de cailloux et se releva en constatant qu'il s'était cassé le bras droit. Il poussa sa machine dans le fossé et revint à pied en se félicitant d'être ambidextre. Les vignerons qui le croisaient, ignorant l'accident, lui souhaitaient le bonsoir : « Alors, monsieur Renoir, ça va ? » Il répondait : « Ça va », pensant que son bras cassé n'intéressait personne. En réalité ça n'allait pas bien. Beaucoup plus mal qu'il ne pouvait le supposer.

Le docteur Bordes, un Méridional exerçant à Essoyes, avait l'habitude des fractures. Il mit le bras de Renoir dans un plâtre et lui recommanda de ne plus faire de bicyclette. Mon père peignit de la main gauche et demanda à ma mère de lui préparer sa palette, de la nettoyer après usage et d'effacer avec un linge imbibé d'essence de térébenthine les parties du tableau dont il n'était pas satisfait. C'était la première fois qu'il demandait à quelqu'un de l'aider dans ses fonctions de peintre. A la fin de l'été il revint à Paris avec son plâtre. Au bout des quarante jours réglementaires, le docteur Journiac, notre médecin de Montmartre, vint le lui retirer. Il déclara que la soudure était parfaite. Renoir recommença à peindre indifféremment des deux mains pensant que l'aventure était terminée.

La veille de Noël il éprouva une légère douleur dans l'épaule droite. Cependant il nous accompagna chez les « Manet » rue de Villejust, où Paule Gobillard avait organisé un arbre de Noël. Degas qui était là lui cita des cas effrayants de rhumatisme déformant, suites de fractures, ce qui fit rire tout le monde, à commencer par Renoir. Cependant il appela Journiac qui l'inquiéta en lui déclarant que la médecine considérait l'arthritisme comme un mystère à peu près absolu. Tout ce qu'on savait, c'est que ça peut devenir très grave. Il ordonna de l'antipyrine. Le docteur Baudot ne fut pas plus rassurant et recommanda des purgations fréquentes. Renoir suivit leurs conseils et y ajouta des exercices physiques. Il ne croyait pas beaucoup à la marche qui fait travailler surtout certains muscles. Il avait grande confiance dans les jeux de balle. Il avait toujours aimé jongler. Il se força à retarder tous les matins son départ pour l'atelier et à pratiquer cet exercice pendant dix minutes. « Exercice d'autant meilleur que tu es plus maladroit. Quand tu rates tu es obligé de te baisser pour aller chercher la balle, de faire des mouvements imprévus pour la trouver sous un meuble. » Il jonglait avec trois petites balles en peau d'environ six centimètres de diamètre, du type utilisé par les enfants pour les jeux, disparus maintenant, de la balle au tambourin, la balle au bouclier, la balle au chasseur, etc. Quand l'occasion s'en présentait il jouait aussi au volant. Le tennis lui semblait trop compliqué. « Il faut aller à un endroit spécial, à des heures arrangées d'avance. J'aime mieux mes trois balles d'enfant que je prends quand j'en ai envie. » Le billard qui force à des positions invraisemblables lui plaisait. Après les agrandissements d'Essoyes, ma mère fit l'acquisition d'un billard professionnel et devint de première force à ce jeu. Malgré sa corpulence elle battait régulièrement mon père. Elle lança des défis aux joueurs locaux et devint une sorte de champion.

A la fin de mai mon père nous emmena à Berneval voir les Bérard. Nous louâmes cette maison occupée l'hiver par Oscar Wilde, que nous avions déjà habitée le printemps précédant l'accident de bicyclette. Puis ce furent les mois chauds d'Essoyes, les promenades le long de la rivière et la chasse aux noisettes en septembre. Nous regagnâmes la rue de La Rochefoucauld pour la rentrée de Pierre à Sainte-Croix. En décembre, Renoir fut pris d'une nouvelle attaque, terrible cette fois. Il ne pouvait plus remuer son bras droit et la souffrance était telle qu'il resta plusieurs jours sans toucher un pinceau.

Son histoire à partir de cette crise sera celle de sa lutte contre la maladie. Pour lui il ne s'agissait pas de guérir. Cela, j'en suis sûr, lui était indifférent. Il s'agissait de peindre. Je reprends l'exemple de l'oiseau migrateur. Dans certaines régions, les hommes tendent de grands filets barrant la route irrévocablement tracée par la destinée de ces oiseaux. La maladie était le piège qui se dressait sur la route de Renoir. Pour lui il n'y avait pas de choix, il fallait ou bien se dégager du filet, continuer d'avancer malgré les membres blessés, ou bien fermer les yeux et mourir. Bien entendu, chez Renoir, ennemi de toute proposition entachée d'intellectualité, le problème se formulait dans des termes plus terre à terre. Il disait à ma mère sa crainte de ne plus pouvoir assurer la vie matérielle des siens. Sa production était immense, mais il vendait immédiatement à peu près tout ce qu'il produisait. Ces ventes payaient largement notre vie insouciante, mais sans beaucoup plus. Renoir, nous le savons, renâclait à acheter des actions. Par un jeu de mots facile il les qualifiait de mauvaises actions. Quant à ma mère, en femme pratique, elle ne se faisait aucun souci. Elle aimait les belles maisons, la bonne table entourée de nombreux amis, mais eût été tout aussi heureuse dans une chaumière, pourvu que ce soit avec son mari et ses enfants.

Les progrès de la maladie étaient irréguliers. Je situe le grand changement physique de Renoir après la naissance de mon frère Claude vers 1902. L'atrophie partielle d'un nerf de l'œil gauche devint plus visible. C'était le résultat d'un coup de froid récolté de longues années auparavant pendant l'exécution d'un paysage. Le rhumatisme augmenta cette paralysie partielle. En quelques mois le visage de Renoir acquit cette expression de fixité qui impressionnait si fort ceux qui l'approchaient pour la première fois. Je dois avouer que nous nous fîmes très vite à son nouvel aspect. En dehors des crises de plus en plus douloureuses, nous oubliions complètement qu'il était malade.

D'année en année sa figure s'émaciait, ses mains se recroquevillaient. Un matin il renonça aux trois balles avec lesquelles je l'avais vu jongler si habilement. Ses doigts n'arrivaient plus à les saisir. Il les lança loin de lui, accompagnant son geste irrité d'un « Zut! je deviens gâteux », retentissant. Il se rabattit sur le bilboquet, « comme Henri III dans Alexandre Dumas! ». Il eut aussi l'idée de jongler avec une petite bûche. Il demanda à l'Auvergnat qui nous livrait le bois pour les cheminées de lui en couper une bien régulière, d'environ vingt centimètres de long et quatre de diamètre. Lui-même la polit soigneusement avec un couteau et la passa au papier de verre jusqu'à ce qu'elle fût parfaitement lisse. Il la lançait en l'air, la faisait tournoyer et la rattrapait, ayant soin de changer fréquemment de main. « On peint avec ses mains ! » répétait-il. Il luttait donc pour garder ses mains.

Sa marche s'alourdissait. J'étais encore tout petit quand il décida de s'aider d'une canne. Comme il s'appuyait de plus en plus sur cette canne et que parfois elle glissait, il en adopta une terminée par une rondelle de caoutchouc, « comme un invalide ». Il devenait frileux et s'enrhumait en travaillant dehors.

Tous les étés nous revenions à Essoyes où notre maison était terminée, ce qui permettait à ma mère d'inviter beaucoup d'amis et d'entourer Renoir, de plus en plus difficile à bouger, de cette vie qu'il aimait tant et qu'il ne pouvait plus maintenant aller chercher au-dehors. Pendant quinze ans, au début de juillet, nos cousins nous virent arriver. Le cheval Coco, Fluteau, notre cousin Clément et son fils Louis nous attendaient à la gare. L'hiver, Coco tirait le break pour mener Clément à la chasse au « sanguier ». L'été il repassait au service moins fatigant de mon père. Fluteau l'aubergiste, dont le fils fabrique maintenant le champagne de ce nom, faisait fonction de cocher. Je dois une explication de ce nom « Coco » qui était aussi le surnom de mon frère Claude. En Bourgogne il est le nom habituel de tous les chevaux. Pour mon frère il n'était que la déformation de son nom. Pure coïncidence ! A l'heure du déjeuner on laissait Coco cheval en liberté dans la cour devant la maison. Il saccageait les branches basses du marronnier, ce qui lui valait des observations indignées de mon frère Pierre. Coco passait la tête par la porte-fenêtre, semblant demander la raison de cette sévérité. Renoir riait de son expression de fausse innocence et disait à Gabrielle de lui donner à boire. On remplissait une louche de vin sucré, et Coco se régalait. Parfois après cette petite fête il titubait un peu. Il attrapa des rhumatismes, et mon père insista beaucoup pour qu'on le laissât mourir de sa belle mort. Il resta longtemps dans son écurie à ne rien faire. Il souffrait trop quand il marchait. Au début d'un hiver qui s'annonçait mauvais pour ses rhumatismes, on décida de faire abattre Coco. Le boucher Marchand s'en chargea et nous garantit que ça s'était passé sans douleur.

En notre absence notre cousin Clément Mugnier et sa femme Mélina s'occupaient de la maison. Maintenant quand je vais à Essoyes je suis reçu par leurs arrière-petits-enfants. Clément était un être délicieux et jouait un peu auprès de Renoir le rôle que devaient jouer le financier Edwards à Paris, Ferdinand Isnard à Cagnes et qui avait été celui du baron Barbier à la Grenouillère. Je parlerai d'Edwards et de Ferdinand plus tard. Avec Clément ces fidèles avaient en commun la corpulence, la maîtrise de leurs métiers respectifs et l'ignorance totale de la peinture. Tous trois furent gais, gourmands, sensuels et dévoués. Souvent le soir, après dîner, nous nous installions sur le banc devant la salle à manger et nous regardions ceux qui rentraient des champs. Je vous donne un exemple du ton de la conversation : Clément voit passer la grande Célestine pliant sous le poids de sa hotte. Philosophe il déclare : « Tu vois ben, celle-là, si j'avais voulu, je l'aurais arrangée. » Ma mère, qui avait horreur de ces plaisanteries, rétorque : « Comme c'est malin ! Vous n'avez rien d'autre à dire ? » Clément de conclure :

« Que veux-tu, toi t'es malaigne, t'es de la ville ! » Ça n'avait aucun sens et Renoir se tordait. Il qualifiait cet ésotérisme de « Mallarmé rustique ». Cette comparaison était pour nous très claire. Nous avions en tête les adresses de certaines lettres du poète à Renoir. Avec Gabrielle j'essayai voici quelques années d'en reconstituer une partiellement effacée de notre mémoire.

> *A celui qui de couleur vit*
> *au trente-cinq de la rue du vainqueur*
> *du dragon, porte ce pli, facteur.*

Les employés de la poste envoyèrent sans hésiter cette lettre à sa destination, 35, rue Saint-Georges.

En 1897, Georges Rivière, après une vingtaine d'années d'absence, reparut dans la vie de mon père. Il avait maintenant une situation importante au ministère des Finances et habitait une petite maison à Montreuil-sous-Bois. Il avait été s'enterrer dans cette banlieue, proche du bois de Vincennes, à cause de la santé de sa femme, une ravissante Polonaise qui, malgré les soins de son mari, était morte tuberculeuse. Rivière amenait à Renoir ses deux filles, Hélène et Renée, qui immédiatement firent notre conquête. Tous trois prirent l'habitude de passer l'été chez nous à Essoyes. Les petites se donnèrent sans réserve à ma mère. Ce fut une sorte d'adoption non formulée.

Des jeunes gens et des jeunes filles du pays venaient nous visiter. Nous partions en bande au bord de la rivière ou dans les bois. Parfois on attelait le break, ou bien la victoria, et mon père se joignait à nous. Dans la voiture autour de lui s'installaient ma mère, M. Rivière et quelque visiteur de qualité, Vollard ou mon parrain Georges Durand-Ruel, ou Maillol le sculpteur. Les jeunes suivaient à bicyclette. Un jour nous sommes allés comme cela aux Riceys, le pays du vin rosé, sur la Laigne. C'est à une bonne trentaine de kilomètres. On monte d'abord la côte de Courteron à travers les bois. En haut on traverse les vignes de « en Charmeronde », puis on descend sur la Seine que l'on passe à Gyé. Ensuite il y a encore un système de collines à franchir et on arrive à Ricey-le-Haut qui domine Ricey-le-Bas et un autre Ricey qui s'étage le long de la route de Chablis. Le vin des Ricey a toujours été le breuvage préféré des habitants de Troyes. La prospérité du pays date de loin. Ça se voit aux belles maisons d'autrefois, aux églises et au château qui somnole près de la rivière. L'auberge était très ancienne : salles à poutres apparentes, cuisine pavée de larges dalles et avec une énorme cheminée. Il faisait très chaud. Renoir avait faim. Le chapiteau sculpté d'une maison voisine l'avait mis en verve. Il se régala de poulet en cocotte et de « pois mange-tout avec des grelons », autrement dit sautés au lard. Il but plus d'une bouteille de pinot rosé. Le retour fut accompagné de chansons. Notre préférée était *Gastibelza l'homme à la carabine,* paroles et musique de Victor Hugo. « Ce que ce poète destructif a fait de mieux », disait Renoir. C'est l'histoire d'un Espagnol romantique trahi par sa belle. Celle-ci n'a pas hésité à donner « sa beauté de colombe »...

> *Pour l'anneau d'or du comte de Cerdagne,*
> *Pour un bijou.*
> *Le vent qui souffle à travers la montagne*
> *Me rendra fou...*

Je crevai un pneu de ma bicyclette contre la roue du break et revins en équilibre sur le marchepied de la voiture. Un jeune homme de la compagnie s'endormit dans une touffe de noisetiers et ne reparut que le lendemain. Nous attendions tous avec angoisse le résultat de cette petite fête. Renoir n'en marcha ni mieux ni plus mal, et n'en souffrit ni plus ni moins. Cela augmenta encore si possible ses doutes quant à l'effet des régimes.

Je voudrais donner une idée du déroulement de nos journées à Essoyes. Pour m'aider à préciser mes souvenirs, je choisis l'année 1902. Mon frère Claude avait un an, j'allais en avoir huit à la rentrée des classes.

Le matin vers six heures j'étais réveillé par les allées et venues de Gabrielle qui passait un jupon sur sa chemise de nuit et descendait ouvrir à Marie Corot ou à une femme du pays qui venait « aider ». Quand mon frère Pierre n'était pas encore en vacances, je couchais dans sa chambre au deuxième étage, à côté de celle de Gabrielle et de celle d'un modèle amené de Paris. Georgette Pigeot, Adrienne, la Boulangère se succédèrent dans cette dernière chambre. Le reste de l'étage était un grenier. Les grosses poutres et les solives taillées à la hache par le charpentier du pays y étaient à découvert et me fascinaient. Par les tabatières du toit, je voyais la route aveuglante de blancheur dès le matin. Au-delà de cette ligne s'étendait un terrain où Clément faisait pousser nos légumes. Quand il n'allait pas à ses vignes il s'amusait avant la grande chaleur à ramer les pois ou à semer les radis. Derrière notre terrain il y avait des champs et plus loin encore, les bois. Au-delà des bois il y avait les vignes. En me penchant je pouvais deviner celles de la côte qui domine Servigny.

Plus tard dans la journée tout cela bourdonnait de chaleur. Au sortir de la fraîcheur de la maison, on avait l'impression d'entrer dans un four. Et que d'insectes, que de moucherons insupportables, de guêpes, de papillons ! Et, au bord de la rivière, que de libellules semblables à des émanations de l'eau transparente. Ces réveils, préludes aux transpirations de la journée, me causaient une impression de plénitude physique que je ressens encore en fermant les yeux.

J'enfilais un pantalon et une chemise, descendais à l'étage au-dessous et allais embrasser mon père. Il ne me laissait entrer que s'il était habillé. Ce n'est que plus tard quand ses jambes ne le soutinrent plus qu'il accepta l'aide de ma mère, de Gabrielle, puis de la grand-Louise pour faire sa toilette et qu'il toléra que l'on entrât chez lui avant qu'il ne fût complètement vêtu. Autant la nudité féminine lui semblait naturelle et pure, autant l'exhibition du corps masculin le gênait. Quand il peignit le *Jugement de Pâris,* il commença avec Pierre Daltour l'acteur, qui posa pour le berger. Mais, malgré la beauté du corps de Daltour qui était un véritable athlète, il finit le tableau avec Gabrielle, la Boulangère et Pigeot, déclarant qu'il se sentait plus à son aise. Je trouvais toujours ses fenêtres grandes ouvertes. Je l'embrassais rapidement et dégringolais le reste des escaliers jusqu'à la cuisine où Marie Corot me donnait mon petit déjeuner. Ma mère se levait plus tard. Mon frère Claude, que l'on appelait déjà Coco, couchait dans sa chambre et la réveillait souvent la nuit. Elle prit peu à peu l'habitude de se rattraper le matin. Renoir prenait son petit déjeuner dans la salle à manger. Son menu se composait d'une tasse de café au lait accompagnée de pain grillé et de beurre. Il aimait beurrer son pain lui-même puis le faire tremper dans le café au lait. Une habitude de la maison Renoir est qu'on n'insistait jamais auprès des invités pour qu'ils se servent des aliments qui s'offraient à eux sur la table ou qu'une servante leur présentait. Les « Vous vous êtes très mal servi... Prenez encore ce morceau... Je vous en prie... pour me faire plaisir... » étaient inconnus de ma mère. Elle essayait par son attitude de convaincre ses hôtes qu'ils étaient chez eux et qu'ils pouvaient se servir à leur guise. « En insistant j'aurais eu l'air de leur rappeler qu'ils n'étaient pas de chez nous. » Renoir rigolait surtout du « pour me faire plaisir ». « Je ne vois pas le plaisir que peut éprouver une maîtresse de maison à me coller une belle indigestion ! » Quand ma mère paraissait, il lui souhaitait le bonjour assez cérémonieusement. Je compris très jeune que la vie intime de mes parents était strictement l'affaire des intéressés. Je n'ai jamais vu mon père embrasser ma mère en public, pas même devant nous. J'excepte bien entendu le conventionnel mouvement de lèvres des départs sur les quais de gare. Quand Renoir voyait des époux ou des amants manifester leur amour en public, il devenait inquiet. « Ça ne durera pas, ils le montrent trop ! »

Malgré cette réserve instinctive vis-à-vis de tout ce qui touchait au sentiment « qui n'a de grandeur que caché », il disait tu à sa femme et à ses enfants qui lui répondaient de même. Il tutoyait également Georges Rivière, ses filles, Claude Monet et ceux de ses camarades de jeunesse qui étaient encore vivants. Il disait vous à sa belle-mère, à Gabrielle, aux modèles, aux enfants. Il haïssait le « tu » protecteur. Le « monsieur » qui, s'adressant à un ouvrier ou à un serviteur, disait : « Dis donc, mon brave ! » était classé dans son esprit. « Pourquoi pas : Dis donc, manant ? » Dans cette muflerie il voyait la mauvaise influence du romantisme et une survivance du langage des mélodrames.

Aussi loin que je puisse remonter dans mes souvenirs, mes parents dormaient chacun de leur côté. Leurs chambres, presque toujours attenantes, étaient cependant séparées. « Il faut être très jeune pour vivre l'un sur l'autre sans s'irriter. » Par contre Renoir, comme je l'ai déjà mentionné, était contre les absences prolongées. Je suis à peu près certain qu'il ne trompa jamais sa femme. « D'abord ça ne sert à rien. En général la deuxième ressemble à la première, moins l'habitude de nos manies. Il prétendait que, à part certains phénomènes affligés d'un tempérament gênant, comme son ami Lhote, qui parfois devait courir à la prochaine maison close et se soulager d'une envie aussi pénible que la soif, la plupart des hommes poursuivent un idéal de femme, toujours le même. Leurs différentes aventures ne sont qu'un reflet de cet idéal. De là les ressemblances entre femmes légitimes et maîtresses. Étant jeune il lui était arrivé de faire une horrible gaffe. Un de ses amis avait une maîtresse qu'il amenait souvent au Moulin de la Galette et qu'il avait présentée à Renoir. Mon père, croyant la rencontrer dans la rue, lui parla de ses exploits chorégraphiques. C'était la légitime !

Ces dernières années, alors que Gabrielle était déjà atteinte du mal qui devait l'emporter, nous parlions de tout assez ouvertement. Quelquefois la conversation roulait sur le chapitre des relations sexuelles entre mon père et ma mère. Nous pensions tous deux que la vie amoureuse de mes parents avait été très active et très tendre et que leurs rapports physiques n'avaient cessé que lorsque la maladie avait définitivement cloué Renoir sur son fauteuil d'infirme. Je m'excuse auprès de mon père et de ma mère de ne pas respecter cette intimité à laquelle ils tenaient tant, mais je crois que le renseignement est assez important pour que je prenne cette liberté. Il est bon de répéter que Renoir était normal jusque dans sa vie sexuelle.

Tandis que mon père savourait son pain bis grillé au feu de la cheminée et recouvert de beurre bien blanc — « à Paris ils mettent du safran dedans, croyant que le beurre jaune est plus distingué » —, Primiaud, un jeune peintre qui passait l'été chez nous, faisait retentir le jardin de roulements de tambour. Il avait attendu le réveil de ma mère pour proclamer ainsi sa joie de commencer une nouvelle journée. Il était très grand et très barbu, avec des yeux très doux. Les vignerons portaient la moustache et les barbes de la maison Renoir les amusaient autant que nos accents. « Parisiens gros bec », disaient-ils en essayant de grasseyer comme Raymonde Mathieu. Le spectacle de ce bon géant marchant au pas dans les rues d'Essoyes en émettant un bruit réservé au crieur public les faisait bien rire. Notre séjour au milieu d'eux était une attraction dont ne pouvaient se vanter ceux de Loches, de Fontette ou de Grancey. A Bar-sur-Seine, la sous-préfecture, ils avaient la verrerie avec les gamins qui soufflaient dans les longs tubes et qui devenaient tuberculeux, mais à Essoyes, on avait un peintre barbu, entouré d'une bande de « camps-volants » encore plus barbus que lui et qui ne cessaient d'inventer des farces pour faire rire le monde. Primiaud parcourait les rues, régalant les jeunes filles d'un roulement badin, les vieilles de battements plus graves, les regardant avec ses yeux de caniche et l'air de dire : « Est-ce beau ? » Ma grand-mère Mélie protesta à la mairie contre ce concert qui ne la réveillait pas, car elle était debout à l'aube, mais qui lui semblait « pas convenable ». Il n'existait aucune ordonnance municipale interdisant la pratique du tambour. La seule raison d'intervention du garde champêtre eût été l'accumulation des plaintes. Mais les habitants d'Essoyes ne se plaignaient pas, au contraire. Primiaud en passant devant la maison de Mélie lui décochait son sourire le plus séducteur et caressait langoureusement la peau d'âne de ses baguettes. C'était comme un madrigal, et cela mettait ma grand-mère en rage.

Avant que Renoir n'eût achevé sa première cigarette, la table s'était garnie autour de lui. Vollard tout endormi réclamait une orange. Mon père lui rappelait que les oranges ne poussent pas à Essoyes. « Vous confondez avec le Midi ; prenez des prunes ! — Dites-moi, monsieur Renoir, pourquoi les oranges ne poussent-elles pas à Essoyes ? — Parce qu'il n'y a pas d'orangers. » Renée Rivière descendait l'escalier dans un brouhaha d'exclamations, de cris, de baisers à Gabrielle ou à Georgette, de tendresse à Marie Corot que cette agitation parisienne laissait froide. Marie Corot avait la gravité qui sied à une personne qui avait enfourné des gougères pour un grand peintre et enseignait comment lier une sauce sans mettre de farine à la femme d'un autre grand peintre. Elle était petite et grassouillette et avait dépassé la soixantaine. Elle était vêtue d'un corsage gris bien tendu sur son corset, avec un étroit col de dentelle et une jupe de même couleur, très longue. Gabrielle nous disait que sous sa jupe Marie portait au moins trois jupons. Elle ne mettait pas de tablier et ne se salissait jamais.

Renée Rivière était brune, la peau transparente, très « bien balancée » comme disait Clément qui se piquait d'être connaisseur. Elle eût fait un modèle magnifique pour Renoir. Ma mère vantait la perfection de sa poitrine. Mais mon père hésitait à confiner cette force de la nature dans son atelier. « Elle ne doit pas rigoler l'hiver à Montreuil. Pendant qu'elle est à Essoyes, qu'elle en profite. » Ajoutons que son père n'aurait pas voulu qu'elle posât nue. Renoir se contenta de faire d'elle plusieurs portraits et de la faire chanter. Elle avait une voix divine. Son contralto était idéal pour la partition de Chérubin des *Noces de Figaro* et aussi de Cupidon d'*Orphée aux Enfers*. Tous les soirs un de nos invités se mettait au piano et nous avions un concert. Ça allait bien avec Mozart, mais l'innocence de Renée s'adaptait mal à la rouerie d'Offenbach. Elle était d'une naïveté surprenante. Renoir lui disait : « Tu es trop gourde. » Et il expliquait au père Rivière qui, en vieillissant, adoptait certains préjugés : « Si ta fille était un tout petit peu putain, elle serait une chanteuse extraordinaire. » Mais Rivière ne voulait pas que sa fille soit chanteuse. « Tu as tort, disait Renoir, le métier d'acteur n'est pas pour un homme, mais est parfait pour une femme. Jouer la comédie, c'est l'essence de la féminité. » La voix de Renée était si belle que même les « hommes », ceux qui mangent du boudin le Vendredi saint, entraient dans l'église le dimanche quand elle chantait.

Nous n'arrêtions pas de lui jouer des tours qu'elle subissait avec une bonne humeur jamais démentie : lit en portefeuille, voix caverneuses et fantômes nocturnes. Elle était très amie de Louise Munier, une jeune voisine, dont les parents possédaient beaucoup de vaches. Un de nos jeux était de bander les yeux de Renée sous prétexte de colin-maillard et de l'abandonner au milieu des ruminants étonnés. Un jour elle se trouva ainsi en face d'un petit veau qui se mit à la lécher consciencieusement. Elle disait : « Arrête, Jean, tu es dégoûtant ! » Elle se décida à soulever son bandeau et fut tellement effrayée qu'elle tomba et s'écorcha le mollet. Ma mère lui fit un pansement au sublimé. Ensuite elle me déculotta et me cingla les fesses avec une branche de notre gros noisetier, celui qui donnait des avelines bien allongées.

Hélène, la sœur aînée de Renée, était calme et

raisonnable. Elle étudiait pour devenir professeur. Leur mère, la belle Polonaise, avait été tout à fait comme Renée avant d'être malade. Ses souffrances en avaient fait un être réservé. Rivière retrouvait en ses filles les deux aspects de cette épouse qu'il avait follement aimée.

Aucun de nous ne pouvait concevoir nos vacances à Essoyes sans la présence des « petites Rivière ». Leur arrivée était bien vite suivie de celle d'Edmond Renoir, mon cousin germain, fils de l'oncle Edmond, et de celle de Paul Cézanne. Edmond devait épouser Hélène, et Paul devait épouser Renée. Ma mère n'était pas le genre « marieuse ». Elle avait bien trop peur de se tromper. Quant à Renoir, l'idée d'influencer la destinée des autres lui semblait indécente. Néanmoins ces deux mariages leur paraissaient tellement normaux qu'ils favorisèrent nettement les rencontres entre les intéressés. Je dois cependant avouer leur faiblesse attendrie pour le couple Paul-Renée. Celle-ci était la joie de vivre. « Elle fait même des fautes d'orthographe, expliquait Renoir, ce qui me semble essentiel chez une femme. » Quant à Paul il était le fils de Cézanne, et mes parents retrouvaient son père en lui. Même les silences, et surtout la réserve. Cézanne et Renoir s'adoraient et ne s'étaient jamais livrés à aucune manifestation d'amitié. C'est à peine s'ils se serraient la main quand ils se retrouvaient. Ils se disaient vous. Ils étaient capables de rester des heures ensemble, sans échanger un mot, détendus par leur présence réciproque. Je crois comprendre le sentiment qui unissait ces deux hommes à travers l'amitié sans doute assez semblable qui me liait à Paul Cézanne fils et qu'il me rendait généreusement. En général les êtres humains sont attirés par d'autres êtres humains pour certaines raisons. On se plaît en la compagnie d'un tel parce qu'il a de l'esprit et vous amuse, ou parce qu'il est riche et vous traite luxueusement, ou généreux et peut vous rendre service. Paul avait tout cela, mais ce n'était pas ce qui me faisait rechercher sa compagnie. J'aimais être avec Paul pour la sensation physique et spirituelle d'être avec lui, comme un chien aime être avec un autre chien. Et je sais qu'avec moi il éprouvait le même plaisir. En Inde, on rencontre encore cette appréciation silencieuse de la présence, difficile à expliquer à des produits de l'âge de la machine.

Pour vanter à Rivière les avantages de l'union de Paul et Renée, mon père lui disait de Paul : « Un homme intelligent, bon et myope, tout ça à la fois, crois-moi, ça ne court pas les rues. » Notre amoureux avait largement dépassé la trentaine, avait une tendance à la corpulence et perdait ses cheveux. Ses gros yeux voilés ne laissaient rien échapper de ce qui avait trait à l'humain. Sa lèvre supérieure était adornée d'une grosse moustache légèrement retroussée qui lui donnait l'allure d'un officier anglais de l'armée des Indes qui se serait converti à l'hindouisme. Il ne faisait rien dans la vie. Renoir, se référant à ses lettres, pensait qu'il aurait pu être un grand écrivain. Mais il admettait que le fils d'un génie fût arrêté par une pudeur paralysante. Quand je dis que Paul ne faisait rien, je m'exprime mal. Je devrais dire qu'il n'exerçait aucun métier reconnu. En réalité il remplissait intensément une fonction d'un ordre bien supérieur à celui de la profession d'artiste, d'avocat ou d'industriel : il vivait ! Paul Cézanne avait un sens aigu de la vie, comme avaient dû l'avoir certains grands seigneurs des époques non commerciales. Renoir l'admirait pour la conscience avec laquelle il pratiquait son métier de vivant. Ma mère souhaitait qu'il se rangeât et renonçât à passer ses nuits au café à offrir des petits verres à ses compagnons de discussions sportives. Paul avait un faible pour la boxe.

Paul devait se juger trop vieux, trop chauve, trop myope, indigne de Renée. Parfois il la fuyait. Nous partions tous deux en expéditions lointaines sur la rivière. Le prétexte était la pose de nasses. Notre « nacelle » était à fond plat et nous la poussions avec de grandes perches. Rien n'est mystérieux comme une rivière. Loin du monde, perdus sous les épais feuillages, presque effrayés d'interrompre le son du glissement de l'eau sur les herbes, nous nous croyions échappés d'un roman de Fenimore Cooper. Paul venait de me faire découvrir cet écrivain. Nous nous couchions sur le ventre dans le sens de la longueur de la nacelle, le visage à quelques centimètres de l'eau, immobiles et silencieux, épiant les mouvements d'un gros poisson, comme lui-même guettait sa proie.

Ma mère préférait la pêche à la ligne. Elle installait Claude sur les genoux de Renée et se mettait sérieusement à la besogne. Souvent elle nous rapportait un plein panier de vairons, minuscules poissons que Marie Corot faisait frire à l'huile de nageotte, une graine qui donne des fleurs jaunes et qui envahissait les champs. Comme tout ce qui touche à Essoyes, je prisais fort cette huile un peu âpre. Edmond lisait tout haut des passages de livres à Hélène. Il était en train de découvrir le genre d'activité qui allait devenir sa passion : l'étude. Il avait passé son agrégation, avait songé à se faire moine, enseigné l'anglais dans un collège en Angleterre et complétait sa première exploration des écrivains anglais modernes. Il ne devait plus s'arrêter et passer le reste de sa vie à se saouler des beautés de toutes les littératures du monde, sautant allègrement de l'arabe à la russe, de l'italienne à la scandinave et devant pour cela apprendre les langages les plus divers. Edmond et Hélène représentaient l'élément intellectuel de notre petite bande.

Quand Renoir travaillait à l'intérieur, nous nous dispersions et allions nous amuser avec nos amis du pays. A moins que nous ne fussions appelés pour poser, nous n'entrions pas dans l'atelier. Souvent ma mère allait y passer une heure ou deux, mais seulement après que Coco eut été dûment baigné, frictionné et nourri, au sein bien entendu. Je crois qu'elle était complètement heureuse. Je dois à Coco la plus sévère correction de branche de noisetier de mon enfance, administrée par ma mère avec la complète approbation de mon père. Des ouvriers réparant le toit du grenier avaient laissé leur échelle. J'eus l'idée de hisser là-haut mon petit frère âgé de deux ans et de l'installer à cheval sur le faîte pour lui faire admirer la vue. Puis, comme il se refusait à descendre, je l'y avais laissé. Lorsque ma mère l'aperçut en équilibre précaire à cette hauteur de plus de trois étages, elle fut envahie d'une véritable terreur. On descendit Coco qui, glorieusement, expliqua que son grand frère avait voulu lui montrer la vue. Quelle volée ! Je la sens encore !

Maillol était venu passer quelques semaines avec nous. Il avait laissé sa femme Clotilde à Marly parce que la porte de sa maison ne fermait pas. Le serrurier avait voulu lui vendre une serrure perfectionnée et il avait refusé. Il voulait une bonne vieille serrure avec une clef dont on sent le poids dans la poche. Sinon comment savoir qu'on a perdu sa clef. Faute de pouvoir trouver cette pièce de musée, il laissait sa porte sans loquet et Clotilde pour la garder. Clotilde était tout dans la vie de Maillol. Plus tard, un représentant de la municipalité d'Aix-en-Provence vint lui demander d'établir un projet de monument à Zola. Maillol leur proposa une statue représentant

402

Clotilde toute nue, ajoutant que Zola ne pourrait qu'y gagner, son corps étant beaucoup moins beau que celui de Clotilde. Maillol était maigre, barbu, avec un fort accent méridional. Il nous faisait penser à Henri IV. Il achevait un buste de mon père. Il travaillait dans l'atelier pendant que Renoir peignait. Il ne demanda jamais à ce dernier de poser. Il était tellement plein de son sujet que la ressemblance semblait jaillir de chacune de ses touches. C'était mieux qu'une ressemblance physique, c'était le caractère même de Renoir qui s'exprimait dans ces quelques livres de terre glaise. J'étais trop petit pour comprendre, mais mon père, plus tard, me parla souvent de chef-d'œuvre. Il m'avait envoyé chez le quincaillier chercher du gros fil de fer et l'avait proposé à Maillol pour servir d'armature. Mais Maillol avait refusé, jugeant ce luxe excessif. Il avait trouvé dans la grange de vieux morceaux de fil de fer qui avaient servi de tuteur à notre treille de chasselas.

Un matin, nous fûmes réveillés par des cris épouvantables. Maillol courait comme un fou dans le jardin. Il répétait à tous échos : « Renoir par terre... Renoir par terre...! » Le fil de fer rouillé avait cassé et le buste, transformé en un petit tas informe, gisait sur le sol de l'atelier. Après quelques jours Maillol eut le courage de recommencer. Mais, d'après mon père et Vollard, il ne retrouva jamais l'inspiration de son premier jet.

A la saison des melons, Marie Corot m'envoyait en acheter un bien mûr. Il n'y avait qu'une personne qui eût des melons à Essoyes, c'était Aubert le jardinier. Il n'était pas vigneron et avait un jardin au bord de la rivière dans le bas d'Essoyes. Car le pays est divisé en « haut » et en « bas » et ces deux adjectifs désignent deux agglomérations très différentes. Les vignerons habitent rarement le bas. Nous habitions le haut. Dans son jardin, Aubert faisait pousser ce qui ne se cultivait pas à Essoyes, à savoir : des haricots verts, des petits pois et des melons. Il les vendait aux bourgeois de la ville : le pharmacien Decesse, et Decesse de la scierie, le boucher Marchand, le docteur Bordes et le notaire Mathieu. Dans sa jeunesse Aubert avait été jardinier de l'empereur Napoléon III à Compiègne. Tous les midis, racontait-il, il portait un melon à Sa Majesté. Un jour, que voit-il dans la cuisine ? l'empereur lui-même qui tirait de son carnier un lièvre qu'il avait tué à la chasse. « C'est toi, Aubert, qui fais pousser ces merveilleux melons ? — Oui, Sire », répondit Aubert tout rougissant. Alors Napoléon III se retourna vers son épouse qui vaquait à ses occupations autour du fourneau et lui dit : « Eugénie, rince un verre que je trinque avec ce brave Aubert qui fait pousser d'aussi bons melons. » Renoir prétendait ne pas douter de la véracité de cette histoire et partageait le goût de l'empereur pour les melons d'Aubert.

J'ai fait allusion à une certaine condescendance des vignerons d'Essoyes envers les « cultivateurs ». Ce sentiment devenait un mépris non déguisé pour les malheureux qui habitaient les hameaux perdus sur les hauteurs, à des kilomètres derrière les vignes. Fontette entrait dans cette catégorie. Il y avait aussi les hameaux du petit Mallet et du grand Mallet dont les fermes aux toits de chaume se serraient autour du ruisseau du même nom. Noé-les-Mallets touchait le fond de cet abîme de paysannerie arriérée. Quand ma mère plaisantait Clément sur l'incapacité des Essoyens de choisir un maire convenable, il répondait vexé : « J'irons en quérir un à Noé ! » Un berger de Noé avait un parrain à Essoyes, avocat retiré et consacrant ses dernières années à la culture des gueules-de-loup. Il lui apporta pour sa fête une pendule qu'il avait lui-même taillée dans un tronc de chêne. C'était un objet mastoc, affectant la forme d'une boule entourée de boules plus petites et peinturluré en bleu, blanc et rouge, car le berger était patriote. Le mouvement à l'intérieur était un réveil qui s'adaptait si exactement qu'on eût pu croire qu'il avait été conçu dans ce but. L'ancien avocat avait une fille d'une quinzaine d'années, très belle et très entourée. Avec les petites Rivière et plusieurs garçons du pays j'allais souvent la voir. La pendule du berger obtint un gros succès d'hilarité. La jeune fille pensa qu'elle amuserait mon père. Les garçons renchérirent. Aucun d'eux n'avait jamais montré d'intérêt pour la peinture de Renoir. Mais le fait qu'il « vendait à Paris » le plaçait dans leur esprit au sommet de l'échelle sociale, bien loin du rustre illettré dont toute la naïveté s'étalait insolemment dans cet objet grossier. Je pris la pendule sous mon bras et partis à bicyclette. J'étais tellement pressé, riant d'avance à l'idée du rire de mon père, que je tombai et cassai une des petites boules. A ma grande surprise, Renoir trouva la pendule très belle et me fit recoller soigneusement la petite boule. Puis il m'expliqua qu'un objet fait amoureusement à la main par un berger ne pouvait pas être laid. On y voit en tout cas l'état d'esprit du berger. Tandis que dans les bronzes dorés qui ornent les cheminées des gens « comme il faut » on ne voit que la prétentieuse réussite d'un procédé industriel.

Quand Baudry venait demander un morceau de pain, Renoir s'arrêtait de travailler et voulait le voir. Baudry était un vieil irréductible qui avait rompu une fois pour toutes avec la civilisation et les lois. Il couchait dans une loge abandonnée du côté de Pic Véron. L'hiver il fabriquait des allumettes qu'il vendait à la ronde, faisant ainsi concurrence à l'État. Les gendarmes fermaient les yeux et ne l'arrêtaient que quand il faisait trop froid. La prison de la gendarmerie comportait un petit poêle en fonte. L'été il mendiait. Ma mère lui donnait de l'argent en insistant : « C'est pour boire. Je sais que vous aimez cela. » Elle avait horreur de l'hypocrite insistance des gens qui veulent que la charité se limite à des fins utiles et morales. Baudry répondait : « Vous êtes encore plus belle que Mme des Étangs. » Nous ne sûmes jamais qui était cette Mme des Étangs au nom si poétique. Baudry disait encore à ma mère, évidemment bien en chair, mais si jeune et si fraîche : « Je vous considère comme ma propre mère. »

Des cousins demandèrent à mes parents que je sois le parrain de leur petite fille déjà âgée de deux ans et demi. Grand repas sur des tréteaux dressés dans la grange. Une centaine d'invités. On versa à boire à la nouvelle chrétienne. Mon père insista pour qu'on mette un peu d'eau dans son vin. La mère céda à cet étrange caprice, mais en cachette de sa fille. On apporta à ma filleule ce verre de vin légèrement baptisé. Elle goûta, fit la grimace, et dit : « J'aime pas l'iau. »

D'Essoyes, je dois encore vous dire les caves voûtées taillées à même le roc, où nous allions tirer le vin au pichet, les puits si profonds qu'en me penchant le disque d'eau glaciale me faisait l'effet d'une petite lune, et le bruit des lourds sabots sur les cailloux des chemins. Je dirai aussi notre joie légère autour de Renoir peignant dans la prairie au bord de la rivière, du côté de l'ancienne papeterie, le peignoir rouge de ma mère assise dans les hautes herbes, les cris des enfants se poursuivant autour des saules, les ébats des jeunes gens et des modèles dans la cascade de l'ancien bief, Paul Cézanne plongeant pour retrouver ses lunettes à l'ébahissement des villageoises qui accouraient pour voir ce gros monsieur « vif comme un poisson dans l'eau ». Il tendait ses bras vers elles en criant : « Oh! ma mère, pourquoi m'avez-vous fait si beau? » Puis venait le temps des flambées de sarments de vigne dans la grande cheminée, les soirs de septembre, quand les jours qui nous séparaient de Paris étaient comptés.

Le retour était triste, Coco cheval nous conduisait jusqu'à Polisot à douze kilomètres, où passe le chemin de fer qui va d'Is-sur-Tille à Troyes, réunissant la Bourgogne à la Champagne. Après la mort de Coco nous eûmes recours à la diligence. Pour ne pas couper brusquement avec Essoyes, nous emportions des provisions, une grande miche de pain bis, un jambon fumé dans la grande cheminée et quelques bouteilles d'eau-de-vie de marc. Je me souviens d'un de ces retours avec un fromage bien fermenté. Les gens qui montaient dans notre compartiment reniflaient, s'éventaient avec leur journal, puis n'y tenant plus demandaient : « Ne croyez-vous pas que la petite fille s'est oubliée dans son pantalon? » La petite fille, c'était moi, avec mes boucles rousses. J'étais indigné et me déculottai pour prouver mon innocence et mon sexe. L'odeur n'en persista pas moins. A la prochaine station les voyageurs abandonnèrent et s'enfuirent dans un autre compartiment. Ma mère voulut jeter le corps du délit par la fenêtre. Mon père s'amusait beaucoup. Gabrielle et moi suppliâmes que l'on gardât le fromage qui arriva jusqu'à Paris et fit la joie de Lestringuez, Faivre et Frank Lamy. J'ai eu longtemps une photographie prise à la fin d'un repas dans la salle à manger de la rue de La Rochefoucauld, où, groupés autour de Renoir, tous rient à en suffoquer. C'était peut-être à l'occasion du fameux fromage. Frank Lamy riait rarement à cette époque. Sa maîtresse, un jeune modèle, se mourait de tuberculose. Elle était si frêle et si délicate que mon père en me la décrivant utilisait l'adjectif « diaphane ».

Pendant que nous sommes dans cette salle à manger, je ne puis résister à l'envie de citer quelques calembours qui accompagnaient obligatoirement les repas. Renoir adorait les jeux de mots « à condition qu'ils soient mauvais ». Jugez-en : mon premier est un métal précieux, mon second un tissu précieux, mon tout sert à les garder. Réponse : Or — Moire, soit Armoire. Et cet autre : mon premier a des dents, mon second aussi, mon troisième aussi, mon tout aussi. Réponse : Chat — Loup — Scie, soit la Jalousie qui a des dents pour vous déchirer le cœur, prononcée par un Allemand. Pour conclure, le mot raffiné de Voltaire à une ancienne maîtresse qui se penchait vers lui avec insistance pour bien mettre en valeur son généreux décolleté : « Eh, eh, ces petits coquins sont devenus de grands pendards. »

Quand les quatre étages de la rue de La Rochefoucauld devinrent trop pénibles pour mon père dont les jambes s'ankylosaient lentement mais sûrement, nous allâmes habiter 43, rue Caulaincourt. Le nouvel appartement était au premier, mais, la maison étant bâtie à flanc de coteau, le derrière correspondait à un quatrième. Nous dominions les toits de la rue Damrémont et retrouvions presque les horizons familiers du Château des Brouillards. A ma grande joie, je me trouvai nez à nez avec une ancienne connaissance, le Maquis, qui venait finir en face de la porte d'entrée. Mon père loua un atelier au numéro 73 de la même rue. C'était une belle pièce de plain-pied avec un petit jardin, et, grâce à cette bienheureuse pente de Montmartre, la vue sur la plaine Saint-Denis était sauvegardée. Le dessinateur Steinlen et le peintre Fauché habitaient l'un au sous-sol, l'autre au premier de cet immeuble aux poutrelles apparentes, construit dans le style vieille Angleterre. Renoir, qui détestait les ascenseurs, pensait avoir trouvé ainsi la combinaison idéale, qui sans le forcer à s'éreinter dans des escaliers l'obligerait à faire tous les jours un peu de marche. La distance entre l'appartement et l'atelier est d'environ cinq cents mètres. Les deux maisons existent toujours. Malheureusement, sur l'emplacement du jardinet qui précédait l'entrée du 73, s'élève maintenant un immeuble à sept étages. La concierge de l'atelier avait une fille dont la beauté était célèbre dans le quartier et qui s'appelait Mireille. Les garçons bouchers qui s'en allaient en livraison ne manquaient pas de s'arrêter à la petite grille et d'entonner le refrain à la mode :

Elle a doux nom Mireille.
Sa beauté m'ensoleille !

Le fils de Mme Brunelet, la concierge du 43, jouait remarquablement de la mandoline. Le son grêle de cet instrument est inséparable de mes souvenirs du quartier. Mon père l'appréciait moins que moi et déclarait qu'il y avait « de quoi vous dégoûter à jamais du gorgonzola » ! Gabrielle m'emmena faire le tour du Maquis. Daléchamps, le poète déménageur, lâcha ses pigeons en l'honneur de notre retour. Ces pigeons étaient dressés à évoluer en formations savantes dans le ciel de Montmartre. Ils étaient une douzaine, quatre peints en bleu, quatre en rouge, les quatre autres ayant gardé leur couleur blanche originale. Daléchamps était un fervent patriote. Ses poèmes célébraient Jeanne d'Arc et il refusait de déménager les clients soupçonnés d'antimilitarisme. La supérieure de l'école des sœurs lui avait prêté un bout de terrain sur lequel il avait construit sa cabane. Mon père disait qu'il ressemblait à Rodin avec « plus de barbe », ce qui semble difficile.

Le personnage dont le souvenir reste pour moi le plus nettement attaché à la rue Caulaincourt est la Boulangère. Après Gabrielle elle est peut-être le modèle le plus abondamment utilisé par Renoir. En plus de son don de poser divinement, elle avait reçu du Ciel celui de faire non moins divinement les pommes de terre frites. Je vais essayer de vous raconter tout ce que je sais d'elle. Elle était de taille moyenne, le teint clair, plutôt blanc, avec quelques taches de son, un nez retroussé et une bouche gourmande, petits pieds, petites mains, le corps doux et rond, sans angles, agréablement rembourré, bonne fille, prête à croire le premier venu, éperdue d'admiration devant les hommes, d'une humilité incroyable. On pouvait lui dire tout ce qu'on voulait, elle ne se vexait jamais. Sans la présence de mon père, les mains de certains visiteurs se seraient parfois égarées. Son sourire entendu invitait à ce genre de politesse. Ses cheveux acajou, très abondants, étaient toujours mal coiffés. Elle était du type qui passe son temps à relever des mèches et à recaler des peignes. Son vrai nom était Marie Dupuis. Elle était entrée chez nous un peu après Gabrielle. Renoir l'avait rencontrée sur le boulevard de Clichy en 1899. Elle n'était pas encore mariée avec Dupuis et vivait avec M. Berthomier, dit le Tai-Tai, un mitron qui travaillait dans la boulangerie de la Chaussée-d'Antin où mon père allait acheter du pain de seigle. De là le surnom de « la Boulangère » qui lui resta toute sa vie. Le Tai-Tai mourut tuberculeux. La première profession de la Boulangère avait été ouvrière en fleurs artificielles. C'est un métier qui abîme la vue. C'est pourquoi elle accepta tout de suite l'offre de Renoir de poser pour lui. C'était moins fatigant que les fleurs et ça rapportait plus. Elle allait à l'Hôtel-Dieu tous les jours pour se faire mettre des gouttes dans les yeux. Dupuis, qu'elle épousa un peu avant 1900, était peintre en bâtiment. C'était un homme très agréable, vif et « rigolo ». C'est cette dernière qualité qui avait séduit la Boulangère. Il portait la moustache et la mouche. En vieillissant il prit de l'embonpoint et eut des rhumatismes. Il dut cesser de grimper sur ces passerelles de peintres en bâtiment que l'on voit pendues à des hauteurs vertigineuses. Heureusement sa femme gagnait assez pour deux. Il venait nous voir et m'apprit la chanson suivante :

> *Pour vingt-cinq francs, pour vingt-cinq francs,*
> *Pour vingt-cinq francs cinquante*
> *On a un pardessus*
> *Avec du poil dessus !*

La Boulangère devait aussi avoir des rhumatismes à la fin de sa vie, bien après la mort de son père. Il semble que cette mystérieuse maladie ait cruellement frappé les Français du début du siècle. Et que dire de la tuberculose ?

Je n'ai vu la Boulangère en colère qu'une fois. C'était à la fin de la guerre de 1914. Mon père était dans le Midi. Mon frère Pierre et moi habitions l'appartement du boulevard Rochechouart. La Boulangère tenait notre ménage. Tous les matins, elle nous demandait ce que nous voulions manger. Et, distraits, nous répondions à tout hasard : « Bifteck et pommes frites. » Au bout d'un mois de ce régime, elle eut une crise de nerfs, ouvrit la fenêtre et jeta le plat dans la rue.

La Boulangère nous accompagna deux ou trois fois dans le Midi, une fois à Essoyes ; mais ça ne lui disait rien. Elle s'ennuyait en dehors de Paris. Pourtant elle n'y était venue qu'assez tard, juste un peu avant que Renoir ne la découvre sur le boulevard. Ses sœurs étaient toutes mariées dans la capitale, Tentense à un sergent de ville, Jeanne à un adjudant, gloire de la famille. C'est Tentense, concierge rue Croix-Nivert, qui avait fait venir sa jeune sœur qui « s'encroûtait à Dijon ». La Boulangère trouva bien vite du travail et un ami. Elle loua un petit appartement rue des Trois-Frères où elle devait rester presque toute sa vie. Elle était amie de la concierge qu'elle remplaçait à l'occasion. Elle alla mourir en banlieue, en 1948, à Villejuif. J'étais en Amérique et l'avais vue pour la dernière fois en 1937.

Je voudrais vous parler aussi de Georgette Pigeot, qui vit encore et avec laquelle Renoir travailla énormément. Elle était couturière, très adroite et gagnant fort bien sa vie. Je crois qu'elle posait parce que ça lui faisait plaisir d'être avec le « patron ». A la grande joie de mon père, elle chantait tout le temps et le tenait au courant des dernières nouveautés du café-concert. C'était une belle blonde au teint clair, d'allure très parisienne. Je l'ai rencontrée l'année dernière. Elle est toujours aussi vive et raconte les histoires les plus drôles du monde. Je me souviens d'une de ses chansons qu'elle a dû oublier :

C'est un rat, c'est un rat
Vilaine bête
Cache ta tête !

Au cas où Renoir n'eût pas compris l'allusion elle commentait : « Si l'on n'est pas trop bête, on sait ce que ça veut dire ! »

Adrienne, à la démarche de reine, blonde comme Vénus, figure dans beaucoup de tableaux. Renée Jolivet, née à Essoyes, devint actrice, voyagea beaucoup, habita l'Égypte et fut aussi un modèle superbe. On m'aurait bien étonné si l'on m'avait dit que ces belles filles ne faisaient pas partie de la famille. Je ne cherchais pas à définir une parenté qui ne faisait aucun doute dans mon esprit. Leur attitude vis-à-vis de mes parents était celle d'une confiance absolue. J'ai mis beaucoup de temps à réaliser qu'elles étaient payées. Mais je suis sûr qu'elles ne considéraient pas cet argent comme un salaire. D'ailleurs, quand elles avaient besoin de quelque chose, elles n'hésitaient pas à le demander, soit à mon père, soit à ma mère. Souvent, quand elles ne posaient pas, elles venaient trouver cette dernière et lui demandaient à aider dans la maison. Elles passaient sans transition de la position de Vénus au repassage de mes caleçons ou au reprisage des chaussettes. Cependant, sauf en voyage, mon père ne prenait pas ses repas avec elles. Il aimait réfléchir en déjeunant, et il était rare que le dîner se passât sans invités. Et il savait qu'entre elles « les dindes » se sentiraient plus libres, que la Boulangère hésiterait moins à vider une boîte de chocolats et Adrienne à reprendre plusieurs fois de la soupe aux choux.

Le ton de la conversation entre Renoir et ses modèles était celui de la plaisanterie bourrue. Il les traitait volontiers de dindes, gourdes, bécasses, les menaçait de sa canne. Elles se tordaient de rire, se réfugiaient sur le sofa, ou couraient comme au jeu de quatre coins, ne craignant pas de faire allusion au mauvais état de ses jambes. « On n'a pas peur de vous... vous ne pouvez pas nous attraper ! » Parfois l'une d'elles se montrait généreuse : « Je m'approche, mais vous me donnerez un seul coup de canne. » Elle avançait et il appliquait le coup de canne symbolique à la joie de toutes. Elles aimaient imiter le style des servantes de Molière, qu'elles avaient lu, pour plaire au patron. « Au lieu de vous abrutir avec un feuilleton idiot, lisez donc Molière ! » Il aimait cet auteur parce que « pas intellectuel ». Un jour il eut une vraie querelle avec un modèle qui lisait Henry Bordeaux.

Parfois Gabrielle et la Boulangère se disaient : « On va faire une farce au patron ! » Brusquement l'une d'elles lui disait : « Patron, vous n'avez pas vingt francs ? » Sans s'arrêter de peindre, il disait : « Fouillez dans ma poche intérieure. » Il avait toujours sur lui une certaine somme « en cas ». La nature de ces cas n'était pas définie dans son esprit. Je crois qu'il se méfiait vaguement des banques et jugeait bon de garder à sa disposition de quoi faire face à l'immédiat. Qu'est-ce qui empêchait le directeur de la Banque de France ou de la Chase Manhattan de passer en Belgique avec la caisse ? Au bout d'un instant, Gabrielle tendait le louis à Renoir. « Patron, voilà vos vingt francs ! — Quels vingt francs ? » disait-il étonné. Elle concluait : « On aurait pu tout lui prendre, il n'aurait rien vu ! » Cette réserve qui se montait parfois à plusieurs milliers de francs de l'époque servait aussi à répondre aux appels désespérés. Je vous ai raconté l'histoire d'Oullevé. Renoir disait : « Paris est plein de misère. Maintenant que je vends ma peinture je n'ai pas le droit d'être égoïste. » Gabrielle devinait, « rien qu'au coup de sonnette » ! Elle passait un peignoir et allait ouvrir la porte. C'était une femme en deuil, ou une jeune fille, ou une mère avec des petits enfants.

Gabrielle attendait dans la petite cuisine de l'atelier que le patron l'appelle. Il indiquait la poche d'un mouvement de menton. Elle sortait un billet, deux, trois et comprenait au regard de Renoir quand c'était assez. La visiteuse n'en revenait pas et partait en sanglotant.

Ce ne sont pas les charités qui coûtaient le plus cher à Renoir. Plusieurs fois dans sa vie, des amis indélicats le dépouillèrent de ses tableaux.

J'avais un peu plus de sept ans quand je fus le témoin gêné de la conclusion d'une « erreur » de ce genre. Mon père n'aurait pas voulu employer le mot « vol » de peur de donner à son auteur l'idée qu'il était définitivement classé dans le clan des voleurs. « Il faut qu'il croie que c'est un accident! D'ailleurs ça peut arriver à tout le monde! Tout dépend des circonstances! » Ça n'est pas tellement par morale qu'il voulait lui éviter de franchir cette limite qui est supposée séparer les honnêtes gens des filous. Renoir avait horreur des amateurs et « n'est pas voleur qui veut »! L'ami en question habitait à quelques pas de l'atelier. Avant de partir pour le Midi mon père lui laissa sa clef, le priant de faire un petit tour de temps en temps « pour serrer un robinet qui coule ou arrêter une fuite de gaz ». Quand nous rentrâmes du Midi, sa femme et lui quittèrent brusquement Paris sans nous voir. Ils chargèrent Steinlen de remettre cette clef à mon père qui n'attacha aucune importance à leur départ. A côté de la cuisine il y avait une petite resserre pleine de toiles dont quelques-unes inachevées. Gabrielle y pendait ses robes de modèle pour les travaux en train. Les autres costumes étaient empilés dans une grande commode Louis XV paysan que j'ai chez moi maintenant. En se déshabillant, Gabrielle se rendit subitement compte qu'une cinquantaine de tableaux manquaient. Ce qui embêtait surtout Renoir était le risque de voir compléter par quelque faussaire les toiles inachevées. Il écrivit à l'ami indélicat qui, terrorisé à l'idée d'une possible plainte en justice, accourut immédiatement. J'étais en train de poser avec Gabrielle. Mon père nous renvoya à l'appartement et resta seul avec ce monsieur que je connaissais bien et à qui je n'osais pas dire bonjour. Son visage, inondé de larmes, déformé par une horrible grimace, me stupéfiait. Il n'arrivait pas à articuler un mot. Gabrielle m'emmena et raconta l'aventure à ma mère. Celle-ci eut l'air très ennuyée. A la maison on parlait quelquefois d'une maîtresse de cet ami qui risquait de lui faire faire des bêtises. Au bout d'une heure ma mère nous renvoya à l'atelier. Elle-même s'abstint d'y aller par discrétion. La scène se prolongeait dans la rue. Le visiteur était à genoux et embrassait les mains de Renoir qui ne savait où se fourrer. Ce qui m'étonna est que les passants continuaient leur chemin sans s'arrêter. Je songeais à une réflexion de mon père quelques jours avant : « A Paris tu es tout seul. On pourrait t'assassiner au milieu de la foule, personne ne se retournerait ! » Finalement le monsieur se sauva en courant et nous allâmes déjeuner. Il y avait des côtelettes d'agneau et de la purée de pommes de terre. Renoir expliquait à ma mère : « J'avais beau lui dire : puisque c'est fait, puisque les toiles sont vendues, et puisque vous n'avez pas d'argent ni moi non plus pour les racheter, n'en parlons plus ! Mais pour l'amour de Dieu, pas de scène ! Je n'y ai pas coupé ! Larmes, protestations ! » Il était bien plus ennuyé de cette exhibition sentimentale que de la perte des tableaux. Ma mère dit : « N'en parlons à personne. Si son beau-père l'apprenait ce serait terrible. » Ce beau-père était juge d'instruction en province. Avant de retourner à l'atelier, Renoir demanda à ma mère d'aller à la banque. Il avait donné à son voleur tout l'argent qu'il avait sur lui. « Je suis sûr qu'il ne lui restait même pas de quoi payer le boucher ! »

Quelquefois, le matin, Renoir interrompait Gabrielle qui préparait le feu dans le grand poêle en fonte noire : « Que faites-vous avec ce journal ?... — J'allume le feu. — Je ne l'ai pas lu. — Vous ne lisez jamais le journal. — Tenez, ouvrez ce carton ! » C'étaient des aquarelles. « C'est idiot de garder tout cela. Un marchand serait capable de les vendre. — Je les trouve si jolies », protestait Gabrielle. Elle devait s'exécuter et le carton entier y passait, sauf une ou deux aquarelles qu'elle glissait sous un meuble pendant qu'il tournait le dos. « Il se méfiait. Il était malin et se retournait brusquement ! » Ces holocaustes n'étaient pas du tout des actes de désespoir. Rien du *mea culpa,* ni du déballage à la Dostoïevski dans cette destruction. Simplement la certitude que les essais d'un peintre ne regardent que lui. « C'est comme si on montrait une pièce de théâtre avant la fin des répétitions ! Et puis, il faut bien du papier pour allumer le feu ! » J'ai devant moi quelques aquarelles tirées du poêle par Gabrielle. Elle sauva aussi bien des petites notes à l'huile sur toile. Aujourd'hui beaucoup d'amateurs de Renoir considèrent que ces miettes occupent une place importante dans l'ensemble de son œuvre. Elles sont une expression directe de ses préoccupations, de ses recherches, de sa personnalité. Le plus drôle est que Renoir pensait ainsi à l'égard des artistes qu'il admirait. Un jour qu'il travaillait dans la campagne d'Aix avec Cézanne, celui-ci se sentit pris d'un besoin pressant. Il se dirigea derrière un rocher tenant à la main l'aquarelle qu'il venait de terminer. Renoir la lui arracha des mains et ne la lui rendit que sur la promesse de ne pas la détruire. Cézanne promit mais ajouta : « Je ne la montrerai pas à Vollard, il serait capable de trouver un amateur ! »

La faiblesse de mon père, son impossibilité de dire non étaient connues. Certains aigrefins savaient que s'ils pouvaient l'approcher ils avaient bien des chances d'en obtenir un tableau. Ensuite ils n'avaient qu'à descendre rue Laffitte pour le vendre quatre fois le prix qu'ils l'avaient payé. La difficulté était d'approcher Renoir. Ma mère recommandait aux modèles de faire bonne garde. Pendant son travail personne n'osait déranger le patron. Le soir, seuls les intimes et les marchands de tableaux amis, c'est-à-dire les Durand-Ruel, Vollard, auxquels s'étaient adjoints les Bernheim, étaient admis. Mon père trouvait légitime d'accorder aux marchands une sorte de monopole. « Un marchand doit gagner. Il est fait pour cela. Son gain sert à entretenir des peintres dont le public ne veut pas. L'amateur qui fait du commerce est un malhonnête homme. Sa concurrence vis-à-vis des marchands est déloyale, puisqu'il ne paie pas patente et économise les frais d'une boutique. »

Le moment propice pour attraper Renoir était entre l'appartement et l'atelier. Le modèle qui l'accompagnait parait l'attaque en courant en avant en sorte que, quand le patron ouvrait sa porte, il la trouvait déjà déshabillée pour la pose. Il n'était pas question de faire entrer un inconnu dans de telles circonstances et l'affaire en restait là. Quelquefois l'ennemi insistait, mais le modèle protestait, menaçant de se rhabiller. Renoir, rendu courageux par la crainte de perdre sa séance, tournait le dos et le modèle fermait la porte au nez de l'indiscret. Les malins arrivaient avec un prétexte. Un jour, ce fut le père adoptif d'une fille naturelle de Sisley. Cette fille était une invention, mais

418

l'imposteur partit tout de même avec son tableau sous le bras. L'un des plus persistants fut un ancien conseiller municipal d'une petite ville des environs de Fontainebleau où mon père et ses amis avaient travaillé dans leur jeunesse. Il se prétendait accrédité par la municipalité de son pays pour créer un musée des œuvres des peintres qui avaient illustré ces lieux. A Monet il disait que Renoir lui avait déjà donné un tableau et à Renoir vice versa. Il insistait d'ailleurs pour payer les tableaux et avoir des reçus en bonne et due forme. L'opération était légale. C'est Joseph Durand-Ruel qui apprit à mon père que ce défenseur de l'art n'était qu'un démarcheur pour un marchand du bout de la rue Laffitte, renommé pour les faux qu'il ne craignait pas d'exhiber à sa vitrine et qui avait besoin de quelques vrais pour revaloriser sa boutique.

Il y avait aussi l'officier en retraite qui arrivait avec un faux Renoir et un sourire de désarmante honnêteté. « Monsieur Renoir — on l'avait prévenu que l'expression maître mettait mon père de mauvaise humeur —, monsieur Renoir, je viens d'acheter ce tableau de vous ! Toutes mes économies y ont passé, j'ai même emprunté sur ma pension et pris une hypothèque sur ma petite maison de famille à Étampes ! Seulement, voilà ! Il n'est pas signé ! » Le tableau était criant de fausseté. Renoir dit : « Laissez-le-moi. Je vais y faire quelques retouches. » Et il le repeignit complètement, le signa : c'est tout juste s'il n'acheta pas un cadre pour l'escroc qui repartit avec une petite fortune sous le bras. L'officier en retraite reparaissait sous la forme d'une orpheline dépouillée par son notaire. Elle n'avait pu conserver qu'une chose de la succession de son honorable père — un médecin qui avait consacré sa vie aux sourds-muets — ce Renoir ! Il y avait aussi la mère éplorée qui voulait empêcher son fils d'aller en prison :

le jeu, dette d'honneur. Heureusement son mari avant de mourir lui avait acheté un Renoir... A chaque coup, mon père tombait dans le panneau. Plus tard, quand on lui faisait comprendre qu'il avait été joué, il faisait le malin. « J'ai bien vu que c'était une blague. Ça sautait aux yeux ! — Alors, pourquoi avez-vous repeint le tableau ? » Et il donnait la vraie explication : « C'est moins fatigant de donner quelques coups de pinceau que d'avoir à se défendre ! » Et il ajoutait : « D'ailleurs rien ne nous dit que cette jeune fille n'a pas été vraiment dépouillée par son notaire ! »

Contrastant avec l'invraisemblable générosité de Renoir, je rappelle son curieux souci d'économie, que certains esprits superficiels pouvaient prendre pour de l'avarice.

Quand il était seul au coin du feu, il appelait Gabrielle et lui faisait retirer une ou deux bûches. Même chose pour le charbon dans le poêle où finissaient de brûler ses aquarelles. Par contre, quand il avait un modèle il bourrait le poêle jusqu'à la gueule, non pas par bonté d'âme mais par crainte d'un rhume qui aurait empêché la fille de poser nue.

Tant qu'il put marcher il refusa de faire pour lui-même la dépense d'un fiacre. Les pourboires dans les grands restaurants le choquaient. Il y voyait une preuve de faiblesse, la crainte du regard de mépris du maître d'hôtel. J'ai déjà dit qu'il ne s'accorda le confort d'un wagon-lit que lorsque son état de santé lui rendit pénible la position assise. Il trouvait idiot de payer une nuit dans cette « boîte ambulante », le prix d'une semaine dans une bonne chambre.

A côté de cela, il avait horreur des objets à bon marché. Il considérait qu'une montre doit être en or ou en argent. Le nickel lui faisait grincer des dents. Il n'admettait que le linge de lin. Il ne permit jamais à ma mère d'acheter des torchons de coton qui laissent une poussière blanche sur les verres. Par contre, il haïssait le cristal, vulgaire à cause de sa pureté, et avait du plaisir à regarder les bouteilles de Bar-sur-Seine, pas encore faites au moule, irrégulières, et dont le verre grossier présentait des reflets verdâtres « riches comme des vagues de Bretagne ». Cet adjectif « riche » revenait constamment dans sa conversation, et bien entendu sa contrepartie « pauvre ». Il disait plus volontiers « toc ». Seulement la richesse et la pauvreté de Renoir étaient différentes de celles du commun des mortels. Pour lui, un hôtel particulier de la plaine Monceau, fierté de quelque millionnaire, était « toc ». Une cahute croulante sous le soleil du Midi, bourrée d'enfants en loques, était riche. Un jour, il discutait avec un de ses amis les mérites de Rafaelli, peintre célèbre de l'époque, et faisait quelques réserves. « Vous devriez l'aimer, dit l'ami, il a peint des pauvres. — C'est précisément de là que viennent mes doutes, répondit Renoir, il n'y a pas de pauvres en peinture ! » Voici quelques articles pour lui définitivement entachés de pauvreté : les gazons anglais vert cru et réguliers, le pain blanc, les parquets cirés, tous les objets en caoutchouc, les statues et bâtiments en marbre de Carrare, « bon pour les cimetières », les viandes cuites dans une poêle, les sauces à la farine, les colorants dans la cuisine, les cheminées non utilisées et passées au cirage noir, le pain coupé en tranches — il aimait qu'on rompe le pain —, les fruits pelés avec des couteaux à lame d'acier — il les voulait à lame d'argent —, le bouillon non dégraissé, le vin ordinaire en bouteilles avec étiquette et nom glorieux, les domestiques servant à table en gants blancs pour cacher leurs mains sales, les housses recouvrant les meubles et encore plus celles recouvrant les lustres, les brosses à miettes de pain, les livres qui résument un auteur ou une question scientifique, ou qui racontent l'histoire de l'art en quelques chapitres, par extension les magazines et revues périodiques, les trottoirs et bâtiments en ciment, les rues en asphalte, les objets en fonte, le linge imprimé, et en principe tout objet devant sa régularité à l'emploi d'outils perfectionnés, le chauffage central, autrement dit « la chaleur égale » à laquelle il assimilait les vins égalisés par des coupages, les objets fabriqués en série, vêtements de confection, moulures de plafond, treillages métalliques, animaux normalisés par les élevages rationnels, êtres humains nivelés par les études et l'éducation. Un visiteur lui dit : « Ce que j'aime dans le cognac X, c'est que chaque bouteille est d'une qualité égale aux autres. Jamais de surprise. — Quelle bonne définition du néant ! » répondit Renoir.

Le lecteur connaît maintenant suffisamment mon père pour deviner tous ses goûts et dégoûts. J'ajoute cependant encore à la liste quelques articles qu'il considérait « riches » : le marbre de Paros, « rose et jamais crayeux », le noir d'ivoire, les tuiles bourguignonnes ou romaines recouvertes de mousse, la peau d'une femme saine ou d'un enfant bien portant, les objets en or, le pain bis, les viandes grillées sur du bois ou du charbon de bois, les sardines fraîches, les trottoirs en dalles, les rues pavées de grès légèrement bleuâtre, la cendre dans les cheminées, les vêtements bleus des ouvriers après de nombreux lavages et ravaudages, etc.

Il portait les mêmes vêtements pendant dix ans. A la fin des séances de travail, s'il restait quelques gouttes d'essence et d'huile dans son godet, il les mettait soigneusement de côté. Il grattait son morceau de camembert ou de brie et n'en coupait pas la croûte de peur de perdre une trop grande épaisseur. Même chose pour les fruits ; avant que ses mains ne soient déformées, il pelait les poires en les tenant de la main gauche au bout de la fourchette et en enlevant de son couteau tenu de la main droite la peau du fruit en pellicules minces comme du papier à cigarettes. Les gens qui perdaient une partie du fruit en le pelant l'agaçaient.

En dehors des atteintes au respect des hommes et des choses, il tolérait à peu près tout à mes frères et à moi. Nous pouvions avoir de mauvaises notes en classe, sauter le mur du collège, faire du bruit pendant qu'il travaillait, salir le plancher, renverser une assiette pleine, chanter des chansons inconvenantes, déchirer nos vêtements. Je sais maintenant qu'il priait ma mère de fermer les yeux sur nos enfantillages, comme par exemple quand j'avais fait croire à Gabrielle que des crottes de bique étaient des olives et qu'elle en avait porté une à sa bouche. Ma mère, qui était facilement dégoûtée, poussa un cri et épargna ainsi à Bibon cette désagréable expérience. Ensuite elle sortit de la poche de sa robe un petit canif qu'elle portait toujours sur elle et commença à tailler une badine à un buisson. Mon père eut du mal à m'éviter la fessée. Par contre il me gronda un jour où je m'étais servi du fromage de Brie en coupant le morceau par la pointe, privant ainsi les autres de la partie centrale du fromage plus délicate parce que plus éloignée de la croûte. Il me traita de mufle, ce qui était dans sa bouche un qualificatif très méprisant. Chez Renoir, la muflerie arrivait même au-dessous des « manières ». Et pourtant le fait de ne pas aller droit au but, de tourner autour du pot, d'être maniéré, l'irritait inexplicablement. Les politesses inutiles, qu'il considérait comme impolies, lui donnaient envie d'être grossier. Pour lui elles n'étaient que la caricature de la courtoisie des époques anciennes, la marque de la vanité des bourgeois qui croient se hausser à la qualité d'aristocrates en cessant d'être simples.

Le mufle a été l'un des caractères les plus utilisés par la caricature du temps de Renoir. Le mufle, c'est le riche qui dit et pense : « Qu'est-ce que ça fait si je marche sur ces fleurs, puisque je les ai payées ! » C'est le pauvre qui vole le papier dans les cabinets des trains : « Le suivant n'a qu'à se dém... » Le mufle prend des grains de raisin dans le plat en les arrachant directement de la grappe. J'ai vu mon père se lever et quitter la table devant une personnalité qui agissait ainsi. Le mufle fait du bruit quand les autres dorment, fume quand les autres toussent, crache dans les puits et séduit les femmes en sachant qu'il est atteint d'une maladie vénérienne. Le directeur de théâtre qui empoisonne son public avec de la pornographie ou de l'excitation au meurtre est un mufle. Pour mon père le spéculateur qui abattait les arbres d'un verger des bords de la Seine pour y construire un immeuble en ciment armé était un mufle, au même titre que l'imbécile qui déflore une petite fille crédule. Autre exemple qui frappait mon père : Autrefois, dans les grands cafés, le garçon posait la bouteille d'apéritif sur la table du client, comptant sur la discrétion de celui-ci. Les foules de l'Exposition de 1900 n'étaient pas exclusivement composées de gentilshommes et les visiteurs mal dégrossis profitèrent de cette confiance pour se verser de grandes rasades puisque c'était le même prix. Résultat : de nos jours le garçon vous sert lui-même avec parcimonie et enlève la bouteille, ce qui est insultant. Une muflerie en amène une autre et ça se répand comme une épidémie !

Le royaume des mufles s'étend sur un immense domaine, embrassant les actions les plus graves comme les plus anodines. Renoir ne nous demandait qu'une chose, c'est de rester en dehors de ses frontières. Dès notre jeune âge, nous savions nous effacer pour laisser passer les autres et offrir notre place dans le tramway. Nous savions aussi que les hommes sont égaux et ces marques de politesse s'adressaient aussi bien à Baudry le vagabond qu'à M. Germain, président du Crédit lyonnais. Par contre, on ne nous demandait pas de retirer notre chapeau quand on nous adressait la parole. Un chapeau c'est fait pour protéger la tête. Drôle d'idée des grandes personnes d'exposer les enfants à un coup de froid ou à une insolation sous prétexte de bonne éducation. Pour Renoir, la muflerie c'était la destruction. S'il avait été hindou, il n'aurait pas suivi Çiva et son principe de la création issue de la destruction. Il eût certainement adopté la doctrine de Vishnou, dieu de la préservation. L'abattage d'un arbre le rendait malade ; que dire de sa réaction devant une amputation, la casse d'un objet, l'usure d'un métal précieux par nettoyage brutal, le martèlement d'un beau bloc de pierre pour le transformer en laide statue, la souillure de l'esprit d'un enfant, la chasse, le gâchage des ressources naturelles, bois, charbon, pétrole, travail de l'homme, efforts, talent, dévouement, amour ? La description de sa palette en dira plus long que toutes mes explications. Mais d'abord laissez-moi vous rappeler ce qu'est d'habitude la palette d'un peintre. Les couleurs s'y amoncellent en montagnes, se couvrent l'une l'autre, se mélangent. L'épaisseur est telle qu'on ne voit plus le bois. Dans cet amalgame il est impossible d'attraper une teinte pure, aussi le peintre rajoute-t-il constamment le contenu d'un tube qui, après le premier coup de pinceau, se trouve absorbé par la masse. Autour de lui se dressent des régiments de pinceaux. Il puise sans arrêt dans cette réserve, car après quelques applications chacun d'eux est englué de pâte multicolore. Quand le peintre ne se retrouve plus dans cet arlequin, il gratte sa palette à grands coups de couteau et represse ses tubes jusqu'à la garde. Un tiroir est plein de tubes neufs qui bien vite vont remplacer les vides. Cette description n'est pas une critique. De très grands peintres procèdent ainsi, appliquant même parfois directement la couleur du tube sur la toile.

La palette de Renoir était propre « comme un sou neuf ». C'était une palette carrée s'emboîtant dans le couvercle de la boîte de même forme. Dans l'un des doubles godets, il mettait l'huile de lin pure, dans l'autre un mélange d'huile de lin et d'essence de térébenthine en proportions égales. Sur une table basse, à côté de son chevalet, il y avait un verre rempli d'essence de térébenthine dans lequel il rinçait son pinceau presque après chaque application de couleur. Dans la boîte et sur la table, il avait quelques pinceaux de rechange. Il n'en employait que deux ou trois à la fois. Dès qu'ils commençaient à s'user, bavaient, ou, pour une raison quelconque, ne lui permettaient plus une absolue précision de touche, il les jetait. Il exigeait que les vieux pinceaux soient détruits, de peur de tomber sur l'un d'eux pendant son travail. Sur la petite table il y avait également des chiffons propres sur lesquels il séchait de temps en temps son pinceau. Sa boîte aussi bien que la table étaient tenues en ordre parfait. Les tubes de couleurs étaient toujours enroulés du bout de façon à obtenir l'exacte quantité de couleur voulue en les pressant. Au début de la séance, la palette qui avait été nettoyée à la fin de la séance précédente était immaculée. Pour la nettoyer il la grattait d'abord, essuyait le grattoir sur du papier qu'il jetait tout de suite dans le feu. Puis il la frottait avec un chiffon imbibé d'essence de térébenthine jusqu'à ce qu'il n'y ait plus trace de couleur sur le bois. Il brûlait également le chiffon. Les pinceaux étaient lavés à l'eau froide et au savon. Il recommandait d'en frotter doucement les poils sur la paume de la main. J'étais quelquefois chargé de cette opération et j'en étais fier.

Renoir a lui-même décrit la composition de sa palette dans une note que je transcris et qui date évidemment de la période impressionniste :

Blanc d'argent, jaune de chrome, jaune de Naples, ocre jaune, terre de Sienne naturelle, vermillon, laque de garance, vert véronèse, vert émeraude, bleu de cobalt, bleu outremer, couteau à palette, grattoir, essence, ce qu'il faut pour peindre. L'ocre jaune, le jaune de Naples et la terre de Sienne ne sont que des tons intermédiaires dont on peut se passer puisque vous pouvez les faire avec les autres couleurs. Pinceaux en martre, brosses plates en soie.

On remarque l'absence de noir, « la reine des couleurs » comme il devait le proclamer après son voyage en Italie.

A la fin de sa vie il simplifiera encore sa palette. Voici l'ordre tel que je m'en souviens à l'époque où il peignait *Les Grandes Baigneuses* du Louvre, dans son atelier des Collettes. En partant du bas, près du trou du pouce : le blanc d'argent en un « boudin » abondant, le jaune de Naples en une toute petite « crotte » comme toutes les couleurs qui suivent : l'ocre jaune, la terre de Sienne, l'ocre rouge, la laque de garance, la terre verte, le vert véronèse, le bleu de cobalt, le noir d'ivoire. Ce choix de couleurs n'était pas immuable. J'ai vu Renoir en de rares occasions employer du vermillon chinois qu'il plaçait entre la laque de garance et la terre verte. Il lui arriva souvent, dans les derniers temps, de simplifier encore et de se passer pour certains tableaux d'ocre rouge ou de terre verte. Ni Gabrielle ni moi ne l'avons vu employer le jaune de chrome. La modestie de ces moyens était impressionnante. Les petits tas de couleur semblaient perdus sur la surface du bois, entourés de vide. Renoir ne les entamait qu'avec parcimonie, avec respect. Il aurait cru insulter Mullard, qui avait broyé soigneusement ces couleurs, en en surchargeant sa palette et en ne les utilisant pas jusqu'à la dernière parcelle.

Il mélangeait presque toujours les couleurs sur sa toile. Il était très préoccupé de garder à son tableau, pendant toutes les phases du travail, une impression de transparence. J'ai déjà dit qu'il travaillait sur toute la surface et que le motif se dégageait de l'apparente confusion de tous ses coups de pinceau, comme une image photographique apparaît sur une plaque. J'ai aussi attiré l'attention du lecteur sur cette couche de blanc d'argent appliqué sur la toile avant de commencer à poser les couleurs. Il demandait au modèle ou au fils qu'il chargeait de l'opération d'augmenter la proportion d'huile de lin. A cause de cela, ce blanc mettait parfois plusieurs jours à sécher, mais offrait ensuite à Renoir une surface plus lisse. Il n'aimait pas les toiles fines, plus douces à peindre, mais qu'il pensait moins résistantes. A cette raison consciente s'en ajoutait peut-être une autre inconsciente : son admiration pour les Véronèse, les Titien et les Vélasquez qui, paraît-il, ont peint sur de la toile au grain assez grossier. Ces raisons se complétaient, mon père étant persuadé que les grands maîtres avaient voulu faire durable. Chez lui, cette préoccupation de solidité n'avait rien à voir avec l'orgueil de croire son œuvre digne de l'éternité. Elle était motivée par sa certitude que sa peinture demanderait une bonne cinquantaine d'années d'âge pour se « caser » ; c'est l'expression qu'il employait pour équilibrer. Il disait souvent : « Je voudrais pouvoir garder mes toiles longtemps, et demander à mes enfants de les conserver avant de les livrer au public. » Il avait pu constater le danger de « peindre pour l'immédiat » sur ses toiles de jeunesse dont certaines tournaient au noir. Les amateurs d'art peuvent vérifier de nos jours, quarante ans après sa mort, la réussite de sa méthode « à longue échéance ».

Presque toutes les œuvres de Renoir, peintes avec cette préoccupation, ont gagné avec le temps. Cela ne veut pas dire qu'elles aient physiquement changé. C'est peut-être nous qui les regardons avec des yeux différents. Renoir était trop modeste pour admettre qu'il était en avance sur son époque. Tous les grands artistes le sont depuis que leur public s'est élargi et dépasse le cercle des « Médicis, François Ier, et autres mécènes professionnels et héréditaires ». C'est la rançon du privilège d'en appeler à la foule que de devoir compter avec la lenteur de cette foule. Il est normal que le goût de millions d'individus prenne plus de temps à évoluer que celui d'un petit groupe élevé dans l'habitude de la discussion esthétique, ou que celui des quelques centaines d'Athéniens qui discutaient sur l'Agora. Ces élites avaient un entraînement qui les mettait à l'abri du choc hostile devant la nouveauté. La profession de critique est née de la nécessité d'expliquer l'inhabituel à la masse non entraînée. Mais, par un mystérieux concours de circonstances, il se trouve que depuis l'avènement de la critique, et surtout son développement au XIXe siècle, les oracles de cette pythonisse se sont plus souvent révélés faux que vrais et ont été rarement sanctionnés par la postérité. Delacroix fut traîné dans la boue, les impressionnistes furent méprisés et les cubistes furent présentés comme des farceurs. Même Diderot proféra des âneries, et les jugements d'Alfred de Musset sont à frémir. Il semble que le sens critique n'ait jamais pu voisiner avec la grandeur créatrice. Finalement, c'est le public qui, après une lente digestion, prononce le vrai verdict. De sa masse émergent parfois des amateurs « à la Choquet » qui finissent par réveiller les autres. Cette lenteur moderne à faire accepter l'évolution de l'art, de la littérature, de la musique, voire simplement de la pensée, terrifiait Renoir. Il y voyait la mort de la civilisation occidentale. Or cette évolution s'avère ralentie par les moyens de diffusion contemporains, par exemple la presse qui doit fournir à ses lecteurs une nourriture qui ne les surprenne pas. Reste la position orgueilleuse de l'artiste qui se réfugie dans le sein d'une petite chapelle. Renoir était contre. « Ça devient vite un pacte d'admiration mutuelle, et on est fichu ! »

Mon père espérait que ses œuvres dureraient suffisamment pour être jugées par le public au moment le plus favorable. Son vœu a certainement été exaucé.

J'ai déjà parlé de ses couleurs et de leur fabricant en bas de la rue Pigalle. Je précise que Renoir se méfiait des nouveautés chimiques qui n'avaient pas encore fait leurs preuves de solidité. Il leur reprochait aussi d'être « brillantes » de par nature, alors qu'il voulait tenir ce brillant des contrastes qu'il inventait. Les couleurs de Mullard étaient encore broyées à la main. Je revois l'atelier vitré, donnant de plain-pied sur une cour, dans lequel une demi-douzaine de jeunes femmes en blouse blanche tournaient les pilons dans les mortiers.

A la fin de sa vie il utilisait peu souvent des toiles déjà tendues sur des châssis de mesure. C'était un des avantages du succès qu'il appréciait, de pouvoir peindre ce qu'il voulait et aux dimensions qui convenaient à sa fantaisie. Il achetait la toile en grands rouleaux, en général d'un mètre de large, en découpait un morceau avec des ciseaux de tailleur et le piquait sur une planche avec des punaises. Il avait aussi des rouleaux plus larges pour les « grandes machines ». Quelquefois cependant il utilisait pour des portraits des toiles déjà montées sur châssis de dimension. Je crois qu'il songeait aux cadres anciens qu'il admirait tant et qui en général correspondent aux numéros classiques de châssis. A son vieil ami Durand-Ruel qui lui reprochait d'avoir fait le portrait d'une certaine dame pour un prix qui dévaluait la marchandise, Renoir répondit : « Elle m'a promis de le mettre dans un certain cadre Louis XV que j'ai vu chez Gros-valet... ! »

Du temps où je fréquentais l'atelier et posais moi-même autant que les autres modèles, je n'ai vu employer le système des calques que rarement. C'était quand mon père était satisfait de la position d'un corps ou d'un groupe, mais mécontent de la façon dont il s'équilibrait avec le fond. Comme il disait, c'était quand « ça ne venait pas ensemble ! ». Pour s'éviter de recommencer à chercher à ce que le modèle « soit vraiment assise sur ses fesses » il prenait un calque, le mettait de côté et passait à d'autres travaux. Il ne tirait ce calque de son coin et ne s'en servait pour partir sur une nouvelle toile que longtemps après, quelquefois des mois ou des années. Nous savons qu'il peignait les mêmes motifs plusieurs fois. Certains furent repris avec une grande insistance. Mais, pour lui, chaque version du même motif était un tableau différent. Cette question du « sujet », nous le savons, ne le préoccupait pas du tout. Il me dit un jour qu'il regrettait de ne pas avoir peint le même tableau — il voulait dire le même sujet — pendant toute sa vie. Comme cela, il eût pu se consacrer entièrement à ce qui constitue l'invention en peinture : les rapports de formes et de couleurs, qui varient à l'infini dans un même motif, et dont on saisit mieux les variations lorsqu'on n'a plus du tout à se préoccuper de ce motif. Je lui fis observer que c'est ce qu'il avait fait avec le *Jugement de Pâris*. Il réfléchit et se demanda : « Peut-être ai-je peint les trois ou quatre mêmes tableaux pendant toute ma vie ! Ce qui est certain, c'est que depuis mon voyage en Italie, je m'acharne sur les mêmes problèmes ! » Il me fit cette réflexion à Cagnes, peu de temps avant sa mort.

L'époque de la rue Caulaincourt est celle où j'ai posé le plus. Je devais, après quelques années, être relayé par mon frère Claude, de sept ans plus jeune que moi. Coco fut certainement l'un des modèles les plus prolifiques de Renoir. Je ne vois que Gabrielle pour le battre quant au nombre. Elle est très en tête de lui quant à la dimension des tableaux. Je pense aux grands nus que je vis naître et se préciser.

Renoir était incapable d'avoir à la fois deux idées en tête, mais il pouvait sauter d'un motif à l'autre et effacer le précédent de son esprit. Tous les problèmes du tableau sur lequel il travaillait se présentaient à lui avec une parfaite clarté et le reste de l'univers disparaissait comme s'il n'avait jamais existé. Quand ça ne venait pas, il n'insistait jamais. Son entourage le savait aussitôt. Il cessait de chantonner et se frottait violemment la narine gauche avec l'index de la même main. Il finissait par dire à la femme du monde dont il faisait le portrait, ou au modèle qui avait arrêté sa chanson : « Nous pataugeons, il vaudrait mieux remettre ça à demain. » La dame ou le modèle devenait très triste. Il fumait une cigarette, faisait quelques passes de bilboquet, puis se décidait : « Gabrielle, apportez-moi donc Jean avec le foulard ! » Parfois il sortait cinq minutes et marchait jusque chez Manière, pour acheter un paquet de cigarettes jaunes Maryland. « Il faut savoir s'arrêter et flâner ! »

Quand j'étais encore tout petit, trois, quatre ou cinq ans, il ne choisissait pas lui-même la pose, mais profitait d'une occupation qui semblait me faire tenir tranquille. C'est ainsi que les Jean s'amusant avec des soldats, mangeant sa soupe, poussant des cubes ou regardant des images se fixaient sur la toile. Je me souviens très nettement de tous les détails de la confection du tableau maintenant au musée de Chicago me représentant en train de coudre. C'était à Magagnosc, une banlieue de Grasse où mes parents avaient loué une belle villa à flanc de montagne. Je devais avoir cinq ans. Nous possédions un lapin nommé Jeannot que nous emmenions promener dans le terrain de l'autre côté de la route. Mon père, ma mère, Gabrielle, la Boulangère et moi-même nous mettions en cercle autour de Jeannot de peur qu'il ne se sauve dans la montagne. Il y avait un joli petit ruisseau, de l'herbe verte, et nous nous réjouissions de voir cet animal né dans une cage se donner l'illusion de la vie sauvage. « Comme les Parisiens qui font de l'alpinisme », disait ma mère ; « Comme le douanier Rousseau ! » précisait mon père. C'est dans cette maison que Gabrielle posa pour la première fois nue. La Boulangère était enrhumée et Renoir cherchait en vain un modèle à Grasse. C'était la saison de la récolte des roses pour la parfumerie, et toute la jeunesse du pays était employée. Peut-être aussi la perspective de se mettre toute nue devant un monsieur effrayait-elle les candidates. Mon père eut un instant d'espoir avec une très belle fille dont la déplorable réputation était suffisamment affermie pour qu'elle n'ait plus rien à craindre. Elle répondit que si elle couchait avec les hommes, ce n'était pas une raison pour se déshabiller devant eux. Elle se vantait de ne faire cela que dans les champs et en gardant tous ses vêtements. Renoir insista d'autant moins que cette entrevue lui avait donné des doutes sur la propreté de la donzelle. Ma mère eut l'idée de faire poser Gabrielle qui venait d'avoir vingt ans et était dans tout l'éclat d'une jeunesse sans problèmes. Celle-ci était tellement habituée à voir ses copines poser pour le nu que la proposition ne l'étonna nullement. Elle figurait déjà dans de nombreux tableaux, mais habillée et toujours avec moi. J'étais la vedette et elle n'avait que le second rôle. Elle n'est pas dans ce tableau me représentant en train de coudre, mais nous lui devons l'idée qui me maintint devant le chevalet au lieu de courir dehors avec Jeannot lapin. M. Reynaud, le propriétaire, m'avait apporté un petit chameau en fer-blanc coloré que j'adorais. Gabrielle sut me convaincre de découper dans un bout de satinette et de coudre une robe pour « mon chameau ». Cette occupation me passionnait au point de me tenir presque immobile. Renoir n'admettait d'ailleurs cette sagesse que parce qu'elle correspondait à mon état d'esprit. Il haïssait les modèles figés par leur volonté de garder la pose. « Ce corps qui ne bouge pas tandis que l'esprit galope. » En général il me demandait simplement, comme à tous ses modèles, de demeurer à peu près à la place désignée, devant un fond fabriqué de cotonnades de diverses couleurs unies, fixées au mur avec des punaises. Il n'était pas exigeant quant à la position de la tête et des membres. Quelquefois, pour préciser un détail, il demandait : « Veux-tu rester tranquille une minute ? » Et ça ne durait en effet pas plus d'une minute. Il aimait parler aux modèles et il aimait qu'ils lui parlent. Il voulait que la conversation fût banale. C'est pourquoi il appréciait les chansons de Georgette

Pigeot. Il tenait absolument à amener son sujet à se fondre dans une futilité d'esprit proche de l'éternité. Il le voulait détendu d'esprit autant que de corps. Leur don de sérénité est peut-être une raison supplémentaire à son plaisir de peindre des femmes et des enfants. « Les hommes sont tendus, ils pensent trop ! » Les préoccupations profondes, dramatiques, passionnées, croyait-il, marquent le visage et le corps du sceau du provisoire. Or, selon lui, l'art ne s'applique qu'à l'éternel. Le héros saisi au moment où il lance son défi à l'ennemi, la femme surprise au plus fort de la douleur de l'accouchement ne sont pas des sujets de grande peinture. L'homme et la femme qui sont passés par ces épreuves et en ont été ennoblis deviennent de grands sujets lorsque plus tard l'artiste peut les représenter dans un moment de repos. Ça n'est pas le caractère passager d'un individu qu'il faut fixer dans le marbre, c'est son caractère général, résultat de tous les instants de sa vie, héroïques ou veules, banals ou excitants. Bref, la tâche de l'artiste n'est pas de mettre en valeur un instant de l'âme humaine, mais d'amener le public à la compréhension de l'homme tout entier. Le Scribe accroupi n'écrit pas une lettre frénétique dans une circonstance historique. Il écrit toutes les lettres de tous les scribes de l'Égypte, et il les écrit avec la somme des expériences de sa vie entière ainsi qu'avec son hérédité, avec le climat des bords du Nil, avec sa conception de la divinité, et bien d'autres éléments qui viennent se conjuguer chez tout être vivant. Cette volonté d'échapper au provisoire explique le mépris de la mode chez les grands artistes. Elle explique aussi l'importance du nu dans l'histoire de l'art. Quoi de plus éternel que le corps humain. Sa représentation sans voiles permet d'échapper à un élément motivé par des réactions évidemment passagères, je veux parler de

435

la pornographie. Un déshabillé aguichant n'est concevable qu'en partant de l'habillé. Renoir parlait de « l'état de grâce venant de la contemplation de la plus belle création de Dieu, le corps humain ». Il ajoutait : « Et pour mon goût personnel, le corps féminin ! »

Que l'on m'excuse de revenir sur ces considérations déjà abordées au cours de mon récit de l'exécution du *Moulin de la Galette,* c'est que nous avançons vers la conclusion de l'aventure Renoir. Nous pressentons la sérénité passionnée de la toute dernière période. Elle nous sera plus compréhensible si en chemin je note un certain pas « vers le calme ». Mon père m'en fit part au cours de nos conversations :

« Quand tu es jeune tu crois que tout va te filer entre les doigts. Tu cours et tu rates le train. En vieillissant tu apprends que tu as le temps et que tu attraperas le train suivant. Ça ne veut pas dire qu'il faut s'endormir. Il s'agit d'être rapide sans nervosité. » Le côté « chasseur » ne s'atténuait pas. Il ne devait jamais disparaître. Jusqu'au jour de sa mort Renoir resta « à l'affût du motif », simplement le gibier se laissait approcher avec moins d'appréhension, ayant découvert que le chasseur, en guise de chevrotines, lui proposait son amour chaque fois renouvelé. J'en sais quelque chose ayant été gibier moi-même et pris au piège sur plus d'une centaine de toiles.

Nous savons déjà que mon père insistait pour que je garde mes cheveux longs comme protection contre les coups et les chutes, et qu'à cette raison s'ajoutait de plus en plus le plaisir de les peindre. C'est pourquoi à près de sept ans je me promenais encore avec mes boucles d'un roux doré. L'arrivée prochaine d'un petit frère changea la situation. Mes parents décidèrent de me mettre à Sainte-Croix. Il fallut bien me couper les cheveux. Toute la maisonnée assistait à l'opération, mon père attristé par cette destruction et regrettant tous les tableaux qu'il eût encore pu peindre avec cette « tignasse ». Ma mère, précise et pratique, donnant des indications au coiffeur ; Gabrielle et la Boulangère pleurant. J'exultais. Ces cheveux m'avaient fait passer par des émotions trop diverses, une vraie douche écossaise. Compliments flatteurs à la maison et à l'atelier : « De l'or », répétait-on après Renoir. Mais dans la rue les gamins me traitaient de « fille » ou de « tête-de-loup ». Cette dernière insulte me touchait plus particulièrement à cause de l'inimitié que mon père portait à ces instruments. On désignait ainsi les grosses brosses montées au bout d'un long bâton et destinées à enlever les toiles d'araignée des coins des plafonds. Il aimait les araignées. « Elles détruisent les mouches et sont capables de fidélité ! » Les servantes dissimulaient la tête-de-loup dans la cave derrière le tas de charbon et ne s'en servaient qu'en cachette du patron.

Quand le détail d'un tableau pour lequel je posais demandait un peu d'immobilité, Gabrielle me lisait les histoires d'Andersen auxquelles elle-même et mon père prenaient autant de plaisir que moi. Celle que nous préférions était *La Soupe à la brochette*. Nous la savions par cœur. Quand la petite souris raconte le banquet à la cour et dit : « J'étais la vingtième à la gauche de notre vieux roi. C'est là, je pense, une place honorable !... » Gabrielle retrouvait son accent d'Essoyes et nous imaginions le festin royal calqué sur une noce bourguignonne. A la fin quand la souris ayant expliqué que la recette exige que le roi trempe trois fois sa queue dans la soupe bouillante, et que celui-ci l'épouse pour s'éviter cette épreuve, Renoir clignait de l'œil. Son visage se plissait de joie malicieuse. Il s'arrêtait de peindre et réclamait une cigarette. Une douce émotion nous envahissait. C'était très agréable. La séance reprenait et Gabrielle passait à *L'Intrépide Soldat de plomb*.

Renoir avait gardé l'habitude de recevoir ses visiteurs dans son atelier après la séance. Un soir où la lumière d'été se prolongeait à sa satisfaction, l'un d'eux arriva avant la fin du travail et entendit la conclusion du *Vilain Petit Canard*. « Comment, dit-il à Renoir, vous laissez raconter à votre fils des contes de fées, des mensonges ? Il va croire que les bêtes parlent ! — Mais elles parlent ! » répondit mon père.

Quand les contes d'Andersen ne suffisaient plus à me faire tenir tranquille, il me renvoyait et passait à un bouquet, quelques fruits, l'épaule de la Boulangère ou un profil de Gabrielle. Jamais je n'ai été puni pour avoir été insupportable en posant. Et pourtant, Dieu sait si je le fus souvent ! « Il prendrait l'atelier en grippe ; surtout ne lui dites rien ! » Quand j'avais été bien sage et que Renoir grâce à cette tranquillité avait beaucoup avancé son tableau, il ne voulait pas qu'on me récompense. Il détestait l'idée de transformer la vie d'un enfant en un constant concours pour prix de vertu. Il admettait les fessées, « aussi saines pour les parents que pour les enfants », bien qu'incapable de les administrer lui-même. Il interdisait les gifles et même que l'on nous touche la figure. « Les fesses ont été inventées pour cela. » Il ne voulait pas qu'on nous donne de l'argent pour une besogne accomplie. Rendre service avec l'espoir d'un salaire lui semblait infâme. « Ils sauront toujours assez vite que l'argent existe. » Il eût voulu que, pour nous, certaines choses comme l'assistance au prochain, l'amitié, l'amour, ne se vendissent pas. Plus tard au collège, poussé par l'exemple de mes camarades qui « faisaient du commerce », j'avais vendu un crayon à l'un d'eux. Tout fier, puisque j'avais cru comprendre que c'était cela la loi de ce monde, je m'en étais vanté à la maison. A ma grande surprise, j'évitai la fessée de justesse. Je dus rendre l'argent à mon acheteur et même lui faire cadeau d'un pistolet que venait de me donner mon parrain Georges. Cette crainte de nos parents de nous voir devenir « commerçants », alliée à notre connaissance des générosités comme des économies de notre père, devait inculquer à mes frères et à moi-même la notion définitive de la relativité des valeurs basées sur l'argent. Je pense à la tête qu'aurait faite Renoir en voyant en Amérique des enfants de familles riches gagner quelques sous en proposant des boissons aux passants ou en livrant des journaux à domicile. Quand ces jeunes conformistes montrent leur gain aux parents pétant de fierté, ils reçoivent des félicitations. Il eût considéré cet exercice comme un rite du culte qui selon lui est en train de supplanter le christianisme, le bon vieux culte du veau d'or.

Quarante ans après avoir posé pour l'un de mes derniers portraits à cheveux longs, je le revis à New York chez Durand-Ruel. Il était à vendre, et ma femme et moi étions très tentés. J'y suis représenté vêtu d'un joli costume de velours bleu très fin, relevé d'un impressionnant col en dentelle. Ce genre de déguisement devait devenir très populaire sous le nom de « petit lord Fauntleroy ». Je tiens un cerceau à la main et fais face au public, le regardant d'un air assez peu gracieux. Pourquoi mon père avait-il tenu à me représenter dans cet accoutrement que je haïssais, je l'ignore. Peut-être une pensée affectueuse pour Van Dyck, ou bien l'envie de voir comment il se tirerait sans dommage pour les chairs de cette masse brutale de bleu profond comme la nuit. Avant de prendre la décision finale, ma femme et moi consultâmes

Gabrielle qui poussa de hauts cris : « Ce n'est pas toi comme tu étais d'habitude. Il fallait te passer ce costume de force et tu me donnais des coups de pied. » Mon père était demeuré ferme, et j'avais dû me soumettre. Mais l'évocation par Gabrielle des horribles scènes qui accompagnèrent cette défaite nous détourna de l'achat du tableau. Je suppose que le col de dentelle, dans mon esprit, ajoutait encore au côté « fille » de mes cheveux. Par réaction contre cette malheureuse coiffure, je n'aimais que les étoffes rudes, les grosses chaussures, tout ce qui me semblait masculin, et avant tout autre article vestimentaire la « casquette de Pierre ». Ce couvre-chef était celui des élèves de Sainte-Croix et représentait pour moi le symbole parfait de l'élégance masculine. Telle la couronne des rois, je lui attribuais la vertu de conférer à son possesseur, en même temps qu'une importance indéniable dans la société, des qualités indiscutables de virilité et de courage. Quand mon frère venait nous voir le dimanche, j'étais convaincu que les populations entières, à mon exemple, gardaient leurs yeux admiratifs fixés sur sa casquette. Quand après la naissance de Claude on me mit à Sainte-Croix, ce fut évidemment pour permettre au nouveau venu de s'étaler dans l'appartement, mais ce fut aussi parce que, en me conférant le privilège de porter la fameuse casquette, on espérait arrêter mes jérémiades devenues insupportables. Gabrielle prétend qu'il m'arrivait de me coucher sur le plancher et de répéter pendant des heures : « Je veux la casquette de Pierre ! » Un jour, à Essoyes, Marie Corot me fit cadeau d'une casquette de musicien de l'orphéon du pays. La forme était la même, mais il manquait la croix brodée au centre et le bandeau de velours bleu foncé. « Tiens, mon gachenot, la voilà la casquette de Pierre. » Indigné de cette profanation je me précipitai sur elle à coups de poing. Marie était trop bonne cuisinière pour que cet accès ne me conduise pas à la fessée maternelle.

Le portrait de Vollard fut toute une histoire. Depuis sa première visite au Château des Brouillards, bien des années s'étaient écoulées. Il avait fait la connaissance de Cézanne qui l'avait adopté comme son unique marchand de tableaux — « ... puisque les autres se foutent pas mal de moi... » — et commençait cette fortune si méritée qui devait étonner Paris. Il habitait dans la cave au-dessous de sa boutique rue Laffitte. Dans ce logement imprévu il entassait les Cézanne, les meubles de qualité et les éditions rares. Il traitait tout ce que Paris compte de grands amateurs d'art en des dîners somptueux, en général de style créole, cuisinés par quelque parent des îles et servis par les sœurs Mathieu, Odette et Raymonde, passées à son service. Odette était belle fille. Aussi, craignant la tentation, la renvoyait-il dormir chez ses parents aussitôt la vaisselle terminée et alors que ses hôtes étaient encore là. Son péché mignon était un certain snobisme qui le portait à limiter ses aventures à d'authentiques femmes du monde. Mon père disait que ce snobisme l'aidait à mieux comprendre ses clients. Il était plus grand, plus fort, plus brun que jamais ; mon père disait plus beau. « Avant il était Othello. En vieillissant il devenait Masinissa, roi de Numidie ! » Il somnolait toujours autant, surtout lorsqu'un amateur lui demandait le prix d'un Cézanne. Je me souviens nettement de la boutique, peinte à l'ocre jaune. D'ailleurs, autour de Vollard, je vois tout de cette couleur, en plus ou moins foncé, depuis ses vêtements en superbe tweed marron, jusqu'à son teint de Méridional. En entrant de la rue, on butait dans les toiles. Elles s'empilaient contre les murs. Lorsqu'un client éventuel étendait la main pour en retourner une, il était aussitôt arrêté par le fameux : « Ce tableau ne peut pas vous intéresser. Il n'est pas pour vous. » Ce n'est que bien plus tard que, pour moi, cet homme extraordinaire sortit du domaine des contes de fées pour entrer dans la réalité. Ce qui frappait mon imagination de gamin était l'atmosphère du lieu, sa couleur, les toiles devinées, la voix de Vollard : « Dites-moi, monsieur Renoir... » et de ma mère essayant de comprendre comment le riz servi chez Vollard conservait toujours les grains bien détachés, ne se mettant jamais en pâte. Vollard expliquait : « Chez moi à la Réunion, les indigènes n'ont pas de montre. Ils mettent l'eau et le riz au hasard dans une vieille calebasse, chauffent le tout sur un feu de débris de cannes à sucre, s'endorment et, quand ils se réveillent, c'est cuit et c'est un régal ! » Ce triomphe de l'instinct sur la raison réjouissait mon père.

Avant d'en revenir au portrait, je vais vous confesser une naïveté de mon jeune âge qui vous donnera une haute idée de mon admiration pour Vollard : je croyais que l'unité de la monnaie des États-Unis d'Amérique avait été nommée d'après lui. Pendant des années je parlais du « vollard », qui valait cinq francs, et m'étonnais de ne pas voir l'effigie de notre ami sur ces pièces d'argent. Encore maintenant, il m'arrive d'être distrait et de dire « le budget pour le développement des missiles vers Saturne est de tant de billions de vollards » !

Ce qui embêtait mon père dans ce portrait, c'étaient les vêtements. Vollard était très coquet et se faisait habiller par un grand tailleur. Renoir hochait tristement la tête et concluait : « Vous avez l'air d'être déguisé ! » Plus tard il devait s'habituer à l'élégance de Vollard et le peindre dans son apparence quotidienne.

442

Cézanne devait faire des chefs-d'œuvre avec la chemise blanche du même modèle. Bien que, dans son grand portrait, il n'ait jamais osé terminer cette chemise. Il reste un petit point qui ne fut jamais recouvert de peinture. « Si je bouche ce trou d'épingle, je risque de détruire l'équilibre du tableau et il faudra tout recommencer. » Vollard, qui ne se sentait pas rassuré sur l'échafaudage précaire où Cézanne l'avait placé, supplia ce dernier de n'en rien faire. Il était tombé deux ou trois fois et s'était fait mal au genou, et cela en dépit des affirmations de Cézanne : « Vous ne risquez rien à la condition de ne pas bouger plus qu'une pomme. Est-ce que ça bouge une pomme ? »

Pour le portrait en question, Renoir avait envie d'habiller son modèle en potentat exotique. « Si seulement on pouvait trouver un costume de satrape ! » La Boulangère qui aimait l'armée proposa de louer une tenue de général. Gabrielle tenait pour un costume de dompteur. C'était mieux, mais pas encore assez royal. En fouillant les tiroirs de la commode où il empilait des tas de vieilleries, mon père trouva un costume de toréador qu'il avait acheté en Espagne pendant son voyage avec Gallimard. « Vollard n'a pas l'air d'un toréador mais la couleur lui conviendra. » Tous nos amis crurent à une blague. Il n'en était rien. Renoir n'avait pas du tout l'intention de se moquer de son modèle. Il peignit le portrait que nous connaissons. Encore maintenant, je rencontre des gens qui me disent : « Votre père a voulu jouer une farce à Vollard. » Comme si on peignait un chef-d'œuvre éternel pour jouer une farce !

Le portrait de Mme de Galéa m'excita grandement parce que cette dame correspondait à mon image de l'impératrice Joséphine. Ma passion pour les soldats de l'Empire n'avait pas diminué. J'en possédais des quantités, et parmi eux tout un groupe représentant Napoléon et les personnages de sa cour. Joséphine bien entendu en était, vêtue d'une robe blanc et or, entourée de ses dames d'honneur. Quand Gabrielle m'eut raconté que la dame au portrait était aussi créole, mon admiration pour elle ne connut plus de bornes. Sa beauté et sa distinction étaient évidentes, et Renoir était enchanté de la peindre. C'était Vollard qui la lui avait présentée et qui prit en main la question des meubles accessoires. Je n'étais certainement pas le seul à établir des rapports entre Mme de Galéa et Joséphine de Beauharnais, car les objets qui furent livrés à l'atelier étaient d'un style rédhibitoirement « Consulat ». Ils étaient très neufs et très dorés et venaient en ligne droite du faubourg Saint-Antoine. Gabrielle et moi les admirions bruyamment. Ma mère pinçait les lèvres. Le premier mouvement de Renoir avait été de renvoyer cette hideur. Mais il craignit de faire de la peine à Vollard qui avait trop de goût pour ne pas juger cette chaise longue et ces accessoires à leur juste valeur. Sans doute espérait-il que cette accumulation d'or, de soie et d'acajou inciterait Renoir à faire quelque chose de très « riche ». Renoir dissimula une partie de la soie du meuble sous un grand coussin de satinette, couvrit le sol d'un vieux tapis, pendit ici et là quelques cotonnades et garnit le fond d'une tapisserie imaginaire représentant une grue. Parmi les robes apportées par son modèle, il en choisit une très brillante, longue, dégageant bien les épaules et la poitrine. Une aigrette et quelques pierres dans les cheveux, un collier scintillant achevèrent de donner une impression « Empire en toc » qui l'amusa. D'ailleurs, pour lui le style Empire n'était supportable qu' « en toc », et Vollard le savait bien.

Un autre modèle qui me fit rêver fut Missia

Godebska, au moment de son portrait Missia Edwards. Son mari m'impressionnait peut-être encore plus qu'elle. J'étais déjà au collège et je dois à une bienheureuse angine d'être resté à la maison et avoir pu respirer l'atmosphère de vitalité qui se dégageait de ces deux forces de la nature. Dire que Missia était belle est insuffisant. Albert André qui la connaissait bien disait que, quand elle entrait dans un restaurant, les gens s'arrêtaient de manger. Fille de nobles polonais ruinés, elle avait grandi dans un palais où les domestiques étaient rarement payés, mais où des rois et des reines, de grands artistes ou des millionnaires venaient l'écouter jouer sur l'un de ses trente pianos. Dans certaines pièces il y en avait une demi-douzaine. Précurseur de Giraudoux qui dans *Ondine* prétend que chaque théâtre n'est que le théâtre d'une seule pièce, Missia affirmait que chaque piano n'est parfait que pour un seul morceau et qu'il est impossible de jouer proprement une fugue de Bach sur l'instrument qui s'est avéré convenable pour une mélodie de Schubert.

Elle avait été pauvre au point de coucher sur les bancs des jardins publics, riche au point d'ignorer l'étendue de sa richesse, mariée plusieurs fois, amie de tout ce que la littérature et l'art comptaient de talents, à une époque où à Paris les talents ne se comptaient pas. Ses amitiés allaient de Bonnard à Debussy, de Mallarmé à Renoir. Elle avait été mariée à Charcot, avait suivi les travaux de Berthelot, encouragé Diaghilev qui affirmait que sans Missia il n'y aurait pas eu de ballets russes à Paris. Avec un passé capable de remplir dix existences bien remplies, elle avait l'air d'une toute jeune fille. Je suppose d'ailleurs qu'au moment de son portrait par Renoir elle était réellement très jeune. Les ennuis de ses parents avec les créanciers lui avaient ouvert les yeux sur les réalités de la vie à l'âge où les filles jouent à la poupée. La fréquentation de Bach et de Dante parmi les morts, de Proust et de Sibelius parmi les vivants lui avait tenu lieu de collège. Elle parlait toutes les langues. Un léger roulement des *r* ajoutait au charme de sa conversation.

Edwards était un homme d'affaires d'origine turque et vraiment taillé comme un Turc. De ses mains nues il déchirait des jeux de cartes et tordait des pièces de monnaie. Son père, déjà mêlé à la vie parisienne, avait commandité Paul Durand-Ruel après la guerre de 1870. Le fils contrôlait des tas d'entreprises. Celle qui m'impressionnait le plus à cause de la sonorité du nom était « l'Aménagement du port de Santander ». Il était le propriétaire d'un grand journal, *Le Matin,* si je ne me trompe, de mines de charbon, de cuivre, de fer, de nickel. Il extrayait de la bauxite en Provence pour la fabrication d'un nouveau métal encore peu connu mais auquel il prédisait un grand avenir, l'aluminium. Pour amuser Missia il avait acheté une marque d'automobiles. Il me semble que c'était la Mors. Pour conquérir une pareille femme et la décider à l'épouser, il avait employé le moyen suivant : tous les soirs il invitait à dîner les amis de la jeune femme. Comme elle ne pouvait pas se passer de ses amis, elle était bien obligée de se joindre à la bande. Edwards la faisait asseoir à sa droite, et invariablement sous sa serviette elle trouvait un écrin contenant un diamant de grande valeur. « Quelle femme pourrait résister ? » demandait mon père. Il y avait un mari, homme remarquable, écrivain de talent, fondateur de la première revue d'avant-garde, qui se croyait « businessman ». Edwards racheta ses affaires qui étaient lamentables et l'envoya diriger des mines de je ne sais quoi à l'autre bout du monde. C'était Thadée Natanson, l'animateur de *La Revue Blanche.* Missia était loyale. Elle ne répondit aux avances d'Edwards que lorsque Natanson, comprenant qu'on ne lutte pas contre un ouragan, lui eut rendu sa liberté.

Les mauvaises langues accusaient Edwards de nombreux méfaits. On prétendait même qu'il n'attribuait pas une valeur excessive à la vie humaine. Plus tard, après le règne de Missia, alors qu'elle avait déjà épousé le peintre Sert, il perdit sa nouvelle femme, une actrice célèbre, au cours d'une croisière sur le Rhin. A l'issue d'une partie où l'on avait pas mal bu, elle glissa dans le fleuve et y resta. Les Parisiens mauvaises langues insinuèrent que cette glissée avait été « aidée ». Mais personne ne put justifier ces allusions. Je ne cite cette médisance que pour donner une idée de l'intérêt que soulevait chaque action d'Edwards chez les Français du début du siècle. Quoi qu'il en soit, il plaisait énormément à mon père et en retour lui manifestait une sorte de tendresse. C'était d'autant plus touchant qu'Edwards détestait la peinture à peu près autant que Renoir détestait les affaires. Lorsque Missia réussissait à le traîner dans une exposition, il s'éclipsait pour aller faire une manille avec son chauffeur au bistrot voisin. Néanmoins il ne rata pas une séance du portrait. Pendant le travail il entraînait Gabrielle dans la petite cuisine et jouait aux cartes avec elle. Dès que Renoir s'interrompait il accourait auprès de lui, et les deux hommes, heureux d'être ensemble, se racontaient n'importe quoi. En dehors de l'art et des affaires ils s'entendaient à peu près sur tout, nourriture, femmes, climats, et partageaient les mêmes aversions. Par exemple, ni l'un ni l'autre ne pouvait supporter les gens qui font de l'esprit mal à propos, croyant racheter une muflerie par un « mot ». Je me souviens d'une histoire d'Edwards concernant un journaliste « bien parisien ». Étant en retard à un

dîner, tout en montant l'escalier ce farceur professionnel cherchait quelque chose de drôle à dire ou à faire
qui puisse amuser la compagnie et amadouer la
maîtresse de maison. Il crut avoir trouvé et sonna,
certain de son succès. Un domestique lui ouvrit. Du
vestibule il pouvait entrevoir dans la salle à manger
une nombreuse compagnie déjà en train d'attaquer le
rôti. Il plaça son chapeau sur le pommeau de sa canne,
se mit à cheval sur celle-ci, et simulant les mouvements
d'un cavalier au galop fit le tour de la pièce en criant :
« A dada... à dada... au galop... au galop... » Les gens
le regardaient sans comprendre tandis que lui ralentis-
sait, vaguement inquiet. Un dernier « à dada » se
perdit dans les profondeurs de sa gorge. Il venait de
s'apercevoir qu'il s'était trompé d'étage.

Au moment où il commença le portrait de Missia,
mon père venait de traverser la plus terrible crise de
rhumatismes qu'il eût encore éprouvée. Ses mains se
déformèrent un peu plus. C'est alors qu'il dut renoncer
aux balles à jongler. Il augmenta la durée de ses
exercices avec la petite bûche le matin à la maison.
Tout en lançant et faisant tournoyer son morceau de
bois, il n'arrêtait pas de marcher. Il s'en excusait
ensuite à Mme Brunelet la concierge qui habitait juste
en dessous. Il lui donna une petite toile pour la
remercier de sa patience. A l'atelier il profitait de
chaque arrêt pour jouer au bilboquet et était devenu
d'une grande adresse. Il se bourrait d'antipyrine et
autres drogues et ne mangeait presque rien. Ces
précautions, qui d'ailleurs lui coûtaient peu, étaient
sans effet. Certains jours il se sentait tellement anky-
losé qu'il devait s'aider de deux cannes pour parcourir
les quelques centaines de mètres de la maison à
l'atelier. Cet état de choses navrait Edwards qui
arrivait tous les jours avec un nouveau médecin. Ce

dernier examinait Renoir, hochait la tête et déclarait que la science ignorait tout de cette forme de rhumatismes. Edwards les insultait. L'un d'eux demanda à mon père s'il avait eu la syphilis. Il lui répondit que non. « C'est que, insista l'homme de l'art, on peut très bien avoir la syphilis et ne jamais s'en apercevoir — Vous m'en direz tant ! » répondit Renoir. Malheureusement le mal mystérieux qui le gagnait incxorablement était plus impitoyable que la pire des maladies vénériennes. Même de nos jours, avec la cortisone, les meilleurs spécialistes furent bien incapables de sauver Raoul Dufy.

A propos de « syphilis », Renoir n'aimait pas ce terme et disait tout bonnement « vérole ». La fameuse réponse de Saint-Simon au ministre annonçant la mort de Louis XV, victime de la petite vérole : « Monsieur, tout est grand chez les rois », l'amusait beaucoup. « Ces gens du XVIIIe siècle savaient encore le français ! »

Paris était bouleversé par les ballets russes. Tout en faisant son portrait, Renoir demandait à Missia de lui parler de Stravinski. S'aidant de la voix et du piano elle essayait de lui donner une idée de la musique du jeune compositeur. Elle lui disait : « Il est en musique ce que vous êtes en peinture. » Un soir que les Edwards étaient restés dîner — Missia grignotait à peine, mais Edwards engloutissait avec enthousiasme la cuisine de ma mère —, ils eurent une idée : « Nous vous emmenons tous aux ballets ! » Mon père était en plein dans sa crise et marchait difficilement. Cependant il se laissa tenter. Ma mère s'habilla en un tour de main. Gabrielle courut jusqu'à l'atelier et revêtit une robe de chez Callot que Renoir avait utilisée dans plusieurs tableaux. C'était Jeanne Baudot, amie des Callot, qui lui procurait ces vêtements « bien utiles

449

pour certains motifs... ». La robe était démodée et Gabrielle avait l'air d'une bohémienne, à la grande joie des Edwards. Je fus de la fête et passai vivement mon bel uniforme de Sainte-Croix à trois rangées de boutons dorés. Edwards et Missia étaient déjà en tenue de soirée, devant retrouver Diaghilev à minuit chez Maxim's. Renoir avait gardé ses vêtements de travail, vareuse à col fermé, chemise de flanelle, cravate bleue à pois blancs, et sa casquette qu'il conservait sur la tête de peur que le froid ne lui donnât des névralgies. Ma mère et Gabrielle voulaient lui passer son habit noir. L'effort lui sembla trop grand, et il partit tel qu'il était. Edwards avait une loge en permanence, et la question des places ne se posait pas. En arrivant devant le grand escalier du théâtre, Renoir pensa devoir renoncer, Edwards le prit dans ses bras et le porta solennellement, encadré de Missia et de ma mère, sous les yeux stupéfaits des spectateurs. Il faut avouer que nous formions un étrange groupe. La salle était magnifique. Le public qui venait applaudir ou siffler ces ballets qui devaient bouleverser l'art du spectacle exhibait un luxe dépassant l'imagination. Je n'exagère pas en disant que c'était plus beau que dans mes rêves d'enfant la cour des princes d'Andersen et des fées de Perrault. Depuis, je n'ai rien vu d'approchant. Le noir des habits des hommes, debout derrière les femmes, faisait ressortir l'éclat de celles-ci. C'était comme un immense bouquet d'épaules nues émergeant des soies de couleurs claires. Sur cette chair les feux blancs des diamants, le scintillement barbare des rubis, le froid reflet des émeraudes, la douceur des perles caressant les poitrines conféraient à ces femmes et par ricochet à toute cette assemblée une sorte de noblesse, provisoire peut-être, mais évidente. Ce n'étaient pas des créatures de chair et de sang, mais les

450

personnages d'un tableau, des gens qui ne marchent jamais dans la rue, n'attrapent pas de rhume de cerveau et ne transpirent pas l'été en grimpant les pentes de Montmartre. Tous ces gens avaient leurs lorgnettes braquées sur mon père qui ne s'en apercevait même pas. Gabrielle pensait qu'ils le reconnaissaient et se lamentait sur sa tenue : « Une vareuse avec des taches de peinture et une casquette de cycliste, de quoi avons-nous l'air ! » Ma mère sourit, amusée de cette confiance en la gloire du « patron ». Missia mit les choses au point. « Il n'y en a pas la moitié qui connaissent le nom de Renoir, mais si on leur amenait le Titien personne ne saurait qui il est ! » Renoir fut transporté par le spectacle, et Edwards fut heureux de le voir heureux. On donnait *Petrouchka*. Je ne sais plus si c'est ce premier soir que nous vîmes *Le Spectre de la Rose*, et Nijinski traverser la scène ; « comme un oiseau », dit Gabrielle. « Comme une panthère ! » dit mon père.

Après avoir ciselé pendant quarante ans des timbales et des couverts, mon oncle Henri avait atteint l'âge de la retraite et vivait avec sa femme Blanche dans une petite villa de Poissy. Ayant des loisirs il put refaire connaissance avec ce jeune frère qu'il avait poussé à devenir artiste il y avait de cela une cinquantaine d'années et dont maintenant tant de gens parlaient, quelques-uns avec admiration, beaucoup d'autres avec désapprobation. Après quelques visites rue Caulaincourt, Henri et Blanche décidèrent qu'ils ne comprenaient rien à la peinture d'Auguste, mais que ça devait être beau puisque ça se vendait au point de lui permettre ce vaste atelier, cet appartement confortable, une maison à Essoyes et des voyages dans le Midi. Renoir était heureux de revoir son frère dont il considérait la vie comme une réussite parfaite. La maison de Poissy l'enchantait comme un harmonieux symbole du bonheur bourgeois. Les parquets et les meubles Renaissance de chez Dufayel étaient cirés comme des miroirs ; ce n'étaient que rideaux à franges, bibelots délicats, tableaux représentant des scènes de pièces de théâtre. J'ai déjà parlé des animaux favoris du couple : le fox-terrier à poils courts Le Roi, puis le serin Mayol, trônant au milieu des tabatières à musique et des souvenirs de l'Exposition de 1900. Marie, la fidèle servante, passait sa vie à faire reluire les chenets au tripoli et à effacer avec un chiffon de laine les traces des pas des visiteurs. Des salamandres étincelantes de nickel répandaient leur chaleur anémiante dans ce nid douillet. Dans la cheminée passée à la mine de plomb, les bûches avaient été remplacées par une corbeille de fleurs artificielles. Je me souviens aussi d'un rouet orné de rubans roses. La cuisine de Marie était dans le genre compliqué mais délicieuse : bouchées à la reine, vol-au-vent, potages bisques, profiterolles, œufs à la neige, arrosés de vieux bordeaux dont la bouteille reposait dans un panier. Je n'avais jamais vu le vin servi avec tant de déférence, et cela m'épatait bien.

Cette reprise de relations eut lieu avant mes débuts à Sainte-Croix. Mon oncle et ma tante s'intéressèrent beaucoup à moi. Ils admettaient que je n'aille pas à l'école. Henri n'avait-il pas eu chez Odiot un collègue qui savait à peine lire et écrire et qui avait fort bien réussi dans la gravure ? Mais ils ne comprenaient pas que mes parents, vivant à Paris, me laissent dans l'ignorance du théâtre et surtout du café-concert. Ils offrirent de me prendre avec eux tous les jeudis en matinée et d'aider à réparer cette lacune. Mon père et ma mère acceptèrent avec joie malgré les objections de certains amis qui craignaient pour mes jeunes oreilles la succession de grossièretés qui constituait alors l'essentiel de la chanson française. Renoir ne croyait pas à l'efficacité du fruit défendu. « S'il ne l'avait pas été, Adam ne l'aurait même pas regardé ! » Quelques jours plus tard, un peu ému, me cramponnant au bras de la tante Blanche, je faisais mon entrée à la Scala où j'entendis Polin, sans bien comprendre les allusions qui secouaient la salle de rires ininterrompus. L'expression « café-concert » avait encore son entière signification. Le long des dossiers des fauteuils courait une étroite étagère sur laquelle le spectateur de la place de derrière pouvait poser sa consommation. Pendant le spectacle, les garçons circulaient sans arrêt et servaient. « Garçon, une anisette... garçon, un mazagran... — Boum voilà ! » Les ordres se croisaient couvrant les couplets de « l'ingénue villageoise » ou du « comique idiot ». Seules les grandes vedettes bénéficiaient de l'attention silencieuse du public. Je ne puis résister à mon envie de vous donner une idée d'une chanson de l'époque, prise parmi cent autres analogues : un monsieur est assis au théâtre à côté d'une dame et derrière une colonne qui les empêche de voir le spectacle ; à la dame qui se plaint il propose de montrer une autre colonne.

> Si vous voulez la voir
> Venez chez moi ce soir
> J'veux bien vous la prêter
> Mais faut pas l'abîmer.

Mon oncle Henri but un bock, ma tante et moi-même dégustâmes une grenadine. J'étais si heureux de cette sortie que mes parents décidèrent de la doubler d'une séance dominicale et hebdomadaire au Théâtre-

Montmartre en compagnie de Gabrielle. C'est à ces sages décisions que je dois de connaître le répertoire délicieusement ordurier des chanteurs du début du siècle, et à peu près tous les mélodrames de la grande époque que l'on jouait encore au Théâtre-Montmartre.

La mort de mon oncle Henri, en 1903, fut aussi simple que sa vie. Blanche et lui venaient de finir le déjeuner et digéraient béatement, bien calés dans les fauteuils de velours broché de leur salon. Elle racontait à son mari que Le Roi avait essayé de mordre le facteur. Il ne répondait pas, semblant dormir. « Allons, ne fais pas le gaga », lui dit-elle. Il était mort.

Nous voyions moins souvent ma tante Lisa. Nos dernières relations suivies avec elle remontent à 1900, lorsque mon père passa une partie de l'été à Louveciennes. Ma mère avait trouvé à louer une charmante maison perdue dans le feuillage, pas trop loin de la gare. Le jardin assez grand descendait en pente douce jusqu'à un vieux mur par-dessus lequel on pouvait deviner la maison voisine inhabitée. Je grimpais souvent par-dessus cet obstacle et jouais à la jungle de l'autre côté. J'en oubliais l'heure des repas, tellement l'endroit me fascinait, et Gabrielle devait venir m'y chercher. Ma mère était déjà trop lourde pour cette escalade. Renoir partageait mon enthousiasme pour cet enclos, et il conseilla au docteur Baudot de l'acheter. C'est ainsi que ma marraine Jeanne connut Louveciennes. Elle devait mourir dans cette maison où tout lui rappelait Renoir. Il y a trois ans qu'elle est allée retrouver celui qui avait donné un sens à sa vie. Pas un seul jour, depuis que jeune fille elle était allée planter son chevalet à côté du sien, elle ne s'était écartée de son souvenir, pas un seul jour elle n'avait été infidèle au culte de ce magicien affectueux qui lui avait révélé la lumière, la couleur et la forme.

La maison de ma tante Lisa était de l'autre côté du village. Quelquefois, mon oncle Leray passait par chez nous et lançait d'un ton définitif : « Demain je vous invite à déjeuner. Rôti de veau ! Midi tapant ! » Leur maison qui m'avait semblé somptueuse quand j'étais tout petit me paraissait décrépite. Peut-être, du temps de la grand-mère, les Leray n'osaient-ils pas trop se laisser aller. Maintenant, une épaisse couche de poussière recouvrait les meubles pour l'éternité. Lisa disait franchement qu'elle n'aimait pas faire le ménage. D'ailleurs elle n'en avait pas le temps. Sa soif de dévouement n'avait pas diminué, et elle passait sa vie au chevet des malades. Elle s'intéressait surtout aux femmes en couches, faisant pour elles ce qu'elle refusait de faire dans sa maison, essuyant les meubles dans les plus petits recoins, vidant les cendres de la cheminée, coulant la lessive et mitonnant la cuisine. Tous les fruits, légumes, poules et lapins de leur petit jardin passaient en charités. Pendant ce temps, Leray parcourait les rues du village en quête d'un interlocuteur, ou plutôt d'un auditeur. Quand il en avait trouvé un, il lui faisait part de ses idées politiques, tapant dur sur le ministre Delcassé qu'il appelait « le pommadé ». Une de ses victimes favorites était Catherine, la bonne des Baudot. Quand nous arrivions pour déjeuner, la maison était vide. Les Leray ne fermaient jamais la porte à clef, et nous entrions. Mon grand jeu était de sauter sur le canapé qui avait été rouge et d'en faire sortir un nuage de poussière. « Assez ! » disait ma mère d'un ton qui laissait présager une possible fessée. « Laissez-le jouer, répondait Lisa qui enfin faisait son apparition, il fait le ménage ! » Vite elle envoyait « Charles » acheter le rôti de veau. L'un et l'autre avaient oublié leur invitation. Mon oncle partait immédiatement. « Cinq minutes et je suis de retour. Tu peux allumer le feu. » Hélas ! c'était la belle saison, et sur son chemin toutes les fenêtres étaient ouvertes, laissant apercevoir les gens sirotant leur café après le repas. Une atmosphère de détente flottait autour des tables. « Vous avez lu dans le journal... ? » lançait notre commissionnaire. C'était le doigt dans l'engrenage. A quatre heures, si l'on avait de la chance, il revenait avec le rôti de veau. Parfois il ne revenait qu'à la nuit. Mon père nous avait depuis longtemps emmenés déjeuner à l'auberge voisine. C'était une fête pour Lisa. « Comme cela, je n'aurai pas à faire la vaisselle. » Comme si cette question l'eût jamais troublée. Au moment de se mettre à table, chacun tirait une assiette du tas de vaisselle ignoré depuis le dernier repas et la passait sous l'eau. « J'ai encore oublié de faire la vaisselle. En vieillissant je perds la tête. » Leray, son morceau de veau à la main, se sentait tout penaud. Un jour, Renoir lui apporta un faux saucisson de bois peint, tellement bien imité qu'il brisa dessus la lame d'un couteau. Il était furieux. C'était un brave homme, et mon père aimait à le taquiner. « Ce Delcassé, à part son faux col qui est un peu haut, il paraît que c'est un véritable homme d'État ! » Leray devenait tout rouge et tapait du poing sur la table. Pour se faire pardonner ses plaisanteries, Renoir lui commanda une barrique de vin de Bordeaux. Lisa invita tout le quartier à boire. Le tonneau fut bientôt vide.

L'été tirant à sa fin, ma mère voulut rassembler des toiles que Renoir avait peintes aux environs et laissées chez sa sœur en attendant le retour à Paris. Impossible de retrouver ces tableaux ! Elle eut l'idée de monter au grenier et vit que plusieurs d'entre eux avaient été

456

employés à boucher les trous du toit. Soupçonneuse, elle continua son investigation et, dans le fond du jardin, trouva d'autres toiles avec lesquelles Leray avait fait des cabanes à lapin. Elle ne lui envoya pas dire sa façon de penser. Leray écouta ces reproches avec la plus grande stupéfaction. « Qu'est-ce que ça peut faire à Renoir... Il peint cela en rigolant. Ça n'est pas de la peinture sérieuse. En quelques jours, il en aura refait d'autres ! » Et il ajouta que la toile et l'huile de lin servant à ces bêtises étant de première qualité, ses lapins ne risquaient pas d'être mouillés par la pluie !

Pour compléter ce tableau de famille, je dois ajouter quelques renseignements sur l'heureuse destinée de l'oncle Edmond. Peu à peu il se désintéressait du journalisme et de la littérature en général au profit d'une autre passion. Il avait découvert la pêche à la ligne. Il s'y consacra totalement et devint un champion de ce sport. Il inventa même une canne à pêche qui porte son nom. Encore maintenant la canne Renoir compte des partisans. Il devait finir ses jours dans une jolie auberge au bord de l'Oise dans laquelle il accueillait les amateurs de rivière. Une charmante jeune femme l'aida à parcourir la dernière étape d'une verte vieillesse. Elle était jalouse des jeunes pêcheuses qui recherchaient la compagnie de ce robuste patriarche. Ce fut la seule agréable complication des dernières années de cet aimable philosophe.

Un soir, rue Caulaincourt, nous finissions à peine de dîner quand des cris nous parvinrent de l'extérieur. Une fumée s'élevait des buissons de roses sauvages. Bientôt les flammes furent visibles, semblant sauter d'une baraque à l'autre. Le Maquis brûlait. Ses habitants couraient comme des fous, essayant de sauver leurs biens. Les tables, chaises, matelas, glaces, s'empilaient au milieu de la rue, gênant le travail des pompiers. Des poules, des lapins, des chèvres fuyaient sur le trottoir. Bientôt tout le Maquis ne fut plus qu'un immense brasier. La concierge vint nous dire de fermer nos volets de fer, ordre des pompiers. La chaleur était telle que le feu aurait pu gagner les immeubles de notre côté de la rue. Mon père voulait nous emmener tous coucher à l'atelier. La rue était tellement encombrée que les agents interdisaient aux habitants de sortir de chez eux. Il fallut rester. A travers les fentes des volets fermés, nous ne pouvions que deviner le rouge de l'incendie et entendre la rumeur traversée de cris. Gabrielle voulait « voir », mais ses tentatives de sortie n'eurent aucun succès. Ma mère essaya de nous envoyer coucher. Nous étions trop énervés pour dormir. Elle se mit à écrire quelques lettres. « Tu vas te crever les yeux ! » lui dit Renoir qui haïssait toute occupation à la lumière artificielle. Il s'amusa avec son bilboquet et finalement demanda à Gabrielle de nous raconter *La Commère la Bique*. C'était une vieille histoire datant des veillées dans les chaumières. Il y est question d'un loup qui, déguisant sa voix, se fait prendre pour la maman chèvre. Un biquet donne le secret de l'ouverture de la porte : « Tire la bobinette et la chevillette cherra » ; en français moderne : Tire la poignée et la cheville tombera. Le méchant loup pénètre chez les biquets et les dévore tous. Je mourais de peur à ce récit souligné du grondement de l'incendie. Je croyais que la cabane des biquets était dans le Maquis et allait brûler avec eux dedans. Le lendemain, le Maquis et ses fleurs étaient remplacés par des charbons fumants. Quelques semaines plus tard, les machines excavatrices labouraient le sol encore noir. On venait d'inventer un système de piliers en ciment armé qui permettait l'érection de bâtiments élevés là où autrefois l'instabilité du terrain ne permettait que des constructions légères. Les habitants du Maquis avaient des baux à très bas prix mais à très long terme. Seule la clause de destruction pouvait faire cesser leur droit de rester chez eux. L'invention de ces pilotis faisait rêver les spéculateurs. Mais les maquisards tenaient bon et refusaient de s'en aller. On leur avait offert des indemnités. En vain ! Ils aimaient leur village de planches et de roses. Cet incendie dû au hasard tombait à pic.

Nous partîmes dans le Midi. Quand nous revînmes, les immeubles à six étages attendaient leurs locataires. La rue Caulaincourt, à l'exemple des autres rues de Paris, ressemblait à un puits.

Le grand drame de la vie de Renoir continuait à se jouer. A chaque épisode, la situation empirait. La paralysie gagnait par à-coups. Ce fut du jour au lendemain le passage d'une canne à deux cannes. Puis, les doigts de la main se déformant, vint l'abandon du bilboquet, suivi de celui de la petite bûche. En 1901 il mit tout son espoir en une cure à Aix-les-Bains. C'était l'année de la naissance de mon petit frère Claude. L'accouchement eut lieu à Essoyes où je restai avec ma mère. Gabrielle fut chargée d'accompagner le patron et de veiller à ce qu'il suivît son traitement. Renoir revint en s'appuyant plus lourdement sur ses cannes qu'il ne devait quitter que pour une paire de béquilles. En 1904, un souffle d'optimisme le mena à Bourbonne-les-Bains. Ce fut mon premier voyage seul à bicyclette. J'avais dix ans. Je me gonflais d'orgueil en pédalant sur mon vélo nickelé à roue libre et la nuit en allumant ma lanterne à acétylène. J'étais si heureux de cette lanterne que j'attendais le soir avec impatience pour la faire fonctionner devant mon père. Il feignait de partager mon sentiment et disait : « La belle lanterne ! » Ma mère et Gabrielle se plaignaient de l'odeur d'ail du carbure de calcium. On avait expédié par le train le vélo miniature de Claude âgé de trois ans, une vraie bicyclette, pas du tout un jouet d'enfant. Il était très adroit et avait grand succès en « faisant le cirque » devant les « baigneurs » tous plus ou moins impotents. Il lâchait son guidon, se tenait debout sur le cadre, pédalait en arrière, au grand ennui de notre père qui craignait toujours « l'accident qui déforme ou simplement fait saigner ».

Renoir se plaisait à Bourbonne qui n'avait pas du tout le genre ville d'eau et était resté un gros village, avec tout le caractère des agglomérations de l'Est de la France, une sorte d'Essoyes un peu plus ville. Les murs des maisons étaient en pierres irrégulières, les toits en tuiles bourguignonnes. Les vaches se promenaient dans les rues. L'hôtel des Bains était un vieux bâtiment de belle allure, le parc ombragé d'arbres magnifiques. Ce qui avait surtout conquis Renoir, c'étaient les baignoires de l'établissement. Elles étaient taillées dans le marbre, « une matière qui ne glisse pas », et dataient de Mme de Sévigné. La bonne dame était aussi venue à Bourbonne soigner ses rhumatismes. J'ai dit l'aversion de Renoir pour les baignoires émaillées, « responsables de tant de crânes fendus » ! Hélas ! tous ces atouts se montrèrent insuffisants. Il termina sa cure sans avoir ressenti d'amélioration.

Cette menace de paralysie complète marchait de pair avec un redoublement de son activité. Albert André, qu'il aimait comme un fils et qui le lui rendait bien, parla souvent de cet épanouissement coïncidant avec la progression du mal. Ceux qui ont vécu avec lui savent que chaque étape de cette victoire sur la matière s'accompagna d'une défaite physique, de l'arrêt de quelque muscle, d'une peine supplémentaire.

Maintenant qu'il pouvait à peine se déplacer, le « bouchon » entrevoyait l'immensité de l'océan qui l'attendait au bout du cours sinueux d'une vie bien remplie. Artisan parmi une infinité d'autres artisans, il espérait terminer la tâche qui lui était assignée dans la construction de cette immense cathédrale, éternellement en chantier, qu'est le monde où il nous est donné de vivre. Il aurait eu la chance d' « ajouter son petit chapiteau ». Il s'agissait de surnager jusqu'au bout ; il s'agissait de vivre.

Dès que l'automne montrait l'oreille, nous partions dans le Midi. On m'avait retiré de Sainte-Croix où j'étais malheureux. La gloire attachée à la fameuse casquette avait sombré devant un inconvénient auquel je n'arrivais pas à m'habituer. Matériellement mes parents m'avaient appris à ne pas être difficile. Aussi le lit du collège, la nourriture me satisfaisaient-ils complètement. Mon attitude était en contradiction avec celle de pas mal d'élèves qui jugeaient de bon ton de trouver ce lit trop dur et cette nourriture immangeable. Mon père à qui je m'en étonnai me dit que c'était une réaction contre la pauvreté de leurs menus familiaux. En méprisant les haricots de Sainte-Croix ils se convainquaient que chez eux on ne vivait que de foie gras. « Seulement, ne va pas les imiter, parce que c'est tout de même un peu mufle ! » L'inconvénient qui détruisait pour moi tous les autres possibles avantages était la saleté des cabinets. Ils étaient immondes. Mes condisciples les plus raffinés, ceux qui se mettaient du cosmétique sur les cheveux, trouvaient ça tout naturel. Comme si la marque d'un tel lieu eût été d'être immonde ! Je n'osais même pas y pénétrer. Je me retenais tant que je pouvais, et quand je n'y tenais plus j'allais la nuit me soulager sur une pelouse, tremblant d'être surpris. J'en devins malade. J'avouai tout à mes parents qui me reprirent à la maison. Mon engouement pour la casquette avait sombré dans mon dégoût.

Une autre différence qui me séparait de mes condisciples était leur attitude devant les questions sexuelles. La vue de photographies représentant des femmes nues les plongeait dans un état d'excitation incompréhensible pour moi. Ils se les passaient en cachette, s'enfermaient dans les cabinets pour les contempler longuement. Certains se masturbaient furieusement devant ces représentations d'un paradis bien terrestre mais encore lointain. Les bons pères ajoutaient à l'intérêt de ces images en les pourchassant, les confisquant et en punissant leurs détenteurs. Je ne savais que penser. Depuis ma naissance je voyais mon père peindre des femmes nues, et pour moi cette nudité était un état tout naturel. Mon indifférence me valut une réputation de blasé absolument imméritée du fait que le mystère n'existait pas pour moi. J'avais su très jeune que les enfants ne naissent pas dans les choux. J'étais d'une innocence stupéfiante.

Du collège je ne regrettai que mon premier ami, Jacques Mortier. Mais je devais le retrouver dans la vie et notamment durant un autre séjour à Sainte-Croix que je fis plus tard, à un âge où j'étais plus aguerri, et à une époque où les lieux d'aisance se trouvèrent convenablement nettoyés, ce dont mon père alla s'assurer lui-même.

Le parloir était une grande pièce solennelle et sombre où quelques portraits d'ecclésiastiques semblaient surgir comme des ectoplasmes du noir des soutanes et des fonds de bitume. Le dimanche, cette pièce s'animait au papotage des mamans qui discutaient de la dernière mode. Quand mon père venait me chercher, sa présence semblait déplacée au milieu des autres parents. Sa vareuse à col fermé, ses cheveux un

462

peu trop longs sous son chapeau de feutre mou contrastaient étrangement avec les cols empesés, les cravates de soie sombre, les moustaches cirées et les pantalons au pli impeccable des pères normaux. Instinctivement les groupes s'éloignaient de cet habitant d'une autre planète. Tandis que je l'embrassais, je me sentais gêné par les regards étonnés de mes camarades. Renoir ne m'avait pas encore raconté ses diverses mésaventures avec la foule et je ne comprenais rien à son attitude. Un lundi, après la première classe, pendant la petite récréation de dix heures, un certain Roger s'approcha de moi. Il était le fils d'un gros épicier du quartier de l'Opéra. Son père avait une villa à Trouville. Comble du « superchic », sa mère avait été opérée de l'appendicite par le grand chirurgien Doyen. Des gens tout à fait « dans le train »! Les autres garçons firent cercle autour de moi. Roger sortit deux sous de sa poche et me les tendit. « Tiens, dit-il, tu les donneras à ton père pour qu'il puisse se faire couper les cheveux. » J'aurais dû prendre les deux sous et remercier. Mes parents m'avaient appris qu'il n'y a pas de honte à recevoir une aumône. Mais c'était la première fois que j'entendais critiquer mon père. Je sentis une chaleur intense me monter à la tête. Pendant quelques secondes les arbres de la cour et les figures de mes camarades se voilèrent. Puis je me précipitai sur le blasphémateur avec une telle furie que, surpris, il se défendit à peine. Il roula à terre et je continuai à frapper. Je l'empoignai à la gorge et sans l'intervention de deux ou trois frères je l'aurais probablement étranglé. Je comparus devant le préfet des études qui ne comprit rien à cette histoire de cheveux et m'envoya me reposer quelques jours chez mes parents. C'était toujours cela de gagné. Quand je revins je m'aperçus avec surprise que je jouissais de la considération générale. Roger me serra la main. « Il fallait le dire que ton père est un artiste ! » Cela fit bien rire Renoir quand je le lui racontai le dimanche suivant. Je comprends maintenant que ce rire était un renoncement. La vie lui avait appris que son désir de jeune apprenti peintre en porcelaine de passer inaperçu en accomplissant tranquillement sa besogne ne deviendrait jamais réalité. « Le danger, m'expliquait-il plus tard, est qu'on se monte le cou. On risque de devenir un isolé orgueilleux. » Comme s'il n'avait pas possédé la meilleure assurance contre ce risque : sa passion des êtres et des choses de ce monde. Le malentendu n'était pas seulement dans sa tenue. Il venait de ce que sa vision de la vie n'était pas celle des autres et que les gens devinaient vaguement l'existence d'un fossé. Qu'auraient dit les parents de Sainte-Croix s'ils avaient pu voir sa peinture ? Ses dernières œuvres ne sont encore comprises que de très peu de nos contemporains. C'est une constatation qui me réjouit et me donne la sensation qu'il est encore là, jeune, vivant et, malgré son désir de « rester dans le rang », qu'il n'a pas fini « d'épater le bourgeois » !

Son désir de « faire comme tout le monde » l'avait incité à envoyer une toile à l'Exposition universelle de 1900. « Ça passera inaperçu à côté de la tour Eiffel, mais je n'aurai pas l'air de me singulariser ! » J'avais six ans, et la seule chose dont je me souvienne de cette Exposition est une ascension sur la fameuse tour avec mon frère Pierre, Gabrielle et la Boulangère. Nous montâmes jusqu'en haut. Il faisait beau. Pierre m'énumérait les monuments qui avaient l'air de nous être offerts dans un écrin de verdure. Il y avait encore beaucoup d'arbres à Paris. Nous admirions, respirions à pleins poumons l'air pur des sommets. Tout allait très bien quand mon frère eut la malencontreuse idée de rappeler à la Boulangère qui regardait les piétons en bas sur le trottoir et les comparait à des fourmis que nous les dominions de trois cents mètres. Elle eut un étourdissement et cria : « Trois cents mètres, c'est trop ! J'ai le vertige... j'ai le vertige ! » Aussitôt j'eus l'impression qu'une force irrésistible m'attirait vers le vide. Je me cramponnai à une balustrade, fermai les yeux et refusai de bouger. Il fallut que Pierre et Gabrielle me descendent de force. Ma mère pour me redonner du courage m'emmena voir « Vercingétorix » à l'Hippodrome : cinq cents figurants habillés en Gaulois et en Romains, des charges de cavalerie, le siège d'Alésia et Vercingétorix enchaîné n'en défiant pas moins César. Je sortis de là me dressant sur mes ergots, prêt à provoquer le premier passant qui eût osé sourire de mes boucles rousses. Renoir se tordait. Il eût été bien embêté d'avoir un fils qui soit un véritable héros.

En cette même année 1900, le gouvernement de la République décida de lui donner la Légion d'honneur. Cette distinction l'ennuya profondément. En acceptant il semblait pactiser avec l'ennemi, reconnaître l'art officiel, le Salon, les Beaux-Arts, l'Institut. En refusant, il faisait ce qu'il haïssait le plus au monde, un geste théâtral. Arsène Alexandre, l'écrivain, qui fréquentait assidûment la maison, lui fit remarquer que son acceptation de la Légion d'honneur ne le naturaliserait nullement « officiel » et que les prix de Rome ne lui en ouvriraient pour cela ni leurs bras ni leurs cœurs. Renoir hésitait encore, se remémorant l'attitude de ses amis à l'égard des « honneurs ». Il avait perdu Sisley l'année d'avant. Cézanne était plutôt impressionné par une décoration « inventée par Napoléon qui après tout n'était pas un jean-foutre ». Pissarro, rencontré par hasard dans le hall de la gare

Saint-Lazare, rigola et dit que la Légion d'honneur n'avait plus d'importance puisque tout le monde l'avait. Restait Monet, le compagnon des années maigres, l'ami qui avait partagé les haricots et les lentilles, qui avait vingt fois arrêté le jeune Renoir sur la pente du découragement! Finalement mon père accepta et écrivit la lettre suivante à Monet : « Mon cher ami. Je me suis laissé décorer. Crois bien que je ne t'en fais pas part pour te dire si j'ai tort ou raison, mais pour que ce bout de ruban ne se mette pas en travers de notre vieille amitié... » Puis, quelques jours plus tard, ces quelques mots : « Je m'aperçois aujourd'hui, et même avant, que je t'ai écrit une lettre stupide. Je me demande un peu ce que cela peut te faire que je sois décoré ou non... »

Au début de sa vie il avait cru que les choses changeraient le jour où les récompenses et les médailles seraient décernées par des nouveaux venus, animés d'un esprit de justice et de liberté. Il savait maintenant que la corruption est inhérente au pouvoir, pire, la stupidité! Aussi loin que je puisse me souvenir, mon père vécut à l'écart non seulement de tout ce qui était officiel, mais de tout ce qui était organisé. Il ne luttait pas, il plongeait sa tête dans le sable, « d'accord avec l'autruche, un animal bien plus malin que ne le fait supposer son long cou! ». Il admettait l'existence des gouvernements, des compagnies de chemins de fer, des journaux, et de l'académie des Beaux-Arts. Il admettait aussi la pluie. Mais, sauf quand elle lui tombait sur la tête, il préférait oublier son existence, comme il oubliait celle de ses rhumatismes quand ils ne le faisaient pas hurler de douleur. Il savait que les nouvelles associations artistiques, comme les Indépendants, dus à une idée de Seurat, ou le Salon d'Automne, dont la création fut avant tout un hommage à son talent, n'aideraient pas plus les jeunes peintres que ne l'avaient fait les Beaux-Arts ou l'Institut. Du moment qu'il y avait un comité, et des discussions de messieurs en faux col autour d'un tapis vert, il n'y croyait plus. « Et le jour où ils retireront leur faux col et discuteront en bras de chemise, ils seront tout aussi impuissants. » Pour lui, la seule façon d'aider l'art de la peinture était non pas de discuter, d'organiser et de récompenser, mais de peindre. « Et pour ceux qui ne peignent pas, d'acheter ! » Le Salon d'Automne lui était plus sympathique à cause de ses nombreux jeunes amis qui y exposaient. Mais il n'y croyait pas plus qu'au reste.

En 1904 on y organisa une rétrospective de toute son œuvre. Le succès fut tel que lui-même en fut ému. Pendant quelques jours il en oublia l'échec de sa cure à Bourbonne-les-Bains.

En 1905, au retour d'Essoyes, une crise le força à garder le lit plusieurs jours. Quand il se leva il eut du mal à se traîner jusqu'à son atelier. La bonne chaleur du Midi lui manquait. Cependant il ne pouvait se résoudre à abandonner Paris complètement. Les rangs de ses camarades de jeunesse s'éclaircissaient. Pissarro mourut en 1903, Cézanne en 1906. Mais il y avait les jeunes, d'Espagnat[1], Valtat[2], Bonnard, Vuillard, surtout Albert André et sa femme Maleck. Ces gens merveilleux furent la joie des dernières années de Renoir. Je pense même qu'Albert André fut le seul ami à bien connaître « le patron », à le comprendre complètement pendant la période qui précéda et suivit notre installation boulevard Rochechouart. C'est en 1911 que ma mère décida du déménagement. L'année d'avant, mon père se sentant mieux nous avait tous

1. et 2. Peintres français influencés par Renoir.

emmenés passer l'été aux environs de Munich avec nos amis Thurneyssen. Son amélioration avait été telle qu'il était revenu aux deux cannes et avait espéré abandonner les béquilles pour toujours. Hélas ! revenu dans le Midi, le « retour de bâton » fut tel qu'il dut renoncer à marcher. Ma mère lui acheta un fauteuil roulant. Elle m'emmena avec elle à Nice quand elle fit cette commande. Elle n'était pas sentimentale. Ce jour-là, dans le tramway, de grosses larmes roulaient le long de ses joues. Renoir ne devait plus jamais se servir de ses jambes.

L'appartement du boulevard Rochechouart était au premier étage. L'escalier était facile et permettait de monter mon père en le portant à deux sur une sangle. Comme vous le savez, puisque c'est dans ce cadre que je vous ai présenté Renoir au début de ce récit, l'atelier était de plain-pied avec l'appartement. Il n'utilisait l'escalier que le jour de son arrivée et celui de son départ. Mais, avant d'en arriver aux années d'immobilité, je dois donner quelques détails sur le répit qui précéda immédiatement cette épreuve.

Notre séjour en Bavière fut merveilleux. Nous avions loué à Wesling une petite maison qui donnait directement sur le lac. Le retour aux deux cannes nous semblait le symbole de la santé retrouvée. Renoir était souvent de nos promenades en barque ou de nos réunions dans la forêt. Ma mère avait amené Renée Rivière, pas encore mariée, et invité Paul Cézanne qui ne put venir, retenu à Paris par des complications d'ordre sentimental dont il voulait sortir avant de se déclarer à Renée. Mon frère Pierre était avec nous. Après Sainte-Croix, il était entré au Conservatoire, en était sorti avec un prix et était maintenant un véritable acteur, jouant à l'Odéon sous la direction d'Antoine. Mon père avait essayé de le détourner de cette carrière

« où on ne crée que du vent, où rien ne reste, tout est provisoire... ». Mais la vocation de son fils aîné était évidente et il s'inclina. Il avait même mis sa Légion d'honneur — à l'instigation de Gabrielle — pour une rencontre avec Antoine, lui-même décoré et qui aurait pu voir une critique dans l'absence du ruban à la boutonnière de son interlocuteur.

Mon frère Claude avait neuf ans, le fils Thurneyssen, Alexandre, douze ans, j'en avais seize. Notre groupe comprenait aussi des jeunes gens et des jeunes filles de Munich, amis des Thurneyssen. On faisait beaucoup de musique. Mühlfeld, chef d'orchestre connu, donnait des leçons de chant à Renée, et à moi des leçons de trompette. Il prétendait que cet instrument primitif, à la condition de ne pas être à pistons, constituait la meilleure introduction aux grands maîtres. Nous allions à la cueillette des myrtilles, nous buvions de la bière, Renée chantait, et je faisais retentir l'écho de la forêt bavaroise de mes éclats cuivrés. Renoir peignait Mme Thurneyssen qui était ravissante, Alexandre beau comme un berger grec et que d'ailleurs il représenta en berger, et M. Thurneyssen qu'il jugeait très intéressant. De temps en temps des querelles horribles éclataient entre Mühlfeld et Renée. Il s'indignait que la détentrice d'une pareille voix fût aussi peu désireuse de la consacrer au culte de Mozart et de Bach. Mais Renée, aux sévères leçons du kapelmeister, préférait nos randonnées sur le lac. Mühlfeld devenait écarlate. Renoir prétendait qu'un jour il allait faire explosion. D'autant plus que pour se calmer il entonnait force cruches de bière brune. A cette époque, le « masskrug » n'existait pas au-dessous d'un litre. Un jour, après une fausse note, n'y tenant plus, il voulut battre Renée à coups d'archet de contrebasse. Elle se sauva et tomba dans le lac. Elle ne savait pas nager, et son professeur dut plonger tout habillé pour la tirer de là.

Avant de se fixer à Cagnes où nous attendaient les Deconchy qui s'y étaient construit une maison de style provençal, Renoir essaya plusieurs endroits du Midi. J'ai parlé des environs de Grasse. Nous vécûmes aussi dans le centre même du village de Magagnosc, au Cannet, à Nice même. Mes souvenirs de ces habitations sont confus parce que les séjours que mes parents y firent correspondent à mes vagues années de collège. Non pas que ce collège ne fût coupé de fréquents séjours à la maison. De temps en temps, j'en avais assez et je m'échappais. J'arrivais chez nous affamé, couvert de poussière, ayant fait le chemin à pied. Ma mère haussait les épaules. Mon père en concluait que j'étais destiné à exercer un métier manuel plutôt qu'une carrière intellectuelle. Et il spéculait sur le genre de gagne-pain auquel ma nature me prédestinait. C'est ainsi que dans son imagination je fus successivement forgeron, musicien — ma mère me fit apprendre le piano —, dentiste, menuisier, garde-chasse et pépiniériste. Il était contre le commerce « pour lequel il faut vraiment être doué », aussi bien que contre le métier de plombier parce qu'il craignait les explosions de lampes à souder. Et sans parler des explosions, cette flamme bleue, presque invisible, l'inquiétait. « Tu es distrait, tu mets le pied devant et tu es brûlé ! » Il rêvait d'un monde où l'on aurait le droit d'être distrait. Mes souvenirs de cette époque sont peu nombreux. La maladie de mon père était un fait acquis. Nous étions installés dans cet état de choses que je croyais immuable. Pour Renoir il ne l'était pas, car, après les jambes, c'étaient les bras qui se déformaient, et il envisageait avec terreur le jour où il ne pourrait plus tenir son pinceau.

470

Je revois le jardin du Cannet, des palmiers, des orangers, Théodore de Wyzeva et sa fille Mimi. Comme dans un brouillard je devine Mme de Wyzeva qui était très malade. Mon père, qui pestait contre les « intellectuels », éprouvait une vive amitié pour cette famille vraiment intellectuelle. Wyzeva était né en Pologne. Étant jeune, pour vivre il donna des leçons d'allemand. Il ne parlait pas cette langue, mais c'était une occasion de l'apprendre. Ensuite il devint le secrétaire d'un évêque *in partibus,* personnage important dans les services diplomatiques du Vatican. Très religieux, Wyzeva n'admettait pas le réalisme parfois assez peu chrétien de son maître. « Mais, monseigneur, je vous affirme que Dieu existe ! » lui dit-il un jour en réponse à une considération d'un matérialisme qu'il jugeait outrancier et faux. Il écrivit en 1886 un article sur Seurat le mettant en garde contre l'introduction de données scientifiques dans le domaine de l'art. Renoir admirait surtout sa traduction de la *Légende dorée* de Jacques de Voragine. Il disait : « Je ne connais personne qui écrive le français aussi délicieusement que Wyzeva. » Mimi était plus âgée que moi et m'impressionnait. Quand elle paraissait, je courais me laver les mains, et allais même jusqu'à me passer un coup de peigne. J'en étais secrètement amoureux.

Mes souvenirs de Magagnosc se bornent à mon grand ami Aussel qui avait un tricycle et à ma première cigarette que me passa un autre ami et qui me fit vomir. Le dialogue qui précéda cette expérience est assez net dans mon esprit. « Tu fumes ? — Des cigarettes en chocolat ! — Tu es un couillon. Tiens, je vais t'en rouler une. » Ce fumeur endurci devait avoir huit ans.

Le climat le plus favorable à mon père était celui de Menton. La montagne protège cette ville comme un

paravent. Dans cette serre naturelle il avait la sensation de « cuire ses rhumatismes au soleil ». Mais,
avant la Première Guerre mondiale, cette petite ville,
précisément à cause de cette bonne chaleur, était
bourrée d'Anglais tuberculeux. Nous savons que
Renoir n'aimait pas les touristes. Il supportait encore
moins les touristes malades. A part Bourbonne-les-
Bains, vestige du XVIIe siècle, la simple idée d'une ville
d'eaux le plongeait dans un abîme de tristesse. Je me
souviens d'un essai de séjour à Vichy. Il n'arrêtait pas
de bâiller et n'ouvrit même pas sa boîte de couleurs.
Ma mère dut organiser l'évacuation de la famille dans
le plus bref délai. Nous avions déjà une automobile et
nous pûmes aller coucher à Moulins. « N'importe où,
dit Renoir, pourvu que je ne voie plus ces kiosques à
musique. » Heureusement pour Menton, les médecins,
depuis, découvrirent la montagne. Cette agréable
agglomération perdit les malades, conserva le bon
soleil et maintenant est l'un des quartiers privilégiés de
cette énorme ville qui bientôt s'étendra de Marseille à
la Calabre.

Quand nous commençâmes à fréquenter assidûment
le Midi, on ne se doutait pas que cette Terre promise
deviendrait le Coney Island de l'Europe. Les villages
de pêcheurs étaient intacts et les habitants y vivaient
véritablement de la vente de leurs sardines ou de leurs
anchois. Renoir se doutait du danger. « Le Parisien est
un être merveilleux derrière son établi du faubourg
Saint-Antoine. Hors de Paris, il gâte tout ! » Il décelait
des signes avant-coureurs de la catastrophe ; par
exemple l'abandon de la cuisine régionale dans les
grands hôtels. L'engouement des Parisiens pour l'huile
d'olive, la bouillabaisse, les oursins et la brandade est
relativement nouveau. Quand j'étais petit nous éton-
nions tout le monde en mangeant à la manière du

Midi. J'ai dit quelque part que Renoir pensait que la peinture était plus belle dans le pays où on l'a peinte. Son raisonnement était le même pour la façon de vivre en général et de se nourrir en particulier. Il approuvait les Méridionaux qui ferment les volets l'été, ne s'exposant au soleil que bien protégés par d'épais chapeaux, voire des ombrelles, et mettent de l'ail dans tous les plats « pour tuer les vers!... ». Dans le Midi, il faisait comme eux, quitte à agir en Parisien lorsqu'il regagnait Montmartre.

« Et surtout pas d'huile d'olive dans la salade! » recommandaient les touristes aux garçons de restaurant. Maintenant, les petits « mas » aux tuiles romaines sont remplacés par des immeubles en ciment armé, et le vieux moulin de la vallée est une boîte de nuit.

Cagnes, du temps de mon père, était un admirable village de paysans prospères. Sur les collines s'étageaient les vergers d'oliviers et d'orangers. Les fleurs de ces orangers se vendaient aux parfumeries de Grasse. En outre, chacun possédait son jardin de légumes, ses poules et ses lapins. Les Isnard, les Portanier, les Estable tenaient bon. Les impôts étaient inexistants, la vie pas encore chère; avec le petit héritage des parents ils arrivaient à s'en tirer. Ils n'avaient pas encore dû vendre leur maison du haut de Cagnes aux « artistes », ou leur propriété de la colline aux riches retraités. Ils allaient de l'une à l'autre, perchés sur leur petit âne, pas pressés, ne fatiguant ni les bêtes, ni la terre, ni les hommes. Mon père se sentait à son aise avec eux. Ils ne manifestaient que peu de curiosité pour sa peinture, et lui se contentait de les féliciter de ce que leur récolte avait été bonne. Les ressources locales étaient des plus variées. Le vin de certains coteaux était rustique mais excellent et les pêcheurs napolitains du Cros-de-Cagnes ramenaient dans leurs filets des petites sardines argentées que mon père déclarait « les meilleures du monde ». Leurs femmes les transportaient dans des paniers plats qu'elles tenaient en équilibre sur leur tête, attirant les clients de leur cri : « Au pei, au pei !... » Quelques-unes posèrent pour Renoir.

Ce qui le réjouissait particulièrement à Cagnes, c'est qu'on n'y avait pas « le nez sur la montagne ». Il adorait les montagnes, mais de loin. « Il faut qu'elles restent ce pour quoi Dieu les a créées, un fond, comme dans Giorgione ! » Il me dit souvent qu'il ne connaissait rien de plus beau au monde que la vallée de la petite rivière, la Cagne, lorsque, à travers les roseaux qui donnent à ces lieux leur nom, on devine le Baou de Saint-Jeanet. Cagnes semblait attendre Renoir et lui-même l'adopta, comme on se donne à une fille dont on a rêvé toute sa vie et que l'on découvre à sa porte après avoir parcouru le monde entier. L'histoire de Cagnes et de Renoir est une histoire d'amour, et comme toutes les histoires de Renoir, c'est une histoire sans incidents.

Des diverses maisons que nous y habitâmes, et en dehors bien entendu des Collettes, je me souviens surtout de la poste. C'était vraiment le bureau de poste et ses abords étaient animés des allées et venues des gens venant acheter un timbre ou mettre un télégramme ; autant d'occasions pour un petit bonjour à ma mère ou à Gabrielle, voire quelques réflexions sur le beau temps à mon père qui peignait sur la terrasse, sa casquette à oreillettes bien enfoncée sur son crâne chauve, un fichu de laine enveloppant ses épaules. La poste était un grand bâtiment accolé au flanc de la ville, là où la grande rue commence à grimper vraiment et à devenir un escalier de galets. Les mulets accrochaient leurs sabots adroits à ces marches et hissaient jusqu'à la maison citadine les provisions récoltées dans les collines. Comme dans toute la Méditerranée, les champs sont en dehors des remparts, mais le soir on rentre dans l'enceinte. Il restait peu de traces de remparts à Cagnes, mais l'esprit citadin des Latins y était intact. Les gens du Nord et leurs vaches gonflées de lait habitent dans des fermes dispersées. Les Méridionaux et leurs chèvres nerveuses habitent dans des maisons qui s'épaulent. Le soir, les hommes se réunissent sous les platanes de la place et ils discutent. Ils ont conservé l'agora. Ce sont des civilisés ! A la poste nous étions dans l'enceinte de la cité et grâce à la fonction éminemment utile de ce bâtiment nous avions notre petite agora à domicile.

La poste se divisait en trois parties, la poste proprement dite avec l'appartement du receveur, M. Raybaud, l'appartement de Ferdinand Isnard, le propriétaire, et notre logement. Celui-ci était situé à l'autre bout de la cour d'entrée et donnait sur un grand champ d'orangers qui descendait en espaliers jusqu'à la route de Vence. Au-delà les restes des remparts s'agrippaient aux flancs du village. Les maisons émergeaient de petits jardins et étaient couronnées par la vieille église aux cloches suspendues dans leur cage de fer. De chez nous, le château n'était pas visible. On parlait beaucoup de M\ me Carbonel, une Russe excentrique qui avait entrepris de le restaurer. Pendant plusieurs centaines d'années il avait servi d'étable et d'abri pour le matériel des pompiers.

Maintenant, la poste de Cagnes a déménagé et s'est installée dans un grand bâtiment moderne, en rapport avec l'importance nouvelle de la ville. Plus de champs d'orangers. Par contre, on peut y affranchir ses lettres avec des timbres à l'effigie de Renoir. Il me disait souvent : « C'est quand on n'a plus de dents qu'on peut s'acheter les meilleurs biftecks. »

Quand le temps était suffisamment chaud, Baptistin attelait son paisible cheval à sa victoria et emmenait mon père peindre dans la campagne. Quand il faisait froid, on allumait un grand feu dans la cheminée du salon transformé en atelier. Baptistin, dont le métier véritable était cocher de fiacre — de ce temps, les fiacres du Midi étaient des victorias ornementées d'un parasol de toile blanche —, abandonna volontiers l'attente des voyageurs à la gare et devint notre homme à tout faire. Il poussait Renoir dans son fauteuil roulant, l'aidait à escalader la victoria et à en descendre, coupait le bois et veillait à la température du salon. Il faisait aussi le marché et réparait les meubles cassés. Il parlait de lui-même à la troisième personne, se désignant de l'expression « cet homme ». Il annonçait : « Cet homme va au marché..., cet homme va panser son cheval... cet homme est un peu malade. » Dans le langage de Cagnes, l'adjectif malade s'applique à une très légère indisposition. Quand c'est grave, on est « fatigué ». Quand on est « bien fatigué » c'est qu'on ne passera pas la nuit. Baptistin était un bel homme, petit mais bien proportionné, à la moustache conquérante. Ses succès féminins étaient nombreux, à la grande joie de sa femme légitime qui avait bien du mal avec tous ses enfants et déclarait : « Ceux qu'il fait aux autres, il les fait pas à moi ! » Cependant, devant la menace d'être mobilisé au Maroc comme réserviste, il convainquit son épouse, et ajouta un enfant à sa famille. Le nouveau venu compléta le nombre nécessaire pour faire exempter « cet homme » du service militaire et il put continuer à s'occuper de nous. Plus tard, quand ma mère acheta une automobile, elle lui fit apprendre à conduire et il devint notre chauffeur. Il se choisit un uniforme bien chaud chez Thierry et Sigrand, « pour monter à Paris. Là-haut il fait un de ces bon dieu de froid ! ». Il ne nous quitta que lorsque, l'âge venant, le chemin de sa maison à chez nous lui parut trop long. Ses jambes s'alourdissaient. « Pour traverser cette longue plaine », disait-il à mon père en lui montrant le demi-kilomètre de ruban de route sous les grands platanes. Et un geste éloquent exprimait la profonde fatigue de ceux qui ont travaillé toute leur vie et commencent à trouver que ça dure un peu trop.

Le souvenir de notre séjour à la poste est inséparable de celui de Ferdinand Isnard, notre propriétaire. Nous aimions bien Baptistin ; les Raybaud étaient les meilleurs des voisins ; un autre voisin, le consul, fut notre ami très cher. Il savait tenir compagnie à mon père sans le fatiguer, lui racontant des histoires du Brésil où il avait longtemps séjourné. Les Deconchy venaient souvent à la poste et leur visite enchantait Renoir. De nombreux amis de Nice ou de Paris surgissaient à l'improviste, rompant la monotonie de notre existence. Mais le plus grand plaisir de Renoir, de ma mère et de nous tous était quand Dinan arrivait chez nous le matin — c'est ainsi que tout le monde appelait notre propriétaire.

Il était grand, gros, la figure ronde et plissée comme s'il riait tout le temps et barrée d'une longue moustache châtaine. Cuisinier de son métier, il s'était retiré après une glorieuse carrière terminée au Savoy à Londres en compagnie d'Escoffier. Il avait mis de l'argent de côté et était bien décidé à terminer ses jours en ne faisant rien. Comme tous les oisifs, ses occupations étaient multiples. Il allait visiter ses oliviers sur la colline, arrosait son jardin potager, donnait à manger à ses poules et à ses lapins, nettoyait lui-même l'appartement qu'il occupait avec son vieux père, surnommé « Pilon », et qui, à demi paralysé par le grand âge, ne sortait presque plus. Le nom de Pilon remontait, paraît-il, à la guerre de 1870 et lui venait de la crainte d'être mobilisé qu'il avait alors éprouvée. Il aurait dit à sa femme : « Ils te lancent à la charge contre les Prussiens ! Eux, moins couillons que nous, ils restent dans le bois. Et quand tu es à portée, ils tirent avec des canons et ils t'enlèvent une jambe. Et toute ta vie tu portes un pilon ! »

Quand Dinan allait aux champs il emportait toujours un panier et un fusil. Mon père lui disait : « Alors, Dinan, vous allez à la chasse ? — Non, répondait-il, je vais chercher de l'herbe pour les lapins. — Et ce fusil ? — On ne sait jamais ! » De temps en temps il achetait un lapin de garenne ou des grives à un braconnier et arrivait tout fier. « Monsieur Renoir, je vais vous faire un bon petit civet » ou bien : « Les grives, vous les aimez avec des herbes ? — Vous avez fait bonne chasse ? » disait mon père s'interrompant de peindre. Dinan avouait l'origine du gibier. Il aurait tant voulu être chasseur. Mais voilà, au moment de tirer, ces petites bêtes lui faisaient pitié. Il hésitait et ratait ! Renoir eût été très malheureux d'être interrompu par quelqu'un d'autre. Par Dinan, cela lui était agréable. « Avec les autres, tout fiche le camp. Avec lui, tout reste dans ma tête, et même ça se simplifie. » Il éprouvait la même sensation de sécurité avec Gabrielle, avec ma mère, avec Albert André et peut-être avec la Boulangère. Pas avec ses enfants. Nos questions étaient sans doute trop inattendues et formulées sur un ton d'anxiété qui le troublait.

Peu à peu Dinan négligeait ses champs et son vieux père et passait son temps avec le mien. Il interrogeait Gabrielle et ma mère pour savoir ce qui lui ferait plaisir. « Vous ne croyez pas que le patron aimerait bien une petite daube ? » En parlant de lui, il disait « le patron », comme Gabrielle et les peintres. En s'adressant à lui, il disait « monsieur Renoir ». Ma mère, qui continuait à appeler son mari « Renoir », comme lorsqu'elle avait fait sa connaissance dans la crémerie de la rue Saint-Georges, était « la patronne ». La daube de Dinan mitonnait pendant deux jours. « Il faut que ça fonde sous la dent, ou alors, pourquoi faire une daube ! » Il n'utilisait jamais ses recettes de grand cuisinier. « C'est bon pour les clients du Savoy ! Sauf le prince de Galles ! Avec lui, c'était différent. Un jour, je lui ai fait de la brandade de morue ! » Il ne sortait pas de ce qu'il tenait de son père et de sa mère, et sa cuisine était authentiquement cagnoise. Ma mère apprit beaucoup de lui, et ma femme conserve quelques-unes de ses recettes. Il fut, dans l'éducation culinaire de la famille, l'initiateur aux traditions méridionales. Une chose qui amusait Renoir est que cet homme, doux au point d'en être faible, une fois devant son fourneau devenait un dictateur. Tout le monde était mobilisé, Gabrielle épluchait les pommes de terre, la cuisinière vidait le poisson et moi j'alimentais le feu. C'était un tourbillon. Ses ordres brefs et précis provoquaient une action immédiate. Sa moustache, au lieu de tomber légèrement comme à l'habitude, pointait vers le ciel. Quand c'était prêt, il redevenait le tendre Dinan. A table il s'asseyait à côté du patron pour lui choisir les morceaux.

Quand son père mourut, suivant la coutume du pays il invita tous ses parents et amis à un grand repas. Le mort reposait dans la pièce attenante à la salle à manger. Les femmes veillaient et priaient à la lueur des cierges. Dinan, qui avait tenu à faire lui-même la cuisine pour ses hôtes qui avaient la politesse de venir adresser un dernier adieu à son père, était effondré. De grosses larmes sillonnaient son visage ; sa belle moustache pendait lamentablement. De temps en temps, il allait s'agenouiller près du pauvre Pilon et de gros sanglots le secouaient tout entier. Puis la conscience de ses devoirs vis-à-vis de ses invités le talonnait et il repassait dans la salle à manger. « Vous ne mangez rien !... Vous ne buvez pas !... » Les amis lui faisaient des compliments sur le repas. « Ce poulet chasseur... Je crois que tu ne l'as jamais aussi bien réussi !... Ce vin... C'est de ta vigne de la route de la Colle ?... » Heureux de les voir satisfaits il s'asseyait et mangeait. « Le poulet n'est pas mauvais !... » Un cousin en racontait une bien bonne et tout le monde rigolait, Dinan avec les autres. Son rire était aussi complet que l'avaient été ses sanglots. Soudain, le souvenir de son père lui revenait. Un gémissement remplaçait le rire et il courait s'agenouiller au chevet de Pilon. Renoir n'assistait pas à cette veillée. Son état de santé ne le lui permettait pas. Ma mère avait été retenue à Paris. Gabrielle alla aider et fut invitée au repas. C'est elle qui décrivit le chagrin de Dinan au patron. Ce récit renforça son estime et son affection pour notre ami. « Il pleure son père comme l'eût fait un ancien Grec. »

Renoir avait peint plusieurs fois dans une propriété située sur la colline qui s'élève de l'autre côté de la Cagne. Ce lieu l'enchantait à cause de ses beaux oliviers et de sa petite ferme qui semblait faire partie du paysage. Son nom était « les Collettes ». La maison était habitée par un paysan italien, Paul Canova, sa vieille mère Catherine et le mulet Litchou. Paul Canova était célibataire. Sa mère l'aimait jalousement et menaçait de représailles terribles les filles qui auraient eu des visées sur lui. Pour se consoler, tous les samedis il buvait du vin avec d'autres Piémontais, et tenait sa partie dans ces chœurs montagnards si impressionnants lorsqu'ils s'élèvent la nuit, pareils à des invocations. Quand la « damijana » était vide, on jouait à se battre. Puis il rentrait en titubant aux Collettes où sa mère l'attendait avec une trique et le rossait. Les amis ne l'accompagnaient que jusqu'à une distance respectueuse de la maison, craignant le bâton de la vieille et aussi ses malédictions. Paul était très brun, petit, gros, moustachu et propre. Comme il n'y avait pas beaucoup d'eau aux Collettes, il descendait se laver dans la Cagne. Catherine ne se lavait jamais. Elle connaissait la vertu des herbes, et soignait les plaies purulentes avec des toiles d'araignée. Plus tard je devais apprendre que ces pièges à mouches contiennent de la pénicilline. A cette époque, ma mère qui croyait aux lavages à grande eau me recommandait en cas de blessure de ne pas aller me faire soigner par la vieille Catherine.

Un matin, Paul Canova s'en vint trouver mon père. Un marchand de biens de Nice allait acheter les Collettes, couper les arbres et installer dans la ferme un horticulteur au courant de la culture des œillets. La vieille Catherine habitait là depuis une quarantaine d'années. Elle croyait y être chez elle et espérait bien y mourir. La chasser des Collettes eût été pour elle un coup terrible. D'ailleurs elle avait déjà déclaré son intention de se barricader et de soutenir un siège. Paul n'avait-il pas son fusil « à fort quilibre ». Il avait fait la guerre en Éthiopie contre Menelik. Il tuerait un ou deux gendarmes et les autres n'oseraient pas toucher à sa mère.

Mon père tout en écoutant ce récit regardait les oliviers. Ceux des Collettes sont parmi les plus beaux du monde. Cinq siècles d'existence, de tempêtes et de sécheresses, d'orages, de gelées, d'élagages et d'abandons, leur ont donné les formes les plus inattendues. Certains troncs ressemblent à des divinités barbares. Les branches se tordent, s'enlacent en des motifs que le décorateur le plus audacieux n'oserait concevoir. A l'encontre des oliviers de la région d'Aix, de petite taille et étêtés pour la commodité de la récolte, ceux-ci ont poussé librement et s'élèvent fièrement vers le ciel. Ce sont de très grands arbres, d'une majesté rare alliée à une légèreté aérienne. Leur feuillage argenté répand une ombre subtile. Pas de contraste violent entre cette ombre et la lumière. Nous les devons à François 1er qui les fit planter par ses soldats pour les occuper pendant une trêve dans ses guerres contre l'empereur Charles Quint. Notre ami Benigni qui s'intéressait à l'histoire locale prétendait même que deux ou trois de ces oliviers avaient été plantés avant et approchaient des mille ans d'âge.

Mon père remonta bien vite dans la victoria de Baptistin. L'idée de voir ces aristocrates transformés en ronds de serviette avec l'inscription « souvenir de Nice » lui était insupportable. Il interrompit ma mère dans sa partie de cartes avec Dinan et les envoya tout de suite voir la propriétaire des Collettes, Mme Armand. C'était une femme charmante qui comme les autres se trouvait dépassée par les nécessités de la vie moderne. Elle fut très heureuse de voir sa terre passer entre nos mains. « Au moins ceux-là on les connaît ! » C'est ainsi que Renoir acheta les Collettes.

Ça ne l'amusait pas plus que cela. Finis l'animation de la poste, les potins des commères, le bonjour des acheteurs de timbres, Dinan venant faire son petit tour en pantoufles, toute cette vie des autres dont il humait la saveur et qui lui rappelait qu'il était un élément d'un monde vivant. Jusqu'alors, quand ses amis lui vantaient l'isolement de leur maison, il rigolait bien.

« Ce qui est merveilleux dans notre villa, expliquaient-ils radieux, c'est que nous ne voyons personne. De tous les côtés, des arbres, pas une maison. » Renoir répondait : « Pourquoi pas habiter dans un cimetière. Et encore là, vous auriez des visites. » Il répétait souvent le mot de Montesquieu : « L'homme est un animal sociable ! » A la fin de sa vie il me demanda plusieurs fois de lui relire la proposition complète : « ... Sur ce pied-là, il me semble qu'un Français est plus homme qu'un autre, c'est l'homme par excellence ; car il semble être fait uniquement pour la société. »

Ma mère s'arrangea pour que la sociabilité de Renoir n'eût pas à souffrir aux Collettes. La maison qu'elle bâtit, en face de la petite ferme qu'elle laissa intacte, était assez grande pour recevoir de nombreux amis. Les pot-au-feu du samedi recommencèrent comme au Château des Brouillards, avec la différence que Rivière, Vollard, les Durand-Ruel, des amis nouveaux comme Maurice Gangnat, des enfants d'amis disparus comme Marie et Pierre Lestringuez passaient quinze heures dans le train au lieu de grimper à pied la pente de Montmartre. Mais ce qui aida le plus ma mère à conserver autour de Renoir l'activité vraie qui lui était nécessaire fut qu'elle était restée jusqu'au bout des ongles une paysanne. Les oliviers furent soignés, labourés, irrigués, taillés juste assez pour leur santé, pas trop pour que le patron ne souffrît pas de leur mutilation. Les orangers furent fumés. Elle planta des centaines de mandariniers, deux vignes. Elle fit pousser des légumes, bâtit un poulailler et fit de l'élevage de volailles. Pour tous ces travaux il fallut prendre de la main-d'œuvre. A la saison de la fleur d'oranger, des jeunes filles venaient aider à la récolte. C'étaient des allées et venues, des courses dans les sentiers, des rires et des chants. Cette animation valait bien celle de la poste. Renoir était ravi. A la saison des olives, les mêmes jeunes filles s'armaient de longs bâtons et faisaient tomber les fruits sur de grandes bâches recouvrant le sol. Quand il y en avait une voiturée pleine, nous partions avec Paul et Litchou. Le moulin était au bord du Béal, un ruisseau dérivé de la Cagne. C'était un très vieux moulin à eau, aux immenses meules taillées au marteau dans la pierre de la montagne. Des peupliers, gris comme Renoir les aimait, le protégeaient des rayons du soleil. Il y faisait frais, et l'odeur des olives écrasées me prenait à la gorge. L'attente était longue. L'huile d'olive, avant d'être comestible, doit passer par plusieurs opérations. Enfin, nous pouvions en recueillir une pleine cruche. Cette première huile est de beaucoup la meilleure. Là-bas on l'appelle la « fleur ». Je me souviens de sa couleur jaune paille et de sa transparence. Je me souviens aussi de la cruche, en terre de Biot, vernissée à l'oxyde de cuivre. Mon père aimait à les peindre. Nous remontions aux Collettes au grand trot de Litchou qui semblait comprendre l'urgence de la situation. Mon père avait fait faire du feu et nous attendait dans la salle à manger. Vite, nous mettions à griller une tranche de pain, nous versions l'huile sur ce pain encore chaud, un peu de sel et nous donnions à Renoir la joie de goûter le premier la première huile de l'année. « Un régal des dieux », disait-il, tandis que nous dégustions à notre tour notre pain parfumé.

Il semble que les différents lieux habités par Renoir depuis son enfance correspondirent à l'évolution de son génie. Les Collettes furent le cadre parfait de sa dernière période. Il y trouva même la force, malgré son état de santé, d'y faire de la sculpture. « Sous ce soleil, on a envie de voir des Vénus de marbre ou de bronze mélangées aux feuillages. » Le sculpteur Guino, puis Gimond furent ses collaborateurs.

Extrait d'une lettre de Renoir a Georges Rivière un peu après l'installation aux Collettes.

... Je viens de recevoir ta lettre et suis heureux du succès de Renée... (il s'agissait d'un concours de chant)... mais je suis tout au deuil de Tolstoï. Enfin cette vieille ganache est morte. Que de rues, de places et de statues il va avoir! Veinard, va!
    A toi,

RENOIR.

Mon père ne mentionnait jamais son prénom dans sa signature à des intimes. Entre eux ils se désignaient par leur nom de famille. Nous savons que ma mère avait conservé cette habitude.

En contraste avec cette lettre je transcris la fameuse préface du livre de Cennino Cennini. Renoir l'écrivit à la demande de son ami le peintre Mottez qui avait entrepris de rééditer la traduction de cet ouvrage effectuée par son père, artiste peintre et élève de Ingres. Je situe les conversations de Renoir et de Mottez relatives à cette préface aux environs de 1910. Cennino Cennini né en Toscane en 1360 est le seul artiste du Quattrocento dont nous soit resté un traité de la peinture donnant une idée précise non seulement de la technique, mais aussi de la vie des artistes de cette époque. Renoir était très embêté, car, s'il admirait les méthodes de Cennini, il ne savait que trop que ces méthodes appliquées de nos jours par des artistes animés d'un esprit différent ne pouvaient plus rien donner. Il voulait à la fois faire plaisir à Mottez et ne rien dire qui fût contre ses convictions profondes. Je vous donne les passages les plus caractéristiques.

Cher monsieur Mottez,

Votre intention de rééditer la traduction que votre père a faite du livre de Cennino Cennini trouverait sa raison d'être dans votre piété filiale, dans votre désir de rendre un hommage mérité à l'un des artistes les plus probes et les mieux doués du dernier siècle. Ce serait suffisant pour qu'on vous en sût gré. Mais la réédition de ce traité de peinture a une portée plus générale et elle vient à son heure, condition essentielle pour réussir.

Tant de merveilleuses découvertes ont été faites depuis cent ans que les hommes éblouis semblent avoir oublié que d'autres ont vécu avant eux. Il est bon, je crois, de leur rappeler quelquefois qu'ils ont eu des ancêtres qu'ils ne doivent pas dédaigner. La publication du présent ouvrage contribue à cette tâche.

... Certes, il y aura toujours des Ingres et des Corot, comme il y a eu des Raphaël et des Titien, mais ce sont des êtres exceptionnels pour lesquels on ne saurait avoir la prétention d'écrire un traité de peinture.

Les jeunes artistes qui prendront la peine de lire le livre où Cennini a retracé la manière de vivre de ses contemporains, pourront se convaincre que ceux-ci n'avaient pas tous du génie, mais ils restaient toujours des ouvriers merveilleux.

Or, faire de bons artisans est le but unique que se proposait Cennini, votre père l'avait bien compris.

... J'imagine que l'artiste qui rêvait de rendre à la fresque sa place d'autrefois éprouva une grande joie à traduire le livre de Cennino.

Il y trouva même un encouragement à persévérer dans sa tentative de rénovation, sans souci des déboires qu'elle lui réservait.

Votre père, qui aurait pu dire comme le poète qu'il était venu trop tard dans un monde trop vieux, a été la victime d'une généreuse illusion. Il crut qu'il était possible de refaire ce que, plusieurs siècles avant le nôtre, d'autres avaient réalisé.

Il n'ignorait pas que les grands ensembles décoratifs des maîtres italiens ne sont pas l'œuvre d'un seul homme, mais celle d'une collectivité, d'un atelier que l'esprit du maître animait, et c'est une

486

pareille collaboration qu'il espérait voir renaître pour enfanter de nouveaux chefs-d'œuvre.

Le milieu dans lequel vivait votre père entretenait son rêve. Il faisait partie en effet de cette phalange de jeunes artistes qui travaillaient à l'ombre d'Ingres et dont le fraternel groupement avait pris l'apparence seulement des ateliers de la Renaissance, car on ne saurait vivre en dehors de son temps et le nôtre ne se prête pas à la reconstitution de tels cénacles.

... Ce métier que nous ne connaissons jamais entièrement parce que personne ne peut plus nous l'apprendre depuis que nous nous sommes émancipés des traditions...

Or, ce métier des peintres de la Renaissance italienne, il était le même aussi que celui de leurs prédécesseurs de tous les temps.

Si les Grecs avaient laissé un traité de peinture, croyez bien qu'il serait identique à celui de Cennino.

Toute la peinture, depuis celle de Pompéi, faite par des artistes grecs (les Romains bavards et pillards n'auraient sans doute rien laissé sans les Grecs qu'ils ont vaincus mais ont été incapables d'imiter), jusqu'à celle de Corot, en passant par Poussin, semble être sortie de la même palette. Cette manière de peindre, tous les élèves l'apprenaient jadis chez leur maître. Leur génie, s'ils en avaient, faisait le reste.

... L'apprentissage sévère imposé aux jeunes peintres ne les empêcha jamais d'avoir une originalité. Raphaël, qui fut l'élève studieux du Pérugin, n'en est pas moins devenu le divin Raphaël.

Mais, pour expliquer la valeur générale de l'art ancien, il faut se rappeler qu'au-dessus des enseignements du maître docilement acceptés, il y avait encore une autre chose, disparue elle aussi, qui remplissait l'âme des contemporains de Cennino, c'est le sentiment religieux, la plus féconde source de leur inspiration. C'est lui qui donne à toutes leurs œuvres un double caractère de noblesse et de candeur, et les garde du ridicule et de l'outrance.

C'est la conception du divin chez les peuples supérieurs qui a toujours impliqué l'idée d'ordre, de hiérarchie et de tradition. Et, s'il est admissible que les hommes aient conçu la société céleste à l'image de la société terrestre, il est plus vrai encore que cette organisation divine a eu à son tour une influence considérable sur les esprits et a conditionné leur idéal.

... Si le christianisme avait triomphé dans sa forme primitive, nous n'aurions eu ni belles cathédrales, ni sculptures, ni peintures.

Heureusement, les dieux égyptiens et grecs n'étaient pas tous morts, ce sont eux qui ont sauvé la beauté, en s'introduisant dans la religion nouvelle.

... Il faut noter cependant qu'avec le sentiment religieux d'autres causes contribuaient pour une bonne part à conférer à l'artisan de jadis les qualités qui le mettent hors de pair.

Telle est par exemple la règle de faire confectionner un objet, jusqu'à son achèvement, par le même ouvrier.

Celui-ci pouvait alors mettre beaucoup de lui-même dans son ouvrage et s'y intéresser, parce qu'il l'exécutait entièrement. Les difficultés qu'il devait vaincre, le goût dont il voulait faire montre tenaient son cerveau en éveil et la réussite le remplissait de joie.

Ces éléments d'intérêt, cette excitation de l'intelligence que trouvaient les artisans n'existe plus.

Le machinisme, la division du travail ont transformé l'ouvrier en un simple manœuvre et ont tué la joie du labeur.

... Quelle que soit la valeur de ces causes secondaires de la décadence de nos métiers, la principale, à mon avis, c'est l'absence d'idéal. La main la plus habile n'est jamais que la servante de la pensée. Aussi les efforts qu'on fait pour nous rendre des artisans comme ceux d'autrefois seront vains, je le crains. Quand même on parviendrait à faire, dans les écoles professionnelles, des ouvriers adroits connaissant la technique de leur métier, on n'aurait rien fait d'eux s'ils n'avaient pas un idéal.

Nous voilà bien loin, semble-t-il, de Cennino Cennini et de la peinture. Non, cependant. La peinture est un métier comme la menuiserie ou la ferronnerie ; elle est soumise aux mêmes règles.

Ceux qui liront attentivement le livre si bien traduit par votre père s'en convaincront. Ils y trouveront, en outre, la raison de son admiration pour les vieux maîtres et celle aussi pour laquelle ils n'ont plus aujourd'hui de successeurs.

Agréez, cher monsieur Mottez, etc.

Inutile de vous dire qu'après cet éloge du travail en commun, cette plongée dans la masse anonyme des artisans, Renoir s'en retourna dans son atelier, « faire sa petite affaire tout seul et loin des raseurs »! Un élément de cette lettre revenait souvent dans ses propos. C'est l'idée que la seule récompense du travail, c'est le travail lui-même. « Il faut être bien naïf pour travailler pour de l'argent. Il y a plus de neurasthéniques chez les riches que chez les pauvres. La gloire ? Il faut pour cela être un « jobard ». La satisfaction de la tâche accomplie ? Quand mon tableau est fini, c'est le prochain qui me passionne. »

Un autre article de foi exprimé dans cette préface était pour mon père l'impossibilité de faire quoi que ce soit de bien avec le système de la division du travail. Un tableau, une chaise, une tapisserie ne l'intéressaient que si les différentes phases de la fabrication de cet objet étaient l'expression de la personnalité du même individu. Il aimait expliquer que si on paie une fortune pour une commode Louis XVI, alors qu'une commode de chez Dufayel, une fois sa jeunesse flétrie, ne vaut plus un sou, c'est que derrière la première on retrouve l'artisan à chaque coup de ciseau, tandis que derrière la seconde on ne peut découvrir qu'une organisation anonyme. Quelles que soient les qualités des différents ouvriers spécialisés qui l'ont produite, le résultat n'est que la copie du travail d'un dessinateur peut-être génial mais dont le génie disparaît du fait qu'il n'a pas exécuté lui-même son dessin. Le seul élément de l'objet d'art qui semblait sans importance à Renoir était la conception générale. « Comme chez Shakespeare où le sujet est emprunté à n'importe qui. » Gide devait dire plus tard : « En art, seule la forme compte ! »

Les tableaux qu'il peignait se répandaient dans le monde par l'intermédiaire des Durand-Ruel et de Vollard, à qui étaient venus s'ajouter les Bernheim. Le « père Durand » avait laissé la direction des affaires entre les mains de ses fils, Joseph et Georges, ce dernier s'occupant surtout de l'Amérique. Pour Renoir, ce n'étaient pas des marchands, mais des amis, presque des fils. Vollard était tout à fait de la maison. En dehors de son étourdissant succès commercial, il était devenu un éditeur de livres rares. Il donnait à des artisans de talent les moyens et surtout le temps de perfectionner l'art de la reproduction photographique. J'ai devant les yeux une copie semi-mécanique d'un Cézanne par Clot qui est certainement aussi près de l'original qu'il est humainement possible. Vollard ressuscitait la presse à bras pour l'impression de ses ouvrages, et il rassemblait ses expériences et ses impressions dans ses livres dont le premier que lut Renoir fut le *Cézanne*.

Mon père admirait la presse à bras et le retour à des caractères d'imprimerie classiques. Il était contre les reproductions : « Si l'on se met à vendre des Véronèse parfaitement imités pour douze francs cinquante, que deviendront les jeunes peintres ! » Des livres de Vollard il disait : « Ils décrivent admirablement un homme passionnant, un certain Vollard. Quant à Cézanne, nous avons ses tableaux qui en disent plus long que ne le fera jamais le meilleur biographe. » S'il me voit, il peut en dire autant des lignes que j'écris. Cela ne m'empêche pas de continuer. Je ne suis ni le premier ni le dernier à essayer de le présenter. La somme de nos efforts constitue plus un hommage qu'une explication et cet hommage étant sincère ne peut lui être désagréable.

Quant aux Bernheim, mon père les aimait pour leur foncière honnêteté — ce sont eux qui les premiers lui révélèrent les prix élevés qu'avaient atteints certains de ses tableaux —, pour leur courtoisie, mais aussi, et cela sincèrement, pour leur faste. Nous savons qu'il était très sensible au luxe chez les autres. Lui-même préférait se régaler de haricots et de pommes de terre que de caviar. C'était toute une histoire pour l'amener à changer son vieux veston élimé aux coudes. Mais la vue d'un cou délicat bien garni de perles roses et émergeant de la douceur d'une zibeline le réjouissait. Il ne croyait pas aux milliardaires qui prennent le tramway, considérant que le premier devoir d'un milliardaire c'est de dépenser ses milliards. L'exemple du roi des Belges qui, disait-on, vivait comme un petit bourgeois, prenant son parapluie quand il pleuvait, et vérifiant lui-même les comptes de la cuisinière, le bouleversait. Il y voyait le signe avant-coureur de la fin d'une société qui ne possédait même plus l'orgueil de la façade. « Un roi, disait-il, ça doit sortir en carrosse, avec une couronne sur la tête, et entouré de maîtresses jeunes et étincelantes. »

Les Bernheim avaient un château magnifique, un hôtel particulier ravissant, une demi-douzaine d'automobiles, un ballon dirigeable, de beaux enfants et de belles épouses dont la peau ne repoussait pas la lumière.

Les Bernheim étaient sincèrement peinés de devoir constater que l'état de Renoir ne faisait qu'empirer. En 1912, pendant notre séjour à Paris, ils se décidèrent à lui amener un médecin de leur choix. C'était un vrai grand médecin. Pour le trouver ils avaient dû mener de coûteuses enquêtes, se renseigner dans l'Europe entière. Il était le résultat d'un examen éliminatoire rigoureux. Ils l'avaient trouvé à Vienne. Ce médecin plut à mon père parce qu'il était vif, qu'il avait un petit œil intelligent, et qu'il ne comprenait rien à la peinture. Il promit que, en quelques semaines, il rendrait au paralysé l'usage de ses jambes. Mon père sourit, non pas incrédule, mais philosophe. Il savait déjà. Mais c'était un tel rêve : pouvoir de nouveau errer dans la campagne à la recherche du motif, tourner autour de la toile, le mouvement apportant un appui à la rêverie. Il promit de suivre aveuglément les prescriptions du médecin. Celui-ci commença par un régime fortifiant qui fit merveille. Au bout d'un mois Renoir se sentait beaucoup plus gaillard. Un matin notre homme arriva et annonça à mon père que le jour était venu et qu'il allait le faire marcher.

Renoir était dans son atelier, assis devant son chevalet, se préparant à peindre. Sa palette bien propre était posée sur ses genoux, et son œil suivait déjà sur la toile la ligne idéale délimitant les contours du modèle. Baptistin poussa le fauteuil pour que le médecin puisse se placer devant le malade. Ma mère, « cet homme » et le modèle regardaient la scène comme avait dû le faire la famille du paralytique de l'Évangile lorsque Jésus lui dit de se lever et de marcher.

Le médecin souleva mon père de son fauteuil. Renoir était debout pour la première fois depuis deux ans. Il revoyait les choses sous l'angle d'un homme dont l'œil est au niveau de celui des autres hommes. Et il regardait autour de lui avec un grand plaisir. Le médecin le lâcha. Mon père, abandonné à ses seules forces, ne tomba pas. Ma mère, Baptistin et le modèle sentaient leur cœur battre très fort dans leur poitrine. Alors le médecin ordonna à mon père de marcher. Il se tenait devant lui, les bras tendus, prêt à le soutenir s'il faiblissait. Mon père le pria de s'éloigner et, rassemblant toutes les forces de son être, il fit un premier pas. Ma mère et les deux autres avaient oublié leur propre enveloppe de chair et de sang. Leur vie s'était transportée dans ce pied qui péniblement se décollait d'un sol qui le retenait comme un aimant. Et mon père fit un autre pas, puis un autre, semblant rompre les fils de la destinée. C'était comme de l'eau qui arrivait dans le désert, comme la lueur d'une étoile dans la nuit. Mon père fit le tour de son chevalet et revint à sa chaise de malade. Encore debout il dit au médecin : « J'y renonce. Ça me prend toute ma volonté et il ne m'en resterait plus pour peindre. Tout de même (et il cligna de l'œil avec malice), quant à choisir entre marcher ou peindre, j'aime encore mieux peindre. » Il se rassit et ne se releva plus jamais.

A partir de cette importante décision, ce fut le feu d'artifice de la fin. De sa palette de plus en plus austère s'échappaient les couleurs les plus étourdissantes, les contrastes les plus audacieux. C'est comme si tout l'amour de Renoir pour la beauté de cette vie dont il ne pouvait plus jouir physiquement eût jailli directement de tout son être torturé. Il était rayonnant, au vrai sens du mot. J'entends que nous avions la sensation que des rayons émanaient de la caresse de son pinceau sur la toile. Il était libéré de toutes les théories, de toutes les craintes. Sa seule modestie l'amenait à s'arrêter encore aux apparences. C'était comme le chant d'un oiseau qui pour dire ce qu'il sait du monde n'a besoin que de trilles. Renoir savait beaucoup. Tout ce qu'il avait acquis de connaissances dans sa poursuite de la vérité, dans son effort incessant pour percer les déguisements accumulés par la sottise des hommes, tenait dans sa main, comme un trésor immense concentré en un seul joyau, en une sorte de lampe d'Aladin. Aussi marchait-il à pas de géant vers le sommet où l'esprit et la matière se rejoignent, sachant fort bien d'ailleurs qu'aucun homme vivant n'atteindra jamais ce sommet. Chacun de ses coups de pinceau devenait un témoignage de cette approche enivrante de la révélation. Ses nus et ses roses affirmaient aux hommes de ce siècle, déjà lancés dans leur besogne de destruction, la solidité de l'éternel équilibre de notre univers. Certains lui étaient si reconnaissants de cette assurance qu'ils faisaient le pèlerinage des Collettes pour le lui dire. Quelquefois ils venaient de très loin, et, étant très pauvres, avaient fait le voyage dans des conditions difficiles. Les aboiements de Zaza, notre grosse chienne berger, nous prévenaient d'une arrivée inhabituelle. Bistolfi, le jeune chauffeur italien, ouvrait la porte et se trouvait devant un Scandinave blond et barbu aux vêtements froissés, ou bien devant un Japonais méticuleusement vêtu. Ma mère les faisait entrer dans la salle à manger où la grand-Louise leur apportait de quoi se restaurer. Mais ce n'est pas de cette nourriture-là qu'ils avaient le plus faim. Mon père, prévenu, les faisait venir dans l'atelier. Ils restaient là, longtemps, sans rien dire, puisque les langages étaient différents. J'ai assisté à plusieurs de ces réunions. C'étaient des moments de plénitude. Je me rappelle un Japonais. Il était venu à pied depuis la frontière italienne. Il avait dans sa poche un petit plan bien précis que lui avait remis un pèlerin précédent. Il nous le montra. Les sentiers des Collettes y étaient indiqués, et le petit atelier, la chambre de Renoir, le four à pain et l'écurie du mulet. L'un de ces visiteurs resta longtemps à Cagnes et devint un ami très cher. C'était le peintre Umeara.

Les peintres sont parmi les chercheurs de pierre philosophale ceux qui approchent le plus naturellement du secret de l'équilibre universel. De là leur importance dans la vie moderne. Je veux dire les vrais peintres, les grands. Les savants, comme les peintres, poursuivent le secret de la vie. Les vrais, les grands, pénètrent au-delà des apparences. Leur recherche est également désintéressée. Il s'agit de quelque chose de bien simple : redonner aux hommes le Paradis terrestre. La différence entre ces deux espèces de chercheurs est que les peintres persuadent la nature. Les savants la violent. Les peintres savent que les besoins matériels sont relatifs et que les satisfactions de l'esprit sont absolues. Les savants essaient de balancer les deux plateaux en y accumulant des charges de plus en plus énormes, d'un côté nos désirs matériels, de l'autre la satisfaction de ces désirs. C'est une course sans fin, où le plateau du désir reste toujours le plus lourd. Chez le peintre, les résultats restent acquis. La satisfaction procurée par les graffiti de Lascaux égale celle procurée par une nature morte de Braque. La découverte de Mme Curie est dépassée par les travaux de Teller qui eux-mêmes seront dépassés par ceux de ses successeurs, Teller le sait bien. La modestie des vrais savants rejoint celle des vrais peintres. Cette poursuite du secret de la vie justifie les immenses laboratoires, les musées luxueux, les expériences coûteuses et les ventes de tableaux dont les prix font rêver. La plupart des amateurs de peinture ne savent pas ce que peut leur apporter la redoutable possession d'une grande œuvre. Ils suivent aveuglément la trace des quelques-uns qui le savent. Les détenteurs du maître mot ne sont et ne seront toujours que quelques-uns. Renoir est peut-être le seul à avoir mis ce maître mot à la portée d'un grand nombre. Il aimait les hommes et l'amour fait des miracles.

Il existe plusieurs photographies de Renoir à la fin de sa vie, des portraits d'une vérité troublante par Albert André et un buste fait le jour de sa mort par Gimond. Vous avez donc une idée de son aspect physique, de son effrayante maigreur. De plus en plus son corps se pétrifiait. Ses mains recroquevillées ne pouvaient plus rien saisir. On a dit et écrit qu'on lui attachait le pinceau à la main. Ce n'est pas tout à fait exact. La vérité est que sa peau était devenue tellement tendre, que le contact du bois du manche le blessait. Pour éviter cet inconvénient, il se faisait mettre un petit morceau de toile fine dans le creux de la main. Ses doigts déformés agrippaient le pinceau plus qu'ils ne le tenaient. Mais, jusqu'au dernier souffle, son bras demeura ferme comme celui d'un jeune homme et ses yeux d'une précision bouleversante. Je le vois encore appliquant sur la toile un petit point de blanc, gros comme la tête d'une épingle. Cette touche était destinée à marquer un reflet dans l'œil d'un modèle. Sans une hésitation, le pinceau partait comme la balle d'un bon tireur et faisait mouche. Il n'appuya jamais son bras sur un soutien, il n'utilisa jamais de règle pour établir les proportions. Je l'ai vu peindre une miniature ; un portrait de mon frère Coco. Il hésita un instant sur la finesse du pinceau ; puis se mit à peindre comme il eût peint un autre tableau. Pour voir les détails de la parfaite ressemblance nous dûmes employer une loupe. Il mettait quelquefois un lorgnon pour lire. C'était surtout avec le souci de ne pas fatiguer sa vue. Quand il était pressé ou quand le lorgnon était égaré, il s'en passait fort bien. Le soir, quand le temps le permettait, nous aimions nous asseoir sur la terrasse et regarder les pêcheurs du Cros de Cagnes qui rentraient au port. Celui qui le premier discernait l'une des barques était toujours mon père.

La vie aux Collettes s'était organisée autour des infirmités de Renoir. La grand-Louise, notre cuisinière, était « forte comme un cheval ». C'est elle qui le soulevait de son lit pour l'asseoir dans son fauteuil roulant. De temps en temps, on l'installait dans la voiture que conduisait maintenant Bistolfi qui avait remplacé Baptistin. Ma mère était devenue très grosse et bougeait difficilement. Elle ne quittait pour ainsi dire plus son peignoir rouge à pois blancs. Le docteur Prat l'avait fait examiner. Il lui avait confirmé son diabète et que ses jours étaient comptés. Cela ne la troubla que peu. Elle demanda simplement à Prat de ne pas répandre la nouvelle de sa maladie que Renoir ignora longtemps. Mon frère Claude passait le plus clair de son temps à poser. Gabrielle devait épouser Conrad Slade, le peintre américain. Elle n'était pas à Cagnes quand la guerre éclata. Les commensaux les plus fidèles étaient les Albert André et Maurice Gangnat. Ce grand bourgeois renouait avec la tradition du père Choquet. Son sens de la peinture était stupéfiant. Quand il entrait dans l'atelier, son regard tombait toujours sur la toile que Renoir considérait comme la meilleure. « Il a l'œil! » constatait mon père. Renoir disait aussi que les amateurs qui y comprennent quelque chose sont plus rares que les bons peintres. Matisse venait quelquefois. Paul Cézanne épousa Renée et s'installa à côté des Collettes. Je ne participais à cette vie intense que rarement, étant retenu par mes études. Après ma philosophie, je fis un an de mathématiques et m'engageai dans la cavalerie. Au mois d'août de l'année suivante, la guerre éclatait.

Renoir se fit conduire à Paris en voiture. Ma mère l'y avait précédé dans l'espoir d'embrasser mon frère Pierre avant son départ pour le front. Elle le manqua mais trouva Vera Sergine, la compagne de Pierre, tenant dans ses bras un superbe bébé qui n'était autre que mon neveu Claude. Elle les embarqua tout de suite pour les Collettes où ils demeurèrent jusqu'à ce qu'une vilaine blessure rendît Pierre à la vie civile et rappelât Vera à son chevet.

Mon père réussit à trouver mon régiment de dragons dans une petite ville de l'Est où nous attendions de partir pour le front. Le colonel Meyer donna en son honneur un bon déjeuner auquel je fus admis. La vue de tous ces garçons en tenue de combat calma les angoisses de Renoir. Il me dit : « Nous sommes dans l'engrenage. Ce serait malhonnête de ne pas y rester avec les autres. » Je le portai dans sa voiture. Albert André l'accompagnait. Au tournant de la route, Renoir dit à Bistolfi d'arrêter. Soutenu par Albert André, il réussit à se tourner de côté et à me faire un petit signe de la main à travers la vitre. Je ne devais le revoir qu'après cette blessure qui me permit d'aller le rejoindre boulevard Rochechouart et de recueillir les principaux éléments de ce livre.

Quand ma mère apprit que j'étais blessé, elle s'arrangea pour avoir un laissez-passer et vint me voir à l'hôpital de Gérardmer. Elle fut avertie que l'on allait me désarticuler ma jambe gauche à laquelle la gangrène donnait une curieuse teinte bleu de cobalt. Elle s'opposa avec tant d'énergie à cette opération que le médecin militaire qui commandait l'hôpital y renonça. Il fut remplacé par le professeur Laroyenne qui me guérit de la gangrène en établissant dans ma jambe un curieux système de circulation d'eau distillée. Il ne cacha pas à ma mère que je n'aurais pas survécu à la désarticulation. Quand ma mère me vit hors de danger, elle rentra à Cagnes et mourut.

Au début de 1916, j'étais pilote dans une escadrille de reconnaissance. Nos hangars étaient montés dans cette partie de la Champagne qu'on appelle pouilleuse, à cause d'une petite herbe nommée pouille qui pousse dans ce désert. L'air vif me rappelait celui d'Essoyes. Je pensais à notre balade aux Riceys, quand mon père avait bu du vin rosé. C'était l'heure du courrier. J'avais une lettre venant de Cagnes. L'enveloppe était rédigée par la grand-Louise. A l'intérieur il y avait un mot d'une écriture tremblante : « A toi. Renoir. » Et avec le mot une petite violette cueillie près du lavoir, sous les oliviers.

Quand, après l'armistice, je pus aller vivre avec mon père, je trouvai la maison sinistre. Les orangers, la vigne étaient presque en friche. On eût dit que les arbres, les objets étaient en deuil de ma mère, comme les hommes. La voiture dormait dans son garage sous une couche de poussière. Bistolfi avait été mobilisé dans l'armée italienne. Le pauvre garçon avait le cœur gros en quittant la maison. Il ne cessait de répéter : « Moi je m'en fous de Trente et de Trieste ! » Nous ne le revîmes plus jamais. Les amis parisiens, pas encore réveillés de la torpeur des années de guerre, ne bougeaient plus de chez eux. Dinan était bien malade et ne pouvait plus monter le chemin des Collettes. Heureusement, quelques fidèles locaux venaient aider Renoir à franchir le cap des heures d'obscurité de la fin du jour. C'étaient surtout Benigni et le docteur Prat. Le premier, fonctionnaire spirituel et un ami clairvoyant, essayait de mettre un peu d'ordre dans nos affaires abandonnées au hasard depuis la mort de ma mère. Du docteur Prat, mon père disait : « Rien que de voir ses yeux brillants dans sa barbe de chien briard, je me sens mieux. »

Plus la souffrance devenait intolérable et plus Renoir peignait... Des amis de Nice lui avaient trouvé un jeune modèle, Andrée, que je devais épouser après sa mort. Elle avait seize ans, était rousse, bien en chair, et sa peau repoussait encore moins la lumière que celle de tous les modèles que Renoir avait eus dans sa vie. Elle chantait d'une voix un peu fausse des refrains à la mode, racontait les histoires de ses copines, était gaie et dispensait à mon père les effluves vivifiants de sa jeunesse épanouie. Avec les roses qui poussaient presque sauvages aux Collettes, les grands oliviers aux reflets d'argent, Andrée est l'un des éléments vivants qui aidèrent Renoir à fixer sur la toile le prodigieux cri d'amour de la fin de sa vie.

Les nuits étaient affreuses. Il était si maigre que le moindre frottement du drap provoquait une plaie. Prat lui avait procuré une infirmière. Renoir n'aimait pas le mot « infirmière » et l'appelait « la médecine ». Le soir il retardait le plus possible le moment du « supplice du lit ». Il fallait panser les plaies, talquer les points d'irritation. En dehors de son pinceau, il ne pouvait presque plus rien saisir avec ses mains. « Je ne peux même pas me gratter. » Il gardait une règle à côté de lui et demandait à l'infirmière de la lui passer dans le dos à la façon des Chinois. Son grand problème était de supporter la station assise. « Pourquoi les os des fesses sont-ils aussi pointus ? » On le soulevait quelques instants, le déculottait et le saupoudrait de talc, on changeait le coussin de crin pour un de kapok. En vain. « Du feu, grognait-il, je suis assis sur des charbons ardents ! » Il s'agaçait, pestait, jurait, mais il ne pensa jamais au suicide. J'en suis certain, car j'étais presque constamment avec lui, et il ne me cachait plus ses préoccupations. Dans les pires moments il faisait allusion à la mort, mais sous forme de plaisanterie. Il vantait la sagesse de certaines tribus nègres où l'on élimine les vieillards en les priant de grimper sur un cocotier. On secoue l'arbre furieusement. S'ils ne tiennent pas bon, ils tombent et se tuent. Il proposait l'adoption d'une loi limitant le service militaire aux vieux. « Comme cela, plus de guerres. Les politiciens, qui sont tous croulants, seraient obligés d'y aller. Et si la guerre éclatait tout de même, quelle occasion de se débarrasser des bouches inutiles ! » Il rageait contre son nez qui coulait, et son impossibilité de se moucher seul, contre la ceinture de sa hernie qui le coupait, contre les bandages qu'il portait un peu partout et le faisaient transpirer. Il disait : « Je suis un objet de dégoût. » Ça n'était pas vrai. Sa propreté était restée minutieuse. La grand-Louise et moi tous les matins et tous les soirs lui retirions ses vêtements, le retournions sur son lit recouvert d'une toile cirée, et l'infirmière le frictionnait à l'alcool des pieds à la tête. Il portait un râtelier dont il changeait constamment. Ceux qui n'étaient pas en fonction trempaient dans un liquide antiseptique. Il me raconta sa joie à la perte de sa dernière dent, quelques années avant, alors que j'étais au collège. « Enfin, s'était-il écrié, l'ennemi a abandonné la place ! »

Le matin, après sa « nuit détestable », il se laissait laver et habiller dans un demi-sommeil. Il tenait néanmoins à ce qu'on l'installe dans un fauteuil, devant une vraie table pour son petit déjeuner. Il avait toujours eu horreur de déjeuner au lit à cause des miettes de pain qui vont se nicher sous les fesses. « Quand je pense que pour la plupart des Français le petit déjeuner au lit est le grand luxe. Pour moi, ce fut toujours une corvée ! » Il était resté fidèle au toast beurré et au café au lait de sa jeunesse. Mais ce n'était qu'un symbole. Le pain lui blessait les gencives, et il se contentait d'en grignoter quelques miettes. Les pains ou gâteaux mous ne lui disaient rien. Il eût aimé un croissant, mais « ça n'existe qu'à Paris ». Ensuite nous l'asseyions dans la « chaise à porteurs ». C'était un fauteuil d'osier aux flancs duquel on avait fixé deux bambous. Pour descendre l'escalier, la grand-Louise se mettait devant et l'infirmière derrière. Pour monter, elles échangeaient leurs places. Même procédure pour les pentes des Collettes. Suivant le temps, la lumière et le travail en train, Renoir se faisait porter à l'atelier, allait à la recherche d'un paysage ou en terminait un déjà commencé. Il avait en partie renoncé au grand atelier situé dans la maison avec son grand vitrail exposé au nord. Cette lumière « parfaite et froide » l'ennuyait. Il s'était fait bâtir une sorte de baraque vitrée d'environ cinq mètres de côté et dont les panneaux pouvaient s'ouvrir entièrement. La lumière y pénétrait de toutes les directions. Cet abri était posé au milieu des oliviers et des herbes folles. C'était comme s'il eût travaillé dehors, mais avec la protection des vitrages pour sa santé, et la possibilité de discipliner les reflets avec des cotonnades que l'on pouvait tirer plus ou moins. Cette invention d'un atelier extérieur à lumière réglable était une réponse parfaite à la vieille question du travail sur nature opposé au travail en atelier, puisqu'elle réunissait les deux. Une autre invention lui permettait, malgré sa difficulté de mouvements, d'aborder de relativement grands sujets. C'était une sorte de chenille, composée de lattes clouées sur un chemin de forte toile qui se déroulait sur deux cylindres horizontaux d'environ un mètre cinquante de large, l'un près du sol, l'autre à environ deux mètres de haut. Il faisait épingler avec des punaises sa toile sur les lattes en question. Avec une manivelle on tournait le cylindre du bas qui entraînait le chemin de toile et présentait la partie du motif sur laquelle Renoir voulait travailler à la hauteur de son œil et de son bras. La plupart de ses derniers tableaux ont été peints dans cet atelier et sur ce chevalet à cylindres.

Tandis qu'on l'installait dans son fauteuil roulant, le modèle allait prendre place dans l'herbe aux mille couleurs. Le feuillage des oliviers laissait fuser des rayons qui dessinaient des arabesques sur son corsage rouge. D'une voix encore affaiblie par les souffrances de la nuit, Renoir faisait ouvrir ou fermer des panneaux, tendre des étoffes, se bâtissant une protection contre l'enivrement de la matinée méditerranéenne. Tandis qu'on préparait sa palette, il ne pouvait retenir quelques gémissements. L'ajustement de son corps mutilé à la rigidité du fauteuil roulant était douloureuse. Mais il tenait à ce siège « pas trop mou », qui l'aidait à se tenir droit et lui permettait de « prendre du champ ». Je m'asseyais sur le plancher légèrement surélevé, la tête et le corps à l'intérieur, les jambes enfouies dans les folles avoines. La souffrance de mon père nous accablait tous. L'infirmière, la grand-Louise, le modèle qui était souvent Madeleine Bruno, une jeune fille du pays, et moi-même, avions la gorge serrée. Quand nous parlions d'une voix que nous voulions joyeuse, cela sonnait faux.

On mettait le linge protecteur dans la main de Renoir et on lui tendait le pinceau qu'il avait désigné d'un clin d'œil. « Celui-là... non, cet autre... »

Les mouches tournoyaient dans un rayon de soleil. Les paroles de Gabrielle me reviennent à l'esprit : « Ses mains si joliment allongées. » Maintenant que j'essaie de fixer mes impressions, je ne peux me retenir d'ouvrir le tiroir et de sentir les gants de Renoir, gris pâle et si petits. Je les replace dans leur papier de soie et je retourne à l'atelier du jardin, aux mains déformées de mon père et aux mouches. « Ah ! ces mouches ! » rageait-il en chassant l'une d'elles qui avait pris son nez comme cible. « Elles sentent le cadavre ! » Nous ne répondions pas. La mouche l'ayant abandonné, il retombait dans sa somnolence, hypnotisé par les évolutions d'un papillon, ou le bruit lointain d'une cigale. Le paysage était un concentré de toutes les richesses du monde. Les yeux, le nez, les oreilles

étaient assaillis d'impressions contradictoires. « C'est
enivrant », répétait-il. Il allongeait le bras et trempait
son pinceau dans l'essence de térébenthine. Ce mouvement était douloureux. Il attendait quelques secondes,
semblant se demander : « N'est-ce pas trop de mal ?
Pourquoi ne pas renoncer ? » Un coup d'œil vers le
motif lui rendait son courage. Il traçait sur la toile,
avec un peu de laque de garance, un signe compréhensible de lui seul. « Jean, ouvre-moi un peu plus le
rideau jaune ! » Une seconde touche de garance. Un
« c'est divin ! » plus ferme. Nous le regardions. Il
souriait et clignait de l'œil pour nous prendre à témoin
de cette complicité qui venait de s'établir entre cette
herbe, ces oliviers, ce modèle et lui-même. Au bout
d'un instant, tout en peignant, il chantonnait. Une
journée de bonheur commençait pour Renoir, une
journée aussi merveilleuse que celle qui l'avait précédée ou que celle qui devait la suivre.

Le moment du déjeuner n'était pas une interrup-
tion. Son esprit continuait son exploration au milieu
des mystères de son tableau. Cela durait jusqu'au soir,
quand le soleil était trop bas et que les ombres
cessaient d'être lumineuses. Alors, le corps reprenait
ses droits. Les douleurs pointaient, timidement
d'abord, puis se réinstallaient dans leur besogne de
torture.

C'est ainsi qu'il peignit *Les Grandes Baigneuses* du
Louvre. Il les considérait comme un aboutissement. Il
pensait y avoir résumé les recherches de toute sa vie et
préparé un bon tremplin pour les recherches à venir. Il
avait exécuté ce tableau relativement vite, très aidé par
la manière « simple et noble » dont Andrée prenait la
pose. « Rubens s'en serait contenté ! » Après sa mort,
mes frères et moi décidâmes de donner ce tableau au
Louvre. Les responsables de ce musée trouvèrent les

couleurs du tableau « criardes » et le refusèrent. Barnes le collectionneur et écrivain d'art me télégraphia qu'il aimerait acheter le tableau et le mettre dans son musée de Philadelphie. Il y eût été en bonne compagnie. Ce grand théoricien de l'art de son temps a su réunir pour le bénéfice de ses élèves les œuvres les plus significatives des maîtres contemporains. *Les Baigneuses* eussent voisiné avec les *Joueurs de Cartes* de Cézanne, et *La Famille* dont je vous ai parlé à propos du Château des Brouillards. Le Louvre revint alors sur sa décision et accepta notre cadeau. Les temps avaient bien changé depuis le jour où l'État refusait les deux tiers de la collection Caillebotte, privant ainsi la France d'un trésor inestimable. L'opposition continuait et heureusement continuera pendant les siècles à venir. Renoir c'est la vie, et la vie déplaît profondément aux cadavres. Mais, en face de cette hostilité, les dévouements enthousiastes se multipliaient, gagnaient la rue. Aujourd'hui Renoir n'appartient plus seulement au cercle fermé des amateurs d'art. Ses admirateurs se pressent dans les musées devant ses œuvres. Les reproductions de ses tableaux se multiplient. De ses mains débiles il a percé la carapace qui encerclait le cœur de la foule. Mieux, il a façonné cette foule à l'image de son idéal, comme il avait façonné sa femme, ses enfants et ses modèles. Les rues de nos villes sont maintenant bourrées de Renoirs : jeunes filles, enfants aux yeux candides et à la peau qui ne repousse pas la lumière.

A son dernier voyage à Paris, Paul Léon, directeur des Beaux-Arts, l'invita à visiter le Louvre, « ouvert pour lui tout seul ». On le promena lentement à travers les salles, dans sa « chaise à porteurs ». Il se fit arrêter devant *Les Noces de Cana* et dit à Albert André qui l'accompagnait : « Enfin ! j'ai pu les voir en cimaise. » Albert André devait plus tard comparer cette visite solennelle à un hommage au « pape de la peinture ».

Renoir était parvenu à réaliser le rêve de toute sa vie : « Faire riche avec des moyens pauvres. » De sa palette simplifiée à l'extrême, sur la surface de laquelle quelques minuscules « crottes » de couleur semblaient perdues, déferlaient le rutilement des ors et des pourpres, l'éclat des chairs gonflées de sang jeune et sain, la magie de la lumière victorieuse, et, dominant ces éléments matériels, la sérénité d'un être humain approchant de la connaissance suprême. Il dominait cette nature qu'il avait adorée toute sa vie. En retour elle lui avait finalement appris à voir au-delà de ses apparences et, comme elle, à créer un monde avec presque rien. D'un peu d'eau, de quelques minéraux et d'invisibles radiations la nature crée un chêne, une forêt. D'une étreinte naissent les êtres. Les oiseaux se multiplient, les poissons remontent les rivières, les rayons du soleil illuminent et vivifient ce grouillement. « Et ça ne coûte rien ! » S'il n'y avait pas l'homme, « cet animal destructeur », l'équilibre d'un monde sans cesse en mouvement serait assuré ; la mort équilibrerait la vie ; les dépenses n'excéderaient pas les recettes ; le cycle à la fois de la destruction et de la création serait fermé.

Cette profusion de richesses nées de sa palette austère est bouleversante dans le dernier tableau qu'il peignit le matin du jour où il se coucha pour ne plus se relever. Une infection du poumon le retenait à la chambre. Il demanda sa boîte de couleurs et ses pinceaux, et peignit des anémones que Nénette, notre gentille servante, était allée lui cueillir. Pendant plusieurs heures, il s'identifia à ces fleurs et oublia son mal. Puis il fit signe qu'on lui reprît son pinceau et dit :

« Je crois que je commence à y comprendre quelque chose. » C'est la parole que me transmit la grand-Louise. L'infirmière crut comprendre : « Aujourd'hui, j'ai appris quelque chose ! » Quand je revins de Nice où j'avais dû me rendre, je trouvai mon père couché et respirant à peine. L'infirmière avait prévenu Prat qui arriva peu après. Il annonça que c'était la fin. Une rupture de vaisseau transforma son râle en une sorte de délire. Il mourut dans la nuit.

Il avait plusieurs fois exprimé sa crainte d'être enterré vivant. J'insistai auprès de Prat pour qu'il fasse le nécessaire. Il me demanda de quitter la chambre. Quand je revins, il put m'assurer que Renoir était mort.

Impression S.E.P.C. à Saint-Amand (Cher),
le 30 décembre 1993.
Dépôt légal : décembre 1993.
1er dépôt légal dans la collection : mai 1981.
Numéro d'imprimeur : 3156.
ISBN 2-07-037292-8./Imprimé en France.